Das Buch

Am nächsten Morgen war es so weit. Sie segelten nahe an der Küste, wo das Wasser flacher war und einen türkisen Farbton hatte. Noch immer überragte der Taranaki – oder Mount Egmont, wie er von den weißen Siedlern genannt wurde – die Küste. Seine Flanken waren dunkelgrün, und auf der Spitze lag Schnee, der im Licht der Morgensonne funkelte. Adalie sah hinüber zum Strand. Am Uferstreifen waren grauer Sand, Steine und Treibholz zu erkennen.
Einige Menschen gingen am Strand entlang und hoben grüßend die Hand, als das Schiff an ihnen vorbeisegelte. Adalie wurde immer aufgeregter. Nun begann die Unsicherheit von neuem. Der nächste große Schritt in ihr neues Leben stand bevor.

Die Autorin

Rebecca Maly, geboren 1978, arbeitete als Archäologin und Lektorin, bevor sie sich ganz der Schriftstellerei widmete. Die Kultur der Maori lernte sie bereits im Studium kennen, eine Faszination, die bis heute geblieben ist. Die Autorin kann sich nichts Schöneres vorstellen, als ferne Länder zu bereisen und deren Kultur kennen zu lernen. In ihrer Freizeit genießt sie es, lange Ausritte in der Natur zu machen oder gemütlich mit ihren Katzen daheim zu lesen. Unter ihrem realen Namen Rebekka Pax hat sie bereits erfolgreich mehrere Romane veröffentlicht.

Lieferbare Titel

Im Tal des Windes
Der Ruf des Sturmvogels

Rebecca Maly

Ein Haus am Kahu River

Roman

WILHELM HEYNE VERLAG
MÜNCHEN

MIX
Papier aus verantwor-
tungsvollen Quellen
FSC® C014496
FSC
www.fsc.org

Verlagsgruppe Random House FSC® N001967
Das für dieses Buch verwendete FSC®-zertifizierte Papier
Salzer Alpin wird produziert von UPM, Schongau
und geliefert von Salzer Papier, St. Pölten, Austria.

Originalausgabe 08/2014
Copyright © 2014 by Rebecca Maly
Copyright © 2014 dieser Ausgabe by Wilhelm Heyne Verlag,
München in der Verlagsgruppe Random House GmbH
Printed in Germany 2014
Umschlaggestaltung: © Nele Schütz Design, München
unter Verwendung von shutterstock/Michael E. Halstead
Satz: KompetenzCenter, Mönchengladbach
Druck und Bindung: GGP Media GmbH, Pößneck
ISBN: 978-3-453-41763-2

www.heyne.de

KAPITEL 1

Neuseeland, Südinsel, Hafen von Timaru,
Oktober 1869

Der Westwind fegte durch den Strandhafer und riss an Adalies Röcken. Sie waren fadenscheinig und häufiger geflickt worden, als sie zählen konnte. Der Mond tauchte die Küste in fahlblaues Licht, passend zur Kälte, die Adalie in jeder Faser ihres Körpers spürte.

Es war nicht die Temperatur, die sie frösteln ließ, sondern das Eis, das ihre Knochen und ihr Herz zu erfüllen schien, seit sie die kleine Farm ihrer Eltern heimlich verlassen hatte. An die Schmerzen bei jedem Schritt und jeder Bewegung hatte sie sich mittlerweile gewöhnt und nahm sie hin.

Das Tuch, in dem ihre wenigen Habseligkeiten eingewickelt waren, wog nicht schwer. Sie hatte es sich über die Schulter geschlungen und empfand den sachten Druck als tröstliche Ermunterung, die sie beständig vorwärtsschob. Nun war sie allein, ganz auf sich gestellt.

Zwei Monate zuvor war schon einmal ein Ó Gradaigh diesen Weg gegangen, um der Hölle auf der elterlichen Farm zu entfliehen. Wenn Adalie an ihren Bruder Patrick dachte, der nun als Seemann die Welt bereiste, kamen ihr die Tränen. Sie verbot sich zu weinen, immerhin war Patrick in eine bessere Zukunft aufgebrochen. Sie sollte sich für ihn freuen, statt ihm nachzutrauern, alles andere war selbstsüchtig. Tief atmete sie die würzige Meeresluft ein, die nach Salz und Freiheit schmeckte, und fühlte sich sofort unbeschwerter.

Sie erinnerte sich an jedes Detail von Patricks Aufbruch vor acht Wochen. Adalie war die Einzige gewesen, die ihn zum Hafen begleitet hatte, während die Mutter geweint und der Vater seine Wut an einem Hackklotz ausgelassen hatte. Ihre Schwestern hatten gar nicht gewusst, dass Patrick gehen würde.

Auf dem ganzen Weg hatte sie sich fest bei ihrem Bruder untergehakt, als könnte sie auf diese Art verhindern, dass er sie tatsächlich verließ. »Kann ich dich denn wirklich nicht umstimmen?«, flehte sie ihn an.

»Nein, es tut mir leid.« Sein Blick ging hinaus auf das stürmische Meer. Beinahe entrückt wirkte er, als müsste sein Körper nur noch folgen, wohin sein Geist längst gegangen war.

»Ich wünschte, du könntest mich mitnehmen. Wir haben doch immer davon geträumt, gemeinsam wegzugehen, Patrick. Erinnerst du dich denn nicht mehr? Die ganzen dreizehn Jahre, seitdem wir in diesem Land sind! Gemeinsam!«

»Adalie, nicht. Du weißt, es war nicht ernst gemeint, nur Kinderträume.«

»Das sagst du mir jetzt? Diese Träume waren das Einzige, was mir die Kraft gegeben hat, nicht aufzugeben. Nimm mich mit! Was soll denn sonst aus mir werden?«

Patrick trat kraftvoll gegen einen Haufen Treibgut, sodass Tang und kleine Stöcke in alle Richtungen flogen. Seine Wut war von stiller Natur, wie immer. Alle Kinder von Manus Ó Gradaigh hatten gelernt, ihre Gefühle zu verbergen, damit der Vater sie nicht bemerkte und einen Grund bekam, unzufrieden mit ihnen zu sein. Unzufriedenheit bedeutete

Zorn, und Zorn führte auf sicherem Weg zu einer Tracht Prügel.

»Wie stellst du dir das denn vor, Schwesterchen? Du bist eine Frau. Es gibt keine Seefrauen, nur Seemänner. Du kannst nicht mit. Wenn Gott gewollt hätte, dass Frauen zur See fahren …«

»Das ist so unfair! Dann suchen wir uns eben irgendwo eine kleine Hütte, und du wirst Fischer, dann bist du auch auf dem Meer, und ich kann dir sogar helfen, deinen Fang zu verkaufen. Irgendwann reicht das Geld dann sicher für ein paar Schafe. Ich hüte sie an der Küste und kann von dort aus dein Boot sehen. Wir müssten uns niemals trennen. Wir …«

Patrick blieb stehen, ließ sein Gepäck auf den Boden fallen und fasste sie an den Schultern. »Adalie, nein. Du kommst nicht mit, ich kann das nicht verantworten. Bitte bleib hier. Das Leben geht auch ohne mich weiter. Du schaffst das. Von uns Kindern warst du immer die Stärkste. Ich weiß, es ist feige von mir, einfach abzuhauen, aber ich bin kein Bauer, Schwester. Seit wir vor dreizehn Jahren aus Irland hergekommen sind, träume ich davon, zur See zu fahren. Weißt du noch, wie schön die Überfahrt war?«

Adalie nickte. Ja, das wusste sie. Wie hätte sie die beinahe sorglosen Wochen auf der *Strathallan* je vergessen können? Für ihre Eltern war es eine Zeit des Wartens gewesen. Es hatte fast nichts zu tun gegeben, und zum allererstem Mal hatten Adalie und Patrick spielen und träumen können. An Deck des großen Seglers hatten sie ganze Tage damit verbracht, zu den Wolken hinaufzusehen und ihrer Fantasie freien Lauf zu lassen.

»Du musst ja nicht mehr lange aushalten, Adalie. Ein,

zwei Jahre noch, dann wirst du heiraten und bist endgültig von der Farm weg.«

Adalie funkelte Patrick wütend an. »Damit ich mich von einem anderen Mann verprügeln lassen kann wie Mary und Beth?«

Patrick griff nach ihrem langen Zopf, der schwarz wie die Nacht war, und ließ ihn durch die Hand gleiten. Er wusste nicht, was er antworten sollte, denn ihre Worte entsprachen der Wahrheit. Sie zog ihm den Zopf aus den Fingern.

»Das machst du immer, wenn du weißt, dass ich recht habe, und du nicht weißt, was du sagen sollst.«

»Erwischt«, erwiderte er mit einem kläglichen Lächeln. »Sicher bekommst du einen besseren Kerl als Beth und Mary. Du hast es verdient.«

»Niemand kümmert, was wer verdient hat, Patrick, das weißt du nur zu genau. Ich werde nicht heiraten, niemals, lieber laufe ich weg und schlage mich alleine durch.«

»Adalie, die eiserne Jungfer.«

»Das ist nicht lustig, Patrick.«

Er schluckte. Adalie sah seinen spitzen Adamsapfel auf und ab hüpfen, während er nach den richtigen Worten such-te. Der Wind zerrte an seinem roten Haar, das unter seiner Filzmütze hervorlugte, als wollte er ihn zum Weitergehen drängen. Patrick räusperte sich und sah zu Boden. »Es geht nicht anders, es tut mir leid. Ich muss gehen. Wenn … wenn ich noch länger mit Vater unter einem Dach lebe, versün-dige ich mich irgendwann.«

Adalie nickte. Schon beim letzten Mal, als Manus Ó Gradaigh seine Frau geschlagen hatte, fehlte nicht viel, und Patrick hätte die Hand gegen seinen Vater erhoben.

Wann immer er konnte, war er da gewesen, um auch

8

Adalie beizustehen. Nun war es damit vorbei. Und doch verstand sie Patrick aus tiefstem Herzen. An seiner Stelle würde sie nicht anders handeln. Aber sie war nicht an seiner Stelle, sondern eine Frau. Als Mann besaß ihr Bruder das Glück, eine Wahl zu haben. Wenn er auf das magere Erbe verzichtete, das Hof und Land darstellten, war er frei zu gehen. Und genau das tat er jetzt.

Einer Frau blieb hingegen nur ein Weg: die Ehe. Beth und Mary, Adalies ältere Schwestern, waren bereits verheiratet. Doch sie waren vom Regen in die Traufe gekommen. Statt von ihrem Vater bezogen sie die Prügel nun von ihren Ehemännern. Beth bekam ein ungewolltes Kind nach dem anderen, und die Bälger sogen ihr das Leben und das letzte bisschen Kraft aus dem Leib.

Nein, das wollte Adalie nicht.

Ihr Vater zögerte, sie zu verheiraten, und darüber war sie froh. Wenngleich er es vor allem deshalb nicht tat, weil ihnen sonst eine wichtige Arbeitskraft verloren ging.

Es gab nur ihn, Mutter, Adalie und ihren Bruder Sammy, der für seine neun Jahre viel zu klein war und ständig kränkelte. Nur deshalb war sie mit neunzehn Jahren noch immer daheim gewesen.

Nun würden sie sehen müssen, wie sie klarkamen. Manus war selber schuld daran, dass seine Tochter heimlich von der Farm floh; um ihre Mutter Lorna und den kleinen Sammy tat es ihr leid. Nun würden die Launen ihres Vaters nur noch auf zwei Menschen treffen. Sammy hatte allerdings wenig zu befürchten, denn seine zarte Gestalt und die ständigen Krankheiten machten ihn auf gewisse Weise unsichtbar für Manus' Zorn.

»Es tut mir leid, Patrick, du hast dich in mir getäuscht. Ich bin nicht stark. Ich ertrage es nicht länger«, sagte Adalie leise, während sie ihren Schritt beschleunigte.

Sie war barfuß, und der feuchte Sand wisperte unter ihren Tritten. War dort jemand? Sie wandte sich um und musterte den weiten Strand, der im dämmerigen Zwielicht so friedlich dalag. Die Wellen rollten unbeirrt an den Strand und trugen kleine Muscheln und Tang heran. Adalie war ganz allein, trotzdem rannte sie nun. Plötzlich hatte sie Angst, ihr Vater Manus könnte zu früh wach werden, ihr Verschwinden bemerken und sie auf den letzten Metern einholen.

Dann prügelt er mich tot, dachte sie bang.

Obwohl der Untergrund weich war, spürte sie die Erschütterung ihrer Schritte im ganzen Körper. Adalie konnte nur ahnen, wo sie überall Blessuren davongetragen hatte. Ihr Kopf tat am meisten weh. Hoffentlich riss die Platzwunde, die die halbe Nacht geblutet hatte, nicht wieder auf.

Endlich hob sich die Kontur von Timaru aus dem Nachtblau empor, und Adalie hörte auf zu rennen, um nicht unnötig aufzufallen. Die kleine Hafenstadt nördlich der Farm war die einzige Siedlung weit und breit. Wenn Adalies Familie etwas brauchte, was sie nicht selber herstellen konnte, musste sie es hier im Ort kaufen.

Adalie war die Strecke schon oft gegangen, um Besorgungen zu machen oder im Herbst die schlachtreifen Hammel zum Markt zu treiben. Timaru war ein Tor in eine andere Welt, in der es mehr gab als Felder und Schafe und wütende Väter. Je näher sie dem Ort kam, desto leichter wurde es ihr ums Herz.

Seit ihrem Aufbruch war nur die Natur ihr Begleiter gewesen. Das änderte sich nun.

Möwen stiegen schreiend in die Luft, wenn Adalie sie von

ihren Schlafplätzen aufschreckte, und segelten im Morgengrauen davon.

Nun war es nicht mehr weit, und ihr Herz klopfte immer schneller. In der Nähe des Ortes lagen kleine Boote am Strand. Aufgespannte Netze bildeten endlose Reihen wie Zäune aus Spinnenseide. Es gab Unterstände und kleine Schuppen, alte, zerbrochene Fässer trieben in der Dünung oder lagen halb versunken im Sand.

Sobald die ersten Häuser auftauchten, ging Adalie langsamer. Es roch nach Holz und Torffeuern und vielen Menschen.

Die meisten Gebäude an der breiten Hauptstraße waren aus Holz. Feste Blockhäuser aus den Gründungsjahren standen gleichberechtigt neben zweistöckigen Bretterbauten und einigen wenigen Steinhäusern, die sich jene errichtet hatten, die zu Wohlstand gekommen waren.

Ein Rudel halbwilder Hunde nahm Reißaus, sobald es Adalie sah. Die überquerte die breite Straße und war froh, dass der gröbste Schlamm in den Fahrrinnen getrocknet war. Im Winter und die meiste Zeit des Frühjahrs versanken Menschen, Kutschen und Vieh beinahe knietief darin.

Nur wenige Leute waren um diese Uhrzeit unterwegs. Bis auf einen einzelnen Reiter bemerkte Adalie auf ihrem Weg niemanden. Erst im Hafen war mehr Leben an den Lagerhäusern und Landungsstegen.

Adalie wurde immer aufgeregter. Sie hatte es bis hierher geschafft, und jetzt war all ihr Mut und ihre gesamte Geschicklichkeit gefragt. Wollte sie es wirklich tun und alleine ihr Glück versuchen wie ihr Bruder?

Der Anblick der abgetakelten Masten, die träge schwankten, machte ihr das Herz schwer und weckte zugleich eine lang unterdrückte Sehnsucht. Eine Windbö gab ihr einen freundlichen Schubs, und sie ging zögernd weiter. Vier Männer standen an einem umgedrehten Fass und spielten Karten. Einer sah ärmlicher aus als der andere. Sie hatten sich die Kappen in den Nacken geschoben und trugen Jacken aus Walkstoff, deren Kragen gegen die Morgenkälte hochgeschlagen waren. Der älteste von ihnen rauchte Pfeife, und er war es auch, der sie zuerst entdeckte und unter buschigen grauen Brauen hervor musterte.

Die vier waren Tagelöhner, die darauf hofften, auf einem der Schiffe Arbeit zu finden. Ihrem Aussehen nach standen die Chancen darauf nicht allzu gut, und der Lohn war mager.

Adalie nahm ihren ganzen Mut zusammen, trat zu ihnen und hoffte nur, dass sie freundlicher waren, als der erste Eindruck vermittelte.

»Guten Morgen, meine Herren.«

»Morgen«, brummte einer, ein anderer tippte sich an die Mütze. Nur der Alte, der sie zuerst bemerkt hatte, lächelte freundlich. Zahllose Falten durchzogen das wettergegerbte Gesicht. »Der Morgen kann nur gut werden, wenn er uns so ein hübsches Mädchen schickt.«

»Ich … ich hoffe, Sie können mir eine Auskunft geben«, bat Adalie unsicher.

»Wenn ich kann, gerne.«

»Ron, du alter Schwerenöter, du bist dran!« Sein Kumpel stieß ihn gegen die Schulter.

»Einen Moment, Miss.«

Adalie wartete, bis er seine Karten aufgenommen und eine abgelegt hatte. Sie wunderte sich, wie die Männer im Zwielicht überhaupt etwas erkennen konnten.

»Also, was möchten Sie wissen?«

»Ich suche ein Schiff, das nach Christchurch fährt. Am besten heute noch.«

Der Alte rieb sich den struppigen Bart, bis die Haare in alle Richtungen standen. »Christchurch, hm. Das Postschiff war gestern hier, vielleicht ein Frachter?« Er sah die anderen Männer fragend an.

»Die *Elizabeth*, die liegt gleich da vorne.« Der Mann wies den Pier entlang, der sich im nebeligen Grau verlor.

»Elizabeth?«, fragte Adalie aufgeregt. »Und sie geht noch heute?«

Der Mann nickte. »Ich hoffe, du hast für die Passage ordentlich gespart, Kleine. Der alte Burke ist ein gieriger Teufel.«

Adalie lächelte in die Runde. »Danke, vielen Dank, Sie haben mir sehr geholfen. Ich wünsche noch einen guten Tag.« Eilig raffte sie die Röcke und ging in die ihr gewiesene Richtung. Die Holzplanken fühlten sich unter ihren bloßen Füßen glitschig an, und die Feuchtigkeit schimmerte auf den Bohlen. Sie musste sich beeilen. Und wenn sie schon geglaubt hatte, das Gespräch mit den Hafenarbeitern würde sie aufregen, so hämmerte ihr Herz nun so laut in den Ohren wie die Trommeln einer angreifenden Armee.

Sie schwitzte trotz der morgendlichen Kälte und fror zugleich – so etwas brachte nur Krankheit oder große Aufregung zustande.

Geduckt ging sie am Kai entlang. Am liebsten wäre sie gerannt, doch das war zu auffällig, also zwang sie sich zu einem langsameren Tempo und sah sich suchend um.

Die Ruhe war trügerisch. Leise schlugen die Wellen gegen die Mauern, und die Schiffe wogten hin und her wie geheimnisvolle schlafende Kreaturen. Auf einem kleinen Fischerboot hielt ein Hund Wache und starrte sie mit zurückgezogenen Lefzen an, ohne einen Laut von sich zu geben.

Adalie konnte nur hoffen, dass das Schicksal es gut mit ihr meinte und auf der *Elizabeth* kein tierischer Wächter auf sie wartete. Hinter einigen Fässern, aus denen es scharf nach Trockenfisch stank, ging sie in Deckung und versuchte im zunehmenden Licht der heraufziehenden Morgendämmerung, die Namen der Schiffe zu entziffern.

Sie machte sich keine Mühe mit den kurzen Namen und konzentrierte sich auf die langen. Wie ein E aussah, wusste sie. Doch soweit sie erkennen konnte, lag hier kein Schiff, dessen Name mit diesem Buchstaben begann. Sie verließ ihr Versteck, tat so, als würde sie um diese ungewöhnliche Uhrzeit spazieren gehen, und suchte einen anderen Kai auf. Auch hier nichts. Mit wachsender Panik beschleunigte sie ihre Schritte.

Schon erwachte der Hafen zum Leben, und die Fischer ruderten in Booten hinaus, um den Fang der Nacht aus den Stellnetzen zu holen. Über ihnen kreisten die ewig hungrigen Möwen.

An den Lagerhäusern wurden die Tore geöffnet, Arbeiter fanden sich ein und hielten vor Beginn ihrer Schicht noch einen Schwatz.

Adalie huschte an einem Fischer vorbei, der ein Netz über der Schulter trug, und erwiderte seinen Gruß mit gehetztem Blick, dann fiel ihr ein Stein vom Herzen. Sie hatte die *Elizabeth* gefunden. Am Rumpf war deutlich ein verschnörkeltes E zu erkennen, gefolgt von einer langen Reihe von Buchstaben. Der Bug des Zweimasters besaß die Farbe von Ochsenblut. Das musste die *Elizabeth* sein! Wie viele Schiffe, deren Namen mit einem E begannen, sollte es sonst noch in einem derart kleinen Hafen wie dem von Timaru geben?

Adalie war schrecklich erleichtert, dabei kam jetzt erst der wirklich schwierige Teil ihres Vorhabens.

Sie musste ihre Nervosität bekämpfen und sich genug Zeit nehmen, um sicherzugehen. War der Kapitän irgendwo? Oder hatte er womöglich einen Schiffsjungen zurückgelassen, der an Bord schlief? Einen Hund?

Sie wollte nichts dem Zufall überlassen. Mit pochendem Herzen schlenderte sie den Pier entlang. Bis auf einen Austernfischer, der sich seelenruhig sein schwarzes Gefieder putzte, blieb alles verlassen. Jetzt musste sie schnell handeln, solange es noch dunkel genug war.

Eine heraufziehende Nebelbank erschien ihr wie ein Geschenk des Schicksals. Als die feuchte Luft nach und nach Seile, Takelage und ganze Schiffe umschloss, war es so weit.

Adalie sah sich ein letztes Mal um, dann schwang sie ihr Bein über die hölzerne Reling und zog sich auf die andere Seite. Einen schrecklichen Moment lang glaubte sie, den Halt zu verlieren und in den Spalt zwischen Rumpf und Kaimauer zu stürzen, dann war es geschafft, und sie plumpste ungelenk auf das Deck.

Die abgenutzten Bohlen rochen intensiv nach Wachs und Kalfater.

Adalie presste ihr Gesicht auf das nebelfeuchte Holz und harrte kurz aus. Wenn jemand an Bord war, musste er das Poltern gehört haben, mit dem sie auf Deck gefallen war. Da! Eine Bewegung! Sollten sich ihre schlimmsten Befürchtungen bewahrheiten?

Adalie unterdrückte einen Schrei, als die Schiffskatze plötzlich wie aus dem Nichts auftauchte und diabolisch fauchte.

Es war eine gewöhnliche grau gestreifte Katze mit einem weißen Fleck auf der Brust und einem vernarbten Gesicht. Die Spitze des rechten Ohrs fehlte. Alles an dem kleinen Tier sagte, dass mit ihm nicht zu scherzen war.

Zum Glück bin ich keine Katze, dachte Adalie und rappelte sich vorsichtig auf.

Ihr tierisches Gegenüber versperrte ihr mit wedelndem Schwanz den Weg. Doch als sie keine Anstalten machte zurückzuweichen, trollte der Kater sich und begann sein Fell zu putzen, als hätte sich der geheime Passagier plötzlich in Luft aufgelöst.

Jetzt musste Adalie rasch ein geeignetes Versteck finden. An Deck stand nur wenig herum. Bis auf ordentlich zusammengerollte Seile, einige Kisten und Fässer, die vermutlich Trinkwasser enthielten, war es leer. Nicht genug Platz, um sich für ein bis zwei Tage zu verbergen. Geduckt schlich sie weiter und entschied sich schließlich für das kleinere der beiden Beiboote.

Ihre Hände zitterten, während sie die Verschnürung des Wachstuchs löste, mit dem es abgedeckt war. Sie schickte ein kurzes Stoßgebet zum Himmel, schob ihr Bündel ins Boot und stieg dann hinterher. Von innen verschloss sie die Plane wieder und ließ nur ein kleines Stück frei.

Die Ruder drückten ihr in den Rücken. Noch war niemand an Bord, noch hatte sie Zeit, es sich so bequem wie möglich zu machen.

Während sie ihr Gepäck hin und her bugsierte und sich schließlich der Länge nach ausstreckte, fiel die Angst von ihr

16

ab. Sie hatte es geschafft! Sie hatte es tatsächlich an Bord geschafft!

Bald würde sie in Christchurch sein und ihr neues Leben beginnen, fern von ihrem prügelnden Vater und dem bitterarmen Leben auf der Farm. Christchurch lag eine, bei wenig Wind zwei Tagesreisen entfernt die Küste hinauf an der Ostseite der Südinsel. Adalie wusste nicht viel über die Stadt in der Pegasus Bay. Sie war die größte in der Region Canterbury, und die Menschen galten als vergleichsweise wohlhabend. Angeblich lebten so viele Engländer dort, dass man kaum merkte, in Neuseeland zu sein. Das erzählten sich zumindest die Leute. Adalie erinnerte sich nur noch an den Hafen. Dort war ihr Schiff eingelaufen, die *Strathallan*, mit der sie vor dreizehn Jahren aus Europa gekommen waren. In ihren Erinnerungen mischte sich die Aufregung eines Kindes mit ihren jetzigen Sehnsüchten.

Patrick hatte sie damals die ganze Zeit über an der Hand gehalten und ihr gut zugeredet, während ihr Vater die Formalien geklärt und versucht hatte, einen Pferdewagen für ihre Weiterfahrt zu bekommen.

Diesmal war Adalie auf sich allein gestellt, und Patrick fehlte ihr schon jetzt. Aber sie würde es auch so schaffen. Auch wenn sie seitdem nicht mehr in Christchurch gewesen war, konnte sie sich durchschlagen, davon war sie überzeugt. Für eine junge, anständige Frau gab es dort sicherlich Arbeit, und Christchurch war groß genug, dass sie so leicht niemand finden würde. Adalie klammerte sich an diese Hoffnung. Sie konnte gut mit Kindern umgehen, denn schon früh war von ihr erwartet worden, allein ihren kleinen Bruder Sammy zu versorgen. Hausarbeiten konnte sie auch verrichten, wenngleich sie noch kein Heim vornehmer Leute von innen gesehen hatte. Im schlimmsten Fall würde sie auf den umliegenden Farmen nach Arbeit fragen, das war immer noch besser als ihr bisheriges Leben.

Adalie legte sich auf den Rücken und schob ein Wolltuch unter ihren Kopf. Sie schloss die Augen und spürte dem Schmerz nach, der nun wieder stärker wurde, da ihre Aufregung sich legte. In ihrer Leiste war es am schlimmsten, dort stach es, als stecke ein Messer in ihrem Fleisch. Sie tastete darüber, versuchte festzustellen, was Manus' Tritte angerichtet hatten, und konnte gerade noch einen Schrei unterdrücken, als sie die falsche Stelle berührte. Ihr Gesicht musste ebenfalls einiges abbekommen haben. Es fühlte sich geschwollen an, die Haut über der Wange roh, als hätte sie sich verbrüht. In ihrem Haar war Blut, trocken, krümelig. Sie wagte nicht, es zu lösen, um keinen Schorf aufzureißen.

»Nie wieder! Nie, nie wieder«, sagte sie leise, aber dennoch wütend. Die Tränen kamen wie von allein, und diesmal kämpfte sie nicht dagegen an.

Wie schnell doch alles gegangen war. Vor zwei Tagen hatte sie noch nicht einmal geahnt, dass sie ihrem bisherigen Dasein entfliehen würde. Ein neues Leben in einer fremden Stadt zu beginnen, war seit Patricks Weggang nichts weiter als ein Traum gewesen. Eine Fantasie, in die sie sich geflüchtet hatte, wenn es daheim allzu unerträglich wurde.

***

Amokura Hills – Einen Tag zuvor

Sie hätte längst zu Hause sein sollen. Adalie sah auf. Bis zur Abenddämmerung war es nicht mehr lang. Selbst durch den

Regen, der in zähen Schleiern über das Land trieb und alle Konturen verschluckte, war sie spürbar.

Der ohnehin schon graue Tag wurde dunkler, und sie hatte das verlorene Mutterschaf noch immer nicht gefunden.

Die Schuld drückte sie nieder wie die schweren Wolken, die sich über die Hügel der Westküste schoben.

Alles war nass. Der Stoff ihrer Röcke klebte an den Beinen und erschwerte ihre Bewegungen. Jeder Schritt war bleiern, und sie fühlte sich von der stundenlangen Suche ausgelaugt. Die restlichen Schafe der kleinen Herde waren längst im Pferch. Dort hatte sie auch bemerkt, dass eines der besten Tiere fehlte. Das Schaf stand kurz davor zu lammen, und ihr Vater erhoffte sich eine gute Zwillingsgeburt. Er hatte das Tier im Sommer zur Verbesserung seiner Zucht auf Pump gekauft.

Sie musste es finden, am besten bevor Vater bemerkte, dass es fehlte. Wenn es sein musste, würde sie die ganze Nacht hier draußen zubringen.

»Spot! Spot, hier entlang«, rief sie dem Hütehund zu, der ziellos im Zickzack durch die raue Vegetation lief. Er folgte ihrer Handbewegung und änderte die Richtung. Seit drei Jahren gehörte der Hund nun zur Farm, und sie liebte ihn wie kein anderes Tier. Spot und Adalie arbeiteten perfekt zusammen, beinah als wären sie zwei Körper mit einer einzigen Seele. Spot lief tief geduckt, sah kurz zu seiner Herrin und senkte die Schnauze dann wieder zu Boden. Er schien zu wissen, worauf es ankam, oder nicht? Langsam kamen Adalie Zweifel, ob sie überhaupt die richtige Richtung eingeschlagen hatten.

Sie befanden sich mittlerweile im äußersten Süden des Weidegebietes, und Adalie glaubte die Brandung bereits hören zu können. Das verschollene Tier war nie im Leben so weit gelaufen, oder doch?

»Verdammt«, fluchte sie, als sich ihr Kleid in den abgestorbenen Ästen eines Busches verfing und einriss. Sie zerrte das Stoffstück frei und kämpfte sich weiter einen schmalen Pfad entlang, der durch ein Dickicht von Farn und jungen Südbuchen führte. Ein Tropfenschauer nach dem anderen ergoss sich auf Adalie, aber sie gab sich keine Mühe, den nassen Zweigen auszuweichen. Es machte keinen Unterschied, nasser konnte sie nicht mehr werden. Im Gehen zog sie ihren Zopf nach vorn, der ihr bis zur Hüfte reichte, und wrang Wasser aus den schwarzen Flechten.

»Sie sieht aus wie eine Krähe«, sagte ihr Vater immer, denn außer ihr hatten alle in der Familie rotes oder blondes Haar. Adalie kam nach ihrer Großmutter, und nicht nur deren Haar, sondern auch ihre blasse Haut ohne eine einzige Sommersprosse waren ihr Erbe. Selbst die grauen Augen stammten von Lornas Mutter.

Ein Vogelschrei ließ sie aufhorchen. Es war der unverwechselbare Ruf eines Kea.

Sofort schoss ihr die Angst in die Knochen. Den listigen Tieren war alles zuzutrauen. Es waren gefiederte Ausgeburten der Hölle, die stahlen, plünderten und mordeten. Diese Papageien waren der Albtraum eines jeden Schäfers. Sie waren zwar nicht groß genug, um ein Schaf zu töten, das hielt sie aber in mageren Zeiten nicht davon ab, sich sogar an ausgewachsenen Tieren zu vergreifen. Dann rissen sie ihnen die Haut über den Nieren auf, um an das Fett zu gelangen, und die hilflosen Schafe krepierten elendig an den Folgen.

Adalie brauchte nicht lange, bis sie einen Kea entdeckte. Der grün gefiederte Vogel kreiste nicht weit von ihr, und gerade kam ein zweiter angeflogen. Weitere Keas hockten auf Sträuchern und Gesteinsbrocken, die aus dem Grasland aufragten.

Adalies Hoffnung schwand.

Vielleicht haben sie nur die Nachgeburt gefunden oder schlimmstenfalls das Lamm, redete sie sich ein. Als sie losrannte, stürmte Spot bellend an ihr vorbei. Plötzlich grub er alle vier Pfoten in den Boden, schlitterte ein Stück, schaffte es nicht mehr anzuhalten und war im nächsten Augenblick wie vom Erdboden verschluckt.

Adalie lief sofort langsamer. »Spot? Spot!«

Der Wind trug ein Winseln zu ihr.

Die Keas flogen krächzend auf. Adalie kniff die Augen gegen den Regen zusammen, und dann tat sich der Boden mit einem Mal unter ihnen auf. Die Regenfluten hatten den weichen Grund einfach weggerissen. Es musste schon vor einer Weile passiert sein, aber keiner hatte es bislang bemerkt. Schlamm und Geröll bildeten einen rutschigen Hang, der zu einem angeschwollenen Bachlauf führte. Zehn Meter tiefer stand Spot und kläffte.

Wie sollte sie da nur hinunterkommen? Tiefe Fließrinnen hatten den Hang in ein matschiges Labyrinth verwandelt. Selbst die widerstandsfähigsten Pflanzen fanden kaum noch Halt. Baumfarne und Büsche waren mit hinabgespült worden und lagen nun verschüttet unter Erde und Steinen. Wenn sie den Hund erreichen wollte, hatte Adalie keine Wahl. Sie musste es schaffen! Adalie biss die Zähne zusammen, raffte ihren Rock und knotete den nassen, schlammverschmierten Saum zusammen. Der Wind peitschte den Regen nun direkt gegen ihre bloßen Beine, und er war so eisig, dass ihre Haut schmerzte.

»Spot, ich bin gleich da«, rief sie dem winselnden Hund zu, fasste mit beiden Händen in Grasbüschel und tastete mit dem Fuß nach Halt. Sie glitt mit den Zehen durch Schlamm, rutschte, konnte einen Sturz nicht mehr verhindern und schlug mit dem Knie gegen etwas Hartes.

Den Fluch, der ihr auf den Lippen lag, unterdrückend tastete sie die Stelle ab, wo sie so unsanft aufgekommen war, und fühlte die Borke einer Wurzel. Adalie nahm die Chance wahr, hielt sich daran fest und rutschte kontrolliert ein, zwei Schritte tiefer. Schon etwas besser. Große, rund geschliffene Felsbrocken ragten aus dem Matsch. Adalie prüfte jeden genau, bevor sie es wagte, sich daraufzustellen. Zwei Brocken lösten sich, rissen andere mit und polterten hinab. Spot, der seine Herrin ungeduldig erwartete, wich im letzten Moment aus.

Nach einer schier endlosen Kletterei kam Adalie schließlich völlig verdreckt und mit einigen Schürfwunden am Fuß des Hangs an. Der Hund begrüßte sie winselnd und unverletzt und sprang um sie herum. Adalie kniete sich hin, nahm ihn in den Arm und ließ zu, dass er ihr einige Male über das Gesicht leckte. Sein schwarz-weißes Fell war nunmehr braun und genauso dreckig wie sie selbst. Er schüttelte sich und sah sich um, als hätte er etwas gehört.

»Der Herr steh uns bei«, flüsterte Adalie, als sie blutbesudeltes Farnkraut entdeckte. Sie ging den Spuren mit weichen Knien nach.

Dort lag es. Vaters kostbares Zuchtschaf. Die Keas hatten seine Wolle bereits zerrupft. Die Haare bildeten klebrige weiße Nester auf Ästen und Farnwedeln. Dem Tier war nicht mehr zu helfen. Sein Leib war noch immer geschwollen, das Lamm verloren. Adalie untersuchte das Schaf. Der Kopf war angefressen, das Lamm, das nur halb zur Welt gekommen war, ebenfalls.

»Von wegen, sie gebären leicht«, klagte Adalie und dachte an die Versprechungen des Viehhändlers.

Sie wollte nicht darüber nachdenken, wie das Tier den Hang hinuntergestürzt war und sich so stark verletzt hatte, dass es bei der Geburt verendet war. Es war ihre Schuld, denn sie hatte nicht genug achtgegeben.

»Es hilft nichts, Spot. Bringen wir sie heim.«

Adalie löste den Strick, den sie anstelle eines Gürtels benutzte, um ihr Kleid zusammenzuhalten, und band dem toten Schaf damit die Beine aneinander. Dann musste sie das Lamm entfernen. Sie hatte Schafen schon oft bei der Geburt geholfen, doch dieser Anblick setzte ihr zu. Das kleine tote Tier war schon kalt, und die Keas hatten den Kadaver bereits angefressen. Adalie fasste die schmalen Hufe mit einer Hand, drückte auf den Leib des Mutterschafs, und der Rest des Körpers rutschte ohne großen Widerstand heraus. Die Nabelschnur riss und hinterließ eine dünne Blutspur im Matsch.

Genau in diesem Moment begann Spot abermals zu kläffen. Erst glaubte sie, dass er die Keas vertreiben wollte, die Adalie nicht aus den Augen ließen, doch dann sah sie es: ein winziges gesprenkeltes Gesicht, das zwischen Farnblättern hervorlugte.

Ein Lamm! Und es lebte. Das Tierchen zitterte auf seinen dünnen Beinen. Wie sehr musste es bei diesem Wetter frieren. Der Anblick versetzte Adalie einen Stich.

»Gütiger Gott, du armes Wesen!«

Sie sprang auf. Ihre schnelle Bewegung jagte dem Lamm Angst ein. Es versuchte wegzulaufen, verhedderte sich im Farn und fiel hin. Sie hob es auf, und während Spot mit seiner breiten Zunge über den kleinen Kopf leckte, untersuchte sie es auf Verletzungen.

»Du hast Glück gehabt, kleiner Kerl«, sagte Adalie erleichtert. »Die Keas haben dich nicht entdeckt. Du warst schlau und hast dich versteckt.«

Sie entfernte die Reste der Fruchtblase, die noch an ihm klebten, und nahm es in den Arm. Die ganze Zeit über blökte es kläglich.

Adalie wusste sich nicht anders zu helfen und rieb das kleine Tier ab, bis es lebhafter wurde, dann schob sie ihm die Zitze des toten Muttertiers ins Maul. Das Lamm trank nicht und drehte den Kopf weg. Adalie versuchte es noch einmal, wieder ohne Erfolg.

»Nein, nein, tu das nicht. Du musst, hörst du? Sonst überlebst du den Rückweg nicht.«

Wahrscheinlich war die Zitze schon zu kalt. Adalie wärmte sie in der Hand und bemühte sich gleichzeitig, nicht darüber nachzudenken, was sie da tat. Nach einer Weile versuchte sie es noch mal, und endlich, nach einigem Zögern, begann das Lamm zu saugen.

Adalie seufzte erleichtert. »Ja, so ist es richtig. Wenigstens du musst doch überleben. Trink, trink so viel du kannst, der Weg ist weit.«

Spot leckte das Lamm trocken. Schließlich schulterte Adalie das tote Mutterschaf und schob sich das zitternde Lamm unter die Kleidung. Allein der Gedanke an den Rückweg ließ sie schier verzweifeln. Es wurde Nacht, und ihre Last wog unendlich schwer. Wenigstens den Hang musste sie nicht wieder hinauf. Landeinwärts flachte die Böschung ab und verbreitete sich zu einem Tal. Hier kannte Adalie sich wieder besser aus, aber leicht würde es trotzdem nicht werden.

Adalie brauchte all ihre Kraft, um sich zurück nach Hause zu kämpfen. Sie wusste nicht, wie oft sie auf dem Weg ausrutschte, wie oft sie unter ihrer Last strauchelte und fiel. Ohne Spot hätte sie den Heimweg sicher nicht mehr gefunden. Es war so dunkel, dass sie kaum den Boden vor sich erkennen konnte. Der Hund erschnüffelte die richtige Richtung und blieb immer wieder stehen, um geduldig auf seine Herrin zu warten. Trotzdem dauerte es Stunden.

Als sie schließlich das Licht sah, das aus dem Fenster der kleinen Farm nach draußen fiel, war sie so erschöpft, dass sie keines klaren Gedankens mehr fähig war.

Selbst die Angst, die sie zu Anfang noch empfunden hatte, war einer betäubenden Leere gewichen. Ihr Inneres fühlte sich an wie vollgestopft mit dicker Wolle, während jeder einzelne Muskel schmerzte, als würde er gleich reißen.

Das Einzige, was noch zählte und sie vorwärtstrieb, war das winzige Lamm, das sicher und geborgen an ihrer Brust schlief.

Spot, der die meiste Zeit langsam vor ihr her getrottet war, lief nun bellend voraus und begrüßte Finn, den Hofhund.

Die letzten Meter waren fast zu viel. Adalie schleppte sich den matschigen Pfad am Viehpferch entlang, vorbei an den Schafen und der kleinen Scheune. Das Haupthaus, in dem sich die gesamte Familie drängte, war winzig. Die Wände bestanden aus krummen Stämmen, die nicht mehr zum Verkauf getaugt hatten. Jeden Herbst verbrachten Adalie und ihre Mutter Tage damit, die zugigen Ritzen mit Moos und Erde abzudichten, und doch froren sie den gesamten Winter hindurch. Auch das Dach, gedeckt mit dünnen Holzschindeln, wurde oft undicht. Im Obergeschoss war es unter den schrägen Wänden trotzdem angenehmer, denn dort staute sich die Wärme des Ofens. Ihre Eltern und ihr kleiner Bruder Sammy schliefen dort, während Adalie und früher auch die älteren Geschwister nachts in der winzigen Stube blieben, dem einzigen Raum, aus dem das untere Geschoss bestand. Seit Patrick vor zwei Monaten verschwunden war, waren sie nur noch zu viert. Wie sehr hätte sie seine Unterstützung in diesem Moment gebraucht! Alleine seine Gegenwart würde ihren Vater zur Mäßigung anhalten.

Aber Patrick war fort, hatte sie im Stich gelassen. Sie musste sich ihrem Vater alleine stellen. Es gab keine andere Möglichkeit, denn das Lamm musste dringend versorgt werden. Das kleine Tier regte sich an ihrer Brust, so winzig, zerbrechlich und warm.

»Gleich sind wir da, dann hast du es geschafft«, versprach sie.

In der regnerischen Nacht war das Gebäude kaum zu erkennen, doch sie spürte, dass sie längst entdeckt worden war, und sah eine Bewegung am Fenster.

»Adalie!« Der Schrei ihres Vaters ließ sie zusammenzucken.

»Manus, um Gottes willen, tu dem Kind nichts«, hörte sie drinnen ihre Mutter rufen, als auch schon die Tür des Wohnhauses aufflog und scheppernd gegen die Außenwand krachte.

Ihr Vater war ein Bär von einem Mann, nicht allzu groß, dafür breit in den Schultern und um die Leibesmitte. Adalie hatte ihn mühelos Stämme und massige Holzbalken heben sehen. Das rote Haar auf seinem Kopf wurde dünn, doch sein üppiger Vollbart spross wie eh und je, wenngleich er von immer mehr Grau durchzogen wurde. Die Art, wie er nun breitbeinig in der Tür stand, konnte nur eins bedeuten: Er hatte getrunken und war wütend. Adalies schlimmste Befürchtungen wurden damit wahr.

»Vater, das Schaf ist einen Abhang hinuntergefallen, und ich habe …« Sie hatte gerade genug Zeit, um den Schafskadaver auf den Boden fallen zu lassen, als auch schon die erste Ohrfeige auf ihrer Wange brannte.

»Und warum hast du nicht achtgegeben, du dummes Stück?«

Er bückte sich, fasste dem Schaf in die Wolle und erkannte sofort, dass es sich um eines der neu angeschafften Zuchttiere handelte.

»Es tut mir leid.«

»Es tut dir leid? Es tut dir leid?«, brüllte er, funkelte sie aus seinen kleinen Wieselaugen an und schlug wieder nach ihr. Adalie duckte sich unter dem Schlag hinweg. Sie wusste, das machte ihn noch wütender, aber sie konnte nicht mehr klar denken. Es war die blanke Angst, die sie trieb. Als er sie grob am Arm fasste, damit sie ihm nicht wieder auswich, schrie Adalie auf.

Spot ergriff kläffend Partei. Er hing ebenso an Adalie wie sie an ihm.

Manus Ó Gradaigh trat nach dem Tier, doch es war geschickter darin, auszuweichen, als seine Herrin.

»Vater, Vater nicht! Ich habe ein Lamm«, schrie sie.

Er hielt kurz inne, ohne sie loszulassen. »Wo?«

Adalie zog ihren völlig durchnässten Umhang auseinander, und das kleine Tier hob bibbernd das Köpfchen. Einen Moment lang glaubte sie, das Lamm könnte sie vor Schlimmerem bewahren. »Ich hab es den ganzen Weg gewärmt.«

Ihr Vater spuckte wütend auf den Boden, fasste es an den Vorderläufen und zog es aus Adalies Kleidung.

»Nicht, nicht, was machst du denn da?«

Er hielt das jämmerlich schreiende Tier am ausgestreckten Arm von sich. »Lorna, unnützes Weib, steh nicht nur rum und glotz wie eine Kuh! Komm her!«

Adalies Mutter eilte in den Hof und nahm das Lamm ungleich behutsamer entgegen. Tränen liefen über ihre Wangen, als sie dem verzweifelten Blick ihrer Tochter begegnete. Adalie wusste, dass sie von ihr keine Hilfe erwarten konnte. Ihre Mutter drückte das kleine Tier hilflos an sich, wandte sich ab und ging zurück ins Haus.

In dem Moment öffnete der Himmel seine Schleusen, und der Regen prasselte auf sie nieder, als hätte Gott beschlossen, die Menschheit abermals mit einer Sintflut zu strafen.

Manus fasste seine Tochter kurzerhand am Zopf und zerrte sie zum Haus. Adalie wehrte sich nicht. Sie hatte keine Chance.

Ihr Blick fiel auf den Schafskadaver, der im Schlamm des Innenhofs lag. Die leer gepickten Augenhöhlen starrten dämonisch zurück.

Adalie stolperte die Schwelle hinauf, stieß gegen ihren Vater, wurde von ihm weitergeschubst und fiel in den einzigen Raum des kleinen Farmhauses.

Ihr Kopf schlug hart auf dem Boden auf. Sie rollte sich zusammen und hob schützend die Hände über den Kopf. Viel ausrichten konnte sie damit nicht, denn Manus fand immer eine ungeschützte Stelle. Ein Tritt traf ihren Arm, der nächste den Bauch. Übelkeit und Schmerz rissen sie davon. Sie krümmte sich keuchend, und schon zwang ein Tritt in den Rücken ihren Körper wieder in die andere Richtung.

»Vater, hör auf«, wimmerte sie, aber Manus Ó Gradaigh war längst nicht mit ihr fertig.

Keuchend stand er neben ihr, starrte auf seine Tochter

hinab, bis sie hoffnungsvoll zu ihm aufsah, dann kam der nächste Tritt. Er traf sie unerwartet, ließ die Rippen gefährlich knirschen und trieb ihr die Luft aus der Lunge. Alles wurde schwarz, aber eine erlösende Ohnmacht war ihr nicht vergönnt. Schmerzen durchzuckten Adalies Körper wie brennende Lichtblitze, und schon bald hatte sie einfach keine Kraft mehr, sich zu schützen. Eine Fußspitze bohrte sich in ihre Leiste, und sie zuckte zurück.

»Manus, nein, du bringst sie noch um«, schrie Adalies Mutter.

Schemenhaft nahm sie wahr, wie ihr Vater Lorna zur Seite stieß. »Halt den Mund, oder du bist als Nächste dran!«

»Sie ist dein eigen Fleisch und Blut, versündige dich nicht vor Gott!«

Adalie nutzte die kurze Pause, um zu atmen. Sie hätte nie geglaubt, dass Atmen so anstrengend sein und so wehtun konnte. Jeder Zug ließ sie wieder etwas klarer sehen. Ihre Mutter wurde zur Seite gestoßen und fiel hin. Sie blieb entmutigt liegen und sah flehend zu ihrem Mann auf. Lornas Widerstand war bereits gebrochen, und Manus wandte sich erneut Adalie zu. Als hätte er es nicht mit seiner Tochter, sondern mit einem Gegner in einem brutalen Boxkampf zu tun, trat ihr Manus mit voller Wucht in den nun ungeschützten Bauch.

Der Schmerz war schlimmer als alles zuvor und raste wie eine Welle durch ihren Körper. Sie übergab sich, spie sauren Speichel auf den Boden. Die Schreie ihrer Mutter, ihr Flehen, es endlich gut sein zu lassen, drangen kaum noch zu Adalie durch. Der Schmerz hatte einen dicken Kokon um sie gesponnen, in dem nur noch Qual existierte.

Ihr Geist driftete davon und suchte Zuflucht an einem

Ort, an den Manus ihr nicht folgen konnte. Ihr Traum hieß sie mit offenen Armen willkommen. Plötzlich fand sie sich auf einer Wiese wieder, saftig und grün, wie es sie in Amokura Hills nirgendwo gab. Schafe grasten dort, allesamt gesunde, zufriedene Tiere, und in dieser Fantasiewelt gehörten sie ihr. Dann zerschnitten Schmerzen das Bild, und sie wurde aus ihrem Traum herausgerissen.

Manus fasste ihr ins Haar und zerrte ihren Kopf hoch, damit sie ihn ansah. Er war ein Schatten mit stinkendem Schnapsatem. »Na, tust du dir jetzt leid? Hättest besser aufpassen sollen, du dummes Weib. Womit habe ich nur so eine nutzlose Brut verdient? Du bist schuld, wenn ich ruiniert bin, du und deine schwachsinnige Mutter. Ich hätte allein herkommen sollen, allein. Ihr wärt in Irland verreckt ohne mich.«

Feine Speicheltropfen sprühten auf ihr Gesicht, während er sie mit Beleidigungen überschüttete.

Worte verstand sie längst nicht mehr. Es war auch nicht wichtig, denn der Inhalt seiner Tiraden war immer gleich:

Er hasste sich selbst, hasste die Welt und sein Schicksal.

Seit er seinen Fuß auf Neuseelands Boden gesetzt hatte, war nichts, was er getan hatte, mit Erfolg belohnt worden. Das Land war weit schlechter als angepriesen, es gab mehr Steine und Sumpf als guten Boden.

Weder der Getreideanbau noch die Schafzucht wollten gelingen. Manus Ó Gradaigh war ein Mann mit mehr Wünschen als Tatendrang. Er fing jede neue Aufgabe mit Elan an, besaß aber nicht die Geduld, sie bis zum Ende durchzuziehen. Er bereitete ein Feld mühevoll vor und säte dann zu spät ein, er kaufte die besten Zuchtschafe und bekam dann den Stall nicht fertig, bevor sie lammten. Patrick hatte einst gesagt, er sei zu feige, sich seine eigenen Fehler einzugestehen. Deshalb hasste er alles und gab jedem anderen die Schuld an seinem Elend, weil er nicht einsehen wollte, dass er selbst der Schuldige war.

Seine Unzulänglichkeit ertränkte er in Alkohol und wurde damit seiner eigenen Familie zum Fluch.

Manus stieß Adalies Kopf mit aller Kraft auf den Boden.

Der Schlag raubte ihr einen Moment lang die Sinne und ließ dumpfe Pein zurück. Dann war es plötzlich still um sie.

»Er ist weg.« Ihre Mutter weinte. »Endlich, endlich. Ich dachte, er hört nie auf. Jetzt wird alles wieder gut.«

Nein, nichts wurde wieder gut, nie wieder. Adalie spürte Lornas schwielige Hand auf der Stirn, die Tränen, die auf ihr Gesicht tropften. Draußen schlug ihr Vater weiter um sich. Es klang, als donnerten seine Fäuste gegen die Scheunenwand, dann jaulte plötzlich der Hund auf.

»Nein, nein, nicht Spot«, würgte Adalie hervor.

»Du kannst deinem Hund nicht helfen, Kind. Sei froh, dass er etwas gefunden hat, woran er seinen Zorn auslassen kann.«

Das jämmerliche Winseln zerriss Adalie das Herz. Sie wollte dazwischengehen, doch als sie sich aufrichtete, wurde ihr schwindelig, und alles drehte sich. Adalie kämpfte gegen die Ohnmacht, doch diese trug den Sieg davon. Diesmal landete sie nicht in ihrer Traumwelt mit der grünen Weide, sondern sie schien rückwärts durch den Boden zu sinken, immer tiefer, bis die Dunkelheit sie gänzlich umschloss.

***

Kapitel 2

Amokura Hills, dreizehn Jahre zuvor

Acht Wochen war es nun her, seit sie in Christchurch angelegt hatten. Acht Wochen, in denen schrecklich viel passiert war. Drei Tage nach ihrer Ankunft auf der Südinsel Neuseelands hatten sie ihren endgültigen Bestimmungsort erreicht. Amokura Hills war nicht das, was man ihren Eltern versprochen hatte, das verstand auch die kleine Adalie sofort. Die ihnen zugewiesene Parzelle bestand aus sanftem grünem Hügelland, nicht weit vom Meer entfernt, und sah ein wenig aus wie die irische Heimat, nur ungleich steiniger und trockener. Es war Hochsommer. Als sie Dublin verließen, war der Sommer dort gerade zu Ende gegangen, und hier begann er jetzt erst. Die Erinnerung an die Überfahrt verblasste bereits vor der Unmenge an Arbeit, die vor ihnen lag.

Manus Ó Gradaigh hatte sein karges Land zähneknirschend akzeptiert und einen Platz für den Hausbau ausgewählt. Alle Siedler der *Strathallan* hatten es weit schlechter getroffen, als der Werber angepriesen hatte, doch ein Zurück gab es nicht. Jeder war mit dem Letzten hergekommen, was er besaß, und musste nun das Beste daraus machen.

Jede Familie war nun auf sich allein gestellt, und Manus wollte auch gar nicht mit den anderen Siedlern zusammenarbeiten.

Während die Erwachsenen Bäume fällten, entrindete Patrick die Stämme. Adalie fiel es zu, Feuerholz aufzuschichten und alle Steine, die sie bewältigen konnte, von einem nahen Feld zu entfernen, das zukünftig der Gemüsegarten werden sollte. Es war Knochenarbeit, besonders für ein kleines Mädchen, aber sie beklagte sich nicht, denn sie wusste, was geschah, wenn sie das tat. Manus war nie zu müde oder zu beschäftigt, um ihr mit einer Ohrfeige die Flausen auszutreiben.

Besonders ein Tag würde ihr für immer im Gedächtnis bleiben. Schon seit dem frühen Morgen arbeitete sie auf dem kleinen Feld. Es war brütend heiß, und der Staub machte es noch schwieriger, die Steine auf den breiten Lederstreifen zu rollen und sie damit zum Rand zu zerren. Adalies Kleid war schon völlig durchgeschwitzt. Ihr tat alles weh, und dabei war es noch nicht einmal Mittag. Niemand kümmerte sich um Adalie, die wieder und wieder mit ihrer Last vorbeizog. Heute gelang es ihr nicht, sich die Mühsal ein wenig zu erleichtern, indem sie sich in ihre Fantasie flüchtete und an die schöne Zeit auf dem Schiff dachte.

Sie konnte nicht mehr, es war einfach zu viel.

Der Boden verwandelte sich immer mehr in eine staubige Wüste, rutschte zwischen ihren Zehen hindurch und klebte an ihrer verschwitzten Haut fest.

Adalie ließ den Blick schweifen und entdeckte sogleich den nächsten Stein. Es war ein richtiger Brocken. Sie musste sich hinknien und mit beiden Händen kräftig drücken, um ihn auf das Schleppleder zu bugsieren.

Kurz sah sie zum Haus hinüber. Patrick balancierte über die Balken, um die Dachsparren zu befestigen. Ein falscher Schritt, und er würde stürzen. Aber er fiel nicht. Adalie wusste es einfach, denn Patrick war der beste Bruder der Welt und ein guter Kletterer. Daheim in Irland war er oft über die Felsen geklettert, um für sie beide leckere Eier aus den Nestern der Seevögel zu stehlen.

Zu sehen, wie Patrick sich mühte, gab auch ihr den nötigen Ansporn weiterzumachen. Also hängte sie sich das Seil über die magere Schulter und stemmte sich mit aller Kraft dagegen. Der Riemen schnitt in ihre wunde Haut, während sie sich immer wieder dagegenwarf. Endlich bewegte sich das Leder mit dem Brocken. Doch, ach, plötzlich ging alles so schnell. Der Stein ruckte vorwärts, glitt mühelos über den sandigen Boden, und weil sie sich so weit vorgelehnt hatte, verlor Adalie dabei das Gleichgewicht. Der Sturz ließ sich nicht mehr aufhalten. Mit einem lauten Ratschen riss ihr Kleid entzwei, und sie landete der Länge nach im Staub. Adalie rappelte sich auf und starrte fassungslos auf den breiten Riss, der sich quer über die Vorderseite zog. Der grünliche Leinenstoff war regelrecht zerfetzt, der Saum steckte noch immer im Sand. Sie zerrte ihn vorsichtig hinaus.

Es kostete Adalie große Überwindung, das Feld zu verlassen, um zum Rohbau zu gehen, und schon auf dem halben Weg kamen ihr die Tränen.

»Mama?«, rief sie mit belegter Stimme.

Lorna Ó Gradaigh sägte mit ihrer ältesten Tochter gerade einige Balken zurecht und hörte Adalie nicht, aber Patrick entdeckte sie. »Schwesterchen, was ist passiert?«, rief er ihr aus der Höhe zu und lenkte damit auch Manus' Aufmerksamkeit auf das jüngste Familienmitglied. Er schlug seinen Zimmermannshammer in einen Balken, wo er zitternd stecken blieb, und ging auf Adalie zu. Sie wich zurück. Sein Blick jagte ihr schreckliche Angst ein.

»Du dummes, dummes Kind. Was hast du jetzt wieder angestellt?«

»Ich bin gefallen, Pa … Ich …«, wimmerte sie.

Durch die tränenverschleierten Augen sah sie ihn näher kommen, das Haar feurig rot wie das eines Teufels. Seine riesige Hand packte ihren Zopf.

»Mama!«, schrie sie gellend.

»Deine Mutter wird sich hüten!«, brüllte Manus und riss sie von den Beinen. »So dankst du es deiner Mutter, dass sie dir Kleider macht? Schäm dich!«

Die Ohrfeigen warfen ihren kleinen Kopf von einer Seite zur anderen.

»Pa, lass sie! Adalie hat es doch nicht mit Absicht gemacht«, rief Patrick und sprang von dem Dachgerüst.

»Das geht dich nichts an, Junge«, knurrte Manus. Er ließ Adalies Zopf los, und sofort kauerte sie sich zusammen und drückte ihre Hände auf das schmerzende Gesicht.

Patrick kam, ignorierte seinen Vater und half ihr hoch. Damals war er ihr wie ein Engel vorgekommen. Adalie klammerte sich an ihren großen Bruder und ließ sich zu ihrer Mutter tragen. Von diesem Tag an wusste sie, dass Patrick immer auf sie aufpassen würde.

✳ ✳ ✳

Als Adalie wieder wach wurde, war es tiefe Nacht. Sie lag noch immer in der Stube, doch jemand hatte sie mit einer Decke zugedeckt und ihre Wunden versorgt.

Das musste Lorna gewesen sein. Ihr Vater mochte zurückgekehrt sein oder seinen Rausch irgendwo anders ausschlafen, vielleicht in der Scheune, es war ihr egal.

Adalie brauchte einige Zeit, um wieder richtig zu sich zu

kommen. Alles tat ihr weh, das wilde Stechen in ihrer Leiste war beinahe unerträglich. So schlimm hatte ihr Vater sie noch nie verprügelt. Sonst war immer Patrick dazwischengegangen, um sie zu beschützen. Aber ihr Bruder hatte den Hof verlassen und sein Glück in der Seefahrt gesucht. Hatte sie wirklich eben von ihm geträumt?

Sie berührte die Platzwunde an ihrem Kopf. Blut verklebte die Haare, und die Haut war geschwollen und schmerzte, als könnte sie jeden Moment aufplatzen. Manus würde nicht davor zurückschrecken, es wieder zu tun. Immer, immer wieder. Er hatte sie früher schon oft geschlagen, aber noch nie so schlimm. Sie hatte sich zu Recht große Sorgen gemacht. Ohne Patricks Schutz war sie ihm ausgeliefert. Es hatte so viele Attacken gegeben, dass sie sich nicht mehr an jedes Mal erinnern konnte, aber jetzt hatte sich etwas geändert. Sie musste um ihr Leben fürchten.

In Adalie jagte ein Gefühl das nächste. Angst, aber auch Wut befeuerten sich gegenseitig. Sie fühlte sich nicht nur verletzt, sondern auch im Stich gelassen. Patrick hatte nicht Wort gehalten und sie auf seiner Flucht mitgenommen, der Traum vom gemeinsamen Leben in Freiheit war dahin. Er hatte ihr wehgetan, wenn auch nicht auf die gleiche Weise wie ihr Vater. In ihren gemeinsamen Träumen hatten sie ihre Zukunft in zahllosen Variationen durchgespielt.

Was sollte sie daran hindern, es selbst zu versuchen? Die Alternative war ein Leben auf der Farm, wo sie vielleicht totgeschlagen oder früher oder später an irgendeinen Kerl verheiratet werden würde. Sie hatte nichts zu verlieren, also würde sie weggehen. Überall war es besser als hier.

Sie musste es wie Patrick machen und mit einem Schiff in die Freiheit segeln.

Der Entschluss war schnell gefasst. Sie hatte schon viel zu lange gezögert. Noch in dieser Nacht wollte sie dem Hof den Rücken kehren.

Adalie kam mühsam auf die Beine, ihr schwindelte, alles tat weh, doch die Hoffnung auf Flucht verlieh ihr die nötige Kraft. Sie entzündete einen Kerzenstummel. Das flackernde Licht reichte aus, um das wenige, was sie besaß, zusammenzupacken. Ihre Eltern und ihr kleiner Bruder schliefen im Obergeschoss. Adalies Bett bestand aus einer Pritsche im Wohnraum, und das war heute ihr Glück. Niemand bemerkte ihren Aufbruch. Sie nahm nicht viel mit. Das meiste trug sie, nachdem sie sich umgezogen hatte, am Körper. Ein gutes Kleid und eine wärmende Decke kamen als Gepäckbündel mit, ebenso ein Kamm, ein kleines hölzernes Schaf, das Patrick ihr geschnitzt hatte, als sie noch ganz klein gewesen war, Brot, Käse und ein Beutel mit Wasser. Geld besaß sie nicht, nicht eine einzige Münze.

Wie gerne hätte sie sich von ihren Geschwistern und ihrer Mutter verabschiedet, doch das war unmöglich.

Sie sah sich ein letztes Mal um, blies die Kerze aus und schlich auf Zehenspitzen zur Tür.

Es hatte aufgehört zu regnen. Die Wolken waren abgezogen, der Mond war aufgegangen, und am Himmel funkelte ein Meer von Sternen.

Adalie nahm es als positives Zeichen. Es war hell genug, um den Weg nach Timaru ohne Probleme zu finden, aber bedauerlicherweise konnte sie dadurch auch sehen, was ihr Vater in seiner Wut noch angerichtet hatte.

Als sie den kleinen verrenkten Körper bemerkte, wusste sie sofort, was geschehen war. Ihr geliebter Hütehund Spot war tot.

Manus hatte ihn erschlagen, und das würde sie ihrem Vater nie verzeihen.

»Es tut mir leid, Spot, er war auf mich wütend, nicht auf dich«, sagte sie leise und grub ihre Hände zum letzten Mal in sein weiches Fell. Sie erhob sich und sah zu ihrem toten besten Freund hinab. Nein, sie konnte ihn nicht einfach so hier liegen lassen.

Entschlossen zog sie den kleinen, steifen Körper in ihre Arme und trug ihn zum Strand, wo er im losen Sand einer Düne seine letzte Ruhestätte fand. Nun war sie ganz allein.

* * *

Hafen von Timaru, am frühen Morgen

Adalie wachte aus einem unruhigen Schlaf auf. Dann fiel ihr wieder ein, wo sie war: versteckt im Beiboot, auf dem Weg in ein neues Leben.

Sie schalt sich selbst für ihren Leichtsinn, einzuschlafen, andererseits blieb ihr ohnehin nichts anderes übrig als auszuharren, bis sie in ein oder zwei Tagen Christchurch erreichten, denn so lange dauerte die Fahrt dorthin bei gutem Wetter.

Der Morgen war heraufgezogen, und durch das Wachstuch, mit das Beiboot abgedeckt war, schimmerte Licht hindurch. Erst jetzt bemerkte Adalie, dass sie nicht mehr alleine im Boot war. Der Schiffskater hatte sich an ihrer Seite gemütlich zusammengerollt und blinzelte sie verschlafen an.

Seine Augen besaßen ein geheimnisvolles Grün und hatten sicher schon viel mehr von der Welt gesehen als sie.

Adalie zögerte kurz, dann streichelte sie dem Kater über den breiten Kopf. Er begann sogleich zu schnurren.

Im Hafen und auch auf dem Schiff herrschte nun reger Betrieb. Vielleicht hatte sich der Kater deshalb bei ihr versteckt.

Adalie lauschte auf Stimmen und Schritte, die sich mal ganz nah anhörten und mal vom anderen Ende des Decks herüberklangen. In ihrer Aufregung nahm sie die Schmerzen kaum noch wahr, die von beinahe jeder Faser ihres Körpers abstrahlten. Sie wurden zu einem Rauschen im Hintergrund, das sie zwang, die Zähne aufeinanderzubeißen, während sie hoffte und betete, unentdeckt zu bleiben.

»Ich habe nicht mehr Geld, bitte, Herr Kapitän«, hörte sie soeben einen Mann sagen.

»Wie viele?«, antwortete der Angesprochene. Die Stimme machte einen freundlichen Eindruck, auch wenn sie die Autorität eines Schiffskapitäns nicht vermissen ließ.

»Meine Frau, ihre Schwester und die Kinder. Wir bleiben auf dem Deck, ich helfe an Bord mit, wenn ich von Nutzen sein kann. Bitte.«

»Gut. Aber sagen Sie es nicht weiter, sonst verdiene ich bald gar nichts mehr. Wenn wir schlimmes Wetter bekommen, findet sich im Notfall noch ein Eckchen im Frachtraum.«

»Danke, ich danke Ihnen. Sie werden uns nicht bemerken.«

Der Kapitän brummte etwas. Adalie hörte, wie Gepäck verladen wurde, und dann erschallte endlich der ersehnte Befehl, die Segel zu setzen.

Sie war frei! Sie würde nicht wie ihre Schwestern in den Betten ungeliebter Ehemänner enden und sich von ihnen quälen lassen wie zuvor von Manus. Jetzt war sie ihre eigene Herrin, und zum ersten Mal fühlte sie sich so stark, wie Patrick es immer von ihr behauptet hatte.

Die Anspannung der ersten Stunden wich rasch von ihr.

In der Nähe ihres Verstecks hatte sich die Familie eingerichtet, die den Kapitän um eine Überfahrt zu vergünstigten Konditionen gebeten hatte. Wie Adalie nun feststellte, waren es Wilde. Sie unterhielten sich in ihrer eigenen Sprache. Zuerst wisperten sie nur, als hätten sie genauso viel Angst wie der blinde Passagier, der sie belauschte.

Als die Zeit verstrich, unterhielten sie sich schließlich lauter, dann scherzten sie und lachten mit den Kindern. So freundlich waren ihre Eltern nie mit ihr umgegangen, dachte Adalie betrübt.

Ob die Maori sehr anders waren als die Weißen? Ihr Vater hatte für sie nur Verachtung übriggehabt. Er nannte sie Nichtsnutze, Diebe, Mörder oder Rattenfresser und warnte Adalie davor, ihnen zu nahe zu kommen, weil sie sich sonst ansteckende Krankheiten holen könnte.

Adalie hätte ohnehin kaum Gelegenheit gehabt, in der kleinen irischen Ansiedlung südlich von Timaru auf Maori zu treffen.

Sie wusste es zwar nicht mit Bestimmtheit, vermutete aber stark, dass ihr Vater die Wilden bekämpfte, so wie die meisten Männer, die einst mit der *Strathallan* nach Neuseeland gekommen waren. Adalie hatte ihn vor anderen damit prahlen hören, wie sie es ihnen gegeben hätten und dass nun niemand mehr Angst haben müsse, dass ihm die Farm gestohlen werde. Die Männer der umliegenden Höfe trafen sich regelmäßig reihum. Wenn sie zu den Ó Gradaighs kamen, wurden Adalie und ihre Mutter immer fortgeschickt. Sie wussten nicht, was die Bauern besprachen, aber hin und wieder hatte Adalie doch etwas aufgeschnappt. Angeblich stahlen die Wilden das Vieh und setzten Vorratshütten und Scheunen in Brand.

In der ganzen Zeit, seit sie aus Irland hergekommen waren, hatte es nur einen Toten gegeben. Einen Bauern, der vom Holzfällen nicht mehr wiedergekehrt und Tage später mit eingeschlagenem Schädel gefunden worden war. Die Farmer hatten Rache geübt, und danach war es lange Zeit still gewesen, bevor es wieder zu kleineren Überfällen gekommen war.

Adalie erinnerte sich an einen Abend – sie musste zwölf Jahre alt gewesen sein –, als ihr Vater nachts verletzt heimgekehrt war. Überall war Blut gewesen, doch das meiste hatte nicht von ihm gestammt. Lorna hatte ihren Mann mit Adalies Hilfe versorgt. Ihren Vater verletzt zu sehen, hatte in ihr die Angst vor den Wilden geschürt, und in den nächsten Wochen hatte sie um ihr Leben gefürchtet, wenn sie allein die Schafe hüten musste.

Einmal hatte Adalie gefragt, warum die Maori ihnen das Land wegnehmen wollten, wenn Neuseeland doch so riesig war. Es gab schließlich Platz für alle, dachte sie mit ihrem kindlichen Verstand. Manus' Antwort war die gleiche gewesen wie unzählige Male zuvor: eine Ohrfeige und der Rat, nur den Mund aufzumachen, wenn sie gefragt wurde. Dann war er mit den Worten davongegangen, sie solle ihm dankbar sein, weil er sein Leben für seine Familie riskiere.

Die Maori dort draußen auf dem Schiff klangen keineswegs wie die wilden Barbaren, vor denen Manus Ó Gradaigh sie stets gewarnt hatte.

Adalie hätte sie zu gerne beobachtet.

Die Sonne stieg, und in ihrem Versteck wurde es zunehmend stickig. Es roch, als würde der Kater das Boot schon seit geraumer Zeit als Toilette benutzen.

Das Tier schlief noch immer ungerührt an ihrer Seite. Adalie hätte es ihm am liebsten gleichgetan, doch dafür taten ihre Verletzungen zu weh, und nun begann auch noch ihr Magen zu knurren.

Sie versuchte, nicht darauf zu achten, und hoffte, dass nur sie ihn hörte.

Draußen wehte der Wind immer heftiger, das Schiff wurde regelrecht vorwärtsgerissen. Sein hölzerner Körper knarrte. Lose Seilenden schlugen gegen die Segel, und die Möwen kreischten in einem fort.

Adalie wurde in ihrem Versteck hin und her geschaukelt und war froh, dass sie von der Seekrankheit verschont blieb. Auch als Kind war ihr auf der langen Überfahrt von Irland nicht übel geworden. Die Zeit auf der *Strathallan* hatte sie als die schönste ihres Lebens in Erinnerung.

Vielleicht sah sie in einem Schiff deshalb auch immer ein Symbol der Freiheit. Adalie erinnerte sich noch genau daran, wie sie sich mit ihrer kleinen Hand an Patricks festgeklammert hatte und durch den Hafen von Dublin geirrt war.

Vater ging mit einem Handkarren voller Gepäck vorweg, dann folgten ihre Mutter und die älteren Schwestern Beth und Mary. Alle waren mit schweren Bündeln beladen, selbst Adalie trug zusammengerollte Decken auf dem Rücken.

»Schau, Adalie, da ist unser Schiff!«, verkündete Patrick aufgeregt.

Adalie hüpfte auf und ab, aber sie war einfach zu klein, um etwas erkennen zu können. Patrick hob sie hoch, und für einen kurzen Moment sah sie über das Gedränge von Menschen, Kutschen und Karren hinweg das Schiff. Die *Strathallan* war ein stolzer Dreimaster. Noch waren die Segel nicht gespannt, und die Masten ragten wie verzweigtes Astwerk in den Himmel. Möwen kreisten darüber und stritten kreischend um Abfälle und Fisch.

Sie mussten lange warten, doch schließlich waren sie an der Reihe. Still und mit aufgerissenen Augen beobachtete Adalie, wie ihr Vater die Tickets vorzeigte, dann durften sie endlich an Bord.

Die lange Brücke aus Holz und Seilen schwankte. Adalie hielt sich ganz dicht hinter Patrick, der ihre Hand losgelassen hatte, weil er ihrem Vater helfen musste, das Gepäck für die sechsköpfige Familie zu tragen.

Sie bekamen eine Kammer unter Deck, die sie sich mit zwei weiteren Familien teilen mussten. Adalie war sechs Jahre alt und wusste nicht viel über die Pläne ihrer Eltern, nur dass sie für viele, viele Wochen über das Meer fahren würden.

Die anfängliche Aufregung legte sich bald, und auf dem Schiff kehrte Routine ein. Es gab wenig zu tun, und zum allerersten Mal in ihrem bisherigen Leben hatte Adalie freie Zeit. Während Mutter und Schwestern mit den anderen Frauen tratschten und ihr Vater Karten spielte, liefen Adalie und Patrick auf dem Schiff herum.

Sie spielten mit den anderen Kindern Fangen, sahen den Seeleuten zu oder angelten mit selbst gebastelten Ruten nach Fisch. Es war die schönste Zeit in ihrem Leben. Manchmal lagen sie auch einfach nur da, die Augen zum Himmel gerichtet, und träumten. Der schönste Platz dafür war auf einem der großen Rettungsboote. Sie legten sich auf die

Plane, mit der es zugedeckt war, und schaukelten darin wie in einer übergroßen Wiege.

»Ich wünschte, wir würden immer, immer so weiterfahren«, seufzte Patrick.

»Willst du denn nicht ankommen?«

»Eigentlich nicht. Es ist schön auf dem Meer, und wir können machen, was wir wollen.«

»Na gut«, stimmte Adalie zu. »Aber dann will ich Schafe auf dem Schiff.«

Patrick lachte und drückte sie fest an sich. »Schafe? Was willst du denn damit auf dem Meer?«

»Das Schiff ist so groß, stell dir vor, auf den Decks würde ganz viel Gras wachsen, überall!«

»Überall?« Patrick lachte und hielt sich den Bauch. Dann wurde er schlagartig ernst. »Du hast Heimweh, oder?«

Adalie, die nie zuvor die elterliche Farm verlassen hatte, überlegte. Wenn sie schlief, ging sie im Traum oft durch das kleine niedrige Cottage oder zu den Tieren in den Stall. Sie dachte an das Schaf Betty, mit dem kleinen Flecken in Form eines Herzens auf der Stirn, und ihre Zwillingslämmer, und dann wachte sie auf und war traurig. Ja, das musste wohl Heimweh sein.

»Erinnerst du dich noch an Betty?«

Patrick hob spöttisch die Brauen, während der Wind sein rotes Haar durcheinanderblies und er aussah wie ein Kobold.

»Redest du von diesem störrischen Vieh?«

»Sie ist nicht störrisch, man muss nur lieb zu ihr sein.«

»Wie du meinst. Wenn ich mal ein Mann bin, will ich auf jeden Fall nichts mehr mit doofen Schafen zu tun haben.«

Adalie musterte ihn ungläubig. »Was willst du dann machen, etwa weggehen?«

Er nickte ernst. »So bald wie möglich. Dann muss sich Pa einen anderen suchen, den er ohrfeigen kann.«

»Ich komme mit dir.«

»Dann gehen wir zusammen weg.«

»Versprochen?«

»Großes Bruder-Ehrenwort!«, verkündete Patrick, und Adalie glaubte ihm aus tiefstem Herzen. Sie hatte ihm immer geglaubt, bis zu dem Tag, als er Amokura Hills ohne sie verließ.

Die Zeit auf dem Schiff ging viel zu schnell vorüber. Durch die schwere Arbeit, welche die Ankunft im neuen Land selbst für die jüngsten der Familie bedeutete, verblassten die Wochen der Unbeschwertheit. Die *Strathallan* wurde zur Erinnerung, zum Traumbild. Patrick und Adalie wünschten sich oft dorthin zurück. Patrick träumte fortan davon, zur See zu fahren. Auch wenn er wusste, dass er als Seemann hart arbeiten musste, so konnte er von der Freiheit auf den Ozeanen nicht genug bekommen.

Adalies Träume waren bescheidener. Sie war froh, wenn sie zwischendurch zum Strand gehen und einen Blick auf die tosenden Wellen werfen konnte. Dann malte sie sich aus, in einem Häuschen an der Küste zu wohnen, eine eigene Schafherde zu versorgen und darauf zu warten, dass Patrick von seiner Seefahrt für einige Tage nach Hause käme und ihr von seinen Abenteuern erzählte. Wer hätte geahnt, dass sie irgendwann wieder auf einem Schiff in eine neue Zukunft segeln würde? Und das ganz allein?

Als die Maori draußen schreien mussten, um sich im tosenden Wind zu verständigen, wagte Adalie es zum ersten Mal, ihre Position zu ändern und sich anders hinzulegen.

Die Erleichterung war so groß, dass sie am liebsten laut ge-
seufzt hätte. Der Schmerz in ihrer Hüfte war noch immer
unbeschreiblich, und es gab keine Position, in der er erträglich war, während für die vielen Blutergüsse auf ihrem
Rücken die Lage auf der Seite Erleichterung brachte.

Bis zum Abend kämpfte sich das Schiff weiter durch die
Wogen, dann machten sie in einer Bucht fest, um dort die
Nacht zu verbringen. Adalie lauschte dem Leben an Bord,
aß etwas von ihren mageren Vorräten und bedauerte, nicht
bei den anderen Menschen sein zu können, die offenbar eine gute Zeit hatten. Sie hörte sie lachen, die Matrosen wie
ihre Passagiere, und die Kinder rannten umher, wie einst
Patrick und sie.

Die Nacht verlief ruhig. Es gelang ihr zu schlafen, und
erst als die Seeleute beim ersten Lichtstrahl die Segel setzten,
wurde sie wach.

Der Kater hatte die Nacht an Deck verbracht, Mäuse
gejagt und vielleicht irgendwo Essen stibitzt. Am Morgen lief
er laut miauend auf der Wachsplane des Beibootes herum,
als erwartete er, dass Adalie ihm einen Zipfel hochhielt, damit er zu ihr kriechen konnte. Schließlich schob er erst seinen breiten Kopf durch eine Lücke und zwängte sich dann
ganz hinein.

Eines der Maorimädchen rief etwas. Adalie erschrak. Sie
hörte seine kleinen Füße über das Deck rennen, direkt auf
ihr Versteck zu. Wahrscheinlich hatte die Kleine die Katze
entdeckt und wollte mit ihr spielen. Ein Albtraum. Adalie
hatte sich bereits Strategien überlegt, wie sie sich in Christchurch am besten unbemerkt von Bord schleichen würde,
und nun wurde sie womöglich so kurz vor dem Ziel doch
noch entdeckt.

Ihr Puls beschleunigte sich. Sie musste etwas tun, nur was?

Ihre größte Angst wurde Wirklichkeit, als sich eine kleine Hand in die Lücke der Wachsplane drängte.

Jetzt gab es nur noch eine Chance. Wenn das Mädchen nach dem Tier suchte, musste sie es finden.

Adalie fasste den Kater kurzerhand am Nackenfell und zerrte ihn zu der Öffnung. Doch sie hatte die Rechnung ohne das Tier gemacht. Ein gestandener Bordkater ließ sich nicht so einfach packen und hochheben – erst recht nicht von einem verängstigten blinden Passagier. Er stieß einen wilden Angriffsschrei aus und krallte sich mit allen vieren in ihren Arm.

Die Kinderhand wurde sofort zurückgezogen, doch es war zu spät, denn der Kater sah gar nicht ein, dass sein Kampf damit schon beendet war. Er fauchte und biss Adalie in den Daumen. Es tat so weh, dass sie es nicht schaffte, stumm zu bleiben. Ihr Schrei war heraus und damit das Ende ihrer heimlichen Reise besiegelt.

Schritte donnerten über die Holzbohlen.

Während die Maori versuchten, das aufgebrachte Kind zu beruhigen, wurde die Wachsplane zurückgerissen. Der Kater schoss fauchend an den Seeleuten vorbei.

Adalie blinzelte gegen die grelle Sonne und kauerte sich zusammen, als erwartete sie Prügel. Vier Männer standen vor dem Boot. Sie waren im Gegenlicht nur als Schemen auszumachen.

»Wen haben wir denn da?«, sagte einer.

»Unser Kater hat ein Kätzchen gefunden«, lachte ein anderer.

»Mr. Sanderson, wir haben einen Gast mehr an Bord, als wir dachten!«

Adalie wurde grob am Arm gepackt und aus dem Boot gezerrt. Sie war so verängstigt, dass sie nicht wusste, was sie sagen sollte. So blieb sie nur schwankend zwischen den Matrosen stehen, die sie mit eisernem Griff festhielten, und sah dem Mann entgegen, der offenbar der Kapitän war und nun über sie richten würde. Adalie schätzte ihn auf nicht viel älter als vierzig Jahre. Er war schlank, das Gesicht gebräunt und wettergegerbt. Sein blondes Haar und der kurze Bart waren von der Sonne ausgebleicht.

»Das ist mal ein etwas anderer Fang als sonst. Kein Wunder, dass Stump sie so lange in seinem Versteck geduldet hat.«

Die Männer lachten. Stump war wohl der Kater. Die Kratzer an Arm und Daumen bluteten, doch der pochende Schmerz im Daumen war jetzt ihre geringste Sorge.

»Bringt die Kleine runter in die Messe, ich will mit ihr reden.«

Adalie ließ sich widerstandslos abführen, vorbei an den fünf Maori, die sie neugierig musterten, und dem Kater, der auf einer Seilrolle saß und sich triumphierend die Pfoten leckte. Sie hinkte schwer, die Stiche in der Leiste schmerzten plötzlich wieder stärker, wie Messerstiche.

Die Messe war ein gemütlicher kleiner Raum, in dem gerade genug Platz für einen Tisch und Bänke war. Hier versammelte sich die Mannschaft sonst zum Essen, und in einem Winkel, wohl der Küche, stand ein Matrose und schälte Kartoffeln.

»Setz dich dahin, Mädchen. Der Kapitän kommt gleich.«

Adalie ließ sich auf die Bank fallen und wartete schicksalsergeben. Sie merkte kaum, wie ihr jemand einen Lappen reichte, damit sie ihn auf ihren blutenden Arm drücken konnte. Ein Matrose, nicht viel älter als sie selbst, durch-wühlte ihr kleines Bündel und reihte alles, was er fand, auf dem Tisch neben ihr auf. Adalie betrachtete ihre wenigen Habseligkeiten, die fadenscheinige Kleidung, das Holztier, den Kamm mit den herausgebrochenen Zinken und den letzten Rest Brot. Als sie die Sachen so da liegen sah, wurde ihr klar, wie arm sie wirklich war. Sie besaß nichts, absolut nichts. Wie dumm war sie gewesen zu glauben, sie könnte einfach so losziehen und ihr Glück versuchen.

Aber Patrick hat es auch gemacht, meldete sich eine klei-ne trotzige Stimme in ihr. Aber ihr Bruder war ein Mann, und Männer hatten es leichter. Dennoch straffte Adalie den Rücken, auch wenn es wehtat, und hob den Kopf. Nie wie-der wollte sie sich so demütigen lassen, wie es Manus all die Jahre getan hatte.

In diesem Moment betrat der Kapitän den Raum.

»Da, mehr hat sie nicht bei sich gehabt«, sagte der Matro-se, wies auf ihre Sachen und verließ dann den Raum.

Adalie schwieg. Sie wollte ihn nicht noch mehr verärgern. Während der Fremde erst ihre Sachen und dann sie muster-te, wagte sie kaum zu atmen.

»Wie heißt du?«, fragte er schließlich.

»Adalie, Adalie Ó Gradaigh.«

»Eine Irin?«

Sie nickte schnell.

»Das ist eine ungewöhnliche Haarfarbe für ein Mädchen aus Eire. Eine kleine Keltin.«

Eine Keltin? Was sollte das denn bedeuten? Weil sie nicht wusste, was sie antworten sollte, schwieg sie weiter und starr-te auf die groben Pferdelederschuhe des Kapitäns. An den Falten quoll Wachs hervor. Wer solche Schuhe trug, hatte sicher niemals kalte, nasse Füße. Ihre eigenen waren nackt, schmutzig und ein wenig gerötet.

Der Kapitän fasste sie am Kinn und hob ihren Kopf hoch, um sie anzusehen. Sie zitterte, obwohl sie sich vorgenommen hatte, stark zu sein. »Es tut mir leid.«

»So mitgenommen wie du aussiehst, kann das doch nicht alles der räudige Stump gewesen sein.«

Adalie schüttelte hastig den Kopf und bereute es sofort, weil die rasche Bewegung die Schmerzen aufweckte.

»Wer hat dir das angetan, Mädchen? Sag, bist du von ein paar üblen Kerlen überfallen worden und hast dich auf mein Schiff geflüchtet?« Er stellte diese Frage so freundlich und mit derart aufrichtiger Anteilnahme im Blick, dass Adalie einfach die Wahrheit sagen musste, auch wenn er ihr eine gute Vorlage für eine Lüge geliefert hatte.

»Mein Vater war das«, wisperte sie und starrte dabei auf ihre zerkratzten Hände. Die Schnitte brannten noch immer.

»Dein Vater? Grundgütiger. Was für ein Unmensch! Er hat dich ja halb totgeschlagen!«

»Ich … ich hab nicht aufgepasst … Eines seiner besten Zuchtschafe ist verloren gegangen und verendet. Ich bin schuld, ich …«

Der Kapitän setzte sich neben sie und legte ihr freundlich die Hand auf die Schulter. »Selbst wenn du schuld wärst, ist das kein Grund, dir so etwas anzutun. Deine Schläfe sieht schlimm aus, du hättest sterben können. Es gleicht einem Wunder, dass du es überhaupt noch bis auf mein Schiff geschafft hast.«

»Er hat Spot umgebracht.« Die Worte waren heraus, bevor Adalie wusste, warum sie sie überhaupt aussprach.

»Wer ist Spot?«

»Mein Hund. Er war ein guter Hund, er hat immer alles richtig gemacht.«

Als der Kapitän ihr tröstend über den Kopf streichen wollte, zuckte sie zusammen. Er zog die Hand sofort zurück. Adalie ließ zu, dass er ihr seine Jacke um die Schultern legte, dann konnte sie ihre Tränen nicht länger zurückhalten. Sie drückte ihr Gesicht ganz fest an den speckigen Pelzkragen, der nach Schweiß und Salz roch und nach einer Geborgenheit, die sie nie kennengelernt hatte. Es dauerte lange, bis sie sich wieder beruhigte, doch er harrte bei ihr aus, beobachtete sie nachdenklich und schwieg. Schließlich rückte sie noch ein wenig mehr von ihm ab und wischte sich beschämt die Augen trocken.

»Besser?«, fragte der Kapitän freundlich.

»Ja, danke.«

»Ich habe eine Tochter, die genau in deinem Alter ist. Ich wüsste nicht, was ich tun würde, wenn sie jemand schlägt.«

Adalie glaubte ihm kein Wort. Sie wünschte, sie könnte es, doch in ihrem ganzen Leben hatte sie keinen ehrlichen Mann kennengelernt. Welcher Mann gab schon zu, dass er Frauen schlug? Auch die Ehemänner ihrer Schwestern hatten diese zuerst mit hübschen Worten umgarnt. Waren sie erst verheiratet, so zeigten sie ihr wahres Gesicht.

»Werden Sie mich der Polizei übergeben, wenn wir in Christchurch sind?«

»Wo denkst du hin? Auf keinen Fall. Und was soll ich überhaupt in Christchurch?«

Adalie sah auf. »Da fahren wir doch hin. Sie sind Mr. Burke, und ihr Schiff, die *Elizabeth*, hat das Ziel…«

Sie konnte die Worte nicht zu Ende sprechen, weil der Kapitän lachend den Kopf schüttelte und ausrief: »Nein,

nein. Ich bin nicht Burke. Darf ich mich vorstellen? Martin Sanderson. Mein Schiff ist die *Estrella*, und wir fahren nach New Plymouth.«

»Was? Nicht die Elizabeth?«

»Nein, und sei froh, dass sie es nicht ist. Burke hätte dich an meiner Stelle den Fischen zum Fraß vorgeworfen und das wahrscheinlich erst, nachdem er und seine Männer ihren Spaß mit dir gehabt hätten. Du bist auf dem falschen Schiff, und danke Gott dafür. Christchurch haben wir allerdings schon vor einer Weile hinter uns gelassen.«

Adalie nickte. Das falsche Schiff also. Und das nur, weil sie nicht richtig lesen konnte, weil ihr Vater es nicht für nötig hielt, dass Mädchen zur Schule gingen. Hausarbeit und Kinderkriegen lernt man nicht aus Büchern, pflegte er immer zu sagen. Dabei nahm die Missionsschule alle auf.

»Wo ist New Plymouth?«

»Auf der Nordinsel an der Nordwestküste. Wir segeln in ein paar Tagen an Wellington vorbei, durch die Cookstraße in die Tasmansee. Dann siehst du das Land auf der Steuerbordseite statt wie jetzt auf Backbord.«

»Ach so«, murmelte Adalie. Sie wusste, dass Neuseeland aus zwei großen Inseln bestand, und auch von der Stadt Wellington hatte sie schon einmal gehört. Sandersons Ausführung verstand sie trotzdem nicht so recht.

»Was wolltest du in Christchurch? Hast du dort Verwandte?«

»Nein, habe ich nicht. Ich wollte mir eine Anstellung suchen. Ich kann nicht wieder zurück nach Hause, nie wieder.«

»Na dann, Kopf hoch. Eine Stelle findest du auch in New Plymouth und unter den vielen Soldaten der Garnison sicher auch einen netten Ehemann.«

Adalie erschrak. »Ich will nicht heiraten. Das werde ich niemals!«

Sanderson erheiterte ihre Antwort, doch dann schwand das Lächeln schnell aus seinem Gesicht. »Schon gut, schon gut. Kümmern wir uns erst um deine Verletzungen, dann sehen wir weiter. Du kannst meine Kabine benutzen, dort gibt es einen kleinen Spiegel. Wir haben auch Verbandszeug an Bord.«

Adalie sah ihn skeptisch an. Konnte sie ihm wirklich trauen? Er war ein Mann und sicherlich viel stärker als sie.

»Du kannst die Tür von innen verriegeln, wenn du willst. Ich vertraue darauf, dass du zwar eine blinde Passagierin, aber keine Diebin bist.«

»Ich werde nichts anfassen«, versprach Adalie und fand sich kurz darauf allein in der Kajüte des Kapitäns wieder, vor sich eine Wasserschüssel, Seife und einen Lappen. Eine schlichte hölzerne Schachtel enthielt Verbandszeug.

Adalie konnte ihr Glück im Unglück kaum fassen, doch der Blick in den Spiegel war ernüchternd.

Auch ohne die Verletzungen bot sie einen erbärmlichen Anblick. Aus ihrem blassen, fast schon hageren Gesicht blickten ihr große graue Augen entgegen, unter denen dunkle Schatten lagen. Ihr Mund war spröde und aufgerissen. Sie hatte sich auf die Lippe gebissen, doch das wenige Blut machte es auch nicht schlimmer.

Manus' Fäuste hatten deutliche Spuren hinterlassen. Eine Gesichtshälfte war geschwollen, und noch immer klebten Dreck und Blut in ihrem Haar und an der Schläfe.

Adalie wusch vorsichtig ihre Wunden und weichte auch ihre zerzausten schwarzen Flechten ein, bis der Schorf sich löste.

Mit einer Paste, die nach Bienenwachs und Kräutern roch, rieb sie die gereizte Haut an der Schläfe und ihre Platzwunden ein. Danach fühlte sie sich tatsächlich ein wenig besser. Vorsichtig untersuchte sie ihren Körper und fand überall blauschwarze Flecke. In der Leiste, die am meisten schmerzte, war kaum etwas zu sehen, die Verletzung saß tiefer, und Adalie konnte nur hoffen, dass sie von allein heilen würde. Als sie schließlich die Kajüte des Kapitäns verließ, war ihre Stimmung merklich besser.

Am Abend versammelten sich alle, Mannschaft wie Reisende, an Deck. Es gab einen kräftigen Eintopf aus Kartoffeln, Kohl und Ziegenfleisch, und Adalie glaubte, in ihrem Leben noch nie etwas Besseres gegessen zu haben. Wenngleich das Fleisch zäh und kaum zu kauen war, so waren die Portionen üppig.

Sie bekam so viel, wie sie essen konnte, und auch das war ungewohnt, denn sonst hatte Lorna das Essen immer genau aufgeteilt. Für die Frauen der Familie waren oft nicht mehr als die Reste geblieben.

Nach dem gemeinsamen Essen saßen sie alle noch lange zusammen. Die Frühlingsnacht war mild und trug schon die Versprechen des Sommers in sich. Während die anderen sich unterhielten, lauschte Adalie dem Stimmengewirr und hing ihren eigenen Gedanken nach.

Bald würden sie in Amokura Hills die Schafe scheren, aber ohne sie und auch ohne Patrick. Mit zwei Hilfskräften weniger bedeutete es für ihre Eltern die doppelte Schinderei. Und sie würden die Schafe ohne Hund zusammentreiben müssen, wenn das überhaupt möglich war. Sammy war zu schwach, um viel beitragen zu können, ihm würde es zufallen, das Fell von groben Verschmutzungen zu reinigen, Kletten und Stöckchen hinauszuzupfen.

Adalie bedauerte ihre Mutter und Sammy, doch um das Familienoberhaupt tat es ihr nicht leid. Vielleicht würde sich Manus jetzt ändern.

Nein, das war ein absurder Gedanke, er würde allenfalls fluchen, mehr trinken und seinen untreuen Kindern die Schuld an der Misere in die Schuhe schieben.

Wahrscheinlich wird er wütender darüber sein, Spot erschlagen zu haben, als über mein Verschwinden, dachte sie.

Ob sie ihre Eltern und Geschwister je wiedersah?

Warum vermisste sie sie jetzt schon, wo gerade zwei Tage vergangen waren?

Mit einem Neid, der ihr eigentlich gar nicht zustand, beobachtete sie die Gemeinschaft der Seeleute, die vertraut miteinander scherzten. Ein junger Mann blickte immer wieder zu ihr herüber. Sie wusste, was das bedeutete: Sie gefiel ihm. Dieses Wissen machte ihr Angst. Männer waren Raubtiere, die ihre Blutrünstigkeit hinter Masken und Komplimenten verbargen. Er hatte versucht, mit ihr zu sprechen, angeboten, ihr das Schiff zu zeigen.

Adalie hatte abgelehnt, einfach den Kopf geschüttelt und in eine andere Richtung geblickt, bis er gegangen war. Ihr Verhalten war unfreundlich, ja, aber das tat ihr nicht leid.

Leid tat ihr, dass sie den Rundgang nicht machen konnte, denn das Schiff hätte sie wirklich gern gesehen.

Schließlich ging der Abend zu Ende.

Die *Estrella* schaukelte in der sanften Dünung einer Bucht, in der sie festgemacht hatten. Adalie kam es vor, als wäre ihr Gefährt ein ungeduldiges Wesen, das sich nur ungern dem Willen der Menschen beugte. Beständig knarrte die Ankerkette, wenn sich der Rumpf mal wieder ein wenig aufbäumte und daran zerrte, als wollte das Schiff sagen: Ich brauche keinen Schlaf, lasst mich fortziehen mit den Wellen und Sturmvögeln.

»Adalie?«

Sie fuhr herum und sah in die freundlichen Augen des Kapitäns. »Mr. Sanderson, ich …«

»Ich bringe dir ein paar Decken, die Nächte können noch empfindlich kalt werden.«

»Oh, vielen Dank, Sie sind so freundlich zu mir, dabei sollten Sie mich eigentlich ins Gefängnis stecken lassen.«

Sie nahm die Decken entgegen und drückte sie fest an sich.

»Gott wird es mir vergelten, hoffe ich«, erwiderte Sanderson und rieb sich grinsend den Bart.

»Ich würde gerne etwas für meine Passage tun. Vielleicht kann ich putzen oder beim Kochen helfen.«

»Du solltest dich besser ein wenig auskurieren und wieder zu Kräften kommen, Mädchen. Aber wenn du wirklich willst, fällt mir morgen sicher etwas ein. Gute Nacht, Adalie.«

»Gute Nacht, Kapitän Sanderson.«

Adalie legte sich neben das Beiboot, das ihr zuvor als Versteck gedient hatte. Hier befand sie sich im Windschatten und war zumindest auf zwei Seiten vor Blicken geschützt. Das Angebot des Kapitäns, unter Deck zu schlafen, hatte sie bescheiden abgelehnt. Immerhin schliefen auch die Maori an Deck, und die hatten sogar für ihre Passage bezahlt.

Der Kater Stump rollte sich bald schnurrend an ihrer

Seite ein, als hätte es den kleinen Vorfall zuvor nie gegeben. Adalie konnte dem Tier nicht böse sein, und so lag sie einfach da, die Hand auf dem weichen Fell, und sah hinauf in das Sternenmeer. Die Nacht war wolkenlos und wunderschön. Während sie über die Sterne nachsann, schlief sie ein.

***

KAPITEL 3

Nordinsel, Region Taranaki, New Plymouth,
Garnison der britischen Armee

Duncan Fitzgerald stand im Hof und wartete ungeduldig darauf, dass man ihm sein Pferd brachte. In der Garnison war die Betriebsamkeit des Tages der abendlichen Ruhe gewichen. Der Großteil der Männer saß beim Abendessen, und bis auf die Wachposten und einige Botenjungen, die im Staub mit verschiedenfarbigen Steinen spielten, war der weite Platz leer.

Duncan hörte den Stallburschen schimpfen. Wie immer hatte er seine Mühe mit Duncans jungem Hengst, doch er dachte nicht daran, ihm beizuspringen. Nicht weil er ihm nicht helfen wollte, sondern weil ein solches Verhalten von einem Offizier nicht gern gesehen wurde. Sein Stiefvater, Lieutenant Colonel Fitzgerald, konnte jeden Moment auftauchen, und er sollte seinen Ziehsohn nicht dabei erwischen, dass er sein Pferd alleine sattelte wie ein einfacher Kavallerist.

Endlich hatte es der Stallbursche geschafft. Sein Kopf war feuerrot angelaufen, und ihm perlte der Schweiß von der Stirn wie nach einem strammen Marsch im Hochsommer.

Duncan verkniff sich ein Grinsen. »Das wurde aber auch Zeit«, sagte er mit leichtem Tadel.

»Einige der Stuten im Stall sind rossig, Sir. Er wäre beinahe über die Tür gesprungen.«

»Das wird nicht besser, wenn du mit der Kavallerie unterwegs bist. Besser, du gewöhnst dich auch an temperamentvollere Tiere.«

»Ja, Sir.«

Duncan überprüfte das Sattelzeug. Sein Hengst Nelson stand still wie eine Statue, in den großen braunen Augen glänzte der Schalk. Doch bei seinem Herrn wagte er es nicht, sich loszureißen und zu den Stuten zurückzulaufen. Nelson war das erste Fohlen, dem Duncan eigenhändig auf die Welt geholfen hatte, ein Geschenk seines Stiefvaters und sein ganzer Stolz.

Der Stallbursche hielt ihm den Steigbügel, und er schwang sich in den Sattel.

Mit einem knappen Dank entließ er den Jungen, sortierte die Zügel und ritt in Richtung Ausgang.

Nelson schnaubte laut und schlug mit dem Kopf. Er wollte los, witterte schon den heimischen Stall.

»Wir müssen noch ein bisschen warten«, sagte Duncan seufzend und strich Nelson über den muskulösen Hals.

Das Tier war glänzend schwarz. Nur ein Hinterbein war zwei Handbreit weiß und verriet, ebenso wie die kräftige Statur und das lange Haar an den Fesseln, das Erbe der Shire Horses, die sein leiblicher Vater einst aus England mitgebracht hatte.

Nelson war leichter und edler als die schweren Zugpferde, trotzdem bot er im vollen Galopp noch immer einen Furcht einflößenden Anblick. In Kombination mit seinem Kampfgeist machte ihn das zu einem perfekten Kavalleriepferd.

Weit perfekter für die Armee als ich, dachte Duncan trübselig. Der Dienst im Regiment erfüllte ihn mit wenig Freude. Er zweifelte, ob es richtig war, einem Befehl zu folgen, hinter dem man selbst nicht mit voller Überzeugung stand. Du denkst zu viel nach, neckten ihn seine Freunde oft, wenn wieder mal die unruhige Situation in der Kolonie das Gesprächsthema war.

Trotzdem dachte Duncan nicht an Rebellion. Zum Glück war ihm bislang eine Situation erspart geblieben, in der die Pflicht zum Gehorsam seinen Moralvorstellungen völlig zuwidergelaufen war.

Die Rebellion fand ausschließlich in seinem Kopf statt, und dort würde sie auch für immer bleiben. Seine Karriere im Militär würde er mit Ehrgeiz weiterverfolgen.

In der Familie hatte nie Zweifel daran bestanden, welchen Weg Duncan einschlagen sollte, und er wollte seine Eltern stolz machen, besonders seinen Ziehvater. Er war Liam Fitzgerald dankbar, dass er ihn so rückhaltlos angenommen hatte, obwohl er nicht von seinem Blut war. Für ihn wollte Duncan es gut machen, besser noch als seine Halbgeschwister, die das Glück hatten, richtig zur Familie zu gehören.

Nelson spitzte die Ohren und wieherte laut. Duncan straffte unbewusst die Schultern und überprüfte mit einem hastigen Blick, ob seine Uniform auch wirklich korrekt saß und tadellos sauber war.

Sein Stiefvater ritt einen Braunen von Nelsons Statur. Im raschen Trab flogen die weißen Beine nur so dahin. Staub wirbelte hinter ihm auf wie eine Fahne, und die polierten Knöpfe der Uniform glänzten in der tief stehenden Sonne. Liam Fitzgerald war ein eindrucksvoller Mann. Groß, dabei von hagerer Statur, strahlte sein sehniger Körper Ausdauer und Stärke aus. Mit seinen strahlend blauen Augen konnte er sowohl seine Ehefrau nach über zwanzig Jahren noch verzaubern, als auch von seinen Untergebenen wortlos Gehorsam fordern. Manchmal jagte Duncan dieser Blick Angst ein, und dann glaubte er, sein Stiefvater könnte jeden einzelnen Gedanken in seinem Kopf lesen. Einige Narben zeugten von vielen überstandenen Kämpfen mit Eingeborenen und rebellischen Weißen. Die prominenteste verlief von der Schläfe bis in den Haaransatz. Fitzgerald machte sich nicht die Mühe, den hellen Streifen zu verbergen. Er trug sein Haar kurz und wie vor der Verwundung zur anderen Seite gescheitelt.

Während er näher ritt, strich er sich über den Schnurrbart, in dessen Braun sich in letzter Zeit mehr und mehr Grau mischte.

Manchmal stellte sich Duncan vor, wie die Fitzgeralds wohl gewesen waren, als sie noch in den schottischen Highlands als Adelige über zahllose Kleinbauern regierten. Liam selbst hatte diese Zeit nicht mehr miterlebt, das wusste er. Die Landflucht, die mit der Industrialisierung einsetzte, hatte die Fitzgeralds ihrer Untergebenen und damit auch des Einkommens beraubt. Liams Mutter hatte sich dazu gezwungen gesehen, die Söhne auf die Militärakademie nach London zu schicken, um ihnen eine sichere Zukunft zu ermöglichen. Während Liams jüngerer Bruder Duncan in einem Duell auf den Battersea Fields gestorben war, hatte es den älteren in die Kolonien gezogen. Duncan war nach seinem Onkel benannt worden, dessen Tod sein Stiefvater bis heute nicht verwunden hatte.

»Guten Abend, Sir«, sagte Duncan und salutierte.

»Es tut mir leid, dass ich dich habe warten lassen, Duncan. Es gab Dinge zu besprechen, die keinen Aufschub duldeten.«

»Selbstverständlich. Es war nicht lang. Nelson hat dem Stallburschen wieder ein paar graue Haare beschert«, sagte Duncan nun weniger förmlich.

Fitzgerald lachte. »Lassen wir deine Mutter also nicht länger warten.«

Duncans Pferd brauchte keine Ermunterung. Sobald er die Zügel etwas lockerte, ging es im flotten Trab zum Tor hinaus. Die Tiere kannten das abendliche Ritual nur allzu gut. Nachdem sie die belebten Straßen von New Plymouth hinter sich hatten, ließen sie die Zügel schießen, und es ging im Galopp durch Weideland, vorbei an Rindern und Schafen und feuchten Senken, in denen sich die Urwaldvegetation erhalten hatte.

Auf der ganzen Strecke sprachen sie kein einziges Wort, sie hätten sich auch kaum verstanden. Ein jeder saß weit vorgebeugt im Sattel, ließ sich den Wind um die Nase wehen und konzentrierte sich auf den schnellen Ritt. Keuchend nahmen die Hengste den letzten Anstieg und preschten unter dem Torbogen hindurch, der das Landgut der Fitzgeralds markierte. Dahinter breiteten sich saftige Weiden aus, auf denen Pferde grasten. Die Tiere hoben neugierig ihre Köpfe, wieherten, und einige Fohlen ließen sich auf ein Rennen ein. Getrennt durch weiße Zäune, liefen sie neben den Reitern her. Duncan spornte seinen Hengst durch Zurufe an, und Nelson streckte sich noch ein wenig mehr.

Das Anwesen der Fitzgeralds thronte auf einem Hügel. Es war ein zweigeschossiges Holzhaus zwischen mehreren mächtigen Südbuchen. Die weiße Veranda und der Wintergarten hoben sich deutlich von der dunkelroten Grundfarbe des Hauses ab. Den Eingang verzierten Säulen mit Maorischnitzereien, die ein deutliches Zeichen setzten, dass die Eingeborenen hier willkommen waren. Wie immer wurde Duncan ein wenig warm ums Herz, wenn er sein Heim sah. Es bedeutete für ihn Familie und Geborgenheit. Während

Nelsons Hufe über den Kies donnerten, wurde ihm wieder einmal bewusst, wie sehr er an diesem Ort hing und dass er nur sehr schweren Herzens woanders hinziehen würde.

Heute gewann Duncan das Rennen. Vor dem Stall zügelte er seinen verschwitzten Hengst und sprang aus dem Sattel, bevor Nelson zum Stehen kam. Die Nüstern des Tieres waren weit aufgerissen, und unter dem Zaumzeug stand weißer Schaum. Das Pferd seines Vaters sah genauso erschöpft aus, doch die Tiere liebten das abendliche Rennen genauso sehr wie ihre Reiter.

Sie übergaben die Pferde einem jungen Maori, der sie absattelte und versorgte.

»Glückwunsch«, sagte Liam Fitzgerald und schlug seinem Stiefsohn anerkennend auf die Schulter.

»Danke, morgen sieht es sicher wieder ganz anders aus.«

Erhitzt gingen sie zur Hintertür. Das Hausmädchen Isa öffnete ihnen, bevor sie die Tür erreicht hatten.

»Guten Abend, Sirs. Es ist Besuch da. Mr. Maunga und seine Frau sind gekommen.«

Duncan wechselte einen Blick mit seinem Vater. Die Maungas waren die besten Freunde seiner Eltern, und ihr Sohn Dion Giles war früher auch sein bester Freund gewesen.

»Das freut mich. Wir kommen sofort«, sagte Liam.

Isa nahm ihnen die Mützen und Handschuhe ab, und sie eilten in den Salon.

Die Abendsonne schien durch die großen Fenster herein, brach sich in den Kristallleuchtern und schimmerte auf den perlmuttverzierten Statuen und *Paua*-Muscheln, die in die Türrahmen eingelassen waren. Mitten im Raum standen Johanna Fitzgerald und ihre beiden Gäste. Duncans Mutter war eine recht kleine Frau, doch ihre Persönlichkeit strafte ihr Äußeres Lügen. Auch jetzt strahlte sie kraftvolle Energie aus. Sie hatte lebhafte grüne Augen mit Lachfältchen und einen hübschen, noch immer vollen Mund.

»Meine Männer, ihr werdet auch nie erwachsen«, sagte sie, während sie die verschwitzten Reiter einer schnellen Musterung unterzog.

Duncan umarmte Johanna. »Gut siehst du aus, Mutter.«

»Heb dir deine Komplimente für eine schöne, junge Frau auf. Selbst dieses Kleid kann meine Hüften nicht kaschieren.«

»Unsinn, das braucht es auch nicht. Es steht dir sehr gut«, sagte Duncan und meinte es auch so. Johanna hatte nicht mehr die Figur eines jungen Mädchens, aber wer erwartete das auch von einer Frau von sechsundvierzig Jahren, die drei Kindern das Leben geschenkt hatte?

Bei der Begrüßung der Gäste überließ Duncan seinem Ziehvater den Vortritt. Immer wieder aufs Neue war er überrascht von Tamati Maungas Präsenz. Der Maori war ein Mann von bärenhafter Statur. Als meisterhafter Tätowierer und angesehener Kriegshäuptling seines Stammes zierten unzählige archaische Muster seine Haut.

Duncan fiel es schwer, ihm ins Gesicht zu sehen, ohne sich von den Linien auf Stirn und Wangen ablenken zu lassen. Tamati trug schlichte Hosen und das Hemd eines Weißen, doch darüber einen weiten, federgeschmückten Umhang, wie es seiner Tradition entsprach. Sein langes Haar war eingefettet und im Nacken zu einem Knoten zusammengefasst. Ungewöhnlich war außerdem, dass die Frau an seiner Seite eine Weiße war.

Abigail war einst gemeinsam mit Duncans Mutter Johanna aus London hergekommen. Sie hatten sich auf der Schiffspassage kennengelernt. Die Kartoffelfäule und die darauf folgende große Hungersnot hatten viele Menschen gezwungen, ihre Heimat zu verlassen, um in Amerika oder den Kolonien ihr Glück zu versuchen. Abigail war eine von ihnen gewesen. Soweit Duncan wusste, hatte Abigail ihre letzte Hoffnung darin gesehen, in Neuseeland einen heiratswilligen Mann zu treffen. Wer hätte gedacht, dass sie ausgerechnet mit einem Wilden ihr Glück finden würde?

Nun waren sie bereits über zwanzig Jahre verheiratet, hatten vier Kinder großgezogen, und Abigail, deren Haare ihr feuriges Rot mit der Zeit verloren hatten, trug zum Beweis ihrer Fruchtbarkeit eine Tätowierung am Kinn. Gekleidet war sie in eine ähnlich kuriose Mischung aus westlicher Mode und Maoritracht wie ihr Mann. Ihr Kleid bestand aus Leinenstoff, aber sie hatte es mit grün schillernden Kakapofedern bestickt.

Während Liam und Tamati einander herzlich umarmten, begrüßte Duncan Abigail. »Schön, dich zu sehen.«

»Junge, du wirst immer erwachsener«, sagte sie und scherte sich nicht darum, dass sie einem Zweiundzwanzigjährigen gegenüberstand. Sie strich ihm über die Wangen wie einem Kind und legte ihm dann eine Hand in den Nacken, um ihn zu sich herabzuziehen und ihm einen dicken Kuss auf die Stirn zu drücken. Duncan ließ alles über sich ergehen. Abigail war wie eine Tante für ihn, und Tanten besaßen das Recht, ihre Neffen mit gut gemeinter Aufmerksamkeit zu überschütten.

»Wie geht es euch?«, fragte er. »Ihr habt euer Kommen nicht angekündigt, oder? Was führt euch nach New Plymouth?«

In Abigails Gesicht wich schlagartig die Freude einem Ausdruck von Sorge. »Darüber reden wir später, gemeinsam.«

Plötzlich machte sich Angst in Duncans Herz breit, und ihn überkam eine schreckliche Ahnung. »Ist etwas mit Giles?«

Sie hob abwehrend die Hände und wandte sich ab, damit er ihre Tränen nicht sah.

Duncan entsprach ihrem Wunsch und bohrte nicht weiter, obwohl die Ungeduld ihn dazu drängte. Es dauerte eine gefühlte Ewigkeit, bis sie alle gemeinsam am Tisch im Speisezimmer saßen und die Köchin die Suppe auftrug. Und noch immer sprach niemand über Dion Giles, der offenbar Anlass zur Sorge gab. Stattdessen war zunächst das Landgut Thema, welches die Maungas für ihre Freunde verwalteten. Es lag, wie auch das Dorf Urupuia, aus dem Tamati stammte, am Oberlauf des Flusses Whanganui an einem See, sieben Tagesritte landeinwärts. Wenn Duncans Vater nicht im Kampf gefallen wäre, würde er jetzt dort leben und nicht in New Plymouth.

Duncan sah verstohlen zu seinem Stiefvater. Wegen ihm war er zur britischen Armee gegangen, statt im Tal des Windes Schafe und Pferde zu züchten und das einträgliche Holzgeschäft der Waters weiterzuführen. Ob Duncan diesen Weg später noch einschlagen würde, stand noch in den Sternen.

Immer wenn er mit seiner Mutter zum Gut reiste, befiel Johanna eine seltsame Unruhe. Darauf angesprochen, wiegelte sie entweder ab oder meinte, dass sie mit dem Ort schlechte Erinnerungen verbinde. Welche genau es waren, blieb ihr Geheimnis. Über die Jahre hatte Duncan es aufgegeben, sie weiter zu bedrängen. Wahrscheinlich wollte sie nicht über Thomas sprechen, weil sie an diesem Kapitel ihres Lebens nicht mehr rühren wollte. Duncans Vater war tot, es gab kein Zurück, und sie hatte mit Liam einen Neuanfang gemacht. Duncan ließ seine Vergangenheit dennoch keine Ruhe. Er liebte seinen Stiefvater, ohne Zweifel, aber er wollte auch wissen, woher er selbst stammte und wessen Blut in seinen Adern floss und ihn zu dem machte, der er war.

»Sehe ich ihm ähnlich?«, hatte er Johanna einst gefragt, doch sie hatte nur den Kopf geschüttelt. Ohne ihn anzusehen, hatte sie erwiderte: »Du hast nichts von ihm, rein gar nichts. Lass die Sache ruhen, Duncan. Liam liebt dich wie seinen leiblichen Sohn. Er macht keinen Unterschied zwischen dir und deinen Geschwistern. Thomas starb lang vor deiner Geburt.«

In diesem Moment riss Abigail ihn aus seinen Gedanken, indem sie sagte: »Die Wirtschaft im Tal des Windes läuft zufriedenstellend. Die Schafe sind gesund und haben gut gelammt. Seitdem wir die Merinos einkreuzen, sind zwar die Zwillingsgeburten etwas zurückgegangen, dafür sind die Wollerträge viel besser.«

Duncans Mutter lächelte. Wahrscheinlich erinnerte sie sich diesmal an die guten Zeiten, die es sicher auch gegeben hatte, als sie gemeinsam mit Duncans Vater im Tal des Windes lebte. Das Land war perfekt für die Schafzucht, doch Johanna verstand sich nicht auf die Landwirtschaft und Liam Fitzgerald noch weniger. Deshalb kümmerten sich die Maungas und einige Angestellte um das Gut.

»Wir haben volles Vertrauen in deine Entscheidungen, Abi«, sagte Johanna. »Duncan, du solltest bald mal wieder hinausreiten, immerhin gehört das alles irgendwann dir.«

»Niemand sollte dort dauerhaft wohnen«, mischte sich nun Tamati ein.

»Ja, ich weiß, ihr glaubt, das Land wäre verflucht.«

Duncan wusste nicht viel über diese Geschichte. Von einem Brand war einmal die Rede gewesen und von einem

Krieg, doch immer wenn er nachhakte, verweigerte man ihm genaue Auskünfte.

Seine Mutter sah dann lediglich entrückt in die Ferne und sagte Dinge wie: »Lassen wir Thomas Waters in Frieden ruhen. Wenn wir über *Awaawa te hauwenua* sprechen, dann sage ich womöglich Sachen über ihn, die besser ungesagt bleiben sollten.«

Johanna benutzte oft den Maorinamen des Ortes, als könnte sie auf diese Weise einem Teil der Erinnerungen den Weg in ihr Herz versperren.

Duncan ließ seine Mutter dann meist in Ruhe, denn er sah, dass es ihr wehtat, über seinen Vater zu sprechen. Er wusste nicht viel über ihn. Die Waters waren eine wohlhabende Londoner Bürgerfamilie gewesen. Im Gegensatz zu Johanna, die dem Adel angehörte, waren sie durch ihre großen Webfabriken reich geworden. Im Nebensatz hatte Johanna einmal verlauten lassen, dass sie deshalb mit ihm verheiratet worden war: Die Waters hatten das Geld besessen, das ihrer Familie gefehlt hatte. Duncan bedrückte es, dass seine Eltern nicht aus Liebe zueinandergefunden hatten, aber er war realistisch genug, um zu wissen, dass es in den meisten Familien gang und gäbe war.

Seine Eltern waren gemeinsam nach Neuseeland ausgewandert. Thomas war einige Monate vor seiner jungen Frau hier eingetroffen, um im Tal des Windes ein Haus und eine Holzfabrik aufzubauen. Er war nicht gerade rücksichtsvoll mit den Eingeborenen umgegangen, das wusste Duncan aus den Erzählungen der Maori, aber zwischen Eingeborenen und *Pakeha*, wie sie die Weißen nannten, gab es ständig Reibereien.

Wenige Jahre nach der Ankunft der Waters im Tal des

Windes brach in der Region Krieg aus. Eingeborene Rebellen brannten das Haus und die Fabrik nieder, und beides wurde nie wieder aufgebaut, weil auch Thomas in eben jenem Krieg das Leben verlor. Das war fast alles, was Duncan über ihn wusste. Johanna schwieg beharrlich, und seinen Stiefvater fragte er nicht, weil er fand, dass sich das nicht gehörte.

Als die Köchin die Teller abgeräumt hatte und zum Hauptgang einen Rinderbraten auftrug, schlugen die Gespräche endgültig die Richtung ein, die Duncan herbeigesehnt hatte.

»Wie geht es euren Kindern?«, fragte Johanna.

»Keeri hat sich mit einem tüchtigen jungen Krieger verlobt«, sagte Abigail hastig, und während sie die Glückwünsche für das Paar entgegennahm, wechselte sie einen besorgten Blick mit ihrem Mann.

Tamati nickte und ergriff das Wort.

»Ihr wisst, dass Giles ein temperamentvoller Mann ist und ihm die Ungerechtigkeit, die wir durch die Pakeha oft erfahren, sehr ans Herz geht – auch oder gerade weil in seinen Adern das Blut von beiden Seiten fließt. Lange ist es ihm schwergefallen, seine Position zu finden. Er hat sich zu den Maori bekannt, und das macht mich froh.«

Duncan ahnte, dass die Gründe, weshalb er mit Giles im Streit auseinandergegangen war und weshalb dessen Eltern nun hier saßen, eng miteinander verflochten waren.

»Vor einem Jahr wurde bei uns in der Nähe wieder das Blut unserer Leute vergossen, und die schuldigen *Pakeha* wurden nicht verurteilt. Einsam liegende Farmen waren betroffen, und die meisten Bewohner konnten bei den Überfällen gerade noch ihr Leben retten, aber nicht alle waren so glücklich. Es gab auch Tote. Offenbar haben sich einige weiße Siedler zusammengetan, um die Maori aus dieser Gegend zu vertreiben. Das Land dort ist gut, und es gibt Gerüchte, in der Nähe sei Gold gefunden worden.«

»Das ist bedauerlich. Haben sich die Farmer an die Obrigkeit gewandt?«

»Ja, natürlich. Aber dort herrschen andere Sitten als in New Plymouth. Auch wenn der Gouverneur den Maori zugesichert hat, ihre Landrechte zu schützen, bedeutet das noch lange nicht, dass man sich in den kleinen abgelegenen Gemeinden daran hält. Dort regiert die Selbstjustiz, und auch ein Mann wie du kann nicht bewirken, dass Soldaten abkommandiert werden, um die Maori zu verteidigen. Und selbst wenn … sobald sie wieder abgezogen werden, gehen die Scharmützel von vorne los. Hinzu kommt, dass das Territorium seit den Verträgen von Waitangi mehrfach den Besitzer gewechselt hat. Die Stämme sind uneins, wessen Vorfahren Anspruch darauf haben.«

Duncan hatte schon oft von den Verträgen von Waitangi gehört. Sie bestanden seit dem Jahr 1840 und regelten den Landbesitz zwischen Maori und weißen Siedlern. Und nicht nur das, diese Verträge hatten Neuseeland zu einer britischen Kolonie und die Eingeborenen zu britischen Staatsbürgern gemacht. Neben dem stellvertretenden Gouverneur, William Hobson, hatten den Vertrag fast fünfhundert Häuptlinge unterzeichnet und so den Weg zu einem friedlichen Zusammenleben bereitet. Die Realität sah allerdings oft anders aus, denn Weiße und Maori interpretierten die Gesetze unterschiedlich oder ignorierten sie schlichtweg, wenn sie nicht zum eigenen Vorteil gereichten.

Johanna Fitzgerald sah mit zusammengezogenen Brauen in die Runde und seufzte. »Das bedeutet also, auch die

Maorisiedler bewegen sich auf dünnem Eis, weil die Rechtslage unklar ist.«

»Das stimmt. Aber sie leben schon seit Generationen dort, lange vor den ersten weißen Siedlern. Die Situation ist schwierig und für Außenstehende noch schwieriger zu verstehen. Unsere jungen Krieger brannten auf Rache, aber die Ältesten von Urupuia waren dagegen. Du weißt, unsere Siedlung hat mit den Weißen keinen Streit. Das ganze angrenzende Land gehört euch, warum sollten wir also den Tod anlocken?«

Duncan dachte an Urupuia. Die kleine Maorisiedlung war wie eine zweite Heimat für ihn, und in diesem Moment sehnte er sich sehr dorthin zurück. Urupuia lag direkt an einem großen See, eingebettet in dichten Wald, der sich weit über Hügel und Täler erstreckte. Wenn die Luft klar war, konnte man in der Ferne Mount Paripari erkennen, der spitz wie ein Kegel aufragte. Die Häuser in Urupuia verteilten sich weitläufig, und jeder besaß einen eigenen Garten mit üppigem Ertrag. Auf den Feldern in der Nähe gediehen Süßkartoffeln und *Harakeke*, neuseeländischer Flachs, aus dem die Maori Wände für ihre Häuser flochten.

Die Maungas bewohnten ein wunderschönes Haus, als Kind hatte er mit Giles und den anderen Kindern dort gespielt und Abenteuer erlebt.

Das Tal des Windes und die Ruine, die einst das Haus seiner Eltern gewesen war, befanden sich auf der anderen Seite des Sees, und Duncan hatte oft hinübergesehen und sich vorgestellt, wie es sein würde, dort zu leben.

»Ich fürchte, ich weiß, was du sagen wirst«, meinte Liam.

Duncan horchte auf.

Tamati nickte. »Und du denkst das Richtige. Giles und drei seiner Freunde wollten es nicht hinnehmen und sind losgezogen. Sie haben sich zwar an die Weisung der Alten gehalten und Urupuia nicht in den Kampf hineingezogen, aber ihre Rache wollten sie trotzdem. Und ich kann meinen Sohn verstehen, ich war auch einmal jung.«

Tamatis Blick traf Liams, und Duncan ahnte plötzlich, dass die beiden Männer mehr verband als lange Jahre der Freundschaft. Sie hatten etwas geteilt. Nur vergossenes Blut und Geheimnisse, die nie ans Licht kommen durften, riefen eine derartige Vertrautheit hervor.

»Er ist also mit einigen Jungspunden unterwegs, um Rache an weißen Farmern zu üben? Warum erzählst du das ausgerechnet mir, Tamati? Du weißt, dass mich das in eine schwierige Situation bringt«, sagte Fitzgerald.

»Ja, ich weiß, doch das ist noch nicht alles. Mir ist klar, ich erwarte viel von dir, doch hör mich zuerst an, Liam, ich bitte dich.«

Keinem von ihnen war noch nach Essen zumute. Auch Duncan merkte nicht, wie ihm das Fleisch auf seiner Gabel kalt wurde, sondern lauschte gebannt den Worten des Maori.

»Giles und seine Freunde haben sich einem Häuptling angeschlossen.«

»Wem?«, unterbrach ihn Duncan. Genau daran war ihr Streit entfacht. »Er ist doch nicht wirklich zu Te Kooti gegangen?«

Tamati seufzte. »Doch, leider.«

»Wer ist das?«, erkundigte sich Johanna nun.

»Te Kooti ist der Häuptling, der für die Krone derzeit die größte Gefahr darstellt. Er ist charismatisch, schart viele Krieger um sich und hält sich selbst für eine Art Messias. Ich bin froh, dass er nicht auf unserer Seite der Nordinsel agiert«, erklärte Liam. Doch dann stutzte er. »Aber Moment, ist Te Kooti nicht gefangen genommen worden?«

»Ja, das stimmt. Er und seine Männer wurden abgeurteilt und ins Convict Prison auf die Chatham-Inseln gebracht. Wie wir jetzt erst erfahren haben, ist unser Ältester auch dort.«

Duncan ahnte allmählich, worauf dieses Gespräch hinauslaufen würde. Abigails Blick und die Art, wie sie flehend die Hände rang, sprachen Bände. »Er ist ein guter Junge, Liam. Aber wenn sie ihn auf Jahre dort verrotten lassen, gemeinsam mit diesem unberechenbaren Te Kooti …«

»Was Abigail sagen will: Wir fürchten, unseren Sohn zu verlieren, für immer.«

Liam seufzte.

Duncan wollte jetzt nicht in der Haut seines Ziehvaters stecken. Giles saß im Gefängnis, und das vermutlich zu Recht, und er sollte seine hohe Position im Militär nutzen und ihn rausholen. Die Lage war vertrackt. Irgendetwas musste Liam Fitzgerald unternehmen, schließlich ging es um den Sohn seines besten Freundes.

Liam raufte sich das Haar. Hier stand Freundschaft gegen Loyalität.

»Das ist nicht so leicht. Vielleicht kann ich nichts ausrichten, selbst wenn ich wollte – und das will ich, wirklich. Weshalb ist er verurteilt worden?«

»Es gab gar keinen richtigen Prozess«, warf Abigail ein.

»Die Anführer sind einzeln verurteilt worden, aber alle Krieger, die sich ergeben haben, sind ebenfalls auf unbestimmte Zeit ins Gefängnis gewandert«, erklärte Tamati.

Liam atmete tief durch. Johanna legte ihm die Hand auf den Arm.

»Du musst ihm helfen. Stell dir vor, Duncan wäre in dieser Situation.«

»Meinem Sohn würde das nicht passieren«, erwiderte Liam schnell. Duncan glaubte seinen Ohren nicht zu trauen und wuchs innerlich gleich ein Stückchen. Liam lobte seinen Stiefsohn nur selten. Aber er hatte recht, es lag Duncan fern, etwas zu tun, das dem Willen des Familienoberhauptes völlig zuwiderlief.

»Bitte, Liam«, sagte nun auch Abigail. In ihren Augen schimmerten Tränen, und als Tamati ihr tröstend über den Rücken strich, konnte sie diese nicht länger zurückhalten. Sie schluchzte laut auf.

»Abi, mein Mann wird euch helfen, ganz bestimmt. Wir haben doch immer zusammengehalten.« Johanna erhob sich und begleitete ihre Freundin aus dem Speisezimmer. Die Irin schien jeden Moment den Boden unter den Füßen zu verlieren.

Duncan war sitzen geblieben und fühlte sich unwohl.

Die Spannung zwischen seinem Stiefvater und dem Maori war spürbar wie Gewitterluft und lastete schwer auf ihnen.

Die Männer sahen sich über den Tisch hinweg an. Duncan wusste, dass sie ohne seine Anwesenheit offener reden könnten, aber stattdessen starrten sie einander nur an wie verwundete Stiere.

»Soll ich euch allein lassen?« Duncan hatte sich schon halb erhoben, als sein Stiefvater ihn am Arm fasste und zurück auf den Stuhl drückte. »Nein, du bleibst, Duncan.«

Er setzte sich langsam wieder hin und fühlte sich noch unwohler als zuvor, denn nun musterte ihn Tamati, als würde er ihn einer Prüfung unterziehen.

»Wenn ich etwas für Giles tun kann – ich betone *wenn* –,

dann schicke ich Duncan zu den Chatham-Inseln. Ich will damit nicht irgendeinen Fremden beauftragen, wenn dir das recht ist, Tamati.«

Der Maori nickte erleichtert. »Die Jungen sind wie Brüder aufgewachsen, natürlich ist es mir recht.«

Duncan schluckte. Seine Eltern wussten kaum etwas über ihren Streit, denn sie hatten ihn beide für sich behalten. Liam ahnte allerdings, dass etwas vorgefallen war, denn sein Vater besaß eine gute Menschenkenntnis. Trotz des Streits würde Duncan jedoch fast alles für Giles tun.

* * *

Duncan saß auf der Bettkante und starrte hinaus in die tiefschwarze Nacht. Mit den Fingern fuhr er über die Tätowierung an seinem Unterarm. Dort, wo einst die Farbe mit einem Pelikanknochen hineingestochen worden war, war die Haut vernarbt. Das Muster war ihm über die Jahre vertraut geworden und ein Teil von ihm. Selbst im Dunkeln sah er es vor seinem geistigen Auge deutlich vor sich:

Es war ein Band, das einmal um den Arm ging, nicht breiter als ein Finger. Zeichen und Muster beschworen die unverbrüchliche Freundschaft zwischen ihm und Dion Giles Maunga, die trotzdem nur vier Jahre später zerbrochen war.

Vor ihren Eltern hatten sie den Streit verheimlicht, doch seitdem hatten sie einander nicht wieder getroffen. Mittlerweile bereute Duncan seine harschen Worte. Ob Giles es genauso empfand? Oder ging er mittlerweile völlig im Kampf gegen die *Pakeha* auf und folgte dem fanatischen Te Kooti bedingungslos?

Seufzend hob er seinen Arm ins fahle Mondlicht, das durch die Fenster hineinfiel, und betrachtete die Linien.

***

Der Urwald war dicht und feucht. Die Baumkronen lagen im Nebel verborgen, und von den Stämmen der mächtigen Südbuchen und Ratabäume hingen Flechten in langen grüngrauen Zöpfen herab.

Duncan trug wie sein Freund nur eine kurze Hose. Er liebte es, barfuß über den weichen Waldboden zu laufen, fast lautlos umherzustreifen. Sie waren jeder mit einem Gewehr bewaffnet, doch bislang hatten sie kaum ein Tier gesehen, das sich für den Kochtopf eignete. Mittlerweile war die Jagd in den Hintergrund gerückt, vielmehr erkundeten sie ein Waldgebiet, das ihnen beiden fremd war.

Giles sah sich nach ihm um und grinste. Sie hatten Spaß wie kleine Kinder. Hier in der Wildnis konnte Duncan alles vergessen: das Leben in New Plymouth, den Unterricht, der bald ein Ende haben würde, und das schwierige Verhältnis zu seinem Stiefvater. In *Awaawa te Hauwenua* gab es das alles nicht.

Behände balancierten sie über einen umgestürzten Urwald-riesen, der als natürliche Brücke einen Bach überspannte und auf der anderen Seite in ein Meer aus Farnwedeln führte.

»*Parata*, schau dort vorn.«

Giles nannte ihn oft *Parata*, was in der Sprache der Maori Bruder bedeutete, und Duncan hatte sich angewöhnt, es ihm gleichzutun. Sie waren ungleiche Brüder. Duncan war für seine sechzehn Jahre ungewöhnlich groß und laut Giles dürr wie Neuseelandflachs. Er hoffte, dass sich daran bald etwas ändern und er kräftiger werden würde. Giles war das

76

genaue Gegenteil von ihm: Er war breit in den Schultern, dafür einen Kopf kleiner als Duncan, und passte mit seiner gebräunten Haut und dem pechschwarzen Haar weit besser in den Dschungel als sein *Pakeha*-Freund. Nur Giles strahlend grüne Augen verrieten das Blut seiner irischen Mutter.

Giles war stehen geblieben und wies nach vorn. Im undurchdringlichen Blattwerk blitzte etwas auf. Als kurz ein Sonnenstrahl darauffiel, schimmerte das kleine, runde Objekt in allen Regenbogenfarben. Duncan strich sich das braune Haar aus der Stirn, das in den vergangenen Wochen wie Unkraut gewachsen war, und sah noch einmal genauer hin. Vielleicht war es eine *Paua*-Muschel? Doch wie kam sie hierher, mitten ins Nirgendwo?

»Los, sehen wir nach«, sagte Duncan und boxte Giles freundschaftlich gegen die Schulter. Das ließ er sich nicht zweimal sagen.

Sie schlichen zwischen mannshohen Baumfarnen hindurch, bis sich das Dickicht plötzlich lichtete. Giles blieb so ruckartig stehen, dass Duncan mit ihm zusammenstieß.

Vor ihm ragte ein Tiki auf, eine riesige Holzfigur, welche die Eindringlinge wütend anblickte. Ihre Augen bestanden tatsächlich aus *Paua*-Muscheln.

Das Gesicht der Figur war mit tiefen Kerben und Spiralen versehen, der Mund drohend aufgerissen und die Zunge vorgestreckt. Ein eindeutiges Zeichen an alle Wanderer, sich diesem Ort nur mit gebührendem Respekt zu nähern.

Giles murmelte etwas auf Maori, verneigte sich und berührte die Figur.

»Los, Duncan, entschuldige dich«, forderte er ihn auf.

»Ich soll *was*? Muss das sein?«

»Natürlich, oder willst du den Fluch des Ortes auf dich

ziehen? Der Wächter steht nicht ohne Grund an dieser Stelle. Wer weiß, was hier passiert ist!« Die Dringlichkeit seiner Worte und die ernste Miene brachten Duncan dazu, sich ebenfalls vor der Figur zu verneigen.

»Verzeihung, wir haben nichts Unrechtes im Sinn. Wollen uns nur umschauen«, murmelte er.

Im Nachhinein wunderte er sich, wie Giles ihn dazu hatte bringen können, mit einer Holzfigur zu sprechen. Aber damals im Wald hatte der geheimnisvolle Ort eine derart starke Wirkung auf ihn gehabt, dass es ihm sicherer erschienen war.

»Was ist das hier?«, fragte er mit gesenkter Stimme.

»Ich weiß es nicht. Ein verlassenes Dorf vermutlich. Komm, gehen wir weiter.«

Sie passierten halb verfallene Hütten, aus denen junge Bäume ragten. Alles war überwuchert von Farn und Flechten. Es sah aus wie der wahr gewordene Traum eines Waldgottes.

Plötzlich war ein Rascheln zu hören. Duncan blieb stehen und sah sich um.

Ein Kiwi stocherte unbekümmert in der weichen Laubschicht des Bodens. Duncan griff nach seinem Gewehr und ließ die Hand sofort wieder sinken. Auch wenn er diese flugunfähigen Vögel recht gerne aß, so war jetzt nicht der richtige Moment zum Jagen. Dieser Ort verursachte ihm eine Gänsehaut.

Er beeilte sich, Giles zu folgen, der fasziniert durch die Ruinen des längst untergegangenen Dorfes lief. Im Urwald gab es viele solcher Orte, aber Duncan hatte noch keinen mit eigenen Augen gesehen. Oft waren sie aus dem einfachen Grund verlassen worden, weil der Boden nicht mehr genug Früchte trug. Spannender waren dagegen die Geschichten von lange fortgeführten Familienfehden und grausamen Kriegen. Duncan fragte sich, was wohl hier der Fall gewesen war.

Vor dem größten Gebäude blieben sie stehen.

»Ihr *Wharenui*«, sagte Giles ehrfürchtig.

Duncan wusste, was er vor sich hatte: das Herz des Ortes. Dies war der Ahnenwohnsitz und zugleich das Versammlungshaus der Menschen, die hier einst gelebt hatten. Das Gebäude war reich mit Schnitzereien verziert. Die Eckpfeiler symbolisierten Arme und Beine eines Ahnen, der Giebel das Rückgrat, und der Kopf bildete die Front. Sicher war es einst rot und schwarz bemalt gewesen, doch jetzt wuchsen Moos und Flechten auf dem wettergegerbten Holz. In den tieferen Schnitzereien hatte feiner Farn Halt gefunden und verlieh dem Ort einen besonderen Zauber.

»Was meinst du ist hier passiert?«, fragte Duncan mit belegter Stimme und zögerte, sich dem Gebäude zu nähern. Das *Wharenui* war ein schlafender Riese, und die sollte man bekanntlich nicht wecken.

Giles strich nachdenklich mit der Hand über eine Säule, betrat das Gebäude allerdings auch nicht. »Es sieht nicht so aus, als hätte es einen Kampf zwischen verschiedenen Sippen gegeben. Die Häuser sind nicht beschädigt, nirgends ein Zeichen von Feuer. Sie sind geflohen oder fortgezogen. Oder eine Krankheit der *Pakeha* hat sie alle in die Unterwelt getrieben.«

»Meinst du?«

»In Urupuia habe ich noch nie jemanden von diesem Ort sprechen hören, das ist seltsam.«

»Los, gehen wir weiter.«

Das Dorf war nicht groß, und bald wurden sie wieder vom Urwald verschluckt. Duncan war von der Zielstrebigkeit, mit der Giles sich einen Pfad durch das Dickicht bahnte, überrascht. Er selbst konnte längst keine Spuren mehr erkennen.

»Wo gehen wir hin?«

»Ich weiß nicht, aber ich hab so ein Gefühl.«

»Aha«, feixte Duncan und gab seinem Begleiter einen kumpelhaften Klaps, »sprechen die Geister etwa zu dir?«

»Spotte nicht. Irgendetwas treibt mein Herz voran. Du als *Pakeha* kannst das nicht verstehen.«

Duncan verkniff sich eine Erwiderung, denn er wollte seinen Freund nicht verärgern. Als Giles schließlich stehen blieb, waren sie an einer kleinen Hütte angelangt. Gleich daneben befand sich ein Tümpel mit schwarzem Wasser, auf dem die Fliegen tanzten. Duncan drehte sich staunend um die eigene Achse. Irgendetwas hatte die Bäume daran gehindert, auch diesen Platz zurückzuerobern. Ihm kam der Gedanke, dass es eine besondere Magie gewesen sein musste, doch er wischte ihn hastig zur Seite.

Er war nicht abergläubisch, das war etwas für Maori und alte Frauen. Tiki mit glühenden Muschelaugen standen im Kreis um die Hütte. Unheimliche Wächter der Vergangenheit.

Giles ging staunend umher, berührte die Skulpturen, die Steine in einer alten Feuerstelle und die blanke Erde.

Die Lichtung war so groß, dass sie nicht nur den Himmel, sondern auch Mount Paripari sehen konnten, der sich als steiler, schneebedeckter Kegel aus dem hügeligen Waldland erhob.

Duncan sah zu, wie Giles den halb verfallenen Unterstand betrat und sich der Länge nach auf dem Boden ausstreckte. Er lehnte sich an einen Balken und blickte auf seinen Freund hinab, der die Augen geschlossen hatte und völlig stilllag. Schließlich setzte er sich neben ihn.

»Fühlst du die besondere Kraft des Ortes?«, fragte Giles.

Duncan zuckte mit den Schultern. Er konnte es nicht genau beschreiben, und doch fühlte auch er eine gewisse Magie.

»Vielleicht. Es ist seltsam hier.«

»Hier haben sich die Männer des Dorfes von ihrem *Tohunga-ta-moko* tätowieren lassen. Es ist ein heiliger Ort.«

Duncan hatte bereits von diesen geheimen Plätzen gehört, schließlich war sein bester Freund doch selbst der Sohn eines Meistertätowierers und würde später in dessen Fußstapfen treten.

Duncan streckte sich neben ihm aus und sah hinauf in den Himmel, der wie ein riesiges blaues Auge auf die Lichtung hinabsah. Sie schwiegen eine Weile.

Schließlich richtete sich Giles auf und rieb sich über den Arm. »Ich denke, ich werde meinen Vater bitten, mit mir hierherzukommen.«

»Warum?«

»Ich bin sechzehn, er soll mich tätowieren, und ich will, dass es an diesem Ort geschieht. Es gibt einen Grund, weshalb wir heute hierhergekommen sind. Unser *Taonga*, die Seelenkraft, hat uns geführt.«

Duncan sah seinen Freund nachdenklich an. Hin und wieder gab ihm der Glaube der Maori Rätsel auf. Aber spürte er es nicht selbst? Diese geheimnisvolle Kraft, die in der Erde wohnte?

»Duncan, du bist mein bester Freund …«

»Und das werde ich für immer sein, *Parata*.«

»Wirst du mir die Ehre erweisen und bei mir sein, wenn es passiert?«

»Dürfen *Pakeha* denn anwesend sein?«

»Sicher, wenn sie das Ritual nicht stören. Es werden Lieder gesungen und die Geister mit Gaben gnädig gestimmt, das habe ich dir schon erzählt. Aber das ist nicht das Einzige, worauf man achten muss.«

Duncan setzte sich ebenfalls auf und rieb sich nachdenklich über das Kinn. »Manchmal frage ich mich, wie sich das anfühlt.«

Giles sah ihn lange an. »Vater könnte uns beiden ein *Moko* machen, das gleiche. Dann werden wir auf ewig miteinander verbunden sein, ganz egal, wie weit das Leben uns voneinander fortträgt.«

Duncan dachte an Giles' Erzählungen und die knöchernen Instrumente, mit denen die Maori die Farbe unter die Haut stachen. Bei seinen Besuchen in Urupuia hatte er Männer gesehen, die tagelang im Fieber gelegen hatten nach der Prozedur. Jeder Maorikrieger, den er kannte, trug die Zeichen mit dem gleichen Stolz wie ein weißer Soldat seine Orden. Sie waren der Beweis für ihre Stärke und Leidensfähigkeit, man war stolz darauf und zog Kraft daraus. Ein *Moko* als Symbol ihrer Freundschaft wäre für die Ewigkeit, es würde ihre Beziehung auf eine höhere Stufe heben.

Während Duncan nachdachte, ließ Giles ihn nicht aus den Augen. Er beobachtete ihn, als könnte er die Gedanken durch seinen Kopf wirbeln sehen. So war es immer schon gewesen, seit ihrer Kindheit. Sie verstanden einander ohne Worte.

»Gut, warum nicht.«

Giles umarmte ihn. »Es ist mir eine Ehre, *Parata*.«

»Mir auch, mein Bruder.«

Sie vollzogen das Ritual noch in der gleichen Woche.

Duncan erinnerte sich an den tranceartigen Zustand, als wäre es gestern gewesen. Noch immer meinte er zu fühlen, wie die Nadel aus Pelikanknochen seine Haut durchstoßen hatte. Der Geruch von Erde und Blut und der schwarzen Farbe, die aus Pilzen gewonnen wurde, war unvergesslich.

Giles Vater, Tamati, der *Tohunga-ta-moko* von Urupuia, hatte darauf bestanden, dass die Freunde für ihr Moko eine Stelle wählten, die nicht den traditionellen Tattoos vorbehalten war. Duncan war insgeheim froh gewesen, dass sein Gesicht und der Hintern damit verschont blieben und sie für ihr *Moko* den rechten Unterarm auswählten.

Duncan wünschte, sie könnten wieder dorthin zurückfinden, zu der bedingungslosen Freundschaft ihrer Jugend. Doch nun stand Duncan als Offizier in den Diensten der britischen Armee, und Giles war als Aufständischer zu einer langen Haft verurteilt worden. Sie standen auf unterschiedlichen Seiten in einem Krieg, der teilweise offen, teilweise in kleinen Scharmützeln ausgetragen wurde, aber vermutlich nie enden würde.

Vielleicht würden sie ihren Streit irgendwann überwinden. Duncan hoffte es sehr. Das Moko konnte niemals von ihrer Haut entfernt werden und würde bis zu ihrem Tod als Zeichen ihrer brüderlichen Freundschaft bestehen bleiben. Wenn es nun tatsächlich die magische Kraft besaß, an die Giles glaubte, dann gab es noch Hoffnung für sie beide.

***

Kapitel 4

An Bord der Estrella

Adalie beugte sich vor, spülte den Lappen aus und machte sich erneut daran, die Kajüten und die Messe an Bord der *Estrella* auf Hochglanz zu polieren. Es war ein Knochenjob, doch Adalie tat es gerne und gönnte sich nur selten eine Pause. Ihre Passage durch Arbeit verdienen zu können, machte sie froh, auch wenn ihre Verletzungen sie bei unbedachten Bewegungen daran erinnerten, dass Manus zwar nicht länger zu ihrem Leben gehörte, die Spuren seiner Prügel sie aber noch eine Weile begleiten würden.

Es war ihr dritter Tag auf See. Das Leben an Bord der *Estrella* wirkte wie Balsam für ihre Seele. Endlich war sie ihre eigene Herrin. Adalie konnte noch gar nicht glauben, dass sie wirklich frei war.

Sie hatte es getan, sie hatte aus Schmerz und einer großen Enttäuschung heraus den Absprung gewagt und war einem Traum gefolgt, der unter anderen Umständen für immer ein Traum geblieben wäre.

Stolz sah sie sich um. Die Räume unter Deck waren kaum wiederzuerkennen. Die dicke graue Schmutzschicht, die Boden und Wände bedeckt hatte, war Geschichte. Nun erstrahlte das Holz in satten, warmen Tönen, und die Maserung der Bretter war wieder gut zu erkennen.

Adalie wischte sich soeben die Hände an der Schürze ab,

als auf der Treppe Schritte erklangen. Sie wandte sich schwungvoll um und sah in das bekümmerte Gesicht von Kapitän Sanderson, das sich beim Anblick seines verwandelten Schiffs merklich aufhellte.

»Dich hat der Himmel geschickt«, rief er aus. »Du hast dir die Fahrt schon zweimal verdient.«

»Aber das war doch nichts«, sagte Adalie bescheiden, wenngleich ihre Hände von der Seifenlauge rissig waren und brannten wie Feuer.

»Sie sehen besorgt aus, Kapitän.«

Er seufzte und rieb sich den Bart. »Das bin ich auch.«

»Oh, kann ich vielleicht helfen?«

»Ich weiß es nicht. Eine der Maorifrauen ist krank. Die Eingeborenen haben nicht die beste Konstitution. Ich hoffe, sie übersteht die Reise.«

Adalie war hin und her gerissen. Obwohl sie sich an Bord immer freundlich gezeigt hatten, waren ihr die Maori unheimlich. Die vorurteilshaften Mahnungen ihrer Eltern saßen tief, und auch wenn Adalie es geschafft hatte, ihr Heim zu verlassen, ihre Erziehung war nicht so leicht abzuschütteln. Sie ahnte, was Sanderson von ihr erwartete, und es jagte ihr Angst ein. »Es sind doch Wilde, Sir.«

Er lächelte gutmütig. »Wilde, vielleicht. Aber hast du gesehen, dass sie sich wild verhalten?«

Warum fragte er das? Irritiert schüttelte Adalie den Kopf.

»Diese Familie … es sind gute Leute, Adalie. Unter den Maori gibt es gute und schlechte Menschen, genau wie unter den *Pakeha*.«

»*Pakeha*?«

»Die Weißen. Das ist ihr Wort für uns, die wir in ihren Augen die Fremden sind. Denk daran, die Maori sind schon seit einer Generation Bürger des Empires, genau wie wir.«

»Das wusste ich nicht«, entgegnete Adalie konsterniert. Niemand hatte ihr je erklärt, wie es in ihrer neuen Heimat zuging, und ihren Vater hatte es sicherlich auch gar nicht interessiert.

»Du bist ein guter Mensch mit einem offenen Herzen, das habe ich dir auf den ersten Blick angesehen. Vielleicht kannst du ihnen irgendwie helfen«, sagte der Kapitän und legte ihr freundlich die Hand auf die Schulter. »Dann kommst du hier auch mal heraus. Draußen ist das schönste Wetter.«

»Ja, ich … ich werde sehen, was ich tun kann.«

»Danke, meine Liebe.«

Zögernd nahm Adalie den vollen Putzeimer, stieg die Stufen hinauf und goss das dreckige Wasser ins Meer. Nachdem sie alles verstaut hatte, ließ sich Sandersons Bitte nicht länger aufschieben. Also fasste sie sich ein Herz und ging zum hinteren Teil des Bootes, wo die Segel um diese Tageszeit ein wenig Schatten spendeten. Erst jetzt bemerkte sie, wie ruhig es an Bord war. Bis auf den Wind, die Schreie der Seevögel und die Geräusche des Schiffes war es auffällig still. Die Kinder der Eingeborenen spielten nicht miteinander, wie an den Tagen zuvor, sondern saßen betrübt herum und starrten auf die See hinaus.

Als sie die Kinder so sah, wurde Adalie bewusst, wie schlimm es um ihre Mutter stehen musste, und sie fasste einen Entschluss. Wenn sie konnte, würde sie helfen, ganz gleich, ob sie Angst vor den Fremden hatte oder was ihr Vater sagen würde, könnte er sie jetzt sehen. Adalie hatte ihr Zuhause verlassen, weil sie vor seiner grausamen Art fliehen musste. Oft war sie zu Unrecht geschlagen worden, und womöglich hatte er auch in anderer Hinsicht seinen Hass über den gesunden Menschenverstand gestellt.

Ich werde mir selber eine Meinung bilden, beschloss Adalie und straffte die Schultern, als müsste sie Manus Ó Gradaigh in der Ferne die Stirn bieten.

Adalie trat zu der Familie und entdeckte die Kranke. Sie lag auf mehreren Decken, an ihrer Seite knieten die beiden anderen Maori. Schweiß glänzte auf ihrer Stirn, und trotz der braunen Haut war sie auf besorgniserregende Weise blass.

Sie musste schnell etwas sagen, bevor der Mut sie verließ.

»Was hat sie denn?«, erkundigte sich Adalie vorsichtig.

»Oh, ich habe Sie gar nicht kommen hören«, sagte der Maori und wandte ihr sein über und über tätowiertes Gesicht zu. Die Linien bildeten tiefe Kerben in seiner Haut, und Adalie überlegte nicht zum ersten Mal, wie schmerzhaft die Prozedur gewesen sein musste. Entweder war der Mann ungeheuer tapfer, oder er war mit dem Teufel im Bunde. Die Sorge um die Kranke überstrahlte sein martialisches Äußeres wie ein wärmendes Licht und weckte Adalies Mitgefühl.

»Eine Krankheit brennt im Körper meiner Frau. Ihr Geist ist mal hier, mal sucht er schon den Weg nach *Hawaiki*.«

»Das heißt, sie hat Fieber?«

»So nennt ihr *Pakeha* es, glaube ich.«

Adalie ging in die Hocke und berührte nach kurzem Zögern die Hand der Kranken. Sie war heiß und schweißfeucht. »Wie lange ist sie schon so?«

»Seit gestern. Können Sie uns helfen? Unser *Tohunga matakite* konnte uns nicht begleiten.«

Auf Adalies fragenden Blick hin erklärte er, dass es sich um ihren Heiler handele.

»Ich weiß nicht viel über Heilkunde, sondern kenne nur ein paar Hausmittel, mehr nicht. Vor allem sollten wir versuchen, ihr Fieber zu senken, also die Hitze aus dem Körper zu bekommen.«

Der Mann nickte. »Wenn es *Rewharewha* ist, die Krankheit der Weißen, dann ist es sicher gut, wenn uns eine *Pakeha* hilft. Vielen Dank, Miss. Mein Name ist Aata, meine Frau heißt Haeata, und das ist meine Schwägerin Epa.«

»Adalie Ó Gradaigh«, stellte sie sich vor. Hätte sie ihren Nachnamen besser verschweigen sollen? Nun war es dafür zu spät. »Ich weiß nicht, ob ich helfen kann, und möchte Ihnen keine falsche Hoffnung machen«, sagte Adalie zögerlich.

Ihr war plötzlich ein Gedanke gekommen, der ihr große Angst machte. Wenn die Kranke nun starb, und diese Wilden ihr die Schuld daran gaben? Würde Aata sie umbringen? Adalie lief ein eisiger Schauder den Rücken hinab, der sich als harter Klumpen in ihrem Bauch festsetzte.

»Versuchen Sie, was Sie können, bitte«, sagte Aata und schien ihre Gedanken zu erahnen. »Wenn es nicht hilft … Ich mache Ihnen keine Vorwürfe.«

Obwohl Aatas Gesicht ihr zuerst undurchdringlich und vor allem grimmig erschienen war, spürte sie, wie sehr er sich um seine Frau sorgte. Der Kapitän hatte recht, diese Menschen konnten ihre Hilfe gebrauchen, und sie waren weder dreckig noch gefährlich, wie Manus immer behauptet hatte. Sicher gab es auch andere Wilde, die gefährlich waren, aber für diese Familie galten seine Warnungen nicht.

Adalie bekämpfte das Fieber der Frau, indem sie meerwassergetränkte Lappen zur Kühlung auf ihre Beine legte. Da sie bei ihrem überstürzten Aufbruch nicht daran gedacht hatte, Vorräte der Heilkräuter mitzunehmen, die sie gemeinsam mit ihrer Mutter im Garten angepflanzt hatte, mussten sie sich mit dem behelfen, was an Bord war.

Mr. Sanderson stellte einige Kräuter zur Verfügung, und die Maori hatten ebenfalls einige heilkräftige Pflanzen im Gepäck. Im Grunde konnten sie jedoch nur abwarten und hoffen.

Die Schwester der Kranken kümmerte sich um die Kinder, die genau spürten, dass ihre Mutter litt.

Am Abend hatte sich noch immer keine Besserung eingestellt.

Adalie ging in die Kombüse und holte für sich und Aata etwas zu essen. Der Mann hatte gar nicht mitbekommen, als zum Abendessen gerufen wurde, so sehr bangte er um das Wohlergehen seiner Frau.

Als Adalie mit einer Schüssel in jeder Hand zurückkehrte, flößte er Haeata soeben etwas Wasser ein.

»Ich habe Ihnen etwas mitgebracht.«

»Danke, das ist freundlich von Ihnen, aber ich glaube, ich habe keinen Hunger.« Er nahm die Schüssel und das Stück Brot trotzdem entgegen.

Adalie setzte sich neben ihn. »Ihre Frau wäre sicherlich nicht einverstanden, wenn Sie aus Sorge um sie hungern.«

Er lächelte zerknirscht. »Nein, da haben Sie recht.«

Sie hatten bislang kaum miteinander gesprochen, und auch jetzt fiel es Adalie schwer, ein Gespräch anzufangen. Sobald sie nicht mehr über den Zustand seiner Frau redeten, fühlte sie sich schrecklich gehemmt, als stünde eine Mauer zwischen ihnen, und das Fieber bildete die einzige Verbindungstür. So schnell wollte sie jedoch nicht aufgeben, denn ihre Neugier wuchs im gleichen Maße, wie sie ihre Angst vor den Eingeborenen verlor.

»Darf ich Sie etwas fragen?«, begann sie schließlich.

»Sicher, nur zu. Wenn ich Ihnen helfen kann, antworte ich gerne.«

»Sie reisen nach New Plymouth. Waren Sie schon einmal dort? Ich würde gerne etwas über den Ort erfahren.«

»Nein, es tut mir leid, es ist auch meine erste Reise dorthin. Mein Bruder lebt in der Stadt, und ich fahre hin, weil ich seine Hilfe brauche. Ach, wenn ich geahnt hätte, dass meine Frau krank werden würde …« Er seufzte und strich über Haeatas bloße Schulter.

»Sie konnten doch nicht wissen, was geschieht. Machen Sie sich keine Vorwürfe.«

»Mir erschien es sicherer, meine Familie mitzunehmen. Wer weiß, was die *Pakeha* ihr sonst im Zorn angetan hätten, und jetzt verliere ich sie vielleicht.«

Die Verzweiflung des Mannes rührte Adalie, doch seine Worte wühlten sie weit mehr auf. War Aata mit seiner Familie nicht auch in Timaru an Bord gegangen? Bedeutete das etwa, dass ganz in der Nähe ihres Elternhauses schreckliche Dinge geschahen? Ihr Vater hatte oft von Kämpfen gegen die Maori gesprochen. Saß sie womöglich gerade jemandem gegenüber, mit dem er in Konflikt geraten war? Sie musste es wissen.

»Wer sollte denn Ihre Frau und Ihre Kinder angreifen, wenn Sie nicht da sind?«

»Ach, da gibt es viele. Sie sind eine gute Pakeha, das weiß ich, aber es gibt genug Menschen, die nicht so sind. Wir wollen doch nichts weiter, als dass sie sich an die Verträge halten, die sie selbst geschlossen haben. Aber wenn wir darauf beharren, zerstören sie unsere Häuser und verbrennen unsere Ernten. Wir wollen nicht weg. Es ist das Land unserer Ahnen.«

»Ja, natürlich«, sagte Adalie vorsichtig.

»Nur weil die Siedler es von jemandem gekauft haben, bedeutet es nicht, dass derjenige überhaupt das Recht hatte, dieses Land zu verkaufen.«

»Das verstehe ich nicht.«

»Es ist so: Seit dem Vertrag von Waitangi, der zwischen den Stämmen und der Krone geschlossen wurde, darf Maoriland nur noch an die Krone verkauft werden, die es dann weiterverkauft. Aber die Worte dieses heiligen Vertrages haben ihre Kraft verloren. Kaum jemand hält sich noch daran, und die neuen Siedler wissen nicht mal, dass sie etwas falsch machen, wenn sie Maoriland von einem Taugenichts kaufen. Die *Pakeha* werden betrogen, und wir werden es auch, deshalb gibt es Blutvergießen und Krieg.«

»Das ist furchtbar, und was wollen Sie jetzt tun?«, fragte Adalie aufgeregt. Sie ahnte, dass ihr Vater und die Siedler genau solch einem Schwindler aufgesessen waren und auf gestohlenem Land lebten. Warum sonst trafen sich die Männer immer wieder, um Patrouillen aufzustellen oder Höfe zu verteidigen? In Irland waren sie mit dem Versprechen auf gutes, günstiges Land angeworben worden. Den Eigentümer hatten sie nie gesehen, nur seine Werber. Auf dem Schiff erzählten alle Auswanderer die gleiche Geschichte. Ob sie gemeinsam einem Schwindler aufgesessen waren, konnte niemand so recht sagen, aber das Land, das ihnen zugewiesen wurde, war nicht so jungfräulich und unberührt, wie zuvor behauptet worden war.

»In New Plymouth wohnt mein Bruder. Er wird Rat wissen. Er kennt die richtigen Leute. Wir wollen dagegen klagen, und wir wollen, dass die Krone uns hilft, wie es unseren Vätern versprochen wurde.«

»Ich hoffe, dass eine friedliche Einigung erreicht werden kann. Viele Siedler wissen sicher nicht, dass sie Unrecht tun.«

Der Maori musterte sie kritisch. »Beim Landkauf lasse ich das gelten, nicht aber, wenn sie friedliche Leute überfallen und töten. Meine Schwester hat ihren Mann verloren und beide Kinder. Sie will nicht mehr leben.«

»Das tut mir leid.«

»Deshalb konnte ich meine Familie nicht zurücklassen, sie wäre schutzlos gewesen. Aber wenn die *Pakeha* uns nicht direkt angreifen, schicken sie uns ihre Krankheiten, die wie rachsüchtige Geister über die Wehrlosen herfallen.«

»Geben Sie Ihre Frau nicht so schnell auf, bestimmt wird sie wieder gesund.«

»Ich gebe Haeata doch nicht auf! Ich wünschte nur, ich könnte auch diesem Feind mit der Waffe in der Hand gegenübertreten, statt wie ein Trottel hier zu sitzen und all meine Hoffnung auf ein paar nasse Tücher und Kräuter zu setzen.«

»Das ist das Schlimme an Krankheiten. Ich werde für Ihre Frau beten, vielleicht sollten Sie das auch tun.«

»Das habe ich schon, Miss. Tane und Tangaroa haben beide schon Opfergaben von mir erhalten. Aber Sie haben recht, die Götter sind genauso gierig wie die Menschen, ich werde ihnen mehr geben.«

Adalie verkniff sich eine Erwiderung. Zumindest in einer Sache hatte ihr Vater recht behalten: Die Eingeborenen waren Heiden und Götzendiener. Am besten war es wohl, dieses Thema nicht zu berühren.

* * *

92

Die Tage verstrichen wie im Flug, und nach und nach besserte sich Haeatas Zustand. Adalie wachte bei ihr und tat, was sie konnte, um der Frau zu helfen. Wenn es nichts zu tun gab und auch Sanderson keine Aufgabe für sie hatte, saß sie am Bug des Schiffes und hing ihren Gedanken nach.

In den letzten Tagen war eine seltsame innere Ruhe über sie gekommen, die sie zuvor noch nie verspürt hatte. Vielleicht lag es an der besonderen Situation auf dem Schiff.

Sie fühlte sich so losgelöst von allem. Es gab nur die Menschen auf dem Boot, ihr hölzernes Gefährt und die Weite des Ozeans. Die Welt drehte sich eine Weile ohne sie. Adalie dachte viel an Patrick und ihren Traum, gemeinsam wegzugehen. Sie hatte ihm zwar vergeben, aber enttäuscht war sie immer noch.

Nun war sie ganz auf sich allein gestellt. Sie würde es ihnen allen beweisen und ihr Leben selbst in die Hand nehmen. Reumütig nach Amokura Hills zurückzukehren kam nicht infrage, niemals. Sobald sie das für sich beschlossen hatte, fühlte sie sich leichter, als hätte sie allen Ballast abgeworfen. Sie musste sich vor niemandem mehr rechtfertigen, vor niemandem kriechen oder sich kleinmachen. Natürlich würde es schwer werden, aber Adalie hoffte, trotzdem auf eigenen Füßen stehen zu können, wenn sie sich nur genug anstrengte. Sie war Mühsal gewohnt und scheute harte Arbeit nicht. Sie würde eine Anstellung finden, irgendeine, und dann sparen, bis sie sich vielleicht eines Tages eine Hütte am Meer und eine eigene kleine Schafherde leisten konnte.

Adalie verbrachte so viel Zeit wie möglich an Deck. Meist konnte sie in einiger Entfernung Land sehen. Erst lag es backbord. Sie segelten an der Küste von Marlborough vorbei und bogen dann in die Cookstraße ein, die Nord- und Süd-insel voneinander trennte. Die Passage war stürmisch, und die Seeleute hatten alle Hände voll zu tun. Delfine ritten auf der Bugwelle des Schiffs wie Wächter, die zu ihrem Schutz entsandt worden waren. Adalie liebte es, ihnen zu-zusehen.

Manchmal, wenn sie sich weit über die Reling beugte, drehte sich ein Delfin auf die Seite und sah sie an. Sie konnte sich des Eindrucks nicht erwehren, dass die Wesen intelligent waren und mindestens genauso neugierig wie sie selbst. Manchmal zeigten sich auch Wale, dann musste Adalie an die biblische Geschichte von Jonas denken und war froh, dass die riesenhaften Kreaturen auf Abstand blieben.

Nach der Cookstraße war das Land fortan auf ihrer Steuer-bordseite. Die Küstengewässer der Südinsel, auf der sie die letzten dreizehn Jahre gelebt hatte, lagen hinter ihnen. Von der Nordinsel, die sie nun erblickte, hatte Adalie bislang kaum etwas gehört, außer dass es dort warm war und die Bäu-me fast bis in den Himmel wuchsen.

Sie segelten die weite Küste von Whanganui hinauf, und bald war der Mount Egmont zu erkennen, der sich wie ein perfekter Kegel aus den Wolken erhob. Adalie bewunderte soeben die schneebedeckte Spitze, als plötzlich jemand neben sie trat. Es war Aata, der Maori. »Ein wunderbarer Anblick, nicht wahr?«

»Ja, ohne Zweifel. So einen hohen Berg habe ich noch nie gesehen.«

»Wir nennen ihn Taranaki«, sagte er feierlich. »Ich habe ihn auch noch nie mit eigenen Augen gesehen, aber seine Geschichte kenne ich schon, seit ich ein kleiner Junge war.«

Adalie drehte sich erstaunt zu ihm um. »Er hat eine Geschichte?«

»Natürlich, jeder Berg, jeder See und jeder Wald hat seine Geschichte. Die Frage ist, ob sich jemand daran erinnert, um sie zu erzählen.«

»Ich würde sie sehr gerne hören«, sagte sie und hatte ihren Blick längst wieder dem Berg zugewandt.

»Ich bin kein guter Geschichtenerzähler, aber ich werde es versuchen.« Er stützte die Arme auf die Reling und räusperte sich.

»Vor langer, langer Zeit wohnte der Berggott Taranaki zusammen mit den anderen Göttern Ruapehu, Ngauruhoe und Tongariro im Zentrum der Nordinsel. Es herrschte Frieden. Eines Tages jedoch verliebte sich Taranaki in Pihanga, in ihre sanften Rundungen und ihre wunderschönen Flanken, auf denen ein Wald wuchs, schöner und grüner als jeder andere. Doch auch Tongariro begehrte sie, und so gerieten die beiden in Streit. Sie kämpften, und es war schrecklicher als alles, was wir uns vorstellen können. Der Himmel wurde schwarz wie Rabenfedern, und die Erde erbebte. Der Kampf wogte hin und her, und weil kein Ende abzusehen war und die Erde auseinanderzubrechen drohte, traf Pihanga eine Entscheidung. Sie trat an Tongariros Seite.

Taranaki war enttäuscht und tieftraurig. Er wollte nicht länger in der Nähe der anderen Berge sein, und so verließ er sie. Er zog in Richtung Sonne, und als er die Küste der Tasmanischen See erreichte, setzte er sich nieder. Erschöpft vom Kampf und seiner Trauer schlief er ein. Die Poukai-Gebirgskette schloss ihn ein, und er blieb für immer dort. Man erzählt sich, dass der Fluss Whanganui aus einer Wunde an seiner Flanke entspringt, die ihm Tongariro zugefügt hat. Irgendwann, in vielen Generationen, so sagt man, werden sich die Berge wieder vertragen. Dann kehrt Taranaki heim, und es herrscht Friede auf Erden.«

»Oh, das ist eine wunderschöne, traurige Geschichte.« Adalie seufzte. In ihren Gedanken hatte sie alles genau vor sich gesehen. »Es ist seltsam, ich habe jetzt Mitleid mit ihm, mit dem Berg.«

»Warum auch nicht? Es ist ihm nicht anders ergangen als vielen Menschen.«

Ehe Adalie fragen konnte, ob Aata wirklich an das glaubte, was er eben erzählt hatte, wandte er sich ab. Er ging zurück zu seiner Frau, die aufrecht saß, zu ihr hinübersah und grüßend die Hand hob.

Adalie blieb allein mit ihren Gedanken zurück und wünschte sich für einen Moment, die Welt mit den Augen eines Maori betrachten zu können. Sie fand die Vorstellung wundervoll, dass jeder Felsen und jedes Gewässer eine eigene Geschichte hatte, ebenso wie ein Mensch. Unchristlich war es, gewiss, und das gab der Sache einen faden Beigeschmack, aber nichtsdestotrotz war es ein zauberhafter Gedanke. Und sie musste ja nicht gleich an die lebendigen Berge glauben, um die Geschichten zu mögen. Adalie wollte nun mehr über dieses rätselhafte Volk erfahren und hoffte, auch in New Plymouth freundliche Maori kennenzulernen.

Am nächsten Morgen war es so weit. Sie segelten nahe an der Küste, wo das Wasser flacher war und einen türkisen Farbton hatte. Noch immer überragte der Taranaki – oder Mount Egmont, wie er von den weißen Siedlern genannt wurde – die Küste. Seine Flanken waren dunkelgrün, und auf der Spitze lag Schnee, der im Licht der Morgensonne funkelte. Adalie sah hinüber zum Strand. Am Uferstreifen waren grauer Sand, Steine und Treibholz zu erkennen. Einige Menschen gingen am Strand entlang und hoben grüßend die Hand, als das Schiff an ihnen vorbeisegelte.

Adalie wurde immer aufgeregter. Nun begann die Unsicherheit von Neuem. Der nächste große Schritt in ihr neues Leben stand bevor.

Als sie die Sugar Loaf Islands passierten, die aussahen, als hätten Riesen mit kegelförmigen Steinen gespielt und sie dann einfach liegen gelassen, befahl Sanderson, einen Teil der Segel einzuholen. Die Fahrt verlangsamte sich deutlich, während sie eine felsige Landzunge umrundeten und New Plymouth in Sicht kam.

Das Land erstreckte sich flach hinter einer sanft geschwungenen Bucht. Auf den Wiesen grasten fette Rinder. Ihr gelegentliches Muhen hallte weit auf das Wasser hinaus. Viel faszinierender fand Adalie jedoch die Siedlung, die immer näher kam und nach und nach Details erkennen ließ. Am Hafen standen ähnliche Gebäude wie in Timaru, hölzerne Schuppen und Lagerhallen, wie sie wohl in jedem Hafen überall auf der Welt zu finden waren.

Dahinter reihten sich Wohnhäuser und an den Stränden Fischerhütten. In der Ferne stieg das Land an. Aus den sanft geschwungenen grünen Hügeln ragte der Mount Egmont wie ein König zwischen seinen Vasallen heraus.

»Miss Adalie?«

Sie zuckte zusammen. Haeata war zu ihr getreten. Ihr Mann stand nur einige Schritte hinter ihr. Die Maorifrau wirkte noch schwach, aber sie hatte die Krankheit überstanden und würde sicher bald völlig gesund sein.

»Wie geht es Ihnen?«

»Gut, gut, ich will danken«, erwiderte sie stockend auf Englisch, das sie bei Weitem nicht so gut beherrschte wie ihr Mann Aata.

»Nichts zu danken. Ich habe gerne geholfen, wirklich.«

Die Maori löste eine Kette von ihrem Hals und reichte sie ihr, dann drückte sie Adalies Hand fest um den Anhänger. »Soll Sie schützen.«

»Nein, nein, das kann ich nicht annehmen.«

Haeata nickte nachträglich, machte eine abwehrende Handbewegung und ging.

Adalie blieb nichts anderes übrig, als das Geschenk zu behalten. Es war eine geschnitzte Figur aus grüner Jade, der ein geschickter Künstler Augen aus Elfenbein eingesetzt hatte. Es wirkte genauso geheimnisvoll wie die Geschichte, die ihr Aata am Vortag erzählt hatte. Sie zweifelte kurz, ob es richtig war, das Amulett zu tragen, denn mit Sicherheit war es eine heidnische Figur. Schließlich streifte sie sich das Lederband aber über den Kopf und schob den Anhänger tief unter ihre Kleidung. Nur weil sie ein Geschenk annahm, machte sie das noch lange nicht zu einer Ungläubigen.

Adalie blieb die ganze Zeit über an der Reling stehen, bis das Schiff seinen Liegeplatz am Hafenkai erreicht und die Seeleute es mit Tauen festgemacht hatten. Sie war wie festgewachsen an Deck. In den vergangenen Tagen hatte sie auf der *Estrella* für einen kurzen Zeitraum ein Zuhause gehabt und gewusst, wo sie hingehörte, und nun?

Wo sollte sie hin? Womit sollte sie anfangen? In ihren Träumen war es ihr so einfach erschienen. Da war sie einfach von Haus zu Haus gegangen, hatte nach einer Anstellung gefragt und war schnell fündig geworden. Aber das war reine Fantasie gewesen.

Die Matrosen ließen ein Brett auf den Kai hinab, das mit einem Seil schnell in eine behelfsmäßige Brücke verwandelt wurde.

Die Maorifamilie wartete schon. Sie rief Adalie gute Wünsche zu und machte sich dann auf den Weg. Jetzt endlich fand auch Adalie die Kraft, ihren Platz an der Reling zu verlassen. Ihre Kehle war wie zugeschnürt, als sie zu dem Beiboot ging, in dem sie ihre wenigen Habseligkeiten verstaut hatte, und ihr Bündel schulterte. Sie wollte nicht weinen, doch sie wusste, dass sie die Tränen irgendwann nicht mehr würde aufhalten können, spätestens wenn sie allein war.

Sie rieb sich über das Gesicht und atmete tief durch.

Doch bevor sie von Bord ging, wollte sie sich noch von ihrem Gönner verabschieden.

Kapitän Sanderson kam bereits auf sie zu. Er lächelte, und ihr wurde plötzlich klar, dass sie diesen Fremden in nur wenigen Tagen liebgewonnen hatte. Da ließen sich die Tränen nicht mehr zurückhalten.

Sanderson schloss seine Hände um ihre Rechte und küsste ihren Handrücken, als wäre sie eine feine Dame. Als sie leise schluchzte, strich er ihr über den Rücken.

»Schsch. Du wirst deinen Weg schon machen, so tüchtig, wie du bist.«

»Es tut mir leid«, sagte Adalie kläglich. Ihre Knie waren weich geworden, und für einen Moment hatte sie sich einfach nur jämmerlich und schrecklich allein gefühlt. Aber sie besann sich rasch auf ihre Kämpfernatur und fasste sich wieder. »Ich bin es nicht gewohnt, dass jemand so nett zu mir ist. Vielen Dank für alles.«

Sanderson lächelte aufmunternd. »Ich habe zu danken.

Du hast dir deine Passage doppelt verdient, und deshalb habe ich noch etwas für dich.« Er drückte ihr einige Münzen in die Hand. »Das reicht für die ersten Nächte, die Pensionen sind um diese Jahreszeit nicht überfüllt.«

»Das kann ich nicht annehmen.«

»Ich möchte es aber so. Du hast schließlich auch dafür gearbeitet.«

»Also ist das mein erstes selbst verdientes Geld.«

»Ja, das ist es. Fühlt sich gut an, oder?«

»Ja, sehr.« Adalie trocknete hastig ihre Tränen.

»Na also, das wird schon. Weißt du bereits, wo du jetzt hingehst?«

Sie schüttelte den Kopf. »Ich fange einfach an, mich nach Stellen zu erkundigen. Vielleicht könnte ich als Kindermädchen arbeiten, oder als Wäscherin.«

»Falls du kein Glück hast und dich die Arbeit in einem Gasthof nicht abschreckt, dann versuch es hier.« Er reichte ihr ein Stück Papier.

Adalie faltete es auseinander und blickte auf eine Ansammlung von Worten. Die verschlungenen Buchstaben sahen wunderschön aus. Wehmütig strich sie mit dem Finger darüber. »Was steht da?«

»Oh, entschuldige. Es ist der Name des Gasthofs: *Old Éire Inn*. Sie kennen mich dort. Gib das dem Besitzer Bobby McKenna, und wenn du Glück hast, findest du dort eine Anstellung, oder sie können dir sagen, wo eine Aushilfe gesucht wird. Es ist leicht zu finden. Die Hauptstraße hinauf und an der Ecke, wo der Stellmacher seine Werkstatt hat, links. Das Schild des Gasthofs ist mit Kleeblättern verziert.«

»Vielen, vielen Dank, genau so etwas habe ich gebraucht.«

»Gern geschehen, und nun ab mit dir. New Plymouth

wartet auf dich.« Er verabschiedete sich förmlich, dann betrat Adalie die Planke. Schnell war sie auf dem Kai und zwang sich, zügig loszugehen. Die ersten Schritte in ihr neues Leben sollten nicht zögerlich sein.

Vor ihr erhob sich ein Wald aus Fässern und Kisten, und es roch durchdringend nach Tran. Sogar der Boden unter ihren Füßen war ölig. New Plymouth war ein Umschlagplatz der Walfänger, von hier aus wurden Ölfässer in die ganze Welt verschickt. Adalie beeilte sich, diesen Bereich hinter sich zu lassen. Die Männer, die dort arbeiteten, machten ihr Angst.

Es war seltsam, sich plötzlich wieder auf festem Boden zu bewegen. Als wäre sie noch immer auf See, glaubte sie, mit jedem Schritt zu schwanken.

Hoffentlich fühle ich mich nur so und laufe nicht tatsächlich, als hätte ich die Nacht in einem Pub verbracht. Einer Betrunkenen will sicher niemand eine Stelle geben, dachte sie besorgt.

Doch mit der Zeit wurde es besser. Adalie lief staunend durch die fremde Stadt und vergaß darüber fast das schmerzhafte Ziehen in ihrer Leiste, das jeden ihrer Schritte begleitete.

Sie entdeckte einen Markt, auf dem allerlei Waren angepriesen wurden. Es wimmelte nur so von Menschen, und die Rufe der Verkäufer vermischten sich mit den Schreien der Möwen, die überall nach Resten suchten. An mehreren Ständen wurden Fische verkauft, und es stank erbärmlich. Trotzdem ging Adalie langsamer, um sich den Fang anzuschauen. Viele der Fische hatte sie noch nie gesehen. Manche sahen aus wie Ungeheuer mit scharfen Zähnen, andere besaßen bunt schillernde Schuppenkleider, die wie Rüstungen märchenhafter Ritter wirkten. Ein Händler hatte einen Grillrost neben seinem Stand aufgebaut und verkaufte warmen Fisch auf Holzspießen und Räucherware. Adalies Magen begann zu knurren, und sie zog schnell weiter. Erst als sie einen Lampenmacher erreichte, ging sie wieder langsamer. Bei dem Anblick von Blendlaternen, Ölgefäßen und geflochtenen Dochtsträngen, die wie Zöpfe von Stangen herabhingen, verstummte ihr Magen endlich.

New Plymouth war eine große Stadt, und allein der Wochenmarkt besaß beinahe die Ausmaße von Christchurch. Nur noch mit halber Aufmerksamkeit passierte Adalie die Stände von Kessel- und Schuhmachern, um endlich in die anliegenden Straßen zu gelangen. Gediegenere Geschäfte versteckten sich hier hinter sauberen, fensterreichen Fassaden, und die Passanten mussten nicht über Erde und Schlamm gehen, sondern es gab hölzerne Wege auf beiden Seiten.

Staunend betrachtete Adalie diese neue Welt.

Vornehme Damen flanierten an den Geschäften vorbei. Sie trugen kleine bunte Schirme, um sich vor der Sonne zu schützen, und üppig gestaltete Hüte mit Federn und Blumen. Eine Dame trug ein derart ausladendes Kleid, dass ihre Freundin zumeist hinter ihr gehen musste, was sie aber nicht davon abhielt, laut zu kichern und zu tratschen. Adalie bewunderte die schillernden Stoffe in Lila und Violett, Creme und Rostrot und fragte sich insgeheim, was die Damen in dieser umständlichen Mode noch bewerkstelligen konnten. Aber mussten sie das überhaupt? Nein, sicher nicht. Vermutlich schafften sie es nicht mal, allein diese Kleider anzuziehen.

Adalie trat auf die Straße, um die reichen Frauen vorbeizulassen, und grüßte freundlich, doch die nahmen keinerlei Notiz von ihr, und vielleicht war das auch gut so. Einen Moment lang fühlte Adalie sich klein und schäbig. Sie sah auf ihr verschlissenes Kleid und die bloßen Füße herab, an denen der Dreck der Hafenstraße klebte, und wünschte sich, einmal ein solches Kleid zu tragen wie diese feinen Damen. Dann gewann wieder ihr Pragmatismus die Oberhand, und sie überlegte, wie viele normale Kleidungsstücke, in denen man sich auch bewegen konnte, sie für den Preis eines dieser rüschenbeladenen Ungetüme kaufen konnte. Sicher viele.

Adalie sah den Damen kurz hinterher und setzte ihren Weg dann fort, getrieben von neuer Hoffnung. Wenn es hier derart wohlhabende Leute gab, dann musste es auch Arbeit für Adalie geben. Sicher beschäftigten sie eine ganze Schar Bediensteter.

Rhythmische Schritte ließen sie aufhorchen. In diesem Moment bog ein Trupp Fußsoldaten in die Straße ein und marschierte an ihr vorbei. Sie trugen die Gewehre geschultert und blickten stur geradeaus. Die Knöpfe an ihren Uniformen blitzten nur so. Ein Offizier in rotem Rock ritt neben ihnen her und musterte seine Truppe streng.

Adalie blieb stehen. Es waren nicht die ersten Soldaten, die sie sah. Einige waren im Hafen gewesen, und einzelne Reiter der Kavallerie hatte sie auch schon hier auf der Straße bemerkt. Sie überlegte, ob sie von drohenden Gefechten in dieser Gegend gehört hatte, doch dann erinnerte sie sich wieder, dass hier eine Garnison der britischen Armee stationiert war.

Einer der letzten Marschierenden zwinkerte ihr zu, dann war der Spuk vorbei, und auf der Straße kehrte Ruhe ein.

Kurz darauf erreichte sie den Gasthof. Das *Old Éire Inn*

war nicht schwer zu finden gewesen. Es lag in einer ruhigen Nebenstraße, in der es noch weitere Herbergen gab.

Adalie blieb vor dem Haus stehen und sah zu dem hübschen Schild mit dem Kranz grüner Kleeblätter hinauf. Die Kleeblätter waren ihr von Kapitän Sanderson beschrieben worden. Das Haus wirkte freundlich. Warum also konnte sie sich nicht vom Fleck rühren? Ihr Bündel hielt sie mit beiden Händen vor die Brust gedrückt.

»Auf Wiedersehen!«, ertönte plötzlich eine Männerstimme von drinnen. Schon wurde die Tür aufgestoßen, und zwei Seeleute kamen heraus. Adalie stolperte erschrocken zurück.

»Oh hallo, hübsche Lady, wollen Sie hinein?«, fragte der Jüngere und hielt ihr die Tür auf.

Jetzt gab es kein Entrinnen mehr. »Ja, ja … vielen Dank«, stotterte sie und trat hastig an ihm vorbei.

»Eine Schande, dass wir ausgerechnet heute auslaufen. Die hätte ich mir gerne mal aus der Nähe angesehen«, hörte sie den Fremden sagen, als die Tür hinter ihr zufiel.

Zögerlich sah sie sich um. Im Inneren des Raums herrschte ein schummeriges Halbdunkel. Ein Teil der Fensterläden war noch geschlossen, und dort, wo Licht hereinfiel, tanzten Staubkörnchen in der Luft. Es roch nach gutem Essen und auch ein wenig nach Bier und vielen Menschen. Nach den Tagen auf See kamen ihr alle Gerüche intensiver vor.

Sie befand sich in einem Gastraum mit einer Bar und einem Dutzend blank polierter Tische. Die Wände waren aus Holz und scheinbar erst vor Kurzem frisch gestrichen worden. Kerzen hatten erste Rußspuren hinterlassen.

Langsam näherte sich Adalie dem Tresen. Der Besitzer des kleinen Gasthofs war nirgends zu sehen, was nicht unbedingt verwunderlich war, schließlich hatten seine Gäste das Haus soeben verlassen.

Adalie nahm all ihren Mut zusammen. »Hallo? Guten Tag«, rief sie.

Im Hinterraum klapperte etwas. »Einen Moment, ich komme sofort.«

Der Mann, der kurz darauf erschien, sah aus wie ein Kobold aus einem irischen Märchen. Er war klein, dürr und ein wenig o-beinig. Sein feuerrotes Haar stand in alle Richtungen ab. Er hatte sich die Ärmel bis über die knotigen Ellenbogen hochgeschoben und wischte seine langen dünnen Finger an einem Lappen sauber.

»Guten Tag, guten Tag, womit kann ich dienen?«, fragte er fröhlich. Seine Augen blitzten, und die gute Laune zauberte ein Netz von Lachfalten in sein Gesicht. Adalie fühlte sich in seiner Gegenwart gleich ein wenig wohler. Nervös war sie dennoch.

»Guten Tag. Ich suche ein Zimmer. Eine kleine Kammer reicht, die einfachste, die Sie haben.«

»›Einfach‹ gibt es bei uns nicht. In jedem Kämmerchen, und sei es noch so klein, sollte man sich wohlfühlen können, besonders eine hübsche junge Dame wie Sie.«

Adalie spürte, wie sie errötete. »Das ist doch das *Old Éire Inn*, nicht wahr? Ich bin hier richtig?« Sie drückte den kleinen Zettel in ihrer Hand zusammen. Das Papier fühlte sich schon ganz speckig an.

»Natürlich ist es das. Ich bin Bobby McKenna. Willkommen in meinem kleinen Stückchen Irland, so fern von daheim. Wie haben Sie uns gefunden, wenn ich fragen darf? Kommen Sie, ich zeige Ihnen unsere freien Zimmer, und dann entscheiden Sie, ob Sie bleiben wollen.«

»Kapitän Sanderson hat mir von Ihrem Gasthaus erzählt«, sagte Adalie und reichte dem Mann die Notiz.

Er faltete das Papierstück auseinander und las, während er sie in den hinteren Teil des Hauses zu einer hölzernen Wendeltreppe führte.

»Ich kenne Sanderson, er ist ein guter Mann.«

»Ja, das ist er«, bestätigte Adalie voller Überzeugung.

Der Ire drehte sich auf dem Treppenabsatz um und musterte sie. »Wissen Sie, was er geschrieben hat?«

Adalie spürte einen Stich im Herzen. Nein, natürlich wusste sie das nicht, denn sie konnte nicht lesen! Vor Scham wurde ihr ganz heiß. Würde sie diesen Makel nun ständig vor Augen geführt bekommen? Wenn sie es doch nur irgendwie lernen könnte!

»Nein, was steht denn auf dem Zettel?«

»Sanderson lobt Ihre Tüchtigkeit. Er meint, Sie suchten eine Arbeit, wären aber vielleicht zu schüchtern, danach zu fragen. Er rät mir dazu, Sie einzustellen.«

»Oh!«, sagte sie nur. Adalie fehlten die Worte. So leicht war sie also zu durchschauen?

»Mehr haben Sie dazu nicht zu sagen, außer ›Oh!‹?«

Sie waren mittlerweile in einem Flur angelangt, und der Ire sah sie verschmitzt an.

»Doch, doch, natürlich. Ja, es stimmt, ich suche eine Stelle, zumindest vorerst«, sagte sie hastig und fühlte dabei ihr Herz vor Aufregung bis in den Hals pochen.

Ihr Gegenüber musterte sie, und Adalie fühlte sich wie ein Stück Vieh, das von einem Käufer in Augenschein genommen wurde. Es war alles andere als angenehm, und für einen Moment war die Fröhlichkeit aus dem Gesicht des Iren verschwunden. Dann jedoch lächelte McKenna wieder, als rückte er eine Maske zurecht, die kurz verrutscht war, und der unheimliche Moment war vorüber. »Sie sehen gesund und kräftig aus. Die Arbeit bei uns ist nicht einfach. Putzen, Küchenarbeit, Waschen, und wenn Not am Mann ist, auch Feuerholzhacken.«

Adalie schüttelte das schlechte Gefühl, das sie kurz befallen hatte, ab und nickte schnell. »Das kann ich. Ich bin es gewohnt, hart zu arbeiten, und verspreche, Sie nicht zu enttäuschen.«

»Na, wir werden sehen. Unsere letzte Aushilfe ist vor einigen Tagen aus heiterem Himmel abgehauen. Sie haben also Glück. Ich muss noch mit meiner Frau sprechen, aber vorher zeige ich Ihnen das Zimmer.«

Adalies Wangen glühten vor Freude. Das Blut in ihren Ohren rauschte so laut, dass sie kaum noch ein Wort verstehen konnte. Sie gingen eine weitere Treppe hinauf bis in das Dachgeschoss. Der Flur hier oben war so schmal, dass zwei Personen kaum aneinander vorbeipassten. Auf beiden Seiten gingen Zimmer ab. Nur an den Giebelseiten gab es kleine Fenster, durch die ein wenig Licht hereinfiel, um den Flur zu erhellen. Sie waren seit Langem nicht geputzt worden.

McKenna führte sie zur letzten Tür am Nordende, drückte die Klinke und stieß sie auf. Adalie trat ein.

Das Zimmer war klein, aber freundlich und sauber. Der größte Teil des Raums lag unter einer Dachschräge. Die Wände waren ordentlich verputzt und blau gestrichen. Hölzerne Balken ragten wie Gerippe hervor. Es gab ein schmales Bett mit schlichter weißer Wäsche, einen kleinen Tisch und eine Lampe. Zu zweit fühlte man sich in dem kleinen Raum sofort beengt, doch Adalie war allein und dieser Gasthof ein wirklicher Glückstreffer.

»Und? Sagt es Ihnen zu?«

Adalie nickte schnell. »Ja, es ist wunderbar. Und Sie sind sicher, dass dies Ihr einfachstes Zimmer ist?«

Er grinste. »Ja, kein anständiger Mann kann hier drin aufrecht gehen.«

Adalie stutzte. McKenna war klein, nicht größer als sie selbst, und er musste sich nicht bücken. Sie wusste nicht, was sie darauf antworten sollte, ohne unhöflich zu sein. Als er plötzlich herzlich lachte, verstand sie endlich, dass er einen Scherz auf eigene Kosten gemacht hatte. Zögernd lächelte sie.

»Nun machen Sie kein Gesicht wie zehn Tage Regenwetter!«

»Nein, ich …«

So viel leichte Fröhlichkeit war Adalie nicht gewöhnt. Niemand in ihrer Familie besaß ein derartiges Gemüt. Allenfalls ihr Bruder Patrick hatte sie hin und wieder geneckt. Die meisten Tage auf der Farm waren jedoch in Stille dahingegangen, als könnte jedes laute Geräusch und jeder Scherz ihren Vater reizen, diese kleinen Ausbrüche von Fröhlichkeit im Keim zu ersticken. Manus Ó Gradaighs Mittel dazu waren Angst und Gewalt.

»Wenn es Ihnen gefällt, Miss, dann richten Sie sich erst einmal ein. Meine Frau ist in spätestens einer Stunde vom Markt zurück, dann reden wir.«

»Ja, danke«, brachte sie hervor.

Ehe sie sichs versah, drehte er sich um und ging. Adalie stand wie vom Donner gerührt da und lauschte, wie seine Schritte sich entfernten, durch den Flur, die Treppe hinab, wieder ein Flur und eine Treppe. Dann war es still und sie allein in ihrem neuen Leben und womöglich auch in ihrem neuen Heim.

Wie verzaubert ging Adalie durch den winzigen Raum. Zwei, drei Schritte genügten, um von der Tür zum Bett zu gelangen. Vorsichtig setzte sie sich darauf, strich mit den Händen über die gestärkte Bettwäsche und ließ langsam ihr Bündel von der Schulter rutschen.

Da war sie nun. Allein in einer fremden Stadt. Es war aufregend und beängstigend zugleich. Adalie stand auf und ging zu dem kleinen Fenster. Sie musste sich hinhocken, um hinaussehen zu können. Der Gasthof überragte die umliegenden Gebäude, was ihr zuvor gar nicht aufgefallen war. Durch die trübe Scheibe konnte sie die Außenwelt nur erahnen. Es dauerte einen Moment, bis sie es geschafft hatte, den klemmenden Verschluss zu lösen und es zu öffnen, aber dann strömte auch schon frische Luft herein, und mit ihr Geräusche und Gerüche. Es roch nach Holzfeuern und Tran, ein wenig nach gemähtem Gras und der Würze des Meeres. Aus den Straßen klangen Stimmen herauf. Ein Fuhrmann rief seinen Zugtieren Kommandos zu, Kinder lachten, und in der Gasse gleich vor dem Hotel diskutierten zwei Frauen über die Wucherpreise eines Tuchhändlers.

So klang also eine Stadt. Ob es hier wohl jemals so still wurde wie daheim auf der Farm?

»Ich bin jetzt hier daheim«, sagte Adalie laut. »Adalie Ó Gradaigh aus New Plymouth.«

Das klang gar nicht mal so schlecht. Sie ließ ihren Blick in die Ferne schweifen, über die mit Holzschindeln gedeckte, dicht aneinandergedrängten Dächer und die sanft geschwungene Bucht hinweg, an der die Stadt gewachsen war, bis hin zum Horizont, wo sich Himmel und Tasmanische See berührten. Irgendwo auf dieser Welt war ihr Bruder Patrick auf seinem Schiff unterwegs. Ob er wohl stolz auf seine kleine Schwester wäre, wenn er wüsste, dass sie ihren eigenen Weg gegangen war?

Adalie hoffte, das sie einander irgendwann wiedersehen würden. Obwohl er sie enttäuscht hatte, vermisste sie ihn schrecklich.

Energisch riss sie sich von ihren wehmütigen Gedanken los, ging zum Bett zurück und knotete ihr Bündel auf.

Sofort kullerte eine dunkle Holzfigur heraus. Adalie wich überrascht zurück, dann nahm sie das Schnitzwerk in die Hand. Sie zweifelte nicht, von wem das Geschenk stammte: der Maorifamilie auf dem Schiff.

Ein wenig unheimlich sah die Figur schon aus. Es war ein grimmig dreinblickender Mann, der die Zunge herausstreckte und auf einer Art Ungeheuer kauerte. Ihr kam die Geschichte vom heiligen Georg in den Sinn, der den Teufel in Gestalt eines Drachen tötete. Aber sicherlich hatte der Eingeborene, der das Holz bearbeitet hatte, keine christliche Heiligengeschichte vor Augen gehabt, das war allenfalls ein frommer Wunsch.

»Für mich sollst du trotzdem der tapfere Ritter Georg sein«, sagte Adalie leise.

Vorsichtig stellte sie die Skulptur auf den kleinen Tisch am Bett, wo auch eine Öllampe ihren Platz hatte. Sie wickelte ihr Kleid aus dem Bündel und hängte es zum Glätten über einen Balken. Es bewegte sich in der hereinwehenden Brise, und Adalie wurde klar, wie erbärmlich selbst ihr bestes Kleidungsstück aussah.

Jetzt konnte sie nur hoffen, im Gasthaus eine Anstellung zu finden. Um ihr Glück als Hausmädchen zu versuchen, würde sie eine neue Garderobe benötigen, sonst wurde sie womöglich direkt davongejagt, weil man sie für eine Bettlerin hielt.

Adalie kämmte sich das Haar und steckte es hoch, sorgfältig darauf bedacht, die verschorfte Wunde an ihrer Schläfe zu bedecken. Sie wollte bei der Hausherrin den bestmöglichen Eindruck hinterlassen.

Bevor sie hinunter in den Schankraum ging, klopfte sie sich den Staub aus dem Kleid, wusch sich Gesicht, Hände und Füße und wappnete sich innerlich so gut sie konnte gegen eine Ablehnung.

Mit einem stummen Gebet auf den Lippen verließ sie die Kammer und ging die Treppe hinunter.

* * *

KAPITEL 5

Kaserne New Plymouth

Es versprach ein warmer Frühlingstag zu werden. Duncan schwitzte schon jetzt in seiner Uniform, dabei war es nicht mal Mittag. Soeben inspizierte er die ihm unterstellten Rekruten der Kavallerie, die mit ihren Pferden in einer Reihe vor ihm angetreten waren.

Im Hof brannte die Sonne gnadenlos. Fliegen umschwirrten die Tiere, und so mancher Reiter hatte Probleme, sein Pferd ruhig zu halten, weil es ständig nach den Plagegeistern trat. Die tierischen Veteranen hingegen standen mit gesenktem Kopf und hängenden Ohren da und dösten. Sie wussten, dass sie keine Chance hatten, dem Prozedere zu entgehen, und erduldeten alles mit halb geschlossenen Augen.

Zaumzeug und polierte Stiefel blitzten in der Sonne. Den Rekruten war ihre Nervosität anzusehen. Duncan fühlte sich stets ein wenig seltsam, wenn er Gleichaltrigen gegenüberstand und Tadel verteilte. Doch auch dieses Mal sparte er nicht mit Ermahnungen.

»Name?«, fragte er barsch.

»Haskins, Sir!«

»Also, Haskins, haben Sie eine Idee, welchen Fehler Sie sich bei Ihrer Ausrüstung erlaubt haben?«

Der Rekrut – mit ungefähr sechzehn Jahren vermutlich

einer der jüngsten – riss panisch die Augen auf. Sofort stand Schweiß auf seiner Stirn. Er tat Duncan beinahe leid.

Aus eigener Erfahrung wusste er allerdings, wie wichtig es war, auf jedes Detail zu achten. Ein schlecht geputztes Gewehr konnte im Ernstfall versagen, falsch angelegtes Zaumzeug einen Reiter die Kontrolle über sein Pferd verlieren lassen.

Hektisch überprüfte Haskins Uniform, Waffe und Ausrüstung, doch in seiner Nervosität übersah er, worauf Duncans Ermahnung abzielte. Der Mann neben ihm hatte den Fehler längst bemerkt und überprüfte unauffällig, ob er sich nicht den gleichen Patzer erlaubt hatte.

»Schluss, es reicht, Haskins.«

Der Rekrut trat zur Seite. Duncan schob seine Hand unter den Sattelgurt und ballte sie dort zur Faust.

»Oh Gott, ich habe nicht nachgegurtet!«

»Und damit das nicht noch mal passiert, satteln Sie ab und reiten heute ohne, Rekrut. Da hätten Sie Ihren Gegnern einen großen Gefallen getan, wenn Sie sich bei der Attacke selbst vom Pferd befördert hätten.«

Haskins lief vor Scham rot an. Duncan setzte äußerlich ungerührt seine Runde fort. Er beanstandete Kleinigkeiten und war soeben beim letzten Mann angekommen, als ein Bote auf ihn zugerannt kam. Die Garnison beschäftigte zehn Maorijungen, die abwechselnd Dienst taten.

»Lieutenant Colonel Fitzgerald verlangt nach Ihnen, Sir. Er sagt, Sie sollen sofort in die Kommandantur kommen.«

Duncan seufzte innerlich. Was konnte sein Vater nur von ihm wollen? Er hatte ihm doch am Tag zuvor selbst aufgetragen, mit den Rekruten leichte Manöver zu reiten.

»Ich muss kurz weg. Reiten Sie die Pferde so lange warm –

113

Schritt, Trab, Galopp, häufige Tempowechsel. Sie, Ottman, sind der Einzige mit ein wenig Pferdeverstand hier. Ich verlasse mich darauf, dass Sie Ihren Kameraden zeigen, was zu tun ist.«

Eilig ging er los. Er wollte seinen Ziehvater nicht warten lassen. Als er die Baracke der Kommandoführung erreichte, schallte Gelächter vom Exerzierplatz herüber. Duncan sah kurz zurück. Haskins kam ohne Sattel nicht auf sein Pferd und wurde zum Gespött seiner Kameraden. Diese Lektion würde er sein Leben lang nicht vergessen, und damit war sie ein wirksames Mittel, um den Fehler niemals zu wiederholen.

Wie immer, wenn er seinem Vater in der Kaserne gegenübertrat, spürte er eine gewisse Anspannung in sich. Es war lächerlich, doch gegenüber Liam Fitzgerald fühlte er sich nicht anders als ein Rekrut bei der Musterung. Ärgerlich wischte er den Gedanken an Haskins' schamgerötetes Gesicht beiseite und klopfte an.

»Eintreten!«, schallte es heraus.

Duncan öffnete die Tür. Sein Vater war allein. Er saß an seinem breiten Schreibtisch, auf dem akkurat geordnete Papiere lagen, und schrieb etwas.

»Sie haben mich rufen lassen, Sir?«

»Schließ die Tür und setz dich bitte, Duncan.« Sein Stiefvater duzte ihn, also war die Sache, die es zu besprechen galt, privater Natur.

Er tat, wie ihm geheißen, und zog sich einen Stuhl heran. Erst jetzt blickte Liam auf und musterte seinen Stiefsohn. »Wie läuft es mit den Neuen?«

»Gut so weit. Mit dem Appell bin ich durch, sie reiten sich jetzt warm.«

»Schön, ich will dich auch nicht lange aufhalten, aber ich habe gedacht, ich informiere dich besser jetzt als heute Abend. Ab morgen bist du vom Dienst freigestellt. Ich konnte für deinen Freund Giles eine Begnadigung erwirken. Du wirst zum Convict Prison auf den Chatham-Inseln reisen, wie besprochen.«

»Ja, Vater«, antwortete Duncan schnell. In ihm herrschten sowohl Freude als auch erhöhte Wachsamkeit. Liam hatte noch nicht alles gesagt.

»Vielleicht verlangen sie im Gefängnis eine Bürgschaft.«

»Und dann?«

»Die Entscheidung überlasse ich dir. Sprich mit Giles, du kennst ihn am besten. Wenn du glaubst, er folgt seinem Häuptling bedingungslos, komme ohne ihn wieder zurück und riskiere nicht deine Ehre. Ich werde den Maungas dann erklären, dass ich nicht helfen konnte.«

»Dann erfahren sie nichts von meinem Aufbruch?«

»Nein, ich will ihnen keine falsche Hoffnung machen.«

Duncan nickte.

»Hast du alles verstanden?«

»Ja, Sir.«

»Dann geh zurück zu deinen Männern, den Rest besprechen wir heute Abend.«

***

Adalie konnte es noch immer kaum glauben. Sie hatte eine Anstellung – und was für eine! Die McKennas hatten ihr den Vormittag noch freigegeben, damit sie ihre neue Heimat erkunden konnte. Außerdem sollte sie sich ein neues Kleid und eine Haube kaufen von dem Geld, das sie von Kapitän Sanderson erhalten hatte.

Immer wieder rief sie sich das Gespräch vom Vorabend in Erinnerung. Sie war aus dem Zimmer zurück ins Erdgeschoss geeilt, wo ihr McKenna Kartoffelsuppe und Brot aufgetischt und sie dann allein gelassen hatte, bis nach einer Weile seine Frau heimgekehrt war.

Rose McKenna war eine stattliche Erscheinung. Prall und rosig wie das Leben selbst – wenn man davon ausging, dass es eine Frau von fünfzig Jahren war. Sie trug einen Korb über dem Arm und begrüßte Adalie zunächst wie einen Gast.

»Guten Tag, ich hoffe, mein Mann hat es Ihnen an nichts fehlen lassen.«

Adalie stand sofort auf und knickste aufgeregt. »Mrs. McKenna? Ich bin Adalie Ó Gradaigh.«

»… und wie vom Himmel geschickt«, tönte es aus der Küche, ehe die Hausherrin ihrem verwunderten Blick Worte folgen lassen konnte. Bobby McKenna erschien gleich darauf und nahm seiner überraschten Frau den Korb aus der Hand. Die beiden gaben ein sonderbares Paar ab. Sie überragte ihren Ehemann um einen ganzen Kopf und betonte diese Tatsche noch durch ihre aufwendige Hochsteckfrisur, zu der sie ihr blondes Haar aufgetürmt hatte.

McKenna eilte an Adalies Seite, legte ihr einen Arm um die Schulter und schob sie voran. »Die Kleine sucht nach Arbeit.«

»Ah, und du hast sie direkt eingestellt, weil es dir in den Fingern gejuckt hat?«

Adalie bekam ein mulmiges Gefühl. Auf welche Art soll es ihm in den Fingern gejuckt haben, doch nicht etwa …?

McKenna zog seine Hand eilends fort. »Nein, nein! Die Entscheidung überlasse ich natürlich dir. Unser Freund Mr. Sanderson hält große Stücke auf sie.«

Adalie versuchte hastig, den Knoten in ihrer Kehle herunterzuschlucken. Hoffentlich fragte sie niemand etwas, denn sie zweifelte schwer daran, ob sie auch nur ein einziges Wort hervorbringen könnte.

»Du hast den Kapitän der *Estrella* um den Finger gewickelt?«, fragte die Hausherrin und lächelte zum ersten Mal. »Wenn das so ist, sollten wir vielleicht darüber nachdenken. Setzen wir uns erst mal, und du, Bobby, holst uns etwas zu trinken, aber etwas Anständiges.«

Adalie setzte sich und atmete mehrfach tief durch. Jetzt nur alles richtig machen!

»Du musst keine Angst haben, ich will dir nur ein paar Fragen stellen.«

So offensichtlich war es also. »Gut, in Ordnung.«

»Hast du schon mal in einer Wirtschaft gearbeitet?«

Adalie schüttelte beschämt den Kopf. »Nein, das habe ich nicht, aber ich will mir wirklich große Mühe geben. Ich lerne schnell und bin es gewohnt, hart zu arbeiten.«

»Siehst auch nicht aus wie ein Zuckerpüppchen.«

»Ich bin auf einer Farm groß geworden.«

»Ah…«, meinte Rose McKenna und klang nicht begeistert. »Und das da?« Sie wies auf Adalies Schläfe. Die Kruste und die blaue Schwellung waren offenbar nicht zu übersehen.

»Ein Unglück, das ich versuche zu vergessen«, erwiderte sie ehrlich.

»Ein Mann?«

Adalie nickte schnell und krallte die Finger ineinander.

Verständnis blitzte in Roses Augen auf, aber sie sagte nichts. Erst als ihr Mann drei Gläser Bier vor ihnen auf den Tisch stellte und sich dazusetzte, hellte sich ihre Miene etwas auf. Sie nahm einen kräftigen Schluck und wechselte einen langen Blick mit ihrem Mann. Adalie meinte zu sehen, wie sie auf diese Weise ein richtiges Gespräch führten, und hoffte, sie trafen eine Entscheidung zu ihren Gunsten.

»Ich mache dir einen Vorschlag. Wir versuchen es eine Woche. Du kannst umsonst hier wohnen und essen, und wenn du deine Arbeit gut machst, stellen wir dich ein.«

»Du wirst uns nicht enttäuschen, da bin ich mir sicher«, meinte Bobby McKenna und grinste. Es hatte etwas Wölfisches.

Seine Frau schoss ihm einen Blick zu, der Adalie einen eisigen Schauer über den Rücken jagte. Warum missfiel es Rose so sehr, wenn ihr Mann sich für Adalie freute? Sie schob ihre Bedenken beiseite, denn erst einmal hatte sie Grund, erleichtert zu sein.

»Ich danke Ihnen, Mrs. McKenna. Ich bin sicher, dass ich Sie nicht enttäuschen werde.«

»Gut, dann stoßen wir an.«

Mit Herzklopfen ließ Adalie ihr Glas gegen die ihrer neuen Brotherren klirren und nahm einen kleinen Schluck. Bier hatte sie noch nie getrunken, und sie war überrascht vom malzigen, ein wenig bitteren Geschmack, der aber keineswegs unangenehm war. Trotzdem trank sie vorsichtig. Alkohol und seine Wirkung auf die Menschen waren ihr nicht geheuer. Rose leerte ihr Glas. »Und lass uns nicht im Stich, so wie die letzte Aushilfe.«

»Nein, bestimmt nicht. Was ist denn mit ihr passiert?«

»Sie ist abgehauen, einfach so«, meinte Rose McKenna und sah ihren Mann wieder vielsagend an.

Adalie hätte zu gerne gewusst, was geschehen war. Hatte es an der Frau oder an den McKennas gelegen? Vielleicht hatte das Mädchen gestohlen oder war der Arbeit nicht gewachsen gewesen. Adalie konnte sich kaum vorstellen, dass die Schuld bei den McKennas zu suchen war. Sie erschienen ihr zwar streng, aber nicht ungerecht.

»Sag, Mädchen, ich will dich nicht verletzen, aber ist das das einzige Kleid, das du besitzt?«

»Nein, ich … ich habe zwei«, stotterte Adalie beschämt. »Dies ist mein besseres.«

»Ich habe es befürchtet«, seufzte Rose. »Vor den Gästen kannst du dich so nicht zeigen. Wenn du die Probezeit überstehst, musst du dir von deinem ersten Lohn etwas Neues kaufen.«

»Ein paar Münzen habe ich. Vielleicht reichen sie.«

»Das wäre gut, Adalie. Das letzte Mädchen hat ihre Holzschuhe zurückgelassen. Die sollten dir passen.«

Und so war sie nun auf dem Weg zur Schneiderin.

Adalie konnte ihr Glück noch immer kaum fassen. Am liebsten wäre sie in ihren geborgten Holzschuhen durch die Gassen und Straßen getanzt und hätte jeden umarmt, auch die missmutigsten Fischweiber. Stattdessen schritt sie zügig aus und erkundete ihre neue Heimat. Sie hatte sich fest vorgenommen, nur so lange spazieren zu gehen, bis die Schneiderin, die ihr empfohlen worden war, ihr Geschäft öffnete. Dann wollte sie ihren Einkauf so schnell wie möglich erledigen und zum *Old Éire Inn* zurückeilen.

Adalie wollte die Freundlichkeit ihrer Vorgesetzten nicht strapazieren und ihre Tüchtigkeit direkt am ersten Tag beweisen.

In der Nacht hatte Adalie vor Aufregung kaum ein Auge zugetan und war deshalb früh aufgestanden. Obwohl sie nur wenig Schlaf bekommen hatte, sprühte sie vor Lebenslust.

Als New Plymouth langsam zum Leben erwachte, hatte sie schon viel gesehen: den flachen Strand mit den Booten und Gerätschaften der Fischer, die besseren und schlechteren Wohnviertel und auch die Kaserne mit ihrer hohen Palisadenmauer. Eine Weile war sie bei den Koppeln stehen geblieben und hatte die edlen Pferde der Kavallerie bewundert. Morgentau lag auf ihrem Fell und ließ Mähnen und Schweife glitzern, als wären sie Wesen aus einem verwunschenen Märchenreich.

Als Adalie schließlich in die Stadt zurückkehrte, war Leben in den Gassen, und sie staunte wieder, wie viele Menschen es hier gab. In den Wohnvierteln und am Markt fühlte sie sich wohl, und sie ließ sich von der kribbelnden Betriebsamkeit der Einwohner anstecken. Die Händler bauten ihre Waren auf, Hirten trieben Schafe und Ziegen zum Viehmarkt, und eine Blumenverkäuferin bezog an einer Straßenecke ihren Platz. Adalie begrüßte die alte Frau fröhlich.

Vom Hafen und den finsteren Spelunken, in denen Seeleute und Soldaten ihren Verdienst versoffen, hielt Adalie sich fern. In derlei Gegenden sollte sich eine anständige Frau nicht verirren. Immer wenn sie auch nur in die Nähe kam, klopfte ihr Herz schneller, und sie sah sich unweigerlich nach anderen Menschen um, die ihr im schlimmsten Fall beistehen konnten. Bevor sie sich sicher in New Plymouth bewegen konnte, musste sie die Stadt besser kennenlernen. Mit einem einzigen Spaziergang, so merkte sie schnell, war es nicht getan. Schon jetzt freute sie sich darauf, ihre Erkundungsgänge bei nächster Gelegenheit fortzusetzen.

Beinahe hätte sie den Weg zur Schneiderin nicht mehr gefunden, doch nachdem sie eine Frau um Hilfe gebeten hatte, stand sie schließlich in einer kleinen Seitenstraße vor einem ordentlichen, aber rettungslos schiefen weißen Holzhaus. Es hatte ein großes Bleiglasfenster, auf das Schere, Nadel und Faden aufgemalt waren.

Adalie klopfte und trat ein. Eine kleine Türglocke bimmelte hell, und wie zur Antwort miaute eine Katze.

»Guten Morgen, womit kann ich dienen?«

»Guten Morgen.«

Die Ladeneigentümerin war alt, die Haut blass und runzelig. Ihre wasserblauen Augen blitzten wie zwei klare Kristalle und taten ihrer Besitzerin offenbar noch immer gute Dienste. Die Frau legte ein Häubchen zur Seite, an dem sie gearbeitet hatte, und erhob sich stöhnend.

»Ich hoffe, Sie haben bereits geöffnet.«

»Natürlich, natürlich. Ich stehe mit dem ersten Hahnenschrei auf, und sobald ich eine Tasse Tee getrunken habe, können die Kunden kommen.«

»Gut. Ich brauche ein Kleid, schlicht, ohne Zierrat, und eine einfache Haube, für die Arbeit in einem Gasthaus.«

»Das finden wir sicherlich.«

Adalie sah sich unsicher um, während die Schneiderin in einigen offenen Fächern nach passenden Stücken suchte.

Nun kam auch die Katze aus ihrem Versteck und stolzierte auf die Besucherin zu. Das Tier war vollständig weiß. Mit hochgebogenem Rücken rieb sie sich an Adalies Bein und schnurrte laut. »Na du bist aber eine freundliche …«

»Nicht anfassen!«, rief die Schneiderin barsch. Adalie zog die Hand gerade noch rechtzeitig zurück, als die Katze fauchend nach ihr schlug.

»Sie ist eine Furie. Wenn sie nicht so eine gute Mäusefängerin wäre, würde sie ihr Dasein längst als Muff für feine

Damen fristen«, lachte die Alte und streichelte die Katze, die nun wieder ganz friedfertig war. »Kscht! Verschwinde jetzt! Du hast unserem Gast genug Angst eingejagt.«

»Ist ja nichts passiert.«

»Zwei Kleider habe ich, die Ihnen passen müssten, aber ich kann es auch rasch ändern. Das ist kein Problem.«

Adalie betrachtete die Kleider, die ihr hingehalten wurden. Eines war dunkelgrün, das andere von einem warmen Rostbraun. In den Augen der meisten muteten sie sicher langweilig und fad an, für Adalie hingegen glichen sie einem wahr gewordenen Traum. Sie hatte noch nie ein Kleid besessen, das zuvor nicht jemand anderem gehört hatte oder aus alten Reststücken gefertigt worden war. Daheim hatte sie die Kleidung der Mutter und Schwestern auftragen müssen, und jetzt sollte eines ganz allein ihr gehören. Sie konnte es kaum glauben. Zögernd strich sie über die Stoffe.

»Na, wollen Sie sie nicht anprobieren?«

»Ich … ich weiß nicht. Sie sind hübsch, aber ich bin mir nicht sicher, ob ich mir so etwas leisten kann.« Adalie griff in ihre Tasche und zog die Münzen hervor.

Die Schneiderin warf einen schnellen Blick darauf und winkte ab. »Keine Sorge, das reicht.«

Das weiche Leinen umschmeichelte ihre Beine, als sie rasch durch das Viertel lief. Immer wieder blieb Adalie stehen, sah an sich herab und berührte den Stoff. Sie hatte sich für das dunkelgrüne Kleid entschieden, und die Schneiderin hatte sie überredet, es gleich anzubehalten.

Ihr altes Kleid hatte sie dortgelassen. Sie verstand noch immer nicht, warum die Schneiderin so gut zu ihr war und es für kleines Geld mit Stoffresten ausbessern wollte. Scheinbar hatte Adalie ihr leidgetan, weil sie bei der Anprobe vielleicht die Blutergüsse bemerkt hatte.

Adalie dankte Gott für all die guten Dinge, die ihr seit ihrer Flucht passiert waren. Die Befürchtung, dass sie das Glück nach so viel Gutem bald verlassen würde, schob sie energisch beiseite. Warum sollte sie nicht auch mal Glück haben dürfen?

Sie überquerte eine Straße und war sorgfältig darauf bedacht, Schlamm und Dreck auszuweichen. Adalie hörte entfernten Hufschlag, als sie einen großen Schritt über eine Pfütze machte.

Plötzlich kamen zwei Pferde im raschen Trab um eine Kurve. Adalie versuchte auszuweichen, doch es war zu spät. Die Brust des gewaltigen Rappen stieß sie vor die Schulter, und sie geriet ins Straucheln. Ihr Kleid verhedderte sich zwischen ihren Beinen.

Der Reiter riss sein Pferd zurück und bekam Adalie am Arm zu fassen. Sie hörte mit Entsetzen, wie der Stoff einriss. Der Rettungsversuch milderte nur ihren Sturz, konnte ihn aber nicht mehr verhindern.

Einen Augenblick später starrte Adalie fassungslos zu dem Reiter hinauf, der sofort aus dem Sattel sprang. »Oh Gott, ist Ihnen etwas passiert? Sind Sie verletzt?«

»Ich ... ich ... nein. Mein Kleid ...«, stotterte Adalie.

Der Reiter trug die tadellos sitzende Uniform eines Offiziers. Spiegelblanke Knöpfe und Koppeln glänzten in der Morgensonne. Am liebsten hätte sie ihn vors Schienbein getreten, damit auch er den Straßenstaub abbekam.

Er hob sie mühelos hoch und stellte sie auf die Beine. Adalie hielt sich an seinen Armen fest und belastete beide Füße nacheinander. Der linke tat etwas weh, aber es ging.

»Es geht mir gut«, brachte sie hervor.

»Wirklich?« Der Fremde hatte warme braune Augen, die sie besorgt musterten. Er überragte Adalie um mehr als einen Kopf, war schlank und hatte breite Schultern. Dunkelbraunes Haar fiel ihm in die Stirn.

Selten war ihr zuvor ein Mann derart nahe gekommen, erst recht keiner, der so gut aussah. Er roch nach Leder und Rasierschaum.

Verunsichert wand sich Adalie aus seinem zuvorkommenden Griff und zupfte eine Strähne über die alte Verletzung an der Schläfe.

»Es geht mir wirklich gut«, sagte sie scheu. Der Ärmel ihres Kleides hing zerrissen von ihrem Handgelenk. Sie strich den Stoff wieder darüber.

»Ich werde Ihnen das natürlich ersetzen.«

Der Offizier zog seinen Reithandschuh aus und griff nach seiner Börse. Er hatte kräftige, große Hände.

»Nein, nein, das ist nicht nötig. Es ist nur die Naht, das kann ich ausbessern.«

»Wirklich?« Wieder traf Adalie dieser Blick, der sie auf eine Art berührte, die ihr Angst machte.

Er lächelte zögernd, als täte er es nicht allzu oft. Sein Mund verlor den energischen Zug, und schon senkte er wie ertappt den Blick. Eine braune Haarsträhne rutschte ihm in die Stirn, und er strich sie zurück.

Adalie bemerkte eine kleine helle Narbe auf seinem linken Wangenknochen und hätte in diesem Moment zu gerne gewusst, woher sie stammte. Aus einem Kampf? Wirkte er deshalb so ernst? Er war nicht viel älter als sie, hatte aber womöglich schon viel mehr erlebt.

»Wenn der Dame nichts geschehen ist, dann los. Das

Schiff wartet nicht auf dich, Duncan!«, rief der andere Mann.

Duncan fuhr wie ertappt zusammen. »Ja, ja, ich komme.«

Es schien ihm nicht leichtzufallen, sich von ihr zu trennen. Wieder lächelte er.

»Gehen Sie ruhig. Ihr Schiff.«

»Danke.«

Er schwang sich elegant in den Sattel. Sein Hengst kaute unruhig auf dem Zaum, wollte weiter. Mit sanfter Hand hielt der Reiter ihn zurück und beugte sich noch einmal zu Adalie.

»Ich hoffe, das Sprichwort stimmt.«

»Welches Sprichwort?«, fragte sie irritiert.

»Man trifft sich immer zweimal im Leben.«

Der Offizier sah schnell in eine andere Richtung, doch Adalie hatte sehr wohl gesehen, dass ihm nach diesen mutigen Worten die Röte ins Gesicht gestiegen war. Sie wusste nicht, was sie antworten sollte, also schwieg sie.

Die Reiter setzten sich wieder in Bewegung. Während der junge Offizier geradeaus schaute, wandte sein Begleiter den Kopf. Er war bestimmt zwanzig Jahre älter und besaß ein markantes Gesicht. Sein Blick war prüfend. Schließlich nickte er ihr zum Abschied zu.

Adalie sah den Männern nach, wie sie auf ihren stolzen Pferden in Richtung Hafen ritten. Als sie schließlich nicht mehr zu sehen waren, klopfte sie sich so gut es ging den Staub vom Rock. Der zerrissene Ärmel schlackerte um ihren Unterarm.

Ein Teil von ihr wollte weinen und dem Fremden ihren Zorn hinterherrufen, doch sie tat es nicht. Das war nicht ihre Art. Es war nur ein Kleid, nur eine Sache.

Sie würde den Ärmel nähen und dabei vielleicht von den braunen Augen des jungen Offiziers träumen.

Er hatte ihr wirklich gefallen. Adalie hätte nie geglaubt, dass sie das je von einem Mann sagen könnte, zu viele negative Erfahrungen hatte sie bislang mit ihnen gemacht. Aber ja, dieser Duncan gefiel ihr. Sie konnte sich an jedes Detail seiner Erscheinung erinnern, als hätte ein Maler sein Abbild direkt auf ihr Herz gebannt. Bei dem Gedanken an sein Lächeln und den warmen Blick hielt sie unwillkürlich den Atem an. War er wirklich errötet bei seinen letzten Worten? Das konnte doch nicht sein, oder?

Man trifft sich immer zweimal im Leben … Was dachte er sich nur dabei? Sie wollte ihn kein zweites Mal treffen, denn dann würde er sein wahres Gesicht zeigen und ihre Tagträumerei vom gut aussehenden Fremden zerstören. Früher oder später wurden alle Männer gewalttätig und ungerecht, auch die mit schönen Augen. Davon war Adalie überzeugt, denn bei ihren Schwestern war es auch so gewesen.

Schnell legte sie den Rest des Weges zurück und betrat kurz darauf das *Old Éire Inn*.

Rose McKenna war soeben damit beschäftigt, die Tische im Gastraum zu polieren und mit kleinen Decken zu versehen.

»Ah, da bist du ja. Ich dachte schon, du wärst uns verloren gegangen«, sagte sie leichthin, doch Adalie entging der tadelnde Unterton nicht. Bis zum Mittag hatten sie ihr freigegeben, doch wie Adalie vermutet hatte, erwarteten die McKennas, dass sie sich schon früher an die Arbeit begab.

»Nein, nein, ich bin nicht verloren gegangen. Ich ziehe mich schnell um, dann kann ich anfangen.«

Die matronenhafte Irin, die sicher das zweifache Gewicht

ihres schmächtigen Mannes auf die Waage brachte, richtete sich auf. »Nun lass dich erst mal ansehen. Was hat die Schneiderin dir da aufgeschwatzt?«

Adalie drückte verschämt eine Hand auf den gerissenen Saum. Auf Rose McKennas Zeichen hin drehte sie sich langsam um sich selbst.

»Ganz ordentlich, der Kragen könnte etwas höher sein.«

»Finden Sie?« Adalie betastete den Ausschnitt, der in ihren Augen mehr als sittsam war. Rose McKenna präsentierte ihren üppigen Busen ungehemmt. Für sie galten offenbar andere Maßstäbe.

»Was ist mit dem Ärmel da?«

»Eingerissen.«

»Eingerissen? Was bist du für ein dummes Ding!«

»Das war nicht meine Schuld. Ein Offizier hat mich umgeritten.«

Rose McKenna verzog missmutig ihr pausbäckiges Gesicht und gab ein empörtes Schnauben von sich. »In der Garnison gibt es nur Flegel, die machen immer Probleme. Ich bin froh, dass sie nur selten zum Trinken herkommen. Am Monatsanfang, wenn es Sold gibt, muss sich jede Frau verstecken, wenn sie nicht unter einem dieser Hurenböcke landen will.«

Adalie überlief eine Gänsehaut. Hatte sie es doch geahnt!

»Du bist ja ganz blass geworden, Mädchen. Ich wollte dich nicht erschrecken, nur warnen. Lass dich nicht mit denen ein.«

»Nein, ganz sicher nicht.«

»Man merkt, dass du von einem abgelegenen Hof stammst und noch nichts gesehen hast von der Welt. Die Stadt ist gefährlich für junge Dinger wie dich.«

»Ich werde noch mehr achtgeben.«

»Gut, gut. Jetzt zieh dich um und mach dich an die Arbeit. Morgen früh gebe ich dir Garn, dann kannst du es ausbessern.«

»Vielen Dank.«

Adalie eilte die Treppen hinauf in ihr Zimmer und zog sich um. Ihr altes Leinenkleid konnte dem Vergleich mit ihrer Neuerwerbung nicht standhalten.

Zumindest ist es sauber, dachte Adalie und steckte ihr Haar auf, damit es sie beim Arbeiten nicht behinderte. Zurück im Gastraum gab ihr Rose eine alte Schürze.

»Heute ist Schmutzarbeit zu tun, Mädchen«, sagte sie nur. »Nimm alle Lampen ab, die du finden kannst, und putze sie. Sie sollen glänzen, wenn später die Gäste kommen. Heute oder morgen wird ein neues Schiff aus England erwartet. Das Haus wird voll sein.«

Adalie nickte nur und machte sich ans Werk. Keine der Lampen sah aus, als wäre sie in den letzten Wochen oder Monaten vom Ruß befreit worden. Aber sie wollte nicht klagen. Tatsächlich war sie sogar sehr gut gelaunt, denn auch wenn sich der fettige Ruß tief in ihre Poren setzen würde, so besaß sie doch eine Arbeit und ein Dach über dem Kopf und musste nicht Hunger leiden.

KAPITEL 6

New Plymouth, Dezember 1869

Eineinhalb Monate war sie nun schon in der Stadt, und die Zeit verging wie im Flug. Die Arbeit im Gasthof war anstrengend, aber Adalie beschwerte sich nicht, denn sie lebte ein Leben, wie sie es sich immer erträumt hatte: Sie war frei und wurde von niemandem geschlagen.

Die Verletzungen waren verheilt. Nur ihre Leiste schmerzte noch hin und wieder, wenn sie zu schwer hob.

Fast immer war das Wetter gut. Heiße, klare Sommertage wechselten einander ab und brachten die Menschen von New Plymouth ins Schwitzen. Ihre Tage liefen nach einer einheitlichen Routine ab. Morgens stand Adalie oft noch vor dem ersten Sonnenstrahl auf. Dann war es noch kühl und angenehm, und manchmal zog der Nebel vom Meer in die Straßen und Gassen. Während alle noch schliefen, bereitete Adalie das Frühstück für die Gäste vor, bediente später bei Tisch, putzte die Zimmer und wusch die Wäsche.

Besonders an warmen Tagen wurde die Arbeit mit dem Plätteisen zur Qual.

Die wenigen Münzen, die Adalie neben Kost und Logis verdiente, sparte sie eisern.

Auch an diesem Morgen war sie vor der Morgendämmerung auf den Beinen. Im Dunkeln ging sie so leise wie möglich die Treppen hinunter, sorgfältig darauf bedacht, knarrende Stufen zu meiden, um die Gäste nicht aufzuwecken. In der Küche nahm sie die bereitstehenden Eimer mit Essensresten vom Vorabend und trug sie hinaus in den Hof.

In einem kleinen Verschlag lebte eine Sau mit sechs Ferkeln, die sie mit hohem Quieken begrüßten. Im Halbdunkel waren Adalie die Tiere noch unheimlicher als sonst. Sie mochte keine Schweine, sie waren so anders und so viel lauter als die Schafe, mit denen sie vertraut war. Schnell leerte sie die beiden Eimer in die Futtertröge und verließ den stinkenden Verschlag. Während sich die Schweine um die Reste stritten, brachte Adalie den Hühnern Brotreste und Eierschalen. Diese Tiere mochte sie viel lieber. Vorsichtig sammelte sie frisch gelegte Eier ein und trug sie in die Küche.

Erst danach kümmerte sie sich um sich selbst. Im Keller gab es einen Brunnen, der im Gegensatz zu dem im Hof gutes Wasser enthielt. Adalie kurbelte einen Eimer voll herauf, trank etwas und goss den Rest in eine Waschschüssel.

In einem Winkel des Kellers gab es eine kleine, durch einen Vorhang abgetrennte Nische, in der sie sich waschen konnte. Adalie knöpfte ihren Kragen auf und schob den Stoff über die Schultern hinab. Mit einem Lappen und etwas Seife rieb sie sich Gesicht, Hals, Arme und Dekolleté sauber. Das Wasser war eisig und weckte ihre Lebensgeister. Sie betrachtete sich kurz in dem kleinen gesprungenen Spiegel, der dort an der Wand hing: Ihre Wangen waren von dem kalten Nass gerötet, ebenso wie ihr Mund.

Adalie legte den Kopf ein wenig schief. Ja, sie hatte zugenommen, und es stand ihr gut. Zum ersten Mal in ihrem Leben herrschte kein Mangel an Nahrung. Seitdem sie im Gasthof arbeitete, hatte sie nicht einen Tag lang Hunger gelitten, aber das war noch längst keine Selbstverständlichkeit.

Wenn sie die Schweine mit den Resten aus der Küche fütterte, dachte sie häufig, dass diese Tiere besser aßen als ihre
Familie, die sie in Amokura Hills zurückgelassen hatte. Ob
es dem kleinen Sammy gut ging? Im Sommer besserte sich
sein Zustand immer ein wenig, wenngleich niemand in der
Familie daran glaubte, dass er je das Erwachsenenalter erreichen würde.

Als sich Adalie mit einem Tuch abgetrocknet hatte und ihr
Kleid wieder schloss, bemerkte sie aus dem Augenwinkel
eine Bewegung. Durch eine Lücke zwischen Wand und Vorhang konnte sie Bobby McKenna ausmachen, der sich genau
in diesem Moment abwandte. Adalie bekam eine Gänsehaut.
Hatte er sie etwa beobachtet?

Lauerte er ihr auf? Auch wenn ihr Bauchgefühl sie schon
zu Beginn vor diesem Mann gewarnt hatte, ließ sie sich nur
zu gerne von seiner Frohnatur blenden.

Sobald er den Keller mit einem Korb Kartoffeln verlassen
hatte, zog Adalie den Vorhang zurück. Ihre Knie waren weich
und zittrig, als sie sich daranmachte, Trinkwasser für die
Gäste zu schöpfen und in die Küche zu tragen.

»Guten Morgen, Adalie«, begrüßte McKenna sie und
zwinkerte ihr zu.

»Guten Morgen, Mr. McKenna«, erwiderte sie hastig.
Heute konnte ihr seine Fröhlichkeit gestohlen bleiben.

»Isst du mit mir gemeinsam?« Er hatte Brot, Schinken
und ein Töpfchen mit Butter auf den Tisch gestellt.

Ihr Magen fühlte sich an wie ein sumpfiges Loch, aber sie
schüttelte nur hastig den Kopf. »Nein danke, später vielleicht«, sagte sie leise und ging an ihm vorbei.

Er machte ihr nicht den Weg frei, sodass sie sich eng an
ihm vorbeischieben musste. Die Berührung ekelte sie an,

und sie wäre am liebsten gerannt, um endlich von ihm weg-
zukommen. Dabei war sie noch nicht einmal sicher, ob
McKenna sie wirklich beobachtet hatte oder nur zufällig zur
gleichen Zeit im Keller gewesen war.

Adalie widmete sich ihrer Arbeit und mied den Hausherrn
in den nächsten Tagen, soweit es ihr möglich war. Ihre Angst
vor ihm wurde immer schlimmer, obwohl nichts Besonderes
vorfiel. Es waren allenfalls Kleinigkeiten: Blicke, zufällige
Berührungen und das ein oder andere Wort, das sich auf
zweierlei Weise deuten ließ.

Rose McKenna ahnte, dass zwischen ihrem Mann und
Adalie etwas vorgefallen war. Sie sprach es nicht direkt an,
doch ihr Verhalten änderte sich. Adalie bekam mehr Arbeit
aufgetragen, und immer schien sie an dem Ergebnis etwas
auszusetzen zu haben.

»Adalie!«, hallte ihr Ruf zum wiederholten Mal durch das
Haus, bevor Adalie sie in einem der Gästezimmer fand.
Matronenhaft erwartete Rose McKenna sie neben dem Bett,
die Hände in die Hüften gestützt.

Adalie sank augenblicklich der Mut, sobald sie das zorn-
gerötete Gesicht ihrer Herrin erblickte.

»Ich war in der Küche und habe Sie nicht sofort gehört.
Gibt es ein Problem?«

»Und ob es ein Problem gibt!«

Adalie sah sich hektisch um und bemerkte das Malheur
sofort. Auf einer Ecke der Bettwäsche prangte ein schmutzi-
ger dunkler Fleck. Sie konnte sich beim besten Willen nicht
vorstellen, wie der Dreck dort hingekommen war. Am Morgen, als sie das Zimmer für den nächsten Gast vorbereitet
hatte, war der Stoff noch sauber gewesen. »Ich werde es sofort auswechseln. Das war vorhin noch nicht da.«

»Unsinn, Adalie. Lüg' mich nicht an. Wenn dir im Hof Wäsche hinfällt, wäschst du sie gefälligst noch einmal. So etwas gibt es im *Old Éire* nicht, hörst du?«

»Ja, Mrs.« In aller Eile zog sie mit gesenktem Kopf den Bettbezug ab. Im Zusammenleben mit wütenden Menschen hatte sie gelernt, dass es das Beste war, dem Konflikt aus dem Weg zu gehen. Gegen Rose McKenna hatte sie keine Chance, und sie brauchte diesen Job. Trotzdem kochte und brodelte es in ihrem Inneren.

»Wenn ich wiederkomme, ist alles perfekt, oder ich werde richtig ärgerlich«, schnaubte sie und verließ das Zimmer.

Adalie wusste genau, was jetzt geschehen würde. Mrs. McKenna hetzte die Treppe hinunter in die Küche, wo ihr Mann das Abendessen vorbereitete, und erzählte ihm sofort von Adalies angeblicher Unfähigkeit. Diesmal war sie zu weit weg, um die Worte zu verstehen, aber dass sie eine wahre Tirade von sich gab, hörte sie dennoch. Adalie wusste genau: Mrs. McKenna verdreckte manchmal absichtlich die Wäsche oder brachte Dinge in Unordnung, bei denen Adalie sich sicher war, sie ordentlich gemacht zu haben. Warum suchte sie nach Gründen, um sich bei ihrem Mann über Adalie beschweren zu können?

Eifersucht? Aber sie wollte doch gar nicht, dass McKenna sie so ansah und ging ihm aus dem Weg, wo sie nur konnte. Adalie fühlte sich in keiner Weise zu Bobby McKenna hingezogen, aber das konnte sie ihrer Herrin doch nicht direkt ins Gesicht sagen. Selbst wenn sie Interesse an Männern hätte, dann sicher nicht an einem klapperdürren, koboldgleichen Iren, der älter war als ihr eigener Vater!

Doch das galt umgekehrt leider nicht für ihren Dienstherrn, und daran würden auch die Intrigen seiner Frau nichts ändern. Er beobachtete Adalie weiterhin auf eine Weise, die über das sittliche Maß hinausging. Ständig spürte sie seine Blicke wie Messer im Rücken.

Mit jedem Tag fühlte sie sich in seiner Nähe unbehaglicher, doch auch seine eifersüchtige Gattin war keine bessere Gesellschaft.

Schließlich arbeitete Adalie am liebsten allein. So oft es nur ging, zog sie sich mit ihrer Arbeit zurück oder erledigte sie in Zeiten, von denen sie wusste, dass Bobby McKenna ihr nicht auflauern konnte.

* * *

Chatham-Inseln, Hafen, Dezember 1869

Duncan wartete ungeduldig darauf, dass der Maat die Planke anlegte, damit er von Bord gehen konnte.

Die gesamte Reise hatte bislang unter einem schlechten Stern gestanden. Abgesehen vom schlechten Wetter, das mal zu viel und mal gar keinen Wind brachte, fuhren nur wenige Schiffe seine Route. Dreimal war er zum Umsteigen gezwungen gewesen, und er hatte immer wieder Tage – im letzten Hafen sogar über eine Woche – warten müssen.

Die Zeit hatte er sich mit Büchern oder mit Erkundungstouren in den Orten und deren Umland vertrieben. An den Abenden waren seine Gedanken oft in seine Jugendzeit abgeschweift, und er hatte sich an die zahlreichen Abenteuer zusammen mit Giles erinnert – und auch an ihren Streit.

Seltsamerweise hatte er auch immer wieder an dieses Mädchen denken müssen. Mittlerweile schämte er sich dafür, wie idiotisch er sich benommen und dass er ihr noch nicht einmal den Schaden ersetzt hatte. Hoffentlich würde er die Chance bekommen, es wiedergutzumachen. Wenn sie in New Plymouth lebte, konnte es doch nicht so schwer sein, sie wiederzufinden, wenn er jeden Tag einmal durch die Stadt ritt. Niemand würde merken, dass er sich zum Narren machte.

Warum hatte er sie nur nicht nach ihrem Namen gefragt? Wie dumm von ihm! Noch immer konnte er sie genau vor sich sehen: ihre großen grauen Augen, die ihn erschrocken musterten und zugleich ihre innere Stärke erkennen ließen, und ihr zartes, blasses Gesicht, das einen solch reizvollen Kontrast zu ihrem schwarzen Haar bildete. Sie war eine kleine Frau, und als er ihr aufgeholfen hatte, war sie ihm sehr leicht vorgekommen, zu leicht. Sie entstammte sicherlich nicht seiner Schicht, doch das war ihm vorerst egal. In Neuseeland spielte das weit weniger eine Rolle als im alten Europa.

Duncan hoffte, dass die Rückfahrt nicht so lange dauern würde, doch zuerst musste er seinen Auftrag erfüllen. Der schwerste Teil lag noch vor ihm. Er hatte diesem Tag so lange entgegengefiebert und ihn zugleich so sehr gefürchtet.

Das Versorgungsschiff, auf dem er reiste, war das einzige, das die Gefängnisinsel regelmäßig anlief. Nun war es endlich geschafft. Bei seiner Ankunft empfing ihn ein vulkanisches Eiland, ein Fels, bewachsen mit leuchtend grünem Gras, auf dem hier und da Ziegen in der flirrenden Hitze weideten.

Niemand erwartete ihn, da er sein Kommen nicht angekündigt hatte. Jetzt konnte er nur hoffen, dass die Gefängnisleitung keine Probleme machen und Giles freilassen würde.

»Wie viel Zeit habe ich, bis wir wieder ablegen?«, erkundigte sich Duncan beim Kapitän des Schiffes.

Der Mann rieb sich nachdenklich den Kopf, von dem das schüttere Haar strähnig herunterhing. »Wir haben schon nach Mittag. Ich fürchte, heute kommen wir nicht mehr hier weg. Morgen früh, bei Tagesanbruch legen wir ab.«

Duncan atmete auf. »Ich werde da sein!«

Der Kapitän wies ihm den Weg zum Gefängnis und bat, Bescheid zu geben, dass das Versorgungsschiff angekommen sei.

Duncan machte sich zu Fuß auf den Weg. Eine steile Treppe war in den dunklen Basalt gehauen worden und kürzte so die langen Kehren des Karrenwegs ab. Schon bald kam er ins Schwitzen, doch nach der langen Zeit auf dem Schiff tat es gut, sich endlich wieder zu bewegen.

Oben angekommen schritt Duncan zügig aus und scheuchte Ziegen und Schafe auf, die meckernd vor ihm flohen. Nach einer Weile tauchte in der Ferne der Komplex des Chatham Convict Prison auf. Es war ein massiver, lang gestreckter Steinbau, der von zwei Wachtürmen überragt wurde. Auf dem größeren befand sich eine Turmuhr und darunter ein breiter Wehrgang, auf dem zwei Wachen patrouillierten. Der zweite Turm machte nicht viel mehr her als das Krähennest auf einem Walfänger.

Duncan wurde immer nervöser. Was sollte er tun, wenn der Plan seines Vaters nicht aufging oder Giles gar nicht unter den Gefangenen war? Womöglich war er bereits gestorben?

Unwillkürlich beschleunigte er seinen Schritt und hastete an einem jungen, halbnackten Ziegenhirten und einigen berittenen Wächtern vorbei. Dabei wunderte er sich über die vielen Maori, die frei herumliefen – ausschließlich Frauen und Kinder. Hatten sie etwa die gesamten Familien der Aufständischen auf die zuvor unbewohnte Insel gebracht?

Das Eingangstor lag zentral in der Mitte des Gebäudes. Ein riesiges Fallgitter konnte den Komplex im Notfall binnen Sekunden abriegeln. Duncan trat an das Wachhäuschen und räusperte sich. Der Wärter schreckte aus seinem Schlummer auf und rieb sich das vom Schlaf gerötete Gesicht.

»Sie wünschen?«

»Duncan Waters. Ich bin mit dem Versorgungsschiff gekommen. Ich führe ein Begnadigungsschreiben mit mir und würde gerne mit dem Direktor sprechen.«

»Das Versorgungsschiff ist da?«

»Ja.«

»Endlich, uns geht der Kaffee aus. Sie sehen ja, wozu das führt«, scherzte er. »Warten Sie hier, Sir. Ich schicke jemanden, der Sie zum Direktor bringt.«

»Danke.« Duncan beobachtete, wie der Wärter aufstand und den kleinen Raum durch die Hintertür verließ, dann tastete er wohl zum zehnten Mal seit dem Verlassen des Schiffes nach dem Begnadigungsschreiben. Natürlich war es noch immer in seiner Brusttasche. Duncan ging einige Schritte auf und ab und spähte hinauf zu den vergitterten Gefängnisfenstern.

Sicher steht Giles genau jetzt dort oben und winkt mir zu, dachte er in einem Anflug von Sarkasmus und kämpfte gegen seine wachsende Unruhe an.

Dann hörte er Schritte, und ein junger Wärter eilte im Laufschritt über den Hof. »Mr. Waters?«

Duncan ging ihm entgegen, und sie überquerten gemeinsam den weiten Hof. Zwischen den hohen Mauern war es kühl, und Duncan fröstelte, was jedoch weniger an den Temperaturen als an dem Gefühl lag, eingesperrt zu sein. Er wurde mit jedem Augenblick nervöser. Hoffentlich würde ihm der Direktor keine Steine in den Weg legen. Duncan wollte sich alle Mühe geben, um seinen Stiefvater stolz zu machen und Giles zu befreien.

Kurz malte er sich aus, wie ihre Begegnung so viele Jahre nach dem Streit verlaufen würde.

Ob sich Giles sehr verändert hatte? Auf der Schiffsreise war Duncan klargeworden, dass er Giles schon lange verziehen hatte, und er hoffte inständig, dass sein Freund ähnlich denken würde. Sie sollten einander nicht vorwerfen, im Konflikt zwischen Pakeha und Maori auf verschiedenen Seiten zu stehen, sondern es einfach akzeptieren.

Im schlimmsten Fall musste er ihn wie einen Fremden nach New Plymouth bringen, aber dann wäre Giles zumindest frei, und das war Duncan noch wichtiger, als ihre Freundschaft wieder aufleben zu lassen.

»Das Büro ist gleich hier, ich melde Sie an«, erklärte der junge Wärter diensteifrig und erinnerte Duncan mit seiner etwas gehetzten Art an seine eigenen Rekruten.

Duncan musste nur kurz vor der massiven, metallbeschlagenen Holztür warten, bis ihm geöffnet wurde, sodass ihm keine Zeit mehr für sinnlose Grübeleien blieb.

»Direktor Davis, Mr. Waters.«

»Treten Sie näher.«

Der Raum war großzügig, holzgetäfelt und mit hohen Fenstern ausgestattet, an denen einzig die mächtigen Metallgitter störten. Davis war ein korpulenter Mann mittlerer Größe, der hinter seinem wuchtigen Schreibtisch trotzdem beinahe verloren ging. Duncan schüttelte die Hand, die der Direktor ihm entgegenstreckte, und empfand den Druck seines Gegenübers als angenehm kräftig.

»Setzen Sie sich, Mr. Waters.«

Duncan nahm in einem Sessel Platz, dessen speckiger Lederbezug unter seinem Gewicht ächzte. Der Direktor blieb neben dem zweiten Sessel stehen, und Duncan wünschte sich sogleich, er wäre der Bitte nicht so schnell nachgekommen. Nun musste er zu dem Mann aufsehen, und das gab ihm ein Gefühl von Unterlegenheit, für die eigentlich kein Grund bestand. Er hasste Gesprächssituationen wie diese.

»Nun, was führt Sie her, Mr. Waters?«

»Ein Begnadigungsschreiben.«

»Für Te Kooti? Das glaube ich nicht.« Er lachte trocken.

»Nein, nicht für den Häuptling.«

»Ich hätte nicht gedacht, dass sich für die anderen überhaupt jemand interessiert.«

Duncan reichte ihm das Schriftstück und wartete bangen Herzens ab. Der Direktor schien für die wenigen Zeilen eine Ewigkeit zu benötigen, aber vielleicht kam es ihm auch nur so vor.

»Dion Giles Maunga?«, fragte er schließlich. »Nie gehört, den Namen.«

Duncan musste sich zwingen, ruhig zu bleiben. Jetzt war genau das eingetreten, was er befürchtet hatte.

Kurz flammte ein Bild in seinem Kopf auf. Eine Erinnerung: Giles und er als Jungen, sie hatten spielerisch miteinander gekämpft. Giles lag am Boden, doch diesmal steckte der improvisierte Kampfstab nicht neben ihm, sondern in seiner Brust.

»Sie kennen den Mann persönlich?«

Duncan nickte. Ein Gefühl der Kälte hatte sich in seiner Mitte festgesetzt wie ein schädlicher Parasit.

»Beschreiben Sie ihn mir. Viele Gefangene sind nicht mit Namen verzeichnet oder haben bei der Anmeldung falsche angegeben. Die Maori sind seltsam, wenn es um ihre Namen geht. Sie glauben, sie hätten Zauberkräfte oder so einen heidnischen Unsinn.«

Also gab es doch noch Hoffnung! »Er ist ein Mischling, Mitte zwanzig, etwas größer als ich und für sein junges Alter bereits stark tätowiert. Vielleicht betätigt er sich sogar auch hier im Gefängnis als Tätowierer. Seine Augen sind auffallend grün.«

»Ah … vielleicht, vielleicht ist er hier.« Der Direktor zog die Brauen zusammen und rieb sich nachdenklich das Kinn.

Duncan wartete, doch das schien alles zu sein, was er als Antwort bekommen würde.

»Diese Begnadigung … Sie wissen, dass letztlich ich entscheide, ob er freikommt oder nicht?«

Duncan nickte. Das Gespräch schlug eine unangenehme Richtung ein.

»Warum sollte ich diesen Mann also gehen lassen?«

»Giles Maunga stand immer loyal zu unserer Familie. Seine Mutter ist eine Weiße und eine gute Freundin meiner Mutter. Sicherlich hat er mittlerweile genug Zeit hier verbracht, um seine Fehler zu bereuen.«

»Ich überlege es mir. Schauen wir erst einmal, ob das Chatham Prison überhaupt den Mann beherbergt, den Sie suchen.«

Der Direktor ritt mit Duncan hinaus zu einem Feld, wo die Gefangenen tagsüber arbeiteten. Zwei berittene Wärter unterhielten sich und grüßten nachlässig. Duncan wunderte sich über die lasche Aufsicht. Aber wohin sollten die Insassen auch fliehen? Sie befanden sich schließlich auf einer Insel, auf der es außer dem Gefängnis nichts anderes gab. Selbst die Maori, welche Duncan auf dem Weg zum Hauptgebäude beim Ziegenhüten gesehen hatte, waren Verwandte der Insassen, wie ihm der Direktor auf dem Weg erklärt hatte. Die nächsten bewohnbaren Inseln waren weit entfernt, und bis zum Festland dauerte es mit dem Schiff mehrere Tage.

»Ich denke, der Gefangene, den Sie suchen, arbeitet hier mit den Ziegelbrennern, aber ich kann mich auch irren.« Der Direktor wies auf eine Reihe Männer, die mit Mulis Lehm herantransportierten, der von einer weiteren Gruppe in simple Holzformen gepresst und dann zum Trocknen in die Sonne gelegt wurde. Hunderte, nein Tausende der Rohziegel reihten sich im Staub aneinander. An ihrer Farbe war deutlich zu erkennen, welche noch frisch waren und welche schon seit einigen Tagen hier trockneten. Die Maori arbeiteten fast alle barfuß und in zerschlissenen kurzen Hosen. Sie waren braungebrannt, muskulös und gesund. Duncan erkannte, dass dies kein gewöhnliches Gefängnis war. Hier hatten sich die Gefangenen gut mit ihren Bewachern arrangiert. Trotzdem konnte auch die ordentliche Verfassung der Männer nicht darüber hinwegtäuschen, dass sie nicht freiwillig hier waren.

Duncan wurde immer aufgeregter. Viele der Krieger waren in Giles' Alter, einige sahen ihm sogar ähnlich. Ihre Körper glänzten vor Schweiß. Manch einer sah auf oder warf den beiden Reitern unter gesenkten Lidern hervor prüfende Blicke zu.

Sie erinnerten an zahme Raubtiere, die für eine Weile beschlossen hatten, friedlich zu sein. Ihre Narben sprachen hingegen Bände: Diese Männer waren nicht nur von einem, sondern von vielen Kämpfen gezeichnet. Ob Giles auch so viel hatte erdulden müssen, um am Ende für seine Widersacher Ziegel zu brennen?

»Wer von euch heißt Maunga?«, rief der Direktor.

Die Gefangenen richteten sich auf, wechselten Blicke, doch keiner sprach. Nur ein Mann hatte sich nicht umgewandt. Sein Haar war lackschwarz wie das der meisten anderen. Duncan kniff die Augen gegen das Licht zusammen. War er das?

»Maunga, tritt vor. Ist er hier? Kennt jemand Maunga?«, rief der Direktor.

»Ich glaube, ich sehe ihn.«

Duncan stieß seinem Pferd die Fersen in die Flanken. Es trabte an, und schon kam er neben dem Maori zum Stehen. Dieser schaufelte noch immer Lehm in Holzformen. Es bestand kein Zweifel: Es war Giles. Das Tattoo, dessen Spiegelbild Duncan auf seinem Arm trug, verriet ihn. Duncan sprang erleichtert aus dem Sattel.

»Giles, mein Bruder! Ein Glück, dass ich dich gefunden habe.«

Der Angesprochene drückte den Rücken durch und straffte die breiten Schultern. Seine ungewöhnlich grünen Augen richteten sich voller Unglauben und Zorn auf Duncan.

Giles war älter geworden. Zahlreiche Kampfnarben zeichneten seine breite Brust – eine davon, klein und rund wie eine Schussverletzung, musste ihn beinahe das Leben gekostet haben. Seine Eltern hatten nichts geahnt, während er irgendwo im Dschungel mit dem Tod gerungen hatte, und er, sein bester Freund, ebenfalls nicht. Duncan war erschrocken, wie kurz er offensichtlich davorgestanden hatte, Giles zu verlieren.

Der Maori teilte seine Wiedersehensfreude offenbar nicht. »Was willst du hier?«, fuhr er Duncan an.

Er war einen Moment lang sprachlos.

»Ist er das?«, rief der Direktor.

»Ja, ich habe ihn gefunden.«

»Dann sitzen Sie wieder auf, der Gefangene folgt uns.«

»Jetzt wird alles gut. Du kommst frei.«

Als Duncan sich wieder in den Sattel schwang, wechselte Giles einen Blick mit seinen Mithäftlingen und schüttelte den Kopf. »Nein, ich bleibe hier. Ich kenne dich nicht mehr, Duncan Waters.«

»Giles, das kann doch nicht dein Ernst sein!«

Der Maori verschränkte die Arme vor der Brust. »Du hast meine Worte gehört, und nun verschwinde!«

Duncan war fassungslos. Was war nur in Giles gefahren? Folgte er seinem Anführer wirklich derart fanatisch, dass er seinetwegen die Freiheit ausschlug? Wenn er jetzt nicht tat, was nötig war, würde er womöglich seine besten Jahre auf dieser verlassenen Insel zubringen und Ziegel brennen.

Giles starrte zu ihm hinauf. Seine grünen Augen blitzten – vor Zorn oder Überraschung über Duncans plötzliches Auftauchen? Bedeutete Giles ihre Freundschaft denn wirklich rein gar nichts mehr?

»Waters! Kommen Sie!«

Duncan zuckte zusammen. Der Direktor war weitergeritten. Nun hatte er sein Pferd bei zwei Wärtern angehalten und sah ungeduldig zurück.

»Giles, du hast nur diese eine Chance. Verschenk sie nicht.«

Der Maori bückte sich, hob einen Stapel ungebrannter Ziegel auf und ging davon. Ungläubig sah Duncan ihm nach, dann spornte er sein Pferd an und schloss zu Davis auf.

»Das habe ich fast erwartet«, sagte der Direktor.

»Warum?«

»Die Männer hier sind eine eingeschworene Gemeinschaft. Wenn Maunga mit Ihnen gegangen wäre, stünde er als Verräter da. Er wird den Teufel tun, mit einem weißen Offizier offen zu kollaborieren.«

»Und jetzt?«

»Jetzt schicke ich meine Männer zu ihm. Sie können ihren Freund oder Gefangenen in ein paar Stunden mitnehmen. Und wenn er Ihnen wirklich wichtig ist …«

»Ja?«

»Dann führen Sie ihn in Handschellen ab. Dann wahrt er sein Gesicht.«

Enttäuscht und froh zugleich ritt Duncan neben dem Direktor zurück zum Gefängniskomplex. Die Männer, die damit beauftragt wurden, Giles zuerst in sein Quartier und dann zu ihm zu bringen, sahen aus, als wären sie mit allen Wassern gewaschen: muskulös und mit gefühllosen Metzgergesichtern. Duncan widerstand dem Drang, ihnen zu folgen, um darauf zu achten, dass sie seinen Freund nicht versehentlich töteten, statt den Widerspenstigen in die Freiheit zu führen.

Die Zeit verging unendlich langsam. Duncan aß gemeinsam mit dem Direktor und beantwortete bemüht dessen Fragen. Die Insel bot nicht viel Abwechslung, das ging aus dem Gespräch deutlich hervor. Ein Grund mehr, bald von hier zu verschwinden. Duncan schlug das Angebot aus, im Gästehaus zu übernachten. Er würde seine Kabine auf dem Boot aufsuchen, und das in Giles' Begleitung, wie er hoffte.

Als der Abend dämmerte, rief eine Glocke die Gefangenen zurück zum Hauptgebäude.

»Sie warten am besten am Seitenausgang, dort wird Ihnen der Gefangene übergeben.«

»Vielen Dank.« Duncan schüttelte Davis die Hand.

Es war beinahe dunkel, als die Warterei endlich ein Ende hatte. Sobald er die Schritte zweier Männer hörte, wuchs seine Anspannung. Wie würde Giles reagieren?

»Bleib stehen und rühr dich erst wieder, wenn ich es dir sage«, herrschte der Wärter seinen Gefangenen an, dann schwang die Tür auf, und sie traten heraus.

Giles wirkte massig, trotz der auf dem Rücken gefesselten Hände, die ihn zu einer leicht gekrümmten Haltung zwangen.

Sein Wärter war ein schmächtiger Spanier mit eingefallenen Wangen, neben dem Giles noch eindrucksvoller wirkte. Der Mann trug einen Schlagstock am Gürtel, doch Duncan bezweifelte nicht, dass Giles ihn trotz der Handschellen mühelos überwältigen könnte.

»Mr. Waters?«

»Ja, der bin ich.«

»Ich soll Ihnen Maunga bringen.«

»Danke.« Duncan nickte dem Wärter knapp zu. Er versuchte Giles' Stimmung aufzufangen, doch der Maori starrte zu Boden und verbarg sein Gesicht in den Schatten.

»Brauchen Sie Hilfe, ihn zum Schiff zu bringen?«, erkundigte sich der Wärter in einem Tonfall, der deutlich erkennen ließ, dass er die Frage nur stellte, weil es von höherer Stelle angeordnet worden war.

»Nein, danke. Ich denke, ich komme klar.«

Duncan wartete, bis der Wärter sich verabschiedet hatte und die Tür hinter ihm ins Schloss gefallen war.

»Komm, Bruder, gehen wir.«

Giles ließ demonstrativ das Bündel fallen, das er bislang in der Hand gehalten hatte und in dem vermutlich seine ganze Habe untergebracht war. Duncan fuhr innerlich zusammen. Giles' Benehmen war ein deutliches Zeichen dafür, dass die Probleme jetzt erst anfangen würden. Davis hatte sich geirrt: Giles' Verhalten war nicht nur Schauspielerei gewesen, um vor seinen ehemaligen Kampfgefährten das Gesicht zu wahren. Er wollte die Haftanstalt tatsächlich nicht verlassen.

Als Duncan das erkannte, spürte er plötzlich schwere eisige Steine in seinem Magen. Aber nun war es zu spät. Sie hatten das Gefängnis verlassen, und er weigerte sich, Giles zurückzubringen. Er würde die Sache durchziehen – auch wenn das bedeutete, dass er Giles den ganzen Weg bis nach New Plymouth wie einen Gefangenen, ja, wie einen Fremden behandeln musste.

Duncan wappnete sich innerlich so gut er konnte, und die Wut auf seinen ehemaligen Freund gab ihm dafür das nötige Rüstzeug. Er wollte nicht darüber nachdenken, was diese Situation für ihre Freundschaft bedeutete – wenn es denn überhaupt noch eine Freundschaft gab.

»Heb das wieder auf und komm, Giles.«

»Nein, du willst mich wieder zurückbringen, aber du kannst die Haft nicht gegen meinen Willen beenden.«

»Und ob ich das kann.« Duncan riss das Bündel vom Boden und warf es sich über die Schulter. Es war schwerer als gedacht.

»Du musst mir schon deinen schicken Dragonersäbel in

die Brust rammen und meine Leiche fortschleppen, wenn du willst, dass ich die Chatham-Inseln verlasse. Denn ich werde nicht als Verräter gehen, nicht lebend, kapierst du das?«

Giles' Stimme war ruhig und bedrohlich tief. Für einen Augenblick wünschte Duncan, sein Stiefvater hätte einen anderen Mann für diese Mission ausgewählt. Er wollte sein Vertrauen nicht enttäuschen, und ebenso wenig wollte er Giles allzu schnell aufgeben, das war ihm bei der erneuten Begegnung mit ihm klargeworden.

»Wenn du glaubst, dass ich einfach so heimfahre und deinen Eltern ins Gesicht sage, dass ihr Sohn lieber im Gefängnis bleibt, statt seine Familie stolz zu machen, dann irrst du dich. Ich habe ihnen versprochen, dass ich dich zurückbringe.«

Giles hob den Kopf und sah ihm zum ersten Mal richtig an. »Meine Eltern haben dich geschickt?«

»Ja, sie sind zu meinem Stiefvater gekommen, und der hat alle Hebel in Bewegung gesetzt, um deine Begnadigung zu erreichen. Es bricht deiner Mutter das Herz, dass du hier bist. Du hast kein Recht zu bleiben.«

Giles schnaubte wütend. »Das ist ein beschissenes Spiel, das ihr da spielt.«

»Mag sein, aber sie meinen es nur gut.«

»Das hier ist meine Sache, mein Kampf, Duncan.«

»Du kämpfst längst nicht mehr, du brennst Ziegel für die Leute, die du aus Aotearoa vertreiben willst. Te Kootis Krieg ist vorbei. Du bist ein guter Mann, warum willst du gemeinsam mit ihm hier drin verfaulen?«

Giles blieb ihm eine Antwort schuldig. Mit tief gefurchter Stirn sah er zum Gefängnis zurück, dann schien er eine Entscheidung getroffen zu haben. »Es ist ohnehin zu spät jetzt. Ich wünschte, mein Vater hätte nachgedacht, bevor er mich hier rausholen ließ.«

»Wenn du unbedingt bleiben willst, dann bleib hier, verdammt!«

Giles schüttelte den Kopf. Mit dem Blick eines Getriebenen fauchte er: »Es ist vorbei. Niemand wird mir jetzt noch glauben. Vater und Mutter ... an ihren Händen wird ihr eigenes Blut kleben.« Er lief los.

Duncan atmete tief durch und versuchte das Gefühl abzuschütteln, dass sich eine eisige Hand um seine Kehle legte. Giles würde seinen Eltern nie etwas antun, das wusste er. In den kommenden Wochen ihrer Rückreise würde er genug Zeit haben, sich zu beruhigen.

Giles schlug den Weg in Richtung Hafen ein. Es war geschafft. Duncan sollte erleichtert sein, auch wenn ihm die Worte des Maori für einen Moment Angst eingejagt hatten. Giles lief so schnell, dass Duncan beinahe schon rennen musste, um mit ihm Schritt zu halten. So war es immer schon gewesen: Wenn Giles etwas tat, dann mit all seiner Energie und ganzem Herzen.

»Das Schiff geht erst morgen früh«, sagte er leise.

Giles reagierte nicht, vielleicht hatte er seinen bissigen Kommentar nicht gehört. Vom Meer rauschte böiger Wind heran, der ungebremst über die baumlose Insel pfiff, Seggen niederdrückte und kleine Vögel wie Laubblätter umherwehte.

»Willst du mir irgendwann die Fesseln abnehmen oder erst in New Plymouth? Bin ich so lange dein Gefangener, Bruder Dragoner?«

»Auf dem Schiff. Oder von mir aus auch jetzt, wenn du

mal kurz stehen bleiben würdest. Vorausgesetzt, du versprichst, mit mir zu kommen.«

»Versprochen.« Giles blieb stehen und hielt ihm seine gefesselten Hände hin.

∗ ∗ ∗

Adalies Finger brannten von der scharfen Lauge, in der sie nun schon seit Stunden Wäsche schrubbte. Auf einen Schlag waren alle Gäste aus dem Gasthof verschwunden. Ihr Schiff hatte abgelegt. Ein leeres Gasthaus bedeutete in diesem Moment vor allem eines: schrecklich viel Arbeit für Adalie.

Sie hatte am Morgen, gleich nachdem der letzte Gast durch die Tür gegangen war, alle Betten abgezogen.

Bevor die nächsten Besucher kamen, musste alles wieder sauber und ordentlich sein, und Mrs. McKenna dachte gar nicht daran, ihr dabei zur Hand zu gehen.

Die Stimmung im *Old Éire Inn* war zum Zerreißen gespannt. Adalie fürchtete, dass es nicht mehr lange gut gehen würde. Was sollte sie nur tun, wenn sie bald keine Anstellung und kein Dach mehr über dem Kopf hätte?

Seufzend richtete Adalie sich auf und streckte den schmerzenden Rücken durch. Anfangs hatten die kleinen Pausen noch geholfen, jetzt gaben sie dem Schmerz einfach nur mehr Raum. Im Hof war es still bis auf das Gackern der Hühner in ihrem kleinen Verschlag. Trotzdem hatte sie den Eindruck, nicht allein zu sein. Wurde sie beobachtet? Wollte die Hausherrin nachsehen, ob sie auch zügig arbeitete, oder stellte McKenna ihr nach?

Schnell widmete sie sich wieder ihrer Arbeit, wrang ein Laken aus und warf es in den Korb mit der sauberen Wäsche.

Da! Adalie wäre beinahe vor Schreck zusammengefahren.

Hinter dem trüben Fenster der Vorratskammer war schemenhaft ein Gesicht zu erkennen. Sie zweifelte nicht daran, wer sie von dort aus beobachtete. Der Hausherr verfolgte sie mit seiner stummen Begierde wie ein beständig wachsender Schatten. Erneut wurde ihre Meinung über Männer bestätigt. Anfangs hatte er so einen freundlichen Eindruck gemacht. McKenna war Adalie wie ein Engel vorgekommen, weil er ihr, einer Fremden, Arbeit und Obdach gegeben hatte. Er hatte seine dunkle Seite gut vor ihr verbergen können.

Noch weniger verstand Adalie jedoch die Mrs. Sollte sie nicht froh sein, dass ihr Mann seinen Trieb nicht mehr auf seine Ehefrau richtete, sondern auf eine Fremde? Adalie hatte versucht, sich in ihre Situation zu versetzen. Wenn sie tagaus, tagein mit einem Mann zusammenleben und ihm zu Willen sein müsste, wäre ihr jede Ablenkung willkommen. Der einzige Grund, es anders zu sehen, bestand Adalies Ansicht nach in der Gefahr, dass die Leute zu reden begannen, und einen schlechten Ruf wollte schließlich jeder vermeiden.

McKenna hatte vermutlich gar nicht bemerkt, dass sie ihn entdeckt hatte. Wenn sie einfach weiterarbeitete, wurde es ihm vielleicht bald zu langweilig, und er verschwand wieder.

In diesem Moment wünschte sich Adalie wirklich, die Hausherrin würde auftauchen, ganz gleich, aus welchem Grund. Selbst eine Standpauke wäre ihr mehr als willkommen.

Doch Mrs. McKenna kam nicht. Da war nur das schreckliche Gefühl, beobachtet zu werden, während der Wäscheberg immer kleiner wurde. Schließlich war sie mit dieser Ladung fertig, und viel zu schnell hatte sie sie aufgehängt.

Adalie leerte den Waschtrog aus, wischte sich die Hände

an der Schürze ab und pumpte neues Wasser. Jetzt gab es nichts mehr, was sie noch tun konnte. Sie musste ins Haus, den Ofen anfeuern und neues Wasser erhitzen.

Warum hatte sie heute nur so ein schreckliches Gefühl? Wie eine dunkle Vorahnung. Und es wurde noch schlimmer, weil sie befürchtete, dem Unheil nicht entkommen zu können. Nur zögernd schlug sie den Weg zum Eingang ein. Im Inneren lauerte McKenna mit seiner Gier, aber auch seine resolute Ehefrau musste sich irgendwo im Gasthaus aufhalten. Und war es nicht bald Zeit für den Mittagsimbiss? Die füllige Hausherrin ließ nie eine Mahlzeit aus. Das verschaffte Adalie womöglich eine Schonfrist.

Im Arbeitsraum war es heiß und stickig. Der Ofen knackte von der gespeicherten Wärme. Adalie schleppte schwer an den beiden Wassereimern, zugleich gab ihr das Gewicht ein seltsames Gefühl von Sicherheit, als würde es ihre Beine am Boden verankern, damit die Nerven nicht mit ihr durchgingen. Sie stellte den Kessel auf den Ofen, füllte ihn und legte Holz nach. Alles war wie immer – nur stiller.

Adalie musste warten. Es wurde zu einer zermürbenden Zerreißprobe für ihre Nerven. Schließlich hielt sie es nicht länger aus. Sie reckte den Kopf in den Flur.

»Mrs. McKenna?«, rief sie zögernd. Dann noch einmal lauter. »Mrs. McKenna?«

Niemand antwortete. Adalie hatte sich überlegt, was sie die Hausherrin fragen wollte. Eigentlich kannte sie ihre Aufgaben für diesen Tag, doch sie fing sich lieber Schelte ein, als dieses schreckliche Gefühl noch länger ertragen zu müssen. Mrs. McKenna hatte sie zwar nicht gehört, aber trotzdem fühlte sich Adalie ein wenig besser.

Sie ging zum Herd zurück, hockte sich davor und starrte

in die Flammen. Langsam beruhigte sie sich. Die Angst, die wahrscheinlich unbegründet war, schwand. Träge züngelten die Flammen über das nachgelegte Holz. Es würde noch eine Weile dauern, bis das neue Waschwasser heiß genug war. Eigentlich konnte sie eine Pause gut gebrauchen. Adalie rieb sich die rissigen Hände. Warum hetzte sie sich eigentlich so?

»Hier hast du dich also versteckt, mein irisches Täubchen.«

Adalie zuckte zusammen. Sie hatte auf den Fußballen gehockt und verlor vor Schreck beinahe das Gleichgewicht. Hastig kam sie auf die Beine und wich sogleich ein Stück zurück.

McKenna schlenderte auf sie zu.

»Ich … ich hatte nach Ihrer Frau gerufen.«

»Rose ist nicht da. Sie macht Besorgungen.«

Adalie schluckte. Das war gar nicht gut. Im ganzen Haus war niemand außer McKenna und ihr.

»Ich wasche die Bettwäsche.«

»Du bist immer so fleißig. Es war gut, dich einzustellen. Aber das Wasser kocht noch lange nicht. Komm, wir setzen uns und vertreiben uns ein wenig die Zeit.«

»Nein, danke, ich bleibe lieber stehen.«

McKenna schnaubte abfällig und ging zu einer kleinen Bank, die in einem Winkel an der Wand befestigt war. Adalies Erleichterung währte nicht lange, denn der Hausherr setzte sich nicht. Er strich kurz mit dem Finger über das Holz und war dann mit wenigen energischen Schritten bei ihr.

Adalie hatte keine Zeit zurückzuweichen. Als er sie am Arm fasste, verschlug es ihr vor Schreck den Atem. »Mr. McKenna, bitte, lassen sie mich.«

»Bei den Gästen gehst du nachts ein und aus, und mir zeigst du die kalte Schulter?«

»Was? Ich würde nie …«

»Würdest du nicht? Meine Frau hat dich gesehen, wie du nachts durch die Gänge geschlichen bist. Du verdienst dir wohl ein wenig dazu durch Hurerei, was?«

»Nein, nein, das stimmt nicht!«

»Du sagst also, dass meine Frau eine Lügnerin ist?«

Adalie verfiel in Panik. Alles was sie jetzt sagen würde, konnte nur falsch sein. Was spielten die McKennas für Spiele miteinander? Warum log die Hausherrin? Adalie verstand es nicht. Wollte Mrs. McKenna etwa, dass Bobby sie für ein leichtes Mädchen hielt?

»Ich habe nie eines der Gästezimmer betreten, ich schwöre es«, sagte sie mit bebender Stimme.

McKenna strich ihr sacht über die Wange. »Na, na, na … Du brauchst es nicht zu leugnen. Ich nehme es dir nicht übel. Bist ja ein hübsches Ding und so allein auf der Welt. In den Armen eines Mannes fühlst du dich doch gleich viel besser.«

»Nein, lassen Sie mich!« Adalie versuchte sich aus McKennas Griff zu befreien, doch damit machte sie es nur schlimmer. Mit einem gefährlichen Funkeln in den Augen packte er auch mit der anderen Hand zu. Sein zuvor sanfter Griff war nun schmerzhaft.

»Komm, zier dich nicht so, süße Adalie. Zeig dich ein wenig erkenntlich. Immerhin würdest du ohne mich auf der Straße sitzen.« Er beugte sich vor für einen Kuss, doch sie war größer als er und riss den Kopf so weit nach hinten, wie es nur ging. McKennas Lippen hinterließen eine feuchte Spur auf ihrer Kehle.

Ekel mischte sich unter Adalies Angst, bevor der Zorn in ihr aufwallte und ihr ungeahnte Kraft verlieh. Sie stieß mit dem Kopf nach ihrem Widersacher. Er wich aus, doch sie streifte immerhin seine Nase mit der Stirn.

McKenna stieß einen Fluch aus und ohrfeigte sie. »So ist das also? Du willst es nicht anders.«

Adalie drehte und wand sich, doch vergeblich. Er bekam ihren Zopf zu fassen und zog ihn stramm, bis sie sich kaum noch rühren konnte.

»Nicht, nicht, bitte! Sie versündigen sich. Gott sieht alles, bitte ...«

»Dann soll er ruhig zuschauen.«

Adalie wusste nicht, was sie tun sollte. Sie hatte geahnt, dass es irgendwann passieren würde. Jede Frau in ihrer Familie hatte das Schicksal erleiden müssen, dass irgendein Mann ihr Leid zugefügt hatte, warum sollte ausgerechnet sie davon verschont bleiben? Vielleicht musste sie es einfach ertragen. Vielleicht sollte sie stillhalten und es über sich ergehen lassen, damit es schnell vorbei war und er ihr möglichst wenig wehtun konnte. Sobald ihre Mutter dem Vater die Stirn geboten hatte, hatte er sie immer halb totgeschlagen und danach trotzdem seine Lust an ihr befriedigt.

Adalie ließ sich von McKenna gegen die Wand drücken. »Na, siehst du, bist doch ein braves Mädchen. Ich verwöhne dich, wirst schon sehen. Es wird dir gefallen«, gurrte er.

Adalie kniff die Augen zusammen. Sie wollte diesen miesen Kerl nicht ansehen müssen. Es gelang ihr nicht, sich ganz in sich selbst zurückzuziehen. Das war genauso unmöglich wie der einfältige Glaube kleiner Kinder, unsichtbar zu werden, sobald sie die Augen schlossen.

McKenna kannte keine Zurückhaltung. Seine Hände

waren plötzlich überall. Als er ihren Rocksaum hochschob, lief es ihr eiskalt den Rücken hinunter.

Nein, sie konnte es nicht einfach über sich ergehen lassen. Als sie ihn gerade von sich stoßen wollte, erklang ein spitzer Schrei.

Adalie verspürte eine Welle der Erleichterung. Die Hausherrin war zurück. Über McKennas Schulter hinweg sah sie den entsetzten Blick seiner Frau. Ihr Mund stand offen, und ihr fiel ein Bündel mit Stoffen aus der Hand, die sie gekauft hatte.

»Wie kannst du nur! Nimm sofort deine dreckigen Finger weg!«, schrie sie.

McKenna war wie vom Donner gerührt. Für Adalie war ihr Auftauchen Rettung in letzter Sekunde. Schnell riss sie sich los und ging auf Abstand. Die gehörnte Hausherrin stürzte auf ihren verdatterten Gatten zu und verpasste ihm eine schallende Ohrfeige. Mit hochrotem Kopf war sie im Nu bei Adalie und schlug auch sie.

»Mach, dass du hier wegkommst, du kleine Schlampe!«

Adalie war fassungslos. Ihre Wange brannte wie Feuer, und ihr ängstliches Herz pochte wie wild.

»Ich soll gehen?«, fragte sie stotternd. »Aber ich wollte das nicht! Mr. McKenna …«

»Kein Wort mehr! Oder du verschwindest ohne deine Sachen!«

Adalie kämpfte mit den Tränen. Es war so ungerecht. »Sehen Sie denn nicht, was passiert ist?«

»Was? Was soll passiert sein? Du kleines Flittchen hast dich meinem Mann an den Hals geworfen.«

»Nein, ich … ich wollte das nicht. Er hat … *mir* wehgetan«, stotterte Adalie.

»Das erzählt ihr hinterher doch alle. Diebisches Gesindel. Erst verführst du meinen Mann, dann raubst du die Kasse aus – so wolltest du es doch machen!«

Adalie rang nach Atem. Was sollte sie sagen, wie sollte sie ihre Unschuld beweisen? Offensichtlich war es doch nicht das erste Mal, dass eine Magd auf diese Weise aus dem Haus getrieben wurde. Die wutverzerrte Miene der Wirtin ließ keinen Zweifel zu. In ihren Augen war Adalie die Schuldige. McKenna rieb sich die schmerzende Wange und sah enttäuscht und ein wenig gehässig zu ihr herüber.

»Sie wollte mich verführen«, erklärte er entschuldigend.

»Nein, so war es nicht! Warum sagen Sie das, wenn es nicht wahr ist?« Adalie weinte jetzt. »Ich beschwöre Sie bei Gott, sagen Sie die Wahrheit.«

McKennas Blick blieb kalt. »Verschwinde! Geh! Pack dein Zeug.«

Adalie wusste, dass sie auf verlorenem Posten war. Bitter enttäuscht raffte sie ihren Rock und rannte aus dem Zimmer und die Treppe hinauf bis zu ihrer Kammer. Dort verschnürte sie ihre wenigen Habseligkeiten binnen kürzester Zeit zu einem Bündel, während von unten Schreie und Gepolter heraufklangen. Die Eheleute stritten lautstark miteinander.

Doch als Adalie wieder in den Flur trat, war es still geworden. Mit dem Bündel über der Schulter und mit weichen Knien ging sie die steile Treppe hinab. Noch immer konnte sie McKennas Berührungen auf ihrer Haut spüren, als hätten sie sich eingebrannt. Ihr Hals war klebrig von seinen feuchten Küssen. Selbst der Tabakgeruch, der sich in ihrem Haar festgesetzt hatte, stammte von ihm.

Auf Zehenspitzen betrat Adalie den Gastraum. Er war verlassen, ebenso wie die Küche. Sie ging weiter. Sosehr sie die

Konfrontation auch fürchtete, schuldeten ihr die McKennas den Lohn für fast einen ganzen Monat. Das Geld brauchte sie dringend, weil sie die ersten Münzen für die Ausbesserung des Kleides und ein Paar Schuhe ausgegeben hatte. Ihr restliches Geld würde nicht mal mehr für eine einzige Nacht reichen.

Aus dem Vorratsraum erklangen Stimmen. Was machten sie dort?

»Mrs. McKenna?«, rief Adalie halbherzig.

Niemand antwortete ihr. Die Tür stand einen Spaltbreit offen. Adalie fasste sich ein Herz und lugte hinein.

Bei dem Anblick, der sich ihr bot, erstarrte sie entsetzt. Mrs. McKenna lag auf einem Arbeitstisch. Ihr Mann hielt ihre fetten Schenkel fest und rammelte sie wie ein geiler Ziegenbock. Die Hose war ihm dabei bis zu den Knöcheln heruntergerutscht, und sein kleiner bleicher Hintern war Adalie zugekehrt.

Während sie sich vergnügten, stießen die beiden Geräusche aus wie aufgeregte Schweine. Angewidert taumelte Adalie zurück und rannte zur Vordertür hinaus. Erst dort schnappte sie nach Luft. Sie begrüßte die frische Brise, die von der Tasmansee heranwehte, wie einen lange vermissten Freund.

Nein, in dieses Haus würden keine zehn Pferde sie je zurückbekommen.

Wie hatte sie es überhaupt zwei volle Monate dort aushalten können? Seit Wochen schon hatte ihr Bauchgefühl sie gewarnt, doch sie hatte es geflissentlich ignoriert. Adalie hatte einfach nicht glauben wollen, dass McKenna, der sie so freundlich aufgenommen hatte, seinen Trieben erliegen würde.

Alle Männer wurden von teuflischen Gelüsten beherrscht, das wusste sie aus den Predigten in der Kirche, und auch ihre Mutter war nicht müde geworden, das zu wiederholen. Aber die Priester behaupteten auch, dass es die Schuld der Frau war, wenn sie einen Mann reizte und die Kraft des Gehörnten in ihm freisetzte.

»Das kann nicht sein!«, flüsterte Adalie zornig zu sich selbst. »Ich habe nichts getan, sondern war immer sittsam, nicht so, wie Mrs. McKenna behauptet hat.«

Mit einem letzten inneren Aufbäumen kehrte sie dem Gasthof den Rücken.

* * *

Kapitel 7

In der Gasse war es schattig und kühl. Die Sonne stand bereits tief, und das bedeutete vor allem eines: Adalie blieb nur noch wenig Zeit, sich eine neue Arbeit und hoffentlich auch eine neue Bleibe zu suchen.

Vielleicht würde sie in einem der anderen Gasthäuser eine neue Anstellung finden. Energisch schritt sie aus und bog auf die Hauptstraße ein, die das kleine Zentrum des Ortes mit dem Hafen verband. Schiffsbauer und Marktleute, die es heimwärts zog, eilten ihr entgegen. Einige junge Männer tippten sich grüßend an die Mützen oder riefen ihr Komplimente zu, die mal höflich und mal unverschämt waren. Adalie ignorierte beides. Sie wollte mit keinem von ihnen Kontakt haben, und besonders nicht heute, nachdem sie den feuchten Küssen eines alten Mannes nur mit Glück entgangen war.

Am Himmel tollten Möwenschwärme in den stürmischen Böen. Ihre rauen Schreie waren wie Musik, die nach Freiheit klang. Vielleicht hatte eine von ihnen auf ihrer weiten Reise auch schon bei Patricks Schiff haltgemacht. Bei dem Gedanken an ihren Bruder wurde Adalies Herz leichter. Nicht alle Männer waren schlecht – er zum Beispiel war es nicht. Sicher gab es irgendwo noch andere Männer wie Patrick, und hoffentlich betrieb einer von ihnen einen Gasthof und gab ihr eine neue Anstellung.

Je näher sie dem Hafen kam, desto mehr Gasthäuser gab es. Viele sahen nicht danach aus, als sollte sich eine anständige Frau ihnen auf zehn Schritte nähern. Vor einem Haus stolzierten Huren wie traurige aufgeplusterte Hennen auf und ab, und vor einem anderen stritten sich bereits um diese frühe Zeit zwei betrunkene Zecher. Nein, hier war sie falsch.

Schließlich hatte Adalie gefunden, wonach sie suchte: ein ordentliches Haus, durch dessen Fenster sie einen freundlichen Speisesaal erblickte.

»Zögere nicht so lange und geh rein, Adalie Ó Gradaigh«, murmelte sie, atmete tief durch und trat ein.

Das Hotel verströmte einen ähnlichen Geruch von Fremde und liebevoller Gastlichkeit wie das *Old Éire*, und Adalie fühlte sich sogleich ein wenig zu Hause.

Der Empfang war eine Mischung aus Tresen und Tisch, und dahinter stand eine ältere Frau, die sie mit einem freundlichen Lächeln begrüßte.

»Womit kann ich dienen, junge Dame? Wir haben wunderschöne Zimmer, und in einer Stunde wird das Essen serviert.«

Adalie war die Fremde sofort sympathisch. Sie hatte warme braune Augen, umgeben von vielen kleinen Lachfalten, und das lange Haar trug sie sorgfältig aufgesteckt.

»Ich suche keine Bleibe. Also nicht direkt …«, erwiderte Adalie. »Brauchen Sie vielleicht noch Hilfe? Ich habe die letzten zwei Monate in einer Wirtschaft gearbeitet.«

Die Miene der anderen wurde ernst. »Nein, ich brauche niemanden, tut mir leid. Ich habe zwei Söhne und drei Töchter, und alle arbeiten hier mit. Es reicht kaum für uns.«

»Schade«, seufzte Adalie und merkte zu spät, dass sie nicht mal versucht hatte, ihre Enttäuschung zu verbergen.

»Sicher findest du woanders etwas. Du machst einen tüchtigen Eindruck.«

»Ja, ich gebe mir wirklich sehr viel Mühe.«

Die Wirtin drückte ihr die Hand. »Das glaube ich dir, Mädchen. Lass den Kopf nicht hängen.«

»Das mache ich nicht. Wissen Sie zufällig, wer eine Stelle zu vergeben hat?«

»Es ist eine schwierige Jahreszeit, auch wenn hier Sommer ist. Daheim in Europa toben die schlimmsten Stürme, daher kommen jetzt nur noch wenige neue Siedler an, und unsere Zimmer sind oft leer.«

Adalie seufzte. Das klang nicht gut. Anscheinend hatten die McKennas sie zur schlimmsten Zeit des Jahres auf die Straße gesetzt. Vielleicht war ihr McKenna auch gerade deshalb so plötzlich zu Leibe gerückt! Auf die Weise waren sie nicht nur die überflüssig gewordene Arbeitskraft losgeworden, sondern hatten sie auch noch um einen Monatslohn geprellt. Adalie schluckte. Es war ein fürchterlicher Verdacht, aber nicht gänzlich unbegründet.

Die Wirtin zog nachdenklich die Brauen zusammen. »Ich glaube, drüben in der Greenborough Road suchen sie noch jemanden, aber …«

»Aber?«

»Sie wollen sicher ein Mädchen, das kein Problem damit hat, wenn die Gäste nicht immer ihre Hände bei sich behalten können.«

Adalie zuckte erschrocken zusammen und wich einen Schritt zurück. »Nein, nein … das kann ich nicht.«

»Ich verstehe. War das der Grund, weshalb du deine Anstellung verloren hast?«

Adalie öffnete den Mund, aber sie brachte keinen Ton heraus. Ihrem Gegenüber reichte das. Sie verstand. »Junge Frauen wie du sind in einer Hafen- und Garnisonsstadt wie

New Plymouth selten. Ich fürchte, du wirst es nicht leicht haben.«

»So viele schlechte Nachrichten an einem einzigen Tag. Aber so ist es wohl ...« Meine Glückssträhne konnte ja nicht ewig anhalten, setzte sie in Gedanken hinzu. »Eigentlich wollte ich lieber als Hausmädchen arbeiten.«

»Oh, sicher. Das kann ich mir für eine anständige junge Frau auch besser vorstellen. Es gibt hier nicht viele Familien, die sich Angestellte leisten können, aber die Hauptleute in der Garnison und einige Händler sind durchaus wohlhabend. Helfen kann ich dir in dieser Sache nicht, aber ich wünsche dir viel Glück und Gottes Segen.«

»Danke, Sie sind sehr freundlich zu mir.«

»Möchtest du noch einen Tee trinken, bevor du dich wieder auf den Weg machst?«

»Nein, so viel Zeit habe ich nicht, aber vielen Dank. Ich weiß Ihr Angebot wirklich zu schätzen.«

* * *

Südpazifik, mehrere Tagesreisen nördlich der Chatham-Inseln

Ein langer Lichtstreifen der untergehenden Sonne flimmerte über das Meer und tauchte das Schiff in einen rotgoldenen Schein. Es war der vierte Tag ihrer gemeinsamen Heimreise. Giles lehnte an der Reling und starrte mit zusammengekniffenen Augen in das sterbende Licht. Er hatte Duncan den Rücken zugedreht.

Der junge Dragoner hockte auf einem kleinen Fass und beobachtete seinen Freund, der in Gedanken versunken dastand. Seit ihrem Aufbruch von den Chatham-Inseln hatte

Giles nicht mehr mit ihm gesprochen, als unbedingt nötig war. Er hüllte sich in eine undurchdringliche Stille, die dicht war wie ein Panzer und ihn von der Außenwelt abschottete. Duncan hätte alles dafür gegeben, Giles' Gedanken zu belauschen. Ob ihre Freundschaft je wieder eine Chance bekommen würde?

»Giles, soll das jetzt jeden Tag so weitergehen? Du schweigst, und ich starre dich an in der Hoffnung, etwas zu entdecken, was mich an den Giles Maunga erinnert, der früher wie ein Bruder für mich war.«

Der Maori schwieg. Der Wind riss an dem gebleichten Leinenhemd, das er offen trug. Sein Haar war zu einem Zopf stramm nach hinten gebunden und glänzte wie Lack. Er zeigte keine Reaktion und trieb Duncan damit zur Weißglut. »Giles, verdammt!«

»Was willst du? Ich mache doch schon, was du verlangst: Ich komme zurück.«

»Darum geht es nicht. Wirst du mir denn niemals verzeihen, dass ich den Weg meines Vaters eingeschlagen habe und zur Armee gegangen bin? Unsere Eltern stehen auf verschiedenen Seiten und sind auch Freunde, warum können wir nicht …?«

»Ich bin längst nicht mehr wütend auf dich«, entgegnete Giles ruhig und ohne seine Position zu verändern. Die tief stehende Sonne warf einen langen Schatten hinter ihn, der genau auf seinen Freund fiel.

Duncan fröstelte und verschränkte die Arme vor der Brust. Wenn Giles ihm nicht ihren Streit vorhielt, der schon Jahre zurücklag, was war es dann?

»Te Kooti und seine Vertrauten werden nicht akzeptieren, dass du mich aus dem Gefängnis geholt hast, Duncan.«

»Und wenn schon, was können sie schon tun?«

Giles sah ihn über die Schulter hinweg an. »Mehr als du dir vorstellen kannst. Erinnerst du dich daran, was ich dir über *Utu* erzählt habe?«

»Es bedeutet Blutrache, nicht wahr?«

»Ja. Ich habe Te Kootis Rache heraufbeschworen. Du weißt ja nicht, wie weit ich aufgestiegen bin, Duncan. Ich war einer seiner besten Kämpfer, und ob ich wollte oder nicht, ich besaß sein Vertrauen.«

»Stehst du denn wirklich absolut hinter ihm?«

Giles seufzte und setzte sich neben Duncan auf ein zweites Fass. »Ich weiß es nicht. Er hat sich verändert. Er ist nicht mehr der Mann, den ich einst kennengelernt habe. Seit einer Weile hat er seltsame Träume, Visionen. Er glaubt, er wäre dazu bestimmt, der nächste König von Neuseeland zu werden.«

»König?«, fragte Duncan. Es klang so absurd, dass er am liebsten laut gelacht hätte. Doch er wollte Giles nicht beleidigen und unterdrückte es.

»Er sieht sich nicht nur als zukünftigen König, sondern auch als spirituelles Oberhaupt. Die Geister, die in seinen Träumen zu ihm sprechen, wollen, dass er einen neuen Glauben erschafft, eine Mischung aus unseren alten Sitten und den Geschichten der Bibel.«

»Was? Und wer würde daran glauben?«

»Mehr als du denkst. Sie verehren ihn wie einen Heiligen, einen neuen Messias.«

»Das ändert aber nichts daran, dass er in einem Gefängnis sitzt, das über sechshundert Kilometer vom Festland entfernt im Ozean liegt.«

»Wer weiß, wie lange noch.«

Duncan wurde hellhörig. Was wusste Giles?

»Es war schon lange geplant, Duncan. Es waren noch zehn Tage bis zu unserem Ausbruch, als du mich abgeholt hast. Sie kapern das nächste Versorgungsschiff. Wir haben Helfer unter den Wachen, und die Nahrung an Bord hätte uns für Wochen gereicht.«

»Das heißt, sie sind vermutlich bald frei? Es wird eine Gefängnismeuterei geben? Wo wollen sie hin?«

»Nirgendwohin, wo sie dir gefährlich werden. Du wirst Te Kooti wahrscheinlich nie auf dem Schlachtfeld gegenübertreten müssen. Ich dagegen …«

Duncan rieb sich das Gesicht und stand auf. Das warf ein völlig neues Licht auf ihre Situation. Es hatte ihnen gerade noch gefehlt, dass Te Kooti sich in nicht allzu ferner Zukunft auf freiem Fuß befand und auf Rache sann.

Mittlerweile war die Sonne gänzlich hinter dem Horizont versunken. Ein dünner blutroter Streifen glänzte dort, wo Himmel und Ozean aufeinandertrafen, als würden die Götter ihnen ein Omen für die Zukunft schicken.

»Ich habe Angst, dass Te Kooti Krieger aussendet, um mich zu bestrafen. Doch ich fürchte nicht um mich, sondern um meine Eltern und jene, die mir wichtig sind. Er weiß, dass ich schon seit einer Weile an seinem Weg zweifle. Die Begnadigung hätte zu keinem schlechteren Zeitpunkt kommen können. Wenn jetzt bei der Meuterei etwas schiefläuft, wird er es auf mich schieben. Wie soll ich ihm beweisen, dass ich ihn nicht verraten habe?«

»Das kannst du nicht.« Duncans Antwort kam leise. Er hatte Giles' Reaktion die ganze Zeit völlig falsch eingeschätzt, indem er geglaubt hatte, es läge ausschließlich an ihm selbst. Eigentlich hätte er wissen müssen, dass Giles ihm den Streit nicht mehr nachtrug. Von der Art war ihre Freundschaft nie gewesen. »Wenn ich irgendwie helfen kann, werde ich es tun, Giles.«

Der Maori nickte und legte den Kopf in den Nacken, um zu den erwachenden Sternen hochzusehen. Manche pulsierten wie winzige Herzen. »Ich weiß nicht, was ich tun soll. Ich will nicht vor ihnen weglaufen. Wenn sich herausstellt, dass ihnen die Flucht geglückt ist, will ich aber auch nicht zu ihnen zurückkehren. Te Kooti ist mir nicht geheuer. Anfangs habe ich noch an seine Vision von einem neuen Neuseeland der Maori geglaubt. Er wollte die Stämme vereinen. Es sollte kein Blutvergießen mehr untereinander geben. Seite an Seite, wie Brüder, gemeinsam gegen die Ungerechtigkeit der *Pakeha* – daran habe ich geglaubt. Es ist doch verrückt, dass sich die Stämme gegenseitig zerfleischen oder für die *Pakeha* gegen ihr eigenes Volk ins Feld ziehen, nur weil irgendeine alte Fehde wiederauflebt. Dann begannen diese Visionen bei ihm. Ich glaube, es sind allenfalls böse Geister, die zu ihm sprechen. Plötzlich wollte er alles ändern, und das um jeden Preis. Er hat kaum eine andere Meinung gelten lassen als seine eigene. Niemand durfte ihn kritisieren, oder er musste um Leib und Leben fürchten. Te Kooti wird verrückt. Es ist tragisch, besonders bei einem Mann wie ihm.« Giles ballte die Hände zu Fäusten. Auf seinen Armen traten kräftige Muskelstränge hervor. Schließlich atmete er tief durch, und ein Teil der Anspannung wich aus seinem Körper, als hätte er resigniert. »Ich habe auch geträumt, Duncan, und in meinen Träumen endet diese ganze Sache schrecklich. Viele unschuldige Menschen werden ihr Leben verlieren. Ich hatte gehofft, ich könnte ihn zur Vernunft bringen, immerhin hat er mich als Berater sehr geschätzt. Jetzt sind nur noch Männer an seiner Seite, die genauso fanatisch sind wie er. Niemand aus seinen eigenen Reihen wird es jetzt noch wagen, ihn aufzuhalten.«

Duncan seufzte. »Die Lage ist schwierig. Am besten beraten wir uns mit unseren Vätern, sobald wir zurück sind.«

Giles wandte ruckartig den Kopf und sah ihn verständnislos an. In der Dunkelheit der Nacht war das Grün seiner Augen nicht mehr als eine Erinnerung.

»Ich schätze meinen Vater und auch deinen, Duncan. Aber das ist ganz allein mein Problem. Ich bin nicht wie du. Ich laufe meinem Pa nicht hinterher und verkrieche mich in seinem Schatten. Ich treffe meine Entscheidungen selbst.«

Duncan schluckte die Beleidigung hinunter. Sie tat weh, besonders aus dem Mund seines besten Freundes, aber bedauerlicherweise hatte Giles recht. Schon früher hatte er ihn deshalb kritisiert. »Du verstehst das nicht. Tamati ist dein richtiger Vater und du sein erstgeborener Sohn. Du musst ihm nicht beweisen, dass du seines Vertrauens würdig bist. Ich kann froh sein, dass Liam mich anerkannt hat, und ich will nicht, dass er diesen Schritt jemals bereut.«

»Ich kenne deine Einstellung, Duncan, auch wenn ich mir sicher bin, dass dein Vater nicht von dir erwartet, dass du ewig nach seiner Pfeife tanzt.«

»Ich tanze nicht nach seiner Pfeife, ich will ihn nur nicht enttäuschen«, gab Duncan zornig zurück. Er wollte jetzt nicht über seine Familie reden, das war seine Sache.

Eine Weile starrten sie beide auf die Wellen hinaus, deren Schaumkronen im Mondlicht bläulich schimmerten.

»Was willst du also wegen Te Kooti unternehmen, Giles?«

»Sobald wir in New Plymouth sind, muss ich herausfinden, ob sie den Ausbruchsplan durchgeführt haben, und wenn es ihnen gelungen ist, dann muss ich auf der Hut sein. Ich weiß nicht, ob ich nach Urupuia zurückkehren kann. Sie werden mich dort suchen, und ich will nicht, dass andere wegen mir in Gefahr geraten.«

»Dann bleib bei uns, bleib in New Plymouth. Sicher werden sie dich nicht offen in einer Garnisonsstadt angreifen.«

»Ich bin kein Feigling, Duncan. Ich verstecke mich nicht hinter den *Pakeha*.«

»Niemand hat gesagt, dass du dich verstecken sollst. Wie auch immer, wenn sie tatsächlich kommen, um sich zu rächen, kannst du dich auf mich verlassen. Ich stehe an deiner Seite … immer.«

✳ ✳ ✳

New Plymouth

Es war schon seit einer Weile dunkel, als Adalie schließlich die Hoffnung aufgab, noch an diesem Tag eine seriöse Anstellung zu finden. In New Plymouth waren kaum noch Menschen unterwegs, und jene, denen Adalie begegnete, waren zwielichtig, betrunken oder Bettler oder gleich alles zusammen.

Fieberhaft überlegte Adalie, wo sie übernachten konnte. Es war nicht kalt, und sie fürchtete sich nicht davor, im Freien zu schlafen, denn das hatte sie schon sehr oft getan. Aber die Menschen machten ihr Angst. Das brachte sie auf eine Idee, aber ob es eine gute war, würde sich noch herausstellen: Sie musste irgendwo hingehen, wo es keine Menschen gab, dann würde sie sich sicher fühlen.

So leicht würde sie sich nicht entmutigen lassen. Sie

schlang sich ein Tuch um den Kopf, das sie gleichwohl vor dem scharfen Wind wie den hungrigen Blicken der Männer schützte, und lief zielstrebig nach Süden.

Der Weg führte dicht an der Küste entlang, wand sich zwischen windgebeugten Sträuchern und Seggen hindurch, die raschelten und flüsterten, als besäßen sie eine eigene Persönlichkeit. Kleine Vögel piepsten tief verborgen im Gesträuch ihr Nachtlied.

Adalie atmete tief ein, als wäre die Seeluft ein salziges Lebenselixier, und fühlte sich mit jedem Schritt wohler in ihrer Haut. Sobald die letzten Lichter der Stadt hinter einer Kuppe verschwunden waren und einzig der Mond ihren Pfad beleuchtete, atmete sie erleichtert auf. Es war, als fiele eine Last von ihr ab, die in den vergangenen Wochen unmerklich schwerer und schwerer geworden war. Nun konnte ihr McKenna nichts mehr anhaben. Vor der Natur hatte Adalie noch nie Angst gehabt, denn die Natur war ehrlich.

Wenn es früher an der Zeit war, dass die Schafe lammten, hatte sie gerne bei der Herde im Freien übernachtet. Dann war sie wenigstens vor den Wutausbrüchen ihres Vaters sicher gewesen.

Genau dorthin zog es sie auch jetzt: an einen Ort, wo keine Menschen waren, weder gute noch schlechte. Als sie eine Weile gegangen war, ragten mit einem Mal die Sugar Loaf Islands vor ihr auf, jene seltsame Formation von Steinkegeln, die sie vor acht Wochen vom Deck der *Estrella* aus bewundert hatte. Der Wind trug das leise Blöken von Schafen heran. Es war fast wie früher.

Zwischen den Steinen würde sie sicher einen Schlafplatz finden, geschützt vor dem Wind und vor neugierigen Blicken.

Sie ging einen schmalen Pfad entlang, der sich zwischen Grasbüscheln hinabwand.

»Wer ist da?«

Adalie zuckte erschrocken zusammen. »Hallo?«

»He, Dieb, bei mir lohnt es sich nicht. Ich bin ärmer als eine Maus, verschwinde!« Die Stimme war weiblich, wenngleich krächzend und ungewöhnlich tief.

Adalies anfänglicher Schrecken wich Enttäuschung. Sie wollte nicht mehr weitergehen und nach einem anderen Platz suchen. Jede Faser ihres Körpers sehnte sich danach, nur noch zu schlafen und für einige Stunden zu vergessen, was geschehen war.

»Ich bin kein Dieb, ich habe selber nichts.«

»Das kann jeder sagen. Verschwinde!«

»Ich suche nur einen Platz zum Schlafen.«

Keine Antwort. Adalie lauschte. Ein Feuer knackte und knisterte ganz in der Nähe, sie konnte den Rauch riechen. Das Lager der anderen war wirklich gut verborgen, denn sie sah weder die Frau noch den Feuerschein.

»Bist du allein?«, kam schließlich die Frage aus der Dunkelheit.

Was sollte sie antworten? Die Wahrheit, damit ihr Gegenüber wusste, dass sie nichts von Adalie zu befürchten hatte? Oder sollte sie lügen? Wer wusste schon, wie viele Menschen sich dort in den nächtlichen Schatten verbargen und nur darauf warteten, eine einsame junge Frau zu überfallen.

Adalie beschloss, ihren Instinkten zu vertrauen.

»Ich bin allein.«

»Tritt ein paar Schritte näher … Stopp, das reicht!«

Hinter einem Baumstamm, der irgendwann einmal von einer Sturmflut an Land getragen worden und zwischen Felsen verkeilt liegen geblieben war, erschien der Kopf einer alten Frau. Sie musterte Adalie eine Weile, dann winkte sie mit einem Knüppel.

»In Herrgotts Namen, tritt näher und setz dich zu mir ans Feuer. Du schaust erbärmlich drein, Kind.«

Adalie umrundete den Baumstamm und fand sich in einem kleinen Camp wieder. Die alte Frau hatte sich offenbar auf Dauer im Freien eingerichtet. Sie hatte einen kleinen Verschlag aus Tauen und Treibgut gebaut, der von zwei Felsen flankiert wurde. Vor der Witterung geschützt lagerten darin Decken und Bündel. An einem Ast baumelten ein verbeulter Blechkessel und Angelzeug. Die Feuerstelle lag einige Schritte davon entfernt zwischen zwei mächtigen Baumstämmen, die sie vor Zugluft schützten. Dort hockte auch die Fremde mit einem glühenden Stecken in der Hand.

Adalie überprüfte, ob sie wirklich nur zu zweit waren, dann setzte sie sich. »Ich bin Adalie, danke für Ihre Gastfreundschaft.«

»Schon gut. Mich nennt man Sally.«

Die Alte schien nicht zum Reden aufgelegt zu sein. Sie stocherte in der Glut, bis die Flammen höher schlugen, dann stellte sie einen kleinen, verrußten Kessel hinein. Sofort zischte es. Im spärlichen Lichtschein wirkte Sallys Gesicht zerfurcht wie trockene Erde. Ihre langen Zöpfe waren verfilzt und mit kleinen Muscheln und Perlmuttstückchen verziert.

Adalie hatte unerklärlicherweise Vertrauen zu der Frau. Sie fühlte sich hier sicher, und endlich fiel ein Teil der Anspannung von ihr ab.

»Leben Sie schon lange hier, Mrs. Sally?«

»Nur Sally, und ja, seit Jahren.« Die Alte rückte näher ans Feuer, und erst jetzt bemerkte Adalie, dass sie dunkle Haut hatte. Die Frau war eine Wilde, eine Maori. Seitdem sie auf dem Schiff die Eingeborenenfamilie kennengelernt hatte, jagten ihr die Maori keine Angst mehr ein. Dieses Volk war freundlich, oft freundlicher als die Weißen untereinander. Sallys Augen waren dunkel, und sie betrachtete ihren Gast, als müsste der seine Harmlosigkeit erst noch unter Beweis stellen.

»Hier, iss das.« Sally hielt ihr einen Flechtkorb entgegen, aus dem es nach Geräuchertem duftete.

»Was ist das?«

»*Paua*, ist gut.«

»Danke.« Adalie griff hinein. Es waren Wasserschnecken, groß wie ein Handteller. Sie rochen so köstlich, dass Adalie schnell ihren inneren Widerstand überwand. Es erschien ihr zwar komisch, Schnecken zu essen, aber warum nicht? Haggis und Kuttelsuppe waren auch nicht unbedingt eine Köstlichkeit, wenn man diese Gerichte nach den Zutaten beurteilte.

»Das riecht wirklich lecker, aber wie esse ich die?«

Sally zeigte ihr, wie man die geräucherten Tiere aus der Schale herauslöste und die Eingeweide entfernte. Adalie machte es ihr nach und biss hinein. Die Schnecken waren zäh, aber würzig und gut. Ihr Bauch quittierte die Mahlzeit mit einem wohligen Knurren.

Erst jetzt wurde Adalie bewusst, dass sie seit dem Morgen nichts mehr gegessen hatte. Hunger hatte sie in den letzten Wochen im *Old Éire Inn* keinen Tag verspürt, und sie fühlte sich an ihr altes Leben erinnert. Womöglich würde der Hunger von nun an wieder ihr ständiger Begleiter sein. Adalie fürchtete sich nicht davor.

Stattdessen nahm sie sich vor zu lernen, wie sie mit dem

überleben konnte, was die Natur ihr kostenlos anbot. Sie wusste schließlich nicht, wie lange es dauern würde, bis sie eine neue Anstellung fand. Aufgeben und eine reumütige Rückkehr zu ihren Eltern kam für sie nicht infrage. Nicht jetzt und niemals in der Zukunft!

Es würde irgendwie immer weitergehen, sie musste es einfach schaffen. »Wo hast du die *Paua*-Schnecken her, Sally?«

»Gesammelt. An den Felsen. Aber komm nicht auf die Idee, hier zu suchen. Das ist mein Revier.«

»Nein, nein, sicher nicht.«

»Dann verstehen wir uns.« Sally hielt ihr versöhnlich den Flechtkorb hin. Sie grinste und präsentierte dabei einen fast zahnlosen Mund. »Iss nur, heute hatte ich Glück, und wenn dein Magen nicht mehr so laut knurrt, dann erzähl mir von dir.«

In dieser Nacht am Meer träumte Adalie unter dem weiten Sternenzelt von ihrer Kindheit. Eine schöne Erinnerung, die sie mit ihren Geschwistern verband, reihte sich an die nächste. Als sie schließlich von Spot träumte – wie niedlich er als Welpe gewesen war und welch ein schreckliches Ende er durch die Hände ihres Vaters gefunden hatte –, schreckte sie auf.

Mit weit aufgerissenen Augen starrte sie in die Dunkelheit. Sally schnarchte laut auf der anderen Seite der Feuerstelle, in der noch schwach ein paar Scheite glühten. Adalie legte einen Ast nach, damit das Feuer nicht ausging, und kuschelte sich wieder unter ihre Decke. Sie war ein wenig klamm, aber ihr war nicht kalt. Der fettige Wollstoff hielt die Nässe ab, die mit dem Nebel vom Meer kam.

Adalie versuchte wieder einzuschlafen, doch es gelang

ihr nicht. Sie war hellwach, der Morgen aber noch weit entfernt. Nachdem sie sich eine Weile herumgewälzt und vergeblich nach einer besseren Schlafposition gesucht hatte, kapitulierte sie.

Sie hörte dem Rauschen der Brandung zu, und ihre Gedanken drifteten ab. Warum sie ausgerechnet jetzt an den Zusammenstoß mit dem jungen Offizier namens Duncan denken musste, wunderte sie selbst. Er sah gut aus, sicherlich, aber erst gestern hatte ihr wieder ein Mann bewiesen, welches dunkle Monster im anderen Geschlecht lauerte.

Es war nicht das erste Mal, dass sie an den attraktiven Fremden denken musste. Auf ihren Wegen durch die Stadt hatte sie sogar hin und wieder nach ihm Ausschau gehalten. Vielleicht war er einer der wenigen, die anders waren.

Deshalb hat er auch ein Schiff bestiegen und ist nun auf und davon, dachte sie in einem Anflug von Bitterkeit.

Irgendwann schlief sie schließlich doch über ihren Grübeleien ein. Geweckt wurde sie von der Sonne, die schon vor einer Weile aufgegangen sein musste, aber erst jetzt hinter den Felsen hervortrat.

So lange und gut hatte sie seit vielen Tagen nicht mehr geschlafen. Sallys Lager war leer, die Decken ordentlich aufgerollt und verstaut. Adalie stand auf und sah sich um. An dem Querbalken des kleinen Unterstandes baumelten allerlei Schätze: Korallenstücke, wunderschön geformte Muscheln und *Paua*-Schalen. Adalie tippte das ein oder andere an, ließ es im Wind schaukeln. Schließlich entdeckte sie ihre ungewöhnliche Gastgeberin am Strand. Das Wasser war zurückgewichen, und Sally stapfte durch den Spülsaum. Sie hatte den Saum ihres Rocks in den Gürtel geschoben, damit er nicht nass wurde. Ihre Schenkel waren braun und sehnig.

Neugierig beobachtete Adalie die Maorifrau bei ihrem Tun. Offenbar suchte sie etwas. Schließlich bückte sie sich und zog einen Stock aus dem Boden. Im Sonnenlicht erkannte sie eine glänzende Angelschnur, die Sally nun mit kraftvollen Griffen einholte. In der Ferne sprang ein Fisch aus dem Wasser. Er war grauweiß und riesig. Im gleichen Moment drehte sich Sally um. »Adalie, komm und hilf mir!«

Das ließ sie sich nicht zweimal sagen. Sie rannte los, und das Wasser spritzte um ihre Füße. Als sie die Maori schließlich erreichte, war ihr Rock völlig durchnässt.

»Los, halte die Schnur, und lass sie auf keinen Fall los.«

»Gut, mache ich.« Adalie wickelte sich einen Teil der Schnur um die Hand. Der Fisch war stark, zappelte und kämpfte um sein Leben. Die Schnur schnitt schon bald in Adalies Haut, und sie bereute, sie darumgewickelt zu haben. Loslassen würde sie deshalb noch lange nicht. Während Adalie die Schnur mit aller Kraft festhielt und ihre Füße tief in den weichen Sand grub, lief Sally geradewegs in die Brandung, wo der Fisch tobte.

Die Wellen schlugen der Maori bald bis zur Brust, doch das schien ihr nichts auszumachen. Gebannt verfolgte Adalie das Schauspiel. Als der Fisch das nächste Mal an die Oberfläche kam, schlug Sally mit einer Machete zu.

»Jetzt! Zieh!«

Adalie hatte sich schnell von ihrem Schreck erholt, zog so kräftig sie konnte und bekam bald von Sally Unterstützung. Gemeinsam brachten sie den Fang an Land und hielten erst inne, als ihre Füße auf trockenem Sand standen.

Vor ihnen lag ein anderthalb Schritt langer Hai, der nur noch kraftlos zappelte. Sally tötete ihn, dann wuschen sie das Tier und brachten es gemeinsam ins Lager.

»Du bringst mir Glück, Adalie. So einen guten Fang hatte ich schon lange nicht mehr.«

Adalie atmete tief durch. »Das war ganz schön anstrengend.«

»Das Biest hat gekämpft, aber jetzt lassen wir ihn uns schmecken. Das wird ein Festmahl.«

Fisch zum Frühstück – das war neu, aber keine schlechte Idee. Adalie aß so lange, bis sie keinen einzigen Bissen mehr runterbekam. Schließlich leckte sie sich die fettigen Finger ab.

»Das war unglaublich gut. Vielen, vielen Dank, Sally. Ich denke, ich sollte aufbrechen, wenn ich heute noch eine neue Anstellung finden will.«

»Ich hoffe, du hast Erfolg. Wirklich, das wünsche ich dir.«

»Danke.« Adalie sah an sich herab. Ihr Kleid sah arg mitgenommen aus. Der Rock hatte Salzflecken, und von einigen dunklen Flecken stieg ein unverwechselbar fischiger Geruch auf.

So konnte sie sich nirgendwo vorstellen.

Nachdem sich Adalie notdürftig gewaschen hatte, rollte sie ihr kleines Bündel auseinander und nahm ein sauberes Kleid heraus. Sally bemerkte sofort die kleine Holzfigur und stieß einige erstaunte Worte in ihrer Sprache aus.

»Wo hast du das her?« Sie griff nach der Schnitzerei und drehte sie liebevoll in der Hand.

»Ein Geschenk. Anscheinend hat er mir kein Glück gebracht.«

»Ich hatte auch mal so ein ähnliches Tiki.«

»Was ist damit passiert?«

»Ich habe es verkauft, im letzten Winter. Das Geld hat mich über einige schlimme Wochen gebracht.«

Adalie wurde hellhörig. »Die ist etwas wert?«

»Ja, es gibt eine weiße Händlerin im Ort, die für gute Tikis faire Preise zahlt, und der hier ist gut.«

Nachdenklich nahm sie Sally die Figur ab und drehte sie in der Hand. Das könnte ihre Rettung sein, zumindest für eine Weile. Sollte sie sie verkaufen? Ob ihr die Maori dann böse wären? Sie hatte ja immer noch den Jadeanhänger.

»Wie heißt die Händlerin?«

»Mrs. Fitzgerald. Ich beschreibe dir, wie du hinkommst.«

Nachdem sie von Sally Abschied genommen hatte, kehrte Adalie nach New Plymouth zurück. Sie lief schnell, konnte es nun kaum erwarten, ihre Suche wiederaufzunehmen und herauszufinden, was die Skulptur wert war.

Es war Nachmittag, als sie schließlich vor Mrs. Fitzgeralds Laden stand. Zuvor hatte sie tatsächlich eine Arbeitsstelle ergattert, die sie zwar nicht ernähren konnte, aber sie war besser als nichts. In Zukunft würde sie jeden Tag am frühen Morgen in einer Bar putzen und in der Küche helfen, das Frühstück vorzubereiten.

Adalie hatte das Gefühl, beinahe jedes Gasthaus in New Plymouth erfolglos abgeklappert zu haben. Am Ende ihrer Suche war sie eher ziellos durch die Straßen und Gassen gewandert. Ihre Füße schmerzten in den Holzschuhen, und ihre Hoffnung war an einem Tiefpunkt angelangt, als sie auf eine Bar aufmerksam wurde. Auf dem Schild darüber war ein Hahn zu erkennen, der ein Weinglas leerte. Später erfuhr sie, dass der Laden *Drunken Rooster* hieß. Sie folgte ihrem Bauchgefühl und klopfte an.

Die Bar entpuppte sich als ein etwas besseres Etablissement, und es wurde halbwegs ordentlich geführt. Hinter der polierten Theke standen Flaschen und Gläser aufgereiht an der Wand. Hier wurde nicht nur billiger Fusel ausgeschenkt.

Adalie überwand ihren Widerwillen und die Angst, die sich unweigerlich einstellte, wenn sie den Geruch von Alkohol in die Nase bekam, und erkundigte sich nach einer Anstellung.

Sie hatte Glück, und war beinahe überrascht, dass sie doch noch fündig geworden war. Zudem war sie fast ein wenig erleichtert, dass es sich um eine Putzstelle handelte und sie nicht die Gäste bedienen musste. Zwar war es nicht die angenehmste Arbeit, aber zumindest würde sie keinen Kontakt mit betrunkenen Männern haben müssen.

Mit der neuen Anstellung sah ihre Zukunft gleich ein wenig rosiger aus. Falls sie nun noch etwas Geld für die Skulptur bekäme, war ihr Unterhalt für einige Tage gesichert.

Der Laden der Händlerin Johanna Fitzgerald war in einem Haus untergebracht, das nachträglich in eine Lücke zwischen zwei andere gebaut worden war. Es war doppelt so hoch wie breit, mit winzigen Fenstern und einer schiefen Tür. Links und rechts davon erhoben sich Lagerhäuser, denen ein intensiver Geruch von Wolle und Bienenwachs entströmte. Das Haus der Händlerin war in einem hellen Grauton gestrichen, Fensterrahmen und Tür waren dunkelrot lackiert.

Jetzt oder nie!

Adalie klopfte und öffnete die Tür. Eine helle Glocke ertönte, doch im Inneren war es recht dunkel. Das wenige Licht, das durch die Fenster hereinfiel, brach sich in unzähligen Muschelschalenaugen. Es war ein unheimlicher Anblick, doch der Eindruck verflüchtigte sich, als eine Frau aus dem Hinterzimmer trat. Sie hatte mittelblondes Haar, in dem erste graue Strähnen sichtbar waren. Ihr Kleid schmiegte sich um ihre runden Hüften und reichte bis zu den Knöcheln hinab. Der feine Stoff und die unauffälligen Spitzensäume zeugten – ebenso wie der Silberarmreif und ihre Ohrringe, in denen Edelsteine funkelten – davon, dass die Trägerin gut situiert war, aber nicht protzte.

»Guten Tag, ich habe die Tür etwas zu spät gehört.«

»Das macht nichts, ich bin gerade erst eingetreten.«

»Womit kann ich dienen?«

»Ich … ich habe etwas, das Sie vielleicht interessieren könnte. Mir wurde gesagt, dass Sie Maorifiguren kaufen.«

»Das kommt ganz auf die Qualität an.«

Adalie sah sich um. Wo sollte sie ihr Bündel abstellen, um darin zu suchen? Die Figur war sicher wieder ganz nach unten gerutscht. Umständlich ließ sie das verknotete Tuch von der Schulter gleiten und kniete sich mitten im Laden hin. Es war ihr peinlich, vor einer Fremden ihr ärmliches Hab und Gut auszubreiten.

»Lassen Sie sich Zeit«, sagte Mrs. Fitzgerald, die offenbar ihre Misere bemerkte. »Ich setze eben Teewasser auf.«

Als sie zurückkam, hatte Adalie die Figur gefunden und sie schnell noch einmal an ihrem Rock poliert.

»Das ist sie.«

Die Händlerin nahm die Skulptur und musterte sie. »Gehen wir in den Hof, dort ist mehr Licht.«

Adalie folgte Mrs. Fitzgerald und entsandte ein Stoßgebet, sie möge die Figur kaufen und der Preis nicht zu knapp ausfallen.

Der Hof war mit Planken ausgelegt. Es gab einen Tisch und vier Stühle, über die ein Eisenholzbaum seine Zweige reckte.

Die Händlerin blieb stehen und betrachtete die Figur genau. »Dieses Tiki hat wirklich eine außergewöhnliche Qualität. Wo haben Sie es her, wenn ich fragen darf?«

Das waren gute Neuigkeiten. Adalie fiel ein Stein vom Herzen. »Ich habe es geschenkt bekommen, von einem Maori.«

»Dann sind Sie die rechtmäßige Besitzerin?«

»Ja, natürlich.«

»Gut, gut. Ich wollte mich nur versichern. Viele dieser Schnitzereien werden gestohlen, müssen Sie wissen.«

»Ich bin keine Diebin«, sagte Adalie entrüstet.

»Das denke ich auch nicht, keine Sorge.« Mrs. Fitzgerald lächelte. »Sie möchten es also wirklich abgeben?«

»Ich habe keine andere Wahl.«

Die Händlerin musterte sie ernst. »Ich verstehe.«

»Wenn ich eine gute Arbeitsstelle fände, würde ich es lieber behalten, als Erinnerung, aber so …«

Als Mrs. Fitzgerald die Summe nannte, die sie zu zahlen bereit war, fühlte sich Adalie sogleich schrecklich erleichtert. Das würde für eine Weile reichen. Sie gaben einander die Hand, um das Geschäft zu besiegeln.

»Aber nun trinken wir einen Tee, und Sie erzählen mir, was für eine Anstellung Sie suchen. Vielleicht höre ich etwas.«

»Das wäre wunderbar.«

Johanna Fitzgerald war eine wirklich sympathische Frau, zu der man einfach Vertrauen fassen musste. Während sie Tee tranken, erzählte Adalie knapp ihre Geschichte, verschwieg aber ihre Flucht von daheim und die Prügel ihres Vaters.

»Sie sind eine mutige junge Frau, das gefällt mir«, sagte die Ältere schließlich.

Adalie wusste nicht, was sie darauf antworten sollte, und schwieg einen Moment, bevor sie Mut fasste.

»Darf ich Sie etwas fragen?«

Mrs. Fitzgerald nickte. »Aber selbstverständlich.«

»Ist das wirklich Ihr Geschäft oder das Ihres Mannes?«

»Es ist ungewöhnlich, aber ja, das Geschäft gehört mir«, antwortete sie lächelnd. »Ich habe es fast ohne fremde Hilfe aufgebaut. Der Weg war zwar nicht immer leicht, aber in zwanzig Jahren habe ich mir einen guten Ruf erarbeitet. Ich verkaufe Schnitzereien, Waffen und andere hochwertige Dinge aus der Maorikultur in die ganze Welt an Sammler und Museen.«

Adalie kam aus dem Staunen nicht mehr heraus. »Das ist wirklich sehr beeindruckend.« Sie seufzte. »So viel will ich gar nicht erreichen. Ich möchte nur alleine leben können, von meiner eigenen Arbeit, ohne dass mir ein Mann sagt, was ich zu tun und zu lassen habe.«

»Auch das ist schon ein ambitioniertes Ziel für eine junge Frau«, sagte Mrs. Fitzgerald anerkennend. »Leider haben mich meine Eltern sehr früh an den falschen Mann verheiratet.«

»Und der erlaubt Ihnen …«

Sie hob abwehrend die Hände. »Nein, nein, ich lebe nun in zweiter Ehe, und zwar mit dem richtigen Mann. Es gibt keinen besseren als ihn.« Während sie das sagte, bekamen ihre grünen Augen einen besonderen Glanz, und Adalie erkannte, was für eine wunderschöne Frau sie früher gewesen sein musste. Wenn der Gedanke an ihren Ehemann so etwas zum Vorschein brachte, liebte sie ihn offenbar auch nach vielen Jahren Ehe noch aus tiefstem Herzen. Das wunderte Adalie, weckte aber zugleich einen winzigen Funken Hoffnung, dass es in der Welt auch gute Männer gab.

Mrs. Fitzgerald schenkte Tee nach und stellte eine kleine Dose auf den Tisch. Die Kekse darin dufteten nach Butter und Karamell. Adalie zögerte kurz, dann nahm sie einen und biss hinein.

»Die schmecken traumhaft, danke.« Tatsächlich hatte sie noch nie Gebäck gegessen, das so lecker war. Ihre Eltern hatten sich Zucker nicht leisten können, und auch für Honig hatte immer das Geld gefehlt.

»Ich besaß das Glück, in eine wohlhabende Familie hineingeboren zu werden, wenngleich uns dann das Unglück ereilte. Über mehrere Umwege war es schließlich die Hungersnot in Irland, die mich ins Land der langen weißen Wolke führte, wie die Maori Neuseeland nennen.«

»Und wie kamen Sie dann auf die Idee mit den Schnitzereien?«

»Oh, das war Zufall. Mein Vater war Sammler, und ich habe ihm ein Stück nach London geschickt. Seine Freunde beneideten ihn sehr, und so kamen wir auf die Idee, sie zu verkaufen. Bis dahin haben viele Missionare die Tiki einfach verbrannt oder in Flüssen versenkt, um die Maori von ihrem Glauben abzubringen. Indem ich sie verkaufte, konnte ich diese wundervolle Kunst retten und den Maori sogar etwas dafür geben.«

»Sie haben sie verbrannt, die … Tiki, so heißen sie doch, oder? Das ist ja furchtbar.«

Mrs. Fitzgerald nickte.

Adalie fiel auf, wie sie ihre Hände rieb, als hätte sie Schmerzen. An zwei Fingern waren die Gelenke ein wenig verdickt.

Adalies Blick wurde bemerkt. »Ja, seit einigen Jahren machen mir die Hände Probleme. An manchen Tagen kann ich kaum noch etwas festhalten. Das Alter verschont niemanden.«

»Aber Sie sind doch nicht alt.«

»Danke, das ist sehr freundlich von Ihnen. Ich habe drei Kinder ungefähr in Ihrem Alter.«

»Oh, wirklich?«

Mrs. Fitzgerald sah wieder auf ihre Hände, und Adalie folgte ihrem Blick. »Ich würde Ihnen gerne helfen, wenn es kleine Arbeiten gibt, die ich für Sie erledigen kann.«

Mrs. Fitzgerald schob nachdenklich einige Strähnen zurück, die sich aus ihrer Hochsteckfrisur gelöst hatten.

»Ihr Vorschlag hat einen gewissen Reiz. Ich habe schon überlegt, mein Hausmädchen zu bitten, mir hier zur Hand zu gehen. An zwei Tagen in der Woche verpacke ich die Waren und bekomme neue. Viele Maori tauschen lieber, als dass sie Geld annehmen, deshalb hab ich im Lager auch Kochgeschirr, Munition und solche Dinge. All das muss ausgepackt und sortiert werden, und die Skulpturen wiederum sorgfältig eingepackt und beschriftet.«

Adalie zuckte innerlich zusammen, als Mrs. Fitzgerald das Beschriften erwähnte. Sicher meinte sie nicht, dass Adalie die Pakete beschriften sollte, oder? Sie beschloss zu verschweigen, dass sie weder lesen noch schreiben konnte, und lächelte. »Es würde mich sehr freuen!«

»Versuchen können wir es ja mal.«

»Oh, danke!«

»Dann sehen wir uns in zwei Tagen.«

* * *

Kapitel 8

Jonah konnte es nicht fassen. Seine Freundin Hiri starb, und bald würde er ganz alleine sein.

Draußen tobte ein Sturm. Der Wind bog die Wipfel der Nikau-Palmen herunter und heulte im Dachgiebel ihrer kleinen Hütte, während es im Inneren nach Krankheit stank. Der Gestank ging einfach nicht mehr fort, obwohl ihr ärmliches Haus weder Fenster besaß noch richtige Wände. Lediglich ein Flechtwerk aus platt geklopften Blättern des *Harakeke* trennte sie von der Außenwelt. Hiri hatte sie selbst geflochten, alle vier Wände, und das ganz allein, weil ihr keine Frau aus dem Dorf helfen wollte. Die Schuld daran trug Jonah, der weiße Nichtsnutz, den sie alle verabscheuten. Die Einwohner hatten sich auch von Hiri abgewandt, denn gemeinsam soffen sie mehr als alle anderen im Dorf zusammen.

Jetzt hatte Jonah schon seit drei Tagen keinen Schnaps mehr getrunken. Die Vorräte waren erschöpft, und er würde erst neuen holen können, wenn Hiri tot und begraben war.

»Jonah«, stöhnte sie schwach.

»Ja, Hiri, ich bin hier.« Er drückte ihre schlaffe, schweißfeuchte Hand, damit sie seine Nähe spürte.

Ihre Hand zu halten ekelte ihn an, doch zugleich klammerte er sich mit aller Kraft an sie. In den vergangenen Tagen war Jonah durch die erzwungene Nüchternheit bei derart klarem Verstand wie seit Jahren nicht mehr. Ein Zustand, der erschreckend und erleuchtend zugleich war. Eines war ihm währenddessen klargeworden: Er brauchte Hiri! Womöglich liebt er sie sogar, auch wenn er das in den ganzen achtzehn Jahren ihrer wilden Ehe immer ausgeschlossen hatte.

Wie könnte ein anständiger weißer Mann jemals eine Maorifrau lieben? Aber es war so.

»Du musst kämpfen, Hiri, hörst du? Du bist doch sonst so stur. Kämpfe!«

Sie öffnete die Augen, in denen seit Tagen schon der Tod wohnte, und seufzte seinen Namen.

Jonah beugte sich weit vor, bis sein Ohr beinahe ihre Lippen berührten. »Durst« war das einzige Wort, das sie hervorbrachte. Eine Wolke fauligen Mundgeruchs hüllte ihn ein. Er bemerkte es gar nicht. Aus seiner eigenen Kleidung stieg bei jeder Bewegung säuerlicher Mief, und Hiri schaffte es schon seit fünf Tagen nicht mehr aus eigener Kraft zur Latrine.

Jonah erhob sich, um aus der Regentonne Wasser in eine verbeulte Blechtasse zu schöpfen. Zurück am Bett hob er vorsichtig Hiris Kopf an und hielt ihr die Tasse hin.

Sie trank gierig, bis die Tasse fast leer war, erst dann spuckte sie den letzten Schluck prustend aus.

»Bah, Jonah, willst du mich vergiften?« Ihre Stimme war sofort kräftiger.

Jonah schüttelte den Kopf. »Nein, natürlich nicht.«

»Dann gib mir was Anständiges.«

»Wir haben nichts mehr. Der Schnaps ist aus.«

Sie seufzte derart herzerweichend, als hätte er ihr gerade vom Tod eines nahen Verwandten berichtet, und schloss die Augen. Zwischen ihren Wimpern glitzerten Tränen.

»Ich besorge welchen. Es wird nicht lange dauern.«

»Nein, lass mich nicht allein.«

Er war schon halb aufgesprungen und ließ sich nun wieder auf seinen Stuhl sinken. Ihre Worte brannten in seinem Magen wie Säure. Sie durfte nicht sterben, niemals! Es gab keine Zukunft ohne sie.

»Keine Angst, ich bleibe bei dir«, schwor er mit brüchiger Stimme.

»Versprochen?« Sie sah ihn mit einem Blick seltener Klarheit an, der ihn tief berührte.

»Ja, versprochen.«

Erschöpft ließ sie sich wieder auf ihr Lager zurücksinken.

Jonah legte sich neben sie und strich ihr langsam über den Kopf. Ihre Stirn war kalt und feucht, das Haar weich wie eh und je. In den letzten Tagen hatte der warme Goldton ihrer Haut eine seltsame gelbliche Färbung angenommen. Auch das war ein Vorbote des Todes, gegen den er nichts unternehmen konnte.

»Ich bleibe bei dir, bis zum Schluss«, sagte er.

Ein Teil von ihm wollte weglaufen, solange er sie noch gut in Erinnerung halten konnte, doch das würde er nicht tun. Ein einziges Mal in den letzten achtzehn Jahren wollte er Rückgrat beweisen. Er schuldete es Hiri.

Tief in Jonah vergraben steckte ein anderer Mann, einer mit ehernen Prinzipien und einer Zielstrebigkeit, die ihn einst zu einem erfolgreichen Geschäftsmann gemacht hatten. Doch das war in einem längst vergangenen Leben gewesen.

Zwischen diesen beiden Gesichtern von Jonah stand Hiri, die ihn von den Toten zurückgeholt und dafür einen hohen Preis gezahlt hatte.

Jonah rückte näher an sie heran und zog ihren weichen, schlaffen Körper in seine Arme. »Weißt du noch, wie du mich gefunden hast? Ich kann mich noch immer nicht erinnern«, sagte er leise.

Hiri hatte ihm unendliche Male von ihrer ersten Begegnung erzählt. Jonah schloss die Augen und hörte in Gedanken ihre Stimme:

»Die große Schlacht zwischen Aufständischen und *Pakeha*-Soldaten war seit einer Weile zu Ende, und wir machten uns auf die Suche nach Dingen, die wir gebrauchen konnten. Tote *Pakeha* brauchen kein Geld, keine Waffen und kein Essen. Meine Freunde und ich sind umhergestreift und haben jede Leiche von links nach rechts gedreht. Alle hatten die Taschen schon voll, nur ich war bis dahin leer ausgegangen. Aber ich war nicht missmutig deswegen, nein, nein, denn ich wusste, dass die Geister etwas Besonderes für mich vorgesehen hatten: dich.«

Er war beinahe tot gewesen, als sie ihn gefunden hatte, und wäre ohne ihren festen Willen, ihn zurückzuholen, sicherlich gestorben.

Das Erste, woran er sich nach dem Kampf erinnern konnte, waren die Schmerzen.

Sie hatten ihn auf einer Bahre fortgetragen, vier Tagesmärsche weit, bis zu ihrem kleinen Dorf. Die Hütte sah so ähnlich aus wie die, die sie sich später gemeinsam gebaut hatten.

Jonah tauchte in die Vergangenheit ein wie in ein anderes Leben. Für einen Moment vergaß er, dass er eigentlich alt war und neben seiner sterbenden Geliebten auf einem Bett lag.

* * *

Jonah öffnete die Augen. Sein Mund war trocken, und seine Brust pochte und brannte, als hätte sich dort eine kleine Pforte in die Hölle geöffnet. Er erinnerte sich an nichts. Weder wie er sich verletzt hatte, noch wie er hergekommen war oder an seinen Namen.

»Hallo? Hallo, ist da jemand?«

Seine Stimme war rau und leise. Wahrscheinlich sprach er seit Tagen zum ersten Mal.

Leise Schritte erklangen. Er fühlte ihre Anwesenheit, bevor er sie sah. Die junge Frau beugte sich über ihn und lächelte. Ihre Zähne waren ebenmäßig, strahlend weiß und bildeten einen schönen Kontrast zu der hellbraunen Haut und dem schwarzen Haar.

»Endlich bist du aufgewacht. Ich dachte schon, du würdest für immer ins *Hawaiki* der *Pakeha* gehen.«

Sie berührte seine Hand.

Er riss seine fort. »Rühr mich nicht an!«, keuchte er. Mit den Wilden wollte er nichts zu tun haben, ganz gleich wie hübsch ihre Frauen waren.

Enttäuscht trat sie zurück.

Im gleichen Moment überrollte ihn erneut eine Welle des Schmerzes, die so heftig war wie nichts, was er je zuvor erlebt hatte. Er schrie auf und wurde ohnmächtig.

Als er wieder erwachte, saß das Maorimädchen an seiner Seite. »Ich bin Hiri«, sagte sie leise. »Ich habe dich gefunden und herbringen lassen.«

»Was willst du von mir?«, keuchte er.

»Dass du wieder gesund wirst.« In ihren Augen glitzerte es verheißungsvoll. Sie begehrte ihn. Er verstand nicht warum, aber sie tat es. Vorerst, so nahm er sich vor, würde er versuchen, freundlich zu ihr zu sein. Wenn sie ihn schon so weit gesund gepflegt hatte, dann sollte sie es auch weiterhin tun. Wenn da nicht die Schmerzen wären, die seine Brust schier von innen zerrissen, und das schreckliche Gefühl, dass etwas mit seinem Kopf nicht stimmte.

Er berührte seine Schläfe und fühlte eine dicke Schicht aus Kräutern und Verbänden. Darunter glühte die Haut. Als er die Stelle mit den Fingern abtastete, trat Flüssigkeit aus. Es stank erbärmlich.

»Mein Gott, das ist Brand!«, rief er entsetzt. »Ich verfaule bei lebendigem Leib, Mädchen, und du sitzt hier und lächelst?«

»Ja, ich …«

»Wenn du mir einen Gefallen tun willst, dann erschieß mich!«

»Nein, niemals!« Sie sprang auf und lief davon. Doch Jonah blieb nicht lange allein. Als sie wiederkam, hielt sie eine Flasche in der Hand, in der klare Flüssigkeit schwappte.

»Was ist das?«, fragte er hoffnungsvoll.

»Schnaps … Jemand im Dorf macht ihn aus *Kumera*, Süßkartoffel. Er sagt, es hilft gegen alles. Du hast Schmerzen …«

»Gib her!«

Zögernd trat sie zu ihm ans Bett. Am liebsten hätte er ihr die Flasche aus der Hand gerissen, doch sein Verstand war so weit klar, um zu wissen, dass jede schnelle Bewegung zehnfache Pein bedeutete. Er wartete also, bis sie zu ihm kam und ihm die Flasche an den Mund setzte. Hastig schluckte er ein paarmal, kämpfte gegen den Hustenreiz und trank noch etwas mehr. Der Alkohol stieg ihm sofort in den Kopf und legte eine angenehme Mattigkeit über seinen Körper.

Hiri blieb bei ihm sitzen und gab ihm Schnaps zu trinken, bis die Flasche zur Hälfte geleert war.

Jonah hatte das Gefühl, das Bett würde unter ihm zur Seite rutschen, während es sich zugleich im Raum um sich selbst drehte. Sein angeschlagener Kreislauf spielte verrückt, und eine berauschende Gleichgültigkeit überkam ihn.

Hiri erhob sich, trat an die Tür und rief etwas in ihrer Sprache. Kurz darauf erschienen zwei kräftige Maorikrieger. Ihre bloßen Oberkörper trugen zahlreiche Tätowierungen, die vor Jonahs Augen verschwammen, lebendig wurden und sich bei jeder Bewegung ihrer Träger zu neuen Mustern vereinten.

Noch ehe er sich fragen konnte, was die Wilden von ihm wollten, traten die Männer an Jonahs Bett. Dann ging alles blitzschnell. Sie stürzten sich auf ihn, hielten Arme und Beine fest und pressten sie nach unten. Panik blitzte in dem dichten alkoholisierten Nebel auf, der Jonahs Verstand lahmgelegt hatte. Er kämpfte, als ginge es um sein Leben, und vielleicht tat es das auch.

»Halt still! So halte doch still«, flehte Hiri. »Ich muss deine Wunden versorgen.

»Sie sollen mich loslassen!«

»Nein!«

Der Schmerz zwang Jonah schließlich dazu, sie gewähren zu lassen.

Sie begann damit, den Wickel von seinem Kopf zu lösen. Es stank erbärmlich, der Geruch brannte sich für alle Zeit in sein Gedächtnis. Für Jonah war es furchtbar, weil er glaubte, bei lebendigem Leib zu verfaulen.

Es dauerte Wochen, bis der Wundbrand wie durch ein

Wunder nachließ und seine Verletzungen zu heilen begannen. Seitdem war er entstellt... und süchtig nach dem betäubenden Rausch von Süßkartoffelschnaps, der sein Dasein erträglich machte.

✳ ✳ ✳

Er hatte Hiri auf einer kleinen Lichtung beigesetzt, wo die wenigen Eingeborenen des Dorfes bestattet wurden, die getauft waren.

Die anderen waren schon längst gegangen, als Jonah kurz vor Einbruch der Dunkelheit selbst den Rückweg antrat. Er musste sich zwingen, weiterzugehen und nicht immer wieder zu dem kleinen Kreuz zurückzusehen, das ihren Namen trug.

Der Weg war schlammig. Farn überwucherte ihn von beiden Seiten, um die Lücke in der Vegetation zu schließen.

Die abgefallenen Blüten der Eisenholzbäume bildeten an manchen Stellen dicke Teppiche, rot wie ein See aus Blut. Er hob die Füße nicht, sondern schlurfte einfach hindurch. Ihm war es egal, ob er auf der glitschigen Faulschicht darunter ausrutschte. Wenn er fiel, würde er liegen bleiben.

Es war egal, alles war egal. Der Antrieb seines Lebens ruhte nun in kalter Erde. Jahrelang hatte er nur gelebt, weil Hiri eine gemeinsame Routine für sie gefunden hatte. Und ihm war erst in den letzten Wochen klar geworden, dass er sie liebte.

Er trauerte um sie, wie ein Maori um seine Frau trauerte – mit Blut.

Der Schmerz der Schnittwunden, die er sich mit scharfen Muscheln an den Armen zugefügt hatte, reichte nicht aus, um all das Leid nach außen zu tragen, das er verspürte. Doch er verstand, warum die Wilden es taten: Für einen Mann war es leichter, Blut zu vergießen als Tränen.

Es war dunkel, als er schließlich das Dorf erreichte.

Kein Mensch war zu sehen, nicht mal Hühner oder Hunde lungerten auf dem Dorfplatz vor dem Versammlungshaus herum.

Dennoch fühlte Jonah sich beobachtet. Sicherlich taten die Dorfbewohner es auch, weil sie wissen wollten, wie ein *Pakeha* trauerte.

Doch Jonah hatte sich getäuscht, sie beobachteten ihn nicht nur deshalb.

Als er den schmalen Pfad zu seiner Hütte einschlug, fiel es ihm zuerst gar nicht auf, doch dann blieb er wie vom Donner gerührt stehen. Dort, wo sonst das Dach aufragte, war nichts mehr.

Er rannte weiter, nur um seinen Verdacht bestätigt zu sehen.

Sie hatten die Hütte niedergerissen.

Balken und Flechtwerk lagen verstreut herum. Die Pfähle waren in Stücke gehackt worden, damit er sie nicht wieder aufrichten konnte, und die Flechtwände zerschnitten.

Jonah stieß einen langen Schrei aus, so laut er konnte. Dann suchte er in den Trümmern nach den wenigen Habseligkeiten, die ihm noch geblieben waren, und kehrte dem Dorf für immer den Rücken.

Die Maori hassten ihn schon seit jeher, wie er eigentlich auch die Wilden immer verachtet hatte. Nur wegen Hiri hatten sie ihn in ihrer Mitte geduldet, doch nun gab es für die Dorfbewohner keinerlei Grund mehr, ihn zu tolerieren.

»Ich wäre sowieso nicht hiergeblieben, ihr faulen Hunde«, rief er, spuckte aus und machte sich davon.

Er hielt auf direktem Weg auf die Küste zu. Am Strand entlang würde die Reise am wenigsten beschwerlich sein.

Wie in Trance setzte er einen Fuß vor den anderen. Er würde in dieser Nacht nicht anhalten. Warum auch? Schlafen würde er ohnehin nicht können mit diesem schrecklichen Schmerz in der Brust, der an ihm fraß wie der Wundbrand von einst.

Während Jonah immer weiterlief, und die Sterne über ihm zu leuchten begannen, hing er seinen Erinnerungen nach.

Er hatte das Dorf schon einmal mit der Absicht verlassen, nie wieder zurückzukehren. Damals war es eine ähnliche Nacht wie diese gewesen. Er hatte sein Vorhaben nicht zu Ende gebracht, sondern war reumütig zurückgekehrt, weil es keinen anderen Ort gab, wo er hingehörte. Dieses Mal würde er nicht kehrtmachen.

Es war kurz nach seiner Genesung gewesen. Seit der verhängnisvollen Schlacht, in der er als Milizionär gekämpft hatte und schließlich schwer verwundet worden war, waren drei Monate vergangen.

Lange genug, um endlich wieder in sein altes Leben zurückzukehren. Es gab vieles, was er in Ordnung bringen musste, aber das Wichtigste war: Rache!

Es dauerte Tage, bis er die nächste Ansiedlung erreichte. Schließlich stand er an einem frühen Morgen vor der einzigen Bank des Ortes, noch bevor sie geöffnet wurde. Vor dem Krieg war er ein wohlhabender Mann gewesen.

Wenn er seine Rache in die Tat umsetzen wollte, brauchte er Geld, und er hatte keinen Zweifel, dass er es hier bekommen würde. Schließlich kannte man ihn.

Als sich die Tür schließlich öffnete, wurde er zu seiner Überraschung nicht freundlich begrüßt.

Der Bankier musterte ihn herablassend. »Verschwinde!«

Verschwinde? Hatte er richtig gehört?

Jonah rührte sich nicht vom Fleck.

Der Bankangestellte stutzte. »Geh woanders betteln, los! Oder soll ich dir Beine machen lassen?«

»Wie reden Sie denn mit mir? Ich will sofort den Direktor sprechen!«

Die Mundwinkel seines Gegenübers zuckten nach oben, als hätte Jonah einen schlechten Scherz gemacht. »Du wirst Jahre hier stehen, wenn du darauf warten willst.«

Jonah drängte sich an dem Mann vorbei und entwand sich den Händen des Wachmanns, der ihn packen wollte. »Ich habe ein Konto bei Ihnen, mit einer ordentlichen Summe darauf, und ich verlange, von Ihnen entsprechend behandelt zu werden.«

Der Bankier wurde stutzig. Jonah trat zu selbstsicher auf für einen Bettler. »Ein Konto, bei uns? Sind Sie sicher?«

»Ja, natürlich bin ich sicher! Ich habe für diese verdammte Stadt und auch Ihre Bank gegen die Wilden gekämpft und beinahe mein Leben gelassen. Und Sie danken es mir, indem Sie mich wie einen verlausten Bettler davonjagen wollen?«

Jonah musste sich zusammennehmen, um nicht zu schreien.

»Aber Sir, Sie sehen aus …«

»Ja, ich weiß. Aber ich verspreche Ihnen, sobald Sie mir mein Geld ausgezahlt haben, wird sich das ändern.«

Der Bankier gab dem Wachmann mit einem Handzeichen zu verstehen, Jonah vorerst nicht anzurühren, und wies ihm zögernd den Weg zum Tresen.

Während er den vergitterten Raum von der anderen Seite betrat und abschloss, sah sich Jonah um. Die Bank war ihm vertraut, hier hatte er schon viele Geschäfte getätigt. Trotz der unfreundlichen Begrüßung war es wie eine Heimkehr. Es sah alles aus wie eh und je: polierte Bohlen auf dem Boden, vertäfelte Wände und goldglänzende messingbeschlagene Gitter, sodass der hintere Bereich nicht so sehr wie ein Gefängnis aussah. Nur die frischen Blumen fehlten, welche die Frau des Direktors früher immer aufgestellt hatte.

»Also, dann brauche ich Ihren Namen und Ihren Code, Sir.«

Jonah sagte ihm seinen vollen Namen. »Der Code, der Code … Moment, ich habe es gleich.«

Manchmal fiel es ihm schwer, sich an die Zeit vor den Kämpfen zu erinnern. Es war keine schöne Zeit gewesen, nachdem ihm klargeworden war, wie sehr ihn alle betrogen hatten.

»Nun? Fällt Ihnen die Zahlenkombination ein?«

»Nein, ich … ich hatte eine Kopfverletzung«, antwortete er unsicher.

»Das sehe ich.« Der Bankier trommelte ungehalten mit den Fingern auf den Holztisch und machte Jonah immer nervöser.

Das konnte doch nicht sein. Ausgerechnet jetzt! »Beginnt er mit zwei, vier?«

Sein Gegenüber zuckte mit den Schultern.

»Schauen Sie doch zumindest mal nach. Ich bin einer ihrer besten Kunden.«

»Ja, ja.« Er drehte sich um und schlurfte in den Hinterraum. Seine provozierend langsamen Bewegungen zerrten an Jonahs Nerven. Er hatte eine fürchterlich schlechte Ahnung.

»Es gibt kein Konto unter dem Namen«, tönte es lako-
nisch aus dem Hinterraum.

»Was?« Jonah fasste die Gitterstäbe mit beiden Händen.
»Das kann nicht sein. Sie lügen mich an.«

Der Bankier kehrte zurück. In seinem Gesicht breitete sich
ein triumphierendes Grinsen aus. »Habe ich es mir doch gedacht. Sie sind ein Betrüger, noch dazu ein ziemlich schlechter. Der Mann, der Sie zu sein behaupten, ist tot. Er liegt
begraben auf unserem Friedhof. Das Konto ist aufgelöst.«

»Nein! Aber ich bin doch hier. Ich lebe!«

»Nicht für die Bank. Selbst wenn ich Ihnen glauben wür-
de – was ich nicht tue –, hier gibt es kein Konto mehr unter
Ihrem Namen. Für Ihre Betrügereien sollten Sie sich etwas
Besseres einfallen lassen. Und jetzt verschwinden Sie!«

»Nein, ich will mit dem Direktor sprechen. Er kennt
mich. Wir …«

»Sie sprechen mit dem Direktor. Mr. Summers ist nach
Wellington gezogen. Raus aus meiner Bank!«

Jonah hatte das Gefühl, den Boden unter den Füßen zu
verlieren. Er stand einfach nur da und starrte den Mann an,
der ihm gerade mitgeteilt hatte, dass es ihn nicht mehr gab.
Seine Existenz war ausgelöscht. Er war ein Niemand, er besaß nichts mehr!

»Was … was soll ich denn … jetzt tun?«, stotterte er.

Der Wachmann näherte sich unbemerkt und packte ihn
am Arm. Jonah war zu verwirrt, um Widerstand zu leisten.
»Komm, Freundchen, versuch deine Masche woanders.«

Wie lange er vor der Bank gestanden und mit leerem Blick
vor sich hingestarrt hatte, konnte er im Nachhinein nicht
sagen. Irgendwann ließ das Entsetzen nach und machte
einem Gefühl von Leere Platz.

Schließlich fand Jonah sich auf dem Weg zum Friedhof wieder. Er lag auf einem Hügel, von dem man die Stadt, das Meer und das bergige Hinterland überblicken konnte.

Der Wind strich durch das niedrige Gras, über Kreuze und Gedenksteine. Jonah lief wie im Traum umher, mal hier- und mal dorthin, ohne System, bis sein Blick schließlich an einem Holzkreuz hängen blieb. Das Holz war noch hell, weil Wind und Regen noch keine Spuren hinterlassen hatten.

Jonah sank in die Knie.

Er hockte auf dem Grab und fuhr jeden einzelnen Buchstaben mit den Fingern nach. Da stand er wirklich, sein Name. Wie konnte das sein?

Irrte er sich womöglich? War er gar nicht der Mann, für den er sich hielt? Nein, unmöglich. Aber wer konnte ihm jetzt noch helfen? Sein einziger Freund war nur wenige Wochen vor dem letzten Gefecht gestorben. Alle anderen Menschen, die ihn kannten, waren sicher froh über seinen Tod und würden ihn verleugnen.

Als es Mittag wurde, raffte Jonah sich endlich auf und verließ den Friedhof. Er brauchte jetzt wirklich einen Drink. Nein, mehr als einen. Aber er hatte kein Geld, nicht eine einzige Münze, und sein Körper ließ ihn auch allmählich im Stich. Jeder Schritt wurde ein wenig anstrengender.

Jonah irrte durch den kleinen Ort. Er achtete nicht darauf, wohin er ging, dafür war er viel zu aufgewühlt.

Was sollte er nur tun? Er war ein toter Mann. Sein Gesicht war bis zur Unkenntlichkeit entstellt, weil sich der Brand immer weitergefressen hatte, beinahe bis zur Nase. In diesem Ort lebte niemand mehr, der ihn kannte. In seine frühere Heimat zurückzukehren war auch keine Möglichkeit. Dort wurde er gehasst, und die Maori würden ihn sicher ermorden, noch ehe er sein Land erreichte.

Schließlich fand er sich an dem Karrenweg wieder, auf dem er in die Stadt gekommen war. Völlig erschöpft setzte er sich in den Schatten eines Ratabaumes. Was sollte er nur tun? Selbst der Wunsch nach Rache war verpufft. Er wusste nicht, wo er anfangen sollte und wie.

Er war so schwach, dass ihn jeder Bettler überwältigen konnte.

Als der Abend hereinbrach, lief eine vertraute Gestalt auf ihn zu. Es war Hiri. Sie war ihm den ganzen Weg vom Dorf gefolgt.

»Geh weg, verschwinde!«, schrie er, als sie vor ihm stehen blieb und ihn mit ihren dunklen Augen ansah. Ihr Blick war weich und mitleidig, und er machte ihm klar, wie schwach er war.

»Komm mit, Jonah, komm heim.«

Er schüttelte den Kopf und vergrub das Gesicht in den Händen. Die vernarbte Haut, die er dabei spürte, war nun sein neues Gesicht. Niemand erkannte ihn, er kannte sich nicht mal mehr selber.

»Geh weg und lass mich allein, Hiri.«

Sie kniete sich vor ihn. »Was willst du denn jetzt tun, Jonah?«

»Ich muss diejenigen finden, die mir das angetan haben, und dann bringe ich sie um. Ich bringe sie alle um!«

»Der Krieg ist vorbei, Jonah.«

»Nicht für mich.«

Sie setzte sich neben ihn, lehnte sich an den kühlen Stamm des Ratabaumes und schwieg, bis er sie endlich ansah.

»Verstehst du das denn nicht? Ich bin ein Niemand, und wenn ich mich nicht räche, habe ich endgültig alles verloren. Mein Leben, meine Ehre, alles.«

»Du bist noch zu schwach, Jonah. Wenn du wieder stark bist, dann kannst du deine *Utu* haben. Komm mit mir.«

Jonah wollte nicht auf sie hören. Eine Rückkehr zu ihr wäre wie Aufgeben. Sie stand auf und zog ihn am Arm hoch. Er schwankte und musste sich am Stamm abstützen.

»Vielleicht sollte ich wirklich später noch einmal herkommen.«

Hiri lächelte und stützte ihn. »Ja, später.«

Und so war er mit ihr gegangen. Aus den Wochen waren Monate und schließlich Jahre geworden. Die Rachegedanken ertränkte er in Süßkartoffelschnaps, bis sie ihn kaum noch kümmerten. Seine Unzulänglichkeit nagte an ihm. Anfangs fraß ihn das Gefühl beinahe auf, aber auch das verblasste, wurde dumpfer.

✳ ✳ ✳

KAPITEL 9

Die neue Unterkunft war ein stinkendes Loch, verglichen
mit ihrem kleinen Zimmer im *Old Éire Inn*, aber sie hatte
immerhin ein Dach über dem Kopf, und das reichte ihr vorerst. So leicht ließ sie sich nicht unterkriegen.

Das Gasthaus *Yancey's* lag in einer heruntergekommenen
Gasse in der Nähe des Hafens. Der Fischmarkt war nicht
weit, und es roch ständig nach gammeligem Meeresgetier.
Die Herberge bestand aus mehreren Gebäuden, die sich in
verschiedenen Stadien des Verfalls befanden. Ursprünglich
waren einige davon Lagerhäuser gewesen, was die Abwesenheit von Fenstern und manchmal auch von Zwischenwän-
den erklärte. Sie hatte das Quartier gefunden, kurz nachdem
sie von Mrs. Fitzgeralds Laden aufgebrochen war. Ein paar
Menschen auf der Straße zu fragen hatte sie dorthin geführt.
Das *Yancey's* war eine Zuflucht für die Ärmsten der Armen,
für freigelassene Häftlinge aus Australien ebenso wie für
Familien aus Europa, die die Schiffspassage geschenkt bekommen hatten, damit sie nicht mehr die ohnehin überfüllten Städte belagerten.

Das Hinterhaus fand Adalie jedoch erträglich, denn hier
fanden nur ledige Frauen Unterschlupf. Jedem fremden
Mann war der Zutritt verboten. Hier lebten diejenigen, die
nach Neuseeland gekommen waren, um zu heiraten. Ein
Mann in den Kolonien war für ihre drei Mitbewohnerinnen,
mit denen sie das Zimmer teilte, die einzige Möglichkeit, ein

Leben fernab des Elends zu führen. Zwei junge Frauen kamen aus London, wo sie sich mehr schlecht als recht und zum Teil mit zwielichtigen Geschäften durchgeschlagen hatten. Eines Nachts waren sie verhaftet worden und fanden sich kurz darauf auf einem Auswandererschiff wieder.

Adalie war schnell klar geworden, dass sie zwar Kriminelle waren, aber in Wirklichkeit keine andere Wahl gehabt hatten, sonst wären sie verhungert.

Die dritte war eine Französin, die kaum ein Wort Englisch sprach und ihnen nur mit Gesten klarmachen konnte, dass sie von ihrem Ehemann im neuen Land sitzen gelassen worden war.

Adalies Geschichte klang dagegen wenig spektakulär. In jedem Fall konnte Adalie nicht verstehen, wieso die anderen ihre einzige Hoffnung in der Beziehung zu einem Mann sahen, statt es alleine zu versuchen und so dem Fluch der Ehe zu entgehen.

Adalie verließ sich lieber auf sich selbst, und für den Moment bedeutete das, jeden Morgen vor dem ersten Hahnenschrei aufzustehen und zu der Bar zu gehen, in der sie putzte. Meist gab sie sich mit dem letzten Säufer die Klinke in die Hand. Der Barmann schloss, und während er und seine Gäste schliefen, sorgte Adalie dafür, dass alles wieder blitzblank war, wenn er am Mittag öffnete.

Oft musste sie ihren Ekel überwinden, wenn ein Betrunkener sich erbrochen hatte, doch sie beschwerte sich nicht. Immerhin hatte sie Arbeit.

Sobald sie fertig war, eilte sie nach Hause, wusch sich und aß eine Kleinigkeit. Dann war es Zeit für den schönen Teil des Tages. Heute würde sie Mrs. Fitzgerald das zweite Mal in ihrem Geschäft helfen.

Vor zwei Tagen hatte sie nur den Verkaufsraum und das Lager geputzt, während die Chefin zuerst einen Händler und dann einen Schiffseigner empfangen hatte, der ihre Ware transportieren sollte.

Hoffentlich wird es heute anders, überlegte Adalie, während sie am Haus des Küfers vorbeischlenderte.

Sie hatte noch ein wenig Zeit. Das kam selten vor, und diese Momente waren daher umso kostbarer. Sie ließ sich treiben, lugte hier und da in die kleinen Gemüsegärten hinter den Häusern und sah sich an, was die Leute angepflanzt hatten. In einem Garten trug der Apfelbaum nur winzige Früchte, während in einem anderen das Grün der Kartoffeln hochgewachsen war und kleine weiße Blütensterne präsentierte.

Adalie ertappte sich dabei, die Fremden um ihre Gärten zu beneiden. Die Pflege der Beete war früher eine Arbeit gewesen, die sie immer besonders gern gemacht hatte. Angeblich besaß sie ein Händchen dafür.

Aus dem Bäckerladen wehte ihr der Geruch von frischem Brot entgegen. Wahrscheinlich wurde gerade der Ofen geöffnet. Adalie genoss den warmen Duft und beschloss, auf dem Rückweg einen Laib zu kaufen. Den kleinen Luxus wollte sie sich gönnen, auch wenn Kartoffeln und Mehlsuppe billiger waren.

»Ah, Adalie, da sind Sie ja.«

Mrs. Fitzgerald stand in der geöffneten Tür ihres Ladens und sah ihr lächelnd entgegen. Die Sonne schien ihr ins Gesicht und ließ den guten Stoff ihres Kleides glänzen.

»Guten Tag, es ist wirklich schönes Wetter heute, nicht wahr?«

»Ja, eigentlich schade, dass wir heute die Sendung einpacken müssen. Aber es geht nicht anders.«

Adalie lächelte. Sie wollte nicht arbeitsscheu erscheinen, und abgesehen davon freute sie sich wirklich darauf, sich mehr mit den Schnitzereien zu beschäftigen.

»Ich finde es interessant, die Figuren aus der Nähe anzusehen. Vielleicht können Sie mir ein wenig darüber erzählen? Es sind sicher sehr spannende Geschichten.«

»Ja, natürlich, gerne. Es interessiert Sie also wirklich?«

»Sehr sogar. Der Maori, von dem ich die Figur geschenkt bekam, sagte, in Neuseeland habe alles eine Geschichte – Berge, Seen, Waffen, einfach alles.«

»Das stimmt. Über die Jahre habe ich einiges aufgeschnappt. Gut, dann machen wir uns ans Werk. Kommen Sie rein.«

Adalie folgte Mrs. Fitzgerald in das schummerige Dunkel ihres Ladens. Die Hintertür stand offen, sodass der Wind einmal quer durch den Laden hindurchblies. Viel Licht drang dennoch nicht herein, und in den wenigen Lichtstrahlen tanzten Staubkörnchen wie Schwärme winziger Tiere umher.

»Am besten bringen wir alles hinaus in den Hof«, erklärte Mrs. Fitzgerald. »Dort haben wir mehr Licht und auch mehr Platz.«

Zuerst trugen sie einen Tisch hinaus, dann folgten stapelweise Kisten, Holzwolle und einige Bündel. Unter Johanna Fitzgeralds Anweisung polierte Adalie die Skulpturen mit geölten Lappen, bis sie perfekt glänzten. Währenddessen erzählte sie ihr von der Bedeutung der Skulpturen.

»*Tiki* ist eigentlich das Maoriwort für die ersten Menschen, aber die Skulpturen zeigen oft auch Götter, Helden oder Urahnen.«

»Und wofür werden sie hergestellt?«

»Früher standen sie an den Grenzen heiliger Bezirke, oder sie bewachten das Ahnenhaus eines Dorfes. Aber es gibt sie in allen Größen. Welche, die in die Häuser gestellt wurden, und auch kleine, die wie Talismane mitgenommen werden.«

»Dann darf man die Tiki doch nicht einfach so entfernen, oder?«

»Nein. Ich kaufe auch nichts an, wenn ich vermute, dass die Tiki gestohlen wurden. Einige Schnitzer stellen diese Figuren mittlerweile eigens für mich her. Sie wählen Ahnen, die viele Generationen vor ihnen gelebt haben, als Motive aus. So wird allen gerecht, und sie verdienen auch etwas daran.«

»Das ist gut.« Adalie hatte innegehalten und in die blau schimmernden Augen einer kleinen Figur gestarrt, die nicht länger war als ihr Unterarm. Sie zeigte einen Mann und eine Frau, die einander gegenübersaßen und sich umfasst hielten. Der Mann hatte Muschelaugen und einen kleinen Knüppel aus Jade in der Hand.

»Das sind Tiki und seine Frau. In manchen Geschichten ist der erste Mensch auch eine Frau, ganz anders als bei uns.«

Adalie nickte aufgeregt. »Und wurde sie auch aus Lehm gemacht?«

»Nicht ganz. Tiki war je nach Geschichte der erste Mann oder selbst ein Gott. In jedem *Iwi*, so heißen die einzelnen Sippen und Stämme, wird es ein wenig anders erzählt. Auf jeden Fall war er sehr, sehr einsam. Als er eines Tages in einem See sein Spiegelbild entdeckte, dachte er, endlich jemanden gefunden zu haben, also sprang er hinein.«

»Dann war das Spiegelbild weg.«

»Ja, genau, und das machte ihn wütend. So wütend, dass er den See mit Erde zuschüttete. In der Nacht gebar der See eine Frau, und Tiki freute sich sehr. Sie lebten miteinander in Unschuld, bis die Frau…« Johanna Fitzgerald lächelte und kicherte wie ein junges Mädchen. »…bis also die Frau von einem Aal erregt wurde und die Lust auf ihren Mann übersprang.«

»Von einem Aal?« Adalie glaubte ihren Ohren nicht zu trauen. Sofort stieg ihr die Röte ins Gesicht. »Ich hole noch etwas Öl«, sagte sie und ging schnell in den Laden.

Danach arbeiteten sie eine Weile schweigend und verluden die großen Skulpturen in mit Holzwolle ausgelegte Kisten.

»In die Lücken füllen wir jetzt kleinere Stücke«, erklärte Mrs. Fitzgerald. »Hilf mir mal, die beiden Kisten dort hierher auf den Tisch zu bringen.«

Sie fassten gemeinsam an. Vom Gewicht überrascht, hätte Adalie ihre Last beinahe fallen lassen. »Oh, was ist denn da drin? Steine?«

»Richtig geraten. Kleine Schmuckstücke und Waffen aus Stein. Öffne sie.«

Der Deckel war nicht vernagelt. Adalie legte ihn zur Seite und sah auf ein Durcheinander aus glänzend grüner Jade. Es waren kleine Figuren darunter, wie sie selbst eine um den Hals trug, aber auch große, glatt polierte Steine in der Form von Tropfen. Die Grüntöne changierten von dunklem Moos über die brillante Farbe frischer Blätter zum ausgeblichenen Gelbgrün spätsommerlichen Tussockgrases.

Adalie ließ fasziniert die Hände darübergleiten. »Alle Grüntöne, die Gott geschaffen hat, als Steine in einer Kiste.«

»Wunderschön, nicht wahr? Es ist Jade, *Pounamu*. Die

Maori finden sie in Flüssen auf der Südinsel. Sie sind im Rohzustand ganz unscheinbar und kaum von Kies zu unterscheiden. Erst wenn man sie aufschlägt, zeigen sie ihre prachtvollen Farben. Für jede Nuance gibt es unterschiedliche Namen. Das hier ist *Kahurangi*, das *Inanga* und dort *Kawakawa*.«

Adalie versuchte sich die verschiedenen Namen einzuprägen und nachzusprechen, aber es waren einfach zu viele Informationen für einen Tag. Also begnügte sie sich damit, die Stücke genau anzusehen und sie, wie Mrs. Fitzgerald es vormachte, vorsichtig in Lappen zu wickeln und in kleine Schachteln zu verpacken.

»Wir müssen achtgeben, dass sie in die richtigen Kisten gepackt werden. Im Vorraum ist eine Liste. Adalie, könnten Sie sie holen und nachsehen?«

Adalies Herz schlug sofort doppelt so schnell. Nun würde auffliegen, dass sie nicht lesen konnte. Mit weichen Knien eilte sie in den Vorraum und sah sich um. Die Liste war schnell gefunden. Mrs. Fitzgeralds Handschrift war hübsch und füllte die Tabellen derart ordentlich, dass Adalie in ehrfürchtiges Staunen verfiel.

»Ah, da ist sie. Sehen Sie bitte nach, was Mr. Wood aus Edinburgh alles bestellt hat.«

Mit dem Finger fuhr Adalie über die Liste. Die Buchstaben verschwammen miteinander wie kleine blaue Würmchen. Sie schienen sie zu verspotten.

»Adalie?«

Ihre Wangen brannten vor Scham. »Ich … ich kann nicht …«

»Habe ich so undeutlich geschrieben? Geben Sie mal her.«

»Nein, Ihre Buchstaben sind wunderschön, aber …«

Mrs. Fitzgerald seufzte. »Sie können nicht lesen?«

Adalie schüttelte den Kopf und sah zu Boden. Es war so furchtbar beschämend. Warum konnte sie sich jetzt nicht einfach in Luft auflösen? Jetzt war es raus. Dies war mit Sicherheit ihr letzter Tag bei Mrs. Fitzgerald. Sie konnte verstehen, wenn sie nun ihre Anstellung verlieren würde. Das kam davon, wenn ein einfaches Bauernmädchen glaubte, zu etwas Besserem zu taugen.

»Ich werde meine Sachen holen«, sagte sie betreten. »Es tut mir leid, dass ich es Ihnen verschwiegen habe.«

Mrs. Fitzgerald sah sie verständnislos an. »Ihre Sachen holen? Was ist denn das für ein Unsinn? Ich kann meine Liste genauso gut selber lesen, das ist doch kein Problem.«

»Wirklich?«

Sie legte ihr aufmunternd die Hand auf die Schulter. »Wirklich.«

»Ich würde es so gerne können, aber mein Vater meinte, Mädchen müssten nicht zur Schule gehen, um zu lernen, wie man Kinder bekommt.«

Mrs. Fitzgerald schnaubte abfällig und sehr undamenhaft. Es war deutlich, was sie von der Einstellung hielt, und damit war das Thema für sie auch abgehakt. Während sie die Liste durchging, suchte Adalie die passenden Stücke zusammen und verpackte sie.

Obwohl Mrs. Fitzgerald das Thema nicht wieder aufgriff, schwor Adalie sich, irgendwie Unterricht zu nehmen, um den Makel loszuwerden, der an ihr fraß wie ein Krebsgeschwür.

* * *

Schüchtern klopfte Adalie an die Tür des gepflegten kleinen Häuschens, das am Stadtrand von New Plymouth in einer der besseren Wohngegenden lag. Der Vorgarten war liebevoll gepflegt. Es gab Rosen in allen Farben, die nach der verregneten Nacht nun in der Sonne ihren Duft besonders intensiv verströmten. Adalie wagte nicht, die zarten Blütengebilde zu berühren. Im Garten ihrer Mutter hatte es ausschließlich Pflanzen gegeben, die zu mehr taugten, als die Sinne zu erfreuen.

Sobald sich vernehmbar Schritte der Tür näherten, überprüfte Adalie noch einmal den Sitz ihrer Kleidung. Alles war tadellos, besser ließ es sich in ihrer Situation nicht machen.

Als die Tür geöffnet wurde, huschte als Erstes eine kleine gefleckte Katze heraus. Die Dame, die dann zum Vorschein kam, trug eine weiße Schürze über einem schlichten braunen Kleid. Ihr ergrautes Haar war so fest aufgesteckt, dass es ihre strenge Miene noch unterstrich. Die Augen, die Adalie musterten, sprühten vor Neugier.

»Hallo, junge Frau.«

»Guten Tag, sind Sie Mrs. Orbell?«

»Ja, die bin ich.«

»Ich habe gehört, dass Sie hin und wieder auch Erwachsene unterrichten.«

»Ja, das stimmt. Seitdem mein Mann gestorben ist, muss ich mir ein wenig dazuverdienen.«

Erst jetzt fiel Adalie auf, dass sie ganz in Schwarz gekleidet war. »Ich würde gerne lesen und schreiben lernen, aber ich weiß nicht, ob ich es mir leisten kann.«

Die Frau musterte sie einen Moment lang, und Adalie hatte das Gefühl, Mrs. Orbell sehe jeden verschlissenen Saum, die dünnen Socken und dass ihre Stiefel vor allem durch den guten Glauben der Trägerin zusammengehalten wurden. Als sie Adalie die Summe nannte, die sie für drei Stunden Unterricht in der Woche verlangte, musste diese schlucken. Das war sehr viel Geld. Wie sollte sie das nur auftreiben?

»Ich muss mir etwas überlegen, Mrs. Orbell, aber ich komme wieder, ganz bestimmt. Irgendwie werde ich die Summe schon aufbringen.«

»Es tut mir leid, aber noch billiger kann ich es nicht machen.«

»Das verstehe ich.«

»Dann auf bald. Ich würde Sie wirklich gerne unterrichten.«

Nachdenklich kehrte Adalie dem Haus der Lehrerin den Rücken. Woher sollte sie nur so viel Geld nehmen? Noch eine weitere Arbeit war schwer zu finden. Sie überschlug ihre Ausgaben. Das meiste verschlang ihre Unterkunft. Und wenn sie gar keine Unterkunft hätte? Sie könnte wie die alte Maori an den Strand ziehen. Aber Sally hatte klargemacht, wem der Strand gehörte.

»Und ich würde bald aussehen wie ein Schreckgespenst«, sagte sie leise zu sich und seufzte.

Aber vielleicht gab es einen anderen Ausweg. Sie wagte es erst nicht, den Gedanken zu Ende zu führen. Aber warum eigentlich nicht? Es würde sie ja nicht gleich die Anstellung kosten, wenn sie fragte.

Mit einer vagen Hoffnung im Herzen machte sich Adalie auf den Weg zu Mrs. Fitzgeralds Laden. Mittlerweile arbeitete sie drei Tage in der Woche dort, und es gefiel ihr immer besser.

Als sie die kleine Gasse erreichte, stand die Tür bereits offen. Sie betrat den Vorraum. Mrs. Fitzgerald war nicht dort, also ging Adalie direkt in den Lagerraum, um ihre Jacke und ihre kleine Tasche abzulegen. Als sie wieder heraustreten wollte, bemerkte sie zwei Personen im Hof. Die eine war ihre Chefin, die andere war ein Offizier der britischen Kavallerie. Sie sah ihn nur von hinten, doch ihr Gefühl sagte ihr sofort, wer dort stand: Duncan.

Ihre Füße waren wie festgewachsen. Sie konnte einfach nicht hinausgehen und so tun, als wäre er ein Mann wie jeder andere. Sie atmete ganz flach.

Mrs. Fitzgerald und der Fremde redeten sehr vertraut miteinander. Ob sie sich gut kannten? Er musste schon eine Weile hier sein, denn er hielt eine Tasse Tee in der Hand. Gesprächsfetzen wehten zu Adalie hinüber. Duncans Stimme war weich und tief. Sie hätte ihm ewig zuhören können.

»Sind die Maungas noch in der Stadt?«, fragte er soeben.

»Nein, sie sind schon vor Wochen abgereist.«

»Das ist schlecht. Giles will wahrscheinlich nicht ins Dorf zurück …«

Die nächsten Worte gingen im Rumpeln eines vorbeifahrenden Karrens unter. Adalie sah sich kurz um. Als sie wieder in den Hof blickte, stockte ihr der Atem. Mrs. Fitzgerald strich dem jungen Offizier mit einer Hand über die Wange.

Adalie spürte einen Stich im Herzen. Was hatte das zu bedeuten? Waren die beiden ein Liebespaar? Betrog Mrs. Fitzgerald ihren Ehemann mit einem viel Jüngeren?

»Du kannst meinen Wagen nehmen, Duncan. Er steht im Mietstall. Schick jemanden, um mich am Nachmittag abzuholen.«

»Sicher, danke.« Duncan beugte sich vor und küsste sie auf die Stirn.

»Komm gut heim, und ruh dich erst mal aus. Die Reise muss anstrengend gewesen sein.«

»Nein, eher langweilig, bei so wenig Wind.«

Sie lachten beide, und Adalie gelang es nicht mehr, sich rechtzeitig in den Lagerraum zurückzuziehen. Mrs. Fitzgerald hatte sie entdeckt.

»Adalie, ich habe Sie gar nicht kommen gehört. Duncan, du kennst sie ja noch gar nicht. Diese junge Frau kam wie von Gott gesandt, sie hilft mir im Laden.«

Nun gab es wohl kein Zurück mehr.

»Ich … ich bin gerade erst gekommen«, stotterte Adalie und knickste vor dem Offizier.

Er deutete eine Verbeugung an. Ein Ausdruck der Überraschung huschte über sein Gesicht. Hatte er sie erkannt?

»Das ist mein Sohn Duncan, Adalie.«

»Ihr … Sohn?«

Oh Gott, ich benehme mich wie eine totale Idiotin, raste es ihr durch den Kopf. Was musste er nur von ihr denken? Hatte sie gerade tatsächlich den Mund offen gehabt?

Duncan schüttelte ungläubig den Kopf und lächelte. »Wir haben uns doch schon einmal getroffen.«

»Ja … ja, haben wir. Ihr Pferd …«

»Ja, genau, es tut mir noch immer schrecklich leid.«

Konnte das sein? War Duncan gerade tatsächlich errötet?

Mrs. Fitzgerald wurde hellhörig. »Ihr kennt euch?«

»Unser Zusammentreffen war eher unrühmlich, Mutter.

211

Auf dem Weg zum Schiff habe ich die junge Dame versehentlich niedergeritten.«

»Oh Gott, Duncan. Ich habe doch gesagt, dein Hengst ist viel zu ungestüm!«

»Es ist doch nichts passiert. Ich bin mit einem Schrecken davongekommen, und mein Kleid habe ich auch ausgebessert«, erklärte Adalie beschwichtigend. Sie wollte nicht, dass Duncan Ärger bekam wegen dieser Sache, doch Mrs. Fitzgerald schien nicht so leicht zu bremsen zu sein.

Sie stützte ihre Hände in die breiten Hüften und sah zornig zu ihrem Sohn auf. »Sag nicht, dass du einfach so weitergeritten bist, ohne das arme Mädchen zu entschädigen.«

Nun wurde Duncan unübersehbar rot. Er sah hastig zu Adalie. »Sie hatte gesagt, es sei alles in Ordnung. Das Schiff hätte nicht gewartet.«

»Er hat sich benommen wie ein Gentleman, Mrs. Fitzgerald«, sagte Adalie und musste lächeln.

»Na, das will ich aber auch hoffen.« Mrs. Fitzgerald strich ihm flüchtig über den Arm.

Duncan sah betreten zu Boden. Als sein Blick danach Adalies suchte, schlug ihr Herz höher. Es war wie verhext.

»Ich gehe dann jetzt.« Er räusperte sich. »Vielleicht lassen Sie mich bei Gelegenheit meinen Fehler wiedergutmachen. Ich weiß ja jetzt, wo ich Sie finde.« Mit einem Lächeln verabschiedete sich Duncan.

Adalie sah ihm nach. Im Verkaufsraum bückte er sich nach einer Reisetasche, die sie zuvor nicht bemerkt hatte, und verließ den Laden mit einem kurzen Gruß.

»Das Schicksal geht manchmal seltsame Wege«, meinte Mrs. Fitzgerald.

Adalie fuhr ertappt zusammen. »Ja, ja, das tut es.«

»Ich bin ja so erleichtert. Sie haben ja noch keine Kinder, Adalie, aber ich sage Ihnen, die Sorge einer Mutter endet nicht, wenn Söhne und Töchter erwachsen sind. Jetzt ist Duncan wohlbehalten zurück, und ich fühle mich direkt um einige Jahre jünger.«

»Das glaube ich.« Es fiel Adalie schwer, sich zu konzentrieren. Duncans Blick und sein Lächeln hatten sich in ihren Verstand gebrannt.

Sie würde ihn wiedersehen, ganz sicher. Immerhin war er der Sohn ihrer Arbeitgeberin. In diesem Moment wollte sie nicht darüber nachdenken, ob Duncan auch eine dunkle Seite besaß, wie fast alle Männer. Er war ein schöner Traum, und er sollte genauso schön bleiben.

»Heute Morgen kam eine Lieferung mit Handelsgütern, die ich bei den Maori eintauschen will. Deshalb war ich heute schon etwas früher hier«, erklärte Mrs. Fitzgerald. »Sie werden sie einräumen, und ich trage sie in die Listen ein.«

Da war sie wieder, die kleine Erinnerung an ihren Makel – wie ein dunkler Fleck, der immer wieder unangenehm auffiel. Sie musste etwas dagegen unternehmen.

Adalie atmete tief durch. »Mrs. Fitzgerald, ich würde Sie gerne etwas fragen.«

»Ja, natürlich.«

»Es ist mir peinlich. Schrecklich peinlich sogar, aber … es ist so … ich würde gerne etwas Geld sparen.«

Mrs. Fitzgerald sah sie aufmerksam an. »Nun raus damit, ich kann nicht Gedanken lesen.«

»Es ist doch noch relativ viel Platz im Lagerraum. Genug, um … Kann ich vielleicht dort schlafen? Es ist schrecklich in der Pension, und ich würde auch jeden Morgen putzen und alles vorbereiten, was ich kann. Ich …«

»Halt, halt, Adalie.« Sie legte ihr die Hände auf die Schultern und sah ihr tief in die Augen. »Soll ich Ihnen helfen? Sollen wir gemeinsam nach einer neuen Bleibe für Sie suchen, in der es anständig zugeht?«

»Nein, nein, vergessen Sie einfach, was ich gesagt habe. Es war eine dumme Idee.«

»Hier im Lager ist doch nichts. Das bringe ich nicht übers Herz. In dieser staubigen Kammer …«

In Adalie keimte Hoffnung. »Es ist ein Palast, verglichen mit dem winzigen Zimmer, das ich mir mit drei anderen Frauen teile. Bitte. Wenn es Ihnen nichts ausmacht.«

»Adalie, ich weiß nicht, ob das der richtige Schlafplatz für eine junge Dame ist.«

»Hier wäre ich sicher … Es ist doch abgeschlossen.«

»Ja, ich …« Mrs. Fitzgerald rieb sich die Stirn. »Zeigen Sie mir erst mal die Stelle, an die Sie gedacht haben.«

Das klang beinahe so, als hätte sie es geschafft. Adalie führte Johanna Fitzgerald in den hintersten, dunkelsten Winkel des Lagerraumes, wo die Regale nicht ganz an der Wand standen. Hinter dem letzten waren eineinhalb Schritt Platz, genug für einige Decken und ihr kleines Bündel Habseligkeiten, und beinahe mehr Raum, als ihr in der überfüllten Pension zustand.

»Dort, an diese Stelle habe ich gedacht. Da steht doch ohnehin nichts.«

»Das kann nicht Ihr Ernst sein. Hier ist es finster und trostlos.«

»Bitte.«

Mrs. Fitzgerald seufzte. »Gut, wenn Sie unbedingt wollen … Aber dann helfe ich Ihnen, es ein wenig freundlicher zu gestalten.«

»Das müssen Sie nicht!«

»Es ist meine Bedingung.«

Adalie seufzte erleichtert. »In Ordnung, aber zuerst versorgen wir die neue Lieferung.«

Dagegen hatte ihre Chefin nichts einzuwenden. Der Händler hatte die Ware im Hinterhof abgestellt. Es waren zwei Kisten und ein Turm aus großen und kleinen Kupferkesseln, die in der Sonne rotgolden schimmerten.

Mrs. Fitzgerald nahm ihre Liste zur Hand und lächelte Adalie fröhlich an. »Je ein Dutzend große und kleine Kessel. Überprüfen Sie sie auf Beschädigungen, und dann bringen wir sie rein.«

Das war einfach. Adalie drehte jeden Kessel im Sonnenlicht und achtete auf Reflexionen, die von Dellen verzerrt wurden.

Die Ware war einwandfrei.

Als Mrs. Fitzgerald sich nach einigen Kesseln bücken wollte, schnappte Adalie sie ihr vor der Nase weg. »Ich trage die Sachen hinein. Lassen Sie mich nur machen.«

»Sie sind ja wirklich kaum zu bremsen, Adalie.«

»Ich mache die Arbeit doch gerne.«

Als Nächstes sortierten sie Äxte und Messer und allerlei Kleinigkeiten, die für die Maori als Tauschobjekte interessant waren. Zwei Dutzend Öllampen bildeten den Abschluss.

»So, geschafft. Ich wünschte, ich könnte noch so zupacken wie früher.«

»Dafür haben Sie ja jetzt mich«, sagte Adalie gut gelaunt, während sie den Hof fegte.

Als sie fertig war, legte ihr Mrs. Fitzgerald eine Hand auf die Schulter. »Danke für deine Hilfe, Adalie. Ich würde mich freuen, wenn du mich fortan Johanna nennst.«

Adalie wusste gar nicht, was sie sagen sollte. Sie drückte dankbar die Hand ihrer Wohltäterin. »Gerne, Johanna.«

Adalie verließ die Pension noch am gleichen Tag. Der Abschied von ihren drei Mitbewohnerinnen fiel ihr nicht schwer. Sie wünschten einander Glück, aber ein gemeinsames Treffen vereinbarten sie nicht.

Am Abend schloss Adalie den Laden auf, brachte ihre Sachen hinein und schloss gleich darauf wieder zu. Mrs. Fitzgerald hatte ihr eine Kerze und Schwefelhölzer hingestellt, und mit deren Hilfe fand sie sich auch im Dunkeln gut zurecht.

Der Winkel im Lagerraum war kaum noch wiederzuerkennen. Gemeinsam hatten sie das Regal noch etwas mehr in den Raum gerückt und die Rückseite mit Tuch verhangen, sodass nun ein echter kleiner Raum entstanden war. Den Stuhl musste Johanna später noch hinzugestellt haben. Auf ihm lagen zwei wollene Decken.

»Hallo, neues Zuhause«, flüsterte Adalie ehrfürchtig. Sie breitete die Decken aus, und gemeinsam mit ihrer eigenen lag sie so weich wie lange nicht mehr.

Erleichtert streckte sie sich aus. Langsam wurde ihr klar, was Johanna gemeint hatte. Es war wirklich dunkel und sehr, sehr still. Still auf eine seltsame Weise. Es war keinesfalls so, dass sie hier drin keine Geräusche hörte, aber sie waren gedämpft, als läge der Raum unter einer sicheren Glasglocke.

In der Ferne rauschte die Tasmansee, und hin und wieder waren Stimmen auszumachen oder der Hufschlag eines trabenden Pferdes.

Adalies Gedanken wanderten wieder zu Duncan. Mit der Erinnerung kam das irritierende Gefühl, ihm nah sein zu wollen. Adalie ahnte, warum ihr Herz so verrückt flatterte. Sie hatte sich wider Willen verliebt. Dabei hatte sie geglaubt, so etwas passierte nur anderen Frauen, die zu naiv waren oder nicht wussten, was Männer anrichten können.

Adalie ließ den Blick durch das flackernde Zwielicht schweifen, das die kleine Kerze schuf. Alles erschien ihr nun weicher als bei ihrem ersten Besuch in Johannas Laden. Die Fratzen der großen Tiki machten ihr längst keine Angst mehr, und die Schatten dahinter erzählten ihre eigenen Geschichten.

Sie zwang sich, die Augen noch etwas länger offen zu halten, denn immer wenn sie die Lider schloss, wurde sie von Bildern und Gedanken an Duncan bestürmt. Sie hatte sich alles eingeprägt, selbst seinen Geruch hatte sie noch in der Nase.

Ich bin eine törichte Gans, schalt sie sich. Denn selbst wenn Duncan ein guter Mann war – was einem sehr unwahrscheinlichen Zufall gleichkäme –, musste sie sich trotzdem von ihm fernhalten.

Warum sollte sie sich den Kopf zerbrechen und womöglich ihr Herz verlieren, wenn sie Welten trennten? Adalie war eine mittellose Bauerntochter, die zudem mit ihrer Familie gebrochen hatte, Duncan der Sohn wohlhabender Eltern, und wenn sie Johanna richtig verstanden hatte, sogar mit blaublütigen Vorfahren.

Sicher, er machte ihr schöne Augen, doch was konnte er mehr wollen als einen netten Flirt, bei dem er sich ein wenig amüsieren und sie alles verlieren würde?

»Nein, Duncan mit dem schönen Lächeln, das kannst du vergessen«, sagte sie leise und zog ihre Decke bis unter das Kinn.

***

New Plymouth, Fitzgerald Mansion

Als Duncan die Kutsche die Einfahrt hinauflenkte, fiel alle Spannung von ihm ab. Endlich daheim.

Er zog an den Zügeln, und das Pferd verfiel in einen langsamen Schritt. Duncan wollte diesen Anblick genießen. Die weißen Weidezäune blendeten im grellen Licht der Sommersonne. Auf den Weiden war das Gras ausgeblichen und an manchen Stellen verdorrt. Er kannte jedes einzelne Pferd, das er sah.

Schließlich stieß er einen Pfiff aus. Gleich darauf donnerten Hufe über die trockene Erde. Nelson galoppierte mit hoch erhobenem Kopf zum Zaun.

»Na, mein Freund, hast du es dir gut gehen lassen?«, rief Duncan lachend.

Der Hengst trabte neben ihm am Zaun entlang und schnaubte laut. Duncan nahm sich vor, möglichst bald mit ihm auszureiten.

Er hatte das Haupthaus mit seinen Säulen und Gärten fast erreicht. Eigentlich hatte er Giles mit hierherbringen wollen, doch der hatte es vorgezogen, bei einem Bekannten in New Plymouth unterzukommen.

Duncan hielt vor den Stallungen an und übergab dem Stallburschen das Gespann. »In zwei Stunden muss jemand meine Mutter aus dem Geschäft abholen.«

»Ich kümmere mich darum. Willkommen daheim, Sir.«

»Danke.«

»Ihr Vater ist kurz vor Ihnen heimgekommen.«

Duncans fröhliche Stimmung bekam einen winzigen

Dämpfer. Er freute sich, seinen Stiefvater wiederzusehen, trotzdem hätte er das Gespräch über die Reise lieber auf einen späteren Zeitpunkt verschoben. Die Aussicht machte ihn nervös, wie immer, obwohl es keinen Grund dazu gab. Er hatte die Aufgabe erfüllt, wie sie es besprochen hatten.

Er lud sein Gepäck ab und sagte der Haushälterin Bescheid, dass er später zu baden wünschte, dann machte er sich auf die Suche nach Liam und fand ihn in der Bibliothek. Er saß in einem Sessel und las. Vor ihm stand ein Glas Wein.

Als Duncan eintrat, sah er sich um. Sein Gesicht hellte sich auf. »Duncan, endlich.«

»Vater.«

Duncan umarmte Liam herzlich.

»Komm, setz dich. Wie war die Reise? Erzähl mir alles.«

»Auf der Hinreise gab es eine Flaute nach der anderen, es hat ewig gedauert. Aber das Wichtigste zuerst: Giles ist gesund und mit mir zurückgekommen.«

»Großartig. Ich wusste, dass ich mich auf dich verlassen kann.« Liam klopfte ihm anerkennend auf die Schulter, dann setzte Duncan sich und konnte ein Seufzen nicht unterdrücken. Das Lob tat gut, und er war froh, endlich wieder zu Hause zu sein.

Er erzählte Liam von seiner Reise und Giles' Befreiung. Als er auf Te Kooti zu sprechen kam, verfinsterte sich Liams Blick. Nun war sein Stiefvater wieder der Mann, dem er neben Liebe vor allem Respekt entgegenbrachte.

»Ich hoffe, der Ausbruchsversuch wurde vereitelt. Wenn dem nicht so ist und Giles Te Kooti tatsächlich so nahestand, dann muss er vorsichtig sein.«

»Ja, das denke ich auch. Giles will vorerst in New

Plymouth bleiben, allenfalls kurz nach Urupuia reiten, um mit seinen Eltern zu reden.«

»Vernünftig.«

»Ich habe gedacht ...« Duncan stockte. Er wollte nichts übereilen.

Liam runzelte fragend die Stirn und strich sich den Schnurrbart glatt. Er wartete.

»Also, falls Giles länger hierbleibt, könnte er doch vielleicht hin und wieder als Übersetzer für die Garnison arbeiten.«

»Du vertraust ihm?«

Duncan schluckte, dann nickte er. »Ja, wie einem Bruder.«

»Gut, dann werde ich sehen, was sich machen lässt.«

Liam erhob sich. »Jetzt lebe dich erst mal wieder ein. Wir sehen uns dann beim Abendessen.«

»Bis dahin.«

Duncan verließ das Zimmer leichten Schrittes. Er eilte in seine Räumlichkeiten, um frische Kleidung auszuwählen, die er nach dem Bad tragen wollte. Jetzt, da das Gespräch mit seinem Vater hinter ihm lag, kehrten seine Gedanken zu Adalie zurück.

Das Schicksal hatte es wirklich gut mit ihm gemeint. Eigentlich hatte er vorgehabt, New Plymouth nach ihr abzusuchen, stattdessen führte eine höhere Macht ihm das Mädchen direkt vor die Füße. Was für ein Glück, dass sie nun ausgerechnet bei seiner Mutter arbeitete! Er würde sie jederzeit besuchen können.

Adalie war noch hübscher, als er sie in Erinnerung hatte. Sie war in den Monaten seiner Abwesenheit regelrecht aufgeblüht. Er hatte sie hager in Erinnerung, doch das Feuer hatte schon damals in ihren wunderschönen grauen Augen gelodert.

Wie es ihr in der Zwischenzeit wohl ergangen war? Johanna wusste sicherlich mehr zu erzählen, aber ob er seine Mutter wirklich aushorchen sollte? Es war besser, wenn er sie selbst traf und fragte.

Duncans Herz schlug höher, als er sich daran erinnerte, wie Adalie ihn in Schutz genommen hatte, als Johanna von ihrem unrühmlichen Zusammenstoß erfuhr. Das musste doch etwas bedeuten, oder?

Er nahm sich vor, sie bald um eine Verabredung zu bitten. Vielleicht konnten sie sich bei einem Spaziergang unterhalten und einander besser kennenlernen.

* * *

Kapitel 10

New Plymouth, Februar 1870

Jemand machte sich an der Hintertür zu schaffen!

Adalie war sofort hellwach. Der Schreck saß ihr eisig in den Gliedern.

Hatte sie sich verhört? Nein, da war es wieder. Ein leises Kratzen und Schaben an der Tür zum Hof. Johanna bewahrte fast kein Geld im Laden auf, nur ein paar Münzen, die der Mühe nicht wert waren, sie jeden Abend mitzunehmen. Adalie wusste das zwar, Fremde aber sicher nicht.

Kalter Schweiß ließ sie frösteln. Was sollte sie tun? Noch blieb ihr Zeit, durch die Vordertür zu flüchten und draußen um Hilfe zu rufen.

So leise sie konnte, stand Adalie auf, hüllte sich in eine Decke und schlich barfuß durch den Lagerraum. Es war stockfinster, aber sie konnte keine Kerze anzünden, um nicht entdeckt zu werden, und stieß sich prompt den Fuß.

Der Schmerz schoss wie ein Blitz von ihrem Zeh bis in den Magen hoch. Adalie atmete zischend aus. Hoffentlich hatte der Einbrecher sie nicht gehört.

Als sie den Ausgang des Lagerraums erreichte, sprang mit einem leisen »Klack« die Hintertür auf.

»Na endlich«, knurrte der Einbrecher unterdrückt.

Adalie konnte nur einen Schemen erkennen. Jetzt war es zu spät für eine Flucht. Wenigstens war der Kerl allein.

Er schob die Tür hinter sich ins Schloss. Sie sah, wie er mit etwas hantierte, dann malte das Licht einer kleinen Blendlaterne einen Halbkreis auf den Boden. Der Schatten des Mannes fiel hinter ihn und war riesig.

Er sah sich zögernd um, als jagten ihm die großen Holzfiguren der Maori Angst ein.

Richtig so, dachte Adalie, fürchte dich am besten zu Tode. Verschwinde, du Mistkerl.

Wenn nur ihre tatsächliche Courage an ihre Gedanken heranreichen würde! Wie sollte sie sich verteidigen, wenn es ihr schon schwerfiel stillzustehen, weil ihre Beine zitterten?

Sie hielt die Luft an, als der Mann langsam in Richtung Vorderraum schlich, wo Johanna in ihrem Schreibtisch das Geld aufbewahrte. Jetzt war er nur noch zwei Schritte von ihr entfernt. Adalie stand hinter einem Regal und wagte nicht, sich zu rühren. Ihr Herz hämmerte und pumpte das Blut so schnell durch ihre Adern, dass sie von dem Rauschen in ihren Ohren beinahe taub wurde.

Hörte der Mann ihr Herz schlagen? Es erschien ihr unvorstellbar, wie man diesen Lärm ignorieren konnte.

Nun war er am Schreibtisch und von ihrer Position aus nicht mehr zu sehen. Allein der Lichtkreis seiner Lampe, die er auf den Boden gestellt hatte, verriet ihn.

Wenn jetzt nur jemand vorbeikäme und durch das kleine Fenster in den Laden sehen würde! Dann würde derjenige sofort bemerken, dass hier etwas ganz und gar nicht stimmte.

Adalie schickte ein kurzes Stoßgebet zu Gott, doch die Straße blieb wie ausgestorben.

»Verdammt, das kann doch nicht …?«, knurrte der Einbrecher.

Er schob Papiere in der Schublade hin und her. Münzen

klimperten, als er sie einsteckte. Einige fielen zu Boden und rollten davon, blinkend wie Sternschnuppen, die immer schwächer leuchteten und schließlich in der Finsternis versanken. Eine Münze rollte aus dem Zimmer und direkt auf Adalie zu.

Sie fluchte innerlich. Wenn er jetzt käme, um das Geld aufzuheben, würde er sie unweigerlich sehen.

Aber ich könnte ihn auch bewusstlos schlagen und dann um Hilfe rufen, überlegte sie und fühlte ihren Mut zurückkehren. So einfach würde sie es ihm nicht machen.

Neben ihr im Regal lagen die perfekten Waffen: flache, tropfenförmige Keulen aus Jade. Aber würde sie es wirklich über sich bringen, einen Menschen damit zu schlagen, selbst wenn es ein Einbrecher war?

Einen Moment lang malte sie sich aus, welches Schicksal den Mann ereilt haben könnte, das ihn zu diesem drastischen Schritt zwang. Zwei ihrer ehemaligen Zimmernachbarinnen waren schließlich auch aus blanker Not heraus zu Diebinnen geworden, und Adalie hatte sie nicht dafür verurteilt.

Sie wurde jäh aus ihren Überlegungen gerissen, als sich der Einbrecher tatsächlich leise fluchend auf die Suche nach seiner mageren Beute begab. Gebückt näherte er sich dem Flur. Seine ganze Aufmerksamkeit war auf den Boden gerichtet. Hin und wieder beleuchtete die Blendlaterne sein verlebtes Gesicht. Sein stoppeliger Bartwuchs verwischte die Konturen und verdeckte ein wenig den Mund, den er vor Konzentration leicht geöffnet hatte.

Gleich würde er sie sehen. Adalies Überlebenswillen stieß ihr Mitleid rabiat zur Seite und übernahm die Führung. Wenn sie nicht ermordet werden wollte, musste sie handeln.

So ruhig sie konnte, schob sie ihre Hand unter der Decke

hervor, die noch immer um ihre Schultern lag, und griff ins Regal. Das Heft der exotischen Jadewaffe schmiegte sich kühl in ihre Hand. Sie konzentrierte sich und hob sie vorsichtig hoch, doch da das Gewicht der Keule sie überraschte, war sie einen Augenblick unachtsam.

Der Einbrecher riss den Kopf hoch, als er das leise Schaben im Regal hörte, und sah ihr direkt in die Augen. Dieser eine Blick genügte Adalie, um zu wissen, dass der Mann ihr Mitleid nicht verdiente. Doch nun war der Überraschungsmoment dahin, in dem sie ihn hätte niederschlagen können.

»Was …?«, rief er erschrocken aus und stürzte sich im nächsten Moment auf sie.

Adalie holte mit der Keule aus, traf aber statt des Kopfes nur den Arm und wurde von einem Fausthieb zurückgestoßen. Der Schlag vor die Brust setzte sie augenblicklich außer Gefecht. Ihr Atem entwich mit einem hohen Pfeifen, der Schmerz erfasste sie eine Sekunde später, als sie mit dem Rücken gegen ein Regal krachte.

»Hilfe, zu Hilfe!«, schrie sie.

Doch da war der Fremde auch schon über ihr, entriss ihr die Keule und drückte ihr mit seiner anderen Hand den Mund zu. Nun war sein Gesicht ganz nah an ihrem. Sie konnte ihn kaum sehen, dafür umso besser riechen. Er stank nach Schweiß und bitterer Galle.

»War also doch nicht so dumm, hier einzusteigen. Kein Geld, aber ein zartes Mädchen, das lass ich mir gefallen.«

Adalie versuchte zu schreien, doch sie kam nicht gegen den brutalen Griff des Mannes an. Da er auch ihre Nase zuhielt, bekam sie kaum Luft. Ihre Lungen brannten bereits von ihren verzweifelten Versuchen zu atmen, und die Anstrengung forderte rasch ihren Tribut.

Aber sie konnte doch nicht so einfach aufgeben! Irgendwas musste sie doch tun!

Während sich ein Teil ihres Verstandes bereits mit dem Unweigerlichen abfand, kämpfte der Rest von ihr mit verzweifelter Kraft. Wenn sie schon nicht schreien konnte, dann musste sie sich auf andere Weise bemerkbar machen.

Sie ließ ihren Körper abrupt erschlaffen, um den Einbrecher zu täuschen. Es wirkte. Er lockerte seinen Griff ein wenig, um sein Gesicht in ihre Halsbeuge zu drücken. Das war ihre Chance.

Adalie warf sich nach hinten und bäumte sich auf wie ein panisches Pferd. Das Regal hinter ihr hielt dem Druck nicht stand und geriet ins Wanken. Der Boden des Lagerraums war uneben. Noch ein Stoß mit der Schulter, und das Regal kippte. Scheppernd krachte es gegen ein zweites, dann fielen beide um. Die herausstürzenden Skulpturen und Kisten verursachten einen Höllenlärm.

Der Einbrecher verlor das Gleichgewicht und riss Adalie mit sich. Sie schlugen hart auf, und plötzlich war ihr Mund wieder frei. Krampfartig atmete sie ein, und ihre schmerzenden Lungen füllten sich mit Sauerstoff. Adalie schrie aus Leibeskräften um Hilfe.

Der Mann richtete sich fluchend auf und griff etwas aus einem umgestürzten Regal. In der Dunkelheit sah Adalie den heransausenden Schemen zu spät. Die Holzkeule schmetterte gegen ihren Schädel. Es krachte entsetzlich laut, als würden Knochen bersten. Der Schmerz überkam sie als schrilles Kreischen, dann verstummte er.

In ihren Ohren wummerte das Blut, der Rhythmus riss sie mit sich in nebelige Gefilde. Wie aus weiter Ferne hörte sie den Einbrecher davonlaufen.

Geschafft, aber ich sterbe, waren ihre letzten Gedanken, bevor sie endgültig das Bewusstsein verlor.

Adalie erwachte in einer Lache aus Blut. Es war überall, zäh und metallisch stinkend. Ihr Haar war nass. Alles tat weh. Von irgendwoher kamen Licht und Stimmen.

Silben vermischten sich zu bedeutungslosem Gestammel. Nicht ihre Stimme, nicht ihre Worte.

Mehrere Menschen bahnten sich den Weg in den Laden. Licht flackerte auf und zuckte über das Mobiliar, das sich zu einem Trümmerhaufen auftürmte.

Adalie wollte sich bemerkbar machen, doch allein das Atmen erforderte ihre gesamte Kraft. Ihre Rippen taten höllisch weh, doch der Schmerz im Brustkorb war nichts im Vergleich zu dem Stechen in ihrem Kopf. Um diese Qualen zu beschreiben, müsste man neue Worte erfinden.

So lag sie einfach nur da und wartete darauf, dass man sie fand.

Schritte näherten sich. Jemand rief etwas, und dann wurde sie von einer Lampe geblendet. Sie kannte die Person nicht, die sich nun über sie beugte. Ihre verschwommene Sicht sagte ihr nur eines: Es war nicht der Einbrecher. Mehr kümmerte sie in dieser Lage auch nicht.

»Hey, Miss, was ist mit Ihnen? Können Sie mich hören?«

Adalie öffnete den Mund, doch es kam kein Ton heraus.

Als der Fremde sie an der Schulter fasste, um sie sacht zu schütteln, wuchs der Schmerz zu purer Agonie und riss sie in die nächste Ohnmacht.

***

Duncan brauchte Nelson nicht anzutreiben. Der Hengst wusste auch so, was von ihm verlangt wurde.

In der erwachenden Morgendämmerung preschten sie quer über nebelverhangene Felder, nahmen Hindernisse mit mächtigen Sprüngen und hielten in gerader Linie auf New Plymouth zu. Immer wieder erhaschte Duncan einen Blick ins Tal, wo seine Mutter ihren Einspänner so schnell durch die kurvenreiche Straße lenkte, wie es das Gefährt zuließ.

Der Bote hatte zu einer Uhrzeit an die Tür geklopft, als alle noch schliefen. Seine Nachricht war unvollständig. Er faselte etwas von einem Einbruch im Laden, und dass eine junge Frau verletzt worden sei, die offenbar im Lagerraum geschlafen habe. Wie schlimm es war, vermochte er nicht zu sagen, nur eines wiederholte er immer wieder: Blut, so viel Blut.

Erst jetzt erfuhren die anderen Familienmitglieder, dass Johanna ihrer jungen Helferin erlaubt hatte, im Geschäft zu schlafen, um Geld zu sparen. Duncan war klar, dass seine Mutter sich jetzt schwere Vorwürfe machte.

Nicht auszudenken, wenn Adalie starb. Duncan krampfte es das Herz zusammen.

»Los, Nelson, schneller, schneller!«

Duncan erinnerte sich noch genau an ihre erste Begegnung und auch an die zweite, ungleich angenehmere, bei seiner Rückkehr von den Chatham-Inseln. Seitdem hatte er zweimal versucht, Adalie wiederzusehen. Beim ersten Mal hatte sie ihn schüchtern abgewiesen, das zweite Mal war sie erst gekommen, nachdem er den Laden verlassen hatte.

Duncan war sich sicher, dass sie irgendwo draußen in der Gasse gewartet hatte, aber er verstand nicht, warum sie ihn mied.

Er verstand jedoch, dass sie ihn offensichtlich nicht wiedersehen wollte, und akzeptierte ihren Wunsch, wenn auch zähneknirschend. Adalie aus seinen Gedanken zu verbannen war jedoch keineswegs leicht.

Als der erste Sonnenstrahl wie ein dünner Finger vom Horizont aus über das Land tastete, zügelte Duncan sein Pferd. Er hatte den Ortsrand erreicht. Langsamer, aber immer noch im Galopp ging es durch die verschlafenen Gassen, die vom Hufschlag des schweren Pferdes widerhallten.

Vor dem Geschäft standen einige Anwohner und unterhielten sich aufgeregt. Duncan sprang aus dem Sattel, ehe Nelson ganz stehen geblieben war, drückte einem Jungen die Zügel in die Hand und stürmte in den Laden.

Es waren viel zu viele Menschen da: Nachbarn und Gaffer und ein Polizist, der erfolglos versuchte, die Leute hinauszuschicken. Duncan entdeckte das Mädchen sofort. Sie hatten sie in den Hinterraum gelegt, der zum Hof hinausführte.

Als er am Lager vorbeilief, stockte er. Der komplette Bestand lag in einem einzigen Chaos auf dem Boden, von einigen Jadeobjekten waren nur noch Splitter geblieben, und auf dem Boden breitete sich eine dunkelrote Lache aus wie flüssiges Purpur. Jemand war achtlos hindurchgelaufen und hatte blutige Fußspuren auf dem Holzboden hinterlassen.

Langsam ging Duncan zu dem Tisch, auf den sie Adalie gelegt hatten – beinahe schon aufgebahrt wie eine Tote. Der hohe Blutverlust ließ seine Hoffnung schwinden. Er hatte auf dem Schlachtfeld schon viele Verletzungen gesehen und auch einige Kameraden, die an weniger verstorben waren.

Adalies Gesicht war selbst für eine hellhäutige Irin ungewöhnlich bleich. Durch das Blut klebte ihr schwarzes Haar wie eine verrutschte dunkle Maske an ihrem Kopf.

Der Anblick war ein Schock für ihn, und Duncan wurde klar, wie sehr er dieses Mädchen mochte, mit dem er kaum drei Worte gewechselt hatte. Die Angst um sie schnürte ihm die Kehle zu. Sie durfte nicht sterben.

»Wer sind Sie?«, herrschte ihn plötzlich jemand an.

Irritiert sah er sich um und blickte in das Gesicht eines Arztes. Das Stethoskop auf seiner Brust verriet seine Profession.

»Duncan Fitzgerald. Meiner Mutter gehört das Geschäft.«

»Ah, gut. Hier gibt es zu viele Gaffer.«

»Verstehe. Wie geht es ihr?« Duncan beugte sich über die Ohnmächtige. Adalies Augenlider schimmerten bläulich. Im hereinfallenden Morgenlicht waren hauchfeine Äderchen zu erkennen.

»Ist sie eine Verwandte?«

»Nein. Mrs. Ó Gradaigh arbeitet hier. Ich glaube, sie ist eine Waise.«

»Also bleibt die Stadt auf den Beerdigungskosten sitzen, wenn sie es nicht schafft, und ich auf den Behandlungskosten.«

Duncan schluckte. Es stand also wirklich so schlimm um sie, wie er befürchtet hatte. »Ich ... ich übernehme Ihre Bezahlung, Sir, und jetzt tun Sie, was Sie können, um das Mädchen zu retten!«

»Natürlich, Mr. Fitzgerald.«

Duncan fühlte sich hilflos. Während der Arzt sein Möglichstes tat, konnte er einfach nur danebenstehen und Adalie beobachten. Er hielt nach jeder noch so kleinen Regung Ausschau, die ihm Hoffnung machen konnte, dass sie jeden Moment aus der Ohnmacht erwachte.

Er fühlte sich seltsam. Sie war doch eigentlich eine Fremde, und doch erschütterte es ihn bis ins Mark, sie hilflos und blutend vor sich zu sehen.

Er brachte dem Arzt eine Schüssel Wasser und holte eine Decke aus dem zerstörten Lagerraum, mit dem er Adalie zudeckte, dann setzte er sich auf einen Stuhl neben sie. Zögernd nahm er ihre Hand in seine. Ihre Finger waren schlank und doch kräftig, die Handfläche etwas rau von der Arbeit, ganz anders als die Hände der zerbrechlichen Mädchen, die in seinen Kreisen verkehrten. Klein war sie, diese Hand. Er drückte sie sanft.

Duncan verspürte den starken Wunsch, Adalie zu beschützen. Er wusste von seiner Mutter, dass die junge Frau es gewohnt war, sich alleine durchzukämpfen, und vielleicht machte gerade das es noch erschreckender, sie jetzt so hilflos zu sehen.

»Alles wird wieder gut«, sagte er leise, als der Arzt kurz abgelenkt war, und rückte ein Stückchen näher.

Zum ersten Mal hatte Duncan Gelegenheit, Adalie in aller Ruhe anzusehen. Ihr Haar war lang. Sie hatte es zum Schlafen geöffnet, und nun lag es wie ein zerrissener Schleier um ihren Kopf. Dort, wo es nicht blutverklebt war, schimmerte es seidig und rabenschwarz.

Er fragte sich, wie es sich wohl anfühlte, und schämte sich sogleich für seine romantischen Gedanken, während Adalie mit dem Tode rang. Aber er konnte nicht anders, als sie anzusehen, und dabei entdeckte er all die kleinen Besonderheiten, die sie so einzigartig machten. Ihr Mund war hübsch und voll. Er stand ein wenig offen, sodass Duncan unwillkürlich an ihr schüchternes, aber nicht minder bezauberndes Lächeln erinnert wurde. Eine kleine steile Falte stand zwischen ihren sanft geschwungenen Brauen und verriet, dass sie Schmerzen litt, obwohl sie nicht bei Bewusstsein war. Duncan hätte ihre Qualen gerne gelindert, doch das stand nicht in seiner Macht.

Schließlich war der Arzt fertig und wollte aufbrechen. Adalie trug einen festen Verband um den Kopf, aber sie war nicht aufgewacht. Auch als der Arzt alle Männer rausgeschickt hatte, um ihren Körper auf weitere Verletzungen zu untersuchen, war sie nicht bei Bewusstsein gewesen.

»Sie hat einige Blutergüsse und vielleicht angestauchte Rippen. Nichts Schlimmes, verglichen mit dem Schlag auf den Kopf und dem hohen Blutverlust. Ich habe die Wunde genäht. Wenn sie es übersteht, wird man später nichts mehr davon sehen.«

»Danke, Doktor. Was können wir noch für sie tun?«

»Sie braucht vor allem eines: Bettruhe. Und Glück. Beten Sie, wenn Sie wollen.«

»Ich werde alles machen, damit es ihr bald wieder besser geht.«

Duncan bezahlte den Arzt – er kostete ihn einen halben Monatssold – und brachte ihn zur Tür. Dort traf er auf seine Mutter, die soeben angekommen war.

»Duncan, gut, dass du so schnell hier warst. Wie …?«

»Sie lebt.«

»Ein Glück!« Johanna hastete an ihm vorbei. »Adalie, wo bist du, Mädchen?«

Duncan schloss hinter dem Arzt die Tür, um die Gaffer auszusperren, und eilte seiner Mutter hinterher. Er hatte sie selten so aufgelöst gesehen. Johanna machte sich schwere Vorwürfe, genau wie er geahnt hatte. Als er zu ihr trat, stand sie neben Adalie und strich ihr fahrig über den Arm.

»Der Arzt hat sie schon versorgt. Sie braucht jetzt viel Ruhe.«

»Ja, ja, ist gut.« Sie wischte sich energisch die Tränen von den Wangen. »Wir nehmen Adalie mit zu uns.«

Duncan sah, wie die Schultern seiner Mutter bebten, ob vor Hilflosigkeit oder Wut auf den Einbrecher, wusste nur sie selbst. Er hob die Hand und ließ sie dann wieder sinken. Johanna war keine Frau, die angesichts einer solchen Situation Trost annahm, und auch Duncan wollte keine Zeit mit Rumstehen vergeuden. Das änderte weder etwas an dem Einbruch noch an Adalies Zustand.

»Kümmere dich um den Laden, und sieh nach, was fehlt, Mutter. Ich suche ihre Sachen zusammen und mache Platz auf deinem Wagen.«

∗ ∗ ∗

Nur einmal erwachte Adalie aus ihrer Ohnmacht. Erschütterungen ließen ihren Kopf schier explodieren. Vor ihren Augen tanzten Sterne in der Finsternis, und als sie sie öffnete, sah sie Bäume und Felder vorbeiziehen. Alles war unscharf, verwischt in fleckigen Grüntönen. Jemand hielt sie fest im Arm wie ein Kind. Ein Mann. Sie fuhren mit einer Kutsche. Hufe klapperten, und der Wind trug den Geruch von Pferdeschweiß heran. Ihr wurde übel.

»Gleich sind wir da, Adalie, halte aus.«

Sie kannte diese Stimme, mochte sie. War das Duncan? Was war passiert? Adalie versuchte etwas zu sagen, doch das Einzige, was über ihre Lippen kam, war ein jämmerliches Stöhnen.

Der Wagen rumpelte durch ein ausgetrocknetes Bachbett. Duncan hob sie ein wenig an und versuchte erfolglos, die

Unebenheiten abzufangen. Die Stöße quälten ihren Körper wie glühende Hammerschläge, Adalie bäumte sich auf, dann schwanden ihr erneut die Sinne.

***

Nordinsel, Kapiti-Coast-Distrikt

Jonah hatte schon seit Tagen keinen Drink mehr gehabt und fühlte sich auf eine grauenhafte Art lebendig. Der ständige Durst, der sich durch kein Wasser der Welt stillen ließ, hinderte ihn am Schlafen und trieb ihn beständig vorwärts. Er lief an der Küste entlang und entfernte sich nie weiter als einige Hundert Schritt vom Wasser. Das hatte er von Hiri gelernt, wie so viele andere Dinge, die ihm nun in der Wildnis das Überleben sicherten. Hiri war nun schon so viele Tage tot, wie viele genau, wusste er nicht.

»Wir sind ein Volk, das über das Meer gekommen ist, Jonah«, hatte sie immer gesagt. »Das Meer ist unser Bruder. Es schenkt uns auch in der schlimmsten Zeit Nahrung. Wenn du mal alleine in der Wildnis bist, halte dich an deinen Bruder Meer: Er kennt den Weg, und er wird dir zu essen geben. Sei schlau, Jonah.«

Er hatte Hiris Reden immer als Unsinn abgetan, doch jetzt halfen sie ihm in der Not. Nun wusste er auch, dass er sie über den Tod hinaus liebte, ohne es ihr im Leben je gesagt zu haben.

Seitdem sie ihn aus dem Dorf gejagt hatten, lief er an der Küste entlang nach Süden, um dort irgendwann auf eine größere Stadt zu treffen. Er ernährte sich von Fisch, Muscheln, die er von den Felsen schlug, Krebsen und Vogeleiern.

234

Jedes Mal, wenn er sich etwas davon roh in den Mund schob, sagte er leise: »Schau, Hiri, dein *Pakeha* ist nicht dumm. Ich hab was zu essen gefunden, schau.«

Zumeist waren die Strände weit und flach, bedeckt mit grauem Sand und Treibholz. Dahinter begannen die Dünen, in die er sich abends zum Schlafen zurückzog. Sie gingen in fruchtbares ebenes Land über, das stärker besiedelt war, je weiter er nach Süden gelangte.

Auf dem Meer tauchten *Waka* auf, Auslegerboote der Maori, mit denen sie zum Fischen hinausfuhren. Jonah suchte keinen Kontakt zu den Einheimischen, und sie ließen ihn in Frieden ziehen.

Er folgte seinem Gefühl, wollte so lange laufen, bis ihm irgendetwas sagte, dass er es nicht mehr tun sollte. Vielleicht würde er weitergehen, bis er irgendwann zu schwach war, um noch einen Fuß vor den anderen zu setzen, und dann auf den Tod warten. Er fühlte sich verloren, auf eine seltsam freie Art, als hätte er keinen Platz mehr in dieser Welt oder seinen neuen noch nicht gefunden.

Aber er wurde nicht schwächer, vielmehr geschah genau das Gegenteil. Die langen Wanderungen gaben ihm Kraft. Jede Flussdurchquerung wusch eine weitere Schicht des Alters und der Trägheit von ihm ab. Seine Haut verbrannte in der Sonne zu einem dunklen Braun, Salz und Wind bleichten das Grau aus seinem Haar. Er verwandelte sich nach und nach in einen neuen Menschen.

Die Trauer um Hiri kam immer wieder, rauschte in Wellen über ihn hinweg und ging genauso schnell wieder, um ihn leer zurückzulassen wie den Strand, der schier endlos vor ihm lag.

Und Jonah lief.

Nach einigen Wochen näherte er sich endlich einem großen Hafen. Auf dem Meer tauchten immer mehr Schiffe auf: mächtige Dreimaster, Lastkähne, Dampfer und Walfänger. Gemeinsam mit den Möwen bildeten die Schiffe seine einzige Gesellschaft.

Zwei oder drei Tage noch, so schätzte er, dann würde er die Stadt erreichen. Er vermutete, dass es Wellington war, was sich dort so verheißungsvoll andeutete.

In Wellington hatte er als junger Mann zum ersten Mal den Fuß auf neuseeländischen Boden gesetzt, um sich eine Zukunft aufzubauen. Vielleicht würde es ihm in Wellington gelingen, noch mal ein neues Leben zu beginnen.

***

New Plymouth, Fitzgerald Mansion

Vogelgezwitscher drang in Adalies Bewusstsein und brachte den Duft von gestärktem Leinen mit sich. Nach und nach erwachten ihre Sinne. Sonnenstrahlen fielen auf ihre Haut und wärmten sie, badeten sie in einem goldenen Nebel aus Wohlgefühl. Adalie wollte sich strecken, doch bereits die erste Bewegung ließ sie in Agonie aufstöhnen. Die Morgensonne und der Duft sauberer Wäsche wurden bedeutungslos vor dieser unüberwindbaren Mauer aus Schmerz.

Wo bin ich?, dachte Adalie. Was war nur geschehen? Sie konnte sich nicht erinnern, wie sie hierhergekommen war.

Sie drehte sich vom Licht weg und versuchte noch einmal, die Augen zu öffnen. Die Helligkeit brannte im ersten Moment schmerzhaft, als steckten Pfeile in ihrem Schädel, doch dann wurde es erträglich. Vorsichtig sah sie sich um.

Ihre Sinne hatten sie nicht getrogen. Sie lag in einem Bett. Frische weiße Wäsche verströmte einen sauberen Duft. Ungläubig betastete sie den Untergrund. Es war eine echte Matratze. Ihr Oberkörper war sorgfältig hochgestützt. Fahrig rieb sie geklöppelte Spitze zwischen den Fingern. Das war wirklich ein Spitzensaum an ihrer Decke!

Träumte sie? War sie tot und dies das Paradies?

Sie wandte den Kopf dem Licht zu, und sogleich erinnerte der Schmerz Adalie daran, dass sie sehr wohl lebendig war. Die Fenster waren riesig. Vor dem Haus standen Bäume, deren dunkelgrüne Kronen sich in einer sachten Brise wiegten. Das Licht schimmerte auf den letzten roten Blüten eines Eisenholzbaums. Fruchttauben balzten im Geäst, balancierten auf dünnen Zweigen.

Dies war der schönste Raum, den Adalie je gesehen hatte, und noch immer konnte sie sich nicht erklären, wie sie hergekommen war. Sie trug auch nicht ihre eigene Kleidung, sondern ein feines hellblaues Nachthemd. Sie wurde immer unruhiger und ließ den Blick weiterschweifen, suchte nach einem Anhaltspunkt, nach irgendetwas, das ihr einen Hinweis gab.

Ein Gemälde an der Wand zeigte ein weites Tal mit einem See. Im Vordergrund standen Maorihäuser. Der Maler hatte sich besonders viel Mühe gegeben, alle Details der geschnitzten Fassade abzubilden, selbst die fratzenhafte Maske am Dachgiebel.

Die Maske! Plötzlich kehrte die Erinnerung zurück. Der Überfall im Laden! Sie war niedergeschlagen worden. Dann musste sie sich im Haus der Familie Fitzgerald befinden. Wer sonst hätte sich ihrer annehmen sollen?

Adalie hatte geahnt, dass ihre Arbeitgeberin wohlhabend

war, aber das hier stellte alles in den Schatten. Selbst die besten Räume in den Gasthöfen waren nicht halb so gut ausgestattet gewesen wie das Zimmer, in dem sie nun lag. Und vermutlich ist das nur das Gästezimmer, sinnierte Adalie ehrfürchtig.

Wie sollte sie das je wiedergutmachen?

Auf einem Tischchen neben dem Bett stand eine Karaffe mit Wasser und ein Glas daneben. Schon beim Anblick der Flüssigkeit bekam sie schrecklichen Durst. Ihre Kehle fühlte sich völlig ausgedörrt an, der Mund trocken und pelzig.

Vorsichtig streckte Adalie einen Arm aus, aber es war sinnlos. Auch nach mehreren Versuchen schaffte sie es nicht, ihre Position im Bett aus eigener Kraft zu verändern. Sie brauchte Hilfe.

Eine Weile wartete sie einfach ab, ob jemand kommen würde, um nach ihr zu sehen. Sie wollte den Fitzgeralds auf keinen Fall noch mehr zur Last fallen, als sie es ohnehin schon tat. Schließlich wurde der Durst unerträglich, und sie wagte es doch.

»Hallo?«, rief sie zaghaft. Ihre Stimme war leise und rau. Sie räusperte sich und versuchte es gleich noch mal.

Auf dem Flur wurden Schritte laut, und kurz darauf sah ein dunkles Gesicht herein. Die junge Maori riss überrascht die Augen auf, als sie Adalie sah, und eilte zu ihr.

»Sie sind wach, was für ein Glück! Wie geht es Ihnen?«

»Mein Kopf tut weh, aber ich glaube, ich sollte froh sein, dass ich überhaupt noch lebe.«

»Es wird die Mrs. so freuen, zu hören, dass es Ihnen gut geht. Einen Moment, bitte.«

Und schon war sie fort, noch bevor Adalie sie um einen Schluck Wasser bitten konnte. Lange warten musste sie trotzdem nicht. Adalie überlegte gerade noch, wie sie Johanna Fitzgerald am besten danken könnte, als es verhalten an der Tür klopfte.

»Ja?«, rief sie.

Als sie sah, wer sie besuchen kam, schnappte sie kurz nach Luft. Diesen Mann erkannte sie sofort.

Duncans beinahe jungenhafte Art bildete einen reizvollen Kontrast zu seiner Größe und den breiten Schultern. Er bewegte sich so, als fühlte er sich unwohl oder als wäre er noch nicht in seinen Körper hineingewachsen. Seine offensichtliche Unsicherheit ihr gegenüber verstärkte den Eindruck noch.

»Du bist endlich wach«, sagte er und blieb auf halbem Weg zwischen Bett und Tür stehen. »Ich will dich nicht stören. Wenn du möchtest, gehe ich gleich wieder. Ich wollte nur kurz mit eigenen Augen sehen …«

»Nein, nein, bleib bitte.« Adalie war völlig überrumpelt. Selbst jetzt, da ihr Kopf vor Schmerzen zu bersten drohte, fühlte sie sich in Duncans Gegenwart hin und her gerissen. Sie wollte, dass er blieb, und zugleich wünschte sie ihn weit, weit weg. Wie musste er sich fühlen, da sie ihn doch zweimal abgewiesen hatte. Am liebsten hätte sie ihm gesagt, dass es nicht an ihm lag, sondern an ihr. An dem, was sie erlebt hatte.

Duncan näherte sich langsam, trat erst kurz ans Fenster, um die Vorhänge etwas weiter aufzuziehen, und blieb dann neben ihrem Bett stehen. Adalie sah ihm an, dass er selbst nicht wusste, ob er sich auf den bereitstehenden Stuhl setzen sollte oder nicht.

»Wie fühlst du dich?«

»Es tut weh, aber das wird vorbeigehen, hoffe ich.«

»Sicher geht es dir bald schon besser. Der Arzt sagte, wenn du wach wirst, ist das Schlimmste überstanden.«

»Wie lange war ich bewusstlos?«

»Zwei Tage.«

Adalie erschrak. »Zwei Tage? Wirklich?«

Duncan nickte. »Kann ich etwas für dich tun? Möchtest du etwas trinken?«

Kurz zögerte sie. »Ja, bitte, ich habe schrecklichen Durst.«

Duncan goss Wasser in ein Glas, und sie hatte Zeit, sein ebenmäßiges Profil zu mustern, den konzentrierten Blick aus seinen weichen braunen Augen.

Mit dem Wasserglas in der Hand schien er unschlüssig, was er tun sollte. Adalie versuchte, nach dem Glas zu greifen, doch ihr Arm sank sofort wieder kraftlos herab. Das gab den Ausschlag.

»Ich helfe dir.«

Duncan schob vorsichtig ihr Haar zur Seite und eine Hand unter ihren Kopf, um sie zu stützen. Die Schmerzen kamen prompt, doch Adalie konzentrierte sich ganz auf den festen Druck seiner Hand. Er hielt ihr das Glas an den Mund, und sie trank es mit wenigen Schlucken aus. Noch nie zuvor hatte Wasser so wunderbar geschmeckt.

»Oh, das tut so gut«, seufzte sie und schaute ihm in die Augen.

Sie fühlte sich ein wenig ertappt und wandte den Blick sofort wieder ab. Es war besser, sie sah auf seine große sehnige Hand, die das Glas umfasste.

»Noch etwas mehr?«

Er füllte nach und half ihr wieder.

Mein Haar ist klebrig, dachte sie erschrocken, als er sie wieder stützte. Ich muss schrecklich aussehen.

Sie kam nicht dazu, ihre Gedanken weiterzuführen. Als sie fast ausgetrunken hatte, wurden auf dem Flur Schritte laut.

Duncan stellte das Glas zurück und erhob sich. Als seine Mutter eintrat, lächelte er Adalie an. »Darf ich dich wieder besuchen?«

»Ich … natürlich.«

»Dann bis bald.«

»Bis bald«, sagte Adalie leise und sah ihm besorgt nach, doch zugleich war sie erfüllt von einem seltsamen Glücksgefühl.

»Adalie, endlich! Ich hatte schon fast die Hoffnung aufgegeben!«

Johanna Fitzgerald strahlte über das ganze Gesicht, setzte sich auf die Bettkante und nahm Adalies Hand in ihre. Wieder musste sie sagen, wie sie sich fühlte, was von ihrer Gastgeberin mit einem besorgten Blick quittiert wurde. Bei genauerem Hinsehen war die Ähnlichkeit zwischen Mutter und Sohn leicht zu erkennen. Sie besaßen das gleiche Haar, die gleiche Augenform, und auch das schwache Grübchen im Kinn hatte Duncan von Johanna geerbt.

»Ich bin dir sehr dankbar für … für alles«, sagte Adalie leise. »Ohne dich wäre ich sicher gestorben.«

»Unsinn, wenn ich nicht den dummen Fehler gemacht hätte, dich im Laden schlafen zu lassen, wäre das nie geschehen.«

»Ist viel gestohlen worden?«

Mrs. Fitzgerald zuckte mit der Schulter. »Nichts, was sich nicht ersetzen ließe. Geld war ja fast keines da, und von den Jadefiguren hat er die meisten in einem Sack zurückgelassen. Offenbar hast du ihn angegriffen, stimmt das?«

Adalie versuchte sich zu erinnern, doch der Kopfschmerz

zerhackte die Bilder im Rhythmus ihres Herzschlages in kleine Stücke. Sie biss die Zähne zusammen, und er wurde heftiger. Keine gute Idee.

»Er hat mich angegriffen, glaube ich.« Dass sie die Regale umgestoßen und damit womöglich mehr Schaden angerichtet hatte als der Dieb, wollte sie vorerst verschweigen.

»Erinnerst du dich, wie er ausgesehen hat?«

»Nein, es war schrecklich dunkel. Ich weiß nur, dass er zuerst im Vorraum nach Geld gesucht hat. Ich wollte weglaufen, aber es ging alles so schrecklich schnell.« Adalie dachte mit Grauen daran, wie wehrlos sie gewesen war.

Gott musste ihr wirklich beigestanden haben.

»Wer hat mich gefunden?«

»Die Nachbarn haben Lärm gehört, nachgesehen und uns Bescheid gegeben. Ich bin gefahren, so schnell ich konnte. Duncan war lange vor mir bei dir. Er hat alles in die Wege geleitet.«

Adalie entging das geheimnisvolle Lächeln nicht, das kurz über Johannas Gesicht huschte. Was mochte es wohl bedeuten?

»Ich sollte deinem Sohn danken.«

»Das würde ihn sicher sehr freuen. Ich habe ihn noch nie so gesehen. Ich glaube, du gefällst ihm.« Johanna schlug die Hand vor den Mund. »Meine Güte. Ich kann aber auch nichts für mich behalten. Vergiss am besten, was ich gesagt habe.«

Adalie wusste nicht, was sie antworten sollte. Trotz ihres schlechten körperlichen Zustandes wurde sie ein wenig rot, und sie brauchte gar nicht erst zu hoffen, dass es ihrer Gastgeberin entgehen würde. Johanna war eine sehr aufmerksame Beobachterin.

Sie tätschelte ihre Hand. »Ich sehe schon, Duncan ist nicht unbedingt allein mit seinen Gedanken.«

»Was? Ich …« Adalie fehlten die Worte.

»Er hat viele Stunden an deinem Bett ausgeharrt, so oft es sein Dienst erlaubte. Vielleicht findet er ja jetzt, da es dir besser geht, ein wenig Schlaf.« Johanna erhob sich. »Ich gebe der Köchin Bescheid, dass sie dir eine leichte Mahlzeit zubereiten soll. Eine starke junge Frau wie du kommt sicher schnell wieder auf die Beine.«

Nach drei Tagen konnte Adalie bereits aus eigener Kraft aufstehen und gehen. Zwar waren die Schmerzen noch immer ihr ständiger Begleiter, doch sie weigerte sich, den ganzen Tag im Bett zu verbringen. Und so hatte sie begonnen, das Anwesen der Fitzgeralds zu erkunden.

Alte irische Sagen und Lieder, stand auf dem schmalen Büchlein, das Adalie ausgewählt hatte. Die Bibliothek der Fitzgeralds war riesig. Sie hätte nie geglaubt, dass es in Neuseeland so viele Bücher gab, und erst recht nicht in einem einzigen Haus.

Mrs. Orbell, bei der sie neunmal zum Unterricht gewesen war, hatte nur ein knappes Dutzend besessen.

So bald würde sie ihren Unterricht nicht fortsetzen können, doch Adalie wollte nicht so schnell aufgeben. Was hinderte sie daran, es selbst zu versuchen? Die Buchstaben hatte sie bereits gelernt, auch die Silben zusammenzuziehen fiel ihr nicht allzu schwer. Dennoch hatte sie eine gefühlte Ewigkeit gebraucht, um den Titel des Buches zu lesen.

Mit dem kleinen Band in der Hand lief sie nun ehrfürchtig durch das Anwesen. Sie war auf der Suche nach der Hausherrin.

Adalie musste sich zwingen, langsam zu gehen. Sobald sie zu hastig wurde, begann es in ihrem Kopf zu dröhnen, als wäre darin ein winziger Teufel mit einem Hammer zugange. Es war der zweite Tag, an dem sie längere Strecken zurücklegen konnte, ohne dass ihr sofort schwindelig wurde und sie sich setzen musste.

Vom Salon und der Bibliothek führte ein Flur zu den Privaträumen der Fitzgeralds. An den Wänden hingen die Familienporträts. Vor Duncans Bild blieb sie unweigerlich stehen. Dem Maler war es gelungen, dem Bild eine unglaubliche Lebendigkeit einzuhauchen. Adalie hatte fast das Gefühl, Duncan selbst gegenüberzustehen, wenngleich einer zwei Jahre jüngeren Version von ihm. Das Kindliche, das dem Bild noch innewohnte, war aus dem Gesicht des Mannes, den sie kennengelernt hatte, verschwunden. Nur die Augen und der spöttische Zug um den Mund verrieten noch den kleinen Jungen, der in ihm verborgen war.

Adalie ertappte sich dabei, jedes kleine Detail seiner Erscheinung erkunden zu wollen, und zwang sich, sofort weiterzugehen. Duncan Waters Fitzgerald war nichts für sie.

Wie konnte sie die meisten Männer fürchten und zugleich die Nähe dieses einen so sehr ersehnen? Das war doch verrückt! *Sie* war verrückt!

Hatte sie nicht selbst gesehen, was Männer anrichten konnten? Ihr eigener Vater, die Ehegatten ihrer Schwestern, der Besitzer des *Old Éire* und zuletzt der Einbrecher.

Aber sie können auch anders sein. Erinnere dich an den Schiffskapitän, der dir geholfen hat, und an deinen Bruder, auf den du dich immer verlassen konntest, mahnte ihr Herz und lehnte sich gegen ihren Verstand auf. Duncan ist gut, du weißt es.

Sei still, dummes Herz, dachte Adalie zornig. Wer auf seine Gefühle hörte, geriet fast immer vom Regen in die Traufe. Und vom Regen hatte sie in ihrem kurzen Leben schon genug gehabt.

Sie erreichte Johannas Zimmer, in dem sie ihre Geschäfte verwaltete, mit einem wilden Durcheinander im Herzen. Adalie klopfte zaghaft und wurde sofort hereingebeten.

Die Hausherrin saß an ihrem Schreibtisch, vor sich ausgebreitet lagen zahlreiche Papiere. Sie lächelte, als Adalie eintrat.

»Du siehst schon viel besser aus.«

»Es geht mir auch besser«, bestätigte Adalie seufzend.

»Das freut mich.«

»Ich hätte eine Bitte.«

Jetzt bemerkte Mrs. Fitzgerald das Buch in ihrer Hand und hob fragend die Brauen.

»Könnte ich mir das Buch ausborgen?«

»Sicher, aber ich dachte …«

»Ich kann nicht lesen, ich weiß.« Adalie trat an den Schreibtisch. »Eigentlich wollte ich es noch eine Weile für mich behalten, aber jetzt sollst du es ruhig erfahren. Das Geld, das ich gespart habe, weil ich im Laden geschlafen habe, war für eine Lehrerin, die mir lesen und schreiben beibringen sollte.«

»Das ist eine wunderbare Idee. Warum hast du das nicht eher gesagt?«

Adalie zuckte mit den Schultern. »Ich wollte dich überraschen, und ich wusste ja auch nicht, ob ich es schaffe. Vielleicht bin ich zu dumm.«

»Unsinn, du bist eine sehr intelligente junge Frau.«

»Das hat die Lehrerin auch gesagt. Ich wollte das Buch leihen, um ein wenig zu üben.«

»Natürlich, nimm es nur. Ich habe doch gesagt, du sollst dich wie zu Hause fühlen.«

»Danke.« Adalie strich ehrfürchtig über den Einband und wandte sich zum Gehen.

»Geh doch ein wenig raus, das Wetter ist so schön und der Garten um diese Jahreszeit wirklich wundervoll. Ich hole dich dann zum Abendessen. Duncan wird heute Abend auch da sein.«

»Das ist eine gute Idee, danke.« Adalie flüchtete aus dem Zimmer, ehe Johanna sehen konnte, wie ihre Wangen erröteten. Duncan würde also wieder da sein. Die Nachricht freute sie wie das schönste Geschenk.

Nach seinem kurzen Besuch, als sie gerade zum ersten Mal erwacht war, hatte sie ihn nicht wiedergesehen.

Entweder hatte er die vergangenen Nächte in der Kaserne verbracht oder war auf Erkundungsritten weit in den Norden vorgedrungen. Sie wusste nicht genau, was stimmte, denn ihre einzigen Quellen waren die Gespräche ihrer Gastgeber und der Angestellten, die sie nur zufällig belauschte. Sie wagte es nicht zu fragen, denn sie wollte keinen falschen Eindruck erwecken. Oder sollten sie nicht die Wahrheit erkennen? Wollte sie nur nicht, dass jemand erfuhr, dass ihr unvernünftiges Herz für Duncan schlug?

Ausgerüstet mit einer Decke und dem Büchlein, verließ sie zum allerersten Mal das Haus. Bislang hatte sie die Gärten und Felder nur aus dem Fenster bewundert. Zu beiden Seiten des Haupteingangs erstreckte sich eine überdachte Veranda. Acht Säulen stützten sie. Sie waren rot, aus Holz und mit der archaischen Kunst der Eingeborenen verziert. In weiß gestrichenen Holzkübeln wuchsen Teerosen und tränkten die Luft mit ihrem unvergleichlichen Duft.

Adalie blieb einen Moment lang stehen, um all die neuen Eindrücke in sich aufzunehmen, dann stieg sie die weite Treppe hinunter. Ein breiter Kiesweg führte zwischen Koppeln hindurch zu einem Tor, das sie in der Ferne nur als hellen Bogen erkennen konnte. Auf den Weiden grasten Pferde, von denen die meisten groß und muskulös waren und eine lange Mähne und Fesselbehang besaßen. Fast alle waren bis auf ihre weißen Beine braun oder schwarz.

Adalie hatte noch nie so viele eindrucksvolle Pferde gesehen. Die großen Tiere erfüllten sie seit jeher mit Ehrfurcht. In der kleinen irischen Siedlung, in der sie geboren worden war, hatte es kaum Pferde gegeben. Die meisten Menschen waren zu arm, um sich ein Reittier leisten zu können, und der Boden war nicht gut genug für den Feldbau, deshalb gab es auch kaum Arbeitstiere.

Adalie setzte ihren Erkundungsgang fort und umrundete das Haupthaus. Auf der Südseite erstreckte sich ein liebevoll gepflegter Garten, der zum Verweilen einlud. Dort würde sie später lesen, wenn sie ihren Erkundungsgang abgeschlossen hatte.

Als Nächstes nahm sie sich den Gemüsegarten vor, in dem Kartoffeln, Kohl und Kürbisse gediehen sowie einige Pflanzen, die sie nicht kannte und daher wahrscheinlich zur Küche der Einheimischen gehörten.

Hinter dem Haupthaus gab es einen von Eisenholzbäumen und Südbuchen beschatteten Innenhof. An den Seiten erhoben sich Scheunen und Pferdeställe. Fauchend verteidigten Gänse ihr Revier und die Hühnerschar, mit der sie es teilten.

Das Anwesen war schöner und großzügiger, als sie es sich je hätte träumen lassen. Nach einem kurzen Blick in die Ställe kehrte Adalie in den Garten zurück und suchte sich ein Plätzchen, von dem aus sie den Hauptweg im Blick hatte.

Es war ein perfekter Ort, und zwar nicht nur in ihren Augen. Sicherlich war es Johanna zu verdanken, dass genau hier eine Bank stand. Adalie breitete die Decke aus, setzte sich hin und schlug sie über ihre Knie. Einen Moment lang schloss sie die Augen.

Das leise Wummern in ihrem Kopf war penetrant, aber erträglich. Sie hatte den Eindruck, dass die Düfte des nahen Kräuterbeetes die Schmerzen linderten. Überall summten Insekten und zwitscherten Vögel tief verborgen im Laub. Das Meer konnte sie von hier aus nicht hören, aber es gab genug andere reizvolle Sinneseindrücke. Beinahe zu viele, denn eigentlich war sie ja zum Lesen hergekommen.

Ehrfürchtig strich Adalie über das glatte grüne Leder des Einbandes und las noch einmal den Titel, der mit goldenen Lettern eingeprägt war. Sie musste jeden Buchstaben einzeln aussprechen und konnte erst dann die Worte zusammensetzen. Ein langsames Prozedere, aber es gelang ihr. Zum ersten Mal las sie ein richtiges Buch.

Sie schlug es auf. Das Inhaltsverzeichnis listete viele einzelne Märchen auf. Ratlos fuhr Adalie mit dem Finger darüber. Wenn sie alle Titel entziffern wollte, um eines auszuwählen, wäre sie bei Einbruch der Dunkelheit vermutlich immer noch nicht fertig. Kurzerhand entschied sie sich für das kürzeste.

Zu jedem Märchen gab es eine Zeichnung. Diese zeigte einen kleinen Vogel und eine Maus.

Das passt, dachte Adalie lächelnd. Denn genauso fühlte

sie sich im großen Haus der Fitzgeralds: wie ein kleines Tierchen, das hier eigentlich nicht hingehörte.

Der erste Buchstabe war mit Schnörkeln verziert, und es dauerte eine Weile, bis sie ihn entziffert hatte. Dann las sie Buchstabe für Buchstabe, Wort für Wort.

Der Kampf der Vögel

Ich will dir eine Geschichte über den Zaunkönig erzählen. Einst gab es einen Bauer, der suchte einen Knecht. Da kam der Zaunkönig zu ihm und sagte: »Nimm mich.«

»Du jämmerliche winzige Kreatur, was kannst du schon tun?«, spottete der Mann.

»Viel. Ich werde es dir beweisen, du wirst sehen.«

Adalie merkte kaum, wie die Zeit verflog. Zwar war die Geschichte nicht allzu spannend – konnte es gar nicht sein, weil sie für jedes Wort viel zu lange brauchte –, aber das Entziffern selbst war aufregend genug. Jedes Wort, dem sie das Geheimnis seiner Bedeutung entriss, war wie ein kleiner Schatz. Die kurzen Worte erkannte sie manchmal sogar direkt – das war ein Fest. Hin und wieder ertappte sie sich dabei, leise zu jauchzen.

Als sie fünf Seiten entziffert hatte, nahm das Licht ab, und sie sah zum ersten Mal nach längerer Zeit auf. Am Himmel schoben sich Wolken vor die Sonne, die bereits viel tiefer stand, als Adalie erwartet hatte. Es musste schon später Nachmittag sein.

Adalie drückte einen Moment lang den Rücken gerade, versuchte dabei, den Schmerz in ihren Rippen so gut es ging zu ignorieren, und vertiefte sich wieder in ihre Lektüre.

Als sie schließlich das zauberhafte letzte Wort – Ende – las, drückte sie das Buch ganz fest an sich.

»Meine erste Geschichte! Vater, wenn du das wüsstest! Ich lese!«, sagte sie triumphierend und stellte sich dabei das Gesicht von Manus Ó Gradaigh vor.

Schlagartig war ihre gute Laune dahin. Wahrscheinlich hätte er sie dafür halb tot geschlagen, und ihre Mutter gleich mit, und das Büchlein wäre in den Flammen des Ofens gelandet. Der Gedanke an zu Hause versetzte ihr einen Stich. Während sie für ihren Vater fast nur Angst und Abscheu übrighatte, fürchtete sie um das Wohl ihrer Mutter und des kleinen Sammy. Wie es ihnen jetzt wohl erging?

Donnernder Hufschlag riss sie aus ihren Gedanken. Mehrere Pferde kamen im Galopp den Weg hinaufgeprescht. Noch konnte sie die Tiere nicht sehen. Auf den Weiden reckten Stuten und Fohlen die Köpfe, einige wieherten oder trabten zum Zaun.

Adalies Herz tat einen Hüpfer, als sie die beiden Reiter ausmachte, die Kopf an Kopf dahinrasten. Beide Pferde hatten die Ohren angelegt und schaumtriefende Mäuler, während sie sich ein Rennen lieferten, als ginge es um ihr Leben. Die Reiter wurden durch lange flatternde Mähnen verdeckt, und doch erkannte Adalie Duncan sofort. Sie kamen schnell näher, doch auf den letzten Metern verlor Duncan an Boden. Es wirkte beinahe beabsichtigt, als wollte er den anderen gewinnen lassen.

Unbewusst war Adalie aus dem Garten herausgetreten.

Mr. Fitzgerald preschte auf seinem Braunen als Erster an ihr vorbei und verschwand hinter dem Haupthaus im Innenhof. Duncan bemerkte sie und parierte durch. Sein Hengst kämpfte kurz gegen die Zügel, ungehalten, so kurz vor dem Stall und der gut gefüllten Krippe noch einmal anhalten zu müssen.

Mit Ehrfurcht beobachtete Adalie das riesige pechschwarze Tier, das mit dem Kopf schlug und mit den Hufen Kerben in den Boden rammte. Seine Mähne flog in alle Richtungen. Für einen Augenblick war sie von Duncan abgelenkt, da sprang er aus dem Sattel des tänzelnden Pferdes.

»Adalie, wie schön, dich hier zu sehen. Geht es dir besser?«

»Ja, viel besser.«

In diesem Moment machte der Hengst einen Satz, und Adalie wich erschrocken zurück. Duncan ruckte an den Zügeln. »Jetzt reicht es aber, Nelson!«

Der Hengst blieb stehen und kaute scheinbar resigniert auf dem Zaumzeug, dabei behielt er Adalie genau im Auge. Sie wagte sich wieder etwas näher. Der sanftmütige Blick des Tieres strafte sein Benehmen Lügen.

»Ich hoffe, er hat dir keine Angst gemacht«, meinte Duncan entschuldigend. »Nelson ist noch sehr jung.«

Adalie nahm ihren Mut zusammen und streckte dem Tier die Hand entgegen. »Er heißt Nelson?«

»Ja. Er ist wirklich nicht so gefährlich, wie er vielleicht wirkt.«

Nelson blähte die Nüstern und sog Adalies Geruch ein. Ermutigt streichelte sie dem Tier den verschwitzten Hals. »Ich finde, seine Augen verraten sein freundliches Wesen.«

»Und eine gehörige Portion Schalk,« ergänzte Duncan.

»Ja, das auch.« Adalie lachte und fühlte die schreckliche Anspannung schwinden, die sie immer in Duncans Gegenwart befiel.

Das Pferd wirkte wie eine Brücke, die sie beide verband, und Duncan schien gewillt, sie zu überschreiten. Als Adalie ihre Hand unter die lange Mähne schob, legte er seine wie zufällig dazu.

Erschrocken sah sie ihn an. Er erwiderte ihren Blick, und auf seinen Lippen lag ein geheimnisvolles Lächeln. Sie erwartete, dass er sie nun zu einem Stelldichein überreden oder mehr versuchen würde, als nur mit den Fingerspitzen ihre Hand zu streicheln, doch er tat nichts dergleichen. Er sah sie einfach nur an und lächelte.

Er hätte mehr wagen dürfen, dachte Adalie und zog, von ihrem eigenen Leichtsinn überrascht, die Hand weg.

»Ich nehme Ihnen das Pferd ab, Sir«, rief jemand im gleichen Augenblick.

Ertappt sahen sich beide um. Der Stallbursche kam im Laufschritt auf sie zu, warf Nelson eine Decke über und nahm von Duncan die Zügel entgegen. Adalie sah Mann und Pferd kurz nach. Der Zauber des Augenblicks war vorüber, und sie wusste nicht, wie sie sich verhalten sollte.

»Bis zum Abendessen haben wir noch ein wenig Zeit. Hättest du Lust auf einen kleinen Spaziergang? Der Tag ist so schön.«

»Ich … ja, warum nicht«, stotterte Adalie. Sie war hin und her gerissen zwischen dem Wunsch, Duncan nahe zu sein, und der Angst, er könnte durch Worte oder Taten das Traumbild zerstören, das sie sich von ihm gezeichnet hatte. Sie wollte seine dunkle Seite nicht kennenlernen. Aber er war so lieb zu ihr gewesen und hatte tagelang an ihrem Bett gewacht, er hatte es sich verdient, dass sie ihre spröde Haltung ein wenig milderte. Und sie wollte es auch. Duncan machte sie neugierig. Sie wollte mehr von ihm wissen.

Erwartungsvoll bot ihr der junge Offizier seinen Arm. Adalie verstand erst nicht, was er wollte, dann erinnerte sie sich an die Flaneure, die sie an schönen Sonntagen in New Plymouth gesehen hatte. Noch nie hatte sie jemand wie eine echte Dame behandelt. Sie wollte nicht, dass Duncan merkte, wie unbeholfen sie seiner Welt gegenüberstand. Vorsichtig legte sie ihre Finger auf seinen Unterarm.

»Gehen wir?«, fragte er, und sie nickte schnell.

Sie schlenderten durch den Kräutergarten. Nach einigen Schritten legte Duncan seine Hand auf ihre und schob sie an eine andere Stelle.

Adalie errötete beschämt, doch dann wurde ihr klar, dass ihr Begleiter ihre kleine Unbeholfenheit ausnutzte, denn nun lag seine Hand weich auf ihrer. Wahrscheinlich sollte sie ein Gespräch beginnen, aber dazu war sie viel zu aufgeregt.

Komm, Adalie, gib dir einen Ruck.

Sie erhaschte einen Blick in den Innenhof, wo die beiden Pferde trocken gerieben wurden.

»War das ein Wettrennen?«, erkundigte sie sich zögernd. Na also, war doch gar nicht so schwer.

»Kein richtiges Rennen. Es ist irgendwie zu einer schönen Gewohnheit geworden. Meist gewinnt mein Stiefvater.«

Adalie verkniff sich die Bemerkung, dass sie gesehen hatte, wie er Nelson gezügelt hatte. An diesem Tag hätte Duncan gewonnen, da war sie sich sicher.

»Wenn Mr. Fitzgerald dein Stiefvater ist, was ist dann mit deinem richtigen Vater geschehen?«

»Er ist gefallen, in einem Kampf gegen aufständische Maori.«

»Oh, das tut mir leid.«

»Ist schon in Ordnung. Er starb noch vor meiner Geburt.«

»Dann hast du ihn nie kennengelernt?«

»Nein, leider nicht.«

Duncan öffnete ein kleines Tor, durch das sie den Garten

verließen. Vor ihnen lag ein verwunschener Weg. Gras und Farn wucherten zu beiden Seiten. Es gab Steinmauern und knorrige Südbuchen, an deren Ästen lange Flechten im Wind schaukelten.

»Was ist mit deinen Eltern?«

Adalie zuckte innerlich zusammen. »Sie leben«, antwortete sie derart hastig, dass Duncan sie fragend musterte.

»Dann gibt es einen anderen Grund, weshalb du alleine nach New Plymouth gekommen bist? Ich dachte, du wärst vielleicht eine Waise.«

»Das wünschte ich mir auch manchmal.« Die Worte waren raus, ehe sie sie zurückhalten konnte. Erschrocken schlug Adalie eine Hand vor den Mund. »Oh Gott, wie das klingt. Ich hoffe, du denkst nicht ...«

»Nein, nein, du wirst deine Gründe haben«, wiegelte er ab.

Sie nickte schnell. »Meine Brüder und Schwestern fehlen mir. Hast du Geschwister?«

»Ja, zwei jüngere Schwestern. Sie sind beide schon verheiratet. Ich habe sogar eine Nichte, Elenore. Sie ist vier, glaube ich. Wissen deine Geschwister, wo du bist?«

»Nein ... ich ...« Sie sah ihn hilflos an.

»Du musst nicht darüber reden, wenn du nicht möchtest.«

»Vielleicht ein wenig. Ich will nicht, dass du das Falsche von mir denkst. Mein Vater ist ein schwieriger Mensch, er trinkt, und sein Temperament ...«

Duncan blieb ruckartig stehen. »Hat er dich geschlagen?«

»Nicht nur mich. Ich musste da weg, verstehst du? Ich hatte schreckliche Angst!«

Duncan fasste sie an den Schultern und drehte sie zu sich, um sie anzusehen. »Jetzt brauchst du keine Angst mehr zu haben. Du bist hier sicher, und falls er je herkommen sollte, hast du meine Familie auf deiner Seite und ganz besonders mich.«

Adalie sah in sein ernstes Gesicht und kämpfte erfolglos gegen die Tränen.

»Danke«, sagte sie schwach.

Duncan lächelte aufmunternd. »Ich bin froh, dass du hier bist, sehr sogar. Dein Vertrauen ehrt mich.« Er strich ihr vorsichtig die Tränen von der Wange.

Adalie fühlte sich auf seltsame Weise verletzlich. Roh und zugleich wie neugeboren. In diesem Moment sehnte sie sich danach, die Mauer in ihrem Inneren zu überwinden und einfach das zu tun, was wohl die meisten jungen Frauen an ihrer Stelle getan hätten: sich einfach vorzulehnen und von Duncan in den Arm nehmen zu lassen.

Er schien genau darauf zu warten, aber er war zu höflich, um Adalie zu drängen. Stattdessen drückte er kurz ihre Hand und seufzte. »Komm, gehen wir zurück.«

Adalie nickte. Sie genoss es, schweigend mit ihm über die Wiesen zu gehen, seine Wärme neben sich zu spüren, seinen Geruch einzuatmen und sich mit beidem vertraut zu machen, in der heimlichen Hoffnung, dass dies nicht ihre letzte Begegnung war.

Kurz blieben sie an einem Zaun stehen. Auf der Wiese dahinter grasten drei Stuten mit ihren Fohlen. Der Anblick der jungen Tiere hatte etwas ungeheuer Friedvolles.

»Das Fohlen da vorne, das schwarze, ist das erste von meinem Hengst Nelson«, sagte Duncan stolz.

»Es ist sehr hübsch. Wir hatten keine Pferde auf unserer Farm, nur Schafe, und ich hatte Spot.« Adalie seufzte wehmütig.

»Wer ist Spot?«

»War. Mein Hund. Der beste Hütehund weit und breit. Vater hat ihn erschlagen, weil er böse auf mich war.«

Duncan legte schweigend seine Hand auf ihre und stürzte Adalie in ein wildes Gefühlschaos. War sie eben noch den Tränen nahe, weckte seine Berührung nun kribbelnde Glücksgefühle in ihr. Sie wartete wie gebannt darauf, dass Duncan sie zerstörte, indem er mehr versuchte, doch er blieb einfach nur stehen, dicht neben ihr, und sah hinaus auf die Wiesen, aus denen sich Abenddunst hob.

Schließlich zog er seine Hand weg, und sie traten endgültig den Rückweg an. Jetzt würden sie wirklich zu spät kommen, doch das war Adalie erstaunlich gleichgültig. Der kleine Spaziergang war es wert gewesen, und Duncan war wirklich ein ganz besonderer Mann. Sie fühlte sich wohl in seiner Gegenwart.

»Wenn ich zu schnell gehe, musst du es sagen.«

»Nein, es ist alles in Ordnung.« Und wirklich, an diesem Tag, in diesem Moment, war alles perfekt.

Sie blieb die ganze Zeit über bei Duncan untergehakt, auf dem Weg zum Hof, durch die Hintertür ins Haus und in den Salon.

Der Tisch war bereits gedeckt. Aus einer Schüssel dampfte es. Alles war vorbereitet, nur sie und ihr Begleiter fehlten.

Adalie stieg die Schamesröte ins Gesicht. Auch Duncan schien sich nun ein wenig unbehaglich zu fühlen. Er zögerte kurz, als er seine Mutter und seinen Stiefvater sah, die in ein Gespräch vertieft waren. Liam Fitzgerald hielt dabei die Hand seiner Frau und liebkoste sie sacht.

So hatte Adalie ihre eigenen Eltern nie miteinander umgehen sehen. Der kurze Einblick genügte ihr, um zu erkennen, wie viel Achtung und Liebe die beiden einander entgegenbrachten. Kurz beneidete sie Duncan darum, in solch einem Elternhaus aufgewachsen zu sein, dann wurden sie bemerkt.

»Entschuldigt unsere Verspätung«, sagte Duncan sofort und zog Adalie mit steifen Schritten auf seinen Stiefvater zu.

»Ich glaube, ihr seid euch noch nicht begegnet. Adalie Ó Gradaigh, darf ich vorstellen, Lieutenant Colonel Liam Fitzgerald.«

»Angenehm«, brachte Adalie heraus und hatte das Gefühl, unter dem Blick des Hausherrn zu schrumpfen. Seine hellen Augen waren stechend, das Gesicht kantig und streng. Er nahm ihre Hand und deutete einen Kuss an. Dann milderte ein Lächeln seine kühle Ausstrahlung.

»Es freut mich, Sie kennenzulernen, Adalie. Wie ich sehe, sind Sie schon wieder auf den Beinen. Einer waschechten Irin kann so schnell nichts etwas anhaben, nicht wahr?«

Adalie nickte irritiert und wusste nicht, was sie antworten sollte.

»Begeben wir uns zu Tisch, die Suppe wird kalt«, sagte Johanna und beendete damit den Moment des unangenehmen Schweigens.

Duncan rückte Adalie den Stuhl heran und hätte sie damit beinahe zu Fall gebracht, weil sie es nicht erwartet hatte. Sie musste über ihr eigenes Missgeschick lachen, und damit war die Stimmung bei Tisch endgültig gerettet.

✳ ✳ ✳

Küste bei Wellington

Jonah hatte es geschafft. Ungläubig sah er über den weiten, nun weißen Strand auf die dunkle Linie vor ihm. Es waren

Häuser, Hunderte von ihnen. In der Luft lag bereits der würzige Geruch von Herd- und Schmiedefeuern.

Auf dem Meer kreuzten Fischerboote, und Dampfschiffe ließen ihre Signalhörner ertönen. Er hätte am Anfang seiner Reise nicht geglaubt, dass er die Gesellschaft anderer Menschen einmal so sehr herbeisehnen würde. Seine Wanderung war einsam gewesen, aber auch wohltuend und heilend. Die Trauer um Hiri war nicht mehr scharf und verletzend, sondern erträglich geworden, wie ein Lied in Molltönen: begleitend, aber nicht störend. Er träumte von ihr und erinnerte sich immer wieder an die vielen Jahre, die sie miteinander verbracht hatten – Jahre des Nebeneinanders und seltenen Miteinanders. Er hoffte, dass die Liebe, die er ihr nie bekundet hatte, trotzdem nicht unbemerkt geblieben war, auch wenn sie beide viel zu oft getrunken hatten.

Anfangs hatten ihn die Schmerzen dazu getrieben, zum Süßkartoffelschnaps zu greifen, später die Hoffnungslosigkeit. Er war schwach gewesen. Wenn er sich jetzt daran erinnerte, wie seine Rachepläne im Alkoholdunst versunken waren, schämte er sich. Damals hatte er schlichtweg nicht die Kraft gehabt, sich zusammenzureißen und seine Ziele zu verfolgen.

Vielleicht hatte Hiri das alles geplant, ihn mit dem Schnaps willenlos gemacht und an sich gebunden. Sie hat ihn geliebt, das hatte er schon damals gewusst, und wollte nicht verlassen werden. Immer wenn er aufbrechen wollte, war es ihr gelungen, ihn zu überreden, noch einige Tage zu bleiben. Aus Tagen wurden Wochen, aus Wochen Monate und Jahre.

Irgendwann hatte Jonah angefangen, selbst Süßkartoffeln anzubauen, um seinen Bedarf an Schnaps zu decken. Dank des Alkohols konnte er sein altes Leben vergessen. Wenn Hiri mit ihm trank, konnte sie bei ihm sein und die wachsende Feindseligkeit der Dorfbevölkerung vergessen. Sie war zu einer Schande für ihre Familie geworden, weil sie in wilder Ehe mit Jonah lebte, aber ihre Verwandten brachten es nicht über sich, sie davonzujagen.

Der Schnaps war zum Mittelpunkt ihres Alltags geworden. Die Jahre gingen dahin, bis für einen von ihnen das unweigerliche Ende kam. Hiris Leber hatte als Erste versagt.

Jetzt musste er sich um sich selbst kümmern. Die Jahre, die noch vor ihm lagen, wollte er nicht weiterhin im Elend verbringen, sondern in Würde. Auch wenn ihm nicht viel davon geblieben war.

Je länger er abstinent war, desto mehr kehrte seine alte Entschlossenheit zurück, und damit der Gedanke, dass die Menschen, die sein Leben vernichtet hatten, noch immer nicht zur Rechenschaft gezogen worden waren. Jonah war überrascht, dass sein Rachebedürfnis nach all den Jahren wieder aufflammte. Vielleicht war es noch nicht zu spät, vielleicht sollte er es auch einfach ruhen lassen. Erst einmal musste er sich seinem neuen Leben stellen und sich darin zurechtfinden.

Es dauerte noch über eine Stunde, bis Jonah die ersten Ausläufer der Stadt Wellington erreichte. Am Stadtrand lagen Fischerhütten. Jeder hier ignorierte ihn, sah er doch genauso erbärmlich aus wie viele arme Menschen, die in der neuen Welt weit im Süden ihr Glück gesucht und nicht gefunden hatten.

Jonah zog es in den Hafen. Wenn es irgendwo Arbeit für ihn gab, dann dort. Barfuß und mit nicht viel mehr am Leib als den Kleidern, die er trug, betrat er eine Bar. Es stank nach ungewaschenen Männern, schalem Bier und fettigem Essen. Nach den vielen Tagen unter freiem Himmel überwältigte ihn die stickige Enge des Raums. Trotzdem erwachte schrecklicher Durst in ihm. Das Biest, das sich von Alkohol nährte und in den vergangenen Wochen zur Ruhe gezwungen worden war, hob nun aufs Neue sein hässliches Haupt.

Es war leicht gewesen, dem Schnaps am Strand abzuschwören, wo es keinen gab und der Teufel einen Mann nicht in Versuchung führen konnte.

Hier jedoch sah die Sache anders aus.

Jonah griff in seine Hosentasche und tastete nach seinen letzten Münzen. Sie reichten aus für zwei Mahlzeiten oder für ein Essen und ein Bier. Nicht viel Bier, nicht genug, um davon betrunken zu werden.

Er trat an die Theke. Ein Mann neben ihm bekam soeben sein Glas gereicht. Jonahs Entscheidung war getroffen.

»Ein Essen und ein Bier, bitte«, krächzte er. Seine Stimme war kratzig. Die vielen Tage, in denen er kein Wort gesprochen hatte, hatten ihn heiser werden lassen.

»Wir haben Eintopf mit Rindfleisch oder Hähnchen mit Kartoffeln«, meinte die dralle gealterte Schönheit, die ihn bediente. Jonahs Geld reichte nur für Eintopf.

Als er sein Bier bekam, stieß sein Nachbar mit ihm an. »Prost!«

Jonah leerte die Hälfte des Glases in einem Zug.

»Lange unterwegs gewesen?«

»Kann man wohl sagen«, erwiderte Jonah. »Ein halbes Leben.«

Der andere nickte mitfühlend, obwohl er sicher nicht den blassesten Schimmer besaß, was Jonah durchgemacht hatte. Schon jetzt überkam ihn das Gefühl, das Gespräch überfordere ihn. Aber er war nicht den weiten Weg hierhergelaufen, um weiterhin das Dasein eines Einsiedlers zu führen. Dieser junge Mann, der ihn so freundlich angesprochen hatte, könnte die Tür hinaus aus seinem alten Leben sein. Er streckte ihm die Hand hin. »Ich bin Jonah.«

»Karl Stuart, freut mich, Jonah.«

»Ganz meinerseits. Du scheinst ein ordentlicher Mann zu sein. Ich suche Arbeit. Hast du vielleicht etwas gehört?«

»Kann sein, dass ich etwas weiß. Was suchst du denn?«

»Ist mir gleich, solange ich eine Mahlzeit und ein Dach über dem Kopf bekomme. Ich bin tüchtig. Kein Faulpelz.«

Jonah wischte sich über den Mund. Das Essen war noch nicht da und sein Bierglas bereits geleert. Der tückische Dämon in ihm verlangte nach mehr, und Jonah war erleichtert, sich einfach nicht mehr leisten zu können. Doch so schnell ließ sich der Durst nicht abwimmeln. Vielleicht würde ihn jemand einladen, ja. Die Verzweiflung hielt sich mit Hoffnung über Wasser.

Stuart rieb sich den schütteren Backenbart. »Ich glaube, Kapitän Haygen sucht noch jemanden. Er macht Frachtfahrten. Bist du schon mal zur See gefahren?«

Jonah verneinte ehrlich. »Seekrank werde ich nicht, das sollte doch reichen.«

»Vielleicht. Er hatte mich gefragt, aber ich habe schon eine Heuer bis zum Frühjahr.«

»Du Glückspilz. Wo finde ich diesen Kapitän Haygen?«

»Er kommt sicher später hierher. Wenn er in Wellington ist, findest du ihn jeden Abend hier. Ich glaube, die dicke Jenny hat es ihm angetan.« Er zwinkerte verschwörerisch und wies mit dem Kinn zur Theke, wo die gealterte Bardame zwei Männern weit vorgebeugt ihr faltiges Dekolleté präsentierte. Sie hatte sich das Haar zu einem Ungetüm von einer Frisur aufgesteckt und die Lippen rot angemalt.

Jonah wandte sich angewidert ab und musste an Hiri denken. Ihr Ausschnitt war nicht weniger faltig gewesen, aber bei ihr hatte es ihn nie gestört. Die Maori hatte nicht mit ihren Reizen gegeizt, aber ihre Aufmerksamkeit galt nur ihm.

Mit leiser Wehmut schob er die Erinnerung beiseite.

Es gab kein Zurück, die Tür zu diesem Leben war zugefallen, die Klinke abgebrochen und verloren.

Als sein Essen serviert wurde, löffelte er gierig die heiße, würzige Mahlzeit aus der Holzschüssel. Es war die erste richtig gekochte Nahrung seit Hiris Tod. Der Eintopf holte ihn endgültig in sein neues Leben.

Die Portion war üppig bemessen und überforderte seinen Magen beinahe, nachdem er wochenlang nur mit Fisch, Muscheln und im Feuer gegarten Süßkartoffeln hatte vorliebnehmen müssen.

Karl Stuart hatte sich mit ihm an einen kleinen Tisch gesetzt und erzählte ohne Unterlass, während Jonah aß. Er versuchte erst gar nicht, auf die Geschichten über die Familie und die Frau des Mannes einzugehen und nickte nur hin und wieder, um nicht unhöflich zu erscheinen.

Sein Gegenüber schien froh, ohne Unterbrechung reden zu können, und ging ganz darin auf. »Ich bestell uns noch ein Bier«, meinte er schließlich, als Jonah zufrieden die letzten Reste aus dem Teller kratzte.

Der ewig durstige Dämon tat einen Freudensprung. Er würde mehr bekommen. Jonah hoffte und fürchtete zugleich, dass Stuart in spendabler Stimmung war und die erste Runde nicht die letzte sein würde. Dabei wusste er genau, dass seine Aussichten auf einen Job gleich null sein würden, wenn er sich betrank, bevor der Kapitän auftauchte.

Aber das Schicksal meinte es gut mit ihm, denn kurze Zeit später schwang die Eingangstür auf.

»Da ist er.« Stuart reckte sich und hob grüßend die Hand.

Haygen war ungefähr zehn Jahre jünger als Jonah, dunkelhaarig und trug einen kleinen Wohlstandsbauch zur Schau. Sein Gesicht war nicht so wettergegerbt wie bei anderen Seeleuten, aber Jonah erinnerte sich, dass Stuart von nur kurzen Frachtfahrten erzählt hatte.

»Stuart, schön, dann bin ich nicht alleine hier«, begrüßte Haygen Jonahs neuen Bekannten.

»Kapitän Haygen, das ist Jonah. Er sucht Arbeit, und da dachte ich, Sie würden sich vielleicht gerne mal mit ihm unterhalten.«

Jonah gab dem anderen Mann die Hand und wurde dabei gemustert wie ein Stück Vieh. »Ich weiß, ich sehe nicht viel besser aus als der Bettler vor der Tür.«

»Ob deine Kleider Löcher haben, interessiert mich nicht, solange du dich nicht vor harter Arbeit scheust. Ich transportiere Güter und Vieh von einem Ende Neuseelands zum anderen. Ich will mich auf meine Leute verlassen können, dafür können sie sich auch auf mich verlassen.«

»Ich bin zwar nie zur See gefahren, aber mit Vieh und harter Arbeit kenne ich mich aus«, sagte Jonah, blickte Haygen in die Augen und streckte ihm die Hand hin.

»Gut, versuchen wir es. Eigentlich kommen Sie wie gerufen, denn ich habe gerade einen neuen Auftrag angenommen.« Der Kapitän schlug ein.

Jonah fiel ein Stein vom Herzen. »Sie werden es nicht bereuen, das verspreche ich.«

»Wir werden sehen. Komm morgen bei Sonnenaufgang zu den Viehpferchen an Pier drei.«

»Ich werde da sein, auf jeden Fall.«

Jonah schaffte es tatsächlich, zur verabredeten Zeit am Treffpunkt zu sein, was aber nur daran lag, dass er direkt am Pier unter freiem Himmel geschlafen hatte. Sein Schädel brummte ordentlich. Er war nach der unfreiwilligen Entziehungskur nichts mehr gewohnt. Stuart und später auch einige andere Gäste waren so freundlich gewesen, ihn mit einem Bier nach dem anderen zu versorgen. Nun hatte er einen Geschmack im Mund, als wäre ein Tier darin verendet. Das beständige Hämmern in seinem Kopf erinnerte ihn daran, dass zumindest er selbst noch immer einen Puls hatte.

Mühsam kam Jonah auf die Beine, wankte an den Rand des Piers und übergab sich. Möwen stürzten sich sofort darauf, und Jonah wandte sich schnell ab, damit ihm nicht gleich wieder übel wurde. Über einen kleinen Steg erreichte er eine Treppe, die zum Wasser hinabführte. Träge und tranig plätscherten die Wellen gegen die muschelverkrusteten Pfeiler des Piers. Er schöpfte mit den Händen Wasser, wusch sich Kopf und Gesicht und spülte sich mit dem salzigen Nass das verendete Pelztier aus dem Mund.

Das Wasser der Tasmansee war eisig. Es weckte seine Lebensgeister und trieb die Kopfschmerzen in einen Winkel über seinem rechten Ohr, wo sie sich sammelten und hartnäckig, aber weniger quälend festsetzten.

Noch lag Nebel über dem Hafen und sorgte dafür, dass die aufsteigende Sonne das Zwielicht nur schwerlich durchdrang.

Jonah rollte seine Decke auf und packte sein weniges Hab und Gut in die Tasche, dann stellte er sich genau an den Anfang von Pier drei. Von Kapitän Haygen oder Männern, die für ihn arbeiteten, war noch nichts zu sehen, doch ganz in der Nähe war Vieh in Pferchen untergebracht. Die kalte, feuchte Luft trug den Geruch von Fell und Mist heran.

Als Haygen schließlich kam, glühte der Himmel rot vom Sonnenaufgang, und der Nebel hob sich in zerfetzten Schleiern dem im Süden aufragenden Mount Victoria entgegen.

»Guten Morgen«, rief Jonah und hoffte, dass er nur halb so elend klang, wie er sich fühlte.

Haygen schien positiv überrascht, ihn überhaupt zu sehen. Nachdem er kurz seine Männer, Connor und Nic, vorgestellt hatte, ging es zügig zu den Viehpferchen.

»Wir bringen vier Zuchtstiere auf die Südinsel zu einer Farm in Marlborough. Und ich hoffe und erwarte, dass die Tiere das Ziel heil erreichen, ebenso wie mein Schiff.«

Ausgerechnet Stiere, stöhnte Jonah innerlich, ließ sich aber nichts anmerken.

Die vier Tiere waren in einem eigenen Pferch untergebracht. Sie waren riesig und bis auf einen braun gefleckten alle pechschwarz. Mit zornig rollenden Augen musterten sie die Männer.

Jonah war froh, dass sie Nasenringe trugen. Das machte vieles leichter, auch wenn die Tiere immer noch lebensgefährlich waren. Seine Angst wollte er trotzdem nicht zeigen.

»Der Weg zum Schiff ist nicht weit, wir bringen die Tiere einzeln hin und binden sie an Bord fest. Das kurze Stück über die Rampe wird der schwierigste Teil werden«, meinte

Haygen. »Und nun los, ich will sehen, was du drauf hast, Jonah.«

Er hatte damit gerechnet, geprüft zu werden. Bei Stieren war vor allem eines wichtig: Ruhe.

Und so rupfte Jonah eine Handvoll Heu aus einem Bündel und hielt es dem ersten Tier hin. Er hoffte, dass sie an diesem Morgen noch nichts bekommen hatten. Und wirklich, der Hunger ließ den Stier nicht lange zögern. Er trat näher, schnappte nach dem Futter, und Jonah bekam den Nasenring zu fassen. Überrumpelt brüllte der Stier auf. Jonah zog ein Seil durch den Ring und knotete ein zweites zum Halfter.

»Wir können los.« Er grinste triumphierend.

Die Männer lachten, und Haygen klatschte, als wäre Jonah ein Hund, der ihn mit einem Trick überrascht hatte.

Connor öffnete das Tor und überließ es Jonah, den Stier herauszuführen. Zu viert marschierten sie zum Pier. Der Stier beäugte das Wasser skeptisch, doch erst als er auf das Schiff sollte, setzte er sich zur Wehr.

Energisch stemmte er die muskulösen Beine in den Boden und bewegte sich nicht vom Fleck, ganz gleich, wie sehr die Männer ihn auch schlugen. Schließlich legten sie ein Seil um die Hinterbeine und zogen ihn so die Rampe hinunter ins Boot, wo der Stier mit rollenden Augen stehen blieb. Jonah wagte erst, die Führseile loszulassen, als der enge Pferch geschlossen war. Der Stier rammte sofort seinen Kopf gegen die Bordwand, richtete aber keinen Schaden an.

Die Männer lachten erleichtert. Erst jetzt hatte Jonah Gelegenheit, seinen neuen Arbeitsplatz zu begutachten. Das Schiff war für den Transport von Vieh und sperrigen Gütern umgebaut worden. In der Mitte gab es einen flachen Ladebereich, wo nun der unglückliche Stier stand und nach seinen Artgenossen brüllte. Zwei Masten erhoben sich über ihnen, die gerefften Segel gut verschnürt. Möwen segelten über sie hinweg und drehten schnell wieder ab. Bei einem Viehtransport fiel für sie nichts ab.

»Los, holen wir die restlichen Tiere, danach gibt es etwas zu essen, und wir brechen auf.«

Jonah verspürte leise Wehmut. Wenn sie ablegten, war sein altes Leben endgültig vorbei.

***

KAPITEL 11

Kaserne von New Plymouth,
Februar 1870

Duncan war bereits im Dunkeln losgeritten, um rechtzeitig in der Kaserne zu sein. Zwar könnte er auch in einer der Offizierswohnungen übernachten, doch er machte sich auf den Heimweg, sooft der Dienst es zuließ. Besonders jetzt, da Adalie zu Gast war, versuchte er, so viel Zeit wie möglich in seinem Elternhaus zu verbringen. Seine Gedanken drehten sich beinahe nur noch um sie, doch heute würde er all seine Konzentration brauchen.

Die Sonne tauchte New Plymouth in weiches Morgenlicht und übergoss die taufeuchten Palisadenmauern der Kaserne mit einem goldenen Schimmer. Vor dem Tor harrte ein einzelner Reiter aus und wartete. Giles war früh dran. Etwas anderes hätte Duncan allerdings auch nicht erwartet.

Der Maori trug helle Kleidung aus *Harakeke*, die mit rötlichen Mustern verziert war. Der Schnitt war annähernd europäisch. Mehr würde sein Freund der Kultur seiner irischen Mutter nicht entgegenkommen, und Duncan war Giles im Stillen dankbar, dass er sich überhaupt so viel angezogen hatte.

»*Mōrena, Parata.*«

»Dir auch einen guten Morgen«, entgegnete Duncan. »Ich bin froh, dass du gekommen bist.

»Ich weiß noch nicht, ob ich dir helfen werde. Sag mir, worum es geht, und dann entscheide ich.«

Damit hatte Duncan gerechnet. »Unser Übersetzer ist krank geworden, und wir brauchen dringend einen Ersatz. Es geht wie fast immer um Landrechte. Zwei Siedlerfamilien haben sich auf Stammesgebiet niedergelassen. Ich werde mit einer Truppe hinreiten und dafür sorgen, dass sie es verlassen.«

Giles Blick hellte sich auf. »Die *Pakeha* müssen weg. Wofür brauchst du mich? Reichen deine tapferen Männer etwa nicht?«

Duncan ging auf Giles bissigen Spott nicht ein. Sie waren zu nah an der Kaserne, um sich mit einem Maori über die eigenen Leute lustig zu machen.

»Es soll alles friedlich ablaufen. Die Stammesleute werden auch da sein, und von ihnen spricht fast keiner Englisch. Vielleicht lässt sich ein Kompromiss finden, zum Beispiel ein Pachtverhältnis. Im besten Fall stellen wir beide Seiten zufrieden. Es darf auf keinen Fall eskalieren.«

Giles seufzte. »Te Kooti würde mich umbringen.«

»Das will er doch sowieso.«

»Stimmt auch wieder.« Giles lehnte sich herüber und reichte Duncan die Hand. »Gut, ich mache es. Aber nur weil du es bist, und komm ja nicht auf die Idee, mich öfter für euch Unterdrücker einzuspannen. Ich mache es nur für meine Leute.«

»Klar, Giles«, erwiderte Duncan grinsend und dachte an das Gespräch mit seinem Stiefvater. Natürlich hatten sie vor, Giles noch für weitere Missionen zu gewinnen. Doch er musste es langsam angehen. »Jetzt beweg deinen Hintern in die Kaserne, und lass dir ein ordentliches Frühstück geben, während ich die *Unterdrücker* antreten lasse.«

Zwanzig Reiter der Kavallerie folgten Duncan auf dieser Mission. Er hatte eine Abschrift des Urteils bei sich, das den Farmern eine Woche zuvor zugestellt worden war.

Es war nicht der erste Einsatz dieser Art, an dem er teilnahm, aber der erste, den er selbst leitete.

Liam hatte ihm diesen Auftrag gegeben, und Duncan sah es als weitere Bewährungsprobe.

Es war noch nicht Mittag, als sie nach fast zwei Stunden schnellen Rittes eine Pause machten und die Pferde an einem Bach saufen ließen. Eine breite, häufig genutzte Furt zeigte an, dass sie ihr Ziel beinahe erreicht hatten.

»Und? Wie sieht dein Plan aus, wie werden wir vorgehen?«, erkundigte sich Giles.

»Ich habe keinen Plan. Wir reiten zum Siedlungsplatz. Wenn sie weg sind, ist die Sache erledigt, und wir reiten heim. Wenn nicht, überwachen wir, wie sie packen, und begleiten sie aus dem Stammesterritorium heraus.«

»So einfach?«

»Ich hoffe es, ja.«

»Hast du so was schon einmal gemacht?«, fragte Giles und ließ seinen Blick über die jungen Soldaten schweifen.

Duncan hatte diese Männer selbst ausgebildet. Das hier war ihr erster richtiger Einsatz, und er hoffte, es würde eine gute Erfahrung für sie alle werden.

»Ja, ich war schon bei ähnlichen Aktionen dabei. Es ist immer unterschiedlich. Die Menschen reagieren nie gleich. Für manche geht es um das nackte Überleben, und völlig ohne Probleme ist es bislang nie abgelaufen, wenn es das ist, was du eigentlich wissen willst.«

Offenbar merkte Giles genau, was Duncan am meisten fürchtete. »Wenn es zum Kampf kommt …«

»Du begleitest uns als Übersetzer, Giles. Du hast keine Verpflichtungen.«

»Gut.« Er nickte. »Ich kämpfe nicht für *Pakeha*.«

»Ich weiß, *Parata*. Wir werden nicht kämpfen müssen.« Duncan klopfte auf seine Satteltasche. »Ich habe das Dokument dabei, sie haben keine andere Wahl.«

»Hoffen wir es. Aber Papier hat noch keinen entschlossenen Mann aufhalten können.« Giles stieg wieder in den Sattel.

»Los, Männer, aufsitzen. Es ist nicht mehr weit, und wir wollen doch am Abend wieder zu Hause sein«, rief Duncan und erntete daraufhin nicht nur zustimmende Rufe von seinen Männern, sondern auch ein wissendes Grinsen seines Freundes.

»Was?«, fragte er ihn, während sie an der Spitze der Truppe die breite Furt durchquerten.

»Deine Mutter hat einen jungen hübschen Gast, wie ich hörte.«

Duncan wandte ruckartig den Kopf und sah Giles fassungslos an, während er versuchte, ihm mit einem Blick klarzumachen, dass er besser kein weiteres Wort mehr darüber verlor. Zugleich drifteten seine Gedanken für einen winzigen Augenblick ab, und er musste an Adalie denken. Er sah sie vor sich, wie er sie am Abend zuvor im Flur überrascht hatte. Sie hatte ihr Nachtgewand getragen und darüber einen cremefarbenen Hausmantel. Ihr Haar hatte sie bereits gelöst, und es war ihr in schwarzen Wellen bis hinab zur Hüfte gefallen. Sie hatte ihn bemerkt und sich mit geröteten Wangen nach ihm umgesehen, bevor sie in ihr Zimmer entschwunden war. Dieses Bild verfolgte ihn in Gedanken, und auch jetzt reagierte sein Körper mit einem schmerzhaften Ziehen in der Leiste.

»Oh, sie hat es dir wirklich angetan.«

»Wenn du mein Freund bist, dann hältst du jetzt den Mund, oder ich muss ihn dir stopfen, *Parata*. Das gehört hier nicht her.«

Giles öffnete den Mund zu einer raschen Antwort, hielt dann jedoch inne, ohne etwas zu sagen. Hinter ihnen ritten zwanzig Männer der Kavallerie. Pferde schnaubten, ihre Hufe klapperten über trockene Erde, und in den hinteren Reihen unterhielten sich die Männer mit gedämpften Stimmen.

Giles sah Duncan entschuldigend an, dann nickte er. »Gut, du bekommst eine Schonfrist, aber nicht lange.«

Duncan fiel ein Stein vom Herzen. Das hätte ihm gerade noch gefehlt, wenn sein Maorifreund seine mühsam aufgebaute Autorität mit ein paar spöttischen Sprüchen zerstören würde.

Mit einem Mal roch es nach Harz, und kurz darauf entdeckten sie die ersten Baumstümpfe, wo die unrechtmäßigen Siedler Holz geschlagen hatten. Dann lichtete sich der Wald, und vor ihnen öffnete sich das Land. Klein parzellierte Felder trugen erste Früchte. Es war windig, und die Schatten schnell ziehender Wolken erschwerten es, sich ein Bild von der Situation zu machen.

Einen Moment lang glaubte Duncan, beobachtet zu werden, doch an der Stelle, wo er einen Mann vermutet hatte, drückte kurz darauf der Wind die Sträucher zu Boden.

»Seid wachsam, Männer, wir sind gleich da«, rief er den anderen zu.

Giles griff an seine Hüfte, wo seine *Mere* im Gürtel steckte, und überprüfte, ob sie sich im Notfall schnell ziehen ließ. Die Jadekeule war eine tödliche Waffe, und der Umgang damit erforderte jahrelange Übung. Als er Duncans Blick bemerkte, zuckte er mit den Schultern und tat, als wäre nichts geschehen. Er war nur als Übersetzer mitgekommen, doch der Krieger in ihm kam nie ganz zur Ruhe.

Duncan war froh darüber.

Mit seinem besten Freund an seiner Seite fühlte er sich gleich sicherer. Auch wenn sie noch nie gemeinsam auf dem Schlachtfeld gestanden hatten, wusste er doch, dass Giles ihm stets den Rücken decken würde.

»Ich rieche Rauch«, sagte der Maori leise.

»Ja, ich auch.«

Duncan stellte sich in die Steigbügel und entdeckte die halbfertigen Häuser, oder besser: das, was von ihnen noch übrig war. Eines war fast vollständig abgebrannt. Die schwärenden Dachbalken ragten wie Gerippe in den Himmel.

Hinter Duncan luden die Männer ihre Gewehre und überprüften den Sitz ihrer Säbel. Leise raunten sie einander Vermutungen zu, was hier geschehen sein mochte.

»Giles und vier Männer kommen mit mir, der Rest wartet hier«, befahl Duncan. »Niemand schießt, solange er nicht angegriffen wird. Niemand! Ist das klar?«

Duncans schlimmste Befürchtung war, dass im nahen Wald eine Übermacht lauerte, der sie nicht gewachsen waren. Solange sie ihnen keinen Grund lieferten, würden die Maori nicht angreifen, das wusste er.

Zu sechst näherten sie sich der Farm. Die Pferde witterten Feuer und Tod, wurden unruhig und sträubten sich. Duncan trieb seinen Hengst energisch voran. Jeder Muskel des Tieres stand unter Hochspannung.

Schnell verschaffte sich Duncan einen Überblick. Leichen waren keine zu sehen, Überlebende allerdings auch nicht.

Gewehrkugeln hatten in den Holzbalken helle Absplitterungen hinterlassen. Im Innenhof lag eine zerbrochene Jadewaffe. Hier war eindeutig gekämpft worden, doch wo waren die Sieger und wo die Verlierer?

»Hallo? Ist da jemand? Kommen Sie heraus, und legen Sie Ihre Waffen nieder!«, rief Duncan. »Giles, übersetze bitte.«

Der Maori richtete seinen Blick auf einen Punkt am Waldrand und rief die Botschaft dorthin. Dann warteten sie.

Eine seltsame Stille hatte sich wie eine Glocke über das Tal gesenkt. Es schien, als hielte die Natur selbst den Atem an. Kein Vogel sang, nirgends waren Farmtiere zu sehen, die es zweifellos geben musste, und selbst die Pferde der Kavallerie standen nun still und beäugten die fremde Umgebung ängstlich und abwartend.

»Niemandem wird etwas passieren. Kommen Sie raus.«

Plötzlich raschelte etwas in der Nähe des Schuppens.

»Nicht schießen!«, rief eine Frau.

Duncan atmete erleichtert auf. »Kommen Sie her. Keine Angst, Sie sind in Sicherheit.«

»Die Frage ist, wer vor wem in Sicherheit gebracht werden muss«, knurrte Giles, als er einen bewaffneten Farmer entdeckte, der sich aus einem Farndickicht erhob und nicht den Anschein machte, sich von seinem Gewehr oder diesem Stück Land trennen zu wollen.

Mit starrem Blick baute er sich breitbeinig vor Duncan auf. Die Frau führte zwei kleine Kinder an seine Seite, die sich ängstlich an sie drückten, und sah erwartungsvoll zu ihrem Mann auf.

»Wird auch Zeit, dass Sie kommen und den Wilden zeigen, wer hier recht hat, sonst massakrieren die uns noch!«, wetterte der blonde Farmer.

Duncan war froh, dass Giles schwieg, und wappnete sich innerlich für das Gespräch mit dem Farmer. »Mr. Miller, richtig?«

»Ja, natürlich.«

»Mr. Miller, Sie befinden sich auf Stammesland. Sie dürfen hier nicht siedeln.«

Der Farmer lief rot an und umklammerte sein Gewehr derart fest, dass seine Knöchel weiß hervortraten. Sein Körper war von harter Arbeit gestählt, sehnig und braun gebrannt.

»Sie sind nicht zu unserem Schutz hier?«, fragte die Frau nun unsicher.

»Nein, Mrs. Miller. So leid es mir tut, aber wir sind hier, um Sie aus dem Stammesgebiet hinauszubegleiten.«

Duncan drehte sich im Sattel um und signalisierte den wartenden Männern herzukommen.

»Aber wo sollen wir denn jetzt hin?«, fragte die Frau und drückte ihre Kinder an sich. »Wir haben doch nichts.«

»Es tut mir leid, wir haben unsere Befehle. Die Männer werden Ihnen helfen, alles zusammenzupacken.«

»Niemals!«, wetterte der Farmer, den Duncan einen Moment lang nicht beachtet hatte. »Nur über meine Leiche.«

In diesem Moment traten Maorikrieger aus dem Wald. Es waren mindestens ein Dutzend, und ihr Anblick war furchterregend, obwohl die Soldaten eindeutig in der Überzahl waren.

»*Tēnā koutou!*«, rief Giles ihnen zur Begrüßung zu, und die Krieger antworteten umgehend.

»Sag ihnen, weshalb wir gekommen sind, Giles, und dass sie unter allen Umständen friedlich bleiben sollen.«

Der Maori nickte und lenkte sein Pferd auf die Krieger zu. Duncan verstand bis auf das Wort *Waitangi* kaum etwas, doch das war auch unwichtig. Seine Probleme standen direkt vor ihm und hatten gerade erst begonnen. Der Farmer sah nicht aus, als wollte er so schnell klein beigeben.

»Ihnen ist schon vor einer Woche der Beschluss des Richters mitgeteilt worden, Mr. Miller. Sie müssen dieses Land verlassen.«

»Nein, ich habe es gekauft!«

»Dies ist Maoriland, und das ist nur an die Krone verkäuflich. Wahrscheinlich sind Sie einem Betrüger aufgesessen. Legen Sie bitte Ihr Gewehr auf den Boden, und kooperieren Sie. Sie möchten doch nicht, dass jemand verletzt wird.«

Der Bauer klammerte sich an der Waffe fest, als hinge sein Leben davon ab, und sah sich mit wachsender Panik um. Giles war unterdessen bei den Maorikriegern angekommen und begleitete sie nun zum Farmhaus.

Duncan hatte nicht mehr viel Zeit, um den Farmer zum Einlenken zu bewegen. »Nehmen Sie Vernunft an, Mr. Miller. Denken Sie an Ihre Frau und die Kinder. Im Gefängnis helfen Sie ihnen nicht.«

Die Reiter hatten einen lockeren Kreis um Duncan und die Familie gebildet. Mr. Miller versuchte, zwischen den Pferdeleibern die Maori auszumachen, und als es ihm nicht gelang, warf er sein Gewehr schließlich zu Boden.

»Gottverdammt, warum?«, schrie er.

Seine Frau war im nächsten Moment bei ihm und drückte sich an ihn. »Es ist besser so, Peter. Ich will keine Angst mehr haben müssen.«

Duncan gab einem seiner Soldaten ein Zeichen, und der nahm das Gewehr an sich.

»Roberts, Wagner, Sie nehmen jeweils einen Mann mit

und reiten Patrouille. Der Rest kann absitzen und ausruhen, während ich die Lage mit der Familie Miller kläre.«

Duncan stieg ab, nahm die Satteltaschen an sich und überließ sein Pferd der Obhut eines Soldaten.

»Am besten reden wir in Ruhe über alles«, sagte er zu dem Farmer, der seit dem Verlust seines Gewehrs zu einem anderen Menschen geworden war. Resignation hatte die Wut ersetzt. Ohne ein Wort zu verlieren ging er zu einer Bank neben dem halbfertigen Haus. Tisch und Sitzgelegenheiten waren roh zusammengezimmert und dienten der kleinen Familie bis zur Fertigstellung des Hauses offenbar als Heim im Freien.

Duncan setzte sich und legte die Gerichtsurkunde vor dem Farmer hin. »Sie wissen, was das ist, oder?«

Miller nickte. »Aber ich verstehe es nicht. Das Land hier ist unbewohnt, es gibt nicht mal Ruinen alter Häuser. Niemand benutzt es. Wir schaden doch keinem.«

»Trotzdem können Sie nicht einfach herkommen und es in Besitz nehmen. Die Landverkäufe sind geregelt worden, damit *Pakeha* und Maori friedlich zusammenleben können. Sie sehen doch, wohin Ihr Verhalten führt.«

»Diese Wilden werden niemals friedlich sein.« Miller schnaubte, rang seine starken, rissigen Hände und fand langsam zu seiner alten Form zurück.

Duncan sah sich um. Mrs. Miller war mit den Kindern im Haus verschwunden und hatte die Tür zugesperrt, die Soldaten entzündeten soeben ein kleines Feuer, und Giles kam den Hang hinunter. Er war nicht allein. Vier Maori folgten ihm, und einer von ihnen benahm sich wie ein Häuptling. Sein kostbarer Umhang wies komplizierte eingewebte Muster auf und war mit Fransen und seltenen Federn verziert.

Um den Hals trug er einen mehr als handlangen Jade-anhänger.

Als Miller die Maori entdeckte, versteifte sich seine Kör-perhaltung, als könnte er nicht entscheiden, ob er kämpfen oder flüchten sollte.

Duncan erhob sich, um den Krieger angemessen zu be-grüßen.

»Hauptmann Duncan Fitzgerald Waters, das ist Apeta, te Rurus Sohn, dem dieses Land gehört. Er führt zwölf erfah-rene Krieger an«, sagte Giles feierlich.

Duncan reichte dem Anführer die Hand. Er hatte nicht das Gefühl, dass dieser Krieger leicht reizbar wäre, und war erleichtert. Solange die Soldaten keine groben Fehler begin-gen, würde es kein Blutvergießen geben. Apeta legte eine Hand auf die breite Brust und sagte etwas, das Giles sogleich übersetzte.

»Er heißt dich willkommen auf dem Land seines Vaters, wenn du mit der Absicht hergekommen bist, Recht zu sprechen.«

»Ja, das bin ich.«

»*He iwi hohoro rawa te Māori ki te mamae mō te kupu*«, sagte Apeta und stieß seinen Speer in den Boden.

»Er warnt dich, dass die Maori ein Volk sind, das schnell durch Worte beleidigt werden kann, achte also auf das, was du sagst.«

Duncan ließ Giles erklären, dass die Maori im Recht wa-ren und die Farmer das Land verlassen mussten, und wandte sich wieder dem Farmer zu. Miller stierte die Maorikrieger an, als wünschte er jedem einzelnen ein grausames Ende.

»Mr. Miller, wie ist das passiert?«, erkundigte sich Duncan und wies auf die schwelenden Reste des zweiten Gebäudes.

Der Brandgeruch lag noch immer in der Luft, und der Wind trieb Ascheflocken wie kleine Blättchen über die Wiese.

»Sie waren das!«, knurrte der Farmer. »Um ein Haar hätten sie uns alle verbrannt.«

»Heute Nacht? Und warum hat es diesen Angriff gegeben?«

»Sie wollten uns ans Leben, deshalb.«

Duncan hatte seinen eigenen Verdacht. Aber er wollte ihn nicht selber aussprechen. Falls die Maori grundlos angegriffen hatten, könnte sich das Blatt zugunsten des Farmers wenden, doch so schätzte er Apeta nicht ein. Wer den rechtlichen Weg wählte, um Siedler von seinem Land zu vertreiben, riskierte keinen Vergeltungsschlag der Armee. Deshalb bat er zuerst Giles, nach dem Hergang aus Sicht der Eingeborenen zu fragen.

Es folgte eine hitzige Erklärung des Maori, von dem Duncan nur einige wenige Wortfetzen verstand. Er empfand es als Segen, dass Giles mitgekommen war.

»Er sagt, sie hätten mehrere Beobachtungsposten aufgestellt, weil sie befürchteten, dass sich andere Farmer Mr. Miller anschließen würden. Einer der Krieger sei von Mr. Miller angeschossen und dann im Schuppen versteckt worden. In der Nacht haben Apetas Männer ihn befreit und den Schuppen abgebrannt«, erklärte Giles.

»Lügen, alles Lügen«, schrie Miller und wollte aufspringen, doch Duncan hielt ihn zurück.

»Sie kämpfen hier auf verlorenem Posten. Machen Sie die Sache nicht noch schlimmer.«

Es dauerte eine Weile, bis der Farmer einsah, dass er dieses Landstück nicht behalten konnte. Als es Nachmittag wurde, hatte sich die angespannte Stimmung etwas beruhigt.

Schließlich machte Giles einen Vorschlag: »Soll ich Apeta fragen, ob Mr. Miller vielleicht Land von ihm pachten kann?«

»Ich habe doch nichts«, sagte der Farmer zerknirscht. »Sonst hätte ich es doch niemals hier versucht.«

»Aber generell hätten Sie Interesse an einem solchen Handel?«

Der Farmer zuckte mit den Schultern und besprach sich kurz mit seiner Frau. Sie stimmte zu. »Wenn es nicht zu teuer ist und sie uns wirklich nichts tun… Sonst gehe ich lieber zurück zum Hof meiner Schwester.«

Giles lächelte gewinnend. Er war der geborene Diplomat, und Duncan vermutete, dass er viele seiner Fähigkeiten vom unberechenbaren Te Kooti gelernt hatte.

Nach einigem Hin und Her reichten sich Apeta und Mr. Miller tatsächlich die Hand. Umziehen musste die kleine Familie trotzdem, denn das Tal sollte nach dem Willen des Besitzers unter seinen eigenen Kindern aufgeteilt und von ihnen besiedelt werden.

»Apeta bietet Ihnen an, beim Umzug zu helfen, damit Sie gute Nachbarn werden«, sagte Giles, und als auch das geklärt war, rief der Maori erfreut: »*Tākiritia rā he kai mā te ope taua*«, was bedeutete, dass für seine Krieger Essen gebracht werden sollte, damit sie die Übereinkunft feiern konnten. Schnell hatte jeder, auch die Soldaten, Vorräte auf einer Matte ausgebreitet, und die Männer bedienten sich.

Wer gesättigt war, packte mit an, damit die Millers diesen Ort noch am gleichen Abend verlassen konnten.

Duncan betrat die kleine Hütte, in der Mrs. Miller dabei war, Töpfe und Holzgeschirr in Flechtkörbe zu packen. Dem Bau war anzusehen, dass die kleine Familie erst vor wenigen Tagen eingezogen war.

»Es tut mir leid, wie alles gekommen ist, aber so ist beiden Seiten geholfen«, sagte er schließlich.

»Hauptsache, es fließt kein Blut, und ich muss keine Angst mehr haben. Werden sich die Wilden an die Vereinbarung halten?«

»Da bin ich mir sicher«, sagte Duncan.

In diesem Moment schleppte die sechsjährige Tochter der Millers einen Korb herein. Ein schwarz-weiß gefleckter Hund war ihr dicht auf den Fersen. Aus dem Korb klang hohes Winseln.

»Mama, Laddies Babys«, sagte sie fordernd.

»Oh nein, die hätte ich fast vergessen.«

Duncan warf einen Blick in den Korb. Drei kleine Welpen wuselten darin durcheinander. Ein vierter hatte sich zusammengerollt und starrte ihn mit großen Augen an. Sofort musste er an Adalie und ihren Hund Spot denken. Ohne zu zögern griff er nach dem kleinen Tier. Es roch nach Asche und angesengtem Fell, leckte aber sofort seine Hände ab.

»Was wollen Sie für den Kleinen?«

Mrs. Miller sah ihn irritiert an. »Nichts. Ich glaube nicht, dass mein Mann die überhaupt mitnehmen will.«

»Wirklich?«

»Ja, aber nehmen Sie einen von den Größeren. Der Kleine hat beim Brand etwas abbekommen, vielleicht macht er es nicht mehr lange.«

Duncan musterte das kleine Tier. Das Fell an seinem Rücken war schmutzig und verkrustet, aber es wirkte alles andere als schwächlich, eher wie ein Kämpfer. Aus seinen blauen Augen sprühte der Lebenswille.

»Nein, der hier soll es sein.« Er hob den Welpen aus dem Korb und drückte Mrs. Miller einige Münzen in die Hand, die sie schweigend in ihre Schürze steckte. Sie konnten sicher jede kleine Gabe gebrauchen.

Die wenigen Habseligkeiten der Millers waren mit vereinten Kräften schnell auf einem Leiterwagen untergebracht. Apeta und seine Maorikrieger würden die Millers zu ihrem neuen Siedlungsplatz führen.

»Aufsitzen, wir brechen auf«, rief Duncan und ließ sich sein Pferd bringen.

Giles kam zu ihm und entdeckte den Welpen, den Duncan gerade Nelson vor die Nüstern hielt, damit das Pferd sich an den Geruch gewöhnte.

»Willst du dieses verflohte Vieh etwa mitnehmen?«, fragte Giles ungläubig, während Duncan den winselnden Welpen vorsichtig in die Satteltasche schob und ihm das Ohr kraulte, bis er sich beruhigte.

»Duncan? *Parata*, bekomme ich heute noch eine Antwort?«

»Er ist für Adalie.«

»Du bringst deiner Freundin einen halbtoten Hund mit angesengtem Fell mit? Wie wäre es mit Schmuck oder einem hübschen Schal oder irgendetwas, worauf andere *Pakeha*-Frauen so viel Wert legen?«

»Das verstehst du nicht. Aber das musst du auch nicht. Hauptsache, sie freut sich.« Und dessen war er sich sicher.

Adalie, die sich so sehr in sich zurückgezogen hatte, dass es ihn schmerzte, würde durch diesen kleinen Kerl vielleicht ein wenig offener werden. Duncan mochte sich gar nicht vorstellen, wie es war, sein Heim und seine Familie aus Angst vor dem Vater zu verlassen und sich allein in einer fremden Stadt durchzuschlagen. Adalie war die mutigste Frau, die er kannte, wenngleich sie das garantiert ganz anders sah. Aus den Augen des Welpen sah ihn der gleiche sture Überlebenswille an, wie er ihn auch in ihren grauen Augen bemerkt hatte.

Giles zuckte mit den Schultern und verkniff sich einen weiteren Kommentar. Sie saßen auf und ritten an die Spitze des Kavallerietrupps.

Der kleine Tross wurde von den Maori angeführt, es folgte der vollbeladene Leiterwagen der Millers. Tochter und Mutter trieben einige Schafe und zwei Kühe hinterher.

An der Furt trennten sie sich. Duncan kommandierte zwei Männer ab, die Farmer zu begleiten, und nahm dann Abschied von den Maori und den Millers. Alles war gut verlaufen.

»In zwei Stunden sind wir zurück in der Garnison«, meinte er erleichtert. »Danke für deine Hilfe, Giles.«

Sein Freund nickte. »Bei solchen Einsätzen arbeite ich gerne für die *Pakeha*. Falls du mich also noch einmal brauchen kannst, bin ich dabei.«

»Das höre ich gerne. Und nun beeilen wir uns.«

***

Adalie hatte bis zur Abenddämmerung im Garten gesessen, sich im Lesen geübt und im Stillen darauf gehofft, Duncan wiederzusehen. Als schließlich ein Reiter im gemächlichen Trab das Tor passierte, wusste sie sofort, dass es Liam Fitzgerald war und nicht sein Stiefsohn. Der würde diese Nacht vermutlich in der Kaserne verbringen.

Enttäuscht kehrte sie ins Herrenhaus zurück und blieb so lange im Gästezimmer, bis das Hausmädchen sie zum Abendessen rief. Gegessen wurde im kleinen Speisezimmer. Wenn die Fitzgeralds keine Gäste hatten, aßen sie bescheiden, die Mahlzeiten waren zwar üppig, aber eher bodenständig. Für Adalies Familie wäre allerdings auch der einfachste Eintopf, der hier auf den Tisch kam, ein Festmahl.

Adalie strich noch einmal ihre Kleidung glatt. Es war ein altes Kleid der Hausherrin, das ihr ein wenig zu kurz und um die Mitte zu weit war. Johanna saß bereits zu Tisch und begrüßte sie wie immer mit einem Lächeln.

»Setz dich, Adalie. Wie war dein Tag? Wie geht es deinem Kopf?«

»Gut. Kopfschmerzen habe ich immer noch, mal mehr, mal weniger. So langsam gewöhne ich mich daran.«

»Na, das hoffe ich doch nicht. Es soll ja nicht für immer so bleiben.«

»Nein. Ich will auch bald wieder arbeiten, ich nehme eure Gastfreundschaft schon viel zu lange in Anspruch.«

»Unsinn, Mädchen. Du kannst bleiben, so lange du möchtest.«

»Ich … ehm, danke«, erwiderte Adalie verlegen. »Ich fürchte, meine Anstellung in der Bar habe ich trotzdem längst verloren.«

»Mach dir keine Sorgen, falls es so ist, findest du sicher bald etwas neues. Ich habe aber dort Bescheid geben lassen. Sie richten dir Genesungswünsche aus.«

»Danke. Warst du heute im Laden?«

»Ja. Es ist noch immer ein schlimmes Durcheinander, aber der Schreiner kommt voran, und die neuen Regale sind fast fertig. Es wird viel ordentlicher und freundlicher.«

Herannahende Schritte ließen die beiden Frauen aufsehen. Liam Fitzgerald trug noch immer seine Uniform. Er war wirklich ein ansehnlicher Mann, und Adalie verstand sehr gut, warum sich Johanna in ihn verliebt hatte.

Duncan sah ihm ähnlich, fand sie, obwohl das ja eigentlich gar nicht sein konnte. Es sei denn … nein, diesen Gedanken wollte Adalie gar nicht erst zulassen. Johanna Fitzgerald war eine anständige Frau, die sich sicher nicht während ihrer Ehe mit einem anderen Mann eingelassen hatte.

Peinlich berührt blickte Adalie auf ihre gefalteten Hände, während Liam seine Ehefrau mit einem Kuss auf die Stirn begrüßte.

»Ah, unserem Gast geht es besser, wie mir scheint«, sagte er gut gelaunt. »Sie haben ja schon wieder richtig Farbe bekommen.«

»Ja, etwas«, erwiderte sie leise und wäre am liebsten vor Scham im Erdboden versunken. Wenn er wüsste, warum sie im Moment so eine gesunde Gesichtsfarbe hatte!

»Duncan kommt wohl nicht mehr?«, fragte Johanna.

»Nein. Ich denke, zumindest das Abendessen wird er verpassen.«

»Meinst du denn, es war richtig, ihn in dieser Sache allein loszuschicken?«, erkundigte sie sich und ließ die ganze Sorge einer Mutter durchklingen.

»Johanna, er ist nicht allein, sondern mit zwanzig Männern dort. Dein Sohn ist ein erwachsener Mann, du kannst ihn nicht ewig beschützen.«

Adalie schluckte. Sie hatte plötzlich Angst um Duncan. Ob es zu auffällig war, wenn sie sich nach ihm erkundigte?

Besser, ich halte einfach den Mund, dachte sie. Helfen kann ich ihm ohnehin nicht.

Ablenkung kam in Gestalt der Köchin, die das Abendessen in einer großen Porzellanterrine servierte und sofort begann, ihre Teller zu füllen. Es gab Eintopf mit Lammfleisch.

Schon wieder Fleisch. Diesen Luxus konnten sich die Ó Gradaighs in dieser Menge allenfalls zu Weihnachten oder

Ostern leisten oder wenn ein krankes Tier geschlachtet werden musste.

Zu dem Eintopf gab es Brot, so frisch, dass es beim Aufschneiden noch dampfte.

»Ich habe noch nie so gut gegessen wie in den letzten Tagen. Vielen, vielen Dank«, sagte Adalie und sog genießerisch den Duft der Speisen ein.

»Das freut uns, Adalie. Und nun iss, damit du wieder zu Kräften kommst.«

Die Nacht war hereingebrochen. Adalie hatte sich bereits zum Schlafen umgezogen, konnte sich aber noch immer nicht dazu durchringen, ins Bett zu gehen. Eine innere Unruhe trieb sie an. Eine Zeit lang war sie in ihrem Zimmer auf und ab gelaufen, bis es ihr zu dumm geworden war.

Nun saß sie am Fenster, ihr Buch auf den Knien, und sah hinaus in die sternenklare Nacht. Sie ließ ihre Gedanken treiben. Erst war da die Sorge um Duncan gewesen, doch nun hing sie den Erinnerungen an ihre Familie nach.

Wenn Patrick sie nur sehen könnte. Hier saß sie, gekleidet wie eine feine Dame, ein Buch in der Hand, das sie tatsächlich selber las. Der Märchenband war nur ihr allererstes, aber ihm würden noch viele, viele folgen, und mit der Zeit würde sie hoffentlich immer flüssiger lesen können und sich auch an dickere Bücher heranwagen.

»Ich hoffe, das Schicksal meint es auch so gut mit dir, Patrick«, flüsterte sie und stellte sich vor, wie ihr Bruder nun irgendwo an Deck stand und den gleichen Sternenhimmel betrachtete. Wenn er ihr nun einen Brief schreiben würde, könnte sie ihn selbst lesen. Doch wie sollte er das ahnen? Er wusste ja nicht mal, dass sie fortgelaufen war.

Ihre Erinnerung führte sie zurück nach Amokura Hills. Sie war sieben Jahre alt und soeben dabei, für das Abendessen Körner von getrockneten Maiskolben abzukratzen. Das Haus roch intensiv nach Harz, so neu war es, und die Holzbohlen auf dem Boden waren noch ganz hell.

Es war ein seltsam friedlicher Nachmittag. Während Adalie und ihre Mutter sich um das Abendessen kümmerten, hechelten ihre älteren Schwestern Flachs.

Manus Ó Gradaigh war im Hof damit beschäftigt, eine neue Speiche zu schnitzen, um das Rad des Leiterwagens auszubessern. Patrick war schon seit dem Morgen fort. Seit einigen Wochen ging er in die neu errichtete Schule von Amokura Hills, und Adalie beneidete ihn schrecklich darum.

Die Tage ohne ihn waren viel eintöniger. Niemand war da, mit dem sie reden oder sich gemeinsam in ihre Träume flüchten konnte. Beth und Mary waren schon fast erwachsen und wollten mit ihrer kleinen Schwester nichts zu tun haben. Die Launen ihrer Mutter Lorna waren wegen einer erneuten unerwünschten Schwangerschaft unberechenbar.

Adalie sah von ihrem Platz an der Tür auf und griff ohne hinzusehen nach einem weiteren Maiskolben. Als sie Patrick in Begleitung eines Geistlichen den Hang hinaufkommen sah, hielt sie gebannt den Atem an. Patrick sah unglücklich aus. Hoffentlich hatte er nichts ausgefressen, dann würde Vater ihn windelweich prügeln. Der Mann gab Adalies Bruder einen freundlichen Schubs, und Patrick sank noch ein wenig mehr in sich zusammen.

Der Hofhund Finn schlug an. Nun wusste jeder, dass Besuch im Anmarsch war. Manus erhob sich, klopfte die Späne von seiner Lederschürze und sah den Neuankömmlingen abwartend entgegen.

»Mr. Ó Gradaigh, wie gut, dass ich Sie antreffe!«

»Patrick, komm her! Was hast du angestellt?«

»Nichts, Pa.« Adalies Bruder zuckte zusammen, sobald Manus eine schnelle Bewegung machte, doch Manus hielt in der Bewegung inne. Um diese Ohrfeige war er gerade noch herumgekommen.

»Patrick«, flüsterte Adalie. Er kam zu ihr und drückte sie kurz.

»Er ist wegen dir hergekommen«, sagte er leise.

»Wegen mir?«

»Schscht, hören wir, was Pa sagt.«

Der Mann stellte sich als Mr. Parker vor. Er war Lehrer in der kleinen Schule, die von einigen Jesuiten errichtet worden war. »Ihr Sohn Patrick ist ein guter Junge und ein fleißiger Schüler.«

»Ja? Etwas anderes habe ich auch nicht erwartet. Warum sind Sie dann hier?«

Der Lehrer ließ den Blick schweifen und sah erst Adalie an, dann Beth und Mary, die unter dem Vordach ihrer Arbeit nachgingen und sich nicht anmerken ließen, wie aufmerksam auch sie dem Gespräch folgten. Der Lehrer hatte ein freundliches Gesicht und lustige Fältchen in den Augenwinkeln. Er war Adalie schon vom ersten Moment an sympathisch.

»Patrick hat erzählt, dass er noch Geschwister hat«, sagte Mr. Parker in diesem Moment.

»Ja, und? Alles Mädchen!«, antwortete Adalies Vater. Plötzlich ahnte sie, worauf der Lehrer hinauswollte, und schickte aufgeregt ein Stoßgebet gen Himmel: Bitte, lieber Gott, mach, dass Pa mich zur Schule gehen lässt! Ich will auch immer, immer folgsam sein und hart arbeiten.

»Auch den Mädchen schadet es nicht, lesen und schreiben zu lernen.«

»Unsinn«, wetterte Manus sofort. »Mir wächst die Arbeit so schon über den Kopf. Glauben Sie, dass ich die Weiber auch noch entbehre? Sie sind doch nicht ganz bei Trost!«

Der Lehrer blieb ruhig, auch wenn sich seine Körperhaltung versteifte.

Er muss ein sehr mutiger Mann sein, dachte Adalie bewundernd, oder sehr dumm.

Wenn Manus so wütend war, ging man am besten in Deckung. Das hatte sie schon früh gelernt.

»Die anderen Siedler schicken ihre Mädchen auch in die Schule …«

»Und wofür soll das gut sein? Lernen sie haushalten oder Kinderkriegen von den Jesuiten? Nein! Und jetzt verlassen Sie mein Grundstück, sonst jage ich Sie hinunter!« Die letzten Worte knurrte Manus beinahe.

»Bitte, denken Sie doch darüber nach«, sagte der Lehrer noch immer ruhig und breitete seine Hände zu einer Geste der Friedfertigkeit aus.

Adalies Hoffnung zerplatzte, als ihr Vater die Speiche, an der er zuvor gearbeitet hatte, drohend über den Kopf hob. »Verschwinden Sie!«

Mr. Parker trat entmutigt den Rückzug an. Hier würde selbst ein Mann Gottes keinen Sieg erringen.

»Tut mir leid, Adalie«, flüsterte Patrick. »Dann muss ich dir eben erzählen, was wir lernen, ja?«

Adalie kämpfte gegen die Tränen und verlor. Sie würde nicht zur Schule gehen, niemals. Die Schüssel mit Mais rutschte einfach so von ihrem Schoß, und sie verschüttete den Inhalt, doch das war ihr in diesem Augenblick egal. Sie sprang auf und lief davon, direkt in den Wald. Sie hörte noch die Rufe ihrer Mutter: »Adalie, Adalie, komm zurück!«

Der Einband des Buches war ganz warm geworden. Adalie rieb sich mit der Hand über das Gesicht. Die Tränen hatte sie schon vor langer, langer Zeit geweint. Warum musste sie ausgerechnet jetzt daran denken?

Patrick hatte versucht, Wort zu halten und ihr ein wenig von dem beizubringen, was er in der Missionsschule lernte. Manus hatte es ihnen nicht leicht gemacht. Es gab immer etwas zu tun, sodass sie sich nur selten davonschleichen konnten, um Buchstaben in den Sand zu malen. Im Unterricht bei Mrs. Orbell hatte Adalie sich aber trotzdem an das ein oder andere erinnert.

Vorsichtig schlug Adalie das Buch auf und drückte ihre Nase hinein. Der Duft war eine Wohltat für ihre Seele. Sie wollte nicht mehr an jenen lange zurückliegenden Tag denken.

Wehmütig wandte sie ihren Blick wieder aus dem Fenster, wo in diesem Moment ein Reiter über den Mittelweg ritt.

Eine Fessel des Pferdes war weiß und leuchtete im Mondlicht bläulich. Kein Zweifel, das waren Nelson und sein Reiter Duncan. Adalie beugte sich vor, um ihn besser erkennen zu können. Er hielt sich gerade im Sattel, wenngleich er ungewöhnlich langsam ritt. Ging es ihm gut?

Am liebsten wäre sie in den Hof gelaufen, um sich mit eigenen Augen zu überzeugen. Sie hatte sich Sorgen um ihn gemacht, das wurde ihr erst jetzt klar, da sie ihn sah.

Duncan zog direkt unter ihrem Fenster die Zügel an und sah hinauf. Das Licht aus ihrem Zimmer erhellte ein wenig sein Gesicht. Als er sie bemerkte, hob er grüßend die Hand.

Sie winkte scheu zurück und erwartete, dass er weiterreiten würde, stattdessen machte er seltsame Gesten, die sie nicht verstand.

Schließlich öffnete sie mit klopfendem Herzen das Fenster.

»Adalie, bist du noch wach?«, fragte er.

»Ja, natürlich, das siehst du doch.«

»Darf ich gleich zu dir kommen?«

Adalie schoss das Blut in die Wangen. Wie konnte er nur! Erwartete er, dass er mitten in der Nacht einfach zu ihr gehen konnte? Das schickte sich doch nicht.

»Nein, Duncan, ich …«

»Aber ich habe ein Geschenk für dich, das nicht warten kann. Ich gebe es dir an der Tür.«

Ein Geschenk? Ehe Adalie antworten konnte, war Duncan weitergeritten, um sein Pferd in den Stall zu bringen. Wie lange würde er brauchen, bis er an ihre Tür klopfte? Abbringen konnte sie ihn von dem Gedanken nun nicht mehr. Was sollte sie nur tun?

Adalie sah sich hektisch im Zimmer um. Es war aufgeräumt, wie immer. Gab es doch kaum etwas, das sie besaß und in Unordnung bringen konnte. Sie trug bereits ihr Nachtgewand und einen Hausmantel. Ein hektischer Blick in den Spiegel zeigte ihre roten Wangen. Ihr Haar war offen und ausgekämmt. Ob sie es wieder zusammenbinden sollte?

Adalie zerrte den Hausmantel noch ein wenig fester um ihren Körper zusammen und band eine neue Schleife.

Als sie Schritte auf dem Gang bemerkte, die nur von festen Reitstiefeln stammen konnten, drehte sie die Lampen heller und eilte zur Tür. Ihr Herz klopfte wie wild, obwohl sie sich vorgenommen hatte, jeglichen Versuch von Duncan, sie zu Unschicklichkeiten zu überreden, abzuwehren. Notfalls würde sie um Hilfe rufen müssen. Ihr Gefühl sagte ihr jedoch, dass es nicht so weit kommen würde.

Duncan blieb stehen. Es war so leise im Haus, dass sie ihn auf der anderen Seite tief durchatmen hören konnte. Fast meinte sie, er hätte es sich doch anders überlegt, als er leise klopfte.

Adalie ließ einen Moment verstreichen. Sie wollte sich nicht verraten, dass sie schon an der Tür gelauscht hatte. Schließlich drückte Adalie die Klinke hinunter und öffnete sie einen Spaltbreit.

»Hallo«, sagte er leise, »ich habe so gehofft, dass du noch wach bist. Darf ich reinkommen? Ich will meine Eltern nicht wecken.«

Wider besseren Wissens zog Adalie die Tür auf, ließ ihn ein und drückte sie dann vorsichtig zurück ins Schloss. »Ich hoffe, ich habe keinen Fehler gemacht«, meinte er und lenkte den Blick hinab auf seine ausgebeulte Jacke.

»Was versteckst du da?«

»Dein Geschenk. Am besten setzen wir uns hin, ich will ihn nicht wecken.«

»Ihn?« Nun war Adalies Neugier kaum mehr zu bremsen. Sie folgte ihm zu einem kleinen Sofa und setzte sich neben ihn.

»Schau hinein«, flüsterte er nun und zog die Jacke vorsichtig etwas weiter auseinander.

Adalie glaubte ihren Augen nicht zu trauen.

»Ist das ein Hundewelpe?«

»Ein ziemlich kleiner sogar«, sagte Duncan und strich dem Tier vorsichtig mit zwei Fingern über das Fell. Adalie konnte kaum etwas erkennen, so eng hatte er sich in der Jacke zusammengerollt.

»Mir ist die Geschichte von deinem Hund Spot nicht aus dem Kopf gegangen, und als ich dann den kleinen Kerl heute gesehen habe …«

»Er ist für mich? Wirklich?«

»Ja.« Duncan strich ihr über die Wange. »Ich möchte dich viel häufiger lachen sehen, Adalie, und wenn es mir schon nicht gelingt … gegen ihn hast du keine Chance.«

Sie sah ihn ungläubig an. »Aber ich bin doch glücklich hier.«

»Wirklich?«

»So glücklich wie seit vielen, vielen Jahren nicht.«

»Dann müssen wir daran arbeiten, dass du es noch etwas mehr genießt. Aber jetzt wecken wir den kleinen Kerl erst mal auf.«

Duncan knöpfte die Jacke auf und hob den Welpen heraus, der winselnd blinzelte. Sein Kopf war bis auf zwei braune Flecken über den Augen vollständig schwarz, das Fell am Körper braun, schwarz und grau gefleckt, die Pfoten weiß.

»So viele Farben auf einem Hund, das habe ich ja noch nie gesehen«, sagte Adalie gerührt. Der Welpe leckte ihr die Hand.

»Wie heißt er denn?«

»Er soll dir gehören, also suchst du am besten auch den Namen aus, oder?«

Adalie musterte Duncan. »Du hast doch schon eine Idee.«

Er zuckte mit den Schultern. »*Mapura* vielleicht. Das bedeutet Funke in der Sprache der Maori. Er hat einen Brand in einer Scheune überlebt. Der kleine Kerl ist leider auch ein wenig angesengt. Eine Schönheit wird er nie werden, fürchte ich.« Er zeigte ihr die kleinen Brandwunden.

»Mapura, ja, warum nicht? Das könnte passen. Und er hat schon ein Feuer überlebt?«

»Ja, die Scheune ist über ihm abgebrannt. Die Bäuerin wollte ihn nicht mitnehmen. Sie hat mir einen anderen Welpen angeboten, der größer und gesund war, aber ich fand, dass es der hier sein musste.«

»Danke, ich kann mir kein schöneres Geschenk vorstellen«, sagte sie leise und streichelte das kleine Tier, bis Duncan seine Hand auf ihre legte.

Adalie erstarrte in der Bewegung. Hatte sie sich doch getäuscht, und er wollte sich mit diesem Geschenk ihr Stillschweigen erkaufen?

Sie bekam eine Gänsehaut, und ein Zittern durchlief ihren gesamten Körper.

»Adalie, was ist denn? Sieh mich an, bitte«, bat Duncan. Zögernd blickte sie in sein Gesicht.

»Ich würde dir nie wehtun, das sollst du wissen. Ich werde dich niemals zu etwas drängen, wozu du nicht bereit bist. Sieh mir in die Augen, ich sage die Wahrheit.«

»Ich will es so gerne glauben«, wisperte sie, hin und her gerissen zwischen Angst und der wachsenden Zuneigung zu ihm.

»Komm, lehn dich an mich. Ich werde dich einfach nur halten, nicht mehr. Bitte.«

Sollte sie es wirklich wagen? Er würde ihr mit Sicherheit das Herz brechen. Aber einmal an seiner Brust liegen, ihn ein einziges Mal so nahe bei sich spüren, hatte sie da nicht heute noch von geträumt?

Vorsichtig rutschte er näher, bis sie dicht beieinandersaßen, und legte ihr den Arm um die Schulter.

»Lehn dich an, Adalie.« Er zog sie vorsichtig an sich.

Es dauerte eine Weile, bis es ihr gelang, die schreckliche Anspannung abzulegen, doch dann war es nur noch schön. Der Welpe war auf ihrem Schoß eingeschlafen und träumte mit zuckenden Pfoten. Duncan saß neben ihr, atmete gleichmäßig und hielt ihre Hand. Sie konnte es kaum glauben.

»Danke«, sagte Adalie leise und ließ ihre Wange an seine Schulter sinken.

»Ich danke dir für dein Vertrauen. Ich weiß, wie schwer es dir fällt«, flüsterte er ganz dicht an ihrem Ohr. Sein Atem war ein warmes Streicheln.

Adalies Angst fiel nach und nach von ihr ab, wie eine Hülle, die trocknete und in kleine Stücke zerbrach. Es war ein beängstigendes Gefühl und zugleich unsagbar schön.

Als Duncan die Hand hob und über ihr Haar strich, erschrak sie nicht. Er ließ ihre schwarzen Flechten durch seine Finger gleiten.

»Das wollte ich machen, seit ich dich zum ersten Mal gesehen habe.«

»Meine Haare anfassen?«

»Wenn du es so sagst, klingt es merkwürdig«, sagte er, und sie hörte an seiner Stimmlage, dass er dabei lächelte.

»Ich bin den Umgang mit Männern nicht gewohnt, erst recht nicht mit solchen aus gutem Hause wie dir. Meine Eltern sind einfach, Duncan.«

»Aber du bist es nicht. Ich habe noch nie eine Frau wie dich getroffen.«

»Eine Ausreißerin, ohne Schuhe und eine einzige Münze in der Tasche.«

»Nein, eine Frau, die ihr Leben selbst in die Hand nimmt und sich jeder Herausforderung stellt. Das bewundere ich.«

»Wenn du so weitermachst, schäme ich mich in Grund und Boden«, erwiderte sie und wandte sich um. Überrascht, wie nah ihre Gesichter sich waren, hielt sie inne.

»Wenn du willst, dass ich den Mund halte, könntest du mich küssen.«

Adalie sah ihn fassungslos an. Wie konnte er sie nur dazu verleiten, dass sie tatsächlich darüber nachdachte! »Duncan, das gehört sich nicht.«

»Ich würde es mir aber sehr wünschen.« Der Klang seiner Stimme war tiefer als sonst und berührte sie auf magische Weise. Er weckte bis dahin unbekannte Wünsche in ihr.

Adalie schloss die Augen, um nicht in Panik aufzuspringen, und überließ sich seinen sanften Berührungen.

Federleicht fuhren seine Finger über ihren Hals und hinterließen eine glühende Spur, die eine beängstigende Sehnsucht entfachte.

Duncan atmete schwer, als er ihr Gesicht mit den Händen umschloss und sie auf die geschlossenen Lider küsste.

»Willst du mich nicht ansehen? Du hast die schönsten Augen der Welt.«

Adalie tat, worum er sie bat, und schlug die Augen auf.

Im nächsten Moment überwand er die verbleibende Distanz und küsste sie auf den Mund. Weich und fest zugleich berührten seine warmen Lippen die ihren, und dann war es auch schon wieder vorbei. Überwältigt von dem Gefühl berührte sie ihren Mund.

Duncan lächelte zufrieden und strich ihr durchs Haar.

»Ich denke, ich gehe jetzt besser, auch wenn ich am liebsten die ganze Nacht mit dir hier sitzen würde.«

»Ja.« Mehr brachte Adalie nicht hervor. Aber dieses eine Wort bedeutete alles: Ja, es war besser, wenn er ginge, und ja, sie wollte, dass er die ganze Nacht mit ihr hier saß und sie wieder und wieder küsste.

»Ich hole dir noch etwas Milch und eine Decke für Mapura. Ich bin gleich wieder zurück.«

Adalie beobachtete, wie Duncan zur Tür ging, lauschte und sich dann davonstahl. Sie blieb mit ihren aufgewühlten Gefühlen und einem kleinen, schlafenden Hund auf dem Schoß zurück.

Es verging nicht viel Zeit, bis er zurückkam und die Sachen abstellte. Der Welpe wurde wach, gähnte und winselte.

»Gute Nacht, Mapura, bis morgen früh. Und mach Adalie keinen Ärger«, sagte er und wandte sich ab.

»Duncan?«

»Ja?«

»Würdest du mich noch einmal küssen?«

Adalie setzte Mapura ab und stand auf. Duncan ging ihr mit einem jungenhaften Grinsen entgegen, und sie schlossen einander in die Arme. Adalie schob ihre Hände unter seine Jacke, auf seinen Rücken. Seine Wärme zu spüren und vom unverwechselbaren Duft seines Körpers eingehüllt zu werden war wie Magie. Sie schmiegte den Kopf an seine Schulter und hätte am liebsten die Zeit angehalten. Duncans Mund lag auf ihrem Haar, und sein Atem war wie eine zärtliche Liebkosung.

»Was ist nun mit dem Kuss?«, fragte er nach einer Weile.

Sie bog den Kopf zurück und sah ihn an. Das Kerzenlicht ließ sein scharf geschnittenes Gesicht weicher erscheinen und seine Augen funkeln.

Adalie nahm ihren Mut zusammen und reckte sich ihm entgegen. Ihr Mund fühlte sich schon heiß an, bevor sich ihre Lippen berührten. Vorsichtig ertastete sie seinen weichen

Mund und die rauen Bartstoppeln gleich daneben. Das Kratzen machte den Kuss noch intensiver.

Adalie glaubte, den Boden unter den Füßen zu verlieren. Sie küssten sich, bis sie beide außer Atem waren.

Duncan nahm ihr Gesicht in seine Hände und sah ihr lange und tief in die Augen. Seine Blicke sagten so viel mehr, als es Worte je gekonnt hätten. Sie spürte sie in jeder Faser ihres Körpers.

Schließlich wandte er sich lächelnd ab und ging zur Tür. Adalie folgte ihm mit jagendem Herzen und sah ihm nach, bis er in seinem Zimmer verschwunden war. Ihre Wangen fühlten sich wund an, und ihr Mund brannte, als wäre er von einem Fieber befallen.

Adalie schloss die Tür und ging wie berauscht zum Sofa zurück, auf dem der Welpe schlief. Vorsichtig trug sie ihn neben ihr Bett und legte ihn auf die Decke, die Duncan ihr gebracht hatte.

Es dauerte lange, bis sie in dieser Nacht einschlafen konnte. Wieder und wieder sehnte sie sich zu ihrer Begegnung mit Duncan zurück. Und für diese eine Nacht gelang es dem berauschenden Glücksgefühl, ihre Angst auf Abstand zu halten.

* * *

KAPITEL 12

Ein Feldweg nahe New Plymouth,
zwei Wochen später

Adalie saß neben Johanna auf dem Kutschbock und streichelte versonnen den Kopf des jungen Hundes, der artig zu ihren Füßen lag.

Sie waren auf dem Weg in die Stadt. Adalie wollte endlich wieder im Laden helfen. So sehr es ihr auch auf dem Anwesen ihrer Gastgeber gefiel, das ständige Nichtstun machte sie dennoch unruhig, und sie wollte etwas dafür zurückgeben, dass sie bei den Fitzgeralds wohnen und essen durfte. Deshalb hatte sie darauf bestanden, endlich einmal mitzufahren, und Johanna lenkte ein.

Die Sonne brannte vom Himmel, und das helle Licht verursachte ihr ein wenig Kopfschmerzen. In der Hitze umschwirrten Fliegen das schwitzende Kutschpferd und die beiden Frauen. Mapura schnappte fröhlich nach den Plagegeistern. Es wurde Zeit, dass der Herbst kam, immerhin war es schon Anfang März.

Adalie beobachtete Johanna seit einer Weile dabei, wie sie das Pferd mit Zügeln und Peitsche lenkte. Es sah leicht aus, aber sie ahnte, dass es das nicht war.

»Wo hast du gelernt, eine Kutsche zu lenken?«, brach Adalie schließlich das Schweigen.

»Auf der Farm, die ich mit meinem ersten Mann besaß.

Anfangs gab es nur wenige Arbeiter, und ich habe oft und gerne mit angepackt. Sicher ist es für dich schwer vorstellbar, dass ich früher Zäune gesetzt und mein eigenes Gemüse angebaut habe.«

Adalie konnte ihren Ohren kaum trauen. Die feine Mrs. Fitzgerald? Eine Londoner Adelige, die Zäune baute? Nein, beim besten Willen nicht. Dennoch, warum sollte sie lügen?

»Willst du es mal probieren, Adalie?«

Johanna hielt die Kutsche an und reichte ihr die Zügel herüber.

Adalie sah unschlüssig auf die Leinen. »Wirklich?«

»Natürlich, ich bin sicher, dass du es schnell lernst.«

Sie zeigte ihr, wie sie die Zügel richtig halten musste. »Du darfst nur ganz vorsichtig ziehen, und sobald das Pferd tut, was du willst, musst du sofort wieder locker lassen. Bessy ist eine ganz brave Stute, sie wird dir keine Probleme bereiten. Denk aber daran, immer vorsichtig mit den Zügeln umzugehen. Du willst ihr ja nicht wehtun.«

»Nein, auf keinen Fall.«

»Jetzt schnalzt du mit der Zunge, sagst: ›Vorwärts!‹, und lässt die Zügel etwas lockerer.«

Adalie versuchte es, und tatsächlich setzte sich das Pferd in Bewegung. Sein Schritt war ihr noch nie so schnell vorgekommen.

»Es funktioniert«, rief sie erfreut.

Eine Weile lenkte Adalie konzentriert die Kutsche und fühlte sich bald immer sicherer. Hier auf den Wegen zwischen den Feldern war es wirklich nicht so schwer, aber in der Stadt mit all den anderen Kutschen, Reitern und Menschen auf den Straßen musste es anstrengend sein, den Überblick zu behalten.

»Gut machst du das. Bald kannst du alleine ausfahren.«
Johanna freute sich mit ihr.

Adalie wunderte sich, was ihre Gönnerin nur für Ideen hatte. Womit sollte sie ausfahren? Mit ihrem Hund vor einem Karren? Das gäbe sicherlich ein großartiges Bild ab.

Doch sie wollte diesen schönen Tag nicht durch eine spöttische Bemerkung zunichtemachen. Nachdem sie in der ersten Zeit vor allem das Pferd beobachtet hatte, um nicht zu verpassen, wenn es sich erschrak oder sie etwas falsch machte, wagte sie nun den Blick in die Ferne.

Die Luft war so klar, dass Mount Egmont plötzlich viel näher an der Stadt zu liegen schien. Die schneebedeckten Hänge glänzten in der Sonne. Es musste wirklich kalt dort oben sein. Im Windschatten des Berges hingen Wolken wie ein langer zerfaserter Schleier.

»Adalie, darf ich dich etwas fragen?«

Sie schluckte, hoffentlich war es nichts Schlimmes. »Ja, natürlich.«

»Liam und mir ist nicht entgangen, dass unser Sohn geradezu vernarrt in dich ist. Magst du Duncan? Ich möchte nicht, dass er sich in etwas verrennt. Du wirkst oft so abweisend.«

Johanna sah sie prüfend an und lächelte dabei.

Fieberhaft überlegte Adalie, was ihre Wohltäterin hören wollte. Würde sie ihr den Umgang mit Duncan verbieten, sobald Adalie die Wahrheit sagte? In ihrer Schicht war es sicher alles andere als schicklich, wenn ein junger Offizier mit einer einfachen Frau Umgang pflegte. Aber wenn sie log und behauptete, er bedeute ihr nichts, würde das sicher bald herauskommen. Sie war keine Lügnerin, war es nie gewesen. Und wenn es keine Zukunft für sie und Duncan gab, war es wohl besser, jetzt Gewissheit zu erlangen, als später, wenn es noch mehr wehtun würde. Der sonnige Tag erschien ihr plötzlich viel trüber.

»Warum überlegst du denn so lange?«

»Ich weiß nicht, was ich sagen soll«, gestand sie.

»Was ist denn daran so schwer? Magst du meinen Duncan?«

»Ja«, sagte sie leise. Ihre Wangen glühten, und sie senkte beschämt den Kopf.

»Na also, mehr wollte ich doch gar nicht wissen. Mein besorgtes Mutterherz hat seinen Frieden«, meinte sie gut gelaunt. »Adalie! Nicht in den Graben!«

»Du meine Güte!« Blitzschnell zog sie am linken Zügel, und der Wagen ratterte zurück in die Spur. »Oh, das tut mir leid. Es hätte beinahe ein Unglück gegeben, und ich habe Bessy wehgetan!«

»Halb so schlimm. Hin und wieder wäre es auch ganz gut, ein Pferd zu haben, das ein wenig mitdenkt. Das dumme Tier wäre beinahe in den Graben gefallen und merkt es nicht mal.«

Als Johanna so herzlich lachte, konnte Adalie nicht anders, als einzufallen. Trotzdem gab sie ihr lieber die Zügel zurück, damit nicht wirklich etwas Schlimmes geschah.

»Mir scheint, Duncan und dich hat es beide gleich schlimm erwischt. Das ist schön.«

»Er wird schnell merken, dass ich die Falsche bin«, sagte Adalie mit plötzlicher Wehmut.

»Unsinn, ihr gebt ein wunderbares Paar ab«, sagte Johanna und strich ihr beruhigend über den Arm.

»Johanna, ich glaube, du verstehst nicht. Ich habe nichts, meine Eltern sind arme Farmer, die ich zudem entehrt habe.

Ich kann Schafe hüten und die Löcher in den Wänden mit Moos ausstopfen, mehr nicht. Mein Vater hat mir verboten, in die Schule zu gehen ...«

»Stopp, stopp, stopp! Das reicht, Adalie!«

Sie war den Tränen nahe. Wie aus dem Nichts war alles über ihr hereingebrochen, und angesichts ihrer Gefühle für Duncan ragte ihre eigene Situation wie ein unüberwindbares Hindernis vor ihr auf, das sie von ihrem Glück trennte.

Johanna hielt den Wagen an und legte ihr einen Arm um die Mitte. »Mein Sohn ist anders als die meisten jungen Männer in seinem Alter. Und unsere Familie ist anders als die meisten unseres Standes. Ich will dir etwas erzählen. Als ich so alt war wie du jetzt, hatten meine Eltern zwar einen Adelstitel, aber auch einen Berg voll Schulden. Damit meine Mutter nicht bei den anderen Damen der Gesellschaft ins Gerede kam, beschlossen sie, mich an einen reichen Mann zu verheiraten, der sie aus ihrer Misere retten sollte. Ich war so jung und so wohlerzogen, dass ich mich nicht gewehrt habe. Ich heiratete diesen Mann, weil meine Eltern es wollten, Adalie. Ich habe Thomas Waters zwar geachtet, aber nie geliebt.«

Adalie wagte kaum zu fragen. »Und Liam?«

Johanna seufzte. »Liam habe ich noch vor meinem Mann kennengelernt. Es war Liebe auf den ersten Blick. Es war im Mai bei einer Völkerschau im Hyde Park. Ich war mit meinem Vater dort, wir wurden einander vorgestellt, und es war um mich geschehen.« Johannas grüne Augen funkelten bei der Erinnerung an den Tag, der ihr Leben veränderte. »Liam wollte um meine Hand anhalten, aber seine Familie war nicht vermögend, und meine Mutter hatte nur eines im Sinn: ihr Ansehen zu wahren. Ich sah Liam nicht mehr wieder, sondern heiratete Thomas. Wir gingen nach Neuseeland.«

»Und Liam blieb in England?«, fragte Adalie ungläubig.

Johanna richtete ihren Blick in die Ferne auf den schneebedeckten Gipfel des Mount Egmont.

»Ja, eine Weile. Er ging auf die Militärakademie. Ich baute mir mit Thomas eine Existenz auf, und wir lernten, miteinander zu leben. Schließlich brachen Unruhen aus, und mein Mann schloss sich den Bürgermilizen an, um den Ort gegen aufständische Maori zu verteidigen. Er fiel im Kampf.« Sie schluckte. »Ich wurde verwundet und kam in ein Lazarett. Damals war ich mit Duncan schwanger, ich hätte ihn beinahe verloren. Liam war aus New Plymouth entsandt worden, um den Aufstand niederzukämpfen. Es war Gottes Fügung, dass wir einander wieder begegneten.«

»Und dann wurde alles gut?«

»Nicht direkt. Liam war verheiratet und ich eine Witwe. Aber schlussendlich ist alles gut geworden, ja.«

»Das ist eine bewegende Geschichte.«

Johanna nickte. »Ich wünschte, ich wäre damals in London ein wenig mehr so gewesen wie du. Im Gegensatz zu mir hast du dein Schicksal in die Hand genommen und bist losgezogen, um dich auf eigene Faust durchzuschlagen. Es ist unwichtig, ob du auf einer Farm aufgewachsen oder nie zur Schule gegangen bist. Wichtig ist, dass du eine intelligente junge Frau bist, die für ihre Ziele kämpft. Hütest du etwa immer noch Schafe?«

»Nein«, erwiderte sie leise.

»Und hast du nicht lesen gelernt?«

»Doch, habe ich.«

»Warum verlässt dich dein Mut dann, wenn es um Duncan geht?«, fragte sie freundlich. »Ich weiß, dass wir uns sicherlich von fast allen Familien unterscheiden, die ich kenne. Liam und ich haben aus den Fehlern unserer Eltern gelernt, und wir haben uns eines ganz fest vorgenommen:

Unsere Kinder sollen selbst entscheiden, mit wem sie ihr Leben verbringen wollen.«

Fassungslos sah Adalie die ältere Frau an. Konnte sie wirklich so viel Glück haben? Meinte sie das wirklich ernst?

Johanna ließ ihre Worte so stehen, nahm die Zügel auf und schnalzte. Bessy schlug einen flotten Trab an, und im Nu ging es auf New Plymouth zu.

Adalie schwieg andächtig, streichelte ihren Hund und malte sich eine gemeinsame Zukunft mit Duncan aus. Die größte Hürde, die sie von diesem Traum getrennt hatte, war mit einem Mal fort, davongeschwemmt wie eine Burg aus Sand.

Als sie den Laden erreichten, musste sich Adalie bemühen, nicht ständig zu grinsen. Sie hatten Wagen und Pferd bei einem nahen Mietstall gelassen und waren den Rest des Weges zu Fuß gegangen. Auf den ersten Blick sah es nicht aus, als hätte sich etwas verändert, doch der Innenraum des Geschäfts strahlte in neuem Glanz. Der Lagerraum war nicht mehr wiederzuerkennen. Er hatte ein eigenes Fenster bekommen und war nun heller und freundlicher. In den neuen Regalen standen die Tiki aufgereiht nebeneinander und sahen den Kunden mit ihren Muschelaugen entgegen.

»Es ist großartig geworden.«

»Das finde ich auch.«

Johanna entzündete die Lampen und setzte Tee auf, während Adalie sich gründlich umsah. Ihr alter Schlafplatz war weiteren Regalen gewichen. Sie verspürte leises Bedauern, andererseits hätte sie wohl keine weitere Nacht ohne Angst hier verbringen können.

»Adalie?«

Sie eilte in den Vorraum, wo Johanna einige kunstvolle Jadeobjekte auf einem Tisch ausbreitete.

»Soll ich die für den Transport verpacken?«

»Nein. Ich habe mir etwas anderes überlegt. Da du heute darauf bestanden hast mitzukommen, dachte ich, du hättest vielleicht Interesse daran, etwas über die Maorikunst zu lernen, sodass du die verschiedenen Objekte bald allein unterscheiden kannst.«

Adalie nickte ungläubig. »Natürlich habe ich Interesse!«

»Ich habe gehofft, dass du das sagst. Vielleicht magst du ja irgendwann selbst mit diesen Objekten handeln.«

***

Endlich war auch dieser Tag in der Kaserne vorüber.

Auf dem Weg zu den Stallungen überquerte Duncan den Hof und bemerkte durch Zufall eine braune Stute vor dem Quartier des Zahlmeisters. Er kannte das Tier, das dort angebunden war, denn es gehörte seinem Freund Giles.

Er gab beim Stall Bescheid, sein Pferd zu satteln, und ging zu der Stute hinüber, um dort auf Giles zu warten. Sicher war er hergekommen, um sich den Sold für seine Arbeit als Übersetzer auszahlen zu lassen. Seit dem Einsatz bei der Familie Miller hatte er ihn nicht mehr gesehen.

Zwei Botenjungen verließen die Baracke, dann kam Giles.

Er trug wieder schlichte westliche Kleidung und war so in Gedanken versunken, dass er Duncan beinahe umgelaufen hätte. Giles' Miene sprach Bände – es war etwas geschehen, und es war nichts Gutes.

»*Tena koe, Parata*«, begrüßte ihn Giles unkonzentriert.

»Hallo, Bruder, ist etwas passiert? Du siehst aus, als wärst du dem Tod begegnet.«

Giles band sein Pferd los. »Du bist näher an der Wahrheit, als du denkst. Te Kootis Revolte ist geglückt. Es muss schon vor einigen Wochen passiert sein.«

»Das ist nicht gut. Was weißt du?«

»Nur die Gerüchte, die kursieren. Ich könnte jetzt einen Drink vertragen. Hast du Zeit?«

»Natürlich, gehen wir ins *Black Dock*.«

Die Hafenbar lag ganz in der Nähe. Es war kein Ort, an dem sich üblicherweise Soldaten trafen, und genau aus diesem Grund hatte Duncan die Bar vorgeschlagen. Er wollte weder anderen Offizieren noch seinen Kadetten begegnen, wenn er mit einem Maori über rebellische Häuptlinge sprach.

Im *Black Dock* trafen sich raue Männer, die zur See fuhren: Walfänger, Schmuggler und Gestalten, deren Profession Duncan gar nicht erst erfahren wollte.

Sie suchten sich einen Tisch nicht weit vom Fenster und bestellten Gebrannten.

Giles sah sich um und ließ den Blick über verrußte Wände gleiten, an denen Harpunen, Walzähne und sogar eine zertrümmerte Galionsfigur hingen. Die Luft stank nach Tabak, ungewaschenen Menschen, Pisse und Tran.

»Der Laden wirft ein völlig anderes Licht auf dich, mein feiner *Pakeha*-Bruder.«

»Ich war hier noch nie drin«, meinte Duncan entschuldigend und zuckte mit den Schultern.

»Das sehe ich dir an. Aber wir sind zum Reden hergekommen und nicht, um uns einen schönen Abend zu machen. Also reden wir.«

Duncan stimmte ihm zu. »Te Kooti ist also frei?«

»Ja. Er hat die Gefängnisbesatzung überrumpelt, als das Versorgungsschiff gerade angelegt hatte. Angeblich gab es nur einen Toten, und das glaube ich sogar. Sie sind alle gemeinsam getürmt – Männer, Frauen und Kinder –, darunter über einhundertfünfzig Häftlinge. Te Kooti ist dann in der Poverty Bay gelandet und hat dort die Schiffsbesatzung freigelassen.«

Duncan leerte sein Schnapsglas zur Hälfte und ließ die brennende Flüssigkeit langsam durch seine Kehle rinnen.

»Und jetzt? Was meinst du, hat er vor?«

»Er will König werden.«

»Er will *was*? Ich habe es für einen schlechten Scherz gehalten, als du mir zum ersten Mal davon erzählt hast.«

»Nein, es ist mein voller Ernst. Er wird versuchen, den König der Maori zu stürzen, außerdem will er den *Ringatu* zu mehr Macht verhelfen.«

»Wer sind die *Ringatu*?«

»Es bedeutet ›erhobene Hand‹. Das ist die neue Religion, die er begründet hat. Te Kooti ist ein Prophet, wie euer Jesus.«

»Und das glaubst du?«

Giles zuckte mit den Schultern. »Viele tun es. Aber ich habe beobachtet, wie er Streichholzköpfe angesteckt hat, damit es aussah, als brenne seine Hand. Er will den Maori wieder zu mehr Macht verhelfen, und ihm ist fast jedes Mittel recht. Seine Ideen sind nicht alle schlecht, *Parata*.«

»Trotzdem behagt dir der Gedanke nicht, ihn auf freiem Fuß zu wissen, weil du glaubst, dass er dich nun als Verräter ansieht.«

»Ja. Eine Zeit lang hat er zwar selbst Seite an Seite mit den *Pakeha* gekämpft, aber nur weil es gegen seine Erzfeinde und den *Hauhau*-Kult ging.«

»Der Aufstand war nicht weit von hier, richtig?«

Giles nickte. »Die Gegend um New Plymouth und Mount Taranaki ist ihm vertraut. Ich glaube, dein Stiefvater ist sogar gegen ihn ins Feld gezogen.«

»Es tut mir leid, wie alles gelaufen ist, aber ich hätte dich auch nicht einfach im Gefängnis lassen können. Wärst du an meiner Stelle gewesen ...«

»Duncan, ich mache dir keinen Vorwurf. Es bedeutet nur, dass ich vorerst nicht zu meinen Eltern nach Urupuia zurückkehren werde. Ich bleibe in New Plymouth und werde versuchen, hier in der Nähe Arbeit zu finden und in Bewegung zu bleiben. Der kurze Besuch im Dorf war ein großes Risiko.«

»Du kannst auf mich zählen, Giles, aber das weißt du.«

»Ja, das weiß ich.«

Sie leerten ihre Gläser gleichzeitig.

»Komm heute Abend zu uns, Giles. Meine Eltern freuen sich sicherlich, wenn du mit uns zu Abend isst.«

»Aber nur, wenn du mir dein Mädchen vorstellst.«

»Sie ist nicht mein ... ach, was soll's ... Du kannst Adalie ruhig kennenlernen, aber benimm dich.«

»Immer. Dann lass uns hier verschwinden, bevor wir beide riechen wie das *Black Dock* und deine liebe Mutter uns nicht wiedererkennt.«

»Dann los, raus hier.«

***

Adalie hielt sich schon seit einer Weile im Salon auf, wo die Fitzgeralds einige der schönsten Objekte aufbewahrten, die der Hausherrin in über zwanzig Jahren des Fernhandels untergekommen waren. Sie hingen an den Wänden und lagen aufgereiht in Schubladen und kleinen Vitrinen.

»Meine Schatzkammer« nannte Johanna den Salon, und genau als solche sah auch Adalie den Raum. Seitdem die Hausherrin sie mit den Objekten allein gelassen hatte, behandelte sie alles noch ehrfürchtiger.

Vor ihr auf dem Tisch lagen Johannas Aufzeichnungen, die sie mühevoll zusammengetragen hatte. In den Büchern waren die Objekte nicht nur beschrieben, sondern auch in Zeichnungen dokumentiert. Jedes Buch behandelte einen bestimmten Gegenstand. Adalie hatte sich den Band vorgenommen, auf dem *Mere* stand.

Mere waren Waffen, genauer gesagt Keulen. Manche waren nicht viel größer als eine Männerhand, andere lang wie ein Unterarm. Obwohl Adalie schnell klar war, wie tödlich diese blattförmigen Objekte sein konnten, ging von ihnen eine besondere Faszination aus. Nach und nach hatte sie mehrere aus den Vitrinen genommen und zum Vergleich nebeneinandergelegt. Sie bestanden aus Holz oder Knochen und die kostbarsten sogar aus Jade. Jede einzelne *Mere* sah sie sich genau an, fuhr die eingeschnitzten Linien mit den Fingern nach und versuchte Johannas Texte dazu zu lesen.

»Schlaufen aus Hundedarm«, las sie laut. »Igitt, hör gar nicht hin«, rief sie ihrem tierischen Begleiter zu, der sich auf dem Teppich zusammengerollt hatte und schlief. Von jetzt an würde sie die Schlaufen, die an einigen Waffen befestigt waren, nur noch berühren, wenn sie unbedingt musste.

Adalies Neugier war nicht zu stillen, und ihr Interesse an der geheimnisvollen Kultur der Ureinwohner wurde immer größer. Sie wollte so viel wie möglich lernen, und dass es machbar war, bewies Johanna Fitzgerald jeden Tag aufs Neue.

Adalie betrachtete die Waffen und träumte vor sich hin. Vielleicht sollte sie ihren Traum von einer eigenen Schafherde begraben und stattdessen Händlerin werden, wie ihre Gönnerin.

Mapura kläffte leise im Schlaf. Adalie sah sich nach dem Welpen um. Er war ein Hütehund. Ob Duncan das geahnt hatte, als er ihn ihr schenkte?

Vielleicht sollte sie ihre beiden Ziele vereinen: eine eigene Schafherde besitzen und Händlerin werden? Warum nicht?

»Träumen darf ich ja«, sagte sie leise und strich über die grüne Jade, die unter ihrer Hand ganz warm geworden war.

Und dann gab es da noch einen Menschen, der ihr mit jedem Tag wichtiger wurde.

*** ✳✳✳ ***

Duncan begrüßte seine Mutter mit einem Kuss auf die Wange. Von Giles ließ sie sich nicht so einfach abspeisen. Johanna umarmte ihn herzlich.

»Ach, was für eine schöne Überraschung. Ich freue mich, Giles. Warum hast du uns so lange nicht besucht?«

»Das verstehe ich jetzt auch nicht mehr. Ihr habt mir gefehlt. Ich war in den letzten Wochen viel unterwegs, bleibe jetzt aber länger in New Plymouth. Ich hoffe, ich komme nicht ungelegen. Duncan hat mich überredet.«

»Ich erinnere mich nicht, dass es besonders lange gedauert hat«, entgegnete Duncan feixend.

»Du bist jederzeit willkommen. Ich hoffe, das weißt du. Du gehörst doch zur Familie«, sagte Johanna ernst. »Wie geht es dir?«

»Gut soweit. Ich war nach meiner Rückkehr kurz in Urupuia bei meinen Eltern, aber ich denke, im Moment ist New Plymouth der bessere Ort für mich.«

»Dann sehen wir dich in nächster Zeit hoffentlich öfter.«

»Sag das nicht zu laut, Mutter. Du weißt, wie hungrig Giles immer ist.«

»Solange ihr nur ordentlich esst und nicht, wie früher als kleine Jungs, das ganze Haus verwüstet.«

Duncan lachte herzlich, als er sich an diese unbeschwerte Zeit erinnerte. Giles sah ihn spitzbübisch an. Es war sein typischer Gesichtsausdruck, wenn ihm eine Idee gekommen war, die sich als ebenso wagemutig wie fatal herausstellen würde.

»Was auch immer dir gerade durch den Kopf geht, verschone mich damit«, sagte Duncan und hob abwehrend die Hände.

»Meinst du, es könnte schlimmer sein, als dein Steckenpferd im Heu zu vergraben?«

»Heu? Das war Mist, du Idiot!«

Johanna schüttelte lachend den Kopf. »Damit will ich nichts zu tun haben. Ich sehe euch dann später beim Essen. Ordentlich und mit gewaschenen Händen.«

»Natürlich, Mrs.«, erwiderte Giles mit feierlichem Ernst und drückte den Rücken durch.

Duncan gab ihm einen Stoß in die Seite.

»Mutter, wo ist eigentlich Adalie?«

»Ja, genau, wo ist diese wundersame Frau, von der mir Duncan nichts erzählen will?«

Johanna seufzte. »Im Salon, und das nicht erst seit Kurzem. Ich glaube, ich habe da etwas angerichtet. Sie will alles lernen, was für den Handel mit Maorikunst notwendig ist, und ich fürchte, sie hat sich vorgenommen, das alles heute noch zu schaffen. Sie ist seit Stunden im Salon verschollen.«

»Du bist nicht unglücklich darüber.« Duncan sah seiner Mutter sofort an, wie froh es sie machte, jemanden gefunden zu haben, der ihre Leidenschaft teilte. Nachdem weder ihre Töchter noch ihr Sohn genug Interesse zeigten, ihr Geschäft weiterzuführen, war Adalie wie ein Hoffnungsfunke.

»Ich werde sie begrüßen«, sagte er und wandte sich zum Gehen.

»Aber nicht ohne mich, Duncan. Denk an dein Versprechen«, meinte Giles.

Während sie den Flur zum Salon entlanggingen, wünschte Duncan seinen besten Freund zum Teufel. Wenn er nicht aufpasste, würde Giles noch alles ruinieren. Adalies Furcht ihm gegenüber legte sich nur allmählich, und er musste ihr wachsendes Vertrauen in ihn hegen und pflegen. Sofort dachte er an ihren ersten Kuss.

Er hatte schon einige Mädchen geküsst, aber keine war so zurückhaltend gewesen wie Adalie. Der Kampf, den sie gegen sich selbst ausgefochten hatte, bevor sie schließlich nachgab, war sogar für ihn nahezu sichtbar gewesen. Als sich ihre Lippen schließlich unbeholfen berührten, verblassten alle anderen Küsse vor diesem einen, der ihm für immer in Erinnerung bleiben würde. Er zeigte ihm auch, wie sehr sie sich bereits in sein Herz geschlichen hatte. Sie war ihm sehr wichtig, und er wollte nichts falsch machen. Giles forsche Art könnte sie womöglich erschrecken.

Sollte er dem Maori sagen, dass Adalie ein Problem mit Männern hatte? Vielleicht. Aber wie sollte er es formulieren, damit Giles verstand, was er meinte.

»Warte mal einen Moment.«

»Was denn jetzt noch?«

Sie blieben wenige Schritte von der geschlossenen zweiflügeligen Tür entfernt stehen. Duncan sah Giles beschwörend an. »Ich möchte dich bitten, bei Adalie vorsichtig zu sein«, sagte er mit flüsternder Stimme.

»Hältst du mich für einen kompletten Trampel?« Giles wollte weitergehen, doch Duncan hielt ihn am Arm fest. »Es ist mir ernst damit, *Parata*. Dieser Überfall im Laden meiner Mutter ist an Adalie nicht spurlos vorbeigegangen. Männer machen ihr Angst.«

Der belustigte Ausdruck verschwand aus Giles Gesicht, als wäre er nie dort gewesen. »In Ordnung, das konnte ich ja nicht ahnen.«

Duncan atmete erleichtert auf. Na bitte, er hatte seinem Freund zwar nicht die ganze Wahrheit gesagt, aber eine Lüge musste er ihm auch nicht auftischen. Derart vorgewarnt folgte Giles ihm zur Tür. Duncan klopfte.

»Ja?«, erklang ihre Stimme und fast zugleich das unbeholfene Bellen eines Welpen.

Duncan drückte die Tür auf und wurde von Mapura stürmisch begrüßt. Er hüpfte um ihn herum und winselte in den höchsten Tönen. Sein Fell glänzte, und von der Brandwunde war kaum noch etwas zu sehen. In den wenigen Tagen bei Adalie war das kleine Tier aufgeblüht und kaum noch wiederzuerkennen.

»Ja, ja, nun lass mich rein, du kleines Ungetüm.« Er lachte und schob den Welpen vorsichtig mit dem Fuß zur Seite.

Dann gehörte Adalie seine ganze Aufmerksamkeit. Sie sah auch heute wieder wunderschön aus. Er glaubte sich zu erinnern, ihr Kleid früher einmal an Johanna gesehen zu haben, als seine Mutter noch etwas schlanker gewesen war.

Es stand Adalie ausgezeichnet. Ihr langer Zopf hatte sich etwas gelöst, und ihre Wangen waren gerötet.

»Duncan, du bist schon zurück?«, fragte sie scheinbar überrascht und kam zögernd zu ihm.

»Ja, aber ich bin spät dran. Ich glaube, du hast die Zeit vergessen.«

Nun trat Giles ein und musterte Adalie mit unverhohlener Neugier.

»Das hier ist mein bester Freund, Giles Maunga. Giles, Adalie Ó Gradaigh.«

»Ich freue mich, Sie endlich kennenzulernen«, sagte Giles.

Als Adalie ihm nicht sofort die Hand hinstreckte, ließ er sich nichts anmerken.

»Die Freude ist ganz meinerseits. Ich habe schon einiges über Sie und Ihre Familie gehört«, sagte sie schließlich.

Duncan und Giles tauschten einen Blick. Duncans besagte: Sicher nicht von mir, sondern von meiner Mutter! Zugleich überlegte er, was Johanna Adalie wohl alles über ihn erzählt hatte. Wusste sie am Ende viel mehr über ihn als er von ihr?

»Ich sehe, meine Mutter konnte es nicht lassen und hat dir die Früchte ihrer Sammelleidenschaft aufgedrängt.«

»Sie hat sie mir nicht aufgedrängt. Ich habe mir schon lange gewünscht, mehr darüber zu lernen und die Stücke nicht immer nur abzustauben und einzupacken.«

Sie meinte es ernst, das konnte Duncan ihr deutlich ansehen. Das Glänzen in ihren großen grauen Augen galt diesmal leider nicht ihm, sondern den Speeren, Keulen und Pfeilspitzen, die vor ihr ausgebreitet lagen.

»Wusstest du, dass es so viele verschiedene Sorten Jade gibt, Duncan? Das ist faszinierend. Sie haben eigene Bezeichnungen, und man kann sie alle in Flüssen hier in Neuseeland finden.«

»Ich habe es befürchtet.« Duncan lachte.

Adalie wandte sich an Giles, während ihre Hand über die verschiedenfarbigen Steine strich. »Und Sie? Sie kennen sich doch sicher mit all diesen Dingen gut aus.«

Giles zuckte mit den Schultern. »Nur weil ich ein Maori bin?«

Adalie fühlte sich sofort ertappt und senkte beschämt den Blick. »Nein, so habe ich es natürlich nicht gemeint.«

Duncans Freund lachte plötzlich. »Natürlich weiß ich ein wenig darüber. Das dort nennt man *Kahurangi*.« Er beugte sich vor und kam ihr dabei recht nahe, während er auf einen kleinen Anhänger zeigte. »Ein *Hei Matau* aus *Kahurangi Pounamu*, ganz einfach.«

»Oh Gott, das werde ich mir nie merken können. *Hei Ma … was?*«

»*Hei Matau.*« Giles Atem strich an ihrem Gesicht vorbei. Der Alkoholgeruch darin ließ sie erstarren, und dann überkam sie das Panikgefühl. Sie konnte nichts dagegen tun. Denn obwohl ihr Verstand wusste, dass der Maori nicht wie ihr Vater war, erwartete ihr Körper die Prügel.

Der Geruch hatte sich gemeinsam mit Schmerzen und dem Gefühl von absoluter Hilflosigkeit in jede Faser ihres Körpers eingebrannt.

Adalie wich vor ihm zurück, doch Giles Hand umschloss ihren Arm wie eine Fessel. »Geht es Ihnen nicht gut? Sie sind plötzlich so blass.«

Seine Stimme drang kaum noch an ihr Ohr. Sie wollte nur weg, aber ihre Knie zitterten unkontrolliert.

»Giles, nicht, lass uns allein!«, drang eine andere Stimme wie aus weiter Ferne zu ihr durch.

Die Fessel schwand, und sie war frei. Einen Moment lang nahm sie auch den Geruch nicht mehr wahr, doch dann kehrte er mit aller Vehemenz zurück.

»Adalie, was ist nur in dich gefahren?«

Dieser Stimme vertraute sie, zumindest hatte sie es für eine kurze Zeit getan. Jetzt fasste Duncan sie an den Schultern und beugte sich näher, um auch ihren Blick festzuhalten.

Die Freundlichkeit in seinen braunen Augen war belanglos, denn sie kam mit dem Geruch, der die Hölle auf Erden vorbereitete.

»Ich habe nichts getan«, hörte sie sich selbst flüstern und stieß mit dem Rücken gegen eine Vitrine. Das gläserne Möbelstück wackelte gefährlich, ihr Inhalt klirrte.

»Adalie!«, rief Duncan dringlicher und zog sie an sich.

Verzweifelt versuchte sie, sich zu wehren, doch er war zu stark. Sie wand sich, schlug mit der Faust gegen seinen Oberarm.

»Bitte, bitte nicht«, flehte sie leise und erwartete das Schlimmste.

Doch nichts geschah. Duncan hielt sie einfach nur fest. Mit einer Hand presste er sie an sich, mit der anderen strich er ihr beruhigend über den Rücken. Sein Atem, giftgetränkt vom Alkohol, streifte sie nun nicht mehr, und langsam, ganz langsam, kam sie wieder zu sich.

Erst hörte sie auf zu kämpfen und stand einfach nur still, dann wich die Anspannung aus ihrem Körper. Ihr jagendes Herz schien innezuhalten, zurückzublicken und zu erkennen, dass es vor nichts und niemandem floh.

»Hey, du brauchst doch keine Angst zu haben. Ich bin

hier, bei dir«, sagte Duncan sanft und lehnte seinen Kopf an ihren. Ein tiefes Schluchzen löste sich aus ihrer Kehle.

»Habt ihr getrunken?«

»Nicht viel, nur einen Schnaps.«

»Warum?«, fragte sie anklagend, und ihr kamen die Tränen.

Duncan führte sie zu einem kleinen Sofa, und sie ließ es einfach mit sich geschehen.

»Warum? Uns war einfach danach. Es war doch nur ein Glas Gebrannter, Adalie. Was ist nur in dich gefahren? Hat es was mit deiner Vergangenheit zu tun?«

»Mein Vater… Wenn er betrunken war, hat er mich schlimmer geschlagen als sonst. Es war egal, ob wir etwas falsch gemacht hatten oder nicht, er hat einfach nur geprügelt, geprügelt und nicht mehr aufgehört.«

»Du hast es in Giles Atem gerochen, und dann kamen die Erinnerungen?«

Adalie nickte und presste die Lippen aufeinander, als könnte sie die Tränenflut so aufhalten.

»Wenn es dir so sehr Angst macht, werde ich keinen Tropfen mehr anrühren, das schwöre ich.«

»Nein, nein, Duncan. Es ist mein Fehler, nicht deiner.«

Er strich ihr über die Wange, bis sie ihn ansah. »Deiner ist es am allerwenigsten. Du kannst nichts dafür, hörst du?«

Sie nickte langsam und fühlte sich elend und geborgen zugleich. In seinen Armen war alles besser zu ertragen. Sie waren wie eine Schutzmauer, der sie zwar noch immer nicht ganz traute, aber sie wollte es, wollte es so sehr.

»Ich möchte, dass du glücklich bist, dass wir beide es sind, gemeinsam.«

»Gemeinsam«, wiederholte Adalie das Wort, das wie ein

wundersames Allheilmittel war. Sie flüsterte es, als könnte es bei der kleinsten falschen Regung zerstäuben wie zarte Frühnebelfäden. Es war kostbar, unbezahlbar.

Duncan nahm ihre Hände in seine und streichelte sie sanft. »Ich meine es ernst, Adalie. Ich möchte meine Zukunft mit dir teilen. Könntest du dir das vorstellen?«

Erst jetzt wurde ihr voll und ganz klar, was dieses eine kleine Wort noch bedeuten konnte. »Meinst du, ob ich ... ob wir ...?«

»Ja, genau, das meine ich.«

Sie begann zu zittern. Das konnte er doch nicht ernst meinen. Er wollte *sie*? Ein armes, einfaches Mädchen, das beim Geruch von Schnaps in Panik geriet und jedem Tier mehr Vertrauen schenkte als einem Menschen?

»Duncan, überlege es dir noch einmal. Ich bin nicht die Richtige für dich.«

»Davon will ich nichts hören, das kann ich sehr gut alleine entscheiden. Aber magst du mich denn wirklich nicht? Ich dachte, ich hätte dein Herz zumindest ein wenig für mich gewinnen können.«

Als Adalie klar wurde, wie sehr Duncan bangte, die falsche Antwort zu bekommen, fasste sie Mut. Sie wollte ehrlich zu ihm. Er verdiente nichts anderes.

»Natürlich mag ich dich, sehr sogar.«

Seine Augen strahlten, und er drückte ihr einen Kuss auf die Handknöchel. Im nächsten Moment ließ er sich vom Sofa gleiten und sank vor ihr auf die Knie.

Adalies Herz tat einen riesigen Sprung in Erwartung dessen, was nun geschehen würde.

»Adalie Ó Gradaigh, du hast mich vom ersten Moment an verzaubert. Ich glaube fest, dass sich unsere Wege aus einem bestimmten Grund gekreuzt haben. Ich möchte mein Leben mit dir verbringen. Willst du mich heiraten?«

»Ja, ja, das will ich, aber …«

»Kein Aber mehr.« Er beugte sich vor und küsste sie.

Adalie vergaß ihre Angst. Duncans Mund schmeckte nach ihm und auch ein wenig nach Gebranntem, und es machte ihr nichts mehr aus.

In diesem kurzen Augenblick heilte er sie, nicht vollständig, aber doch so weit, dass sie sich nicht mehr von ihrem Vater verfolgt fühlte wie von einem Schatten, der sich nicht abschütteln ließ.

Wegen Manus Ó Gradaigh hatte sie sich einst geschworen, niemals zu heiraten. Er hatte ihr das Vertrauen in die Ehe und in Männer gestohlen, und das schenkte ihr Duncan nun mit seiner liebevollen Beharrlichkeit zurück.

Adalie ließ sich ganz in den Kuss hineinfallen. Wie von allein fanden ihre Hände den Weg, um Duncan zu umarmen, seinen Rücken zu streicheln und in sein kurzes braunes Haar zu gleiten.

Sie hielt ihn fest, so fest, dass sie sein Herz an ihrer Brust schlagen fühlte. Der Rhythmus war beinahe so schnell wie ihr eigener, und dann passten sie sich aneinander an, aus zwei wurde eines.

»Duncan, ist bei euch da drin alles in Ordnung?«, drang plötzlich Giles' Stimme zu ihnen herein. Widerwillig lösten sie sich voneinander.

»Ja, wir kommen gleich«, rief Duncan seinem besorgten Freund zu und sah Adalie an.

Sein Lächeln war wunderschön. Sie berührte seine Lippen, die noch feucht waren von ihrem leidenschaftlichen Kuss, und das feste Kinn mit dem kleinen Grübchen. Sie konnte es kaum glauben. Mit diesem Mann sollte sie eine gemeinsame Zukunft haben.

»Was?«, fragte er leise.

»Du.«

»Ja, hier bin ich.«

»Es gibt dich wirklich. Ich kann kaum glauben, dass ich nicht gleich aufwache und alles nur ein Traum war.«

»Das wäre ja noch schöner! Du entkommst mir nicht«, erwiderte er und küsste sie auf die Nasenspitze. »So war das alles nicht geplant, Adalie, es tut mir leid. Ich habe keinen Verlobungsring für dich, noch nicht. Und eigentlich wollte ich dich auch in einem schöneren Rahmen um deine Hand bitten.«

»Es ist alles perfekt. Ich kann es noch immer nicht fassen. Du bedeutest mir unendlich viel, Duncan.«

»Ich verspreche dir, du bekommst deinen Ring.«

Sie erhoben sich, und Adalie konnte der Versuchung nicht widerstehen, Duncan erneut zu küssen.

»Ich glaube, sie warten auf uns«, meinte Duncan entschuldigend.

Adalie hielt seine Hand und wollte ihn nur ungern loslassen. Eigentlich wollte sie überhaupt nicht hinaus zu den anderen gehen. Sie wollte mit Duncan alleine sein, so lange, bis sie ganz und gar verinnerlicht hatte, dass sie ab jetzt zusammengehörten. Und das würde dauern.

»Was meinst du, sollen wir es meinen Eltern gleich sagen?«, fragte Duncan, als sie bereits an der Tür standen.

»Ich weiß nicht. Glaubst du, sie haben etwas dagegen?«

»Natürlich nicht! Johanna mag dich wirklich sehr gerne, und mein Stiefvater wird wahrscheinlich auch nichts einzuwenden haben.«

»Wenn du meinst …«

Duncan öffnete die Tür und bot ihr zugleich seinen Arm. Adalie hakte sich ein und widerstand dem Drang, sich an ihren Verlobten zu klammern wie eine Ertrinkende an das rettende Floß.

In dem Moment hörten sie ein leises Winseln. Als Adalie zurücksah, erhob sich Mapura von seinem Schlafplatz und kam mit tapsigen Schritten auf sie zu. Seine Krallen klickten über den Holzboden.

»Komm, du kleine Schlafmütze, sicher fällt in der Küche wieder etwas für dich ab.«

Im Flur wartete Giles auf sie.

»Na, endlich, ich wollte Sie nicht erschrecken, Mrs. Ó Gradaigh. Ist alles wieder in Ordnung?«

Adalie hatte einen Kloß im Hals. Sie wollte am liebsten hinausschreien, wie glücklich sie war. Ihre Panik schien Ewigkeiten zurückzuliegen.

»Mir geht es gut«, sagte sie daher nur leise und blickte auf ihre Fußspitzen.

»Sie warten sicher schon mit dem Essen«, meinte Duncan und ließ sich nichts anmerken.

Giles nickte. »Ja, und bei dem Duft knurrt mein Magen zu Recht.«

Als sie das Speisezimmer betraten, staunte Adalie über die festlich gedeckte Tafel. Vielarmige Silberleuchter spendeten ein warmes Licht, und der Duft eines üppigen Blumengestecks vermischte sich mit den Wohlgerüchen der Speisen, die in silbernen Terrinen und Schüsseln auf sie warteten.

»*E te iwi, he haukai tēnei kei tō aroaro, kainga!*«, rief Giles erfreut und breitete die Arme aus, als wollte er die gesamte Tafel allein in Besitz nehmen.

Johanna Fitzgerald, die mit ihrem Mann gewartet hatte, lud sie ein, Platz zu nehmen. Einen Augenblick später saßen alle bei Tisch, und das Abendessen konnte beginnen.

»Ich verstehe nicht, warum ich überhaupt gezögert habe, herzukommen«, sagte Giles und lobte den Braten und die kräftige Soße.

Adalie war hungrig, bekam aber trotzdem kaum einen Bissen hinunter, denn sie war viel zu aufgeregt. Wann würde Duncan seinen Eltern von ihrem Verlöbnis erzählen? Heute, oder vielleicht doch besser, wenn sie alleine waren?

Sie saß neben ihm und sah ständig zu ihm hinüber, auf seine schlanken, starken Hände, in denen sich das Tafelsilber klein ausnahm, auf sein Profil, das in dem weichen Kerzenlicht noch edler wirkte, und auf seinen Mund, der ihr mit seinen Küssen die Angst genommen hatte.

Als Johanna ihr wissend zulächelte, errötete Adalie, weil sie ertappt worden war.

Sah man es ihr so leicht an?

Duncan schwieg, und sie tat es ihm gleich, während sich Giles und Liam angeregt über einen Maorianführer mit dem seltsamen Namen Te Kooti unterhielten. Johanna mischte sich ebenfalls hin und wieder ein.

Adalie schaffte es nicht, sich zu konzentrieren, die Worte rauschten einfach an ihr vorbei. Duncan hatte sie in eine andere Welt entführt, in der nur sie beide existierten. Er lehnte sich zurück, wie er es immer tat, wenn er gesättigt war, doch dieses Mal griff er nach Adalies Hand.

Eine warme Welle rauschte durch ihren Körper, und sie war mit Sicherheit noch nie zuvor so glücklich gewesen wie in diesem Moment. Die anderen bemerkten es gar nicht oder waren zu höflich, um auf ihre offensichtliche Zuneigung zu reagieren. Adalie begriff noch immer nicht alle Feinheiten, auf die man bei einem festlichen Essen achten musste, vermutete aber, dass Händchenhalten nicht unbedingt zum guten Ton gehörte.

Duncans Miene sagte alles, es war ihm egal. Während seine Finger sacht über ihre Knöchel kreisten und Adalie einen wohligen Schauer nach dem anderen bescherten, wartete er darauf, dass die anderen ihr Gespräch beendeten.

Nachdem die Teller abgeräumt worden waren, räusperte er sich schließlich, bis seine Eltern ihn erwartungsvoll ansahen. Mit einem kurzen Blick zu Adalie versicherte er sich ihrer Zustimmung. Sie lächelte, ihre Gefühle strahlten geradezu aus ihr heraus.

»Vater, Mutter, *Parata*, ich weiß, es kommt etwas plötzlich, und wir sind selber noch ein wenig überrascht ... Adalie und ich möchten euch etwas sagen. Wir haben uns verlobt. Ich bin überglücklich, dass sie Ja gesagt hat und wir nun gemeinsam in die Zukunft blicken. Ich hoffe, wir finden eure Zustimmung?«

»Oh, ich freue mich so für euch. Natürlich habt ihr unsere Zustimmung«, sagte Johanna und war sofort bei ihnen, um erst ihren Sohn und dann Adalie zu umarmen. »Willkommen in der Familie, Adalie«, meinte sie feierlich.

Auch Giles und Liam Fitzgerald waren aufgestanden, um ihnen zu gratulieren. Der Maori hielt vorsichtigen Abstand.

Ich muss ihm einen gewaltigen Schrecken eingejagt haben, dachte Adalie und reichte ihm die Hand.

Liam wartete schweigend ab, bis Giles und Johanna ihre Glückwünsche überbracht hatten. Adalie sah dem ernsten Mann seine Rührung an. Als Duncan vor ihn trat, klopfte er seinem Stiefsohn anerkennend auf die Schulter und umarmte ihn lange.

»Ich freue mich so für euch, Duncan. Es macht mich stolz zu sehen, wie du deinen eigenen Weg gehst. Ich bin immer für euch da.«

»Danke, Vater.« Duncan umarmte ihn erneut.

Die Worte seines Ziehvaters bedeuteten ihm viel, und seine Freude darüber strahlte auch auf Adalie ab.

Liam reichte ihr die Hand und küsste sie auf die Wange. »Willkommen in unserer Familie, Adalie.«

»Vielen, vielen Dank«, sagte sie noch immer ungläubig.

»Wenn ich darf, möchte ich euch einen Rat mit auf den Weg geben. Seid immer ehrlich zueinander, redet über eure Sorgen und Nöte, und verschweigt sie nicht voreinander – weder um euren Partner zu schützen, noch weil ihr sie für unwichtig erachtet. Aber das Wichtigste ist …« Liam griff nach Johannas Hand und zog seine Ehefrau näher zu sich heran. »Folgt eurem Herzen – immer.« Johanna nickte und sah Liam tief in die Augen. Die Blicke, die sie tauschten, waren bedeutungsvoller als jede ausgesprochene Liebeserklärung.

So geht es uns hoffentlich auch noch in zwanzig Jahren, dachte Adalie und drückte Duncans Hand. Die Situation erschien ihr immer noch wie ein Traum. Sollte es wirklich so einfach sein? Hatte denn niemand etwas daran auszusetzen, dass Duncan eine mittellose Bauerntochter auserwählt hatte? Adalie konnte es kaum fassen.

Sicher würde noch irgendetwas geschehen und ihr Glück zunichtemachen! Die Ahnung wurde immer stärker, und sie rückte näher an Duncan heran.

»Bring uns Champagner«, rief Johanna soeben dem Hausmädchen zu, während sie beinahe mehr strahlte als die zukünftige Braut. »Ach, das wird so wunderschön. Am liebsten würde ich sofort anfangen, eure Hochzeit zu planen«, raunte sie Adalie zu. »Du erlaubst mir doch, dass Fest für euch zu arrangieren?«

»Ich … ich … ja, sicherlich«, erwiderte Adalie überrumpelt.

Duncan legte seinen Arm um ihre Mitte und gab ihr Halt.

»Wann wollt ihr denn heiraten?«

»Ich weiß es nicht. Es kam alles so plötzlich«, erwiderte Adalie unsicher.

»Dann will ich euch nicht weiter drängen. Du sollst nur eines wissen, Adalie: Wir sind immer für dich da! Du kannst auf uns zählen, denn ab heute gehörst du zur Familie.«

Und was für eine Familie, dachte Adalie. Vor einem Jahr noch hätte sie nicht geglaubt, dass Menschen wie die Fitzgeralds überhaupt existierten. Eltern, die einander aus Liebe geheiratet hatten, Kinder, die nicht aus Furcht die Nähe ihres Vaters mieden. Die Erinnerung an ihr Heim verpasste ihrer freudigen Stimmung einen bitteren Dämpfer.

»Adalie, wo lebt deine Familie?«, fragte Liam plötzlich.

Trotz seines freundlichen Tonfalls schrumpfte sie innerlich. Da kam sie nun ans Licht, die Vergangenheit, und zertrampelte ihre goldene Zukunft wie eine Sandburg.

»Ein wenig südlich von Timaru, an der Ostküste der Südinsel«, gab sie pflichtgemäß Auskunft.

»Das ist eine weite Reise. Ich bin aber dennoch der Meinung, dass ihr hinfahren solltet, damit Duncan bei deinem Vater um deine Hand anhalten kann. Außerdem solltet ihr ihnen eine Einladung zum Fest überbringen.«

Adalie wurden die Knie weich. Duncan zu heiraten war

nichts als ein kurzer schöner Traum gewesen. Wenn er mit eigenen Augen sah, wo sie herkam, wollte er sie sicherlich nicht mehr zur Frau nehmen. Und ihr Vater ... Was würde er zu seiner verlorenen Tochter und ihrem vornehmen Galan sagen?

»Adalie, was meinst du dazu?«, erkundigte sich Duncan mit sorgenvoller Miene. Er wusste mehr als die anderen, er wusste, wie sehr sie sich vor Manus Ó Gradaigh fürchtete.

»Und wenn er Nein sagt?«

»Er wird mich nicht ablehnen«, sagte Duncan fest, und Adalie wünschte sich nichts sehnlicher, als dass er recht behielte.

»Duncan, ich ...« Sie schämte sich so furchtbar, aber wie sollte sie es ihm erklären?

»Ich bin bei dir, du brauchst keine Angst zu haben.«

»Ich möchte nicht nach Amokura Hills zurück, Duncan, bitte.«

»Adalie. Möchtest du deine Mutter und deine Geschwister nicht wiedersehen? Ich würde sie gerne kennenlernen und mehr über dich erfahren. Du kennst mein Leben, aber ich weiß fast nichts von deinem.«

Und wenn du meines siehst, dann willst du mich nicht mehr, dachte sie beschämt. Sie dachte an die ärmliche Hütte mit den zugigen Wänden, den Dreck und das Elend. »Ich habe Angst davor, Duncan. Eigentlich will ich diesen Teil meines Lebens am liebsten hinter mir lassen.«

Er nahm ihr Gesicht zwischen die Hände, küsste sie auf die Stirn und sah sie beschwörend an. »Und ich denke, mein Vater hat recht. Wir sollten hinfahren. Du wirst dich sicher freuen, wenn du deinen kleinen Bruder wiedertriffst. Ich weiß doch, wie sehr du dich um ihn sorgst.«

Adalie kämpfte mit aller Macht gegen ihre Angst, Duncan zu verlieren. »Wenn du es unbedingt wünschst.«

Duncan nickte. »Ja, und wir schaffen das, gemeinsam. Lass uns jetzt mit Champagner anstoßen.«

* * *

KAPITEL 13

New Plymouth, Ende März 1870

Seit der Verlobung stand Adalies Leben Kopf. Es war wie ein nicht enden wollender sonniger Frühlingstag, aber nun warf der morgige Tag dunkle Schatten voraus.

Die Reise nach Timaru stand bevor, und die Angst vor der Begegnung mit ihren Eltern hatte nicht nachgelassen.

Vor Adalie lagen zwei Koffer aufgeklappt auf dem Bett. Den Nachmittag hatte sie damit zugebracht, für die Reise zu packen, und war erstaunt gewesen, wie viel Kleidung und andere Dinge sie mittlerweile besaß. Die meisten Kleider waren alte von Johanna, die eine Schneiderin auf Adalies Größe geändert hatte, doch es waren auch zwei neue darunter. Ein hellblaues mit Spitze und weiten Schößen war für den Besuch auf der Farm in Amokura Hills vorgesehen. Johanna war offenbar vollkommen ahnungslos, wie erbärmlich Adalies Lebensumstände früher gewesen waren, und hatte sie zu dieser Wahl überredet. Um diese Jahreszeit herrschten schlimme Zustände auf der Farm. Der Innenhof glich einem schlammigen Sumpf, in dem sich die Erde mit den Fäkalien der Tiere mischte, und die winzige Hütte war entweder warm und verqualmt oder zugig und kalt.

Das Kleid würde dort seinen ersten und womöglich auch letzten Auftritt haben.

Aber ein trotziger Teil von ihr, der auch dann noch stur

den Kopf gehoben und von einer besseren Zukunft geträumt hatte, wenn sie blutend auf dem Boden gelegen hatte, wollte es so.

Allen voran sollte Manus sehen, wie weit sie es gebracht hatte. Er sollte erfahren, dass seine ungeliebte Tochter nicht nur fortgelaufen war, sondern sich monatelang allein durchgeschlagen, lesen und schreiben gelernt hatte und nun ein veränderter, glücklicher Mensch war. Stolz würde sie an Duncans Seite gehen – an der Seite des Mannes, den sie liebte und der hoffentlich über das Elend hinwegsehen konnte.

Immer wieder hatte sie in den vergangenen Tagen überlegt, wie ihr Vater reagieren würde. Mutter, Schwestern und der kleine Sammy würden sich zweifellos für sie freuen, aber Vater?

Alles war möglich: von der Flucht in die Scham, über heuchlerische Freundlichkeit bis hin zu Gewalt. Bei all der Angst, die sie vor ihrem Vater hatte, fürchtete sie vor allem seine Willkür und die Unberechenbarkeit, mit der seine Launen ausbrachen.

Ihre stille Hoffnung galt Patrick. Vielleicht war er da. Aber eigentlich glaubt sie nicht, dass er aufgegeben hatte, wenn er sein Ziel nicht erreicht hatte und wie ein geprügelter Hund heimgekehrt war. Nein, niemals! Adalie hoffte zwar, ihren einzigen Vertrauten aus Kindertagen wiederzusehen, aber zugleich wünschte sie ihm aus tiefstem Herzen, nie wieder nach Amokura Hills zurückkehren zu müssen.

Vielleicht zeigte sich Gott gnädig und führte ihren Bruder genau an dem Tag für einen Besuch zum heimatlichen Hof, wenn auch sie dort war. Aber das war nicht mehr als ein Wunschtraum.

Nachdenklich faltete Adalie ein wollenes Tuch zusammen

und legte es in den Koffer. Sie konnte kaum erkennen, welche Farbe es hatte, so dunkel war es mittlerweile geworden. Draußen schoben sich schwere Regenwolken über das Land. Die Sonne ging gerade unter und färbte die Ränder der grauen Wolkengebilde blassrot. Ein trostloser Sonnenuntergang, der zu ihrer bedrückten Stimmung passte.

Besorgt ließ Adalie ihren Blick aus dem Fenster schweifen. Die Felder und Wiesen schimmerten feucht, Windböen rissen Blätter aus den hin und her schwingenden Baumkronen. Die Ratabäume blühten längst nicht mehr, und die rote Pracht war nur noch eine Erinnerung.

Bald würde es heftig zu regnen beginnen. Sie konnte das Wasser im Westen bereits als nebelgraue Schleier über das Land fegen sehen. Duncan war ausgeritten. Er wollte noch einmal Zeit mit seinem Hengst Nelson verbringen, bevor sie für die nächsten Wochen mit dem Schiff unterwegs sein würden. Aber sicher war ihre Sorge völlig unbegründet. Er war womöglich längst zurück, und sie hatte es nur nicht bemerkt. Immerhin wollten sie sich mit seinen Eltern treffen, um noch einmal die Reise durchzusprechen.

»Oh Gott, ich dummes Ding«, entfuhr es ihr mit einem Mal. Sie kam zu spät zu dem Treffen. Hastig überprüfte sie im Spiegel Frisur und Kleidung. An das glückliche Strahlen, das ihre grauen Augen trotz ihrer trüben Stimmung funkeln ließ, hatte sie sich mittlerweile gewöhnt.

Duncan hatte diese Veränderung in ihr bewirkt, und es sollte nie wieder verschwinden.

Eilig verließ sie das Zimmer und durchmaß die Gänge mit langen, undamenhaften Schritten. Die Röcke raschelten, als folgte ihr ein Rudel schuppiger Tiere. So ganz hatte sie sich noch nicht an die Kleidung feiner Damen gewöhnt, die sie nun immer häufiger trug. Sie hatte sich das Ziel gesteckt, bis zur Hochzeit zu lernen, sich darin ganz natürlich zu bewegen, denn dann würde sie ihre Feuertaufe bestehen müssen.

Zu der Feier würden die vornehmsten Familien von New Plymouth das Anwesen der Fitzgeralds bevölkern. Duncan sollte sich nicht für seine Braut schämen müssen, ganz im Gegenteil. Es gab viel zu lernen, doch sie konnte es schaffen, da war sie sich sicher.

Vor der Treppe ins Untergeschoss blieb sie stehen. Es dauerte eine Weile, bis sie die Röcke so sortiert hatte, dass die Gefahr daraufzutreten gebannt war, trotzdem hielt sie sich lieber mit einer Hand am Geländer fest, während die andere den Stoff bändigte.

Im Haus war es still. Wahrscheinlich befanden sich die anderen längst im Salon, doch als Adalie den repräsentativen Raum betrat, war das Gegenteil der Fall. Erleichtert verlangsamte sie ihren raschen Schritt zu einem Schlendern. Wie so oft zog es sie in die Bibliothek, die durch eine Aussparung in der Regalwand betreten werden konnte. Selbst an sonnigen Tagen drang nur wenig Licht hier herein. Der flackernde Kerzenschein aus dem Salon reichte Adalie jedoch aus. Die vielen Bücher verliehen dem Raum eine erhabene Atmosphäre. So viel Wissen war hier vereint. Ob sie jemals alle Bücher würde lesen können?

Ehrfürchtig strich sie über die Buchrücken. Manche mussten wirklich alt sein, denn ihr Leder war rissig und ausgeblichen, die Beschriftung kaum noch zu erkennen.

Vorsichtig zog Adalie einen der Bände heraus. Er war schwer, und für einen Schreckmoment fürchtete sie schon, er würde ihr aus der Hand fallen. Dann legte sie ihn auf einem Pult ab und schlug ihn auf.

Der Titel war so lang und kompliziert, dass sie sofort weiterblätterte. Das Werk enthielt viele Abbildungen, Zeichnungen von Pflanzen, Blüten und Blättern. Fasziniert blätterte Adalie durch die Beschreibung einer völlig fremden Pflanzenwelt und merkte daher erst spät, dass sie nicht mehr alleine war.

Duncans Eltern hatten den Salon betreten und waren offenbar in eine Diskussion vertieft. Adalie war unschlüssig, was sie tun sollte. Sie wollte die beiden nicht stören, aber auch nicht heimlich belauschen.

»Wir sollten es ihm sagen, Liam«, drängte Johanna. »Duncan ist ein erwachsener Mann. Glaubst du nicht, dass er ein Geheimnis bewahren kann? Es tut uns allen nicht gut, wenn wir weiterhin falsche Tatsachen vorspielen müssen. Er leidet darunter!«

»Nein, ich bleibe dabei. Auch wenn es mir wehtut. Je weniger davon wissen, desto besser. Er würde es nie absichtlich verraten, ich vertraue ihm da voll und ganz. Aber du weißt selbst, wie schnell so etwas passieren kann. Ein unbedachtes Wort, und die Leute beginnen, Fragen zu stellen.«

»Ja, wahrscheinlich hast du recht. Er tut mir nur so leid. Ständig versucht er, dir alles recht zu machen, dabei …«

Die nächsten Worte verstand Adalie nicht, weil sie zu leise waren. Wahrscheinlich nahm Liam seine Frau gerade in den Arm.

Was war das nur für ein Geheimnis, das seine Eltern offenbar schon sehr, sehr lange vor Duncan verbargen? Adalie biss sich auf die Lippe. Sie durfte sich nicht anmerken lassen, dass sie ihre zukünftigen Schwiegereltern belauscht hatte, aber wie?

Gleich würde Duncan auftauchen, vielleicht würde er die nötige Ablenkung bieten. Sie hoffte, er möge bald kommen, denn lange konnte es nicht mehr gutgehen. Adalie atmete so flach wie möglich und stand ganz still. Jetzt verfluchte sie das neue Kleid mit dem raschelnden seidenen Oberstoff. Sie hatte es angezogen, um Duncan zu gefallen. Nun würde es sie bei jeder Bewegung verraten.

Nebenan unterhielten sich Johanna und Liam über die bevorstehende Reise.

Adalie sah sich vorsichtig um und war erleichtert, als sie in einem Winkel der Bibliothek eine kleine Tür ausmachte. Sie hatte sie noch nie benutzt, wusste aber, dass sie in den schmalen Flur führte, den die Angestellten benutzten, um rasch von einem Flügel in den anderen zu gelangen. Wenn sie es bis dorthin schaffte, ohne entdeckt zu werden, könnte sie vortäuschen, vom Flur eingetreten zu sein.

Endlich ging die Haupttür, und Duncan trat in den Salon.

So schnell und leise sie konnte, stellte Adalie das Buch zurück, schlich zur Tür und prüfte vorsichtig, ob sie abgeschlossen war. Sie hatte Glück, und die Tür ließ sich öffnen. Vorsichtig spähte sie hinaus, und als sie niemanden auf dem Flur entdeckte, öffnete und schloss sie die Tür geräuschvoll. Mit kräftigen Schritten marschierte sie in den Salon, wo ihr die versammelte Familie Fitzgerald erwartungsvoll entgegensah.

Sie gab sich Mühe, nicht nur Duncan zu sehen, der sie mit einer Sehnsucht anblickte, als hätten sie sich vor Wochen zum letzten Mal getroffen. Ihr wurde sofort warm ums Herz. Er sah so gut aus, und mittlerweile wusste sie auch, wie es sich anfühlte, von ihm umarmt und geküsst zu werden, was seine Anziehungskraft alles andere als minderte.

Artig begrüßte Adalie erst seine Eltern, dann gab ihr Duncan den ersehnten Kuss auf die Wange.

»Ich wusste gar nicht, dass du auch schon den Hinterausgang der Bibliothek entdeckt hast«, sagte Johanna überrascht.

Für einen Moment bekam Adalie ein schlechtes Gefühl, doch dann wurde rasch klar, dass die Hausherrin keinen Verdacht geschöpft hatte.

»Ich habe die Tür vor einigen Tagen gefunden, ja. Es ist doch nicht schlimm, wenn ich sie benutze, oder?«

»Nein, nein, natürlich nicht.«

Duncan legte ihr einen Arm um die Hüfte. »Du bist doch jetzt auch hier zu Hause. Du kannst jede Tür benutzen, nach der dir der Sinn steht.«

»Wollen wir uns setzen? Wir haben noch so einiges zu besprechen«, sagte Liam Fitzgerald und machte eine einladende Geste in Richtung Kamin, wo Sessel und eine Recamière zum Verweilen einluden. Duncan steuerte sofort die Recamière an und zog Adalie neben sich, die nur allzu gerne in seiner Nähe blieb.

Liam setzte sich und legte eine lederne Mappe vor sich auf den Tisch. Die Art, wie er es tat, ließ darauf schließen, dass ihr Inhalt von besonderer Bedeutung war.

»Wir möchten nicht nur über eure Reise sprechen, denn die ist ja bereits gut vorbereitet«, begann Johanna und schenkte dabei jedem aus einer Karaffe Wasser in ein Glas.

Duncan sah Adalie an, lächelte, nahm ihre Hand in seine und richtete dann seine Aufmerksamkeit wieder auf seine Mutter und seinen Stiefvater. »Na dann, ich bin gespannt.«

»Es geht um deinen leiblichen Vater, Duncan«, begann Liam mit steinerner Miene.

Adalie spürte, wie Duncan sich sofort verkrampfte. Es

machte ihn nervös, aber er schwieg. Sie wusste, wie sehr er sich wünschte, mehr über Thomas Waters zu erfahren.

»Dein einundzwanzigster Geburtstag liegt nun über ein Jahr zurück. Die Londoner Notare haben lange gebraucht, aber nun ist dir dein Erbe endlich zugesprochen worden.«

Liam reichte seinem Stiefsohn die Papiere. »Du bist jetzt ein sehr wohlhabender Mann.«

Duncan griff zögernd nach der Mappe, während Adalie aufging, dass ihr Verlobter nicht nur gut situiert, sondern womöglich sogar sehr, sehr reich war.

Fahrig blätterte Duncan durch die besiegelten Urkunden und schien nicht zu finden, was er suchte. Enttäuscht schloss er die Mappe. »Kein Brief, kein letzter Wille, nichts?«

»Es tut mir leid, nein.«

»Sag mir, was darin steht, du hast es sicher überprüft.«

»Das habe ich, und alles ist ordentlich und beglaubigt. Das Tal des Windes bleibt weiterhin in Johannas Besitz, wird aber irgendwann dir gehören. Du erhältst Anteile an den Londoner Fabriken der Waters und hier …« Liam zog eine Urkunde hervor und tippte darauf. »Ein Stück Land auf der Südinsel wurde dir ebenfalls vermacht. Davon haben weder ich noch deine Mutter etwas geahnt.«

Duncan drehte das Papier zögernd herum. »Der Verkäufer ist die Britische Krone, also wurde alles gemäß dem Vertrag von Waitangi abgewickelt. Was ist das für Land?«

»Farmland, denke ich, oder aber ein Waldstück, von dem sich Waters gute Holzerträge versprochen hatte.«

»Wo liegt es? Vielleicht in der Nähe von Timaru?«, fragte Adalie und versuchte, die Schrift auf dem Dokument zu erkennen. Sie brauchte immer noch lange, um komplizierte Wörter zu entziffern.

»Hier steht: Kahu River in der Nähe von Kahurangi Point an der Westküste. Hast du davon schon mal gehört?«

Adalie schüttelte den Kopf. Eigentlich kannte sie sich nirgendwo gut aus. Es musste schon mit sehr viel Glück zugehen, wenn sie von einem fremden Ort schon einmal gehört hatte und wusste, wo er sich befand.

»Ich glaube, ich weiß, wo das ist«, sagte Johanna plötzlich. »Zwei Reisen zur Südinsel habe ich bislang unternommen. Ganz weit im Süden gibt es nur noch steile Berge und Gletscher und Eis, das wie große weißblaue Flüsse ins Meer fließt. Kahurangi Point liegt in einer recht warmen, aber regenreichen Region. Wenn ich mich nicht recht irre, gibt es dort viel gutes Farmland, und es wurde auch Gold und Kohle in der Gegend gefunden.«

Adalie bewunderte Johanna dafür, wie viel sie in ihrem Leben gesehen hatte, während sie auf der Suche nach Maorischnitzereien gewesen war.

»Was denkst du, Duncan?«, fragte Adalie leise.

Er zuckte mit den Schultern. »Würdest du es dir gerne ansehen, wenn der Umweg nicht zu groß ist?«

Adalie nickte. Irgendetwas zog sie zu diesem Ort. Seit der Name vorhin zum ersten Mal gefallen war, verspürte sie ein seltsames Gefühl von Sehnsucht.

»Kahu River, das klingt so schön.«

»Deine Verlobte hat recht, Duncan. Du solltest dir deinen Besitz auf jeden Fall ansehen. Dann kannst du entscheiden, was du damit machen willst. Die Holzpreise sind gut, und wir alle haben von den reichen Gold- und Kohlefunden in der Region gehört.«

»Und Adalie kennt sich sicher mit Farmland aus. Falls es für die Viehzucht taugt, könntest du es verpachten«, ergänzte Johanna und trieb Adalie damit die Schamesröte ins Gesicht. »Ein wenig weiß ich vielleicht, zumindest über Schafzucht.«

»Gut, dann machen wir es. Schauen wir uns dieses geheimnisvolle Land am Kahu River an«, verkündete Duncan und drückte Adalies Hand.

Sie musste daran denken, wie viel ihren Eltern ihr eigener Grund und Boden bedeutete, und schob das wehmütige Gefühl zur Seite. Ihre Freude über die bevorstehende Reise war einfach zu groß.

* * *

Der Abschied von ihrem kleinen Hund fiel ihr furchtbar schwer, aber Tage und Wochen auf einem beengten Schiff, das war nichts für ein lebhaftes Tier wie Mapura.

»Mutter wird sicher gut auf ihn aufpassen«, versprach Duncan, als sie wieder einmal über die Schulter zurücksah, obwohl das Anwesen längst außer Sichtweite war. Wiesen und kleine Waldstücke zogen an der Kutsche vorbei.

»Ja, ich weiß«, seufzte Adalie und lehnte ihren Kopf gegen Duncans Schulter.

Die Kutsche wurde von einem der Stallburschen gelenkt, einem jungen Maori namens Matiu, den sie bislang nie anders als gut gelaunt gesehen hatte. Er summte leise, während er die Kutsche nach New Plymouth lenkte.

Wiesen, Steinmauern und kleine Wälder zogen vorbei. Der Morgennebel gab der Landschaft etwas Geheimnisvolles, ließ Konturen verschwimmen und füllte die Senken mit samtenem Grau. Als die Sonne durchbrach, funkelten die Tautropfen wie Abermillionen winziger Diamanten, und in den Bäumen begannen die Fruchttauben zu gurren.

»Es ist so schön hier«, seufzte Adalie. »Ich werde die Gegend vermissen.«

»Ich bin ganz froh, mal etwas anderes zu sehen«, meinte Duncan und schmiegte seine Wange an ihr Haar.

»Aber du bist doch oft mit deiner Truppe unterwegs.«

»Ja, aber meist aus unerfreulichen Gründen. Dann sehe ich die Landschaft anders. Hinter Mauern wie diesen könnten sich Schützen verstecken, und im Wald besteht immer die Gefahr, in einen Hinterhalt zu geraten. Man ist dauernd angespannt, und oft kann man sich am Abend kaum noch an etwas anderes erinnern als an die Situationen, in denen es brenzlig geworden ist.«

»Ich verstehe. Sag, Duncan, musstest du schon mal richtig kämpfen?«

»Natürlich.«

Adalie schluckte. Es fiel ihr schwer, sich vorzustellen, dass Duncan, der so lieb und rücksichtsvoll mit ihr umging, mit Säbel und Gewehr anderen Männern das Leben nahm. Sie wusste selbst nicht, warum sie die Frage ausgerechnet jetzt stellte, vielleicht weil es ihre Art war, in jedem Licht nach Schatten zu suchen. »Hast du schon mal einen Menschen getötet?«

Duncans Körper versteifte sich. Er hielt den Atem an und wandte den Blick von ihr ab und richtete ihn in die Ferne. »Ja. Ich bin bei der Armee, Adalie.« Seine Stimme klang belegt.

Eigentlich war sie nie von etwas anderem ausgegangen, dennoch war es auf gewisse Weise schockierend, es aus seinem Mund zu hören.

Als sie nichts erwiderte, redete er schließlich weiter. »Es war auf dem Schlachtfeld, ein fairer Kampf. Die Rebellen hatten sich schließlich zurückgezogen, nachdem sie die Hälfte ihrer Männer verloren hatten. Ich …«

»Du brauchst nicht weitererzählen, Duncan. Es sei denn, es tut dir gut, darüber zu reden«, sagte sie schließlich und nahm seine Hand, auch wenn sie in diesem Moment gerne für eine Weile Abstand gehalten hätte. Sie spürte, wie sehr ihn die Erinnerung bedrückte, und dass er ihre Nähe brauchte. Wenn sie sich jetzt zurückzog, würde sie ihn damit verletzen, und das wollte sie nicht.

Als er sie nun ansah, waren seine braunen Augen beinahe schwarz. »Ich fürchte mich vor einem Einsatz, den ich für ungerechtfertigt halte, Adalie. Eines Tages wird er kommen. Wie soll ich gegen Menschen kämpfen, die in meinen Augen im Recht sind? Wie soll ich damit leben? Ich kann den Befehl nicht verweigern – ich *darf* es nicht –, aber ich kann mich auch nicht selbst verraten, oder?«

»Nur Gott kann darüber richten, denke ich«, sagte sie nach einiger Überlegung. »Aber willst du denn überhaupt für immer in der Armee dienen?«

»Was soll ich denn sonst machen?«

»Pferde züchten, vielleicht«, antwortete sie leichthin und versuchte, ihn mit einem Lächeln aufzumuntern. Keinesfalls sollte ihre erste gemeinsame Reise in solch einer traurigen Stimmung beginnen.

Duncan brauchte einen Moment, dann hellte sich seine Miene auf. »Ich liebe dich für deine verrückten Ideen, weißt du das?«

Adalie errötete, und es breitete sich eine Wärme in ihr aus, die wohl Glück bedeutete. Was Duncan als verrückte Idee bezeichnete, besaß in Adalies Vorstellung einen ernsten Kern. Seit sie am Vorabend erfahren hatte, dass Duncans

Erbe Land beinhaltete, spielte ihre Vorstellungskraft verrückt. Kahu River klang nach Paradies und erfüllten Träumen, es klang nach Zuhause. Wenngleich sie nicht verstand, wie ein unbekannter Ort eine solche Sehnsucht in ihr entfachen konnte.

»Wenn ich keine verrückten Ideen hätte, Duncan, dann gäbe es mich heute womöglich gar nicht mehr. Manchmal glaube ich, dass mein Bruder Patrick und ich nur deshalb nicht aufgegeben haben, weil wir unsere Träume hatten.«

Duncan nickte ernst. »Und wovon hast du geträumt?«

»Freiheit. Schon als ich ganz klein war, habe ich mir eine eigene kleine Hütte gewünscht und eine Herde mit gesunden Schafen. Patrick sollte Fischer werden, damit er immer auf seinem geliebten Meer sein kann.«

»Eine Hütte und Schafe?«, fragte Duncan ungläubig. »Und wo ist in deinem Traum Platz für deinen Märchenprinzen?«

»In meinem Traum gab es nie einen.« Adalie schluckte. Irgendwie wollte es ihnen beiden nicht gelingen, ihr Gespräch in eine positive Richtung zu lenken. »Ich hatte mir vorgenommen, niemals zu heiraten.«

»Tja«, meinte Duncan nur, zuckte mit den Schultern und grinste. »Dann bin ich also ein gescheiterter Traum.«

»Niemals. Ich hätte dich ganz sicher hineingeträumt, wenn ich gewusst hätte, dass es dich gibt!«

Er drückte sie fest. Adalie lehnte sich an ihn, und ihr wurde wieder einmal bewusst, wie wunderbar sich alles gefügt hatte. Sie hatte gefunden, was sie am wenigsten gesucht hatte, und doch war Duncan das Beste, was ihr je passiert war. Noch immer war es keine Selbstverständlichkeit, so vertraut mit ihm umzugehen. Sie kannte seinen Geruch mittlerweile fast genauso gut wie ihren eigenen, wusste wie sein Herz klang, wenn sie an seiner Brust lag und lauschte, und hätte seine Hände blind unter Dutzenden erfühlen können.

Mit einem geliebten Menschen vertraut sein – was für ein Wunder.

»Schau, da vorne ist schon der Hafen«, sagte Duncan mit einem Mal. Der Kutscher hatte einen Weg gewählt, der direkt durch die flache Küstenlandschaft mit ihren Seggenwiesen und kleinen Tümpeln führte. Watvögel stocherten im feuchten Ufersaum nach Fressbarem.

Adalie war so in ihre Gedanken vertieft gewesen, dass sie die Veränderung in ihrer Umgebung erst jetzt bemerkte.

»Hier war ich noch nie«, meinte sie überrascht und musterte die kleinen, kräftigen Rinder, die auf den Salzwiesen weideten.

»So müssen wir nicht durch die Stadt. Die Wege sind um diese Uhrzeit überfüllt, weil die Händler ihre Waren zum Markt bringen.«

»Und wir fahren niemanden um«, stichelte sie.

»Nein, auch das nicht. Außerdem habe ich jetzt schon eine Frau gefunden.«

Durch das gemeinsame Lachen überwanden sie die Schatten des vorherigen Gesprächs. Nun konnte es Adalie kaum noch erwarten, das Schiff zu sehen, mit dem sie ihre Reise unternehmen würden.

Im Hafen war das Gedränge groß. Ein mächtiger Segler hatte angelegt und wurde nun mit Tranfässern für Europa beladen. Die Arbeiter rollten sie über den Kai, und Adalie rümpfte die Nase angesichts des Geruchs. Wie schnell sie sich doch an die ordentliche heile Welt der Fitzgeralds gewöhnt hatte.

»Dort vorn ist es, glaube ich«, rief Matiu und hielt die Kutsche an. Er zeigte auf einen Pier, an dem nur kleine Boote lagen, und Adalie wurde sofort ein wenig mulmig. Das versprach eine aufregende Reise zu werden.

»Komm, sehen wir uns erst mal an, ob wir hier richtig sind«, meinte Duncan und half ihr aus der Kutsche.

Adalie trug ein schmales Reisekleid, doch auch das bereitete ihr bereits Mühe. Wie die feinen Damen in ihren weiten Röcken diese schmalen Stufen bewältigten, überstieg ihr Vorstellungsvermögen. Sie war froh, sich an Duncans Arm abstützen zu können.

Jetzt werde ich genauso hilflos wie die Frauen, die ich bei meiner Ankunft in New Plymouth beobachtet habe, dachte Adalie und nahm sich vor, nie zu vergessen, wer sie im Herzen war: die einfache Tochter eines Schäfers.

Die Holzbohlen vibrierten unter den Sohlen ihrer neuen Stiefel, doch auf dem Steg war es zum Glück nicht rutschig. Seeleute grüßten sie, und Adalie nickte ihnen lächelnd zu. Zum ersten Mal war sie mit Duncan in der Öffentlichkeit als Paar unterwegs, und sie genoss es.

Früher hätte sie sich möglichst unauffällig verhalten, um nur ja keinen Mann auf sich aufmerksam zu machen. Nun konnten sie Adalie ruhig bemerken, denn sie hatte Duncan. Mit ihm fühlte sie sich sicher.

»Ich denke, das ist es«, meinte er und wies auf einen kleinen Segler. Das Holz des Bootes war grau verwittert, wirkte aber solide. Zwei Segel ruhten aufgerollt in der Takelage.

»Mr. Waters Fitzgerald und seine liebreizende Frau«, rief der Kapitän, der bis dahin auf einer Kiste gesessen und eine Liste durchgegangen war. Er hatte einen üppigen schwarzen Vollbart, der nur wenig von seinem Gesicht erkennen ließ.

Zu einer Hose aus abgewetztem Ölzeug trug er eine pelzverbrämte Walkjacke, als würden sie mitten im Winter zu einer Fahrt ins Eis aufbrechen.

»Mr. Andrej«, begrüßte Duncan ihn und schüttelte seine Hand.

»Nur Andrej bitte, Andrej Cassovitz.«

Sein russischer Akzent gefiel Adalie sofort. Er küsste ihre Hand, die kurz unter dem üppigen Bart verschwand. »Was für eine Freude. Kommen Sie.«

Adalie ließ sich an Bord helfen und sah sich um. So klein war es doch nicht. Ein paar Stufen führten hinab zur Kajüte, wo auch ihre Kojen liegen mussten.

»Ich zeige Ihnen gleich Ihr Quartier, vorher wird Michail Ihr Gepäck holen.«

Der Angesprochene war groß und schlaksig, wie ein zu schnell gewachsenes Füllen, seine Augen hingegen klein und verkniffen, der Mund dafür umso breiter. Sein Gesicht wirkte, als wäre es aus unpassenden Teilen zusammengewürfelt worden, was ihn aber keineswegs unsympathisch erscheinen ließ. Er tippte sich nur kurz an die Kappe und war mit einem Sprung von Bord und auf dem Steg. Adalie sah ihm nach, bis er die Kutsche erreicht hatte.

»Es ist bestes Wetter für die Reise nach Timaru«, verkündete der Kapitän. »Es bläst kräftig, aber nicht zu sehr, und so, wie mir die Knochen wehtun, bekommen wir einen Wetterwechsel mit viel Sonne.«

Wahrscheinlich ist er wegen der Schmerzen so warm angezogen, dachte Adalie und wartete aufgeregt neben Duncan, bis die Koffer an Deck standen und Andrej sie einlud, mit ihm unter Deck zu kommen. Es war eng, dunkel und roch ein wenig nach Bohnerwachs und Kalfater.

»Hier ist es.« Der Kapitän stieß eine schmale Tür auf und trat zur Seite. Duncan schob sich in den kleinen Raum, der aus zwei übereinanderliegenden Pritschen und einem Schrank bestand.

Adalie lugte durch die Tür, weil es schon jetzt sehr eng war. »Und das zweite?«

»Eine zweite Kajüte? Wir haben nur eine, Mrs. Sie werden sich doch nicht gestritten haben.«

»Nein, nein, natürlich nicht«, sagte sie unsicher.

»Es muss ein Missverständnis gegeben haben«, sagte Duncan. »Wir arrangieren uns schon irgendwie.«

Er sah sie beschwörend an. Adalie ahnte, worauf er hinauswollte. Hier wusste niemand, dass sie nur verlobt und nicht verheiratet waren. Eine ledige junge Frau hätte nur mit Erlaubnis ihrer Eltern reisen dürfen, sie aber war von zu Hause weggelaufen.

»Es ist alles in bester Ordnung«, sagte sie daher und versuchte, möglichst unbefangen zu klingen.

»Dann kann es ja losgehen«, brummte der Kapitän und zwinkerte Adalie zu. Sie wartete, bis er gegangen war, und trat dann zu Duncan in den winzigen Raum.

»Ich fürchte, wir haben keine Wahl«, sagte er. »Aber ich schwöre bei Gott, dass ich mich bis zu unserer Hochzeit wie ein Gentleman benehmen werde.«

Adalie sah ihn irritiert an. So weit hatte sie gar nicht gedacht. Die Hochzeitsnacht, ja, die war noch weit weg, und ein wenig war sie auch froh darüber. Sie wusste nicht, was dann geschehen würde, nur dass die meisten Männer es kaum erwarten konnten. Im Gegensatz zu den Frauen, die deren Lust erdulden mussten. Es würde unangenehm werden, so viel hatten ihre Schwestern bereits verraten. Adalie

fürchtete sich ein wenig davor und wollte nicht darüber
nachdenken.

»In Ordnung«, sagte sie leise. »Schläfst du oben?«

»Ja, wenn du willst.«

Adalie nickte. Sie konnte ihm jetzt nicht in die Augen
sehen und wollte nicht daran denken, was ihr nach dieser
Reise bevorstand. Sie wollte nicht erleben, wie auch ihr
Duncan zu einem Ungeheuer wurde. Er würde ihr wehtun,
daran führte wohl kaum ein Weg vorbei. Aber vielleicht war
es ein gemeinsames Leben mit ihm trotzdem wert.

»Ich hole die Koffer.«

Er schob sich an ihr vorbei, ohne sie zu berühren. Duncan
kannte sie mittlerweile gut genug, um zu wissen, wann sie
seine Berührung ersehnte und wann es ihr schwerfiel, Gegenwart und Vergangenheit zu trennen.

***

Acht Tage später – Anfang April 1870

Der Hafen von Timaru schälte sich aus den Regenschleiern.
Sie hielten nicht auf den kleinen Ort zu, sondern segelten
weiter gen Süden. Die vertraute Küste vom Wasser aus zu
sehen, war seltsam unwirklich.

Adalie beobachtete alles durch ein kleines Bullauge, doch
sobald der Regen aufhörte, war sie an Deck und konnte sich
nicht sattsehen.

Sie würde ihre Familie wiedersehen! In ihrem Inneren
kämpften Freude und Angst miteinander. Wenn Manus doch
bloß nicht da wäre! Sie wollte ihn nicht fürchten müssen,
und doch wurden ihr beim Gedanken an ihren Vater und

seinen Hass die Knie weich. Anspannung setzte sich in ihren Nacken, gegen die sie nur schwer ankam.

Andrej reffte das große Segel, und das Boot glitt nur noch träge dahin. Duncan trat hinter sie. Adalie spürte, wie sein Gewicht die Planken ein wenig hinunterdrückte, und lehnte sich zurück. Im gleichen Moment legte er die Arme um ihre Mitte und streifte mit der Wange ihre Schläfe.

Ihre Angst ließ etwas nach.

»Es kommt mir vor, als wären Jahre vergangen und nicht nur sieben Monate. So viel ist passiert. Ich dachte, ich wäre ein ganz anderer Mensch geworden, aber je näher wir kommen, desto mehr fühle ich mich wieder wie das ängstliche kleine Mädchen, das ich die meiste Zeit meines Lebens gewesen bin.«

»Ich bin ja bei dir. Erkennst du schon etwas wieder?«, fragte er leise.

»Ja, ich glaube schon. Es sieht so anders aus, wenn man von der See auf Amokura Hills schaut. Siehst du die hellen Flecken dort auf der Kuppe?«

»Schafe?«

»Ja, und ich glaube, sogar von unserer Herde.«

»Dann sollten wir ankern, meinst du nicht?«

Andrej hatte ihre Unterhaltung mit angehört. Er drehte das Schiff Richtung Land und nutzte den letzten Wind, der sich im verbliebenen kleinen Segel fing.

Adalie klammerte sich mit einer Hand am Mast fest und schwieg. Beinahe feierlich schaukelten sie über die Wellen, wurden von ihnen vorwärts und in die Bucht gezogen.

»Anker!«

Michail hatte nur auf den Befehl gewartet und versenkte ihn in der grauen See. Die Kette rasselte eine Weile, dann war der Grund erreicht, und das Schiff lehnte sich kurz gegen den Zug auf.

»Wir sind da, ich kann es gar nicht glauben, Duncan. Ich dachte, ich würde meine Familie und Amokura Hills nie wiedersehen.«

»Aber jetzt sind wir hier.«

»Versprich mir, dass du mich auch noch liebst, wenn du gesehen hast, welcher Armut ich entstamme.«

»Wie könnte ich nicht? Mach dir keine Sorgen, Adalie, nicht wegen mir.«

»Es tut mir leid, wenn ich an dir gezweifelt habe.«

Andrej und Michail ließen das Beiboot zu Wasser. Plötzlich ging alles so schnell. In Adalies Innerem tobte ein Gefühlschaos. Trotz aller Beteuerungen seinerseits schämte sie sich vor Duncan für ihre bettelarme Herkunft. Sie hatte Angst, wie er und vor allem wie ihr Vater reagieren würde. Am liebsten wäre sie in diesem Augenblick auf dem Boot geblieben und hätte gesagt, dass sie es sich anders überlegt habe. Aber das ging nicht, und ein gewisser Teil von ihr wollte es auch nicht. So feige durfte sie nicht sein. Entschlossen kratzte sie all ihren Mut zusammen. Duncan sah ihr an, wie sie sich fühlte.

»Wenn etwas passiert, Adalie, dann gehen wir sofort. Ich heirate dich auch ohne Einwilligung deines Vaters. Wenn er nicht höflich ist, bin ich es auch nicht«, flüsterte er ihr zu und schob sie sanft zur Reling, wo das Beiboot bereits auf sie wartete.

»Hast du alles?«

»Ja, habe ich.« Adalie hatte wohl zehnmal nachgesehen, ob sie die Geschenke für ihre Eltern und Geschwister eingepackt hatte.

Vorsichtig kletterte sie nun in das Boot, wobei ihr Andrej half, bis sie sicher auf einer Ruderbank saß. Duncan ließ sich ebenfalls ein paar Ruder geben, und schon ging es los.

Michail war an Bord geblieben und winkte ihnen nach.

Adalie versuchte, über ihre Schulter zum Strand zu sehen, gab es jedoch bald auf, weil sie voll und ganz damit beschäftigt war, sich an ihrem Sitz festzuhalten und die Bewegungen des Bootes so gut es ging mitzumachen.

Die Brandungszone der Bucht war lang und wild. Früher hatte Adalie den Wellen gerne zugesehen, jetzt hoffte sie nur noch, dass sie sie bald überwunden hatten.

Mehrfach setzte das Boot kurz auf, und die Männer mussten sich mit aller Kraft in die Ruder stemmen, um es loszureißen, damit nicht die nächste Welle ins Boot hineinschwappte und sie kenterten. Als der Kiel am Strand schließlich über den Grund knirschte, stand den Männern der Schweiß auf der Stirn.

»Bleib sitzen, wir ziehen es aus dem Wasser«, keuchte Duncan und sprang barfuß in die knietiefe Gischt. Seine Schuhe standen noch im Boot. Sobald der Spülsaum überwunden war, stieg auch Adalie vorsichtig an Land. Sie wollte auf keinen Fall ihr Kleid ruinieren, auch wenn das unter diesen Umständen ein törichter Gedanke war.

Sie hatte ihr bestes Kleid gewählt, um ihren Eltern nach so langer Zeit wieder unter die Augen zu treten. Plötzlich kamen ihr Zweifel, ob es eine gute Idee gewesen war, ihnen ihren neuen Wohlstand derart vorzuführen, aber nun war es zu spät.

»Wir sind am Abend wieder zurück«, sagte Duncan dem Kapitän.

»In Ordnung, ich werde es mir hier gemütlich machen

und ein wenig angeln. Falls es dunkel wird, bevor Sie zurück-
kommen, entzünde ich ein Feuer, dann können Sie dem
Lichtschein zum Strand folgen.«

»Wir beeilen uns. In der Nacht durch die Brandung zu
rudern ist eine Erfahrung, auf die ich gerne verzichten
möchte«, meinte Duncan lachend, und Andrej stimmte ihm
zu.

»Es gibt Schlimmeres, aber wenn es nicht sein muss, umso besser. Eine schöne Zeit bei Ihrer Familie, Mrs.«

»Ja, danke. Bis später.«

✳ ✳ ✳

KAPITEL 14

Amokura Hills

Adalie hakte sich bei Duncan unter und atmete tief durch. »Also los, dort entlang.«

Der Strand war breit und von Treibgut übersät. Tang bildete einen gewellten Spülsaum, in dem Watvögel nach Fressbarem suchten. Diese Bucht sah aus wie viele andere, doch Adalie wusste genau, wie sie von hier aus zu ihrem Elternhaus fand. Bald wurde der Sand trocken und tiefer. Erste Gräser klammerten sich in den losen Grund.

Adalie blieb kurz stehen und sah sich um. »Da vorne beginnt ein Pfad, siehst du?«

Sie hielten auf die Lücke zu, die über die Jahre zwischen knorrigen Strandgehölzen entstanden war. Hier an der Küste wurde der Wind zum Gärtner und brach jeden Trieb und jeden Zweig, der sich nicht der flachen Landschaft anpasste. Adalie hatte ihr Haar fest aufgesteckt, doch dem Wind gelang es trotzdem, einzelne Strähnen herauszuzerren.

Doch mit jedem Schritt, den sie sich vom Wasser entfernten, wurde der Wind weniger und der Boden unter ihren Füßen fester. Der Pfad wuchs mit anderen zusammen wie ein Geflecht sandfarbener Adern und mündete schließlich in einen Karrenweg.

»In die Richtung geht es nach Amokura Hills, zu meinen Eltern müssen wir nach rechts.«

»Dann komm … Schön ist es hier«, sagte Duncan, während sie dem sacht ansteigenden Weg folgten.

Auf den Weiden wogten hier und da Farnbüschel im Wind, und im Schatten seiner Wedel wuchsen zarte violette Orchideen. Ihr Duft war süß, aber kaum wahrnehmbar.

Je näher sie der Farm kamen, desto unbehaglicher fühlte sich Adalie.

Duncan spürte es. »Wie geht es dir?«

»Ich bin durcheinander. Ich freue mich auf Mutter, aber …«

Er zog sie fester an sich. »Er wird es nicht wagen.«

Duncan trug seine Ausgehuniform, die Manus Ó Gradaigh hoffentlich sofort deutlich machte, dass mit diesem Mann nicht zu spaßen war.

Das Haus lag auf einer flachen Kuppe. Der würzige Geruch eines Torffeuers hing in der Luft, und auf den Weiden grasten die Schafe, die Adalie alle noch kannte, aber sie verkniff es sich, Duncan von den Eigenheiten der Tiere zu erzählen.

Und dann standen sie mit einem Mal direkt davor. Die Scheune und das kleine, schiefe Wohnhaus sahen aus wie immer. Der Regen der vergangenen Tage hatte den Hof in eine einzige Schlammfläche verwandelt. Stroh und trockene Zweige waren gestreut worden, um einen sicheren Weg vom Haus zum Stall zu schaffen.

Adalie zuckte zusammen, als der Hofhund kläffend auf sie zuschoss, erholte sich dann aber schnell von dem Schreck. »Finn, hey, komm her, mein Guter. Kennst du mich denn nicht mehr?«

Der Hund blieb stehen und wedelte mit dem Schwanz, bellte aber weiter. So ganz traute er der neuen Adalie noch nicht, und Duncan war als Fremder gänzlich unwillkommen.

Die Tür der Hütte wurde geöffnet, und ein kleiner Junge lugte heraus. »Mutter, da sind Leute«, rief er über die Schulter.

»Sammy? Sammy, ich bin es!« Adalie ging auf ihn zu und zog Duncan an der Hand mit sich. »Mein kleiner Bruder« sagte sie. Ihr wurde ganz warm ums Herz, und zugleich verspürte sie eine so große Angst, dass es an Panik grenzte.

Aus der Hütte erklang Lornas Stimme, dann wurde die Tür weiter geöffnet, und sie trat neben Sammy. Adalie kamen die Tränen. Sammy lief mit weit aufgerissenen Augen auf sie zu. Er war noch schmaler und knochiger, als sie ihn in Erinnerung hatte. Unter seinen Augen lagen dunkle Schatten, doch jetzt strahlte er. Vorsichtig streckte er eine Hand aus, traute sich aber nicht, Adalies Kleid zu berühren.

»Adi?«, fragte er ungläubig.

»Ja, ich bin es. Ich bin zurückgekommen.«

»Bist du ein Engel geworden?«

»Ein Engel? Unsinn, dafür muss man sterben.«

»Wir dachten, du wärst tot«, wisperte Lorna mit brechender Stimme und stolperte auf sie zu. Adalie wollte ihre Mutter umarmen, doch die wich zurück.

»Nicht, ich mache dein feines Kleid schmutzig.«

»Aber Mutter!«

Einen Augenblick lang standen sie einfach nur voreinander. Die Mauer zwischen ihnen war gleichsam unsichtbar wie unüberwindbar.

Duncan räusperte sich und trat vor. »Mrs. Ó Gradaigh, ich bin sehr erfreut, Sie kennenzulernen. Mein Name ist Duncan Waters Fitzgerald, und ich bin der Verlobte Ihrer Tochter.«

353

Lorna sah ungläubig zu ihm auf und wischte sich fahrig die Hände an ihrer Schürze ab. »Das kann ich gar nicht glauben«, stotterte sie.

»Es stimmt aber, Mutter. Die letzten Monate habe ich auf der Nordinsel in New Plymouth gelebt, dort haben wir uns kennengelernt. Und jetzt nimm mich endlich in den Arm.«

Adalie zog ihre widerstrebende Mutter an sich. Der Stoff raschelte laut, als der Reifrock nach hinten gedrückt wurde. Adalie schmiegte sich fest an Lorna, die nun endlich ihre Umarmung erwiderte. Sie roch das Haar ihrer Mutter, fettig und rauchig, und fühlte sich gleich an intensive Momente der Geborgenheit erinnert. Lorna zuckte in ihren Armen. Sie weinte lautlos – wie sie es alle aus Angst vor Manus gelernt hatten.

Eine Weile standen sie so da. Sammy hatte sich schließlich auch getraut und kuschelte sich ebenfalls an Adalie.

»Ich muss dich noch einmal richtig ansehen, Kind«, sagte Lorna und wischte sich schniefend mit dem Ärmel die Tränen vom Gesicht. Mit etwas Abstand musterte sie Adalie, und der Stolz war ihr deutlich anzumerken. Sie lächelte und drückte immer wieder die Hand auf den Mund. »Du bist so schön. Ich habe geglaubt, du wärst tot, und nun kommst du als feine Dame wieder.«

Adalie streckte die Hand nach Duncan aus, der respektvoll Abstand gehalten hatte. Er kam zu ihr und legte seinen Arm um ihre Mitte. »Ohne Duncan und seine Mutter Johanna würde ich heute nicht hier stehen, Ma.«

»Dann danke ich Ihnen, Ihnen und Ihrer großzügigen Mutter.«

»Wo ist Vater? Habt ihr etwas von Patrick gehört?«

Lornas Miene wurde finster, als wäre plötzlich ein Schatten daraufgefallen. »Dein Vater ist am nördlichen Wäldchen und fällt ein paar Bäume für einen neuen Zaun. Sammy soll los und ihn holen. Sammy, beeil dich, sag ihm, dass Adalie wieder da ist.«

Der kleine Junge rannte voller Eifer los, doch schon nach einigen Schritten musste er langsamer laufen. Seitdem er als Kleinkind so lange krank gewesen war, bereiteten ihm seine Lungen Probleme. Sie sahen ihm nach, und Adalie tat es in der Seele weh, seine schmächtige Gestalt im Gehölz verschwinden zu sehen. Ob er wohl jemals zum Mann heranwachsen würde? Die Bürde, den Hof weiterzuführen, lag nun allein auf seinen kleinen Schultern. Lornas Blick traf ihren. Sie hatten das Gleiche gedacht.

»Sollen wir nicht reingehen und drinnen warten?«, fragte Adalie. »Wir haben dich mit unserem überraschenden Besuch doch sicher bei der Arbeit gestört.«

»Ich bereite gerade das Essen vor, ja, aber … wir sind sehr einfache Leute, Mr. Waters.«

»Jeder lebt mit dem, was er hat«, entgegnete Duncan diplomatisch und nahm Lorna so den Wind aus den Segeln.

Adalie hätte einiges dafür gegeben zu wissen, was ihr Verlobter in diesem Moment dachte, während sie ihrer Mutter über den schlammigen Hof zur Hütte folgten. Lorna stieß die Tür auf und zog im Vorraum ihre Schuhe aus. Duncan folgte ihrem Beispiel. Bei Adalie dauerte es etwas länger, bis sie ihren weiten Rock so weit gebändigt hatte, dass auch sie die Schnürung ihrer Stiefel lösen konnte.

Duncan versuchte, sich sein Entsetzen nicht anmerken zu lassen. Auf der Reise hierher hatte er angenommen, Adalie würde übertreiben, wenn sie die Armut ihrer Familie beschrieb, damit er nicht überrascht wurde. In Wirklichkeit war es viel schlimmer, als er es sich je hätte vorstellen können. Er verstand ihre Angst, dass er sie verließe, wenn er die Wahrheit erfuhr, nun besser. Aber die Sorge war absolut unbegründet, denn wenn er auf Stand und Geld Wert legen würde, wäre es nie zu einer Verlobung gekommen.

Dass sie arm waren, sprach nicht gegen die Ó Gradaighs, tatsächlich hatte Duncan selten ein derart ordentliches kleines Heim gesehen. Der Esstisch war blank poliert, die Feuerstelle sorgsam gefegt, und die wenigen Kochutensilien hatten alle ihren eigenen Platz an der Wand, wo auch Kräuter, Zwiebeln und Knoblauch in Bündeln trockneten.

Mrs. Ó Gradaigh bewegte sich regelrecht unbeholfen durch ihr eigenes kleines Heim. Der Besuch warf sie aus der Bahn. Sie sah sich nach Duncan um, musterte ihn wieder ungläubig, als wäre er eine Erscheinung, und räusperte sich dann.

»Möchten Sie sich setzen?«, fragte sie und wischte ohne eine Antwort abzuwarten mit ihrer Schürze über einen Stuhl, den sie ihm dann heranrückte.

Duncan nahm Platz. »Vielen Dank.«

»Möchten Sie etwas trinken? Wir haben aber nur Wasser.«

»Wasser ist gut.«

»Adalie, holst du deinem Verlobten das Glas?«, rief Mrs. Ó Gradaigh und setzte noch hinzu: »Sei vorsichtig damit.«

Duncan war sich sicher, nun das einzige Glas vorgesetzt zu bekommen, das es in der Hütte gab, und fühlte sich tatsächlich geehrt, als das angeschlagene Gefäß samt leicht trübem Inhalt vor ihm abgestellt wurde.

Er wusste nicht, wie er am besten eine Unterhaltung beginnen sollte, also trank er und versuchte, den erdigen Geschmack des Wassers zu ignorieren, ebenso wie die Anspannung, die mit jeder verstreichenden Sekunde immer größer wurde.

Draußen pfiff der Wind ums Haus. Irgendetwas klapperte, und Duncan bekam das Gefühl, dass es auch im Inneren zog, direkt zwischen den dicken Baumstämmen hindurch, aus denen die Außenwand bestand. An nasskalten Wintertagen musste es hier sehr unangenehm werden.

»Wo hast du geschlafen?«, fragte er Adalie, die sich auf einen Hocker neben ihn gesetzt hatte. »Gleich dort, an der Feuerstelle«, meinte sie leise. »Am Tag habe ich die Decken zusammengerollt und in der Truhe verstaut.«

»Magst du mir nicht erzählen, wie es dir in den letzten Monaten ergangen ist? Wenn Manus erst hier ist…« Lorna sprach nicht weiter. Ihre Stimme erstarb bebend, und sie wandte sich wieder ihrer Arbeit zu.

»Das kann ich gerne machen, Mutter.«

»Gut, und beeile dich.«

Während Adalie nun, erst stockend und dann immer fließender, von ihrer abenteuerlichen Reise erzählte, bereitete ihre Mutter das Abendessen vor. Sie schnitt Speck klein – sicher mehr als üblich – und briet ihn mit Rosmarinzweigen an, bevor sie Rüben und Getreide hinzugab und mit Wasser aufgoss.

Obwohl Duncan glaubte, jedes Detail von Adalies Abenteuer zu kennen, hörte er fasziniert zu. Ohne es zu wissen, erinnerte Adalie Duncan mit ihrer Erzählung erneut daran, welch eine außergewöhnliche Frau er heiraten würde.

Während sie von der Schifffahrt nach New Plymouth erzählte, glühten ihre Wangen, als spürte sie wieder den rauen Seewind, und ihre faszinierenden grauen Augen schienen mit den Launen des Wetters, die sie beschrieb, die Farbe zu ändern.

Der Brief des Kapitäns, mit dem er Adalie für eine Anstellung empfohlen hatte, entlockte Lorna ein entzücktes Seufzen. »Dieses eine Mal war es wohl gut, dass du nicht wusstest, was die Buchstaben bedeuteten, sonst hättest du den Brief sicher nicht vorgezeigt.«

»Das eine Mal vielleicht«, stimmte Adalie zu.

»Es tut mir immer noch leid, dass Manus dir verboten hat, zur Schule zu gehen. Du bist immer so ein schlaues Mädchen gewesen. Selbst in ein oder zwei Jahren hättest du so viel lernen können.«

Duncan sah das Lächeln schon, als es sich noch in Adalies Augenwinkeln verbarg. »Ich kann jetzt lesen, Ma, zumindest ein bisschen.«

Lorna hielt inne und richtete sich auf. »Wirklich? Wie?«

»In New Plymouth habe ich Geld verdient und eine Lehrerin bezahlt.«

»Ganz alleine? Das kann ich kaum glauben!« Sie suchte Blickkontakt zu Duncan, der Adalies Aussage jedoch bestätigte.

»Sie können wirklich sehr stolz auf Ihre Tochter sein.«

»Das bin ich, oh ja, das bin ich.«

Als Adalie zu Ende erzählt hatte, trug ihre Mutter das Essen auf. Zu dem Eintopf stellte sie Ziegenkäse auf den Tisch. Bis auf das fehlende Salz schmeckte es sehr gut, und das sagte Duncan auch. Lorna lächelte glücklich.

Als schließlich der Hofhund bellte und damit ankündigte,

dass Sammy seinen Vater gefunden und hergebracht hatte, war Duncan soeben fertig geworden und hatte den hölzernen Teller fortgeschoben.

Was dann in der Hütte geschah, war für einen Fremden wie ihn ein beängstigendes Schauspiel. Plötzlich schien alles Leben aus Adalie und Lorna zu entweichen. Beide erstarrten, wurden blass und ließen die Schultern hängen wie geprügelte Hunde.

Als Duncan Adalie über die Hand strich, fing sie sich wieder ein wenig und atmete tief durch, um Kraft zu sammeln. Es machte Duncan wütend, die Frauen so zu sehen, und er bezweifelte, ob er tatsächlich ruhig bleiben konnte, falls Adalies Vater seinen Zorn nicht bändigen würde.

Alle waren sie nun aufgestanden. Adalie steckte ihrer Mutter noch schnell das kleine Silbermedaillon zu, das sie ihr mitgebracht hatte, dann wurde auch schon die Eingangstür geöffnet.

»Adalie!«, brüllte Manus Ó Gradaigh, bevor er auch nur einen Blick in den Raum geworfen hatte.

Duncan fühlte, wie seine Verlobte zitterte, aber das hinderte sie nicht daran, mutig neben ihn zu treten.

»Hier bin ich, Vater«, sagte sie ruhig mit klarer Stimme.

Manus trat ein und sah sich mit brennendem Blick um. Er war ein hünenhafter, rothaariger Teufel, der auch Duncan einen gehörigen Respekt einflößte. Lorna war in den hinteren Teil des Raums geflüchtet und schien am liebsten mit der Wand verschmelzen zu wollen.

»Adalie!«, brüllte Manus noch einmal zornig. »Komm her.«

»Nein, Vater«, entgegnete sie beherrscht.

Duncan schob seinen Arm schützend vor sie. Weil er seine

Tochter von ihm abschirmte, musste sich der Ire nun mit Duncan befassen.

»Wer ist dieser feine Schwächling, und was macht er in meinem Haus? Seit wann lassen wir solche Leute in unser Heim, Weib?«

»Er ist dein zukünftiger Schwiegersohn, Manus, beschäme uns nicht«, antwortete Lorna leise.

»Duncan Waters Fitzgerald«, stellte sich Duncan vor und verhinderte mit einem halben Schritt nach vorn, dass der Hausherr seinen Zorn an der eigenen Ehefrau ausließ.

»Verschwinde aus meinem Haus!«

»Wir … ich bin hergekommen, um Sie um die Hand Ihrer Tochter zu bitten, Mr. Ó Gradaigh.«

»Niemals. Sie hat mir Schande bereitet, da werde ich sie nicht auch noch dafür belohnen. Eher friert die Hölle zu. Und jetzt verschwinden Sie aus meinem Haus, und kriechen Sie zurück in das feine Loch, aus dem Sie gekommen sind.«

Duncan verschlug es die Sprache. Er war hergekommen, um Adalie ein Wiedersehen mit ihrer Familie zu ermöglichen, damit sie mit ihrer Vergangenheit abschließen konnte, und nun passierte genau, was sie befürchtet hatte?

»Ich lasse nicht zu, dass Sie meiner Verlobten noch einen weiteren Albtraum bescheren, Mr. Ó Gradaigh. Ich habe angenommen, hier auf gute, rechtschaffene Menschen zu treffen, doch stattdessen finde ich Sie, und Sie gebärden sich wie der Leibhaftige, dabei sollten Sie sich für Ihre Tochter freuen, dass sie ihr Glück gefunden hat.«

Manus schnappte nach Luft. Die Adern an seiner Kehle schwollen bedrohlich an. »Adalie, geh nach oben, und zieh die Hurenkleider aus.«

»Du schickst mich nirgendwohin, Vater. Niemals wieder. Ich habe keine Angst mehr vor dir!«

Manus stieß ein seltsames Knurren aus und beugte sich blitzschnell vor, um Adalie zu packen. Sie hatte seine Reaktion vorausgeahnt und brachte sich mit einem Schritt nach hinten in Sicherheit.

»Rühren Sie meine Verlobte nicht an«, sagte Duncan kalt. Er hatte sich noch nie zuvor gewünscht, einen Menschen zu töten – bis er Manus Ó Gradaigh begegnete. Demonstrativ legte er seine Hand auf den Griff seines Kavalleriesäbels. »Ich werde Adalie heiraten, ob es Ihnen gefällt oder nicht, und es ist mir gleich, ob ich ihr dafür neue Papiere ausstellen lassen muss.«

Manus schwieg. In seinem Kopf arbeitete es, das war deutlich zu sehen. Er war vielleicht jähzornig, aber kein dummer Mann, und er wusste, wann er einen Kampf nicht gewinnen konnte. Aber dennoch würde er versuchen, seinen Nutzen aus der Sache zu ziehen. Abfällig musterte er zuerst Adalie, dann ihren Verlobten.

»Nachdem sie abgehauen und es mit Gott weiß wem getrieben hat, kann ich Adalie sowieso nicht mehr an einen anständigen Mann verheiraten.«

»Vater, wie kannst du mir unterstellen …?«

»Nicht, Adalie, es hat keinen Sinn«, sagte Duncan ruhig. »Was wollen Sie, Ó Gradaigh?«

»Was ich will? Sie erstatten mir den Verlust meiner Tochter.«

Adalie stürmte aus dem Haus und presste sich draußen mit dem Rücken gegen die Wand. Sie glaubte jeden Moment ohnmächtig zu werden, weil ihr Herz so raste. Ganz fest drückte sie die Fäuste auf die Augen, bis zersplitterte Regenbögen durch die Schwärze unter ihren Lidern zuckten. Zersplittert, genauso fühlte sie sich jetzt.

Warum war sie nur hergekommen? Sie hatte doch geahnt, dass es so schrecklich wehtun würde. Manus benahm sich genau wie das Scheusal, das sie erwartet hatte. Und doch hatte sie zum ersten Mal gewagt, ihm die Stirn zu bieten.

Das Holz drückte sich hart in ihren Rücken, gab ihr jedoch gerade so viel Halt, wie sie brauchte, um durchzuhalten, während Duncan im Haus mit ihrem Vater um sie feilschte, als wäre sie eine Ware.

Sie hatte sich ihre Heimkehr in allen Farben ausgemalt, auch in den dunkelsten, doch damit hatte sie nicht gerechnet. Adalie wusste, dass sie irgendwann würde weinen müssen, um mit den Tränen auch diesen Ort loszulassen, aber jetzt war es noch zu früh dafür. Manus sollte nicht sehen, wie sehr sie diese letzte Demütigung traf.

Wenn er sie je als seine Tochter geschätzt hatte, so war der letzte Funke Gefühl für sie schon vor einiger Zeit erloschen. Respekt war seit jeher ein Fremdwort für ihn gewesen. Er war das Oberhaupt der Familie, und wenn er sich um Respekt sorgte, dann nur um jenen, den ihm die schwächeren Mitglieder zu zollen hatten.

Adalie schob die Hände zwischen ihre Hüfte und die Wand und milderte so den schmerzhaften Druck auf ihren Schultern. Sie musste wieder einen klaren Gedanken fassen. Zorn und Enttäuschung machten sie nur mürbe wie morsches, trockenes Holz und führten zu nichts.

Sie musste sich auf etwas anderes konzentrieren. Das war sicherlich das Beste, solange Duncan noch drinnen war. Doch hier draußen gab es wenig. Die Hühner hatten sich verkrochen, der Hofhund döste, und im Pferch waren nur zwei Schafböcke damit beschäftigt, einzelne Grashalme aus dem Schlamm aufzulesen, die von ihrer letzten Mahlzeit übrig geblieben waren. Sicher hatte Sammy am Morgen mit der Sichel Gras für sie geschnitten.

Warum war es nur so still? Und seit wann störte sie das? Früher waren die einsamen Momente für sie immer die besten gewesen. Allein zu sein hatte bedeutet, für eine kurze Weile keine Angst haben zu müssen.

Erst jetzt wunderte sie sich, dass ihr kleiner Bruder nirgends zu sehen war. Tatsächlich hatte sie ihn auch nicht bei Vater gesehen. Ob er wirklich ihre Schwestern holte?

Adalie stieß sich von der Hauswand ab und durchquerte den Hof. Nach Süden konnte man leicht die Wege überblicken, die zur Farm führten. Sie beschirmte die Augen mit der Hand. Der Wind trieb die Wolken vor sich her, die das Land mit dunklen Schatten überzogen, um im nächsten Moment gleißendem Sonnenlicht Platz zu machen. Es war ein Farbenspiel aus Grün und Gelb, mal hell, mal dunkel.

Und tatsächlich, dort kam jemand den Weg hinauf. Sie erkannte Sammys schmächtige Gestalt sofort. Neben ihm ging eine Frau mit dem typischen schwankenden Schritt einer Schwangeren. Ihre feuerroten Haare leuchteten in der Sonne. Welche ihrer beiden Schwestern sich dort näherte, konnte sie noch nicht erkennen.

Als Adalie sah, wie schwer es ihr fiel, den Anstieg mit ihrer Leibesfülle zu meistern, lief sie ihr entgegen. Mit beiden Händen hielt sie den Saum ihres Kleides hoch, dessen hellblauer Stoff am Rand längst mit Schlamm und Mist verdreckt war. Sie versuchte, so schnell zu laufen wie es ging, ohne auszurutschen.

»Oh mein Gott, du bist es wirklich«, rief Beth. Dass es die ältere der beiden Schwestern war, erkannte Adalie an deren hoher Stimme. Sie war stehen geblieben und stemmte die Hände in die Seiten, um schnell und flach nach Luft zu schnappen, wie ein Fisch auf dem Trockenen.

Adalie umarmte sie stürmisch. Es kümmerte sie nicht, dass Beth im letzten Moment versuchte zurückzuweichen.

»Siehst du, ich hab nicht gelogen. Adalie ist wieder da, Adalie ist wieder da«, rief Sammy und sprang ausgelassen um sie herum.

»Ich hab ihm nicht geglaubt«, flüsterte Beth. »Ich habe schon um dich getrauert, wir alle haben das. Ich war mir sicher, dass du den Mut gefunden hattest, ins Wasser zu gehen.«

»Mich umbringen?« Adalie löste sich ein wenig aus der Umarmung und blickte in die tränennassen blauen Augen ihrer Schwester. Unter dem rechten Auge lag eine grüngelbe Schwellung, und die Augenbraue wurde von einer dunklen Kruste zerteilt.

Erschüttert hob Adalie ihre Hand und strich vorsichtig über die Verletzung. »Er hat es wieder getan? Und das, obwohl du ein Kind unter dem Herzen trägst?«

»Das macht keinen Unterschied. Außerdem wünscht er sich, dass ich es verliere. Er sagt, er kann nicht mehr durchfüttern.«

Adalie fehlten die Worte. Vorsichtig legte sie die Hände auf Beths Leib. Er war stramm und fest. Irgendwann, womöglich sogar bald, würde sich auch ihr eigener Bauch runden, und Duncans Kind würde in ihr heranwachsen. Was für eine wundervolle Vorstellung!

»Bewegt es sich?«, fragte sie.

»Natürlich, und wie. Die anderen waren still dagegen.«
Aus Beths ausgemergeltem Gesicht strahlte das Glück einer
werdenden Mutter. »Da, jetzt!«

Und wirklich, das Baby bewegte sich. Von innen bohrten
sich Knie oder Ellenbogen in die Bauchdecke. Adalie legte
fasziniert die Hand auf die Stelle. Welch ein Wunder!

»Wie lange dauert es noch?«

»Ich denke, zwei Monate, aber lass uns lieber von dir
reden, kleine Schwester. Wie ist es dir ergangen, und wieso
gehst du als arme Schäferin und kommst als reiche Prinzes-
sin zurück? Ich dachte, das gäbe es nur im Märchen.«

Adalie musste an ihren Prinzen denken und unwillkürlich
lächeln. »Ich erzähle dir alles, aber erst möchte ich dir etwas
geben.« Sie fasste in eine kleine Tasche an ihrer Jacke und
zog eine silberne Kette mit einem Medaillon heraus. Es glich
dem, das sie ihrer Mutter geschenkt hatte.

»Das ist für dich.«

»Für mich? Aber das ist ja ein Vermögen wert, das kann
ich nicht annehmen.«

»Doch, das kannst du. Beth, hör mir zu. In dem Amulett
ist ein kleiner Zettel mit meiner Adresse.« Sie sah sich um.
Sammy war einen Moment abgelenkt und stocherte mit einem Stock nach Insekten, trotzdem senkte sie die Stimme zu
einem Flüstern. »Ich habe mit Duncan darüber gesprochen.
Falls du es irgendwann nicht mehr bei deinem Mann aus-
hältst und den Mut findest zu gehen, dann nimm deine Kinder und komm zu uns. Wir werden schon eine Lösung finden. Mit dem Schmuck kannst du die Überfahrt bezahlen.
Ich hab auch eines für Mary. Gib es ihr bitte.«

Beth hängte sich die eine Kette um und schob die andere
in ihre Schürze. Sie hatte Tränen in den Augen.

schnell alt und hässlich, dann kann ich mich vielleicht besser zurückhalten.«

»Oh nein, darauf kann ich dankend verzichten. Ich will erst alt und hässlich sein, wenn du es auch bist.«

»Einverstanden.«

Sie sahen eine Weile einer Gruppe Delfine zu, die munter durch das Wasser schnellte und aus schierer Lebensfreude die tollsten Kapriolen vollführte.

Vergessen hatte Adalie ihre Gedanken an Kahu River nicht, aber jetzt war nicht der richtige Zeitpunkt, um davon anzufangen. Bald würden sie ohnehin da sein, und sie konnte es kaum erwarten.

* * *

Das Haus der Familie Mora lag in einer kleinen Bucht, wie sie unzählige dieser Art auf ihrer Fahrt gesehen hatten. Es besaß einen Steg, der bis ins tiefe Wasser reichte.

Dass es wirklich das richtige Haus war, erkannten sie an den beiden geschnitzten Pfeilern, die den Steg am Ufer flankierten. Johanna hatte sie ihnen bis ins kleinste Detail beschrieben.

Das Segelschiff machte fest, und ehe sie sichs versahen, waren sie entdeckt worden. Am Ufer formierte sich ein Begrüßungskommando, das aus drei Erwachsenen und einer ganzen Schar Kinder bestand.

Adalie wurde mit jedem Moment aufgeregter. Jetzt würde sie nicht nur bald Kahu River sehen, sondern auch zum ersten Mal Johanna bei einer Handelsfahrt vertreten.

»Mr. Mora, schön, Sie zu sehen«, rief Duncan dem Maori entgegen.

Dem Mann war sein Wohlstand und seine Vorliebe für gutes Essen anzusehen, und er wirkte überaus sympathisch.

»Danke, du bist so lieb. Ich hoffe, ich habe die Stärke, die Aufgabe anzunehmen, die Gott mir mit dieser Ehe aufgebürdet hat.«

»Ich glaube nicht, dass Gott etwas mit diesem gemeinen Kerl zu tun hat, Beth.«

»Ich weiß es nicht. Aber danke. Es ist gut zu wissen, dass es einen Ausweg gibt.«

Sie umarmten sich noch einmal herzlich. »Nun lass uns gehen. Ich will endlich den Mann sehen, der meine Schwester zur Märchenprinzessin macht.«

Gemeinsam machten sie sich an den Anstieg. Jetzt erschien es ihr nicht mehr ganz so schrecklich, zu ihrem Elternhaus zurückzukehren. Nach der Begegnung mit Beth fühlte sie sich ein wenig besser. Adalie versuchte, ihr in wenigen Worten zu erzählen, was ihr in den letzten Monaten widerfahren war.

»Es müssen gute Leute sein, diese Fitzgeralds.« Beth seufzte, als Adalie berichtete, wie Johanna sie erst im Laden eingestellt und später bei sich aufgenommen hatte.

»Ja, das sind sie, das sind sie wirklich.«

Sie erreichten den Innenhof, als soeben die Tür der Hütte geöffnet wurde und Duncan mit grimmiger Miene heraustrat. Sein Gesicht wirkte ungewohnt kantig, doch sobald er die Frauen bemerkte, wurden seine Züge weicher.

»Alles geklärt«, sagte er schnell und trat an Adalies Seite, die ihn Beth vorstellte. Ihre Schwester knickste ungelenk.

»Freut mich sehr, Sie kennenzulernen«, meinte sie und errötete, als er sie mit einem Handkuss begrüßte.

Der Tag verging wie im Flug. Während Manus nach einer kurzen Verabschiedung, bei der er seine Tochter ermahnte, ihrem Mann zu gehorchen und ihm keine Schande zu bereiten, zu seiner Arbeit im Wald zurückkehrte, verbrachten Adalie und Duncan die Zeit mit ihrer Mutter, Beth und Sammy. Mary war derzeit bei ihren Schwiegereltern und würde es nicht mehr rechtzeitig nach Amokura Hills schaffen. Von Patrick hatte seit seinem Aufbruch keiner mehr etwas gehört.

Als der Abend dämmerte, gingen alle gemeinsam zum Strand. Adalie lief Arm in Arm mit ihrer Mutter und hatte das Gefühl, sie nie wieder loslassen zu wollen.

Wie versprochen hatte Andrej bereits ein Feuer entzündet, damit sie auch im Dunkeln den Weg finden würden.

Duncan trat zu dem russischen Kapitän, während Adalie von ihrer Familie Abschied nahm.

Die bevorstehende Trennung schmerzte Adalie beinahe körperlich. Sie blickte ihre Mutter lange einfach nur an. Im schwindenden Licht des frühen Abends sah Lorna nicht mehr ganz so verhärmt aus.

»Werde glücklich, Adalie, versprich mir das!«

»Ich verspreche es«, erwiderte sie mit brüchiger Stimme und sah kurz zu Duncan. Wie hatte sie je daran zweifeln können, mit ihm glücklich zu werden?

Sie drückte Lorna fest an sich, fühlte ihren hageren Körper und hätte sie am liebsten mit sich nach New Plymouth genommen, sie alle.

Beth weinte und lächelte dabei. Sie strich Adalie über die Wange. »Ich hab dich lieb, Schwester.«

»Ich dich auch. Denk an das, was ich dir gesagt habe. Ihr seid jederzeit willkommen.«

Beth nickte, dann umarmten sie sich. »Du musst für uns mit glücklich sein, Adalie. Und immer wenn du uns vermisst, stell dir vor, wie wir an dich denken und uns für dich freuen.«

Adalie konnte ihre Tränen nicht länger zurückhalten. Schluchzend umarmte sie Sammy, der sich einfach nur an sie drückte und mit großen Augen zu ihr aufsah.

»Kommst du wieder, Adi?«

»Ja, ich verspreche es, und du musst mir versprechen, gesund zu bleiben.«

Duncan trat zu ihnen und verabschiedete sich ebenfalls, dann legte er Adalie den Arm um die Taille und küsste sie auf die Schläfe.

»Bald ist es zu dunkel«, raunte er ihr zu.

Adalie umarmte die drei noch einmal und stieg dann in das Boot. Sie fühlte sich, als würde sie auseinandergerissen. Während ein Teil von ihr in Amokura Hills bleiben wollte, konnte der andere Teil es kaum erwarten, diesem Landstrich den Rücken zu kehren und mit Duncan in eine neue Zukunft aufzubrechen.

Es war eine tränenreiche Trennung, aber keine unglückliche.

»Ich verspreche, dass ich bald wiederkomme«, rief Adalie und winkte, während Andrej und Duncan das Boot ins Wasser schoben. Die heranrollenden Wellen schienen Adalie zurück an Land werfen zu wollen, und der Teil von ihr, der nicht gehen wollte, hoffte, die Strömung wäre zu stark.

Amokura Hills war in stärkerem Maße ihre Heimat gewesen, als sie es sich zuvor eingestanden hatte. Wie aus weiter Ferne hörte Adalie die Männer keuchen und fluchen, während sie gegen die Brandung kämpften. Die Stimmen ihrer Mutter und Schwester und ihres Bruders hingegen waren noch nah und laut. Sie riefen ihr gute Wünsche und Gottes Segen zu.

Adalie blieb still und sah zu ihnen zurück, den Blick fest auf die schrumpfenden Silhouetten gerichtet, die langsam mit dem Strand verschmolzen, hinter Wellen verschwanden und dann wieder auftauchten, jedes Mal kleiner und blasser.

Je weiter sie weg waren, desto stärker wurde der schmerzhafte Druck in ihrem Magen, der sie wie einen Fisch am Haken zur Küste zog. Adalie schlang die Arme um ihre Mitte. Sie wünschte, Duncan könnte sie in diesem Moment in den Armen halten, doch der brauchte all seine Kraft, um mit Andrej das Boot zu steuern. Sie konnten kaum noch etwas erkennen in den dunklen Schatten, die die Hügel über der Bucht aufs Wasser warfen, und Andrej manövrierte sie nach Gehör über die Untiefen, wo die Wellen ihre Richtung änderten und höher schlugen.

Schließlich lag das Schlimmste hinter ihnen. Weiter draußen war das Meer ruhiger, und die untergehende Sonne schickte ihre letzten Strahlen über Land und Meer. Purpurn schimmerte das Wasser, und das kleine Segelschiff erschien wie in Gold getaucht.

Mit einem dumpfen Poltern stieß der Bug des Beibootes gegen das Segelschiff und weckte Adalie unsanft aus ihrer wehmütigen Stimmung.

»Du zuerst«, rief ihr Duncan mit vor Anstrengung gerötetem Gesicht zu.

Adalie stand vorsichtig auf. Das Boot schaukelte fürchterlich. Mit Mühe und Not schaffte sie es, an Bord zu klettern, wo ihr Michail über die Reling half.

Noch ein letztes Mal sah Adalie zum Ufer zurück, doch es war niemand mehr zu erkennen. Nur Andrejs Feuer flackerte als kleiner heller Punkt in der Dunkelheit. Auf dem Segelschiff brannten mehrere Tranlampen und schaukelten von den Wellenbewegungen hin und her. Schatten und Licht jagten einander mit jeder Bewegung.

Adalie sah zu, wie das Beiboot hochgezogen und vertäut wurde.

»Hatten Sie einen schönen Tag bei Ihrer Familie, Mrs.?«, fragte Michail und lächelte herzlich.

Adalie dachte zuerst an ihren Vater, aber dann überwogen die warmen Gefühle für den Rest ihrer Familie.

»Ja. Ja, den hatte ich.«

»Das freut mich. Wenn Sie Hunger haben, das Essen ist vorbereitet.«

»Danke, aber ich möchte noch ein wenig hier draußen bleiben.«

»Sicher, Mrs.« Michail gab Andrej ein Zeichen, und sie zogen sich unter Deck zurück, um ihr ein wenig Privatsphäre zu geben. Adalie war ihnen dankbar dafür. An den Hauptmast gelehnt rief sie im Geiste Duncan zu sich, und er kam, als hätte er ihren Wunsch gehört.

Gemeinsam sahen sie eine Weile zur Küste, über der die ersten Sterne sichtbar wurden.

»Wir hätten auch eine Nacht bleiben können«, sagte Duncan leise und strich ihr einige Haare aus dem Nacken, die sich aus ihrem Zopf gelöst hatten.

»Nein, das hätte sie sicher beschämt.«

»Es hätte mir nichts ausgemacht. Wenn wir einen Einsatz haben, schlafe ich auch oft unter freiem Himmel.«

»Das ist etwas anderes. Versteh doch.« Adalie drehte sich um und sah ihm tief in die Augen. »Meine Mutter hätte sich geschämt, dass sie dir nichts Besseres bieten kann. Es geht nicht darum, ob du auch mit einer ärmlichen Unterkunft zufrieden bist, sondern um sie.«

Duncan nickte langsam.

»Ich hatte eine solche Angst vor diesem Tag. Danke, dass du zu mir gehalten hast.« Adalie streckte sich und gab ihm einen Kuss auf den Mund.

»Natürlich halte ich zu dir. Ich liebe dich.«

»Hat es dich sehr schockiert?«

Duncan seufzte. »Wenn ich ehrlich bin, ja. Ich habe es mir nicht so schlimm vorgestellt. Umso mehr bewundere ich, wie du es geschafft hast, die Frau zu werden, die du heute bist.«

Adalie senkte den Blick. »Ich wünschte, die anderen hätten es auch geschafft.«

Sacht fuhr er mit den Fingern ihre Wange entlang. »Wir kommen wieder und werden ihnen helfen.«

»Wirklich?«

Er nickte. »Ich denke, einmal im Jahr können wir diese Reise auf jeden Fall machen, was meinst du? Wenn du tatsächlich für meine Mutter arbeiten willst, dann könntest du deine Besuche mit Handelsfahrten verbinden.«

»Einmal im Jahr?«, wiederholte Adalie ungläubig. Vor einigen Stunden hatte sie noch gehofft, ihre Familie im Leben noch ein-, vielleicht zweimal wiedersehen zu können. »Das ist doch viel zu teuer, Duncan.«

»Wir haben genug Geld. Mach dir keine Gedanken deshalb.«

Adalies Brust bebte, als sie erleichtert seufzte. Erst jetzt spürte sie, wie eine schreckliche Last von ihr abfiel. Duncan zog sie in seine Arme. Sie lehnte sich an seine Schulter. Tief in ihrem Herzen war sie sich absolut sicher, dass er – und nur er – der Richtige für sie war.

Golden Bay, eine Woche später

Die zerklüftete Küste der Marlborough Sounds lag seit einigen Tagen hinter ihnen. Adalie genoss die Aussicht vom Boot aus, während Andrej und Michael mit den schwierigen Windverhältnissen zu kämpfen hatten. Sie fühlte sich ein wenig schlecht, weil sie ihnen nicht helfen konnte, und ging ihnen nach Möglichkeit aus dem Weg, damit sie schnell reagieren konnten, wenn der Wind wieder umschlug.

Sie verbrachte viel Zeit damit, einfach die Landschaft und die üppige Vegetation zu bewundern. Wie grüne Wasserfälle hingen Moosteppiche von den steilen Inselwänden. Wo der schroffe Grund es zuließ, wuchsen Baumfarne und blühende Sträucher mit glänzenden Blättern. Immer wieder entdeckte sie kleine Buchten, auf deren einladend goldenen Sandstränden Vögel nach Nahrung suchten. In einer dieser kleinen Oasen hatten sie auch an einem Wasserfall ihre Trinkwasserreserven aufgefüllt und von einem Bauern Obst, Gemüse und Fleisch gekauft.

Nun lag die Golden Bay vor ihnen, eine lang gestreckte Bucht, die beinahe ein Halbrund bildete. Ihre Spitze, Farewell Point, bildete den nördlichsten Ausläufer der Südinsel.

»Es ist wunderschön hier«, seufzte Adalie, als sich Duncan mal wieder zu ihr an Deck gesellte.

»Mir gefällt die Gegend auch sehr gut. Jetzt ist es nicht mehr weit nach Kahu River. Ich denke, morgen werden wir das Haus von Mr. Mora erreichen, dem Maorihändler, mit dem meine Mutter schon häufiger Geschäfte gemacht hat.«

»Ich kann es kaum noch erwarten.«

»Mir ist es auch so, als würde ich mit jedem Tag unruhiger werden.«

Sie drehte sich in seinem Arm, um ihm in die Augen sehen zu können. »Dann spürst du es auch?«

»Was denn? Ich spüre dich ganz nah bei mir.« Er beugte sich vor, um ihr ins Ohr zu flüstern. »Ich wünschte, wir wären schon verheiratet. Ich kann es kaum noch aushalten. Dich jeden Tag zu sehen, dich nachts atmen zu hören und nicht … Es ist wie Folter.«

Adalie schluckte. Da war sie wieder, diese unbestimmte Angst. Sie machte gute Miene und lächelte, vielleicht ein wenig zu verkrampft. »Es ist ja nicht mehr lang, dann sind wir Mann und Frau.«

Er seufzte und drückte sie fest an sich. Adalie versuchte, die Anspannung loszulassen. Duncan spürte ihre Nervosität trotzdem, ihr Stimmungsumschwung war viel zu offensichtlich. Aber er wich weder zurück, noch machte er ihr einen Vorwurf daraus. Aus irgendeinem Grund wusste er, was sie brauchte: Zeit.

Und so hielt er sie einfach weiter im Arm, schmiegte sich an sie und wartete ab, bis sie sich allmählich entspannte. Sobald die Angst nachließ und sie sich in seine Berührung fallen lassen konnte, erkannte sie auch wieder, wie gut er ihr tat. So langsam schien auch ihr Innerstes zu verstehen, dass Duncan keine Gefahr für sie darstellte.

»Was wolltest du eigentlich sagen, Liebes?«, erkundigte er sich schließlich. »Es tut mir leid, wenn ich dich unterbrochen habe. Wir Männer sind manchmal furchtbar.«

Adalie lachte. »Daran muss ich mich wohl gewöhnen.«

Er küsste ihre Wange. »Musst du. Oder du wirst ganz

Er lachte breit, und seine Augen wirkten klein in dem dicken Gesicht. Im Gegensatz zu manch anderem Eingeborenen seines Alters war er wenig tätowiert, nur auf dem Nasenrücken prangten einige Spiralen und Linien.

Er schüttelte Duncan die Hand. »Duncan Fitzgerald, welch eine Ehre und eine Überraschung noch dazu. Wie viele Jahre ist es her, dass Sie mit Ihrer verehrten Mutter hier waren? Drei?«

»Vier, glaube ich. Darf ich Ihnen meine Verlobte vorstellen? Das ist Adalie Ó Gradaigh, sie wird meine Mutter in allen Handelsfragen vertreten.«

Adalie hatte das Gefühl, ihr Herz hätte sich schlagartig in einen Stein verwandelt und wäre ein ganzes Stück tiefer gerutscht. Sie sollte Johanna *vertreten* und nicht gemeinsam mit Duncan entscheiden?

»Freut mich, Sie kennenzulernen«, sagte sie schnell.

»Die Freude ist ganz meinerseits. Duncan, ich gratuliere Ihnen zu dieser wunderhübschen Frau, und Sie, Miss, haben in mir einen zuverlässigen Handelspartner, das verspreche ich.«

Sie gaben einander die Hand. Adalie nahm sich vor, Duncan bei nächster Gelegenheit zu fragen, ob diesem Mann wirklich zu trauen war.

Zuerst aber lernten sie seine Frau, die Schwägerin und ihre vielen Kinder kennen, deren Namen sie sich unmöglich alle merken konnte. Die Familie nahm sie herzlich auf, und auch die Schiffsbesatzung wurde zum Essen eingeladen.

Nachdem sie ein üppiges Mahl zu sich genommen hatten, eröffnete Duncan Mr. Mora, warum sie in erster Linie gekommen waren: sein Erbe am Kahu River.

375

»Niemand wusste, wer das Stück Stammesland gekauft hatte«, meinte ihr Gastgeber daraufhin verwundert. »Ich glaube es nicht! Dann wird Mrs. Johannas Sohn unser neuer Nachbar? Das ist ja großartig.« Er schlug sich auf die dicken Oberschenkel und lachte frei heraus.

»Halt, halt, nicht so schnell! Ich will es mir doch nur ansehen«, beschwichtigte Duncan. »Wie sieht es dort aus? Ist es Wald? Wer wohnt dort?«

»Ich glaube, bevor ich zu viel erzähle, sehen wir es uns einfach an«, sagte Mora, und genau das taten sie auch.

Gleich am nächsten Morgen brach die kleine Reisegesellschaft auf, die neben Adalie und Duncan aus Mora und seinen beiden ältesten Söhnen Rick und Hauku bestand.

Adalie hatte sich auf eine anstrengende Reise zu Fuß eingestellt und war daher überrascht, dass Mora einige struppige Ponys für sie aufgetrieben hatte. Auf einem solchen Tier hatte sie noch nie gesessen.

»Wir wählen das bravste für dich aus, und ich werde es die ganze Zeit am Zügel führen«, versprach Duncan ihr.

Adalie bekam eine weiße Stute zugeteilt, in deren spärlicher Mähne sie sich kaum festhalten konnte, aber immerhin trug das Tier einen Sattel.

»Sei lieb, dann bekommst du nachher auch etwas Leckeres«, flüsterte sie der Stute zu, bevor Duncan sie auch schon hinaufhob. Er selbst schwang sich auf den Rücken eines Braunen. Bei ihm sieht das alles viel eleganter aus, dachte sie neidvoll, dann setzte sich der kleine Zug auch schon in Bewegung.

»Oh Gott, das wackelt aber«, presste sie hervor und erntete von Duncan ein breites Grinsen.

»Du darfst dich nicht verkrampfen. Mach die Bewegungen einfach mit, dann fühlt es sich bald ganz natürlich an.«

Das war leichter gesagt als getan, doch Adalie bemühte sich. Ihr Pferd stapfte artig mit gesenktem Kopf hinter den anderen her. Adalie hielt sich am Sattel fest und versuchte, Duncans Rat so gut es ging zu beherzigen. Bald hatte sie genug Vertrauen gefasst, um der Umgebung wieder mehr Beachtung zu schenken. Sie ritten am Strand entlang in südlicher Richtung, über weichen hellen Sand, aus dem hier und da glatt geschliffene graue Felsen herausragten. Adalie erinnerten sie an halb vergrabene Tiere, Schildkröten vielleicht.

Zu ihrer Linken ragte üppiger grüner Wald auf. Moos und Baumfarne, Gras und Gesträuch mit glänzenden fleischigen Blättern bildeten ein dichtes Durcheinander.

Dieses Land kannte sicher keine Trockenheit.

Duncan zerrte am Strick ihres Pferdes und wartete, bis sie gleichauf waren. Sie dachte, dass er etwas sagen wollte, doch er beugte sich einfach nur zu ihr hinüber und drückte ihre Hand. Die Geste bedeutete ihr mehr als tausend Worte.

»Da vorne, das ist der Kahu!«, rief Mora.

Der Fluss schlängelte sich als kupferbraunes Band aus dem Wald und floss in flachen Verzweigungen ins Meer.

Sie durchquerten ihn mühelos und wandten sich landeinwärts, wo ein breiter Trampelpfad am Ufer entlangführte.

»Wie gut das duftet«, seufzte Adalie und atmete tief ein.

Im Schatten der Bäume und Farnsträucher war die Luft schwerer und feucht. Es roch nach verrottetem Laub, Moos und würzigen Harzen. Über ihnen wogten Nikau-Palmen im steten Westwind. Adalie wusste gar nicht, wo sie zuerst hinschauen sollte, so beeindruckend war die Landschaft.

Sie folgten dem Fluss eine Weile, bevor der Wald plötzlich zurückwich und einem weiten *Harakeke*-Feld Platz machte. Der neuseeländische Flachs wuchs bis weit über ihre Köpfe.

Breite, klingenförmige Blätter bildeten ein dichtes, zwei Meter hohes Meer, während die Blütenstängel die doppelte Länge erreichten und ihre gelborangefarbene Pracht über ihnen wogte.

»Wenn ich die Karte richtig verstanden habe, dann ist das hier bereits Ihr Land«, meinte ihr Gastgeber.

»Wirklich?« Duncan staunte.

»Da niemand Anspruch erhoben hat, haben die Leute angefangen, hier Felder anzulegen«, erklärte Mora. »Gerodet war das Land bereits.«

»Sie rechnen wahrscheinlich nicht damit, dass der Eigentümer je auftauchen wird«, meinte Duncan.

Adalie hätte zu gerne sein Gesicht gesehen, um einschätzen zu können, wie ihm das Land gefiel, doch leider ritt sie hinter ihm und blickte nur auf seine breiten Schultern. Sie selbst war bereits völlig verzaubert, doch es sollte noch besser kommen.

Felder wurden zu Wiesen, aus denen Farnbüschel wie Inseln hervorragten. In weichen Wellen fielen sie zum Flusslauf hin ab. Ein schier endloses Meer violetter und weißer Blüten zog sich am Wasser entlang. Auf den Hügeln dahinter erhob sich dichter dunkelgrüner Wald.

»Oh Gott, ist das schön«, schwärmte Adalie.

»Wie im Paradies«, pflichtete Duncan ihr bei. »Und du bist dir sicher, dass dies alles mir gehört?« Rasch zog er die Karte aus seiner Hemdtasche und faltete sie auseinander, um sie zu überprüfen.

Während die Männer die Karte studierten, zog Adalie vorsichtig die Füße aus den Steigbügeln und ließ sich vom Rücken ihres Ponys gleiten. Sie hatte ein Fleckchen entdeckt, das sie sich genauer ansehen wollte.

Sie lief durch das kniehohe Gras auf eine kleine Kuppe zu, wo besonders viele Blumen standen. Die Lupinen reichten ihr bis zur Hüfte. Es war ein Farbenmeer aus Violett und Blau, Rosa und Weiß. Bienen flogen emsig umher, und ihr Summen mischte sich mit dem Murmeln des Kahu River.

Als Duncan schließlich zu ihr trat, saß sie auf einem alten, ausgeblichenen Baumstamm und blickte auf die rostroten Fluten des Kahu. In Gedanken war sie weit, weit weg.

»Was denkst du?«, fragte er leise und setzte sich neben sie. Er schien von dem Ort genauso gefangen zu sein wie sie.

»Ganz ehrlich?«

»Ja.«

»Das ist der schönste Platz, an dem ich je war.«

Duncan schwieg eine Weile. Als sie ihn ansah, konnte sie sehen, wie er nachdachte. Auf seiner Stirn hatte sich eine steile Falte gebildet, seine Kiefermuskeln waren angespannt und ließen seine Miene streng wirken. »Was meinst du, warum mein Vater dieses Land gekauft hat? Wozu taugt es? Es ist wunderschön, aber ich verstehe nicht, warum ein Holzfabrikant gerodetes Land kauft.«

»Vielleicht, damit wir hier glücklich werden«, sagte sie leise.

»Adalie, ich bin Offizier der britischen Armee.«

»Aber vielleicht nicht für immer«, meinte sie hoffnungsvoll.

»Glaube nicht, dass ich nicht weiß, was du im Sinn hast, Weib«, sagte er und lachte schließlich. »Ich soll dir ein Haus bauen, und zwar genau hier, wo wir jetzt sitzen, weil dir die Blumen so gut gefallen und …«

»… und weil es sich einfach richtig anfühlt.«

Er küsste sie auf die Wange. »Wir werden sehen, Adalie.«

Taranaki Distrikt

Sie kamen wie aus dem Nichts.

Duncan war seit einer Woche von seiner Reise nach Kahu River zurück und nun mit sechzig Reitern der Kavallerie unterwegs, um rebellische Maori aus einem Siedlungsgebiet zu vertreiben.

Zwanzig Männer standen unter seinem Kommando, Lieutenant Fisher ritt voraus, zwei Kundschafter waren noch weiter vor ihnen und lenkten ihre Pferde über einen zugewucherten Pfad. Es war einer von vielen. Die Rebellen bewegten sich in einem großen Gebiet. Te Kootis Ausbruch hatte eine Welle der Hoffnung verbreitet. Und obwohl seine Revolte auf der anderen Seite der Insel stattfand, schwappte der Glaube an seine neue Heilslehre über das Land und spülte den Geist des Aufstandes in jeden Winkel.

Gerüchte gingen um, dass sich in diesem Landstrich einige Kämpfer zu einer schlagkräftigen Truppe zusammengetan hatten und weiße Siedler ebenso bedrohten wie Maori, die sich ihnen nicht anschließen wollten.

Duncan hatte schon seit dem Morgen ein schlechtes Gefühl. Seine Nervosität steckte sein Pferd an. Nelson versuchte immer wieder auszubrechen und jagte damit Duncans Puls hoch, der glaubte, sein Tier habe die Angreifer vor ihm entdeckt. Dass er ihn dann ruppig zurechtwies, machte Nelson nur noch mehr nervös und steigerte Duncans Anspannung.

Den anderen Männern ging es nicht anders.

Das Terrain war unübersichtlich, und zu allem Unglück war es windig. Überall raschelte es. Farn bewegte sich schaukelnd. Durch hohe Grasflächen strichen die Böen, als versteckten sich dort feindliche Krieger.

Duncan rief seine Männer zur Besonnenheit und meinte damit zu einem gewissen Maß auch sich selbst. Er ritt an die Spitze seiner kleinen Einheit, um nach den Kundschaftern Ausschau zu halten. Eigentlich sollten sie bereits zurück sein.

Duncan stellte sich in die Steigbügel und spähte nach vorn. Dort verengte sich der Weg. Die Gräser reichten den Pferden bis zu den Bäuchen. Von den Reitern war nichts zu sehen. Leutnant Fisher sah sich um, ihre Blicke trafen sich. Ihm war die Situation genauso wenig geheuer wie Duncan, der seine Nerven schrillen fühlte. Es war als spanne man einen Bogen über das vernünftige Maß hinaus. Dass er brach, war gewiss, aber nicht der Zeitpunkt.

Ein Schuss krachte und gleich darauf noch einer. Ein Mann schrie, gleich darauf donnerten Pferdehufe. Ein Reiter der Späher kehrte zurück, tot über dem Sattel. Duncan sah alles mit erschreckender Klarheit. Die panisch verdrehten Augen des Pferdes, das viele Blut, das aus der zerschossenen Schlagader des Reiters pulste.

»Zusammenbleiben, zusammenbleiben!«, brüllte Fisher.

Nelson drehte sich unter Duncan im Kreis, er ließ den Hengst nicht ausbrechen. Nicht jeder Soldat war so geistesgegenwärtig. Einer verlor die Kontrolle über sein Tier. Es sprengte davon. Weitere Schüsse krachten, und es war mit ihm vorbei.

Ein Hinterhalt, jetzt war es aus. Duncan dachte an Adalies Lächeln, dann pfiff eine Kugel ganz dicht an seinem Gesicht vorbei.

»Fitzgerald, kümmern Sie sich um die Schützen vor uns, los!«

Ehe Duncan einen eigenen klaren Gedanken fassen konnte, rief er seine Männer zum Angriff. Die Pistole war schnell zur Hand. Nelson raste vorwärts, endlich aus den engen Kreisen befreit, raste er direkt auf die verborgenen Gegner zu.

Die anderen Reiter folgten. Schüsse lösten sich. Die Pferde pflügten durch das hohe Gras. Er sah eines zusammenbrechen. Nelson zuckte kurz und blieb trotz des Treffers auf den Beinen.

Duncan sah Bewegungen vor sich im Gebüsch. Er schoss ohne nachzudenken, dann war die Pistole leer. Wie im Rausch zog er seinen Säbel blank und ließ ihn auf eine ungeschützte Schulter niedersausen, riss Nelson herum und schlug noch einmal nach. Dieser Maori-Rebell würde niemandem mehr auflauern.

Links und rechts hieben seine Männer um sich. Schnell gewannen sie die Überhand, und nach einigen Augenblicken schon war die Lage unter Kontrolle. Wo die Kavallerie zugeschlagen hatte, stand kein Mann mehr auf den Beinen.

Die übrigen Rebellen hatten es mit der Angst bekommen und ihr Heil in der Flucht gesucht.

»Sammeln!«, brüllte Duncan gegen seinen Herzschlag an, der wie ein betäubender Trommelwirbel in seinen Ohren dröhnte. Er sah einen Soldaten tot am Boden, zwei hatten ihre Pferde verloren, der Rest war mit dem Leben davongekommen und kampfbereit.

Was sollte er jetzt tun? Duncan ritt ein Stück zurück. Colonel Fisher sammelte seine Männer ebenfalls.

»Verfolgung aufnehmen, los! Die Rebellen werden wir ein für alle Mal aus diesem Landstrich tilgen!«, rief er Duncan zu, in dessen Kopf sich ein großes *Aber* formte.

Aber die Rebellen haben doch schon die Flucht angetreten, aber wir haben die Überzahl der Krieger getötet.

Duncan erstickte jeden Zweifel und gab den Befehl an seine Männer weiter. »Zusammenbleiben!«, ermahnte er sie noch, dann preschten sie los, den Fliehenden hinterher. In den Händen die blanken, blutigen Säbel, und manch ein Reiter mit dem Ausdruck eines glücklichen Wahnsinnigen im Gesicht.

Die Krieger flohen auf einen Wald zu, der sich in einiger Entfernung am Fuße einer Hügelkette erstreckte. Bis dahin mussten sie die Maori eingeholt haben, sonst wäre der Vorteil der Kavallerie ganz schnell dahin.

Duncans Magen fühlte sich an, als sei er zu einem winzigen kantigen Stein zusammengeschrumpft, der bei jedem Galoppsprung hin und her polterte.

Was, wenn sie geradewegs in eine Falle ritten?

Er musste einen klaren Kopf behalten. Hastig lud er seine Pistole nach, konnte sich aber nicht dazu überwinden, einem Fliehenden in den Rücken zu schießen. Das erledigte der Reiter neben ihm. Noch ein Maori fiel, dann erreichten sie den Waldsaum.

Die Pferde schreckten vor dem dichten Geäst zurück. Es dauerte, bis sich alle hindurchgekämpft hatten. Dieser ideale Moment für einen Hinterhalt verstrich ungenutzt. Hinter dem Saum war der Wald lichter, zwischen dicken Stämmen genug Platz, um das Tempo wieder anzuziehen und den Vorsprung der Rebellen wieder wettzumachen.

Hütten im Wald. Schreie.

»Ausschwärmen!«, befahl Duncan.

Der Reiterpulk wuchs zur breiten Front. Die Pferde zerrten an den Zügeln, der Ritt wurde zum Rennen. Duncans

Herz jagte wie verrückt. Sie hatten das Versteck der Rebellen gefunden.

Ein Mann stellte sich ihm entgegen, den Speer gegen den Fuß gestemmt, um damit Nelson zu Fall zu bringen. Duncan riss das Pferd zur Seite und ließ den Säbel heruntersausen. Er fuhr in die Schulter seines Gegners. Der Maori riss die Augen auf, und Duncan wusste, er hatte einen weiteren Albtraum hinzugewonnen. In diesem Moment schrie eine Frau. Duncan hob den Säbel erneut, dann gewann er seine Fassung zurück. Die Frau, ein kleines Kind an ihre Brust gedrückt, rannte aus einer Hütte auf den Gefallenen zu. In ihrer Verzweiflung beachtete sie die Kämpfer nicht, sondern rannte zu dem sterbenden Krieger und stürzte neben ihm auf die Knie.

Duncan schnürte es die Kehle zu. Er hatte es getan, ganz allein er. Um ihn herum tobte der Kampf, der immer mehr zum Gemetzel an Unschuldigen wurde.

Vor Nelsons Hufen zuckte der Maori mit der Säbelwunde und starb. Die Frau bedeckte sein Gesicht mit Küssen.

Er hatte genug gesehen.

»Sammeln, sofort sammeln. Kampf einstellen!«, schrie er.

Seine Männer waren weit versprengt, machten Jagd auf einzelne Krieger, schreiende Frauen und hilflose Kinder.

Das hatte er nicht gewollt.

Es dauerte lange, bis die Männer endlich auf ihn hörten. Den ganzen Ritt zurück war er wie gelähmt, er konnte nicht fühlen, wollte es nicht.

Für seinen Vorgesetzten war der Einsatz ein wenig aus dem Ruder gelaufen, aber dennoch erfolgreich. Es gab nur einige leicht verletzte Kavalleristen. Die Rebellen hingegen waren so schwer getroffen worden, dass sie eine Weile brauchen würden, um sich davon zu erholen, oder es nie wieder versuchen würden.

Was würde erst geschehen, wenn sie gegen Leute ausrücken mussten, deren Sache Duncan für gerecht hielt? Was für ein Mann würde er selbst in einigen Jahren sein? Würde er dann eigenhändig auf Frauen und Knaben einschlagen, nur weil es ihm befohlen worden war?

Sie erreichten die Kaserne am Abend, und Duncan ritt gleich weiter zu seinem Elternhaus. Unterwegs kamen ihm Zweifel. Hätte er nicht besser dortbleiben sollen? Er hatte die Gesichter der anderen Männer gesehen und wollte nicht, dass Adalie die Leere des Todes in seinen Augen sah.

Nelson kämpfte sich die letzten Schritte zum Stall. Der Hengst war müde und verletzt.

Duncan stieg ab. Er fand sich auch im Dunkeln gut zurecht. Schnell hatte er eine kleine Lampe gefunden und den Docht angezündet. Er sattelte ab, und während Nelson den Kopf in den Trog steckte, begann er die vielen kleineren Schnittverletzungen des Pferdes zu versorgen. Vorsichtig wusch er Blut und Dreck aus dem verkrusteten Fell. Nelson zuckte, als er eine Kugel aus einer Wunde drückte. Sie war nicht tief eingedrungen. Er hatte schon von Kavalleriepferden gehört, die nach einem Dutzend Treffer noch standen und weiterlebten. Das Pferd wandte den Kopf und sah ihn an, als wollte es fragen, wie lange es noch gut gehen würde.

Duncan seufzte, lehnte sich gegen die Boxenwand und schloss die Augen. Sofort sah er wieder die Maorifrau vor sich, die ihren sterbenden Mann beweinte. In ihm zog sich alles zusammen. Das Schuldgefühl ließ seinen Magen schmerzen, obwohl er bei diesem Tod nicht an dessen Rechtmäßigkeit zweifelte.

Er hörte die Schritte, die sich dem Stall näherten, erst sehr spät und erschrak, als er sich plötzlich seinem Stiefvater gegenübersah.

»Schweren Einsatz gehabt?«, fragte der mitfühlend und musterte Pferd und Reiter.

Duncan seufzte, nickte. Er war zu müde und zu erschlagen, um in Gegenwart seines Stiefvaters die übliche Nervosität zu empfinden. Auf dem Ritt hatte er dieses Gespräch noch gefürchtet. »Ich weiß nicht, ob ich der richtige Mann für das Militär bin.«

Liam legte ihm eine Hand auf die Schulter. »Diese Zweifel hat jeder gute Soldat, es zeigt, dass du dir deinen guten Kern bewahrt hast.«

»Es war ein Dorf, mit Frauen und Kindern.«

Der Griff an seiner Schulter wurde kurz fester. »Ich verstehe.«

»Ich will dich nicht enttäuschen, aber ich weiß nicht, ob ich für immer dabeibleiben kann.«

»Du enttäuschst mich nicht«, antwortete Liam. »Aber lass dir Zeit, diese Zweifel kommen und gehen.«

Duncan versprach es ihm.

»Kommst du mit rein, die anderen schlafen längst.«

»Später, geh du schon voraus.«

Er sah seinem Stiefvater nach, bis er im Haus verschwunden war, dann setzte er sich zu Nelsons Hufen in das duftende Stroh. Die Müdigkeit saß in jeder Faser seines Körpers, aber schlafen würde er heute Nacht nicht.

* * *

KAPITEL 15

New Plymouth, Mai 1870

Die Glocke der kleinen Kirche St. Mary's schlug hell und klar. Es war ein schöner, wenngleich kühler Herbsttag.

Adalie betrachtete die Kirche von ihrem Platz in der Kutsche aus. Das Gebäude war grau und verwinkelt. Die ersten Siedler von New Plymouth hatten ihr Gotteshaus aus dem gebaut, was die neue Heimat hergab: Findlinge aus dem Meer, aufgelesen an der Küste, behauenes Vulkangestein des alles überragenden Mount Taranaki, Steine, die sie aus ihren Feldern ausgepflügt hatten, und Holz der umliegenden Wälder. St. Mary's war ein eigentümliches Gebäude von rauer Schönheit. Wie eine alte Lady, die stolz auf ihr Leben zurückblickte, stellte sie jede ihrer kleinen Unzulänglichkeiten mit Würde zur Schau.

Während der Maorikriege hatte sie ihren Gläubigen Schutz geboten wie eine Festung, und auf ihrem Friedhof lagen Soldaten und Krieger vereint in heiliger Erde.

Adalie gefiel die Kirche vom ersten Moment an, und nun würde sie tatsächlich darin Duncan das Jawort geben. Der ersehnte und gefürchtete Tag war endlich da.

»Möchtest du wirklich alleine hineingehen?«, fragte Johanna Fitzgerald und zupfte Adalies Schleier zurecht.

Sie nickte und biss dabei die Zähne aufeinander. Es war Brauch, dass die Braut vom Vater oder einem männlichen

Verwandten zum Altar geführt wurde, doch Adalie hatte sich von ihrem Vater losgesagt. Manus Ó Gradaigh war niemals gut zu ihr gewesen. Er hatte sie geschlagen, verdammt, und zuletzt an ihren Bräutigam verkauft wie ein Stück Vieh. Seine schriftliche Zustimmung zur Heirat lag vor, sie brauchte keinen Begleiter.

»Es ist mir egal, ob die Leute reden, Johanna«, sagte sie entschlossen. »Jeder kann wissen, dass ich alleine hergekommen bin. Es ist meine Entscheidung.« Sie zögerte. »Aber falls es dem Ruf der Fitzgeralds schadet …«

»Ach, Kind. Der Ruf meiner – und jetzt auch deiner – Familie ist das Letzte, was dich am schönsten Tag deines Lebens sorgen sollte. Geh deinen eigenen Weg, und tue es erhobenen Hauptes. Ich wünschte, ich wäre in deinem Alter so mutig gewesen wie du.« Sie küsste Adalie auf die Stirn. »Ich habe alles getan, was meine Eltern verlangten, und damit Unglück über viele Menschen gebracht.«

Bei ihren Worten schnürte es Adalie die Kehle zu. »Ich wünschte nur, meine Mutter und meine Geschwister könnten jetzt hier sein.«

»Nicht weinen, Adalie.« Johanna reichte ihr ein Taschentuch, mit dem sie sich vorsichtig die Augen tupfte.

»Ich weine nicht.«

»Dann ist ja gut. Ich bin mir ganz, ganz sicher, dass deine Mutter immer an dich denkt und dir alles Gute wünscht. Du trägst sie bei dir, in deinem Herzen. Die Bindung zwischen Mutter und Kind kann weder durch einen Menschen noch große Entfernung zerstört werden. Aber das wirst du wahrscheinlich erst richtig verstehen, wenn du eigene Kinder hast. Und nun fort mit der Traurigkeit! Sei so glücklich, wie es sich deine Mutter immer für dich gewünscht hat.«

»Ja, das bin ich«, erwiderte Adalie und stellte sich Lorna in einem der wenigen Momente vor, in dem sie lachte. Genauso würde sie jetzt auch lachen, wenn sie dort vor der Kirche stünde.

»Bald bin ich deine Schwiegermutter, Adalie. Ich kann zwar nicht die eigene Mutter ersetzen, aber ich werde alles tun, damit du dich in unserer Familie geborgen fühlst.«

»Danke, das bedeutet mir sehr viel.«

Johanna strich ihr über die Wange und zog ihr den Schleier über den Kopf. »Ich gehe jetzt. Jemand wird dir ein Zeichen geben, wenn es so weit ist.«

»In Ordnung. Ist auch nichts verrutscht?«

»Nein, du siehst wunderschön aus.«

Johanna stieg aus der Kutsche und ging gemeinsam mit den übrigen Gästen zur Kirche. Adalie war plötzlich allein. Bei jedem Atemzug drückte das Fischbein ihrer Korsage gegen die Rippen. Sie fühlte sich ein wenig eingeengt. An das stocksteife Sitzen hatte sie sich noch immer nicht gewöhnt. Ob Duncan sie schön fand? Oder sah sie verkleidet aus, wie eine Bettlerin im Prinzessinnenkostüm?

Sie wusste, dass sie so etwas nicht denken durfte. Warum schaffte sie es nur immer, jedem goldenen Augenblick etwas schwarzes Gift beizumischen?

Mit den Händen strich sie liebevoll über ihr Kleid. Sie hatte es selbst bezahlt, mit dem Geld, das sie durch die Arbeit in Johannas Geschäft verdient hatte. Sicher wäre es prachtvoller ausgefallen, wenn sie Duncans Angebot, es für sie zu kaufen, angenommen hätte. Doch jetzt war sie sehr froh über ihre Entscheidung. Es war ihr Kleid, und sie würde alleine zur Pforte von St Mary's gehen, um den Mann zu heiraten, den sie liebte.

Draußen war Ruhe eingekehrt. Bis auf ein paar Schaulustige war der Platz vor der Kirche leer. Ein leichter Wind fuhr durch das saftig grüne Gras und bewegte die Wipfel der Friedhofsbäume.

»Jetzt, Mrs.«, sagte der Kutscher plötzlich. Er hatte den Ministranten zuerst entdeckt, der in der Kirchentür aufgetaucht war.

Vorsichtig stieg Adalie aus der Kutsche, richtete ihr Kleid und atmete tief durch.

Ihr Herz jagte wie verrückt.

In den neuen Schuhen lief sie ein wenig unsicher, aber nichts konnte sie jetzt noch aufhalten.

Orgelklänge wehten zu ihr hinaus, und an der Tür neben dem Ministranten erschien ein Blumenmädchen. Es war Duncans kleine blonde Nichte Elenore, die der Braut staunend entgegensah.

Adalie wäre am liebsten gerannt, die Stufen hinauf, an den Kindern vorbei und hinein in Duncans Arme. Stattdessen tat sie kleine Schritte, wie es von einer Braut erwartet wurde, sie umklammerte ihren Brautstrauß und glaubte zu schweben.

Die Stufen waren schnell bezwungen, und am Eingang wurde sie auch schon vom Duft unzähliger Kerzen und Blumen eingehüllt.

Die Augen aller waren nun auf sie gerichtet, während sie Elenore durch das Mittelschiff zum Altar folgte. Adalie jedoch hatte nur Augen für einen.

Duncan strahlte.

Er trug eine neue Ausgehuniform mit goldglänzenden Knöpfen und Tressen. Neben ihm stand Liam Fitzgerald, ebenfalls in Uniform, der seinem angenommenen Sohn in diesem Moment etwas zuraunte. Vielleicht ein Kompliment über seine Braut? Oder eine Mahnung, alles richtig zu machen?

Endlich erreichte Adalie den blumengeschmückten Chorraum und trat neben Duncan.

»Du bist wunderschön, Adalie«, flüsterte er ihr zu.

Die Orgelmusik verklang unter der hohen Holzdecke, und auch die letzten Glockenschläge verhallten.

Als der Vikar die Gemeinde begrüßte, wurde es unter den Gästen feierlich still. Durch die hohen Bleifenster des Chorraumes fiel bunt gefärbtes Licht, und der Raum wurde in Blau- und Grüntöne getränkt.

Adalie sah durch den Schleier alles nur verschwommen. Die warme Stimme des Vikars führte sie durch das erste Gebet, das ihr gänzlich unbekannt war. In ihrer alten Kirche hatten sie gälische Lieder gesungen und lateinische Messen gehört, von denen sie kein Wort verstanden hatte.

Hier sprach der Vikar jedoch auf Englisch über Gottes Güte.

Dann setzte die Musik wieder ein. Adalie war wie berauscht, so wundervoll klang die Orgel. Und während die tiefen Töne noch in ihren Beinen vibrierten und die hohen ihr Herz berührten, ergriff Duncan ihre Hand.

Sie drückte die seine, die ihr fiebrig vorkam. Durch den Schleier begegnete sie seinem Blick. Seine Augen lächelten, während seine Miene ernst und feierlich war.

»Liebe Gemeinde, wir haben uns heute hier versammelt, weil dieses junge Paar den Bund fürs Leben schließen möchte«, begann der Vikar.

Adalie wandte sich Duncan zu, und plötzlich rückte alles andere in weite, weite Ferne. Es gab nur noch sie beide. Wie hatte sie je glauben können, nie heiraten zu wollen?

Und doch wusste sie, dass sie ohne Duncan bei ihrem Entschluss geblieben wäre. Er hatte sie erobert, war den steinigen Weg zu ihrem Herzen gegangen, der sicher die meisten anderen Männer abgeschreckt hätte.

»Duncan Waters Fitzgerald, ich frage dich vor Gottes Angesicht, nimmst du Adalie Ó Gradaigh an als deine Frau, und versprichst du, ihr die Treue zu halten in guten wie in schlechten Tagen, in Gesundheit und Krankheit und sie zu lieben, zu achten und zu ehren, bis der Tod euch scheidet?«

Duncans »Ja« kam klar und deutlich über seine Lippen.

»Dann nimm den Ring als Zeichen eurer Liebe und Treue, stecke ihn an die Hand deiner Braut und sprich: Im Namen des Vaters, des Sohnes und des Heiligen Geistes.«

Duncan nahm den Ring aus der Hand seines Vaters und schob ihn auf Adalies Finger.

Nun war Adalie an der Reihe. Während sie ihr Ehegelöbnis sprach, klopfte ihr Herz so laut, dass sie ihre eigenen Worte nicht verstand. Aber sie sagte alles richtig nach, jedes Wort war an seinem Platz und fühlte sich gut an.

Schließlich hielt ihr Liam ein weißes Kissen hin, auf dem der Ring für Duncan lag. Das Gold war kalt, als sie ihn in die Hand nahm und den Ring an Duncans Finger steckte. Von nun an würde er immer so warm sein wie Duncan, wie ihr Mann.

Der Vikar nahm seine Stola ab und wickelte sie um die verschränkten Hände des Paares.

»Hiermit erkläre ich euch zu Mann und Frau.«

Jetzt war ihr Bund besiegelt, und die Orgel spielte das nächste Lied.

Vorsichtig hob Duncan Adalies Schleier.

»Ich liebe dich«, sagte sie. Die Tränen ließen sich nicht mehr aufhalten, doch es waren Freudentränen.

»Du bist das Beste, was mir in meinem ganzen Leben passiert ist«, erwiderte Duncan leise und beugte sich vor, um sie zu küssen.

Am liebsten hätte sie ihn stundenlang geküsst, ihn geschmeckt und seinen weichen Lippen nachgespürt, doch das schickte sich nicht. Schon jetzt fühlte sie die vielen Blicke auf sich ruhen.

Sie hielten sich an den Händen, während der Vikar den Segen sprach und die Gemeinde entließ.

Zu einem feierlichen Lied schritten sie Seite an Seite durch das Mittelschiff. Erst jetzt war Adalie in der Lage, sich umzusehen. Die schlichten Holzbänke waren mit Blumen und Bändern geschmückt. Wo sie auch hinsah, waren gut gelaunte Menschen, die sich mit ihr freuten und lachten. Es waren Verwandte und Freunde von Duncan, von denen sie die wenigsten kannte. Ob sie Adalie akzeptieren würden? Ahnten sie, aus welchen Verhältnissen die Braut stammte?

Adalie wollte sich nichts anmerken lassen, aber sie war zu glücklich, um auf jeden Schritt und jedes Wort zu achten.

Die Gäste erhoben sich und riefen ihnen Glückwünsche und Komplimente zu. Duncans Nichte Elenore war stehen geblieben und streute die Blumen nicht mehr vor die Brautleute, sondern warf sie hoch in die Luft und über ihren eigenen Kopf. Der Blütenregen brachte sie zum Jauchzen, und sie drehte sich im Kreis, immer wilder und schneller.

Niemand tadelte das Mädchen, das ganz in seinem neuen Spiel aufging, und auch das trug zu Adalies Glück bei. Sie schmiegte sich noch einmal an Duncan und küsste ihn, bevor sie endgültig von den Gratulanten in Beschlag genommen wurden.

»Willkommen in unserer Familie, wir sind immer für euch da«, meinte Liam Fitzgerald schlicht.

»Danke, Liam, danke für alles.«

Er küsste Adalie auf die Wange, bevor er Duncan stürmisch an sich riss, ihn fest umarmte und ihm auf die Schulter klopfte.

Mit Tränen in den Augen gratulierte nun auch Johanna.

»Danke für alles, ohne dich …«, sagte Adalie und umarmte ihre Schwiegermutter.

»Ich bin froh, dass mein Sohn eine Frau wie dich gefunden hat, mit großem Herzen, Verstand und Mut.«

Als Nächstes waren Duncans Schwestern Tamara und Rachel an der Reihe, die Adalie genauso herzlich in der Familie begrüßten. Für die Hochzeit hatten beide eine weite Anreise auf sich genommen, und Adalie bedauerte sogleich, dass sie nicht näher an New Plymouth wohnten. Ihre Schwägerinnen waren sympathische Frauen.

Im Eingangsbereich der Kirche wurde es immer enger, und so bewegten sich Brautpaar und Gratulanten nach und nach in den Hof.

»Adalie! Schwester!«

Sie erschrak und wäre um ein Haar gefallen. Woher kam der Ruf? Hatte sie sich verhört? Das konnte doch nicht …

Am Friedhofszaun stand ein schlanker, beinahe hagerer junger Mann und winkte zaghaft mit seiner Mütze. Sein Haar war ein wildes feuerrotes Durcheinander.

»Das kann doch nicht sein«, keuchte sie fassungslos. »Patrick, bist du das wirklich?«

Er sprang mit einem Satz über das Tor. Adalie kämpfte sich an den Gästen vorbei, was mit ihrem ausladenden Brautkleid kein leichtes Unterfangen war. Dann endlich stand sie vor Patrick. Er zog sie stürmisch an sich und wirbelte sie herum. Adalie jauchzte vergnügt, als wären sie mit einem Mal wieder Kinder – die träumenden Kinder auf dem Schiff unterwegs nach Neuseeland.

Seinen Verrat hatte sie ihm längst verziehen. Als er sie wieder sanft auf die Füße stellte, wich der Zauber nach und nach, aber die unbändige Freude blieb.

Er fasste sie an den Händen und musterte sie von oben bis unten. »Ich wusste schon immer, wie schön du bist. Gott hat es wirklich gut mit dir gemeint, Schwesterchen. Ich wollte es kaum glauben, als ich hörte, wo du bist und was alles passiert ist.«

»Aber woher wusstest du überhaupt von der Hochzeit?«

Während Patrick erzählte, wie er für einen Besuch nach Amokura Hills zurückgekehrt war und Adalie nur um wenige Tage verpasst hatte, musterte sie ihren Bruder.

Er sah gut aus. Die See hatte ihm schon jetzt ihren Stempel aufgedrückt. Sein Haar war ausgeblichen, heller als das übliche kräftige Kupferrot der Ó Gradaighs. Braungebrannt war er und nicht mehr so dünn wie früher. Er hatte hart arbeiten müssen, aber wie es aussah, keinen Hunger gelitten. Seine Hände waren rau und voller Schwielen. In seinen Augen funkelte das Glück, das nur Menschen in sich trugen, die ihrem eigenen Weg folgten.

»Eigentlich war ich nur heimgekommen, um dich und den kleinen Sammy zu besuchen, und dann höre ich, dass du nicht nur weggelaufen, sondern auch noch stinkreich zurückgekommen bist. Und was soll ich sagen? Sie haben nicht übertrieben«, sagte er lachend mit einem Blick auf Adalie und ihre vornehmen Hochzeitsgäste. »Trotzdem musste ich mich mit eigenen Augen überzeugen, und hier bin ich!«

»Komm, Patrick, ich will dir Duncan vorstellen, meinen Mann. Später musst du mir dann alles erzählen. Du wohnst natürlich bei uns.«

Adalie wollte ihn hinter sich herziehen, doch Patrick löste sich aus ihrem Griff. »Nein, Schwesterherz. Ich denke nicht, dass ich hierhergehöre.«

»Unsinn, du bist mein Bruder. Wenn jemand hierhergehört, dann du, und jetzt komm.«

Patrick sah an sich herab. Er trug weite, fadenscheinige Leinenkleidung und alte, abgewetzte Stiefel. Über seiner Schulter hing ein Seesack, der sicherlich all das enthielt, was er für sein neues Vagabundenleben brauchte. Er besaß damit aber wahrscheinlich mehr als Adalie bei ihrer Ankunft in New Plymouth.

»Willst du mich am schönsten Tag meines Lebens traurig machen, Patrick? Die Fitzgeralds sind von mir Kummer gewöhnt.«

Er ließ sich widerstrebend mitziehen und wurde mit jedem Schritt, den er auf die feine Gesellschaft zumachte, blasser. Seine Schultern sanken herab, er zog den Kopf ein und schrumpfte förmlich. Einige Gäste wichen zurück. Schließlich erreichte sie Duncan, der sich soeben von seinem Maorifreund Giles beglückwünschen ließ. Beim Anblick des stolzen Kriegers, der auch jetzt statt westlicher Kleidung einen festlichen Umhang aus geflochtenem *Harakeke*-Flachs und bunten Vogelfedern trug, erstarrte Patrick.

»Mein lieber Gemahl«, rief Adalie lachend, »hast du vielleicht einen Augenblick Zeit für deine Braut? Ich möchte dir jemanden vorstellen.«

»Natürlich.« Duncan war sofort an ihrer Seite und küsste sie fröhlich auf die Schläfe.

»Das ist mein Bruder, Patrick. Patrick, Duncan.«

»Oh, das freut mich wirklich sehr. Ich habe schon so viel von Ihnen gehört. Ach, warum so förmlich? Willkommen, Schwager, ich hoffe, du bleibst ein paar Tage.«

Patrick schüttelte ihm die Hand, und seine Anspannung schwand ein wenig. »Ich freue mich auch, Sie … dich kennenzulernen. Eigentlich wollte ich heute Abend schon wieder los.«

»Patrick, untersteh dich, so etwas auch nur zu denken. Jetzt, da ich dich gerade erst wiederhabe!«

»Wenn du meine Frau unglücklich machst, gibt es Ärger«, feixte Duncan und legte dem überraschten Patrick kumpelhaft einen Arm um die Schulter. »Du wohnst natürlich bei uns. Irgendwo gibt es sicher noch einen freien Platz.«

»Ich … ich weiß gar nicht, was ich sagen soll«, meinte Patrick überrumpelt.

Adalie boxte ihm spielerisch in den Bauch. »*Ja* sollst du sagen, du sturer Bruder.«

»In Ordnung, ich bleibe.«

»Großartig. Giles?«

Der Maori drehte sich um und hob fragend die Brauen.

»In deinem Zimmer ist doch sicher noch Platz für meinen Schwager, oder?«

Adalie beobachtete erheitert, wie ihr Bruder blass wurde. Giles war auf den ersten Blick tatsächlich furchteinflößend, in Wirklichkeit aber ein treuer Freund und eine gute Seele.

Nun grinste er breit, dass einem angst und bange werden konnte. »Sicher, wir Schwäger müssen zusammenhalten.«

»Du bist Duncans Bruder?«, fragte Patrick nun völlig irritiert.

»Na ja, ich gestehe, wir hatten verschiedene Eltern, was aber keinen großen Unterschied macht.«

Nun lachten alle. In diesem Moment kam Bewegung in die Gäste. Auf dem Kirchhof fuhr die Kutsche der Fitzgeralds vor.

»Ich glaube, wir brechen auf. Komm, Patrick, du fährst mit uns«, sagte Duncan.

In einer langen Prozession machten sich Kutschen und vereinzelte Reiter auf den gemeinsamen Weg zum Anwesen von Adalies neuer Familie. Mit der Ankunft ihres geliebten Bruders war ihr Glück fast perfekt. Sie freute sich zu sehr, um sich jetzt noch darum zu sorgen, ob sie beim Tanzen Fehler machte oder sich in Gegenwart der vornehmen Gäste einen Fauxpas leistete.

Sie fuhr gemeinsam mit ihren Schwiegereltern, Duncan und Patrick in einer Kutsche. Immer wieder musste sie zu ihrem Bruder sehen. Es war einfach so unglaublich, dass er tatsächlich da war. Duncan freute sich still mit ihr, hielt ihre Hand und strich versonnen darüber.

Es wurde ein rauschendes Fest. Nach einem üppigen Essen wurde getanzt, getanzt, getanzt. Auch Adalie walzte durch den Salon, bis sich alles drehte und ihre Füße wehtaten. Sie hatte in den vergangenen Wochen mit Duncan und manchmal auch mit Johanna die Tänze geübt. Der Walzer war erst der Anfang. Zu später Stunde, als viele Mitglieder der besseren Gesellschaft von New Plymouth bereits abgereist waren, wurde es erst richtig lustig.

Abigail, eine irische Freundin von Johanna, zog mit einem Jauchzen die Schuhe von den Füßen, und im nächsten Moment fiedelte ein Musiker wie verrückt drauflos.

»Was wäre eine irische Hochzeit ohne irische Musik?«, rief sie ausgelassen. Ein Dudelsack stimmte ein, und dann auch noch eine Blechflöte.

Immer mehr Frauen stießen ihre Schuhe von den Füßen, eine löste sogar ihren Reifrock, und dann gab es kein Halten mehr. Auch Adalie wurde von Duncan einfach mitgezogen.

Nach dem ersten Walzer folgten Jigs und Kreistänze, bis Adalie völlig außer Puste war. Selbst Patrick hatte sie ein paarmal über das Parkett gewirbelt.

Schließlich nahm sie sich etwas zu trinken und trat an ein weit geöffnetes Fenster. Frische Luft wehte herein und strich kühlend über ihre verschwitzte Stirn. Es roch nach Gras und satter Erde.

»Es ist spät«, meinte Duncan, der plötzlich an ihrer Seite auftauchte. In seiner Stimme schwang ein geheimnisvoller Unterton mit, der Adalie wie gebannt innehalten ließ.

»Ich bin noch nicht müde. Ich muss nur ein wenig verschnaufen, dann können wir weitertanzen, wenn du willst.«

Sie sah ihn nicht an, spürte aber, wie er näher trat, so nah, dass sie seine Wärme fühlen konnte.

»Und wenn ich nicht mehr tanzen möchte? Wir haben schon fast Löcher ins Parkett gewalzt. Wir sollten schlafen gehen, findest du nicht?«

Adalie wandte sich überrascht um. Duncan grinste schelmisch. Seine Augen funkelten. Sie kannte diesen Blick, und er ließ ihr Herz vor Freude, Unsicherheit und auch ein wenig Angst schneller schlagen. Obwohl sie der Hochzeitsnacht mittlerweile mit Neugier entgegensah, kam sie nicht gegen ihre alte Furcht an. Sie wollte es Duncan nicht verderben und versuchte, sich nichts anmerken zu lassen. Sie wollte ihn glücklich machen, auch wenn es sie Überwindung kosten würde. Er freute sich schon seit Wochen und Monaten auf diese Nacht.

»Ich will ganz dir gehören«, sagte sie leise und gefasst. Nun strahlte er förmlich.

»Trink aus, oder stell das Glas ab.«

Sie nahm einen Schluck und platzierte es auf der Fensterbank, dann verlor sie plötzlich den Boden unter den Füßen. Duncan hatte sie unvermittelt auf die Arme gehoben. Sie konnte einen überraschten Schrei nicht mehr unterdrücken und klammerte sich an seine Schulter.

Jetzt wusste jeder, was sie vorhatten. Ihre Wangen waren feuerrot, und sie wäre am liebsten im Boden versunken. Duncan schien das nicht zu stören. Er trug sie quer durch den Salon, vorbei an Familie und Freunden, die lachten und ihm Mut und Stehvermögen wünschten.

Adalie drückte ihr Gesicht in seine Halsbeuge. »Ich werde nie wieder mit irgendjemandem reden können, und du bist schuld«, stöhnte sie.

»Unsinn, jeder weiß, was in der Hochzeitsnacht passiert.«

Er trug sie durch den Flur und an der Köchin vorbei, während die Musiker im Salon ein frivoles Lied anstimmten, bei dem vor allem die Männer laut und schief mitsangen.

Adalie schwieg. In ihr tobte ein wildes Gefühlsdurcheinander. Ihre Scham ließ langsam nach. Wahrscheinlich hatte Duncan recht, und es war ganz normal, dass sich die Frischvermählten vor dem Ende der Feier zurückzogen, während die Gäste noch tanzten.

Von Duncan getragen zu werden war ein berauschendes Gefühl. Es schien ihm kaum Mühe zu bereiten. Seine Brust drückte gegen ihre, sein Herz schlug fest gegen die Rippen. Sie gehörten nun zusammen – für immer.

»Du bist jetzt mein Mann«, sagte sie versonnen.

Duncan brummte zustimmend. »Und du meine Frau, zumindest wirst du es noch heute Nacht.«

Sie erreichten sein Zimmer. Adalie langte nach dem Griff und öffnete die Tür. Sie glaubte, ihren Augen nicht zu trauen. »Oh Gott, das ist wunderschön.«

Überall waren Kerzen und Blumen in üppigen Gestecken. Auf einem Tischchen stand eine Karaffe mit perlendem Weißwein und Konfekt.

Duncan drückte mit dem Rücken die Tür zu und trug Adalie zum Bett, wo er sich mit ihr auf dem Schoß hinsetzte.

Kerzenlicht tauchte den Raum in warme Goldtöne und brach sich in den Kristallgläsern und auf den polierten Oberflächen der Möbel. Vorsichtig küsste Duncan ihre Wangen.

»Möchtest du etwas trinken?«, fragte er, als er merkte, dass sie zu aufgeregt war, um seine Küsse zu erwidern.

»Ja, bitte.« Sie rutschte von seinem Schoß, damit er die Karaffe erreichen konnte.

Er gab ihr ein Glas. Der Wein war kalt und stieg ihr sofort zu Kopf. Sie leerte das Glas in der Hoffnung, der Alkohol würde sie etwas entspannen, alles, was sie zuvor getrunken hatte, war beim Tanzen längst verflogen.

»Hast du Angst? Das brauchst du nicht. Wenn du willst, warten wir …« Er konnte seine Enttäuschung nicht verbergen. Dass er trotzdem auf sie Rücksicht nehmen wollte, bestärkte sie in ihrem Entschluss.

»Das ist furchtbar lieb von dir, Duncan. Aber ich möchte

nicht warten. Es ist nur alles so neu. Verzeih mir, wenn ich mich dumm anstelle.«

Er schüttelte ungläubig den Kopf. »Du denkst zu viel nach, Adalie, das ist alles.«

»Vielleicht schenkst du mir noch einmal nach?«

»Nein.« Er küsste sie erneut, und diesmal erwiderte sie seine Leidenschaft. Sie versuchte alle Gedanken und jegliche Erinnerungen an die Männer auszublenden, die in ihrem früheren Leben ihren Weg gekreuzt hatten. Duncan war nicht wie sie und würde es auch nicht sein.

Vorsichtig tastete er nach den Knöpfen und Bändern ihres Kleides. Er stellte sich ungeschickt an. Sie musste lachen, und plötzlich war das Eis gebrochen. Während er sie liebkoste, zog sie sich langsam aus. Die vielen Unterröcke stellten auch für sie eine Herausforderung dar. Adalie war so sehr damit beschäftigt, den Kampf gegen den Reifrock zu gewinnen, dass sie gar nicht mitbekam, wie Duncan sich ebenfalls auszog.

Er war der erste Mann, den sie nackt sah. Fasziniert berührte sie die wenigen Haare auf seiner Brust und zog die Hand sogleich zurück.

»Ich bin dein, mit Leib und Seele«, sagte er leise und legte ihre Hand zurück auf seine Schulter. »Willst du mich denn nicht kennenlernen?«

»Doch, doch, das will ich.«

»Dann komm her.«

Gemeinsam kuschelten sie sich unter die Decken. Duncan schlug ein Spiel vor, in dem jeder die Berührungen des anderen spiegelte. Adalie ließ sich zögernd darauf ein, doch schon bald konnte sie nicht mehr genug von ihm kriegen. Sie strich über seine weiche Haut und legte ihre Wange auf die Stellen, die ihre Finger zuvor ertastet hatten. Sie küsste seine Kehle und die Schultern, atmete tief seinen würzigen Geruch ein, schmeckte das Salz seiner Haut und berauschte sich an Duncans Reaktionen. Er hielt sein Versprechen und drängte sie nicht.

Als er ihr schließlich die Jungfräulichkeit nahm, glühten ihre Wangen längst vor Lust, und ihre Furcht war bedeutungslos geworden. Jetzt gehörten sie zusammen, ganz und gar und mit jeder Faser ihres Körpers.

Verschwitzt und atemlos lagen sie schließlich nebeneinander. Adalie hielt die Augen fest geschlossen, zu überwältigt waren ihre Sinne, zu neu das eben Erlebte. Der Schmerz, von dem ihre Schwestern erzählt hatten, war zwar scharf, aber nur kurz, und bei Weitem nicht so schlimm gewesen, wie sie erwartet hatte. Danach war alles nur noch schön, sehr schön.

Duncans Finger fuhren spielerisch über ihre Hüfte, während sein Atem zu einem ruhigeren Rhythmus zurückfand. Adalie kuschelte sich an seine Brust und schlang einen Arm um seine Mitte. »Duncan?«

»Ja?« Seine Stimme war tief und weich.

»Meinst du, wir können das bald noch mal machen?«

Er schwieg, dann begann er zu lachen. »Ich wusste es, du bist die beste Frau der Welt.«

∗∗∗

Es war schon lange hell, als Adalie schließlich erwachte und sich sogleich wieder fester an Duncan kuschelte. Wenn es nach ihr ginge, könnten sie den ganzen Tag im Bett verbringen. Sie hatte sich noch nie so geborgen gefühlt wie bei ihm. In der Nacht war sie immer wieder aufgewacht, nur um festzustellen, dass das alles kein Traum war, sondern Realität. Duncan hielt sie, während er schlief, als wäre es das Selbstverständlichste auf der Welt.

Jetzt blinzelte er sie glücklich an. »Na, gut geschlafen?«

»Du bist schon wach? Warum hast du mich nicht geweckt?«

»Ich habe dir beim Schlafen zugesehen«, antwortete Duncan.

»Oh je. Ich hoffe, ich habe mich benommen.«

»Du bist wunderschön, auch wenn du schläfst.«

»Ich bin zerzaust und du unmöglich«, erwiderte sie.

Da hielt er ihr ein kleines Päckchen aus Seidenpapier hin. »Ich habe noch ein Geschenk für dich.«

Sie nahm es entgegen und löste das Band, da fielen eine schmale Kette und ein Anhänger mit einem funkelnden grünblauen Stein heraus.

»Meine Güte, Duncan, das ist ein Vermögen wert«, keuchte sie.

»Gefällt sie dir? Wenn nicht …«

Sie küsste ihn. »Und ob sie mir gefällt, danke.«

Sie setzten sich auf, und er legte ihr die Kette an. »Das ist der romantische Teil meiner Morgengabe an dich. Der andere besteht aus einem Versprechen.« Sein Blick war feierlich. »Du hast mir einmal erzählt, dass du dir als junges Mädchen gewünscht hast, selber für dich sorgen zu können und nie heiraten zu müssen.«

»Das ist doch jetzt alles anders.«

»Unwichtig. Wie wolltest du damals deinen Lebensunterhalt bestreiten?«

Adalie dämmerte, worauf er hinauswollte. »Mit einer eigenen Schafherde. Ich wollte Schäferin sein.«

Duncan grinste. »Du verstehst, dass ich dir keine Schafherde ins Schlafzimmer bestellen konnte. Aber du sollst sie bekommen.«

»Was, hier? Du bist doch verrückt.«

»Nicht hier, also nur wenn du willst. Ich habe nachgedacht. Was würdest du davon halten, wenn ich meinen Offiziersposten aufgebe und wir von hier weggehen? Zum Beispiel nach Kahu River.«

Adalie fehlten die Worte. Sie starrte ihn so lange fassungslos an, bis er ihren Kopf in die Hände nahm und sie näher zu sich zog, sodass er ihre Augenlider küssen konnte. »Du kannst auch Nein sagen«, meinte er leise.

»Aber … aber ich will gar nicht Nein sagen. Ich bin nur so überrascht.«

»Du musst dich nicht jetzt entscheiden, wir können es uns ganz in Ruhe überlegen.«

»In Ordnung. Willst du das denn? Die Stelle als Offizier aufgeben, meine ich?«

Duncan zog die Beine an und schlang die Arme darum. »Ich habe lange überlegt und auch darüber nachgedacht, was Giles auf der Rückreise von den Chatham-Inseln über Liam und mich gesagt hat. Ich habe immer alles nur getan, um es ihm recht zu machen. Ständig hatte ich das Gefühl, nicht genug zu sein, weil ich nicht sein richtiger Sohn bin. Aber das war falsch, das hat er nie von mir verlangt und sich auch nie von mir gewünscht. Du, meine rebellische Frau, hast mich ebenfalls zum Nachdenken gebracht. Ich sehe jetzt ein wenig klarer. Ich fürchtete mich vor dem Tag, an dem ich mich zwischen Pflicht und Moral entscheiden muss.«

»Es ist besser, wenn du diese Wahl nie treffen musst«, meinte Adalie ernst.

»Warum sollte ich mir also kein Beispiel nehmen an dem Wildfang, den ich geheiratet habe, und tun, was ich mir wünsche. Ich habe dieses wunderbare Land geerbt, ich sollte etwas damit anfangen.«

»Ja, das solltest du, und ich glaube, dein Stiefvater möchte das auch. Er will, dass du glücklich bist.«

Duncan nickte und seufzte, als wäre eine große Last von ihm genommen worden. »Wahrscheinlich hast du recht.«

»Und jetzt frühstücken wir?«

»Nein.«

Adalie sah ihn irritiert an. Sein ernster Blick war fort, als hätte es das Gespräch nie gegeben. »Ich kann dich leider noch nicht aus diesem Bett entlassen.«

Kichernd warf sie sich in seine Arme. Das Frühstück würde noch eine ganze Weile auf sie warten müssen.

* * *

KAPITEL 16

Westküste der Südinsel, August 1870

Die Schiffsreise von New Plymouth nach Kahu River war im Nu vergangen. Beinahe zu schnell, um einen ganz neuen Lebensabschnitt zu begründen. Das letzte Mal waren sie noch als Verlobte hergekommen, nun waren sie Mann und Frau, und das Schiff transportierte alles, was sie für ihre gemeinsame Zukunft brauchten. Neben mehreren Kisten voller Hausrat, Möbel und Werkzeug bestand die Fracht aus drei Pferden, darunter Duncans Hengst Nelson, einem Dutzend Hühnern, Enten und Schweinen und zwei Ziegen.

Die Tiere witterten, dass das Land nicht mehr weit war, und wieherten, gackerten und meckerten um die Wette.

Adalie stand gemeinsam mit Duncan am Bug. Sie war mindestens so aufgeregt wie die Tiere.

»Da vorne, ich kann schon den Steg von Mr. Moras Haus sehen«, seufzte sie.

Der Kapitän ließ die Segel reffen. Das Schiff verlangsamte seine Fahrt und kroch nur noch im Schneckentempo vorwärts.

Duncan rieb Adalie über die Schultern und machte damit seiner eigenen Aufregung Luft. »Puh, ich bin erst beruhigt, wenn wir alles an Land haben.«

»Das klappt schon.«

»Beim letzten Mal ist mir der Steg nicht so wackelig vorgekommen.«

»Mir auch nicht«, stimmte Adalie zu.

Der Steg stand auf erschreckend dünnen Pfeilern, an denen sie schon aus dieser Entfernung morsche Löcher erkennen konnte. Menschen kamen ans Ufer gelaufen, und Kinder winkten ihnen zu. Der Kapitän läutete die Schiffsglocke zur Begrüßung.

»Verdammt, wir bekommen die Pferde unmöglich über diesen Steg«, fluchte Duncan und sah sich mit wachsender Hektik um.

»Giles!«, rief er.

Sein Freund war mitgekommen, um ihnen in den ersten Monaten zu helfen, und Adalie war froh darüber. Seine Anwesenheit war ein echter Glücksfall. Er war geschickt, stark und ein Maori, was es hoffentlich einfacher machen würde, mit der lokalen Bevölkerung in Kontakt zu kommen.

Seine Motivation, sie zu begleiten, lag etwas anders. Natürlich half er Duncan gerne, doch Kahu River bedeutete für ihn zugleich Sicherheit. Hier würden ihn die Männer, die ihn wegen Verrates an seinem Häuptling Te Kooti töten wollten, nicht so schnell finden.

Giles kam vom anderen Ende des Schiffes zu ihnen geeilt. »Hast du mich gerufen, *Parata*?«

»Ja, schau dir diesen Steg an, und sag mir, ob der Nelson trägt.«

Giles kniff die Brauen zusammen und stiftete damit ein Verwirrspiel unter den tätowierten Linien seines Gesichts. »Nein, wahrscheinlich nicht. Vielleicht hält er, aber vielleicht bricht er auch durch, und dann schneidet sich das Pferd die Beine auf. Ich würde es nicht riskieren.«

Duncan atmete tief durch, aber beruhigen konnte es ihn nicht. Adalie wünschte sich in diesem Moment eine etwas weniger lebhafte Fantasie. Der Hengst gebärdete sich schon jetzt wild, obwohl er im Frachtbereich gut angebunden war, und nun sah sie ihn vor ihrem geistigen Auge, wie er blutverschmiert und halb durch den Steg gebrochen um sein Leben kämpfte.

»Was wollt ihr jetzt machen?«

»Die Pferde müssen schwimmen. Wir müssen sie irgendwie ins Wasser bekommen, ohne dass sie das halbe Schiff auseinandernehmen.«

Adalie wusste nicht, was sie sagen sollte. Es ging nicht anders, aber die Vorstellung, was alles schieflaufen konnte, wenn Nelson sich losriss, war beängstigend. Duncan und Giles ließen sie stehen und eilten davon, um mit dem Kapitän zu sprechen.

Im gleichen Moment erreichte das Schiff den Steg. Der Anker wurde geworfen, zerrte an dem Schiff und zwang es zum Stillstand, während zwei Matrosen von Bord sprangen und es mit Seilen festmachten. Der Rumpf schrammte an einem Pfeiler vorbei und ächzte markerschütternd. Das Geräusch versetzte die Pferde in Panik.

Adalie sah hilflos mit an, wie Nelson stieg und von den dicken Stricken an seinem Halfter in der Bewegung zurückgerissen wurde. Der Hengst kämpfte mit dem Gleichgewicht, fing sich gerade noch ab und blieb mit rollenden Augen stehen. Adalie hätte ihm so gern beigestanden, doch die großen Tiere ängstigten sie immer noch.

Laut wurden Befehle hin und her geschrien. Sie verstand nur einzelne Worte. Pferde, backbord, das war alles.

Die Seeleute verfielen in hektische Betriebsamkeit. Kisten wurden zur Seite geschoben, die Wassertiefe backbord ausgelotet und für ausreichend befunden. Zwischen der Stelle, wo die Pferde angebunden waren, und der Reling entstand ein Korridor.

Adalie wagte sich näher und entdeckte Duncan, der soeben seine Stiefel auszog. Sein Oberkörper war bereits bloß.

Er wollte doch nicht allen Ernstes gemeinsam mit den panischen Pferden ins Wasser gehen?

»Duncan, nein, das kann doch jemand anders machen!«, rief sie entsetzt.

Als er sich zu ihr umdrehte, war sein Blick deutlicher als alle Worte. Er würde sich nicht davon abbringen lassen. Er liebte dieses Tier. Vor einer Weile hatte er ihr noch davon erzählt, wie sie ihren ersten gemeinsamen Kavallerieeinsatz gemeistert hatten. Wenn Nelson nicht gewesen wäre, hätte Adalie Duncan womöglich niemals kennengelernt.

Gebannt sah sie zu, wie Duncan und Giles den Hengst am Halfter fassten. Sie führten ihn ruhig zur Reling. Nelson vertraute seinem Herrn auch in dieser Situation.

Vier Seeleute spannten nun ein Seil hinter dem Pferd.

Duncan sah zu Adalie. Sein Gesicht war ernst und aschfahl.

»Jetzt!«, schrie er. Giles und er zerrten Nelson am Halfter vorwärts, die Männer spannten das Seil an, das sich fest um den Pferdekörper legte, und ein fünfter schlug Nelson mit aller Kraft auf die Kruppe.

Der Hengst bäumte sich panisch auf. Genau darauf hatten die Männer gehofft. Sie rissen das Pferd vorwärts, hin zur Reling, und dann stürzte es schon von Bord. Wasser spritzte hoch, und im nächsten Moment sprang Duncan hinterher.

Adalie schrie auf.

Aus ihrer Position konnte sie nichts erkennen.

»Alles ist gut gegangen«, rief Giles, doch Adalie glaubte ihm kein Wort.

Panisch rannte sie quer über Deck, bis sie Duncan endlich wieder sah. Seite an Seite schwamm er mit Nelson durch die hohen Wellen. Der Hengst hatte die Augen ängstlich aufgerissen, doch er folgte Duncan, der neben ihm herschwamm und ihn in Richtung des Ufers lenkte.

Hinter Adalies Rücken wurde es schon wieder laut. Nun waren die Stuten an der Reihe und wurden mit Seilen und Schlägen über Bord getrieben. Schon war das nächste Tier im Wasser, es stürzte mit dem Kopf voran in die Fluten und blieb erschreckend lange unter der Oberfläche. Sobald die Stute auftauchte, wieherte sie herzerweichend.

Nelson antwortete, und schon änderte die Stute die Richtung und schwamm hinter ihm her. Auch das dritte Tier folgte.

Adalie fiel ein Stein vom Herzen.

Die Seeleute nahmen kaum Notiz von ihr. Sie begannen damit, Kisten und Möbel loszubinden, um alles so schnell wie möglich an Land zu bringen, dann wäre diese Fahrt für sie zu Ende.

Giles trat zu ihr. »Du hast wohl um deinen Mann gefürchtet«, meinte er mitfühlend. »Aber da muss schon Schlimmeres passieren.«

»Sicher hast du recht. Trotzdem habe ich erst mal genug Wagemut gesehen.«

»Schau, ich glaube, wir bekommen Besuch.«

Über den Steg näherte sich ein Mann in würdevoller Pose, gefolgt von zwei jungen Kriegern. Adalie erkannte ihn.

»Das ist Mr. Mora!«, sagte sie erfreut. »Komm, wir begrüßen ihn.«

Mittlerweile hatten die Matrosen eine Rampe mit einem Seil als Geländer zwischen Schiff und Steg befestigt. Rasch war Adalie auf der anderen Seite.

»Mr. Mora, welch eine Freude! Ich hoffe, es geht Ihnen gut.«

Er drückte ihr einen Kuss auf die Hand, was alles andere als schicklich war. Sie verzieh es ihm. Vermutlich wusste er es nicht besser.

»Mrs. Fitzgerald, wie schön. Ja, es geht mir gut. Wie es aussieht, werden wir nun tatsächlich Nachbarn?«

»Ja, so ist es. Haben Sie denn unseren Brief nicht bekommen? Wir haben ihn vor zwei Monaten losgeschickt.«

»Nein, habe ich leider nicht. Aber das ist auch nicht so schlimm. Sie sind jederzeit willkommen.«

»Vielen Dank.«

Adalie stellte Giles vor und Mr. Mora seine Söhne Rick und Hauku. Während sie einander die Hände reichten, erspähte Adalie Duncan, der Nelson am Strick führte und gerade den Strand erreichte.

Der Hengst schüttelte sich das Wasser aus dem Fell. Duncan winkte ihr, zum Zeichen, dass es ihm gut ging.

»Meine Güte, was sind das für riesige Gäule!«, staunte Mora. Und wirklich, aus dieser Entfernung sah Duncan neben seinem Hengst aus wie ein Zwerg.

»Davon werden Sie in Zukunft hoffentlich noch mehr sehen«, lachte Adalie und beobachtete, wie auch die beiden Stuten sicher das Land erreichten.

»Womit können wir helfen? Sagen Sie einfach, was Sie brauchen, Mrs., und wir werden sehen, was sich machen lässt«, bot Mora an.

»Sie sind ein Schatz. Erst einmal muss die Ladung von

Bord, dann benötigen wir einen trockenen Lagerplatz für die Möbel und einen Ort, wo wir die Tiere unterbringen können.«

Mora lachte. »Eine Frau, die weiß, was sie will, das gefällt mir!«

Als es dunkel wurde, saßen Adalie, Duncan und Giles gemeinsam mit den Moras an einem großen Lagerfeuer in der Bucht. Das Wetter war gut, trocken und warm. Um das Feuer waren Matten und niedrige Stühle verteilt worden.

»Ich glaube, ich kann nie wieder etwas essen«, meinte Adalie und strich sich über den Bauch.

»Ich fürchte, das geht nicht.« Mora lachte. »Meine Frau ist sehr eifrig im Bewirten unserer Gäste, und sie ist noch lange nicht fertig.«

Wie auf Zuruf näherten sich drei Frauen von der Kochhütte. Jede von ihnen trug einen Korb oder eine Schüssel.

Adalie lehnte sich ein wenig fester an Duncan, der ihr schweigend über den Rücken strich. Sie waren beide einfach nur glücklich.

Alles hatte gut funktioniert an diesem Tag. Mr. Mora hatte eine alte Hütte zur Verfügung gestellt, in der nun ihre Möbel und Kisten lagerten. Morgen würden sie das Dach ausbessern, damit sie vor Regen geschützt waren. Die Pferde waren sicher untergebracht, auch wenn Nelson sich die Seele aus dem Leib wieherte, weil zwei von Moras Stuten rossig waren und er die Nacht lieber mit ihnen auf der Weide verbracht hätte.

Am nächsten Morgen würden sie losziehen, den Kahu River hinauf, um an seinem Ufer ihr Traumhaus zu bauen.

Sie hatten Pläne entworfen, doch erst die nächsten Wochen würden zeigen, ob sie diese auch umsetzen konnten.

Bei ihrem letzten Besuch hatten sie sich weder um Baugrund noch um passende Hölzer gekümmert. Sie mussten improvisieren, doch Adalie war überzeugt, auch diese Aufgabe zu meistern.

»Mr. Mora, denken Sie, wir finden Männer, die uns beim Bau helfen werden?«, erkundigte sich Duncan, als hätte er die gedanklichen Überlegungen seiner Frau gehört.

»Natürlich. Rick und Hauku haben mich schon um meine Zustimmung gebeten, und im nächsten Dorf gibt es viele kräftige junge Männer.«

»Das klingt gut«, meinte Duncan. »Wir brauchen jemanden, der im Häuserbau erfahren ist.«

Mora beruhigte sie. Alles würde sich finden, und Adalie glaubte ihm nur zu gerne. Dann konnte sie nicht länger ignorieren, dass seine Frau eine neue Leckerei gebracht hatte. Es wäre unhöflich gewesen, und so überwand sie ihr Sättigungsgefühl und kostete von der Süßspeise.

∗ ∗ ∗

Am nächsten Morgen brachen sie früh auf. Der Großteil der Ladung blieb in Moras Hütte, nur das Nötigste wurde auf Pferde verladen. Adalie bekam wieder eines von Moras Tieren zugeteilt, und dieses Mal musste sie niemand mehr am Strick führen. In den vergangenen Wochen hatte sie gut genug reiten gelernt, um ein braves Pferd selbst zu bändigen.

Sie ritt im gleichen Sitz wie die Männer. Erst von ihrer Schwiegermutter hatte sie erfahren, dass feine Damen in England seitlich auf dem Sattel saßen, fast wie auf einem Stuhl.

Den Kahu River entlangzureiten glich einem wahr gewordenen Traum. Es konnte ihr gar nicht schnell genug gehen, den zukünftigen Siedlungsplatz zu erreichen.

Mr. Mora ritt vor ihr und führte noch ein Pferd am Strick, auf dessen Rücken sich aufgerollte Flachsmatten stapelten.

»Sagen Sie, wofür sind die Matten?«, rief sie neugierig.

Er drehte sich um und grinste vergnügt. »Das werden Sie schon bald sehen, Mrs.«

Adalie überlegte, gab ihre Grübelei aber bald auf. Es gab so viel zu entdecken, dass die rätselhafte Fracht bald vergessen war. Irgendwann endete der Wald, und der Weg führte weiter durch *Harakeke*-Felder. Sie erinnerte sich, dass dies bereits Duncans Land war. Die Felder waren unerlaubterweise hier angelegt worden. Wie würden die Leute reagieren, wenn die neuen Besitzer plötzlich Ansprüche anmeldeten?

»Kennen Sie die Leute, denen die Felder gehören?«

Mora drehte sich im Sattel zu ihr um. Der Pfad war schmal, zu schmal, um nebeneinander zu reiten. »Ja, ich kenne sie. Sie kommen nicht oft her, um zu ernten. Wenn der Flachs erst mal so hoch ist, dann brauchen die Felder kaum Pflege.«

»Sind es freundliche Leute?«

Er zuckte mit den Schultern. »Ich denke nicht, dass sie Probleme machen werden.«

Mehr sagte er nicht dazu, und Adalie fragte sich, ob die Maoribauern wohl schon von ihrer Ankunft wussten. Hatten sie das Schiff gesehen? Beobachteten sie ihre kleine Reisegruppe vielleicht von den umliegenden Hügeln aus, gut verborgen durch das dichte Laub des Waldes?

Je mehr sie darüber nachdachte, desto schlimmer wurde ihr Gefühl, beobachtet zu werden. Als sich der Weg verbreiterte, trieb sie ihre Stute an und schloss im Trab zu Duncan auf. Er sah sie glücklich an, doch dann bemerkte er ihre Unruhe.

»Ist alles in Ordnung?«

Sie zuckte mit den Schultern. »Ich fühle mich nicht wohl. Ich habe das Gefühl, als hätten die Wälder Augen und würden wütend auf uns herabstarren. Spürst du es auch?«

»Nein. Nein, es ist alles in Ordnung. Glaub mir, in der Zeit bei der Kavallerie habe ich solche Situationen oft genug erlebt, und dies ist keine davon. Schau dir deinen Hund an, er ist völlig unbekümmert. Tiere merken sofort, wenn sie beobachtet werden.«

Adalie ließ sich von Duncan gerne beruhigen, aber ihr entging nicht, wie er unauffällig nach seinem Gewehr tastete, das am Sattel hing, und prüfend die Hänge betrachtete.

Bald hatten sie die Flussbiegung erreicht, die sie bei ihrem ersten Besuch so sehr bezaubert hatte, dass sie auf der Stelle hätte bleiben mögen. Der Ort war unverändert, als wäre die Zeit hier stehen geblieben, während sich ihr Leben hastig weiterbewegt hatte.

»Hier ist es!«, rief Duncan.

Mora und seine Söhne stiegen von ihren Pferden. Giles hingegen stellte sich in den Sattel, sah sich um und ritt schließlich zu Duncan und Adalie, um ihr aus dem Sattel zu helfen.

»Und? Wie gefällt es dir?«, fragte sie den Maori.

»Wenn das mein Land wäre, hätte ich auch keinen Moment gezögert. Es ist wunderschön, und ich spüre eine besondere Kraft an diesem Ort.«

»Jetzt ist es auch dein Heim, so lange du willst, *Parata*«, meinte Duncan ernst, und Adalie beeilte sich, ihm beizupflichten. Es wäre schön, wenn noch jemand hier siedelte. Giles war mehr als willkommen, besonders wenn er auch eine Familie gründen würde.

»Ich weiß gar nicht, wo wir am besten anfangen sollen«, gestand Adalie. »Vielleicht bauen wir einen Unterstand, damit wir nicht ganz im Freien schlafen müssen.«

»Genau darauf sollten wir uns heute konzentrieren. Wenn wir nicht fertig werden, nehmen wir Mr. Moras Gastfreundschaft noch etwas länger in Anspruch«, sagte Duncan vergnügt.

Schnell waren die Tiere von ihren Lasten befreit und versorgt. Adalie wählte unterdessen einen Platz für einen Unterstand aus. Eine alte Kiesbank direkt am Wald war perfekt. Der Boden war durchlässig und schön trocken. Alle waren sich einig, dass sie die richtige Stelle gefunden hatte. Kurze Zeit später hallten Axtschläge durch den Wald.

Adalie war wild entschlossen mitzuhelfen. In Amokura Hills hatten die Frauen fast genauso hart gearbeitet wie die Männer, und sie sah nicht ein, warum sich das hier ändern sollte. Sie wollte mit eigenen Händen dazu beitragen, ihren Traum wahr werden zu lassen, und so folgte sie den Männern in den Wald.

Duncan und Giles betätigten gemeinsam eine Säge, um eine Südbuche zu fällen. Ihr Stamm war gerade, astlos und nicht viel dicker als ein Oberschenkel. Die Moras rückten unterdessen einigen Nikau-Palmen mit Äxten zu Leibe.

Bei jedem Schlag raschelten die Wipfel, und ein kleiner Schauer Früchte ging zu Boden. Adalie bedauerte, dass die Bäume gefällt werden mussten, aber es ging nicht anders, und sie würden ja nicht den ganzen Wald abholzen.

»Gehen Sie besser ein Stück zur Seite«, rief Hauku. »Der Stamm bekommt einen Riss.«

»Mapura, hierher!« Adalie rief ihren Hund zu sich, und

schon stürzte die Palme um. Sie drehte sich im Fallen um die eigene Achse. Moosfetzen flogen in alle Richtungen, und in den Wipfeln schrien protestierend die Vögel. Ihre Flügel klatschten laut, als der Schwarm aufflog und das Weite suchte.

»Wie kann ich helfen?«, fragte Adalie.

»Sobald wir die ersten Palmen zum Bauplatz gezogen haben, können Sie die Wedel abschneiden. Mit denen decken wir später das Dach.«

Bald lagen die ersten drei Bäume draußen in der Nähe des Bauplatzes. Die Maori gaben Adalie eine Machete, und sie machte sich ans Werk. Die Wedel waren teilweise länger als sie selbst. Erst empfand sie die Arbeit als sehr einfach, denn die Machete war frisch geschärft und die Wedel nicht allzu hart, doch nachdem sie die erste Palme abgeerntet hatte, revidierte sie ihre Meinung. In einigen Stunden würde ihr alles wehtun, und das war erst der Anfang. Vor ihr lagen viele harte Wochen. Die Blasen, die sie jetzt schon an den Händen hatte, würden bald zu Schwielen werden.

Die Männer brachten immer mehr Bäume hinaus. Adalie beschwerte sich nicht, sie war viel zu glücklich, um über die schwere Arbeit zu klagen. Ihr Hund sprang unterdessen fröhlich durch die hohe Vegetation. Manchmal sah sie nur noch seine Ohren, die bei jedem Hüpfer aus dem Gras schauten.

Doch als er plötzlich zu bellen begann, hielt sie sofort inne.

Sie kannte jeden seiner Laute, und dies war nicht das übliche ausgelassene Bellen eines jungen Hundes. Es klang aggressiv.

»Mapura, komm sofort hierher!«

Sie konnte ihn nirgends entdecken, bis er plötzlich aus

dem Gestrüpp auf sie zugeschossen kam. Mit weit heraus-
hängender Zunge drückte er sich an ihr Bein und starrte
dorthin zurück, wo er hergekommen war.

Adalie wurde mulmig. »Duncan? Kannst du mal herkommen … schnell?«, rief sie, fasste Mapura am Halsband und
hob mit der anderen Hand die Machete auf.

»Komm, wir gehen zu den Männern«, sagte sie leise zu
dem Hund und ging langsam in Richtung Waldrand. Als
Duncan ihr entgegenkam, war sie schrecklich erleichtert.

»Hast du nach mir gerufen?«

»Ja, ich hatte plötzlich …«

Duncan fasste sie an den Schultern und zog sie ins
Dickicht. »Bleib im Wald, hörst du?«

Nun sah Adalie sie auch. Eine Gruppe Maori war aus dem
Dickicht getreten, genau dort, wo sie zuvor Bewegungen vermutet hatte. Mapura kläffte. Sie brachte ihn mit einem leichten Klaps auf die Schnauze zum Schweigen.

»Wie viele sind es?«, erkundigte sie sich flüsternd.

»Ich sehe acht, aber es können noch viel mehr sein. Geh
zu den anderen, und sag ihnen Bescheid.«

»Und du?«

»Ich hole mein Gewehr.«

Adalie fiel ein, wo er es gelassen hatte. Beim Gepäck, mindestens zwanzig Schritte durch offenes Gelände entfernt.
Sofort wuchs ihre Angst um ihn.

»Geh, Adalie.«

Sie lief los. Nach dem blendenden Sonnenschein auf
der Auenwiese war es im Wald stockfinster. Ihre Augen
brauchten eine Weile, um sich an die neuen Lichtverhältnisse
zu gewöhnen. Doch so viel Zeit hatte sie nicht. Stolpernd
drang sie tiefer in den Wald vor und folgte dabei den hellen

Stümpfen wie Positionslichtern. Intensiver Harzgeruch betäubte ihre Sinne. Sie durfte nicht rufen, hätte es aber so gern getan.

Ihr Herz hämmerte wie wild, als sie endlich Giles ausmachte. Er saß auf einem gefällten Stamm und ruhte sich aus. Schweiß stand auf seiner Stirn und dem sehnigen nackten Oberkörper. Sicher waren nur einige Augenblicke vergangen, trotzdem war es ihr wie eine Ewigkeit vorgekommen.

»Giles! Du musst mitkommen. Schnell. Die anderen auch! Auf der Lichtung sind Fremde, und Duncan ist allein dort.«

Er sprang auf und griff nach seiner Axt. Adalie hatte das Gefühl, mit einem Schlag einen anderen Menschen vor sich zu haben. Das war nicht mehr der fröhliche Freund ihres Mannes, sondern ein erfahrener Krieger, bereit für den Kampf. Giles hatte unter Te Kootis Führung Menschen getötet und Blut vergossen, und zwar viel. Als sie ihm nun in das grimmige Gesicht sah, machte er ihr einen Moment lang Angst.

Er ist auf unserer Seite, rief sie sich in Erinnerung. Duncan und er waren wie Brüder, das beteuerten sie oft.

»Keine Sorge, wir regeln das friedlich«, sagte er.

»Wofür dann die Axt?«

»Manchmal hilft eine Axt dabei, Frieden zu schließen.«

Er eilte an ihr vorbei, die Moras dicht hinter ihm. Keiner von ihnen war unbewaffnet. Adalie folgte ihnen mit weichen Knien. Sie wollte ihren Traum nicht mit dem Blut anderer erkaufen. Dann verzichtete sie lieber auf das Land und kehrte nach New Plymouth zurück.

Sobald sie den Waldrand erreichte, sah sie sich fieberhaft

nach Duncan um. Er stand nicht weit von ihr und hielt sein Gewehr in beiden Händen. Im nächsten Moment war Giles an seiner Seite.

Die Fremden waren näher gekommen und standen nun ohne Deckung auf der Aue, knietief in Farn und blühenden Lupinen.

»Was machen wir jetzt? Mora, kennen Sie die Männer?«

»Ich kenne sie. Der einflussreichste von ihnen ist der Grauhaarige. Er wird Tipene genannt und ist im Krieg ein gefährlicher Kämpfer und weiser Ratgeber in Friedenszeiten. Gehen wir ihm entgegen.«

»In Ordnung. Adalie, du wartest hier.«

Bevor sie etwas erwidern konnte, schüttelte Mora schon den Kopf. »Nein, sie kommt mit. Ihre Gegenwart wird unsere friedliche Absicht deutlich machen.«

Duncan war anzusehen, wie sehr ihm dieser Plan missfiel, aber nachdem Giles es ebenfalls für einen guten Vorschlag hielt, gingen sie gemeinsam los.

Während Adalie sich dicht bei ihrem Mann hielt und versuchte, keine Angst zu zeigen, musste sie an ihren Vater denken, an seine prahlerischen Berichte von Auseinandersetzungen mit den Eingeborenen von Amokura Hills. Abfällig hatte er erzählt, dass sie es ihnen gezeigt und sie samt ihrer Familien ins Hinterland vertrieben hätten. Es war Blut vergossen worden. Warum sollte es hier anders sein?

Doch tatsächlich kam es anders. Duncan und sie waren die einzigen *Pakeha* in ihrer kleinen Gruppe, die anderen waren Mischlinge oder vollblütige Maori.

Adalie musterte die Fremden. Sie waren zu acht, allesamt Männer. Zwei schätzte sie auf fünfzig Jahre oder älter, die anderen waren in ihrem Alter. Sie trugen kurze Leinenhosen, die älteren traditionelle Kleidung, darüber Umhänge. Fast alle waren an Armen oder Beinen tätowiert, die älteren auch im Gesicht. Ihre Bewaffnung bestand aus Keulen und Stäben, die Adalie überraschenderweise gefährlicher vorkamen als Schusswaffen.

Sie blieben in einigen Schritt Entfernung stehen.

Duncan räusperte sich und rief: »*Tena tatou katau*«, was eine formelle Begrüßung war, wenn Adalie sich recht erinnerte. »Mein Name ist Duncan Waters Fitzgerald, ich habe dieses Land von meinem Vater Thomas Waters geerbt, der es rechtmäßig nach den Regeln des Vertrags von Waitangi erworben hat.«

Die Fremden rührten sich nicht. Vielleicht hatten sie Duncan nicht verstanden. Der ließ sich jedoch nicht beirren und stellte Adalie und Giles vor, dann nannte er Mora.

»Ich kenne Kamaka Mora und seine Söhne«, sagte der grauhaarige Fremde plötzlich. »Aber warum soll ich euch glauben? Wer weiß schon, wem das Land gehört. Wir haben hier seit einer Generation Felder angelegt und Vieh gehütet. *Pākehā* anahe *anō kei te hanga ture, a te ture whiu iho i ana Māori, hari noa atu ki te herehere.*«

»Das habe ich nicht verstanden«, sagte Adalie leise.

»Die *Pakeha* machen die Gesetze, und das Gesetz würde immer nur die Maori bestrafen und sie ins Gefängnis bringen«, erklärte Giles und musterte die Fremden.

»Wir sind hergekommen, um hier zu siedeln, und das werden wir auch. Sie wissen, dass das Recht auf unserer Seite ist. Aber ich will nicht streiten. Ich will gute Nachbarschaft, von Anfang an.« Duncan machte einen Schritt vor und streckte dem Maori, der sich noch immer nicht vorgestellt hatte, die Hand hin. Der zögerte.

»Wir können über alles reden, aber dafür müssen wir erst einmal anfangen, uns zu unterhalten.«

Adalie fühlte, dass sie auch etwas sagen sollte, und nahm ihren Mut zusammen. »Bitte, Mr. Tipene. Ich komme aus einem Ort, wo über viele, viele Jahre nur böses Blut herrschte zwischen Einheimischen und Siedlern. Wir hatten immer Angst, und den anderen ging es sicher nicht besser. So viel Hass lässt die Leute am Ende nur zu schlechten, unglücklichen Menschen werden. Denken Sie an Ihre Frau und Ihre Kinder. Ich würde sie sehr gerne kennenlernen.« Adalies Worte überraschten nicht nur die Fremden, sondern auch ihre Begleiter.

Tipene sah sie mit zusammengezogenen Brauen an, dann reichte er Duncan die Hand. »Gut, wir reden.«

»Das freut mich«, sagte Duncan und machte keinen Hehl aus seiner Erleichterung.

Nun stellten sich alle einander vor. Adalie konnte sich kaum einen Namen merken. Sie klangen alle sehr exotisch und für ihre ungeübten Ohren zum Verwechseln ähnlich. Die meisten der Fremden waren sehr groß.

Hauku Mora bat Adalie, ihm zu helfen. Sie folgte ihm zögernd, weil sie in dieser Situation lieber bei Duncan geblieben wäre. »Sie sind eine mutige Frau, Mrs. Sie haben genau das Richtige gesagt, um Tipene freundlich zu stimmen. Bei uns ist es nicht üblich, dass sich Frauen in derartige Gespräche einmischen.«

Adalie musste grinsen. »Bei uns genauso wenig, Hauku.«

»Das heißt nicht, dass es keine einflussreichen Frauen in den Iwis gibt. Im Ältestenrat finden sie oft Gehör, aber nicht, wenn sich zwei Gruppen von Kriegern einander gegenüberstehen.«

Beim Gepäck angekommen, wählte er einige der geflochtenen Flachsrollen aus. »Wir legen sie dort vorne auf den Boden, dann können sie sitzen, während sie sich unterhalten.«

Adalie nickte. Das war sicher eine gute Geste. Und sitzende Männer waren nicht so schnell mit den Waffen wie stehende.

Es würde der Unterhaltung einen friedlicheren Anstrich geben.

»Dort drüben ist es gut, dort im Schatten.«

Sie klemmte sich eine Rolle unter den Arm und fand sie überraschend leicht. »Habt ihr sie dafür mitgebracht, um darauf zu sitzen?«

»Nein. Das werden die Wände für die Hütte, falls wir sie heute noch fertig bekommen.«

Nur Duncan, Giles, Mr. Mora und Tipene beteiligten sich an den Verhandlungen. Tipenes Krieger warteten in einigem Abstand. Adalie, Rick und Hauku versuchten unterdessen, so viel wie möglich zu schaffen, damit ihre notdürftige Behausung bis zum Abend fertig wurde.

Während Adalie die Blätter von den restlichen Nikau-Palmen abschlug, gruben die Männer vier Löcher, in denen später die Eckpfosten stehen sollten.

Immer wieder sah Adalie zu Duncan hinüber. Schließlich, als der Mittag längst vorüber war, brachen die Fremden auf, ohne sich von den anderen zu verabschieden.

»Vorerst bin ich zufrieden«, meinte Duncan. »Wir können in der Nacht ruhig schlafen. Wenn alles gut läuft, kommen in den nächsten Tagen einige Männer her, die uns beim Hausbau helfen werden.«

»Und akzeptieren sie, dass das Land dir gehört?«, wollte Adalie wissen.

»Nicht gerne, aber ich denke ja. Ich habe ihnen gesagt, dass sie die *Harakeke*-Felder vorerst weiter benutzen können. Wir brauchen in den ersten Jahren nicht so viel Land. Den Rest besprechen wir später. Wenn wir uns besser kennen, ist es sicher auch einfacher, sich zu einigen.«

Adalie umarmte Duncan erleichtert. »Mir fällt ein Stein vom Herzen. Ich hatte schon befürchtet, dass wir in den nächsten Wochen Tag und Nacht Wache halten müssten.«

Gemeinsam nahmen sie einen schnellen Imbiss ein und machten sich dann wieder an die Arbeit. Während die Sonne langsam dem Horizont entgegenkroch, wuchs die Hütte in die Höhe.

Das Grundgerüst bestand aus vier Eckpfosten aus Südbuche, für den Rest benutzten sie die leichteren Stämme der Palmen.

Am Abend hatten sie es geschafft. Auf dem Dach lag eine dicke Schicht Palmwedel, und die Wände bestanden aus Flechtwerk, das sie mit wenigen Seilen befestigt hatten.

Die Moras verabschiedeten sich, um heimzukehren, bevor es vollständig dunkel war.

Adalie konnte es kaum glauben. Wo am Morgen nur eine kleine flache Kiesbank gewesen war, stand nun ihre Hütte. Sie hatte einen Vorraum, in dem sie Gepäck und Werkzeug lagerten, und einen Schlafraum, dessen Boden mit Matten ausgelegt war.

Schweigend packte sie die erste Kiste aus, in der sich Öllampen und Kerzen befanden. Duncan ging zum Feuer, entzündete einen Span und damit einige Kerzen, die sie in ihrem kleinen Heim verteilten. Sie flackerten im schwachen Windzug, der durch die Ritzen der Flachsmatten drang.

»Wo wollen wir schlafen?«

Sie sah Duncan an, lächelte. »Such du einen Platz aus.«

Schnell waren die Matten ausgebreitet. Eine Schicht Schaffelle würde dafür sorgen, dass sie auch von unten nicht froren.

»Meinst du, wir können es Mapura überlassen, Wache zu halten? Ich bin so müde, ich könnte im Stehen einschlafen«, meinte Duncan und gähnte.

»Mapura wird sicher bellen, sobald sich jemand anschleicht, und es gibt ja auch noch die Pferde. Da Giles unbedingt draußen schlafen will, sollte das ausreichen.«

Adalie zog sich aus und merkte, wie ihr alles wehtat. Von ihrer romantischen Vorstellung einer ersten leidenschaftlichen Nacht mit Duncan am Kahu River verabschiedete sie sich schweren Herzens. Sie schlüpfte unter die Decke und kuschelte sich an ihn. Duncan hielt sie ganz fest. Sie hörte ihn atmen und lauschte seinem Herzschlag. Das war auf eine gewisse Weise noch viel schöner als die Leidenschaft in ihrer Fantasie.

Sie versuchte, sich diesen einzigartigen Moment ganz genau einzuprägen. Dieses Gefühl, angekommen zu sein, wollte sie für alle Ewigkeit festhalten.

Da war das weiche Fell unter ihr, Duncans Wärme, die sich unter der Decke ausbreitete wie ein Wesen mit eigenem Willen, der Duft von frisch geschlagenem Holz und Erde und draußen die Vögel, die Waldgeräusche und die murmelnde Stimme des Kahu River.

»Schlaf gut, meine Liebe«, sagte Duncan leise und blies die Kerze aus.

*** *

Jonah hatte sich gut in die neue Arbeit eingefunden. Noch immer lockte ihn der Dämon Alkohol, doch da keiner seiner neuen Kumpel übermäßig trank, konnte er das Verlangen meistens gut beherrschen.

Die Sehnsucht nach Hiri quälte ihn wie eine Wunde, die niemals richtig verheilen würde. Einmal war er der Versuchung erlegen, die Sehnsucht bei einer Hafenhure zu stillen. Nicht weil ihn die Lust gepackt hatte, sondern weil er diesen Schmerz betäuben wollte, der ihn ansonsten an die Flasche getrieben hätte.

Es war ein Desaster gewesen. Statt sie zu vögeln, hatte er die Nacht in den Armen der Hure gelegen und an ihren schweren nackten Brüsten geheult. Sie hatte ihn gestreichelt wie eine Mutter ihr verzweifeltes Kind. Zum Dank hätte er ihr am liebsten den Schädel zertrümmert, doch er hatte sie nur wenig geschlagen, ihr trotzdem ihren Lohn gegeben und war dann seiner Wege gezogen.

Wenn er nicht mit Haygen auf See war, teilte er sich mit den beiden anderen Seeleuten Connor und Nick einen kleinen Verschlag am Hafen. Dort gab es für jeden eine Pritsche, einen grob zusammengezimmerten Ofen und klamme Decken. Sie kochten eintönige Mahlzeiten, Eintöpfe aus Getreide, Fisch, Zwiebeln und Muscheln, und warteten auf die nächste Tour.

An diesem Morgen hatte sie die Sonne früh aus der Hütte getrieben, da sie sich schnell aufheizte. Jonah vermisste sein altes Heim mit den durchlässigen Flachswänden.

Während Nick auf der Mole hockte und angelte, döste Jonah mit Connor in der Sonne.

»Hey, ihr Faulpelze!« Haygens Stimme hallte zu ihnen herüber. Sie war gemacht für tosendes Meer und heulenden Sturm oder um jemandem während einer Kneipenprügelei mühelos etwas zuzurufen.

Jonah setzte sich auf. Haygen kam über den Hof, in der Hand ein Dokument, das er nun erfreut hochhielt.

»Es gibt einen neuen Auftrag. Wir brechen so bald wie möglich auf.«

Jonah erhob sich, ging ihm einige Schritte entgegen und schüttelte ihm zur Begrüßung die Hand. »Guten Morgen, Kapitän.«

»Morgen, wo ist Nick?«

»Angeln, Sir.«

Haygen sah zur Mole, entdeckte ihn und stieß einen derart durchdringenden Pfiff aus, dass es Jonah in den Ohren wehtat. »Während wir warten, könnte jemand Kaffee machen«, meinte Haygen leichthin.

Jonah kümmerte sich sofort darum, setzte Wasser auf und zerstieß einige Bohnen. Früher, in seinem ersten Leben, hätte er dieses Gebräu nicht angerührt. Da war er mit Leib und Seele Teetrinker gewesen. Doch zu seinem neuen Leben passte es: schwarz und bitter.

Als Nick von der Mole zurückkam und einen noch zappelnden Fisch schwenkte, goss er soeben für jeden eine Tasse voll. Sie setzten sich vor die Hütte auf zwei Baumstämme, die sie vor einer Weile als provisorische Sitzgelegenheiten herangerollt hatten. Die letzte Springflut hatte viel Treibholz gebracht.

»Also, worum geht es?«, fragte Nick, legte den Fisch auf

den Boden, wo er herumzappelte, und rieb sich an der Hose den Schleim von den Fingern.

»Wir werden fünfzig Schafe auf dem Markt kaufen, gute Zuchttiere, und sie auf die Südinsel liefern.«

»Wohin da?«, fragte Nick.

»Ganz in den Norden der Westküste, bei Kahurangi Point. Dort mündet ein Fluss in die Tasmansee, der Kahu River. Ich habe eine gute Beschreibung einiger markanter Punkte. Es sollte nicht schwer zu finden sein. Unser Auftraggeber ist ein gewisser Duncan Waters Fitzgerald. Er will dort eine neue Schafzucht aufbauen. Wir brauchen also zehn gute Böcke, die möglichst nicht miteinander verwandt sind. Aber es ist die Mühe wert, er zahlt gut.«

Jonah fühlte sich, als würde ihm der Boden unter den Füßen weggezogen werden. Unter ihm tat sich eine Kluft auf, und es gab nichts, was seinen Sturz aufhielt. Er fiel – und er wollte auch fallen.

Die Stimmen der anderen wurden leiser und leiser.

Zuerst wusste er nicht, warum ihn der Name wie ein Tritt zwischen die Beine traf.

Er gehörte zu seinem alten Leben, zu seinem ersten Leben, das auf so hinterhältige Weise zerstört worden war. Lange hatte er geglaubt, damit abgeschlossen zu haben. Aber so war es nicht. Sein Wunsch nach Rache war nie erloschen, hatte all die Zeit nur schlafend überdauert.

Er musste herausfinden, ob dieser Duncan Waters Fitzgerald wirklich derjenige war, den er vermutete. Zufall? Das konnte nicht sein. Noch einen Mann, der die Namen Fitzgerald und Waters vereinte, konnte es in Neuseeland nicht geben.

Jemand fasste ihn an der Schulter und schüttelte ihn heftig.

»Jonah, Jonah ... ist alles in Ordnung?«

Einen Moment lang wusste er nicht, wo er war. Dann erkannte er die drei Männer, mit denen er seit einigen Monaten zusammenarbeitete. Er stieß die Hand weg. »Was ist denn?«

»Du bist auf einmal so bleich geworden. Wir dachten schon, du kippst uns um«, meinte Haygen.

»Wie eine zarte Dame«, ergänzte Nick gackernd.

Jonah reagierte nicht auf den Scherz. In ihm brodelte es gefährlich. Es wäre besser für die anderen, wenn sie ihn nicht reizten. Er musste sich jetzt erst mal wieder beruhigen und einen klaren Kopf bewahren.

Schon seit einer Weile suchten ihn die Erinnerungen an sein altes Leben heim. Sein Wunsch, alte Rachepläne umzusetzen, war schleichend erstarkt. Und jetzt warf das Schicksal ihm diesen Köder zu. War es ein Geschenk, oder war es Gift, an dem er eingehen würde, wenn er sich zu gierig daraufstürzte?

Jonah beschloss, Vorsicht walten zu lassen. Er würde sich der Sache langsam und überlegt nähern, mit Haygen den Auftrag durchführen und dabei Informationen sammeln.

»Wer hat denn den Auftrag erteilt? Dieser Fitzgerald persönlich? Ist er noch hier?«, erkundigte sich Jonah mit trockener Kehle. Vielleicht wäre er schon schlauer, wenn er zumindest einen Blick auf den Mann werfen könnte.

»Nein, soweit ich weiß, ist er dort, am Kahu River«, erklärte Haygen. »Den Auftrag bekam ich von einem Maori, der für den Mann arbeitet. Wir sind weiterempfohlen worden. Es gibt nicht viele, die auf kleinere Viehtransporte spezialisiert sind.«

Jonah nickte enttäuscht. Er würde sich gedulden müssen, aber das war vielleicht auch besser so.

»Der Auftraggeber, weißt du mehr über ihn? Wohnen sie schon lange am Kahu River?«

Haygen musterte Jonah irritiert. »Seit wann interessieren dich unsere Auftraggeber so sehr? Kennst du die Leute?«

Jonah schüttelte schnell den Kopf. Er hatte sich zu weit vorgewagt. »Dachte nur, ich hätte den Namen schon irgendwo mal gehört.«

»Ach so. Nein, ich weiß nichts über ihn. Die Anzahlung war hoch, und das ist das Einzige, was mich kümmert.«

Haygen leerte seine Tasse, verzog das Gesicht und spuckte den krümeligen Satz auf den Boden.

»Also los, packt euer Zeug, wir brechen so bald wie möglich auf. Heute ist Viehmarkt, vielleicht bekommen wir da schon alle passenden Tiere zusammen.«

Jonah tat, was man ihm sagte, aber konzentrieren konnte er sich kaum noch. Die Vergangenheit hatte ihn bereits wieder so fest in seinen Klauen, dass er sich vor der nächsten Nacht fürchtete. Jahrelang war er von Alpträumen geplagt worden. Ein Mann namens Fitzgerald hatte sein Leben zerstört, einem Fitzgerald verdankte er es, dass sein Gesicht beinahe verfault war und alles, was er sich aufgebaut hatte, in Trümmern lag.

Er spürte, wie der Wunsch nach Rache erneut rasant in ihm wuchs.

✳✳✳

KAPITEL 17

Kahu River, September 1870

Nebel lag über dem Fluss. Es war noch früh, aber auf der Baustelle wurde schon seit einer Weile hörbar gehämmert und gesägt. Weder Adalie noch Duncan bereuten es, ihre Arbeiter in dem nahen Maoridorf rekrutiert zu haben, statt aus der weiter südlich gelegenen Goldgräbersiedlung namens Pania Bay.

Adalie hatte in der kleinen Hütte, die sie während der Bauarbeiten bewohnten, aufgeräumt und das Essen für den Abend vorbereitet, jetzt machte sie einen kleinen Spaziergang. Nach tagelangem Regen war der Boden aufgeweicht, und es war diesig. Der Kahu River war zu einem reißenden Strom angeschwollen. Eines hatte Adalie mittlerweile festgestellt: An Wasser und Niederschlag mangelte es auf dieser Seite der Südinsel nicht.

Duncan war bei den Arbeitern. Sie fühlte, dass er dort war, tat es meist, als wären ihre Körper durch ein unsichtbares Band miteinander verknüpft. Vielleicht würde sie auf dem Rückweg bei ihm vorbeigehen.

Seit dem Aufwachen lag etwas in der Luft. Es war ein besonderer Tag, doch noch hatte er nicht verraten, welche Überraschung er für sie bereithielt.

»Komm, Mapura«, rief Adalie und klopfte gegen ihren Oberschenkel. Der Hund war nun fast ausgewachsen, groß

432

und lebhaft und ein wunderbarer Begleiter. Adalie beschloss, dem Verlauf des Flusses zu folgen. Duncan hatte sie angefleht, keine allzu harte körperliche Arbeit zu übernehmen. Da es mittlerweile genug kräftige Arbeiter gab, hatte sie nachgegeben. Früher auf der Farm ihrer Eltern war es selbstverständlich gewesen, und sie würde sich auch auf Dauer nicht davon abhalten lassen. Vorerst jedoch wollte sie ihrem frisch angetrauten Gatten den Gefallen tun und sich schonen. Vorerst.

Mapura hüpfte in lustigen Sprüngen durch das lange Gras. Hin und wieder verschwand er im Nebel, aber niemals so lange, dass sie sich Sorgen machte. Bald ragten vor ihr die *Harakeke*-Felder wie eine Wand mit goldenen Blüten auf, als der Hund plötzlich zu bellen begann. Adalie glaubte ihren Ohren nicht zu trauen.

Hatte dort tatsächlich ein Schaf geblökt?

Ein Mann schrie etwas, dann kam Mapura wie ein Wirbelwind mit eingekniffenem Schwanz zu ihr zurückgefegt. Adalie packte zu, erwischte den aufgeregten Hund am Halsband und hielt ihn fest.

Zorn kochte in ihr hoch. Hatte der Fremde im Nebel etwa gerade ihren Hund geschlagen?

»Geht es dir gut?«, fragte sie leise. Mapura leckte ihre Hand ab und winselte, dann ruckte sein Kopf herum, und er sah wieder flussabwärts.

Wirklich, dort war etwas. In diesem Moment schoben sich mehrere weiße Köpfe aus dem Nebel. Die Schafe zupften an Blättern und Halmen, während sie weiter vorwärts getrieben wurden. Auch der Schäfer war bald zu sehen.

Konnte das sein? War ihre Herde schon hier, oder zogen sie nur zufällig über ihr Land?

»Hallo!«, rief der Schäfer, sobald er sie entdeckte. »Geht es hier zum Hof der Waters?«

»Ja. Ich bin Adalie Waters Fitzgerald.«

»Ich bringe die Tiere für Sie.«

Adalie konnte ihr Glück kaum fassen. Sie würde ihre eigene Schafherde bekommen, und die Tiere sahen großartig aus. Sie hielt Mapura am Halsband fest und näherte sich dem Schäfer.

»Ich bin John Haygen, Jonah dort drüben hilft mir.«

Jetzt bemerkte Adalie den alten Mann, der zügig hinter den letzten Schafen herging und sie mit einem langen Stock dirigierte. Sie winkte ihm zu, und er tippte sich fröhlich an die Hutkrempe. Obwohl er einen großen Rucksack auf dem Rücken trug, schritt er kraftvoll aus. Erst als er näher kam, bemerkte sie, wie entstellt sein Gesicht war. Grobes Narbengewebe bedeckte seine Wange und Stirn. Adalie fing sich schnell wieder und versuchte, sich ihren Schrecken nicht anmerken zu lassen.

»Es ist nicht mehr weit. Unser Haus liegt gleich hinter der Flussbiegung. Aber ich fürchte, die Weiden sind noch nicht abgezäunt. Ich habe nicht damit gerechnet, dass die Schafe so früh gebracht werden, und mein Mann braucht sicher alle Arbeiter für unser Haus.«

Adalie wusste gar nicht, wo sie anfangen sollte.

»Ich helfe Ihnen gerne, Miss, ich bin tüchtig«, rief der Alte, und Adalie war erleichtert. Ihr Hund hingegen knurrte.

»Scht, Mapura, sei ruhig.«

»Ich habe ihm vorhin eins übergezogen. Konnte ja nicht wissen, dass er zu Ihnen gehört«, sagte Haygen und zuckte mit den Schultern.

Der Mann war ihr sofort ein wenig unsympathisch, aber

wirklich böse sein konnte sie ihm nicht. Schließlich war sie lange genug selbst Schäferin gewesen. Ein plötzlich auftauchender Hund stellte eine ernste Bedrohung dar, und auch sie war aggressiven Streunern schon mit dem Hirtenstock entgegengetreten.

Doch Mapura hatte sich auch schon etwas beruhigt und lief nun gehorsam an ihrer Seite.

Adalie wies den Männern den Weg zur Hütte. Kurz davor machte der Fluss eine scharfe Kurve und schuf so eine Landzunge, die geeignet war, die Schafe für einige Tage unterzubringen.

»Treiben Sie die Tiere am besten dorthin. Ich hole Hilfe, und dann bekommen Sie erst mal etwas Ordentliches zu essen.«

»Das klingt sehr gut, Miss«, rief der Alte, und Haygen stimmte zu.

Adalie raffte ihre Röcke und rannte zur Baustelle. Mapura lief kläffend voraus, und so bemerkte Duncan sie sofort.

Er stieg von dem Gerüst herunter. »Adalie, ist etwas passiert?«

Sie fiel ihm in die Arme. »Meine Schafe sind passiert. Sie sind da, viel zu früh. Wir haben keinen Zaun …«

»Halt, halt, eins nach dem anderen. Die Schafe sind da?«

»Ja, aber wir haben doch keinen Zaun. Wir müssen …«

Er küsste sie auf die Stirn. »Dein Wunsch ist uns Befehl.«

Duncan stieß einen lauten Pfiff aus. »Giles, du und noch zwei Männer müsst für heute hier aufhören. Wir müssen einen Zaun bauen.«

»Geht klar, *Parata*.«

***

Nachlässig behielt Jonah die Schafherde im Auge. Sie hatten die Tiere auf die Landzunge getrieben, wo sie nun die Köpfe zum saftigen Gras senkten und fraßen. Wenn sie nicht erschreckt wurden, würden die ausgehungerten Tiere von allein dort bleiben.

Während Haygen sich auf einem Stein in der steigenden Morgensonne ausgestreckt hatte, wartete Jonah mit wachsender Nervosität auf die Rückkehr der jungen Frau.

Hoffentlich brachte sie Duncan Waters Fitzgerald mit, den Mann, der ihn unwissend aus seiner Apathie gerissen hatte. Er war neugierig und wollte herausfinden, ob seine Gefühle sich änderten, wenn er ihm tatsächlich gegenüberstand. Dieser Duncan war es nicht, der sein altes Leben ruiniert hatte, sondern dessen Eltern. Aber wäre es nicht gerecht, wenn er nun zur Strafe das Dasein der nächsten Generation ruinierte?

Bislang war alles erstaunlich gut verlaufen. Er musste es nur schaffen, dass sie ihn in ihre Dienste nahmen, dann hätte er alle Zeit der Welt, um seine Pläne nach und nach in die Tat umzusetzen.

In dem Moment kamen sie auch schon. Adalie war zweifellos eine hübsche junge Frau, um die es ihm jetzt schon leidtat. Sie führte die kleine Gruppe an und strahlte über das ganze Gesicht, als wäre eine Schafherde die Erfüllung ihrer Träume. Hinter ihr gingen ein Maorikrieger und ein schlanker, groß gewachsener Mann. Jonah sah sofort die Ähnlichkeit zu seinem alten Widersacher. Die Augen verrieten, dass er den richtigen Mann gefunden hatte, und seine letzten Zweifel schwanden mit einem Schlag. Doch noch musste er seine Gefühle bezwingen und durfte sich nichts anmerken lassen.

Jonah erhob sich und stieß Haygen an, der sich gähnend aufrichtete und aufstand.

Duncan schüttelte beiden die Hand und stellte sich vor.

»Waters Fitzgerald, meine Frau kennen Sie ja bereits.«

Schon wenn er den Namen hörte, packte Jonah die Wut. Er riss sich zusammen und nickte. Es war eine gute Idee gewesen, sich einen Vollbart wachsen zu lassen, denn auf diese Weise verriet sein Gesicht seine Stimmung nicht so leicht. Der Filzhut beschirmte seine Augen, machte ihn so beinahe undurchschaubar und die Narben weniger auffällig. Er wusste ja nicht, wie viel dieser Duncan von den Taten seines Vaters wusste.

»Wie viele Tiere sind es denn?«, erkundigte sich Waters.

Haygen übernahm das Reden, der Viehhandel war schließlich sein Geschäft und Jonah nur sein Helfer. »Fünfzig, wie bestellt. Zehn davon Böcke, die anderen tragende Weibchen. In einigen Monaten werden Sie Ihre Herde mehr als verdoppelt haben.«

»Und Sie hatten keine Verluste?«

»Nein. Ein Bock hat ein geschwollenes Bein, aber das wird wieder, denke ich. Beim Ausladen ist er wohl nicht gut aufgekommen.«

»Duncan, ich denke, wenn wir die Landzunge abtrennen, können Sie eine Woche lang hier weiden. Mr. Jonah hat angeboten, hierzubleiben und für uns zu arbeiten.«

»Nur Jonah, Mrs.« Er rang sich ein Lächeln ab und tippte sich an den Hut. »Ich brauche nicht viel. Etwas zu essen, ein trockenes Plätzchen zum Schlafen …«

Duncan musterte ihn. Jonah spürte, dass der junge Mann ihm nicht traute, seiner Frau aber einen Gefallen tun wollte.

»Meine Frau hat sich ja offenbar schon für Sie entschieden, Mr. Ein paar tüchtige Hände können wir immer gut gebrauchen. Kommen Sie, Mr. Haygen, regeln wir erst mal die Bezahlung.«

Jonah blieb mit Mrs. Waters zurück.

»Ich glaube, es reicht, wenn wir erst einmal Seile zwischen Pfosten spannen, was meinen Sie?«, fragte diese. »Wir können die beiden Bäume mitnutzen.«

Sie steckte bereits ihren weiten Rock so im Gürtel fest, dass er nicht weiter stören würde, und schob die Spitzenkante ihrer Ärmel unter den Saum. Diese Frau mochte zwar wohlhabend sein, aber sie ließ keinen Zweifel daran, dass sie sich bereitwillig die Hände schmutzig machen würde.

※ ※ ※

Seit der Ankunft ihrer Schafherde waren einige Wochen ins Land gegangen, und ihr kleines Reich nahm Formen an. Heute würden sie zum ersten Mal im neuen Haus schlafen. Adalie konnte es kaum erwarten. Alles sollte perfekt sein an diesem denkwürdigen Tag, und so hatte sie nicht nur die Möbel hin und her gerückt, bis sie zufrieden war, sondern auch Arme voller Lupinen geschnitten und im Haus auf Vasen und einfache Töpfe verteilt. Es duftete herrlich.

Zwei große Truhen enthielten alles, was sie für die Ausstattung ihres neuen Heims brauchten. Gemeinsam mit Johanna hatte Adalie vor ihrer Abreise die Einkäufe in New Plymouth erledigt – Wochen, bevor sie in ihr neues Heim aufgebrochen waren. Die Truhen standen noch immer in dem provisorischen Unterstand.

Jemand würde ihr helfen müssen, sie von dort ins Haus zu tragen. Duncan wollte sie nicht bitten, denn für ihn sollte es eine Überraschung werden.

Als Adalie in den Hof trat, entdeckte sie den alten Jonah, der soeben damit beschäftigt war, eine Axt zu reparieren.

Er hatte den zerbrochenen Stiel entfernt und durch einen neuen ersetzt.

»Oh, Mrs. Fitzgerald, wenn Sie kommen, geht die Sonne auf.«

»Jonah, Sie sind ein Charmeur.«

Er wischte über den neuen Axtstiel, bis die letzten Späne verschwunden waren, und stellte sie dann in einen Eimer mit Wasser, damit das quellende Holz dem Kopf die nötige Festigkeit verlieh.

»Ich brauche Ihre Hilfe, Jonah. Sind Sie hier noch lange beschäftigt?«

»Nein, bin gerade fertig geworden.« Er wischte sich die Hände an der speckigen Hose ab und warf ihr einen beinahe unterwürfigen Blick zu. An seine Narben hatte sie sich mittlerweile gewöhnt und sah sie kaum noch.

»Die beiden Truhen mit Hausrat müssen ins Haus, und ich schaffe es einfach nicht allein«, erklärte sie und ging voraus zum Schuppen.

»Das ist auch keine Arbeit für eine Frau. Lassen Sie mich nur machen«, brummte er.

Es wunderte Adalie immer wieder, welche Kraft in dem hageren Alten steckte. Mühelos hob er die erste Kiste an und marschierte los. Sie hielt ihm die Tür auf und wies ihm den Weg ins Wohnzimmer. »Stellen Sie sie bitte hier ab.«

»Gut, ich hole noch die zweite.«

»Vielen Dank.«

Die Truhe war mit einem Schloss gesichert. Eiserne Beschläge machten sie robust, aber auch zu einer Zierde, zumindest sobald der Farbanstrich erneuert worden wäre.

Adalie suchte nach dem Schlüssel und öffnete sie. Die Truhen waren von Johanna gepackt worden. Als Adalie nun den Deckel hochhob, funkelten ihr Silberleuchter und Schalen entgegen. Für einen Moment stockte ihr der Atem. Diese Stücke hatte sie nicht selbst gekauft, es wäre ihr wie Geldverschwendung vorgekommen.

»Johanna, du bist unmöglich«, sagte sie leise und nahm einen Leuchter heraus.

Unbemerkt stellte Jonah die zweite Truhe ab.

Adalie war noch immer fassungslos, als der Helfer ihr auf einmal das Silber aus der Hand riss.

»Was soll das, Jonah?«, schrie sie entsetzt und rechnete damit, bestohlen zu werden.

Für einen armen Mann wie ihn war das Silber ein Vermögen wert. Mit den Dingen, die sich in der Truhe befanden, hätte Adalie ihre Familie mehrere Jahre lang durchbringen können.

Es geschieht dir recht, dachte sie in diesem kurzen Augenblick. Sie hatte vergessen, wo sie herkam und dass viele Menschen um ihr tägliches Brot bangen mussten.

Aber Jonah lief nicht davon. Tatsächlich reagierte er überhaupt nicht. Es war beinahe, als stünde er unter einem Bann. Sein Blick war entrückt, während seine abgearbeiteten Hände den Leuchter liebkosten, als wäre er ein geliebtes Wesen. Der Punze, mit der der Hersteller sich auf dem Boden seines Werkes verewigt hatte, schenkte er besondere Aufmerksamkeit. Das Stück kam aus London, das Kürzel hatte Adalie sich nicht gemerkt.

Nach und nach erholte sie sich von dem Schrecken.

»Ist alles in Ordnung, Jonah?«, erkundigte sie sich vorsichtig. »Erinnert Sie der Leuchter an etwas?«

Er schüttelte langsam den Kopf, dann drückte er ihr den Leuchter plötzlich in die Hand, als könnte er nicht erwarten, ihn wieder loszuwerden.

»Ent ... Entschuldigung«, stotterte er und eilte davon.

Adalie sah ihm irritiert nach. Ihr Zorn war schnell verflogen, und sie hatte nur noch Mitleid mit dem alten Mann. Wahrscheinlich hatte ihn der Leuchter an etwas erinnert, das er am liebsten für immer in seinem Gedächtnis vergraben hätte.

Als Duncan nach Einbruch der Dunkelheit heimkehrte, hatte Adalie den Zwischenfall schon beinahe vergessen. Zwei der Leuchter standen nun auf dem Esstisch, gemeinsam mit einer bestickten Leinentischdecke aus der Truhe und einem üppigen Lupinenstrauß. Im Haus duftete es nach Blumen und frischem Brot, das sich mit dem harzigen Holzgeruch der Wände mischte.

Adalie umarmte Duncan und küsste ihn. »Willkommen in unserem neuen Zuhause.«

Er sah sich anerkennend um. »Du hast heute Wunder bewirkt, wie mir scheint.«

»Es waren nur Kleinigkeiten, aber sie machen das Haus schon viel wohnlicher. Komm, essen wir etwas und feiern ein bisschen.«

»Klingt gut.«

Adalie fasste ihn an der Hand und führte ihn zum festlich gedeckten Tisch. »Ich habe Pasteten gebacken.«

Er umarmte sie von hinten. »Du bist die beste Frau der Welt«, sagte er erfreut.

»Ich hoffe, sie schmecken auch.« Vorsichtig löste sie sich aus seiner festen Umarmung. »Deine Mutter hat mir nicht gesagt, dass sie uns ihr Tafelsilber schenkt. Als ich die Truhen geöffnet habe, hätte mich fast der Schlag getroffen. Deine Schwestern hätten es sicher auch gerne gehabt.«

Duncan setzte sich und musterte die Leuchter. »Ich glaube, diese hier stammen noch aus ihrer ersten Ehe mit meinem Vater. Wahrscheinlich hat sie die Stücke deshalb hergegeben. Sie weiß, wie sehr ich an all den Dingen hänge, die einst ihm gehört haben. Das ist eigentlich Unsinn, weil ich ihn ja nie kennengelernt habe, aber … na ja.«

Adalie lächelte aufmunternd. Sie wollte die schöne Stimmung unbedingt aufrechterhalten, denn sie hatte Duncan noch etwas Wichtiges mitzuteilen.

Geduldig wartete sie, bis er sich satt gegessen hatte, dann erhob sie sich und ging zu ihm herüber. Er rutschte mit dem Stuhl nach hinten, damit sie sich auf seinen Schoß setzen konnte.

»Nun, Weib, bist du glücklich in deinem neuen Heim?«, neckte er sie.

»Ja, sehr. Und du? Vermisst du dein altes Leben?«

»Das Militär? Nein. Meine Familie natürlich«, gab er freimütig zu.

»Aber etwas fehlt noch, findest du nicht?«

»Der Handel mit Maorikunst? Jetzt hast du doch schon die Schafe. Eines nach dem anderen, meinst du nicht?«

Sie schüttelte lächelnd den Kopf, nahm seine Hand und legte sie auf ihren Bauch.

Seine Augen weiteten sich vor glücklichem Staunen. »Du meinst, wir sind bald zu dritt? Wirklich?«

»Wenn alles gut geht, ja. In sechs oder sieben Monaten ist es so weit.«

Er barg ihr Gesicht in seinen Händen, zog sie zu sich und

küsste sie lange und leidenschaftlich. »Ich liebe dich, Adalie, für das Kind in deinem Bauch und für alles andere.«

Sie erwiderte seine Liebeserklärung und glaubte in diesem Moment, so glücklich zu sein wie noch nie zuvor. Selbst an ihrem Hochzeitstag war es anders gewesen, da hatte noch dieses besondere Gefühl von Frieden gefehlt, das nun in ihr wohnte. Alles war gut, und so musste es auch bleiben.

»In sieben Monaten, sagst du? Mai oder Juni?«

»Ja.«

»Bis dahin wird alles fertig sein. Die Scheunen und Ställe ...«

»... die Schafe haben gelammt«, ergänzte Adalie lächelnd, »und ich werde vorher noch eine kleine Handelsfahrt für deine Mutter machen, damit die Leute in den Maoridörfern auch wissen, dass sie nun mit mir Geschäfte machen können. Dann kommen sie vielleicht hierher.«

»Gut überlegt, meine geschäftstüchtige Frau. Du kümmerst dich um unser Kind, während dir die Menschen ihre Schnitzereien bis vor die Tür bringen.«

Er küsste sie auf die Stirn.

War er wirklich so stolz auf sie, wie sein Blick es zu sagen schien?

* * *

Kahu River – November 1870

Zwei Wochen wohnten sie nun schon in ihrem neuen Haus. Noch immer gab es schrecklich viel Arbeit. Die Ställe mussten gebaut werden, und auch am Haupthaus fehlte es noch an allen Ecken und Enden, doch Adalie war zuversichtlich.

Ihr Traum war wahr geworden und näherte sich immer weiter der Perfektion. Einen Teil der fehlenden Dinge konnten sie sicher in dem kleinen Gold- und Bergbauort Pania Bay kaufen, der nur einige Wegstunden südlich an der Küste lag. Bislang hatten sie nur die Erzählungen der Maori über diesen Ort gehört, nun wollten sie ihn sich endlich selbst ansehen.

Früh am Morgen brachen sie auf.

Duncan ritt auf Nelson, und Adalie bekam eine der mittlerweile sehr rundlichen Zuchtstuten. So hoch zu sitzen war ihr nicht ganz geheuer, besonders jetzt nicht, da in ihrem Bauch neues Leben heranwuchs. Sie mochte gar nicht daran denken, dass sich das Tier erschrecken und sie hinunterfallen könnte.

Entlang des Kahu River war mittlerweile ein breiter Pfad entstanden, den Duncan hatte freischlagen lassen. Der Boden war von Pferdehufen aufgewühlt. Die Tiere rutschten durch den weichen Schlamm. Jedes Mal wenn ihre Stute aus dem Tritt kam, blieb Adalie beinahe das Herz stehen, und sie musste sich zusammennehmen, um nicht an den Zügeln zu zerren.

Endlich erreichten sie den Strand, sodass es nun leichter vorwärtsging. Nur hier und da lagen vereinzelte angetriebene Baumstämme halb versunken im Sand.

»Wie fühlst du dich?«

»Jetzt besser«, sagte Adalie erleichtert.

»Wollen wir ein wenig schneller reiten? Was meinst du?«

»Ich weiß nicht, Betty ist so schrecklich hoch. Was ist, wenn sie mich abwirft?«

»Sie ist brav, wirklich.«

Adalie schluckte. Sie vertraute Duncan, aber nicht ihren

444

eigenen Reitfähigkeiten. Sobald er angaloppierte, hielt sie sich an Mähne und Sattel fest, denn Betty dachte gar nicht daran, hinter dem Hengst zurückzubleiben.

Sie ließen die Tiere eine Weile in dem schnelleren Tempo laufen. Vor ihnen stoben riesige Vogelschwärme durcheinander. Möwen und Austernfischer und viele andere, deren Namen sie nicht kannte, bevölkerten den Strand.

Nach und nach entspannte sich Adalie ein wenig. Bettys Galopp war wie ein langsames Schaukeln – je mehr sie bei der Bewegung mitging, desto weniger wurde sie durchgeschüttelt. Trotzdem war Adalie erleichtert, als Duncan schließlich die Zügel anzog. Es war ihm deutlich anzusehen, wie sehr ihm die schnelle Gangart Freude bereitet hatte, und auch die Pferde schnaubten zufrieden.

Adalie wischte sich den Schweiß von der Stirn, der rasch im kalten Seewind trocknete. Hoch schlugen die Wellen der Tasmansee, die heute ihr leuchtendes Türkisblau gegen ein eher düsteres Sturmgrau getauscht hatte.

»Ich glaube, wir werden dir ein kleines, braves Pony kaufen müssen«, sagte Duncan lachend, und sie wusste einen Moment lang nicht, ob er sich einen Scherz mit ihr erlaubte oder es ernst meinte.

»Du kommst nicht alleine auf Bettys Rücken, und wir können nicht jedes Mal ein Tier von den Moras für dich leihen.«

»Also kaufen wir Mehl, Nägel und ein Pony?«, fragte sie belustigt, lenkte ihr Pferd näher an seines und hätte ihn am liebsten umarmt.

Je näher sie Pania Bay kamen, desto mehr änderte sich die Landschaft. Von den ursprünglichen, wilden Wäldern war nicht mehr viel geblieben. Überall ragten Stümpfe aus dem

Grund, der Boden war vernarbt wie die Haut eines alten Kriegers. Doch die Natur war schon dabei, die alten Wunden zu schließen, denn an vielen Stellen sprossen schlanke Schösslinge. Farn und junge Nikau-Palmen kämpften um die besten Plätze.

Die kleine Ansiedlung Pania Bay war entstanden, als im Jahre 1864 an der verregneten Westküste das erste Gold gefunden wurde. Die beiden Maori Ihaia Tainui und Haimona Taukau entdeckten es in der Nähe des Taramakau River. Sobald die Nachricht die Runde machte, überrannten fast zweitausend Glückssucher die Küste. Sie kamen aus allen Provinzen Neuseelands, viele sogar aus Kalifornien und Australien. Ihre Hoffnung auf Gold erfüllte sich nur selten, und so suchten sie nach anderen vielversprechenden Stellen. Im etwas weiter nördlich gelegenen Pania Bay gab es einige Quarzadern, doch die führten nur wenig Gold.

Die Bäume waren dem Kohlebergbau zum Opfer gefallen, der den Bewohnern der kleinen Stadt nun zu etwas Wohlstand verhalf.

Adalie war froh, nicht hier leben zu müssen, als sie die halb verfallenen Hütten am Rande von Pania Bay erblickte. Erst glaubten sie, in eine kleine Geisterstadt hineinzureiten, doch dann sahen sie die ersten Menschen. Es waren erbärmliche Gestalten. Mager, in Lumpen und alte Kohlesäcke gekleidet, vegetierten sie vor sich hin. Einige litten offensichtlich unter Krankheiten oder waren verletzt, sodass sie für die harte Arbeit in den Minen untauglich waren. Obwohl der Wind beständig von der Tasmansee her wehte, hing über den Hütten von Pania Bay ein grauer Schleier vom Rauch der Kohlefeuer.

»Es ist erschreckend, nicht wahr?«, meinte Duncan leise,

der den Ort bereits zweimal allein besucht hatte, um Besorgungen zu machen.

»Ja, ich möchte am liebsten sofort umkehren. Hier sieht es aus, als hätte man New Plymouths Hafenviertel und seine finstersten Gassen genommen und daraus eine eigene Stadt errichtet.«

»Wir werden uns nicht lange aufhalten. Im Zentrum sieht es etwas netter aus, versprochen.«

Adalie sah sich um. An der Straße drängten sich dicht an dicht Holzhäuser und hohe Zäune aus Binsen. Schwarzer Staub war überall, und bald sah sie auch, woher er kam.

Eine Kolonne schwer beladener Wagen rumpelte ihnen entgegen. Sie wurden von kräftigen Pferden gezogen, deren Fell von Kohlenstaub und Schweiß verklebt war. Die Kutscher schonten sie nicht, sondern trieben die erschöpften Tiere mit Rufen und Peitschenhieben vorwärts, dem Hafen entgegen, wo die Kohle ihre Reise mit Frachtschiffen fortsetzen würde.

Adalie konnte von Bettys Rücken mühelos in die Karren hineinsehen. Sobald ein Windstoß in die Kohle fuhr, löste sich pechschwarzer Staub und wurde umhergewirbelt. Sie bekam eine Bö ab, und sofort brannten ihr die Augen. Insgesamt zehn Wagen mühten sich in Richtung Hafen. Sie ließen sie vorbeiziehen und sahen ihnen nach, bis sie hinter einer Biegung verschwanden. Der traurige Anblick der Männer und Pferde stimmte Adalie nachdenklich.

Schweigend ritt sie hinter Duncan her. Er sollte recht behalten: Das Zentrum sah ein wenig freundlicher aus. Einige Häuser waren weiß getüncht und besaßen Gehwege aus Holzbohlen.

»Dort vorne ist ein Tuchhändler«, sagte Duncan. Sie banden ihre Pferde an einem Balken fest, wo sie aus einem Trog saufen konnten. Nun wurde Adalie doch ein wenig aufgeregt. Es war eine ganze Weile her, seit sie zum letzten Mal in einem richtigen Laden eingekauft hatte.

Lächelnd hakte sie sich bei Duncan unter.

»Wohin zuerst?«, fragte er.

»Such du aus.«

Er steuerte auf das Geschäft eines Schneiders zu und öffnete die Tür.

* * *

Am Kahu River sickerte der alte Zorn in Jonahs Verstand wie süßer, klebriger Honig. Seine Gedanken verfingen sich darin, und einer war dunkler als der andere.

Er war allein auf dem Hof, zumindest ohne Fitzgerald und dessen Frau. Endlich hatte er freie Hand, und er würde diese Gelegenheit nutzen. Die Mrs. war ihm zwar sehr sympathisch, doch sie hatte ihr Leben noch vor sich, und mit ihm hatte damals auch niemand Mitleid gehabt, als seine gesamte Existenz zerstört wurde.

Nachdem sie mit den Eingeborenen Frieden geschlossen hatten, ihr hübsches Häuschen endlich stand und das Vieh gut gedieh, fühlten sie sich sicher und sorglos.

Jonah würde das ändern.

Fitzgerald sollte lernen, was es bedeutete, Angst zu haben. Er musste den Verlust in all seinen Facetten kennenlernen, bevor er selber an der Reihe war.

Jonah hatte viele Ideen für seine Rache, doch er wollte sichergehen, dass er die richtige auswählte. Er verließ die kleine Hütte, in der er untergekommen war, und sah sich um. Die Schafe weideten weit oben auf den Hängen und zogen nun langsam ins Tal hinab, da sich von Westen schlechtes Wetter näherte. Eine breite Wolkenfront rückte näher, und schon von Weitem war eine Regenwand zu erkennen, die auf sie zukam.

Der Regen würde kaum dafür sorgen, dass die Fitzgeralds früher von ihrem Ritt zurückkehrten, und auch ihren Maorifreund Giles, der die Moras in ihrem Küstenhaus besuchte, um der Tochter schöne Augen zu machen, würde der Wetterwechsel nicht zu einer verfrühten Heimkehr bewegen.

Jonah lief zum Haupthaus, wo der Hund der Mrs. in der Sonne döste und nur träge den Kopf hob, als er seine Schritte hörte. Bis auf das Tier war das Haus verlassen. Ein Feuer wäre leicht zu entzünden, doch nein, dafür war es noch zu früh.

In den Ställen waren nur wenige Tiere und keine Menschen zu entdecken.

Außer ihm beschäftigten die Fitzgeralds derzeit noch drei Arbeiter, doch von ihnen fehlte jede Spur.

Schließlich wies der Klang von Axtschlägen Jonah den Weg. Er nahm es als freundlichen Wink des Schicksals und folgte dem Geräusch zu einem kleinen Unterstand am Waldrand.

Hauku Mora arbeitete konzentriert an einem verzierten Pfahl, den die Fitzgeralds mit einem zweiten vor ihrem Haus aufstellen wollten. Jonah hatte nie verstanden, was manche Weiße an den primitiven Machwerken der Wilden fanden. Mrs. Adalie schien regelrecht vernarrt in die Schnitzereien zu sein, ganz wie einst Fitzgeralds Hurenmutter Johanna.

Wenn er an sie dachte, loderte der Zorn in Jonah heiß wie das Höllenfeuer. Er musste aufpassen, dass er ihn nicht auffraß. Die Rache wollte sorgfältig durchgeführt werden. Er durfte nicht die Kontrolle verlieren, musste vorsichtig vorgehen.

»Hallo Hauku«, begrüßte er den Maori.

Der Schnitzer richtete sich auf und streckte den Rücken. Irritiert musterte er den überraschenden Besuch.

»Guten Tag, Jonah. Brauchst du Hilfe?«

»Nein, nein, ich wollte nur mal sehen, was du hier so treibst.« Jonah ging durch den Unterstand und musterte den Baumstamm, aus dem Hauku Stück für Stück Fratzen und verrenkte Körper herausschnitzte. Auf dem Boden lag eine dicke Schicht duftender Holzspäne.

»In fünf Tagen werde ich fertig sein«, meinte der Maori.

Nein, wirst du nicht. Du wirst es nie zu Ende bringen, mein Freund, antwortete Jonah in Gedanken.

Jetzt hatte er den Balken umrundet und blieb neben einem Holzstumpf stehen, auf dem Hauku seine Werkzeuge aufgereiht hatte.

»Die müssen sehr scharf sein«, sagte Jonah und nahm ein Schnitzmesser in die Hand, dessen Griff eine Verdickung aufwies, um dem Hammer eine größere Fläche zu bieten. »Wie hält man es richtig?«

Hauku war ahnungslos. Ein freundlicher junger Mann, der gerne bereit war, Jonah seine Kunst zu erklären.

»So, dreh es nach unten«, erklärte er.

Jonah dachte gar nicht daran. Blitzschnell führte er die Klinge aufwärts. Sie fuhr mühelos durch das Fleisch. Hauku stöhnte, als die Klinge seinen gesamten Unterarm aufriss.

Fassungslos sah er Jonah an, der die blutverschmierte Klinge in der Hand hielt. »Es tut mir leid, eigentlich habe ich nichts gegen dich.«

Hauku versuchte, den langen Schnitt, aus dem das Blut hervorschoss, mit der Hand zu verschließen, doch es war zu spät. »Hilf mir«, keuchte er.

Jonah schüttelte nur den Kopf.

Hauku wandte sich um und taumelte aus dem Unterstand ins Freie. Wahrscheinlich wollte er woanders Hilfe suchen.

»Nein, du bleibst hier!« Jonah packte ihn an den langen Haaren und riss ihn zurück.

Der Maori strauchelte, stürzte auf seine Skulptur und rappelte sich sogleich wieder auf.

Er versuchte nun nicht mehr, die Blutung zu stoppen, stattdessen ging er zum Angriff übrig. Offensichtlich wollte er im Angesicht des Todes wenigstens seinen Mörder mit ins Grab nehmen.

Jonah wurde nach hinten geworfen und stieß mit dem Kopf gegen einen Balken. Hauku war sofort über ihm. Blut spritzte in Jonahs Augen und blendete ihn. Der Maori griff nach einem Hammer und holte aus. Gerade noch rechtzeitig rollte Jonah sich zur Seite, und der Schlag ging ins Leere.

Jonah war schnell, schneller als Hauku, den der Blutverlust schwächte. Er rammte ihm die stumpfe Seite des Messers an die Schläfe. Einmal und noch einmal, dann sackte Hauku zur Seite. Jonah wälzte sich auf ihn und hielt den großen Mann mit seinem eigenen Körpergewicht am Boden, bis dessen Bewegungen erlahmten.

Hauku war nicht mehr.

✳ ✳ ✳

Adalie lachte aus vollem Herzen. Duncan sah auf dem Pony aus wie ein Riese.

Sie hatten all ihre Einkäufe erledigt und waren nun bei einem Pferdehändler, um für Adalie ein eigenes Tier zu kaufen, das besser zu ihr passte als Duncans Shirehorse-Stuten. Der Pferdehändler war ein fröhlicher, rundlicher Geselle mit tiefer Stimme und üppigem Bart. Seine Körperfülle täuschte nicht darüber hinweg, dass er geschickt war und flink genug, um es mit seiner Handelsware aufzunehmen.

Nun sattelte er bereits das dritte Pferd für einen Proberitt, während Duncan in einem kleinen Korral seine Runden drehte. Da Adalie mehr schlecht als recht ritt und Angst um ihr Kind hatte, musste er die Ponys ausprobieren.

Jetzt ritt er auf einer kleinen roten Stute mit langer Mähne und neckischem Blick, die Adalie schon vom ersten Moment an gefallen hatte. Ihre Beine flogen nur so dahin, während sie Duncan im raschen Trab durch den Korral trug. Den Kopf hatte sie dabei hochgereckt und die Nüstern aufgebläht.

»Du siehst zum Schießen aus.« Adalie lachte, weil Duncans Beine weit über den Pferdebauch hinabragten.

»Lach du nur! Was meinst du, wie ich mich fühle?«

»Sieht aus, als könnten Sie fast mitlaufen, Sir«, rief der Händler. »Aber es ist ein gutes Tier, sehr brav und fleißig.«

»Mir gefällt sie«, sagte Adalie und legte den Kopf auf die Unterarme, die sie auf den Zaun gestützt hatte.

Duncan ritt noch zwei weitere Ponys, doch schließlich entschieden sie sich für die Fuchsstute.

Der Händler verkaufte ihnen auch gleich das passende Sattelzeug, und sie beluden die Stute mit einem Teil ihres Einkaufs.

»Du reitest wieder auf Betty zurück, das ist erst mal sicherer«, meinte Duncan.

Adalie hatte keine Einwände. Duncan musste ihr wie immer in den Sattel helfen, dann brachen sie auf.

Es war später Nachmittag, als sie auch die letzten Ausläufer von Pania Bay hinter sich ließen. Adalie atmete auf. Es regnete, aber das konnte ihre Stimmung nicht trüben. In dieser Gegend regnete es fast jeden Tag. Sie zog einfach die Kapuze ihres Wollumhangs über den Kopf und atmete tief die regenschwangere Luft ein. Endlich waren sie der unfreundlichen grauen Bergbausiedlung entkommen.

»So bald will ich nicht dahin zurück!«

Duncan nickte zustimmend. »Nur wenn es sein muss. Wir haben alles, was wir brauchen, und es reicht für Monate.«

»Ich bin froh, dass Pania Bay nicht näher liegt.«

»Ich auch. Nur eines macht mir Sorgen«, sagte Duncan und lenkte Nelson näher zu ihr. »Dort gibt es den einzigen Arzt weit und breit. Was sollen wir tun, wenn jemandem etwas passiert oder wenn unser Kind geboren wird? Vielleicht sollten wir für diese Zeit ein Zimmer in der Stadt nehmen.«

»Niemals, Duncan. Ich bekomme unser Baby zu Hause. Es soll dort geboren werden, wo es aufwachsen wird. Und mach dir keine Sorgen. Auch wenn es mein erstes Kind ist, weiß ich, was zu tun ist.« Adalie meinte jedes Wort ernst. Ihre Mutter hatte Sammy daheim geboren, und zwei Kindern ihrer Schwester hatte sie ebenfalls auf die Welt geholfen.

Duncan bekam einen gequälten Gesichtsausdruck. »Ich habe aber Angst um dich. Das ist mein gutes Recht als dein Ehemann. Willst du denn nicht wenigstens eine erfahrene Frau an deiner Seite haben?«

»Es sind noch Monate bis dahin, Duncan. Aber wenn es dich erleichtert, könnte Mr. Moras Frau vielleicht …«

»Gut, das ist sehr gut! Sie wohnen nah genug, dass wir sie rasch holen können, wenn es so weit ist.« Er war sichtlich erleichtert, als wäre eine große Last von seinen Schultern genommen worden.

453

Adalie wollte nicht, dass er Angst hatte, die würde sie selbst noch früh genug bekommen. Auch wenn sie schon bei einigen Geburten geholfen hatte und die Frauen in ihrer Familie leicht gebaren, war es immerhin ihr erstes Kind.

»Los, beeilen wir uns. Ich möchte nicht im Dunkeln reiten.«

Adalie schnalzte, und Betty galoppierte langsam und schaukelnd los, wie es ihre Art war. Das kleine rote Pony, das bis dahin brav am Strick hinterhergetrottet war, verwandelte sich von einem Moment auf den anderen in eine Furie.

Es buckelte, hüpfte und versuchte erfolglos, die anderen zu überholen. Duncan lachte, doch Adalie war nicht danach zumute. Hätte sie sich entschieden, auf dem Pony heimzureiten, hätte sie spätestens jetzt im Sand gelegen.

In der Ferne war ein Licht zu sehen. Sie kamen rasch näher, und es entpuppte sich als Lagerfeuer am Strand vor dem Haus der Moras. Dort waren die Frauen damit beschäftigt, Kohlen herzustellen, um später darüber das Essen zu garen.

Adalie und Duncan hielten nur kurz an, um ihre Nachbarn zu begrüßen, dann setzten sie die Heimreise fort.

Giles hatte sich ihnen angeschlossen. Er sah so glücklich aus, wie Adalie ihn noch nie gesehen hatte. Niemandem konnte entgehen, wie sehr ihm Moras jüngste Tochter Lorangi gefiel, und offenbar fand seine Werbung Gehör.

Adalie ließ die beiden Männer vorausreiten, damit sie sich unterhalten konnten, und hing ihren eigenen Gedanken nach. So langsam kehrte ein Alltag ein. Das Haus am Kahu River war kein Traum mehr, sondern Realität geworden, und allmählich fühlte es sich auch so an wie ein Zuhause, wie ein gutes Leben. Adalie legte eine Hand auf ihren Unterleib, während sie in der anderen nachlässig die Zügel hielt.

Ihr Kind würde es gut haben. Sie würde nicht darum bangen müssen, ob sie auch am nächsten Tag genug zu essen hätten oder ob sie in den kalten Winternächten frieren mussten.

Es erschien ihr noch unwirklich, und das Gefühl der Sicherheit nistete sich nur ganz allmählich in ihrem Herzen ein. Sicherheit war eine Frucht, die nur sehr langsam wuchs.

Adalie wusste vor allem eins: Sie wollte all das hier – diesen sicheren Hafen, diesen Ankerplatz, als Ausgangspunkt für ihre Streifzüge –, und sie war bereit, ihn mit allem, was sie hatte, zu verteidigen.

***

Jonah konnte die Rückkehr der Fitzgeralds kaum erwarten. Seit Stunden schon waren auch die letzten Vorbereitungen abgeschlossen. Er hatte alle Spuren, die auf ihn wiesen, sorgfältig vernichtet. Beim Kampf mit Hauku war viel Blut geflossen, und er hatte seine Kleidung verbrennen müssen. Sie war nicht mehr zu retten gewesen. Jonah selbst war so sauber wie seit Wochen nicht mehr, denn er hatte sich das Blut mit Bürste und Seife noch aus der letzten Pore seines Körpers geschrubbt. Die Schuld ließ sich nicht so einfach abwaschen, aber das kümmerte ihn nicht.

Damit es nicht auffiel und der Seifengeruch nicht zu intensiv war, trug er seine älteste Kleidung, die er sonst immer anzog, wenn er mit den Tieren arbeitete. Sie war speckig vom Fett der Schafwolle und roch auch so.

Nun wartete er. Er saß auf einem Hackklotz vor dem Stall, auf seinem Schoß lag Pferdegeschirr, das er nachlässig überprüfte. Von Westen her erklangen Stimmen und mischten sich mit den Geräuschen des Flusses.

Offenbar kehrten die Fitzgeralds gemeinsam mit Giles Maunga zurück, und ihre Laune war ausgezeichnet. In Jonahs Magen zog sich alles zusammen. Fitzgerald lachen zu hören, wirkte bei ihm wie Gift. Es würde ihm bald schon vergehen.

Jonah wartete ab. Er würde ihnen die Nachricht nicht sofort überbringen. Wenn sie ihn nicht selber fanden, würden sie einen Schubser bekommen, aber erst später.

»Du bist mein Bruder, ich werde dir eine Hochzeit ausrichten, wie man sie an der ganzen Westküste noch nicht gesehen hat«, rief Duncan soeben fröhlich und schlug seinem Eingeborenenfreund auf die Schulter.

»Ich habe sie noch nicht mal gefragt, Duncan!«

»Als ob sie Nein sagen würde«, meinte Adalie lachend. »Ich habe genau beobachtet, wie sie dich ansieht.«

»Hör auf sie, *Parata*. Meiner Frau entgeht nichts.«

Jonah stand auf, um ihnen zu helfen. Er ging zu Adalie und half ihr aus dem Sattel der Stute.

»Und, haben Sie alles bekommen, Mrs?«

»Danke, Jonah. Ja, haben wir, und ein wildes Pony noch dazu. Aber ich bin froh, wieder hier zu sein.«

»Ich kümmere mich um Ihr Pferd, Mrs.«

»Vielen Dank.« Adalie ging zu ihrem neuen Reittier und machte sich mit ihm vertraut. Die Nähe der Stute war ihr lieber als Jonahs überbordende Freundlichkeit.

Etwas stimmte nicht mit ihm, das merkte sie genau. Der Alte hatte hin und wieder solche Phasen, dann beschäftigte ihn seine Vergangenheit. Sie vermutete, dass er Schreckliches erlebt hatte, warum sonst sprach er nie darüber? Heute schien er seine innere Traurigkeit anders überspielen zu wollen, und es wäre ihm auch fast gelungen, hätte Adalie nicht in seine Augen geblickt und dort eine finstere Stimmung entdeckt, die sie erschreckt hatte.

Sie streichelte der Ponystute das weiche Fell. Es war verschwitzt, besonders unter der dichten roten Mähne, aber sie schien die Zuwendung zu genießen.

»Bei mir darfst du aber nicht so rumhüpfen, Mädchen, wenn ich dich reite, hörst du?«

Die Stute wackelte lustig mit den Ohren und schnaubte.

Adalie konnte nur hoffen, dass dies ein Ja bedeutete.

»Kommst du? Wir haben das meiste schon reingebracht.«

Sie sah auf. Duncan hatte sich einen weiteren Leinenbeutel mit Vorräten unter den Arm geklemmt.

»Ich komme. Fehlt noch etwas?«

»Nur die Stoffe und die Kleidung.«

Adalie ging zu Betty, löste die Bündel mit ihren Neuerwerbungen und folgte Duncan ins Haus. Noch immer wurde ihr warm ums Herz, wenn sie auf ihr neues Heim zuging. Es war perfekt geworden, nicht groß, aber dafür mit einer breiten überdachten Veranda, die auf das Tal und den Fluss hinausblickte, und mit breiten Steinstufen zum Eingang. Bald würden geschnitzte Säulen den Eingang markieren, und auch die Giebel bekämen eine verzierte Holzleiste. Sie konnte es kaum erwarten, bis Hauku mit seiner Arbeit fertig wäre.

Es war längst dunkel und das Abendessen beendet, als es donnernd an der Vordertür klopfte. Adalie fuhr zusammen, der Schreck sackte ihr eisig in die Glieder.

Giles, der bei ihnen gegessen hatte, war als Erster auf den Beinen.

»Wer ist da?«, fragte er.

Wenn er eine Waffe hätte, würde er sie sicher ziehen, dachte Adalie erschrocken. Der angespannte Rücken des Maorikriegers kam ihr noch ein wenig breiter vor. Gefahr lag in der Luft.

»Ich bin es. Jonah. Mr. Fitzgerald, etwas Schreckliches ist passiert.«

Duncan stürmte an seinem Freund vorbei und riss die Tür auf. Draußen stand Jonah und knetete seinen alten Hut in den Händen. »Hauku ist tot!«

Jetzt war auch Adalie auf den Beinen. »Was sagst du da? Tot?«

»Ja, Mrs., in dem Unterstand, wo er immer arbeitet. Er isst oft mit uns. Als er nicht kam, haben wir ihn gesucht.«

Rasch wurden Laternen entzündet, Adalie warf sich einen Wollschal um.

»Sie sollten sich das nicht ansehen, Mrs.«, meinte Jonah, doch Adalie wollte davon nichts hören. Sie wollte – musste – sehen, was passiert war. Schon fühlte sie, wie die Tränen ihr die Kehle zuschnürten, doch sie ließ die Trauer nicht zu. Es durfte nicht wahr sein, nicht jetzt, da alles so gut lief.

Den Wollschal fest um ihre Schultern geschlungen, rannte sie hinter den Männern her. Es war stockfinster. Wolken verdeckten die Gestirne, sodass in der Dunkelheit nichts zu erkennen war, was außerhalb der zuckenden Lichtkegel der Laternen lag. Hastig stolperte sie über den Weg und durch hohes regennasses Gras, um nicht den Anschluss zu verlieren. Die Männer warteten nicht auf sie, doch Adalie machte ihnen keinen Vorwurf. Die Gedanken von allen kreisten einzig um das Unglück.

»Es war ein schrecklicher Unfall«, keuchte Jonah gerade. Am Unterstand brannte Licht, schwarz zeichneten sich die Schatten der beiden Arbeiter davor ab. Jetzt war es nicht mehr weit.

Als sie den Unterstand erreichten, blieben Duncan und Giles einfach stehen. Sie sagten nichts und gingen nicht hinein. Adalies Schritte wurden immer schwerer, als würde eine seltsame Kraft sie zurückhalten. Während ihr Herz am liebsten umgekehrt wäre, um Jonahs Rat zu befolgen, trieb ihr Verstand sie unablässig vorwärts.

Wie üblich empfingen sie Holz- und Harzgeruch beim Unterstand, doch da war noch etwas, dick und schwer, mit einer direkten Verbindung zu ihrer Angst: der Geruch von Blut.

Lauf weg, flüsterte eine Stimme in ihr, schnell, oder es holt dich auch.

Dann hatte sie den Unterstand erreicht. Die Stille war zäh wie Leim. Adalie sah alles. Haukus verdrehten Körper, das Blut überall, auf dem Boden und dem großen Tiki, an dem er gearbeitet hatte. Sie entdeckte die klaffende Wunde an seinem Unterarm und den scharfen Beitel gleich daneben und wollte es doch nicht verstehen. Sie wollte und konnte es einfach nicht begreifen.

»So etwas … passiert doch nicht … nicht einfach so«, stotterte sie und klammerte sich an Duncan, der gleich neben ihr stand. Sie hatte Hauku gemocht und seine Kunstfertigkeit bewundert und konnte nicht glauben, dass er sich selbst tödlich verletzt hatte.

Giles war der Erste, der sich wieder fasste. Er trat in den Unterstand und hockte sich neben die Leiche.

»Kann mir jemand Licht geben?«, fragte er nüchtern. Seine Stimme klang leer, als hätte er mit Absicht alle Gefühle daraus verbannt. Gefühle, von denen Adalie in diesem Moment viel zu viele hatte.

»Geht es?«, fragte Duncan sanft.

Sie nickte und zwang sich, ihn loszulassen, damit er für Giles die Laterne halten konnte. Der Pfosten, der ihr nun Halt gab, spendete wenig Trost.

Duncan blieb gebeugt neben Giles stehen, der Haukus verletzten Arm anhob und ins Licht drehte.

»Das ergibt doch alles keinen Sinn«, meinte Jonah.

Er hielt sich im Hintergrund, sah gar nicht richtig hin. Sein spärlich beleuchtetes Gesicht war hager wie ein Totenschädel.

»Ich habe leider schon Männer an ähnlichen Wunden verbluten sehen«, sagte Giles. »Auf dem Schlachtfeld sind es oft die kleineren Verletzungen, welche die Seelen aus dem Körper treiben. Ein Freund von mir starb an einem Schnitt wie diesem, aber er kämpfte bis zum letzten Augenblick und nahm noch zwei Gegner mit sich, bevor ihn seine Kräfte verließen.«

Duncan musterte seinen Freund. »Ich ahne, worauf du hinauswillst. Warum ist Hauku hiergeblieben, statt zum Haus zu laufen und Hilfe zu bekommen?«

»Vielleicht wusste er, dass er sterben wird«, sagte Jonah und zuckte mit den Achseln.

»Vielleicht. Aber es ist unwahrscheinlich, dass er dann einfach hierbleibt und auf den Tod wartet.« Giles wandte sich den beiden Arbeitern zu. »Habt ihr nichts gehört? Keinen Schrei, nichts?«

Die Männer schüttelten den Kopf. »Wir haben Holz für die Zäune geschlagen, gar nicht so weit weg. Eigentlich hätten wir ihn hören müssen.«

Adalie überkam eine schreckliche Ahnung. Haukus Tod war kein Unfall, sondern Mord. Noch wollte es niemand aussprechen, doch sie las den Verdacht in Duncans Miene und hörte ihn in Giles Schweigen.

Der Maori erhob sich. »Jemand muss es den Moras sagen. Ich werde gehen.«

»Jetzt, mitten in der Nacht?«, fragte Adalie. »Und wenn …?«

… wenn der Mörder noch immer ganz in der Nähe war?

Sie behielt den Gedanken für sich, doch Giles hatte sie auch so verstanden.

»Ich werde nicht unbewaffnet gehen, Adalie. Wir sind es Mora schuldig. Er muss es sofort erfahren, dass sein Erstgeborener die Reise angetreten hat.«

Niemand widersprach. Gemeinsam trugen Duncan und Giles Haukus Leiche in die Scheune, wo sie ihn auf einen alten Tisch legten.

Giles zögerte. Er schien sich nicht von Haukus Leiche trennen zu wollen. Adalie fand das merkwürdig. Auch wenn sich die beiden Männer gut gekannt hatten und wahrscheinlich Freunde geworden waren, wollte er doch so schnell wie möglich aufbrechen.

»Giles, was ist los?«, wagte sie schließlich zu fragen.

Der Maori fuhr sich nervös durchs Haar, sein Blick zuckte wieder zu Haukus Körper.

»Das verstehst du nicht, Adalie.«

»Ich werde versuchen, es zu verstehen, nur rede mit uns.«

»Es geht um unsere Tradition. Wenn jemand stirbt, dann sollte *tepapaku*, der Körper des Toten, nicht alleine sein, bis er am dritten Tag beerdigt wird.«

Adalie wechselte einen Blick mit Duncan und wusste sofort, dass sie sich einig waren. »Ich werde heute Nacht ohnehin kein Auge zubekommen. Wir bleiben bei ihm.«

»Müssen wir noch etwas beachten, *Parata*?«, fragte Duncan.

»Nein, ich danke euch. Nach unserem Glauben bleibt die Seele bis zur Beerdigung im Körper. Sie hat Achtung verdient.«

Giles war die Erleichterung anzumerken. Er brach sofort auf und marschierte trotz der Dunkelheit zügig los. Adalie sah dem kleiner werdenden Licht hinterher, das schon bald zwischen den Pflanzen des angrenzenden *Harakeke*-Feldes verschwand.

»Adalie, ich lasse dich einen Augenblick allein und rede mit den Männern. Sie sollen heute Nacht besonders wachsam sein.«

»Ja, geh nur, dann fühle ich mich etwas wohler.« Sie blieb an der Schwelle zum Unterstand stehen und wartete auf seine Rückkehr. Mapura setzte sich zu ihr, winselte leise, und sie kraulte ihm die Ohren. Ganz allein wollte sie nicht zu der Leiche hineingehen. Sobald Duncan zurück war, holte Adalie eine Schüssel mit Wasser und saubere Tücher.

Bald war die Scheune erhellt von Kerzenschein.

»Ich möchte nicht, dass seine Eltern ihn so sehen, Duncan. Die Moras waren immer so gut zu uns, und nun ist Hauku ausgerechnet hier gestorben.«

»Recht hast du. Erweisen wir ihm diese letzte Ehre.«

Die Pferde in ihren Boxen waren unruhig. Der Blutgeruch machte ihnen Angst. Sie schnaubten immer wieder und drehten sich im Kreis, einzig Nelson, sonst der Lebhafteste von allen, blieb ruhig. Duncan ging zu ihm und strich ihm über die breite Stirn.

»Du hast schon viel gesehen, nicht wahr?«, sagte er leise, und Adalie wurde wieder einmal klar, dass auch Duncan in seiner Zeit bei der Kavallerie häufig Zeuge von Tod und Elend geworden war.

»Es war kein Unfall, oder?«

Er drehte sich zu ihr um. »Ich wünschte, ich könnte mir sicher sein, dass ihm einfach nur der Beitel abgerutscht ist.« Duncan sah hinaus in die Dunkelheit vor dem Unterstand, als fürchte er, belauscht zu werden, doch dort lag nur Adalies Hund und hielt Wache.

»Was, glaubst du, ist geschehen?«

»Vielleicht ist er angegriffen worden. Vielleicht ist Giles nicht weit genug fort von Te Kooti, und dessen Krieger sind hier, um *Utu* zu üben, ihre Blutrache.«

Adalie schluckte. Der Gedanke an Maorikrieger auf einem blutigen Feldzug war Furcht einflößend. Lauerten sie jetzt irgendwo im regennassen Urwald und warteten auf eine Gelegenheit, Giles zu ermorden? »Wenn dort draußen tatsächlich Männer auf einem Rachefeldzug sind, warum lassen sie es dann aussehen wie einen Unfall?«

»Ich weiß es nicht. Das ist der Teil, den ich auch nicht verstehe. Wer es auch war, ich werde nicht zulassen, dass er noch mehr Menschen wehtut, ganz besonders nicht dir.«

Duncan nahm sie in den Arm. Erst als sie ihre Wange an seine Halsbeuge legte, wurde ihr bewusst, wie sehr sie genau das gebraucht hatte. Seine Wärme und der vertraute Geruch seiner Haut gaben ihr Zuversicht.

Duncan schwieg, sein Mund lag auf ihrem Scheitel. Sein weicher, warmer Atem floss wie sachte Berührungen über ihr Haar.

Für einen kurzen Moment schufen sie sich in all dem schmerzhaften Chaos eine kleine Insel der Geborgenheit. Doch lange durften sie hier nicht verweilen.

Seufzend löste sich Adalie aus der Umarmung und trat an den Tisch, auf dem sie Hauku aufgebahrt hatten.

Unter der natürlichen Bräune des Maori lauerte das Aschgrau des Todes, darüber konnte auch das weiche Kerzenlicht nicht hinwegtäuschen.

»Ich kann es noch gar nicht richtig begreifen«, seufzte sie.

Duncan nickte schweigend. Mit einem kleinen Messer schnitt er dem Toten das verschmutzte Hemd vom Leib.

Adalie tauchte einen Lappen in die Wasserschüssel und wrang ihn aus. Bevor sie Haukus Brust damit berührte, zögerte sie.

»Du musst das nicht tun, Adalie.«

»Doch, wir schulden es ihm. Ich weiß nur nicht, was ich sagen soll. Bei meinem Großvater haben wir Gebete gesprochen, aber ich weiß, dass die Moras einen anderen Glauben haben. Ich will nichts falsch machen und die Familie erzürnen.«

»Dann schweigen wir.«

Adalie wusch Blut und Holzspäne von Haukus Brust, während Duncan sich seiner Füße und Beine annahm.

Als Adalie sein Gesicht reinigte, stutzte sie. »Duncan, ich glaube, da ist Erde in Haukus Mund.«

Und wirklich, als sie Wasser hineinlaufen ließ, wurden etwas Erde und Holzspäne hinausgespült. »Jemand hat seinen Kopf auf den Boden gedrückt. Er hat versucht, Luft zu holen …«

So fühlte sie sich also an, die Gewissheit, dass am Kahu River ein Mörder sein Unwesen trieb.

Adalie schluckte. Da war plötzlich eine gähnende Leere in ihr, drückend und zerrend, wie ein gurgelnder Strudel, der ihr Innerstes verschlingen wollte. Mord! Mord in ihrem kleinen, so perfekten Traum am Kahu River.

Duncan veränderte sich schlagartig. Seine Körpersprache machte deutlich, dass jeder Muskel in ihm angespannt war, wie bei einem sprungbereiten Raubtier, das jemand in die Ecke getrieben hatte.

Er holte eine Laterne näher heran, hielt sie direkt über den Toten und beugte sich dicht darüber. Vorsichtig tastete er die Haut ab.

»Durch die Tätowierungen lässt es sich nur schwer sagen, aber ich glaube, hier ist etwas.«

Adalie zögerte, dann trat sie an seine Seite und sah, was er meinte: blaue Schatten wie von Schlägen oder sehr viel Druck.

»Wir müssen es seinen Eltern sagen. Es war kein Unfall, es sollte nur aussehen wie einer. Vielleicht haben sie einen Verdacht. Vielleicht hat Hauku sich Feinde gemacht, die zwar Rache üben wollen, aber zu feige sind, um es öffentlich zu tun.«

»Du meinst, sein Tod wurde als Unfall getarnt, damit es nicht zu weiterer *Utu* kommt?«, überlegte Adalie. Das würde zwar erklären, warum Hauku auf diese Weise getötet worden war, aber beruhigen konnte es sie nicht.

Die Familie Mora kam mit dem Morgengrauen. Gesänge hallten durch das Tal, immer wieder unterbrochen von einzelnen Schreien und Wehklagen. Adalie jagte es einen Schauer über den Rücken. Es tat ihr so unendlich leid.

Bald kam die Prozession in Sichtweite. Alle Verwandten waren aufgebrochen, um Haukus Leiche abzuholen.

Sie brachten eine geschmückte Bahre mit, und alle, Männer wie Frauen, trugen Kränze aus *Kawakawa*-Zweigen auf dem Kopf. Die Blätter glänzten wie Jade.

Adalie und Duncan hielten Abstand, während die Familie unter lautem Wehklagen ihren Toten auf die Trage betteten und ohne ein einziges Wort wieder davonzogen.

Giles blieb in Kahu River zurück.

Zu dritt sahen sie dem Trauerzug nach, bis er im *Harakeke*-Feld verschwand. Die Ruhe, die sich dann über das Tal senkte, war gespenstisch.

»Wie haben sie die Nachricht aufgenommen?«, fragte Duncan schließlich.

»Wie jede Familie, die einen geliebten Menschen verliert. In drei Tagen findet die Beerdigung statt, die Moras würden sich sicher freuen, wenn ihr kommt.«

»Selbstverständlich«, sagte Adalie.

Duncan erzählte Giles, dass sich ihr Verdacht, Hauku sei ermordet worden, zur Gewissheit verdichtet habe. Wenn die Familie es nicht selbst bemerkte, würden sie ihnen von ihrer Entdeckung berichten.

»Wir müssen den Mörder finden«, meinte Giles wütend, und niemand hatte dem etwas hinzuzufügen.

✳ ✳ ✳

Die Tage bis zur Beerdigung verliefen gespenstisch friedlich. Alles ging seinen Gang, die Tiere mussten versorgt und weitere Zäune gebaut werden.

Adalie ließ Haukus letzte Arbeiten, die beiden Tiki, aufstellen. Eines war fertig, das andere nur bis zur Hälfte geschnitzt. So sollten sie für immer an Hauku und sein frühzeitiges Ende erinnern. Es war ein trauriger Anblick, aber Adalie war froh, sich in dieser Sache gegen Duncan durchgesetzt zu haben, der das Tiki ursprünglich von einem anderen Schnitzer vollenden lassen wollte.

Am dritten Tag brachen sie schon früh am Morgen auf. Die Beerdigung fand nicht an der Küste beim Haus der Moras statt, sondern im nahen Maoridorf, aus dem auch die beiden Arbeiter stammten, die beim Hausbau geholfen hatten.

Adalie ritt auf ihrer neuen Fuchsstute. Das Tier war nervös, da sie über verschlungene Pfade quer durch den Urwald ritten, in dem unheimliche Geräusche an der Tagesordnung waren.

Die beiden Maori liefen voraus. Auch sie hatten sich jetzt mit dem Laub des *Kawakawa*-Baums geschmückt. Adalie hatte einen Kranz davon an ihrem Sattel hängen und wollte später entscheiden, ob sie ihn wirklich tragen würde.

Der Ritt durch den Wald dauerte nicht lange, da öffnete sich die dichte Blätterwand, und vor ihnen taten sich üppige grüne Felder auf. Auf den meisten wurden Süßkartoffeln angebaut, manche lagen brach.

Fast zwei Dutzend Häuser standen entlang eines schmalen Bachlaufs, und von einem weiten Platz stieg eine breite Rauchsäule auf.

»Dort müssen wir hin«, erklärte Giles. »Es ist der *Marae*, ein heiliger Platz. Dort steht das Versammlungshaus, das wir *Wharenui* nennen. Sie werden Haukus Leichnam dort aufgebahrt haben.«

Der *Marae* war voller Menschen, die ihrer Trauer freien Lauf ließen. Ganz anders als bei den Begräbnissen, die Adalie kannte, unterdrückte hier niemand seine Gefühle, niemand versuchte mit aller Kraft, die Form zu wahren.

Bevor sie gemeinsam mit den anderen den rechteckigen Platz betrat, der durch eine kleine Steinumfassung begrenzt wurde, setzte sie den Kranz aus bitteren *Kawakawa*-Blättern auf.

Duncan nahm sie an der Hand, dann betraten sie den heiligen Platz.

»Nicht erschrecken«, raunte Giles ihnen gerade noch rechtzeitig zu, als auch schon drei Krieger auf sie zusprangen und sie anschrien. Sie rissen gefährlich aussehende Waffen in die Höhe, drohten damit und rollten mit den Augen, als wären sie vom Teufel besessen.

Adalie hätte sich am liebsten hinter Duncan versteckt, aber sie blieb standhaft und sah den Kriegern respektvoll zu. Sie wusste, dass dies womöglich eine Art Begrüßungsritual war, und doch gingen ihr die Schreie durch Mark und Bein. Und wenn die Speere durch die Luft zischten und ganz nah an ihrem Körper vorbeisausten, zuckte sie ein wenig zurück.

Das Begräbnis war eines der seltsamsten Dinge, die sie je erlebt hatte, und sie würde es sicher nicht so bald vergessen. Duncan hatte bereits früher als Kind an derlei Zeremonien teilgenommen und konnte ihr daher erklären, was die einzelnen Rituale bedeuteten.

Haukus Leiche war auf der Terrasse des Gemeinschaftshauses aufgebahrt worden. Sie hatten ihn mit einer kunstvoll gewebten Flachsdecke zugedeckt und die Plattform mit zahllosen Blüten geschmückt.

Immer wieder kamen neue Gäste an, traten vor die Trauernden und erzählten, was ihnen über den Verstorbenen in den Sinn kam. Es war keinesfalls nur Gutes, doch so war es bei den Maori Sitte.

Duncan übernahm für ihre Familie die Aufgabe, einige Worte über den Toten zu sagen, und Giles übersetzte.

Schließlich trat eine Gruppe junger Männer und Frauen

zusammen und stimmte ein Lied an. Adalie merkte bald, dass sie immer die gleichen Worte wiederholten.

»Was singen sie?«, erkundigte sie sich leise bei Duncan.

»Sie fordern Haukus Seele auf, den Körper zu verlassen und *te rerenga wairua*, die Reise der Geister, anzutreten. Hier bei uns ist kein Platz mehr für ihn, denn er ist tot. Im Land *Hawaiki* wird er bereits von den Ahnen erwartet. Sie werden es so lange singen, bis der Körper in der Erde ruht.«

Adalie hielt Abstand, als die Träger den Toten anhoben und sich eine Prozession formierte.

Die nächsten Angehörigen schwiegen, wie es dem Brauch entsprach. Es war schrecklich, die fröhliche Familie Mora in Trauer zu sehen. Vater und Mutter gingen voraus, gefolgt von ihrem nun einzigen Sohn und den beiden Töchtern. Während die ältere ein kleines Kind an der Hand hielt, sah sich die jüngere hin und wieder verstohlen nach Giles um, der Lorangi sicher gerne im Arm gehalten und sie getröstet hätte.

Der Friedhof des Dorfes war klein und lag am Waldrand. Hier und da wuchsen junge Bäume auf den Gräbern. Die Wedel des Silberfarns wogten beinahe feierlich in der leichten Brise.

Adalie und Duncan wohnten der Begräbniszeremonie schweigend bei. Schließlich war es so weit, die Gesänge verstummten, und der Tote wurde in die Erde hinabgelassen.

»Willst du auch noch zur Totenfeier bleiben?«, fragte Duncan leise.

Adalie schüttelte nur den Kopf. Sie hatte Hauku ihren Respekt erweisen wollen, aber es würde ihr zu viel werden, jetzt gemeinsam mit der Familie zu essen.

»Dann komm, gehen wir. Giles bleibt noch.« Duncan

führte sie zu einer Wasserschüssel und wusch sich darin die Hände.

»Du auch, denn es ist Brauch hier. Wenn man das Reich der Toten verlässt, und dazu gehört auch der Friedhof, wäscht man sich, um nichts mit hinüber zu den Lebenden zu nehmen.«

Adalie tauchte die Hände ein und fühlte sich durch das kalte Nass gleich ein wenig belebt.

»Das ist ein schöner Gedanke. Sollen wir uns noch verabschieden?«

»Nein, das müssen wir nicht.«

***

Kapitel 18

Dezember 1870

Seit der Beerdigung waren einige Wochen vergangen, und wäre da nicht die wachsende Freude über ihr baldiges Mutterglück gewesen, so hätte Adalie womöglich bald den Mut verloren. Es war wie verhext. Seitdem das Haus fertig gebaut war, wurden sie vom Pech verfolgt. Erst Haukus Tod durch einen unauffindbaren Mörder, dann brannte ein Schuppen ab, und kurz darauf verloren sie gleich neun Schafe, die erst Tage später tot in einer Felsspalte gefunden wurden. Sie lagen so tief darin, dass eine Bergung der Kadaver unmöglich war. Adalie konnte nicht glauben, dass die Tiere einfach so bei guter Witterung hineingefallen waren. Schafe waren zwar keine allzu intelligenten Lebewesen, aber Adalie hatte lange genug mit den Tieren zu tun gehabt, um zu wissen, was sie ihnen zutrauen konnte und was nicht.

All das ließ nur einen Schluss zu: In Kahu River ging es nicht mit rechten Dingen zu. Es jagte ihr eine Heidenangst ein, auch wenn sie es nicht gerne zugab. Ihr Traum hatte mehrere tiefe Risse bekommen, und sie ertappte sich dabei, wie sie jeden Moment auf das nächste Unglück wartete. Sicher fühlte sie sich längst nichts mehr.

Duncan versuchte, ihr die Angst zu nehmen, indem er die Ereignisse als Zufälle abtat, doch sie wusste, dass er insgeheim auch anders dachte.

Adalie stand im Schlafzimmer und sah hinaus. Noch war es dunkel, und sie konnte den Regen, der draußen fiel, mehr hören als sehen. Nachdenklich legte sie die Finger an die Scheibe und fühlte das Glas unter den dicken Tropfen sacht vibrieren. Es regnete schon seit Tagen, und ausgerechnet jetzt wurden die Lämmer geboren.

Am liebsten wäre Adalie Tag und Nacht bei ihnen geblieben, draußen auf der Weide. Duncan hatte sie beinahe auf Knien angefleht, es nicht zu tun, und Adalie hatte nachgegeben, ihm zuliebe. Alle waren nervös.

Die Angst ging um, auch wenn keiner es laut aussprechen wollte.

Adalie lauschte. Duncans Atem ging tief und regelmäßig.

Hin und wieder entwich seinem Mund ein leiser Pfeifton, der die Bezeichnung Schnarchen nicht verdiente. Ihr wurde warm ums Herz, wenn sie ihm zuhörte. Sie sollte bei ihm liegen, im kuscheligen Bett, stattdessen fror sie am Fenster und hing finsteren Gedanken nach. Was war nur in sie gefahren?

Auf Zehenspitzen umrundete sie das Bett und setzte sich vorsichtig neben ihn. Ihr war nicht entgangen, wie Duncan die halbe Nacht wachgelegen und sich herumgewälzt hatte. Nun zuckten seine Augen unter den Lidern, so tief war sein Schlaf. Adalie saß bei ihm, sah ihm beim Träumen zu und wartete auf den Sonnenaufgang.

Ganz gleich, wie viele Steine ihr das Leben in den Weg legen wollte, sie würden es schaffen, gemeinsam.

Schließlich streckte Duncan den Arm aus. Als er den leeren und mittlerweile sicherlich auch kalten Platz neben sich ertastete, öffnete er die Augen.

»Ich bin hier«, sagte sie ruhig und strich ihm das verstrubbelte Haar aus der Stirn. Er fühlte sich ganz warm an, verschlafen.

Duncan drehte sich auf den Rücken, um sie besser ansehen zu können. »Warum bist du nicht im Bett, wo du hingehörst?«, murrte er mit belegter Stimme.

»Ich konnte nicht schlafen. Aber ich wollte dich auch nicht wecken.«

»Wegen dem Kleinen?« Vorsichtig legte er seine Rechte auf ihren leicht gewölbten Bauch. Duncan wusste, dass sie am liebsten auf dem Bauch schlief, doch das durfte sie jetzt nicht mehr, und es war ihr auch unangenehm.

»Nein, daran lag es nicht. Die Schafe lammen, und es regnet die ganze Zeit.«

»Du und deine Schafe.« Sein Spott war liebevoll. »Sie sind im Stall, und es geht ihnen gut.«

Adalie seufzte. »Ich kann eben nicht aus meiner Haut. Vielleicht liegt es auch nur daran, dass meine Eltern früher keinen Stall hatten, der für alle Tiere reichte, geschweige denn trocken war. Bei einem solchen Wetter haben wir Kinder draußen gehockt, die schwächlichen Lämmer aus dem Schlamm gezogen und im Haus gewärmt. Und wehe, wir haben eines übersehen oder sind vor Müdigkeit eingeschlafen, dann setzte es Prügel, die wir noch wochenlang gespürt haben.«

»Das tut mir leid«, sagte Duncan zärtlich und setzte sich auf.

Sie schmiegte sich an seine Schulter und rief sich in Erinnerung, was sie seit ihrer überstürzten Flucht aus Amokura Hills alles gewonnen hatte. Bei diesen Gedanken konnte ihr die Vergangenheit nichts mehr anhaben, und die Tränen verzichteten darauf, geweint zu werden.

»Was glaubst du, wie es ihnen geht?«

»Patrick hat ihnen sicher die Geschenke gebracht und meine Schwestern noch einmal daran erinnert, dass sie bei uns immer willkommen sind, falls sie es nicht mehr aushalten. Sammy vermisse ich sehr, aber die Jungs hatten es bei meinem Vater immer besser. Mehr Sorgen macht mir seine Gesundheit. Aber du warst so großzügig, und ich denke, das hat vieles geändert. Wenn der Hunger meinen Vater nicht mehr plagt, ist er ja womöglich leidlicher.«

»Wenn du meinst, dass sie noch etwas brauchen, können wir vielleicht einen Transport organisieren.«

Adalie küsste ihn auf die Wange, die ein wenig kratzig war. »Vielleicht in einigen Monaten. Du hast schon so viel gegeben.«

»Adalie, wir sind verheiratet. Was mir gehört, soll auch dein sein. Wenn du glaubst, dass deine Familie in Amokura Hills Geld braucht, dann schicken wir ihnen welches. Ich will nicht, dass du dich vor Sorge um den Schlaf bringst.«

Sie küsste ihn erneut, diesmal auf den Mund, und legte in ihren Kuss alles, was sie in diesem Moment empfand: Dank, Glück und unverbrüchlichen Mut. Dann stand sie auf.

»Ich muss wissen, was mit den Schafen ist«, sagte sie und grinste. »Immerhin sind sie meine Morgengabe gewesen.«

✳ ✳ ✳

Jonah blickte aus dem Stalltor hinaus zum Haus der Fitzgeralds, wo soeben im Schlafzimmer das Licht angegangen war.

Hinter ihm blökten die Schafe kläglich. Vielleicht hatte er es etwas übertrieben. Die Tiere hatten Schmerzen, eines kam nicht mal mehr hoch. Aber es war so leicht gewesen, sie in die runden Bäuche zu treten, sobald er sich vorgestellt hatte, Fitzgerald oder dessen Eltern lägen vor ihm am Boden.

Nun würden sicher einige zu früh gebären oder gleich tote Lämmer auf die Welt bringen. Ein Grund mehr für die Fitzgeralds, an ihr wachsendes Unglück zu glauben. Jede kleine oder große Gemeinheit war wie Wasser auf seine Mühlen. Jede Tat ließ ihn wachsen. Schon jetzt fühlte sich Jonah wie ein neuer Mensch. Die Zeit, die er im Alkoholrausch mit Hiri verbracht hatte, all die Jahre hatte er nicht richtig gelebt. Er war faul gewesen und bequem, ein Mensch, von dem er sich in seinem ersten Leben mit Abscheu abgewandt hätte. Jetzt endlich war der alte Jonah zurück, und er würde nicht aufgeben, bis er seine Rache bekommen hatte.

Jonah war jedes Mittel recht, und er hatte schon eine neue Idee, die seinen Plan perfektionieren würde. Eigentlich hatte er vorgehabt, Duncan Waters Fitzgerald in den nächsten ein oder zwei Monaten umzubringen, nachdem er sich dessen Frau angenommen hatte, doch dann bliebe seine eigentliche Rache unerfüllt. Schließlich waren es seine Eltern gewesen, die Jonahs altes Leben zerstört hatten. Er musste auch sie direkt treffen, um endlich Frieden zu finden. Wenn er nur lange genug nachdachte, würde er einen Weg finden, um sie herzulocken.

Jonah zog sich seinen Wachsmantel über, nahm eine Sense und trat hinaus in den Regen. Er war ein tüchtiger Arbeiter, ein Glücksfall für die Fitzgeralds. Fleiß war seine beste Tarnung.

Die Nacht war einer fahlen Dämmerung gewichen, die gerade in einen ebenso farblosen Morgen überging, als Adalie den Stall betrat. Sie trug ihr einfachstes Kleid und eine wärmende Pelerine. Ihr langes Haar war geflochten und aufgesteckt, damit es ihr bei der Arbeit nicht im Weg war.

Der weiche Geruch von Heu und warmer Wolle umfing sie wie eine schöne Erinnerung. Sie öffnete das Tor weiter, damit mehr Licht hineinfiel.

Vor dem Stall hatte sich der Boden in zähen Schlamm verwandelt, und der Regen versprach, nicht weniger zu werden. Schon trieben von der Tasmansee neue Wolken heran, noch dunkler als diejenigen, die in diesem Moment ihre nasse Fracht über Kahu River abluden.

Vom Stall aus konnte sie die Pferde sehen, die zu viert zusammenstanden, die Hintern in den Wind gedreht, und das üppige Gras fraßen. Die Bäuche der Stuten hatten sich merklich gerundet. Auch sie würden bald fohlen, doch erst waren die Schafe dran.

»Und zum Schluss ich«, sagte Adalie lächelnd und strich sich über den Unterleib.

Im Zwielicht des Morgens trat sie ans Gatter und musterte ihre geschrumpfte Herde. Die Tiere waren unruhig. Etwas stimmte nicht mit ihnen, das sah sie sofort. Manche liefen mit hochgewölbtem Bauch umher, andere lagen regelrecht apathisch auf dem Boden und käuten nicht wieder.

Vielleicht war es der Wechsel von der Weide in den Stall, doch Adalie ahnte, dass es nicht daran lag. Das nächste Unglück würde zuschlagen und hing drohend und schwer wie bleierne Gewitterwolken über den Tieren. Adalies Angst verwandelte sich in Wut. Nicht schon wieder ihre Schafe!

Im Nu war sie im Gatter. Die Tiere wichen vor ihr zurück, starrten sie mit weit aufgerissenen Augen an.

Adalie ging in die Hocke und wartete. Nach und nach kamen die Schafe näher. Schließlich fasste eines Mut, reckte

476

den Kopf vor und schnüffelte an ihr. Als nichts geschah, knabberte es an ihrem Kleid.

»Hey, lass das«, schimpfte Adalie erleichtert. Der seltsame Bann war gebrochen. Auch wenn die Tiere etwas scheu blieben, konnte sie sich doch zwischen ihnen bewegen, ohne Panik auszulösen.

Ein klägliches Blöken ließ sie aufhorchen. Sofort war sie bei dem Tier, dass auf der Seite lag und krampfte.

»Du bist doch noch gar nicht dran!«, sagte sie erschrocken. Als sie dem Schaf die Hand auf den Bauch legte, spürte sie deutliche Kontraktionen. »Dummes Mädchen, du bist viel zu früh.«

Sie konnte nichts tun, außer zu hoffen. Im Notfall würde sie die Frühgeborenen mit der Flasche aufziehen müssen. Adalie hockte sich in einiger Entfernung neben das Schaf – weit genug weg, um nicht zu stören, und nah genug, um eingreifen zu können, falls es Probleme gab.

Die Kontraktionen wurden immer heftiger. Die meisten Schafe blieben bis kurz vor der Niederkunft stehen, dieses lag von Anfang an und hob nur hin und wieder den Kopf.

Adalies Gedanken schweiften ab in die Vergangenheit. Nun war über ein Jahr verstrichen, seit der verhängnisvollen Nacht in Amokura Hills, die alles verändert hatte. Auch damals hatte ein Schaf schwer geboren, auch damals hatte es wie aus Kübeln gegossen, und doch war heute so vieles anders. Die Schafe gehörten ihr, und Manus Ó Gradaigh konnte ihr keine Angst machen, würde es nie wieder tun.

Als die Hufe und der Kopf des Lamms sichtbar wurden, stockte die Geburt plötzlich. Adalie wartete ab, in der Hoffnung, dass das Schaf nur verschnaufen müsste, doch es geschah nichts mehr.

Auch wenn in ihrem Inneren die Verzweiflung Wellen schlug, blieb sie ganz ruhig. Sie wusste genau, was zu tun war, denn sie hatte weit mehr als einem Schaf bei der Geburt geholfen.

Vorsichtig näherte sie sich, um das Tier nicht zu erschrecken, doch es war zu schwach, um auch nur den Kopf zu heben.

Das Lamm musste heraus, sonst würde es für beide zu spät sein. Zuerst wischte sie die Fruchtblase von dem kleinen Maul, das bereits herausschaute. Sie hoffte auf den Atemreflex, wurde aber enttäuscht. Adalie befürchtete das Schlimmste. Das erste in Kahu River geborene Lamm durfte nicht tot sein. Eigentlich glaubte sie nicht an schlechte Omen, aber das …

Adalie fasste die Vorderbeine des Lamms und wartete auf den richtigen Moment, um es herauszuziehen. Sie wartete vergebens. Es gab keine nächste Wehe, also musste es so gehen. Vorsichtig zog sie stärker, und dann rutschte das Lamm heraus.

Adalie sah auf. Sie war noch immer allein. Also stand sie auf, holte einen der alten Lappen, die sie schon am Tag zuvor dafür bereitgelegt hatte, und begann, das Lamm abzureiben. Es hielt die Augen halb geöffnet, gab keinen Laut von sich und war ansonsten völlig leblos. Adalie hob das kleine Köpfchen an, prüfte, ob Schleim die Nase verstopfte, und erschrak.

Hatte der Kopf des Lammes gerade wirklich geknirscht? Das konnte doch nicht sein!

Noch einmal betastete sie den Schädel. Etwas darin bewegte sich, was sich nicht bewegen sollte. Der Schädel des Lamms war gebrochen. Fassungslos starrte sie auf das kleine

Tier, das in diesem Moment seinen letzten schwachen Atemzug tat.

Wie konnte das geschehen sein? Sie hatte doch alles richtig gemacht. Es war unmöglich, dass der Kopf verletzt worden war, als sie es aus dem Mutterleib gezogen hatte.

»Das Köpfchen war doch schon raus«, flüsterte sie fassungslos und starrte auf das Lamm.

In ihrem Kopf wirbelten die Gedanken durcheinander. Es musste im Mutterleib passiert sein, aber wie? Vielleicht waren die Tiere aus irgendeinem Grund in Panik geraten, und das Schaf war von den anderen getreten oder gestoßen worden.

Ja, so musste es passiert sein, aber was hatte die Panik ausgelöst? In Neuseeland gab es keine gefährlichen Tiere außer Hunden. Aber Mapura hätte doch gebellt, wenn verwilderte Hunde die Herde bedroht hätten.

Adalie musterte die anderen Schafe. Keines blutete, nichts wies auf einen solchen Angriff hin, der sicher einige Bisse oder sogar tote Schafe mit sich gebracht hätte.

Wenigstens hatten sich die Tiere mittlerweile beruhigt.

In diesem Augenblick hob das Mutterschaf den Kopf und sah sich um.

»Dein Lämmchen hat es nicht geschafft, es tut mir leid«, sagte Adalie sanft.

Das Schaf krampfte und streckte alle viere von sich. Ein zweites Lamm kündigte sich an.

Adalie rückte näher an das Schaf heran, schlang die Arme um ihre angezogenen Beine und stützte das Kinn aufs Knie.

Dieses Mal schaffte es das Tier alleine. Der Anblick der Geburt tröstete Adalie über das tote Lamm hinweg, denn dieses lebte und schien gesund zu sein. Es würde doch noch alles gut werden.

Adalie stand auf, um das erste Lamm aus dem Pferch zu tragen. Sie legte es in einem Winkel des Stalls ab. Auch wenn sie es am liebsten begraben hätte, so brachte sie es nicht über sich, das Fleisch zu verschwenden, dafür hatte sie selbst zu oft Hunger gelitten. Sie selbst würde es zwar nicht essen können, aber Jonah oder die Arbeiter würden sich freuen.

Als sie in den Pferch zurückkehrte, begann das Lamm gerade zu saugen, und die anderen Schafe scharten sich neugierig um Muttertier und Junges. Schon bemerkte Adalie ein zweites Schaf, das noch heute gebären würde. Sie verstand zwar nicht, wie sie es machten, aber die Tiere ließen sich oft voneinander anstecken und warfen am gleichen oder darauffolgenden Tag. Jetzt war der Damm gebrochen, und bald würden Dutzende kleiner Lämmer durch den Stall springen.

»Wenn es nur bald aufhört zu regnen.« Adalie seufzte und stützte die Hände aufs Gatter. Sie wollte die Lämmer so bald wie möglich hinaus auf die Wiese lassen.

Draußen erklangen Schritte, die mühsam durch den Schlamm stapften. Duncan war es nicht, seinen Gang hätte sie sofort erkannt.

Im nächsten Moment schob sich zuerst ein riesiger Grasberg durch das Tor, dann sah sie Jonah, der beinahe dahinter verschwand.

»Einen schönen guten Morgen, Mrs.«, nuschelte er, hielt direkt auf den Schafspferch zu und warf seine schwere Ladung hinein. Die Tiere wichen erschrocken zurück, stürzten sich aber kurz darauf auf das frische Grün.

Jonah drückte den Rücken durch, nahm seinen wassertriefenden Hut ab und wischte sich einige Halme aus dem Gesicht.

»Danke, das wird erst einmal eine Weile reichen«, sagte Adalie. »Wissen Sie was? Das erste Lamm ist da.«

»Oh, schön. Da hatten Sie wohl den richtigen Riecher, die Herde gestern reinzuholen.«

Adalie seufzte. »Aber irgendetwas stimmt nicht. Die Schafe gefallen mir nicht. Etwas muss ihnen heute Nacht Angst gemacht haben.«

Jonah musterte sie mit einem Blick, der ihr bei einem Fremden mehr als unheimlich gewesen wäre. Von dem Alten war sie die mürrische Art mittlerweile jedoch gewöhnt.

»Was denn?«, fragte er.

»Wilde Hunde vielleicht. Haben Sie nichts gehört?«

»Wenn Sie es nicht gehört haben ... Meine Hütte ist doch noch viel weiter weg als Ihr Haus, Mrs.«

»Sie haben ja recht. Ich frage mich nur, was passieren muss, damit sich ein Lamm im Mutterleib den Schädel bricht.«

Jonah zog die Brauen hoch. »Tut mir leid, Mrs. Da bin ich überfragt. Seltsam ist das schon.«

Adalie sah wieder zu den Schafen. Die meisten fraßen, während sich ein weiteres Tier absonderte und für die Geburt eine ruhige Stelle suchte. In einer Ecke im Stroh presste es das Lamm relativ schnell heraus. Dieses Mal lief alles glatt.

Jonah werkelte unterdessen in der Scheune herum, schliff die Sichel für ihren nächsten Einsatz und fütterte die restlichen Tiere. Adalie merkte kaum, wie die Zeit verstrich. Eifrig sah sie nach den Schafen und kontrollierte, ob die Lämmer tranken und wohlauf waren.

Als Duncan am Mittag in die Scheune kam, hatte ein weiteres Lamm das Licht der Welt erblickt.

»Da du heute Morgen nicht wiedergekommen bist, nachdem du nur kurz nach den Schafen sehen wolltest, gehe ich davon aus, dass es hier interessanter ist als bei mir«, sagte er amüsiert.

Adalie verließ das Gatter und ging zu ihm. Erst jetzt wurde ihr klar, dass sie das gemeinsame Frühstück mit ihrem Ehemann einfach so verlassen hatte und nicht wieder zurückgegangen war. Sie hatte es schlichtweg vergessen.

Beschämt wies sie auf die Lämmer. »Schau nur, Duncan, vier sind es schon. Es gab Probleme, und dann habe ich es einfach irgendwie vergessen.«

Er zog sie an sich und gab ihr einen Kuss.

»Hmm, du riechst gut, nach Holz.«

»Und du duftest nach Stall, meine liebe Frau.« Er sagte es mit einem Zwinkern.

Sie stieß ihn mit gespielter Empörung vor die Brust. »Du unhöflicher Kerl, so schlimm kann es gar nicht sein. Du willst mich ja nur ärgern. Woran hast du gearbeitet?«

»Ach, das wüsstest du wohl gerne. Es ist ein Geschenk für unseren Sohn ...«

»... oder unsere Tochter.«

»Genau, und bevor es so weit ist, wirst du es nicht zu Gesicht bekommen«, sagte er in gespieltem Ernst.

Sie wandte sich von ihm ab, doch er zog sie wieder an sich und legte ihr die Hände auf den Bauch.

Adalie drückte genießerisch den Rücken gegen seine Brust.

»Ich kann es kaum noch erwarten«, seufzte sie.

In diesem Moment kam Jonah zurück in den Stall. Adalie hatte ihn längst vergessen.

Der Hilfsarbeiter tippte sich grüßend an den Hut. »Ich wollte nicht stören.«

»Sie stören nicht«, sagte Adalie, obwohl sie ihm am liebsten zugerufen hätte, dass er schleunigst verschwinden solle.

Zögernd trat Jonah näher und musterte ihren Bauch, auf der noch immer Duncans Hände lagen.

»Es freut mich immer, glückliche junge Menschen zu sehen«, sagte er, die Augen tief und unlesbar im Schatten seiner Hutkrempe verborgen.

Heute war ihr der Alte regelrecht unheimlich, und doch konnte sie nicht anders, als dieses ganz besondere Leuchten in sich zu spüren, wenn sie an das wachsende Kind dachte.

Ihre Freude färbte auch auf den werdenden Vater ab.

»Wissen Ihre Verwandten denn schon von ihrem baldigen Glück?«

Adalie sah Duncan an. Es war ihr bislang zu früh erschienen, um die gute Nachricht zu verbreiten, denn in den ersten Monaten konnte noch so viel schiefgehen. Aber so wie es schien, entwickelte sich das Kind gut und wollte zur Welt kommen.

»Noch nicht, aber vielleicht wäre es an der Zeit. Was meinst du?«

Duncan nickte. »Meine Mutter wird außer sich sein vor Freude.«

»Dann schicken wir ihnen Briefe. Sammy kann ihn meinen Eltern vorlesen.«

»Warum laden Sie Ihre Eltern nicht hierher ein? Zur Taufe und zur Hauseinweihung?« Jonah klang regelrecht euphorisch, so hatte sie ihn noch nie erlebt.

Adalie schob es darauf, dass ihm ausnahmsweise eine frohe Erinnerung gekommen war, und sie freute sich, dass der Alte nun ein wenig auftaute. Fragend sah sie sich zu Duncan um. »Was meinst du? Ein Fest?«

»Ich finde, das ist eine ausgezeichnete Idee! Sie können es sicher kaum erwarten, Kahu River zu sehen.«

Bei Johanna und Liam Fitzgerald hegte Adalie auch keinerlei Zweifel, aber ihre eigenen Eltern und Schwestern würden die Reise sicher nicht antreten, selbst wenn sie nichts bezahlen mussten. Manus Ó Gradaighs seltsamer Stolz vertrug sich nicht damit, dass seine Tochter gegen seinen Willen geheiratet und dann auch noch eine gute Partie weit über ihrem Stand gemacht hatte. Wenn er zu Besuch käme, wäre es wie eine späte Anerkennung, und dazu würde er sich niemals herablassen. Leider war Manus' Entscheidung bindend für den Rest der Familie.

»Meine Familie wird nicht kommen«, sagte sie daher und versuchte, die Trauer darüber nicht an sich heranzulassen. »Aber ich würde mich wirklich sehr freuen, meine Schwiegereltern wiederzusehen.«

»Also ist es beschlossen.« Duncan drückte sie, und Jonah beobachtete sie beide mit einem breiten Grinsen.

∗ ∗ ∗

Innerhalb der nächsten Woche wurden auch die restlichen Lämmer geboren. Beinahe ein Drittel kam tot zur Welt oder starb kurz nach der Geburt, und auch ein Muttertier verendete. Trotz dieses Unglücks, dessen Ursache weiterhin rätselhaft blieb, hatte sich die Kopfzahl der ursprünglichen Herde verdoppelt. Und wenn Adalie den spielenden Lämmern zusah, konnte sie nicht lange Trübsal blasen.

An diesem Morgen war endlich die Sonne herausgekommen und brannte nun regelrecht auf das schmale Tal hinab. Überall dampfte es. Der Tau stieg aus den Gräsern als Nebel auf und verflüchtigte sich schnell. Die Holzschindeln auf dem Dach trockneten und knackten dabei leise, während es im Haus angenehm warm wurde.

Heute war der Tag, auf den Adalie schon ungeduldig gewartet hatte.

Mapura hüpfte aufgeregt um seine Herrin herum, als wüsste er genau, dass er heute endlich mit der Arbeit beginnen durfte. Sie hatte in den vergangenen Wochen fleißig mit ihm geübt, trotzdem war er noch schrecklich ungestüm. Einen guten Hütehund aus ihm zu machen würde noch Monate, vielleicht Jahre dauern.

»Die Kleinen werden nicht gezwickt«, ermahnte sie ihn, als sie in den Stall ging und das Gattertor öffnete.

Mit Rufen und Pfiffen dirigierte sie den Hund, die Herde langsam aus dem Pferch zu treiben.

Während die Mutterschafe freudig vorwärtsdrängten, stolperten die Lämmer orientierungslos umher. Adalie klemmte sich die beiden kleinsten links und rechts unter den Arm, und schon ging es los.

Wie eine wollene weiße Wolke zog die kleine Herde durch das satte Grün.

Adalie trieb die Tiere auf die beste Weide. Selbst die schlechteste am Kahu River war besser als alles, was sie in Amokura Hills zur Verfügung gehabt hatte.

Die Lämmer unter ihren Armen gaben es irgendwann auf zu strampeln. Mit weit aufgerissenen Augen bestaunten sie diese für sie völlig neue Welt und gaben nur hin und wieder ein leises Blöken von sich, das prompt vom Muttertier erwidert wurde.

Adalie genoss die wärmenden Sonnenstrahlen auf ihrem Gesicht, den Duft des nassen Grases und den würzigen Harzgeruch, der aus dem Wald herüberwehte. In diesem Moment

485

war sie vollkommen glücklich. Konnte es etwas Schöneres geben, als das pralle Leben in all seinen Facetten zu spüren? Pulsierend breitete sich ein unbeschreibliches Wohlgefühl in ihr aus, so hell und warm wie eine eigene kleine Sonne in ihrem Inneren.

In diesem Moment lebte sie die Träume, die sie sich als Kind ausgemalt hatte.

Duncan war mit Giles weiter talaufwärts damit beschäftigt, eine Wasserleitung zu bauen, die Wasser aus dem Kahu River über ausgehöhlte kleine Stämme bis zum Haus transportieren sollte. Sie hatten erst an diesem Tag damit begonnen.

Als Duncan die Schafe hörte, sah er hinab zum Hof. Adalie ging zügigen Schrittes hinter der Herde her, die von ihrem eifrigen Hund zusammengehalten wurde.

Duncan winkte ihr zu. Adalie sah ihn und hob ein Lamm in die Höhe, winken konnte sie nicht, sie hatte beide Hände voll.

Giles legte seinem Freund eine Hand auf die Schulter. »Wer hätte das gedacht, *Parata*, dass du einmal mit einer Schäferin verheiratet sein würdest.«

Duncan lachte. »Du weißt, wie sehr mich die feinen Damen mit ihrem endlosen Gerede über Kleider, Hüte und den neuesten Klatsch abgeschreckt haben.«

»Und dann kam die wilde Adalie aus Irland.«

»Zu meinem Glück.«

»Das kannst du wohl laut sagen!« Er gab ihm einen freundschaftlichen Stoß. »Als Farmer gefällst du mir auch besser als im Soldatenfrack.«

»Ich konnte dich als Rebell auch nicht leiden.«

Sie lachten beide und wandten sich dann wieder den

ausgehöhlten Stämmen zu. Der Stamm, der direkt in den Kahu River ragen würde, lag schon bereit, ebenso wie die Steine, die ihn stützen sollten. Er würde als Letzter eingefügt werden.

»Duncan, ich möchte dich um etwas bitten, als mein Bruder.«

»Alles, was du willst.«

»Ich möchte Mr. Mora um die Hand seiner Tochter Lorangi bitten, und du sollst mich begleiten.«

Duncan hielt inne, dann umarmte er seinen Freund. »Natürlich bin ich dabei. Das heißt, du bleibst tatsächlich hier, und wir werden mit unseren Familien Nachbarn?«

»Wenn Mr. Mora mir wohlgesonnen ist und du mich auf Dauer in deiner Nähe ertragen kannst?«

»Was für eine Frage!«

In bester Laune machten sie sich an die Arbeit. Pflock um Pflock schlugen und gruben sie in die Erde und setzten die ausgehöhlten Stämme darauf, die mit Flachsseilen festgebunden wurden. Es war eine anstrengende, schweißtreibende Arbeit, und Duncan genoss sie in vollen Zügen. Die Regentage hatte er im Haus verbracht, wo er an einer Krippe für sein Kind geschnitzt hatte. Es war eine Aufgabe, die seine gesamte Geschicklichkeit forderte und auch ihre Vorteile hatte, aber jetzt war es einfach ein gutes Gefühl, seine Kraft einzusetzen, zu schwitzen und sich am Ende des Tages völlig ausgelaugt zu fühlen.

Sobald sie die Wasserleitung fertiggestellt hätten, würde niemand mehr Wasser in Eimern vom Fluss heranschleppen müssen, und das würde besonders Adalie zugutekommen, wenn die täglichen Arbeiten für sie in den nächsten Monaten immer beschwerlicher werden würden.

Während sie sich Schritt für Schritt den Hang hinunter-arbeiteten, überlegten sie, wo Giles am besten ein Haus für sich und seine Familie bauen sollte. Die Zeit verging wie im Flug, und am späten Nachmittag konnten sie die letzte Rinne einsetzen.

»Ich bin wirklich gespannt, was mein Stiefvater sagen wird, wenn er das hier sieht«, sagte Duncan schließlich erschöpft.

»Er wird stolz auf dich sein und sehen, dass es richtig war, deine Offizierslaufbahn in den Wind zu schießen.«

»Hoffen wir es.«

»Und wenn schon. Es ist dein Leben, deine Zukunft.«

»Ja, das stimmt natürlich.«

✳ ✳ ✳

Kapitel 19

Januar 1871

Jonah schob die Briefe in die Innentasche seiner Jacke und die Münzen, die Duncan ihm reichte, gleich hinterher.

»Es ist mir ein Vergnügen, Sir«, sagte er fröhlich, und so war es wirklich. Mit diesen Briefen rückte seine Rache in greifbare Nähe, denn es waren die Einladungen zur Hauseinweihung und Taufe für seine Eltern.

»Dann bis in zwei, drei Tagen«, rief er und machte sich auf den Weg.

Er marschierte zügig los, um das Tal und den Kahu River hinter sich zu lassen, wo er sich immer so fühlte, als würde er eine bleierne Last auf den Schultern tragen, die ihn niederdrückte. Je mehr Zeit er mit den Fitzgeralds verbrachte, desto stärker drängte ihn sein Rachewunsch, den er noch eine Weile bezwingen musste.

In seinen Träumen badete er bereits im Blut der Fitzgeralds, und es war wunderbar. Ob Jonah dabei selbst ums Leben kommen würde, war ihm einerlei, solange er die ganze Familie mit sich in den Tod riss. Mittlerweile erstreckte sich seine Mordlust auch auf die Mrs.

Eigentlich hatte er Adalie und vielleicht auch ihr Kind verschonen wollen, aber ihre Fröhlichkeit und ihre Gutmütigkeit provozierten ihn. Jede freundliche Geste schien ihn zu verhöhnen, als wollte sie ihm zeigen, wie gut die Menschen sein konnten. Menschen waren nicht gut. Sie alle trugen mehr oder weniger den Teufel in sich, da war Jonah sich sicher. Adalie Fitzgerald verbarg ihn nur besser als andere.

Sie war ohnehin eine seltsame Frau. Ganz gleich, welches Unheil er auch für sie ersann, er schaffte es nicht, sie in Panik zu versetzen. Stattdessen schien sie immer stärker zu werden und ihr Ziel mit noch größerer Sturheit zu verfolgen.

Aber das würde nicht endlos so weitergehen, denn er würde ihr das Wichtigste nehmen, was es in ihrem Leben gab: Duncan. Oder er drehte den Spieß um und ließ den Fitzgerald-Spross dabei zusehen, wie es mit seiner Frau zu Ende ging.

Jonah hatte noch einige Monate vor sich, in denen er sich entscheiden konnte, welche Methode ihm am besten gefiel. Jetzt war er erst mal allein, und das war gut so. Noch mehr süßliche Geselligkeit hätte er nicht ertragen.

Seine Dienstherren um einige freie Tage zu bitten, war einfacher gewesen als gedacht. Adalie gab ihm sogar ein paar Münzen zusätzlich, damit er sich neue Kleidung kaufen konnte. Das würde er auch tun, um sich nicht verdächtig zu machen.

Es dauerte nicht lange, bis Jonah das Haus der Moras erreichte. Er grüßte kurz und schlug dann den Weg südwärts ein, der am Strand entlang nach Pania Bay führte.

Beinahe fühlte er sich wieder in die Zeit kurz nach Hiris Tod versetzt, als er aus dem Maoridorf vertrieben worden war.

Die Erinnerung an seine verstorbene Gefährtin schmerzte ihn immer seltener. Mittlerweile nahmen seine Rachepläne den Großteil seiner Gedanken ein. Sie berauschten ihn. Es gab Tage, an denen er gar nicht an Hiri dachte, manchmal sogar mehrere nacheinander, auch wenn die Trauer hin und wieder umso heftiger zurückkehrte. Hiri hatte ihm, ohne es zu wollen, eine Wunde geschlagen, deren Narbe ihn bis zum letzten seiner Tage zeichnen würde. Und wie es die Art mancher Narben war, schmerzte sie mal mehr mal weniger, je nachdem, wie das Wetter sich entwickelte oder die Launen der Welt.

Sein Marsch durch den Sand zerrte jedoch die Erinnerungen an seine tote Geliebte wieder hervor. Er sah Hiri vor sich, wie sie am Strand nach Muscheln suchte, sie mit Stöcken vom Felsen schlug und dabei ihr prächtiges Hinterteil in die Höhe streckte.

»Ach, Hiri, du Luder«, seufzte Jonah und fühlte, wie sein Schwanz hart wurde und nach einer Weile enttäuscht erschlaffte.

Es gab keine Hiri mehr für ihn. Dieser Lebensabschnitt lag hinter im. Die Rache hingegen, oh ja, die Rache war sein. Seitdem er sie wiederentdeckt hatte, war er regelrecht in sie vernarrt, wie bei einer jungen Liebe. Und als wäre sie ein Weib, fieberte er jeder neuen Begegnung sehnsüchtig entgegen.

Gegen Mittag erreichte er Pania Bay und erledigte rasch die ihm aufgetragenen Aufgaben. Zuerst ging er zu der kleinen Poststation und gab die Briefe auf, dann genehmigte er sich einen kleinen Imbiss und kaufte sich eine neue Hose, Schuhe und zwei Hemden, die er zu einem Bündel verschnürt in seinem Gepäck verstaute. Nachdem er sich noch eine Flasche Schnaps, Brot und ein großes Stück Speck geleistet hatte, begann das Warten.

Er strich durch die Häuserzeilen wie ein Raubtier auf der

Jagd. Es war ein ganz bestimmtes Wild, das er suchte, menschliches. In der Nähe des Hafens standen seine Chancen am besten. Ruhig setzte er sich auf die Kaimauer und beobachtete die Passanten. Viele von ihnen waren Seeleute und Bergarbeiter. Der Ort hatte keine Oberschicht, oder höchstens eine Handvoll, die sich hier aber nie blicken lassen würde.

Jonah suchte einen Glücksritter. Vielleicht einen Goldsucher, der aus Kalifornien hergekommen war, als der Goldrausch dort seinen Höhepunkt überschritten und die Euphorie hier gerade erst begonnen hatte. Reich war kaum jemand dabei geworden. Die Westküste gab nur wenig Gold aus den Quarzadern frei, geizte aber nicht mit Kohle.

Soeben schnitt Jonah sich einen Streifen würzig geräucherten Specks ab, um ihn mit einem Stück Brot zu essen, als ein Mann seine Aufmerksamkeit erregte.

Er war hager, ungefähr vierzig Jahre alt und trug den Stolz eines Menschen zur Schau, der es geschafft hatte. Er führte ein großes, geflecktes Muli am Strick, auf dessen Rücken sich Lebensmittel und andere Vorräte türmten.

Jonah interessiert jedoch vor allem das Gewehr, das der Fremde im Gepäck hatte, und der Revolver, der unter seiner Weste hervorblitzte. Das war sein Mann!

Er ließ ihn an sich vorbeiziehen, wartete einen Augenblick und folgte ihm dann. Das große schwarz-weiße Maultier war ein Glücksfall, denn die ungewöhnliche Färbung machte es weithin sichtbar, und Jonah konnte mit großem Abstand hinterhergehen. Der Fremde sollte seinen Verfolger nicht bemerken.

Die freudige Erwartung ließ Jonah seine nach dem langen Marsch schmerzenden Knie vergessen. Und wenn er jetzt noch einmal die gleiche Strecke laufen müsste, es wäre ihm egal. Alles, was ihn seiner Rache ein wenig näher brachte, machte ihn glücklich und wog die Mühsal dreifach auf.

Sie verließen Pania Bay auf einer staubigen Straße, die in östliche Richtung führte. Sobald die letzten schäbigen Häuser und Verschläge hinter ihnen lagen, wurde sie schmaler und führte nur mehr als Karrenweg durch die kahle Landschaft. Der Wald war dem Häuserbau und den Bergwerken zum Opfer gefallen. Die entstandenen Freiflächen waren nicht gepflegt worden. Farn und dürre Bäume bildeten einen Flickenteppich aus Gesträuch, auf dem Schafe und einige Rinder weideten.

Vereinzelt waren Menschen zu Fuß unterwegs. Vielen von ihnen hatte sich der Kohlenstaub so tief in die Poren und Kleidung gesetzt, dass sie beinahe schwarz aussahen.

Jonah folgte dem Bewaffneten unbeirrt.

Als der Abend dämmerte, verließ der Mann den Weg und wählte einen schmaleren, den Jonah beinahe verpasst hätte. Zum Glück dampfte ein Haufen des Mulis gleich am Abzweig, und Jonah lachte leise über den stinkenden Wegweiser.

Nun musste er vorsichtiger sein. Der Pfad schien nicht oft benutzt zu werden, ein Verfolger würde hier auffallen.

Doch der Fremde ging nicht weit, sondern machte bei einigen Felsen halt.

Jonah duckte sich hinter ein Gebüsch und beobachtete, wie er sein Muli absattelte und dem Tier die Vorderbeine zusammenband, damit es nicht weglaufen konnte. Hüpfend suchte sich das Packtier etwas zu fressen, während der Fremde kleine Äste für ein Feuer sammelte. Offenbar wollte er hier sein Nachtlager aufschlagen, was Jonah sehr entgegenkam. Ruhig wartete er ab, bis am Himmel die ersten Sterne

sichtbar wurden und das Feuer des Fremden munter prasselte.

Als Jonah aufstand, musste er die Zähne fest zusammen-
beißen, um nicht laut aufzustöhnen. Die kauernde Haltung
war Gift für seinen Körper, und jetzt bekam er die Quittung.
Humpelnd schleppte er sich in Richtung Lagerfeuer. Jetzt
versuchte er nicht mal mehr, leise zu sein.

»Hey da!«, rief er. Er wollte nicht erschossen werden, nur
weil der andere einen Überfall vermutete.

»Wer ist da?«, rief der Mann auch prompt. Er war vom
Feuer weggetreten, um sich nicht zur Zielscheibe zu
machen.

»Ich habe Rauch gerochen und suche einen Platz für die
Nacht.«

»Tritt näher, so, dass ich dich sehen kann.«

Jonah tat, was der andere verlangte. Im Licht des Feuer-
scheins drehte er sich mit ausgestreckten Händen um die
eigene Achse. »Ich bin allein und unbewaffnet.«

»Durchfüttern kann ich dich aber nicht«, rief der Mann
und trat aus dem Schatten der Felsen, die er als Deckung
genutzt hatte, ins Licht. Das Gewehr hielt er noch immer im
Anschlag.

»Ich habe mein eigenes Essen dabei. Will nur nicht unbedingt alleine lagern, wenn es nicht sein muss.«

Der Fremde sicherte sein Gewehr und machte eine einladende Geste.

Jonah nahm den Rucksack ab, rollte seine Decke aus und
setzte sich seufzend. Seine Müdigkeit war nicht vorgetäuscht.
Er hätte sich direkt hinlegen können und wäre sicher sofort
eingeschlafen, doch er war nicht hergekommen, um zu
schlafen.

»Ich bin Jonah«, stellte er sich vor und streckte dem anderen die Hand entgegen.

Der schüttelte sie fest. »Hobart, freut mich, Jonah.«

»Ist es hier in der Gegend üblich, sich bis an die Zähne zu bewaffnen?«, fragte Jonah wie beiläufig und machte sich dabei an seinem Gepäck zu schaffen, um sein Essen herauszuholen.

»Nicht unbedingt. Aber wenn man die Früchte von einem halben Jahr Schürfarbeit nach Pania Bay bringt, sollte man schon vorsichtig sein. Hier treibt sich viel Gesindel herum. Beinahe jeder will dir an den Kragen. Aber jetzt, da das Geld auf der Bank ist, fühle ich mich wie ein neuer Mensch.«

Jonah zuckte mit den Schultern. »Ich komme aus dem Norden, da muss man höchstens die Maori fürchten.«

»Die amerikanischen Schürfer sind aus anderem Holz geschnitzt, denen ist alles zuzutrauen. Was machst du hier, wenn du eigentlich aus dem Norden kommst?«

»Ich suche Arbeit.«

»Könnte sein, dass du Glück hast, je nachdem, was du suchst. In den Minen machen sich die Leute schneller die Knochen kaputt, als sie neue Arbeiter finden.«

Jonah verzog missbilligend das Gesicht. Mehr hatte er dazu nicht zu sagen. Er hatte keine Lust, Zeit und Mühe auf ein Gespräch mit jemandem zu verschwenden, der den nächsten Morgen nicht erleben würde. Es war leichter, über Essen zu reden, als sich Geschichten auszudenken, also hielt er die Speckseite hoch, die er in der Stadt gekauft hatte.

»Willst du ein Stück, Hobart?«

Der maß soeben mit der Hand Bohnen ab, die er in einen verrußten Blechtopf warf. Als er aufsah, nickte er sofort. »Dafür bekommst du was von meinem Eintopf.«

Jonah teilte großzügig. Je schneller Hobart müde, satt und betrunken war, desto besser für ihn. Die Schnapsflasche zog er daher als Nächstes aus seinem Rucksack. Jetzt machte der Goldgräber wirklich große Augen, und der Dämon, der in Jonahs Eingeweiden hauste, brüllte vor Gier.

»Hast du was zu feiern?«

»Vielleicht. Ich bin froh, wieder unterwegs zu sein. Die Farmer auf dem letzten Hof waren unerträglich.«

»Offenbar haben sie dich aber trotzdem gut bezahlt.«

»Haben sie. Wenn ich etwas mache, dann gründlich. Das gilt für die Arbeit wie für alles andere.«

»Du gefällst mir.« Der Goldgräber grinste und sah gierig zu, wie Jonah die Flasche an die Lippen setzte.

Es fiel ihm nicht leicht, nur einen winzigen Schluck zu nehmen. Der Schnaps rann wie flüssiges goldenes Feuer seine Kehle hinab und breitete sich als warmer See in seinem Magen aus. Die Sehnsucht, die mit der vertrauten Hitze kam, drohte Jonah zu überwältigen, doch er stemmte sich erfolgreich dagegen. Nicht heute. Morgen konnte er trinken, so viel er wollte, aber nicht in dieser Nacht.

Der Dämon des Durstes wollte davon nichts hören. Ihm waren Jonahs Rachepläne gleich. Es reichte, wenn er sie in den schweren berauschten Träumen auslebte, die kommen würden, sobald die Flasche geleert war.

Jonah reichte Hobart die Flasche. »Trink ruhig, du hast ja im Gegensatz zu mir wirklich einen Grund zu feiern.«

»Dich hat der Himmel geschickt«, sagte der Goldgräber und genehmigte sich einen ordentlichen Schluck, bevor er die Flasche zurückgab.

Jonah stellte sie zwischen sich und ihn und versuchte sich abzulenken und nicht an das verlockende Glühen und den herrlichen Rausch zu denken, den die klare Flüssigkeit für ihn bereithalten würde. Stattdessen zog er einen Stein aus dem Feuer, blies die Asche herunter und legte einige Speckstreifen darauf, die sofort zu brutzeln begannen.

Der köstliche Duft half Jonah, nicht an die Flasche zu denken. Er drehte und wendete den Speck, bis er braun war, dann reichte er Hobart einen Streifen. Während dieser mit essen beschäftigt war, setzte Jonah den Schnaps an die Lippen, trank aber nicht und reichte ihn dann an den ahnungslosen Goldgräber weiter.

Hobarts Stimmung hob sich mit jedem Stück Speck und jedem Schluck Schnaps ein wenig mehr. Als der Bohneneintopf zu kochen begann und seinen typischen muffigen Geruch verbreitete, war sein Blick längst glasig und das Lächeln unter dem struppigen Bart schief.

Jonahs Laune besserte sich ebenfalls. So oft wie möglich, ohne dass es auffällig wirkte, reichte er Hobart die sich schnell leerende Schnapsflasche.

Der Bohneneintopf brannte an, und niemanden störte es. Der Goldgräber war redselig geworden und erzählt Jonah von missglückten Liebschaften, seinem Claim und seinen Zukunftsträumen, irgendwann im Norden seinen Altersruhesitz zu bauen, wo es warm war und die Mädchen für etwas Geld leicht käuflich.

Jonah nickte und lachte an den Stellen, an denen es von ihm erwartet wurde, trug selbst die ein oder andere Geschichte bei und wartete ab.

Er war bereit, jetzt kam es darauf an, wann der Fremde sich bereit erklärte zu sterben. Den letzten Schluck hatte Jonah selbst getrunken, doch das war nun unwichtig, das bisschen machte ihm nichts aus. Hobart hatte den Großteil intus. Nun arbeitete sich der Alkohol durch seinen Magen ins Blut vor, wie Gift.

»Isch muss pissen!«, rief Hobart schließlich erstaunt, als hätte er ein Wunder entdeckt. Er versuchte, auf die Beine zu kommen, und stolperte beinahe in die Flammen.

Jonah gab ihm einen Schubs in die richtige Richtung, weg vom Feuer.

»Danke, mein Freund«, jaulte der Goldgräber und torkelte in die Dunkelheit.

Jonah erhob sich langsam und schlich lautlos hinter Hobart her. Als er schon ganz nahe war, knackte ein Zweig unter seinem Fuß.

Der Goldgräber fuhr herum. »Was willstu? Bissu krank und stehst auf Schwänze?«

»Nein, ich muss auch.«

»Ah so!«, lallte Hobart beruhigt und drehte ihm wieder den Rücken zu.

Jonah wartete einen Herzschlag lang, dann zog er sein Messer, mit dem er schon den ganzen Abend Speck geschnitten hatte, schlitzte dem Goldgräber die Kehle auf und riss ihm im gleichen Moment die Pistole aus dem Holster.

Hobart röchelte, presste die Hände auf den Hals und schwankte durch das Dickicht.

»So warm«, keuchte er, »so warm.« Seine Worte erstarben in einem Gurgeln.

Jonah sah ihm zu. Fitzgerald hatte recht. Ein Mensch, der verblutete, konnte noch ganz schön weit laufen.

Mit dem glitschigen Messer in der Hand wartete Jonah darauf, dass der Mord etwas in ihm auslöste, doch wie schon bei Hauku fühlte er nichts. Weder Schuld noch Bedauern wollten sich einstellen, er spürte lediglich Zufriedenheit. Ein weiteres Puzzleteil hatte an seinen Platz gefunden.

Jonah starrte auf Hobarts Körper, der mit der Dunkelheit verschwamm, bis auch die Beine aufhörten zu zucken, dann pinkelte er und ging zum Lagerfeuer zurück.

Dort setzte er sich eine Weile hin und starrte in die Flammen. Jonah wartete auf den Mond. Noch stand er zu tief am Himmel, um gut genug sehen zu können. Jonahs Augen hatten nachgelassen und sich gemeinsam mit den Knien gegen ihn verschworen.

Als das Feuer beinahe heruntergebrannt war, nahm er sich Hobarts Gepäck vor. Einiges davon war noch zu gebrauchen, worauf er es aber abgesehen hatte, war die Munition. Er fand gleich mehrere Schachteln, für das Gewehr wie für die Pistole. Die ganze Mühe hatte sich also gelohnt, und der Goldgräber war nicht umsonst gestorben.

Jonah schulterte sein Gepäck und machte sich im bläulichen Mondschein auf den Rückweg.

Als er bereits ein Stück gegangen war, bewegten sich plötzlich die Büsche vor ihm. Das gescheckte Muli hopste ungelenk auf den Weg und sah ihn fragend an. Jonah seufzte, das Tier hatte er völlig vergessen. Das Muli mit zusammengebundenen Beinen seinem Schicksal zu überlassen wäre eine echte Sauerei.

Kurz überlegte er, ob er dem Tier die Kehle durchschneiden sollte, wie seinem Herrn.

»Komm her, Junge«, sagte er ruhig und griff mit ausgestreckter Hand nach dem Halfter, dann zog er sein Messer.

Das Muli schnaubte laut, sobald es Hobarts Blut witterte. Es war wirklich ein prächtiges Tier, muskulös, mit festen Beinen und noch jung an Jahren.

»Wenn du nicht aussehen würdest wie ein Zirkustier, könntest du mir gut gefallen«, meinte Jonah und seufzte. Er wusste, dass es einem Selbstmord gleichkäme, das Muli des Toten zu stehlen. Wenn er auf dem Rückweg nicht durch Pania Bay gemusst hätte, wäre es trotzdem eine Überlegung wert gewesen, aber sein Weg führte durch die Stadt, und damit war seine Entscheidung gefallen. »Tut mir leid, Junge, aber unsere Wege trennen sich hier. Und jetzt halt schön still.« Mit einem raschen Schnitt war das Seil entzwei. Das Tier wackelte scheinbar überrascht mit den Ohren und wartete brav, bis Jonah auch die Reste des Seils entfernt hatte.

Jonah zog dem Muli das Halfter vom Kopf und warf es ins Gebüsch, dann tippte er sich an den Hut. »War mir eine Freude, dich kennenzulernen«, sagte er und fragte sich im gleichen Moment, ob er vielleicht doch einen klitzekleinen Schwips hatte.

Er ging zum Hauptweg zurück, dann ein kleines Stück in Richtung Stadt und suchte schließlich eine Stelle, um sein Lager für die Nacht aufzuschlagen. Mittlerweile war er wirklich müde, und auch die Aufregung, die ihn kurz vor dem Mord angetrieben hatte, hatte sich gelegt.

Morgen würde er nach Kahu River zurückkehren und wieder einmal warten. Er hoffte, er würde genug Geduld haben.

* * *

Es war fertig! Begeistert betrachtete Adalie die kleine Hütte, die direkt an den Stall anschloss. In der Luft hing der Duft von frisch geschlagenem Holz. Die Männer hatten es genau nach ihren Vorstellungen gebaut.

»Na, meine tüchtige Frau, wie gefällt dir dein eigenes

Lagerhäuschen?«, erkundigte sich Duncan und legte ihr einen Arm um die Taille.

»Großartig! Du bist ein Schatz.«

Adalie öffnete das Tor, und das Licht fiel in den fensterlosen Raum, an dessen Wänden grobe Regale standen.

Verglichen mit Johannas Lagerraum war das hier bestenfalls eine Abstellkammer, aber Adalie war dennoch glücklich damit.

Duncan half ihr, die wenigen Tiki, den Schmuck und die Waffen, die sie bereits erworben hatte, einzuräumen.

Als sie fertig waren, wirkte das Lager immer noch leer.

»Dafür, dass du erst mit zwei Schnitzern verhandelt hast, sieht dein Bestand doch schon ganz ordentlich aus«, meinte Duncan.

»Das sagst du nur, um mich aufzuheitern.«

»Ich würde zwar vieles tun, um dich lächeln zu sehen, aber lügen gehört nicht dazu, Adalie.«

Adalie küsste Duncan. Er wusste immer genau, was er sagen musste, um ihr den Wind aus den Segeln zu nehmen. Ganz zufrieden war sie mit den Früchten ihrer Bemühungen trotzdem nicht.

»Eigentlich sollte hier schon viel mehr stehen. Ich hoffe, dass ich in den nächsten Monaten noch mehr bekomme, damit Johanna sieht, dass ihr Vertrauen in mich gerechtfertigt ist.«

»Das weiß sie auch schon jetzt. Abgesehen davon ist meine Mutter ganz vernarrt in dich. Endlich hat sie jemanden, dem ihr Geschäft nicht egal ist.«

»Wenn nur unser Pech den Lagerraum verschont, bin ich schon zufrieden.«

Duncans Blick wurde ernst. Er setzte an, um etwas zu

sagen, hielt dann aber inne. Sie wussten beide, dass es nicht mehr schönzureden war.

»Es kann nicht ewig so weitergehen«, sagte er daher nur.

Plötzlich kamen Adalie die Muschelaugen der Maorischnitzereien nicht mehr so freundlich vor.

»Glaubst du, es könnte eine Art Fluch sein? Haukus Tod, die verendeten Schafe, der Brand, das passt alles nicht zusammen. Ich habe die Arbeiter schon von bösen Geistern reden hören.«

Duncan stieß ungehalten den Atem aus. »Es gibt keine bösen Geister, nur böse Menschen.«

Adalie lief es eisig den Rücken hinunter. »Ich weiß nicht, was von beidem ich schrecklicher finde.«

»Hab keine Angst. Das Einzige, was auf jeden Fall einem Menschen zuzuschreiben ist, ist der Mord an Hauku, alles andere können schlimme Zufälle gewesen sein. Vielleicht sehen wir den Zusammenhang nur, weil wir danach suchen.«

Adalie schmiegte sich an ihren Mann. »Du weißt, dass das nicht stimmt.«

Er nickte langsam. »Ich wünschte nur, ich könnte dieser Pechsträhne oder diesem Geist oder was auch immer es ist, entgegentreten und es bekämpfen. Letzte Woche erst wieder die zerstörte Wasserleitung …«

»Und davor der Balken, der dich beinahe getroffen hat. Du hättest sterben können, oder schwer verletzt werden.«

»Ich will keine Angst haben müssen. Diese Unsicherheit macht mich verrückt. Egal, was ich anfasse, ich erwarte, dass es schiefgeht. So will ich nicht leben.«

»Ich auch nicht. Gemeinsam schaffen wir das, Duncan. Es wird nicht ewig so weitergehen. Vielleicht ist das jetzt der Ausgleich dafür, dass wir zuvor so viel Glück hatten.«

»Dann sollte es jetzt reichen.«

Nachdenklich verließen sie den Lagerraum. Adalie schloss die Tür sorgfältig und bat im Stillen, dass sich alles zum Guten wenden würde.

Es musste einfach!

***

Kahu River, Mai 1871

Adalie hatte den Tag damit verbracht, in der Sonne zu sitzen, den Fohlen auf der Weide zuzusehen und die Vliese der Schafschur vom gröbsten Schmutz zu befreien.

Eigentlich hatte sie nichts Anstrengendes gemacht, und doch fühlte sie sich erschöpfter als nach einem harten Arbeitstag. Es wurde Zeit, dass das Kind kam. Ihr Becken schmerzte von der Belastung, den riesigen Bauch herumzuschleppen, und jeden Tag riss ihre gespannte Haut ein wenig mehr.

»Soll ich dir helfen?«, fragte Duncan, als sie sich aus dem Sessel wuchtete.

»Nein, es geht schon. Ich will nur zum Abort und dann ins Bett. Ich bin so schrecklich müde.«

Duncan begleitete sie trotzdem bis zur Tür und wartete dort, bis sie zurückkehrte. Adalie wusste, dass er sich hilflos fühlte. Er hätte ihr gerne etwas abgenommen, doch eine Schwangerschaft ließ sich nun mal nicht teilen.

Als sie wieder ins Haus kam, hatte er das meiste Licht bereits gelöscht.

»Wolltest du nicht noch lesen?«

»Das kann ich auch oben bei dir«, entgegnete er.

Adalie verkniff sich eine spöttische Bemerkung, dass er schlimmer als ein Hund sei, der ihr überallhin folgte. Nähe war seine Art, seiner Sorge Ausdruck zu verleihen. Über seine Gefühle sprach er selten, wie es wohl kaum ein Mann gerne tat, doch sie wusste auch so, was in ihm vorging. Sein Schweigen sagte mehr als ein langes Gespräch, und seine Blicke, die ihr folgten, waren für sie wie Berührungen.

Adalie ging zur Treppe, die mit jedem Tag länger und steiler zu werden schien.

Sie seufzte und stellte sich der letzten Aufgabe für diesen Tag.

Duncan hielt ihr das Licht. »Ich könnte euch beide tragen«, sagte er, und sie hörte seinen Worten deutlich an, wie er grinste.

»Natürlich, und dann poltern wir zu dritt die Treppe herunter.«

Duncan legte eine Hand an ihre Hüfte. Adalie blieb atemlos stehen, dabei hatte sie noch nicht mal die Hälfte geschafft.

»Na, bereust du deine Antwort schon?«, feixte er.

»Wenn es nicht so anstrengend wäre, würde ich dich verhauen, damit du es weißt, mein liebenswürdiger Ehemann.«

Lachend nahmen sie den Rest der Treppe in Angriff.

Als sie endlich in ihrem Nachtgewand auf der Bettkante saß, war die Müdigkeit wie verflogen, wie es in letzter Zeit viel zu oft der Fall war.

»Was ist denn?« Duncan rutschte zu ihr herüber und setzte sich hinter sie. Vorsichtig hob er ihren langen Zopf nach hinten und begann ihn zu lösen. Flechte um Flechte zog er auseinander und breitete sie auf ihrem Rücken aus.

Adalie genoss seine Zärtlichkeit. Es war ein besonderer Moment, in dem es nur sie und ihn und das ungeborene

Leben in ihrem Leib gab. Unter ihren Händen, die sie an den Bauch gelegt hatte, regte sich das Kind. Hoffentlich ging alles gut. All das Unglück der letzten Monate musste doch irgendwann ein Ende nehmen.

»Was ist?«, fragte Duncan leise. Er hatte ihren Stimmungsumschwung sofort bemerkt.

Adalie lehnte sich zurück, sodass ihr Rücken an seiner Brust lag und er sie umarmen konnte.

»Was ist, wenn Kahu River auch verflucht ist, wie es die Maori über das Tal behaupten, in dem deine Eltern siedelten?«

»So einen Unsinn darfst du nicht glauben, Adalie«, erwiderte er energisch, was aber nur dazu führte, dass sie nun erst recht über all die kleinen und großen Unfälle nachdachte, die seit ihrer Ankunft geschehen waren.

»Warum gilt das Tal des Windes als verflucht?«

Duncan holte tief Luft. »Soweit ich weiß, hat es dort Krieg gegeben, und Menschen sind auf eine Weise ermordet worden, dass ihre Seelen keinen Frieden finden konnten. Es spukt dort, oder so.«

»Und wenn hier …?«

»Genug, Adalie. Bis auf das *Harakeke*-Feld flussabwärts war das Tal unberührt, als wir herkamen. Es gibt hier keinen Fluch.«

Seine Worte konnten sie nicht beruhigen. »Glaubst du das wirklich?« Sie wandte den Kopf, bis er sie auf die Wange küsste und sich an sie schmiegte.

»Es ist nur so schrecklich viel passiert.«

»Du hast Angst um unser Kind, nicht wahr? Wenn du es doch lieber in Pania Bay bekommen willst, machen wir uns morgen früh sofort auf den Weg.«

»Nein, das will ich nicht. Ich will nicht hier weg. Kahu River ist mein Traum, mein Zuhause. Was ändert es, wenn ich in der Stadt gebäre? Wir werden doch in jedem Fall wieder hierher zurückkehren.«

»Nichts, nichts ändert es. Du hast recht. Ich bin für dich da, Adalie. Immer! Und wenn ich jede Nacht mit dem Gewehr in der Hand Wache halten muss, ich beschütze dich.«

»Ich liebe dich«, erwiderte Adalie, denn es war alles gesagt.

Sie hatten Angst vor dem Unheil, das scheinbar seinen Gefallen an Kahu River gefunden hatte, aber sie würden ihm mutig entgegentreten und sich nicht unterkriegen lassen.

Duncan begann, sanft ihren Nacken zu massieren, bis sie wohlig seufzte.

Seine Berührungen waren wie Balsam für ihre Seele. »Komm, leg dich hin.«

Artig schlüpfte sie unter die Decke und drehte ihm den Rücken zu, damit er ihn weiter massieren konnte. Seine kräftigen, aber liebevollen Berührungen wiegten sie langsam in den Schlaf und vertrieben ihre Angst. Sie bekam nicht mehr mit, wie er irgendwann aufhörte und das Licht löschte.

Als Adalie wach wurde, war alles dunkel. Duncan hatte sich fest an ihren Rücken geschmiegt und die Nase in ihrem Haar vergraben. Sein Atem war wie eine Lieblingsmelodie, der sie bis in alle Ewigkeit lauschen konnte.

Zuerst wusste Adalie nicht, was sie geweckt hatte. In den letzten Nächten war es aufgrund der Schwangerschaft meistens ihre Blase gewesen. Doch das war es diesmal nicht.

Da, ein festes Ziehen kroch aus ihrem Steißbein heraus, und Adalie hielt unwillkürlich die Luft an. Ihr Herz klopfte vor Aufregung sogleich ein wenig schneller.

Sie ahnte, hoffte und fürchtete, was es bedeutete.

Still, ganz still wartete sie ab und horchte in sich hinein. Da war es wieder, und dieses Mal kräftiger.

Sie lächelte. Das waren wirklich Wehen. Ihr Kind hatte also beschlossen, dass es endlich Zeit war, auf die Welt zu kommen.

In Gedanken ging Adalie noch einmal durch, ob wirklich alles vorbereitet war. Natürlich war es das, immerhin hoffte sie schon seit zwei Wochen darauf, dass es endlich losgehen würde.

Die nächste Wehe. Noch kamen sie unregelmäßig und mit sehr großem Abstand. Adalie wollte sich ein Beispiel an ihrer älteren Schwester Beth nehmen, die auch mit Wehen weitergearbeitet hatte, und ruhig bleiben.

Vorsichtig drehte sie sich um, sodass sie Duncan ansehen konnte. Er wurde nicht wach, seufzte nur leise. Mehr als seine Umrisse konnte sie in der Dunkelheit nicht ausmachen. Wenn er erst einmal wach wäre, würde er sie mit seiner Aufregung ganz verrückt machen. Im Moment reichte es ihr, dass er einfach nur bei ihr war.

Die Nacht schwand und machte der Dämmerung Platz, die Duncans Gesicht langsam aus der Schwärze hervorhob und sichtbar machte.

Adalie hielt seine Hand und sah ihn an, während die Wehen nun regelmäßiger und heftiger kamen. Mittlerweile bestimmten sie ihren Atemrhythmus.

Als eine heftige Wehe ihr das erste Stöhnen entlockte, öffnete Duncan die Augen. Er war überrascht, sie wach zu sehen.

»Morgen«, brummte er mit der Trägheit einer verschlafenen Katze und blinzelte. »Bist du schon lange wach?«

»Einige Stunden sicherlich«, entgegnete sie, dann kam

die nächste Wehe und überrannte sie förmlich. Zischend sog sie die Luft ein.

»Adalie!«, stieß Duncan entsetzt hervor und saß sofort aufrecht im Bett. »Oh mein Gott, warum hast du mich nicht sofort geweckt?«

Sie lächelte. »Genau deshalb, weil du dich sonst so sehr aufregst. Mir geht es gut, ich bekomme unser Kind. Es ist das Schönste und Normalste auf der Welt.«

Duncan schien das allerdings anders zu sehen. Er sprang hastig aus dem Bett und zog sich eine Hose an. »Wie lange dauert es noch? Ich hole den Arzt, ich …«

»Duncan.«

»Ich beeile mich.«

»Nein, du gehst nirgendwohin, und ein Arzt, der vorher bei irgendwelchen sterbenskranken Leuten gewesen ist, fasst mein Kind sicher nicht an.«

»Adalie!«

»Komm her«, sagte sie ruhig und ächzte unter der nächsten Wehe.

Duncan war sofort bei ihr. Auf seiner Nase glänzten winzige Schweißperlen.

»Bleib bei mir, halt meine Hand, und alles wird gut.«

Er atmete tief durch. »Lass mich wenigstens Mrs. Mora holen oder Giles schicken.«

»Schick deinen Freund los, aber hilf mir erst aus dem Bett und hinunter in die Stube. Ich muss mich etwas bewegen.«

Mit scheinbarer Resignation half er ihr auf, reichte ihr einen Morgenrock und beobachtete sie zerknirscht dabei, wie sie sich das Haar kämmte und zu einem Zopf flocht.

Adalie wartete eine Wehe ab und beeilte sich dann, die Treppe hinunterzukommen, was gar nicht so leicht war.

Duncan sah sie flehend an, sagte aber kein Wort. Sie wusste, was er wollte. »Geh, sag Giles, dass er Mrs. Mora holen soll.«

»Kommst du alleine klar?«

Adalie begleitete ihn zur Tür. Während er zu Giles' Hütte hinüberlief, blieb sie auf der Schwelle stehen und hielt sich am Rahmen fest. Bei der nächsten Wehe lehnte sie sich an den Türrahmen, und plötzlich wurde es zwischen ihren Beinen feucht.

Die Fruchtblase war geplatzt. Sie fühlte, wie das Kind sich in ihrem Leib bewegte und nach unten drängte. Auf dem Boden unter ihr war nur wenig Wasser. Jetzt wurde ihr doch ein wenig bang, und sie war plötzlich sehr froh, dass bald eine erfahrene Frau an ihrer Seite sein würde.

Was hatte sich nur bei dem Unsinn gedacht, ihr erstes Kind ohne fremde Hilfe zur Welt bringen zu wollen? Sie musste nicht alles alleine schaffen. Der Schatten, der über Kahu River lag, ließ sie auch jetzt frösteln. Während sie in der Tür stand und auf Duncan wartete, fiel ihr Blick auf den Stall. Dort waren die Schafe geboren worden, die vielen toten Lämmer. Sie dachte an das erste, an den kleinen gebrochenen Schädel und bekam es mit der Angst. Würden die wütenden Geister auch ihrem Kind etwas antun?

Nur nicht daran denken und das Unheil heraufbeschwören! Adalie versuchte, sich an ein Gebet zu erinnern, das sie sprechen konnte, da kehrte Duncan auch schon im Laufschritt zu ihr zurück.

Die nächste Wehe zwang sie beinahe in die Knie. Der Schmerz zerrte an ihrem Leib.

»Der Türrahmen ist gut«, keuchte sie.

»Willst du hierbleiben?«

Adalie schüttelte den Kopf. An der offenen Haustür sicher nicht. »Küche.«

»Mrs. Mora wird bald hier sein.«

»Das ist gut«, keuchte Adalie, während Duncan ihr unter den Arm griff.

In diesem Moment wünschte sie, sie hätte früher Alarm geschlagen und nach Hilfe schicken lassen. Eigentlich hatten Männer bei einer Geburt nichts zu suchen, und mittlerweile ahnte sie auch, warum. Trotzdem war sie dankbar, Duncan bei sich zu haben.

In der kommenden Stunde wechselte sie vom Türrahmen der Küchentür zum Treppengeländer und wieder zurück. Duncan legte die Tücher bereit, die Adalie für die Geburt vorgesehen hatte, und wich danach nicht von ihrer Seite. Der Morgenrock lag längst auf dem Boden.

Adalie war wie in einem Rausch. Schmerz und Euphorie vermischten sich und kreiselten umeinander.

»Oh nein, oh nein«, jammerte sie zwischen keuchenden Atemzügen. Die Worte verloren ihre Ecken und Enden und wurden zu einem Wimmern.

»Wo bleibt Giles nur? Sie müssten doch längst hier sein, verdammt!«, fluchte Duncan in einer Atempause.

»Ich kann nicht mehr, Duncan.«

»Gleich hast du es geschafft.«

Adalie liefen die Tränen über die Wangen. Es tat so weh, und sie war so ausgelaugt. Aber das kümmerte weder ihren Körper noch das Kind. Die nächste Wehe war überwältigend, und sie musste sich hinknien. Adalie fühlte mehr, wie sie schrie, als dass sie es hörte. Duncan versuchte sie aufzurichten.

»Nein, nein, nicht, es kommt, es kommt.«

Er kniete sich neben sie, stützte sie. Adalie ertastete das Köpfchen zwischen ihren Beinen.

Fast, sie hatte es fast geschafft. Es zu fühlen gab ihr die Kraft, die letzte Hürde zu überwinden. Duncans große Hände, die sie so liebte, würden ihr Kind liebevoll empfangen.

Adalie presste, schrie, presste wieder, und dann war es plötzlich vorbei.

»Ein Mädchen«, sagte er ehrfürchtig.

Adalie legte sich auf den Rücken. Mit Tränen in den Augen legte er ihr das kleine Wesen auf die Brust und zog Adalie in seinen Schoß.

Als vor dem Haus endlich Hufschläge laut wurden, hatte Adalie jegliches Zeitgefühl verloren. Ihre winzige Tochter schlief auf ihrer Brust. Duncan hatte die Nabelschnur abgebunden und durchtrennt und die Kleine in eine weiche Decke gehüllt. Mit einigen Kissen hatte er es Adalie genau dort etwas gemütlich gemacht, wo ihr Kind geboren worden war, am Fuß der Treppe.

Jetzt drückte er ihr einen Kuss auf die Stirn. »Ich bin so stolz auf dich und der glücklichste Mann der Welt. Ich danke dir.«

»Sie ist so winzig«, flüsterte Adalie und strich mit dem Zeigefinger über die Wange ihrer Tochter.

Mrs. Mora öffnete die Haustür, entdeckte die kleine Familie sofort und blieb mit einem zufriedenen Lächeln stehen.

»Geht es euch gut?«, fragte sie ein wenig atemlos vom schnellen Ritt.

Adalie sah Duncan an, und der nickte nur.

Mrs. Mora versorgte zuerst Adalie und half ihr, es sich auf dem Sofa bequem zu machen, dann nahm sie sich der Spuren an, die die Geburt auf dem Boden hinterlassen hatte.

Adalie war einfach nur glücklich und müde. Schon jetzt wusste sie, dass sie die Strapazen jederzeit wieder auf sich nehmen würde, um einem weiteren Kind das Leben zu schenken. Ihre kleine Tochter war die Mühen wert gewesen, und noch viel mehr.

»Ich komme sofort wieder«, flüsterte Duncan und verließ das Haus.

Adalie ahnte, dass sie jetzt zu sehen bekäme, woran er in den letzten Monaten immer wieder heimlich gearbeitet hatte. Und sie glaubte auch zu wissen, was es war. Als sich die Tür kurz darauf wieder öffnete, wurde ihr Verdacht bestätigt.

Duncan trug eine große Wiege herein. Beinahe ein wenig schüchtern stellte er sie neben Adalie ab.

»Mit den Maorischnitzern kann ich natürlich nicht mithalten«, sagt er und wischte über das polierte und geölte Holz.

»Sie ist wunderschön.« Auf dem Kopfteil waren zwei Pferde zu erkennen und auch Adalies und Duncans Namen. Daneben hatte er Platz gelassen für den des Kindes und an den Seiten verschiedene Tiere und Muster in irischem Stil eingearbeitet.

»Komm her und gib mir einen Kuss. Es wird höchste Zeit, das wir uns für einen Namen entscheiden.«

Duncan setzte sich neben sie und war vom Anblick seiner Tochter wie gebannt. »Ich kann es noch immer nicht so recht glauben.«

»Maryann oder Christina, wie schaut sie aus?«

»Winzig und zerbrechlich und ein wenig zerknautscht.«

Adalie schmiegte sich an Duncan und versuchte, die Nachwehen zu ignorieren, die in diesem Moment wieder stärker wurden.

»Maryann Waters Fitzgerald?«

»So ein großer Name für so eine kleine Person.« Duncan seufzte. »Aber ja, es passt, finde ich.«

»Also Maryann?«

»Ja«, sagte Duncan und streichelte seine Tochter. Maryann öffnete die Augen und schob die Oberlippe vor. »Ich wollte sie nicht wecken.«

»Sie hat genug geschlafen. Sie soll trinken, es zumindest versuchen.«

Adalie fühlte sich ein wenig unbeholfen, als sie ihr Baby anlegte. Es war neu und doch so vertraut, als wäre es von Generationen von Frauen an sie überliefert worden. Die Kleine fand die Brust erst nicht, aber sie kämpfte mit aller Vehemenz, die solch ein kleines Wesen aufbringen konnte. Als sie es schließlich geschafft hatte, wurden Adalies Augen feucht. Alles rührte sie zu Tränen: die winzige Hand, die sich in ihren Zopf krallte, der glasige dunkelblaue Blick.

»Saugt sie?«, fragte Mrs. Mora. Die Maorifrau hatte einen seligen Ausdruck im Gesicht, den wohl alle Frauen, die selber Mütter waren, beim Anblick eines Babys bekamen. »Lass sie ruhig eine Weile saugen, auch wenn noch nichts herauskommt. Das ist gut für den Bauch, und die Milch kommt schneller.«

Adalie nickte und fühlte das Ziehen in ihrem Inneren, sobald Maryann nuckelte. Wenn sie sich recht an die Worte ihrer Schwester erinnerte, würde der Schmerz sie noch einige Zeit begleiten.

Duncan stand auf und überließ Mrs. Mora seinen Platz. »Sicher gibt es so einiges, was Adalie besser mit Ihnen bespricht. Ich schaue so lange draußen mal nach dem Rechten.

Sie sahen ihm nach, bis er die Tür hinter sich zuzog.

»Ein guter Mann, trotzdem hätten Sie mich eher rufen sollen. Es hätte mir nichts ausgemacht, ein paar Tage hier zu wohnen.«

»Es ging so schrecklich schnell. Meine Schwester hat ihr Kind erst am Morgen des zweiten Tages bekommen.«

»Ja, Sie waren wirklich ungewöhnlich schnell. Wenn Ihre Geburten auch in der Zukunft so ablaufen, sind Sie eine gesegnete Frau.«

Adalie musste lächeln. Der Gedanke, gesegnet zu sein, brachte ein wenig Licht in den Schatten, der sich am Kahu River breitgemacht hatte. »Haben wir denn viel falsch gemacht?«

»Das Kind und Sie sind wohlauf, das ist das Wichtigste. Für alles, was danach kommt, bin ich ja jetzt da. Ich habe in den letzten Wochen einiges zusammengetragen, zum Beispiel Tee für Sie, damit die Milch gut fließt, und eine Salbe. Ich bleibe die nächsten Tage hier, helfe und beantworte alle Fragen, die Ihnen einfallen. Sie brauchen nun erst einmal Ruhe, und wenn dann auch noch der Nabel der Kleinen gut heilt, ist alles gut.

»Ich danke Ihnen sehr«, sagte Adalie erleichtert.

»Soll ich etwas zu essen kochen?«, fragte die Maori.

»Ja, das wäre wirklich sehr lieb.«

Der erste Tag verging wie im Flug. Adalie ruhte sich die meiste Zeit aus. Schon am Nachmittag war sie wieder auf den Beinen, wenn auch immer nur kurz und mit der Hilfe von Duncan oder Mrs. Mora. Giles kam und gratulierte und bestellte Grüße von den Arbeitern, die heute auf sich allein gestellt waren.

Da Maryann weinte, sobald Adalie sie hinlegte, band sie sich das Kind um. In der Nacht legte sie die Kleine neben sich ins Bett. Jedes noch so leise Wimmern war für Adalie wie ein ohrenbetäubender Schrei, der sie sofort aufweckte. Die Kleine hatte Hunger, doch noch konnte Adalie wenig dagegen tun, denn erst am Mittag des folgenden Tages gab es endlich genug zu trinken für sie.

Es dauerte nicht lange, bis die kleine Familie einen gemeinsamen Alltag entwickelte.

Abends, wenn Maryann in ihrer Krippe schlief und draußen die Vögel sangen, fühlte Adalie ein unbeschreibliches Gefühl von Geborgenheit.

An diesem Tag war die Kleine schnell und früh eingeschlafen. Es war still in ihrem Heim. Adalie räumte die Reste des Abendessens weg, und als sie zurück ins Wohnzimmer kam, stand Duncan am Fenster und sah hinaus auf das schlafende Tal.

Sie ging leise näher und legte ihre Arme um seine Mitte. Duncan zuckte zusammen, und sie fühlte, wie sein Herz raste.

»Habe ich dich erschreckt? Das tut mir leid.«

»Ich war abgelenkt.«

Adalie musterte ihn. Duncans Augen waren noch immer von Sorge umwölkt, und die steile Furche zwischen seinen Brauen verriet, dass er schon seit einer Weile grübelte.

»Was bekümmert dich? Gibt es etwas, das du mir verschweigst? Gab es wieder einen Zwischenfall … ein Unglück?«, erkundigte sich Adalie besorgt.

Irgendwann würde es noch so schlimm kommen, dass sie Kahu River verlassen mussten, fürchtete sie, und die Angst schnürte ihr für einen Augenblick die Kehle zu.

Duncan konnte sie beruhigen. »Es ist nichts dergleichen. Ich weiß von keinem neuen Unglück.«

»Was ist es dann? Ich sehe doch genau, dass dich etwas quält.«

»Mein Stiefvater«, stieß er hervor. »Sie werden in einigen Wochen, oder sogar nur Tagen, hier sein, und ich frage mich, was er denken wird.«

»Er wird stolz auf dich sein, was sonst?«

Duncan seufzte und zuckte mit den Schultern. Adalie fühlte, wie angespannt er war. Seine Muskeln drückten hart gegen ihre liebevolle Umarmung.

»Das hier ist Waters-Land, Adalie. Nach allem, was Liam für mich getan hat, kehre ich ihm und New Plymouth bei der erstbesten Gelegenheit den Rücken. Das ist undankbar von mir, findest du nicht? Wenn ich bei der Armee geblieben wäre …«

»Dort wärst du nicht glücklich geworden. Ich glaube, deine Eltern wollen, dass du deinen Weg gehst. Deinen – und nicht ihren!«

Duncan schwieg eine Weile und richtete den Blick in die Ferne. »Er soll wissen, dass ich ihm sehr dankbar bin.«

»Dann sag es ihm. Rede mit Liam, wenn er hier ist. Warum seid ihr Männer nur immer so schrecklich wortkarg und stur?«

»So sind wir eben.« Duncans Mundwinkel zuckten nach oben zu einem zaghaften Lächeln. »Wenn ich es nicht besser wüsste, würde ich sagen, ich habe es von ihm.«

»Versprich mir, dass du dir nicht mehr den Kopf darüber

zerbrichst, was dein Stiefvater vielleicht von dir denken könnte, sondern dass du ihn einfach fragst. Redet miteinander!«

»Das wäre doch viel zu einfach.« Er lachte. »Na gut, liebe Frau, ich gelobe Besserung.«

* * *

Jonahs Ungeduld wuchs mit jedem Tag. Endlich war das Kind der Fitzgeralds da, und somit rückte die Erfüllung seiner Rache in greifbare Nähe.

Bis dahin hatte er auf dem Hof von morgens bis abends alle Hände voll zu tun. Das Fest wurde vorbereitet wie ein Staatsakt. Er hatte einen Pferch bauen müssen, damit ein ganzes Rudel wolliger Kune-Kune-Schweine darin Platz fand. Nur die Hälfte war für das Festmahl bestimmt, die anderen sollten als Geschenke an die Gäste der Fitzgeralds verteilt werden, wie es Sitte bei den Eingeborenen war.

Mrs. Fitzgerald war schon wenige Tage nach der Geburt wieder von Sonnenauf- bis -untergang auf den Beinen, und ständig fiel ihr etwas Neues ein, das dringend – am besten sofort – erledigt werden musste. Sie trug ihr Kind mit einem Tuch an den Leib gebunden.

Wenn Jonah sie so sah, musste er an England denken, wo es sicher keiner wohlhabenden Frau eingefallen wäre, ihr Balg mit sich herumzuschleppen wie die einfachste Dirne. Die Fitzgeralds hatten Geld wie Heu und sicher mehr als genug, um sich eine Amme leisten zu können.

Als sie wieder einmal mit dem quäkenden Bündel vor der Brust über den Hof stolzierte, rutschte ihm genau diese Frage heraus.

Mrs. Fitzgerald sah ihn an, als hätte er einen schlechten

Witz erzählt. »Eine Amme? Warum? Ich kann meine Tochter sehr gut selbst versorgen, und falls es irgendwann ein Problem geben sollte, gibt es auch noch Schafsmilch.«

Jonah musste sich Mühe geben, nicht zu lachen. Es stimmte also, was man sich erzählte. Fitzgerald hatte sich ein bettelarmes Mädchen aus der Gosse aufgelesen und zu seiner Frau gemacht!

»In London würde eine Frau Ihres Standes so etwas nie tun. Das gehört sich nicht«, sagte er oberflächlich unbekümmert und kniete sich neben einen zurechtgesägten Baumstamm, um die einzelnen Stücke abzuschleifen. Während die junge Mutter empört nach Luft schnappte und nach Worten suchte, widmete er sich den provisorischen Sitzgelegenheiten für das Fest. Baumstämme und grob zusammengezimmerte Tische, ja, das passte zu dieser Person.

»Wir sind aber nicht in London und auch nicht in England. In meiner Familie haben die Frauen ihre Kinder immer selber gestillt, und mein Mann hat auch nie etwas anderes von mir erwartet.«

Jonah zuckte mit den Schultern und verkniff sich das Lachen.

»Woher weißt du überhaupt, was in London in der feinen Gesellschaft gang und gäbe ist, Jonah?«

»Ich bin viel herumgekommen, da hört man so dies und das.«

Am liebsten hätte er sich aufgerichtet und seinen ganzen Zorn an ihr ausgelassen. Er wollte ihr ins Gesicht brüllen, dass er nicht nur wusste, was die bessere Gesellschaft für eine Etikette pflegte, sondern dass seine Familie auch zu den reichsten Londons gehörte.

Fitzgeralds Eltern waren schuld, dass er nie wieder dorthin zurückkonnte. Ihm war nichts geblieben, nicht mal sein Name. Für seine Familie war er vor vielen, vielen Jahren gestorben.

Jonah rieb sich über die runzelige Narbe an der Stirn. Sie tat immer dann weh, wenn er an die Vergangenheit dachte.

»Machen Sie nur, was Sie wollen, Mrs. Hier kümmert es niemanden.«

»Willst du mich beleidigen, Jonah?« Sie war blass geworden, doch in ihren Augen funkelte Entschlossenheit.

»Wo denken Sie hin? Das würde ich nie tun.« Beschwichtigend hob er die Hände, doch seine Bösartigkeit hatte sich zu tief in sein Gesicht gefressen, und Mrs. Fitzgerald war eine aufmerksame Beobachterin.

»Ich weiß nicht, was heute in dich gefahren ist, und ich hoffe, es kommt nicht mehr vor. Falls du aber auch in Zukunft vorhast, dich in Dinge einzumischen, die dich nichts angehen, und du mich beleidigen willst, dann lass dir eines gesagt sein.«

Jetzt wurde es interessant. Er schenkte ihr seine volle Aufmerksamkeit, während er dachte: Pass nur auf, was du sagst, Kleine. Du spielst mit deinem Leben, du weißt es nur nicht.

Als könnte sie seine Gedanken hören, wich sie unwillkürlich einen Schritt zurück. »Jonah, du bist hier, weil ich es so möchte, nicht weil mein Mann dich für unentbehrlich hält. Hüte also in Zukunft deine Zunge, sonst musst du dir eine andere Anstellung suchen.«

»Natürlich, Ma'am, wird nicht wieder vorkommen.«

»Na, das hoffe ich doch.« Sie rang sich ein Lächeln ab, das Jonah so falsch und durchschaubar fand, dass sie es besser gar nicht versucht hätte. Dann ging sie davon.

Jonah atmete sofort freier, sobald sie weg war. Es wurde

wirklich Zeit, dass alles zum Ende kam. Lange hielt er es nicht mehr aus.

Am Abend verkroch er sich in der kleinen Hütte, die er sich etwas abseits vom Hof gebaut hatte. Er konnte die Gesellschaft anderer Menschen keinen Herzschlag länger ertragen. Während er den Herd anfachte und Wasser aufsetzte, kam er langsam wieder zur Ruhe. Sein abendliches Ritual würde ihm guttun. Aus einer kleinen Flechtschachtel entnahm er *Kawakawa*- und *Manuka*-Blätter, um sich daraus einen Tee zu kochen. Diese Mischung hatte ihm Hiri gezeigt, und er würde sie wohl bis zu seinem Lebensende trinken.

Während die Kräuter im heißen Wasser ihren Duft entfalteten, holte Jonah aus einem Versteck die Waffen hervor. Sie anzusehen war betörend. Es gab ihm Hoffnung. Wie ein Versprechen, das er sich selber gegeben hatte und niemals brechen würde. Am liebsten hätte er jeden einzelnen Schritt seiner Rache geplant, doch das war unmöglich. Er wusste ja nicht einmal, ob es schaffen würde, ruhig zu bleiben, wenn der Augenblick kam und er Liam Fitzgerald und seiner Frau Johanna von Angesicht zu Angesicht gegenüberstehen würde. Gift wäre sicher am besten gewesen, um die gesamte Festgesellschaft auszulöschen, doch die neuseeländische Flora bot keines, das man nicht herausschmeckte, und Arsen würde er hier sicher nicht bekommen. Also blieben ihm nur die Waffen des ermordeten Goldgräbers Hobart und seine eigenen Fähigkeiten.

* * *

KAPITEL 20

Juni 1871

Sie kamen! Sie kamen wirklich!

Am Morgen hatte ein Segelschiff am Steg der Moras angelegt, und nun waren die Gäste auf dem Weg nach Kahu River.

In Adalies Kopf summte die Freude wie Bienen in einem Bienenstock. Am liebsten wäre sie überall zugleich gewesen, doch das war unmöglich. Also überließ sie es Duncan, seinen Eltern entgegenzureiten, während sie auf dem Hof blieb und versuchte, alles fertig vorzubereiten, bevor ihre Schwiegereltern das Tal erreichten.

Es war ein hoffnungsloses Unterfangen. Zum Glück würde das Tauffest erst in einigen Tagen stattfinden.

Im Hof hauchten soeben mehrere Hühner und Enten ihr Leben aus, während Jonah aus dem Gemüsegarten die ersten Kartoffeln und süßen Erbsen erntete.

In Windeseile flitzte Adalie zurück ins Haus, um sich umzuziehen, während die kleine Maryann seelenruhig in ihrem Tragetuch schlief. Das würde sich bald ändern. Im Schlafzimmer angekommen, nahm Adalie zuerst das Kleid aus dem Schrank, welches sie schon vor Wochen für diesen Tag ausgewählt hatte, und legte es aufs Bett.

Maryann stieß ein leises Wimmern aus.

»Schsch, gedulde dich noch ein bisschen«, flüsterte Adalie

und sang ein Wiegenlied, das sie noch von ihrer Großmutter kannte. »*On the wings of the wind o'er the dark rolling deep. Angels are coming to watch o'er thy sleep.*« Die nächste Zeile summte sie nur, weil ihr vor Aufregung die Worte nicht einfielen.

Mit einer Hand löste sie das Wickeltuch und legte Maryann hin. Nun erwachte ihre Tochter endgültig mit einem unzufriedenen Quäken.

»*Hear the wind blow love, hear the wind blow*
Lean your head over and hear the wind blow …«
Maryann stieß einen energischen Protestschrei aus.

Es half wohl nichts, Adalie musste sie stillen. Die Kleine verstand noch nicht viel von der Welt, aber sie wusste, was sie wollte, und forderte es energisch. Und wenn Maryann wach wurde, bedeutete das fast immer, dass sie Hunger hatte, ganz gleich, ob sie geweckt wurde oder von alleine aufwachte.

Seufzend setzte sich Adalie aufs Bett und stillte.

»Du hast ja recht, wahrscheinlich hat deine Mama gleich viel zu viel zu tun. Endlich lernst du deine Großeltern kennen, freust du dich?«

Gerade noch rechtzeitig schaffte sie es, sich umzuziehen und bis zu den *Harakeke*-Feldern zu laufen. Der Flachs ragte wie eine Wand aus Speeren vor ihr auf. Die mehr als mannshohen harten Blätter rieben im Wind gegeneinander und verursachten ein ungewöhnliches Rascheln, das beinahe so klang, als würde ein großer Drache ganz in der Nähe umherkriechen.

Zwischen den einzelnen Pflanzen lagen abgefallene rotorangefarbene Blüten neben Stümpfen abgeschlagener Blätter auf dem Boden. Adalie lief vor dem Weg auf und ab. Er war nicht viel breiter als ein Wagen und verlor sich rasch zwischen den *Harakeke*-Stauden.

Mit ihrer Unruhe steckte sie Mapura an, der ihr vom Hof gefolgt war. Das Tier hüpfte übermütig um sie herum.

»Geh weg, du machst noch mein Kleid schmutzig«, schalt sie ihn.

Mapura lief davon, kehrte aber bald wieder zurück und blieb mit gespitzten Ohren neben ihr stehen.

Waren das Stimmen?

»Kannst du sie schon hören?«

Der Hund winselte und wedelte mit dem Schwanz. Im nächsten Moment schoss er wie ein Pfeil den Weg hinunter.

Adalie hoffte, er würde die Pferde nicht erschrecken. Duncan hatte alle Tiere mitgenommen, damit seine Eltern reiten konnten, statt den anstrengenden Weg laufen zu müssen, der nach mehreren besonders ausgiebigen Regenfällen sehr schlammig war.

Adalie hörte ihren Hund kläffen und kurz darauf wildes Hufgetrappel. Die beiden Fohlen kamen ihr entgegengaloppiert, dicht gefolgt von Mapura. Übermütig tollten die jungen Tiere über die Wiese, und auch Adalie wurde immer aufgeregter.

Dann endlich waren auch die Reiter zu sehen. Duncan ritt auf Nelson voran, dahinter folgten sein Stiefvater Liam und Johanna auf Adalies kleiner roter Stute, die übrigen Tiere waren mit Gepäck beladen. Holzkisten, Koffer und sogar zwei Hutschachteln türmten sich hoch auf ihren Rücken auf.

»Adalie, was machst du denn hier?«, rief ihr Duncan entgegen, der erwartet hatte, sie würde die Gäste am Haus begrüßen.

Kurz überlegte Adalie, ob sie gegen irgendeine Anstands-
regel verstoßen hatte, tat den Gedanken aber rasch ab. Es
war ihr herzlich egal, was andere dachten.

»Du hast deine Frau schlecht erzogen«, rief Liam Fitzgerald lachend. »Guten Tag, Schwiegertochter!«

»Ich freue mich so, dass ihr uns besuchen kommt.«

Adalie gab ihrem Schwiegervater die Hand. Er war noch
ein wenig grauer geworden, verströmte aber die gleiche erhabene Zielstrebigkeit wie eh und je. Auch Johanna sah aus,
wie Adalie sie in Erinnerung hatte. Die Strapazen der Reise
waren ihr nicht anzusehen. Eine Frau wie sie war Schiffsrei-
sen gewöhnt. Nur ihr dunkelblaues Reisekleid, das schlichter
geschnitten war als ihre übliche Garderobe, wies darauf hin,
dass sie nicht die Bequemlichkeiten von New Plymouth erwartete.

Adalie lief zu ihr. Johanna Fitzgerald strahlte über das
ganze Gesicht, während sie sich aus dem Sattel beugte, um
Adalie zu umarmen. »Du hast mir so gefehlt, Schwiegertochter. Zeig mir deine Kleine.«

»Ich habe dich auch vermisst«, sagte Adalie und drehte
sich so, dass Johanna das Gesicht des schlafenden Kindes
sehen konnte.

Still betrachtete sie ihr Enkelkind. Ihr Blick wurde ganz
weich, beinahe entrückt, als spielte es keine Rolle mehr, wo
sie sich befanden. Erst als die Stute einen unruhigen Schritt
machte, weil sie den anderen Tieren folgen wollte, riss
Johanna ihren Blick los.

»Sie ist winzig, aber wunderhübsch. Ein wenig schaut sie
aus wie Duncan, als er so klein war. Den Anblick vergisst
eine Mutter nie. Bewahre ihn dir, sie werden viel zu schnell
groß. Ich bin so stolz auf dich, und ich freue mich für euch.«

»Danke, ich bin ganz vernarrt in Maryann. Obwohl ich ja eigentlich wusste, was mich erwartet, überrascht es mich, wie sehr sich alles plötzlich um sie dreht«, erzählte Adalie und küsste Maryann ganz vorsichtig auf die Stirn.

»Da geht es dir wie jeder jungen Mutter«, beruhigte sie Johanna und schwang sich aus dem Sattel. »Willst du reiten, Adalie?«

»Nein, ich laufe gerne.«

»Dann gehen wir beide. Mir tut ein wenig Bewegung gut nach der langen Zeit auf dem Schiff. Ich habe das Gefühl, alles schwankt noch immer.«

»Wie war eure Überfahrt?«

»Ach, weißt du, wie immer viel zu lang, und ich hatte auch ein wenig mit Seekrankheit zu kämpfen. Ich bin froh, wieder festen Boden unter den Füße zu haben.«

Adalie merkte erst jetzt, dass jemand fehlte. »Wo ist Giles? Er ist doch mit Duncan geritten, um euch abzuholen.«

»Er ist bei der Familie Mora geblieben. Seine Eltern haben uns begleitet, und wie du dir denken kannst, haben sie und Giles' zukünftige Schwiegereltern einander viel zu erzählen.«

»Oh, wunderbar, das freut mich für ihn. Seine Verlobte ist wirklich ganz reizend, und es ist schön für die Moras, einen Schwiegersohn zu bekommen, nachdem sie ihren Ältesten verloren haben.«

Johanna blieb ruckartig stehen und sah sie fassungslos an. »Hauku ist tot? Oh nein. Er war so ein freundlicher junger Mann und ein talentierter Künstler. Wie konnte das passieren? Er kam mir vor wie das blühende Leben.«

Adalie erzählte ihr kurz, was geschehen war, behielt den Mordverdacht aber für sich.

Johanna hörte schweigend zu und schien dabei an ihre letzte Begegnung mit der Familie zu denken. »Das ist ja furchtbar, seine armen Eltern. Ich mag mir gar nicht vorstellen, wie es ihnen jetzt geht. Und ich habe nichts davon geahnt, als wir angelegt haben. Ich dachte, er würde irgendwo arbeiten.«

»Sicher fällt es seiner Familie noch schwer, darüber zu reden.«

Johanna nickte. »Wie alt war Hauku?«

»Drei, vier Jahre älter als Duncan. Viel zu jung, um so ein schreckliches Ende zu finden. Ohne seine Hilfe wäre unser Haus nicht so schnell fertig geworden. Ich hatte gehofft, ihn als festen Schnitzer gewinnen zu können.«

»Und er wäre sicher ein verlässlicher Partner gewesen.«

Sie erreichten die Weiden, die direkt an das Haus angrenzten, und Johanna verfiel in Schweigen. Eingehend betrachtete sie die üppigen grünen Wiesen und die leuchtend violetten Lupinen am Flussufer, die einen reizvollen Kontrast zu den dunkelgrünen Regenwaldausläufern bildeten.

Die neuen Gebäude hatten sich noch nicht so recht in die Landschaft eingefunden. Das Wohnhaus thronte regelrecht auf seinem Sockel aus Findlingen, weiß gestrichen und umgeben von Sägespänen und Steinsplittern, die noch vom Bau übrig geblieben waren. Auch im Innenhof zwischen dem Stall und dem Unterstand herrschte noch ein wenig Durcheinander. Bis zum Fest war noch viel zu tun, das wurde ihr in diesem Moment einmal mehr klar.

»Ich weiß, das Haus ist klein, aber uns gefällt es so«, sagte sie, weil sie plötzlich an das riesige Anwesen der Fitzgeralds denken musste.

»Es ist nicht klein, es ist genau richtig. Manchmal wünschte ich mir, unseres wäre halb so groß. Besonders seit alle Kinder fort sind und ihrer eigenen Wege gehen.«

»Ich wüsste nicht, warum es größer sein sollte«, meinte Adalie. »Es sind noch zwei Zimmer da, die wir gar nicht nutzen, aber mir fällt sicher noch etwas ein.«

»Die Tiki passen sehr gut hierher.«

»Danke, sie sind von Hauku. Den zweiten konnte er nicht vollenden, aber ich empfand es als richtig, ihn genauso aufzustellen, wie er ist.«

Johanna legte ihr einen Arm um die Schulter und betrachtete die Tiki. Sie zeigten je eine menschenähnliche Figur mit verschlungenen Gliedern. Während der Linke auf mehreren fischähnlichen Kreaturen stand, endete der Körper des Rechten in der Mitte, darunter war der Stamm nur grob behauen. Ein dunkler Fleck, der tief in die Maserung eingedrungen war, zeugte noch von Haukus blutigem Ende.

»Es war eine gute Entscheidung. Ich hätte es, glaube ich, nicht anders gehandhabt.«

Adalie atmete erleichtert auf bei Johannas Worten. Es fühlte sich an, als hätte sie eine Prüfung erfolgreich gemeistert.

»Es ist seltsam, jedes Mal an seinen Tod erinnert zu werden, aber es macht mit keine Angst mehr.«

Haukus Tiki würde ihr kleines Haus beschützen, da war sie sich sicher. Angst machte ihr nur der unbekannte Schatten, der den Tod des Schnitzers zu verantworten hatte. Selbst heute trübte er ihr Glück.

∗∗∗

Jonah hatte sich in den Schutz des Waldes zurückgezogen und beobachtete die Ankunft seiner Erzfeinde durch ein

Fernrohr, das er sich in Pania Bay von seinem Lohn gekauft hatte.

Wie eine Prozession näherten sie sich dem Anwesen und damit dem Ort, an dem sie ihr Leben aushauchen würden.

Erstaunt sah Jonah noch einmal genauer hin, zählte Pferde und Personen und war sich dann sicher.

»Danke, Gott«, rief er mit gedämpfter Stimme. Der Maori Giles, der Einzige, von dem er glaubte, dass er ihm in die Quere kommen könnte, war nicht mit zurückgekommen.

»Hin und wieder muss ja auch ein armes Schwein wie ich mal Glück haben.«

Liam Fitzgerald war kaum wiederzuerkennen. Er war grau geworden, und statt des früher glatt rasierten Gesichts trug er nun einen Bart. Womöglich wäre Jonah nach den mehr als zwei Jahrzehnten, die ihre letzte Begegnung zurücklag, auf der Straße achtlos an ihm vorbeigegangen. Aber das würde nun nicht passieren. Das Schicksal hatte es so gewollt und Jonah zum Sohn seiner Feinde geführt.

Zuerst konnte er Johanna nicht entdecken, doch dann sah er sie, halb verdeckt hinter dem Körper des roten Ponys. Ihr Gesicht wirkte noch wie früher, ein wenig fülliger, aber keineswegs unansehnlich, und er verstand noch immer, warum er sich damals in London in die junge Adelige verliebt hatte.

Als das Pony etwas langsamer wurde, konnte er mehr von ihr sehen und bemerkte ihre breiten Hüften. Sie war fett geworden!

»Ich erkenne dich noch. Kennst du mich auch?«, sang er leise.

Sicher würden sie ihn jetzt bald vermissen, und ja, schon rief der verdammte Fitzgerald-Spross nach ihm.

»Jonah? Jonah, wo bist du?«

»Hier bin ich«, knurrte er leise. »Aber ich heiße nicht Jonah, heute nicht und auch nie wieder.« Er dachte gar nicht daran, sein Versteck zu verlassen.

Duncan sah sich irritiert um und sattelte seinen Hengst schließlich selber ab. Dann tauchte einer der Maorihelfer auf und kümmerte sich um die restlichen Pferde und das Gepäck der Besucher.

Johanna hakte sich unterdessen bei Adalie unter. Offenbar war eine Art Führung über den Hof vorgesehen. Jonah war froh, dass er sich bereits in sein Versteck verkrochen hatte. Sicherlich würden sie in jeder Ecke und jedem Winkel herumstöbern und womöglich auf etwas stoßen, das ihn verriet.

Seine Waffen hatte er bei sich und auch eine Decke, falls er noch eine Weile warten musste, bevor er zuschlagen konnte. Im Freien zu schlafen kümmerte ihn nicht, solange er nur bekam, was er ersehnte.

Zu lange durfte er allerdings auch nicht warten. Denn wenn Giles womöglich wiederkäme, könnte ihm das Probleme bereiten, die es zu vermeiden galt.

* * *

Adalie trug einen saftigen Kuchen auf, der den Gästen die Zeit bis zum festlichen Abendessen versüßen sollte.

Johanna wuselte mit dem für sie so typischen Elan durch die fremde Küche und brühte Tee auf, während Duncan mit seinem Stiefvater im Wohnzimmer am Fenster stand und in ein Gespräch vertieft war. Ob Duncan sogar sein Vorhaben in die Tat umsetzte und mit Liam über seine Erwartungen und Hoffnungen sprach?

Langsam fiel die Anspannung von Adalie ab. Sie hätte sich

eigentlich keine Sorgen machen müssen, weil nicht alles rechtzeitig fertig geworden war und sie sich für ihr Durcheinander schämen müsste. Ihre Schwiegereltern waren Menschen, die man einfach gernhaben musste, liebenswert und herzlich. Das galt besonders für Johanna, die für Adalie vor allem Vorbild und Freundin war. Liam würden viele Menschen sicherlich als distanziert und ein wenig streng empfinden, doch Adalie hatte ihren eigenen Vater zum Vergleich. Im Gegensatz zu ihm war der Colonel ein Schatz, niemals aggressiv und ungerecht, sondern auf seine ernste, stille Art ein wahres Familienoberhaupt.

»Ihr habt es hier so schön, ich bekomme fast Lust umzuziehen«, sagte ihre Schwiegermutter in diesem Moment.

»Dann macht das doch.«

Johanna schüttelte vergnügt den Kopf. »Nein, nein, unsere Heimat ist New Plymouth. Ich bin in meinem Leben oft genug umgezogen. Es reicht. Aber hätte ich Kahu River in eurem Alter entdeckt, ich wäre sofort hergezogen.«

»Es freut mich, dass es dir so gut gefällt. Ich hatte befürchtet …«

»Was? Dass wir diesen paradiesischen Ort für die Hölle auf Erden halten würden?« Johanna fasste Adalie an den Schultern. »Und selbst wenn, hier geht es um euer Glück, um euer Leben. Ihr wiederholt nicht die Fehler meiner Jugend, ihr macht alles richtig. Sorge dich nicht um das, was andere denken und deiner Meinung nach erwarten.«

Adalie wich ihrem Blick aus. »Ja, vielleicht hast du recht.«

»Lass dir eines gesagt sein, meine liebe Schwiegertochter. Ich bin jetzt bald fünfzig Jahre alt, und die einzigen Jahre meines Lebens, die ich bereue, sind jene, in denen ich tat, was andere von mir verlangt haben. Folgt eurem Herzen, und dann wird alles gut. Eigentlich haben wir Duncan auch so erzogen.« Sie lächelte aufmunternd.

»Oh Gott, der Tee«, rief Adalie plötzlich, und beide mussten lachen. Blitzschnell holte sie das Sieb heraus und goss den Tee ab. »Ich hoffe, er ist jetzt nicht zu bitter.«

»Und wenn doch, kannst du alles getrost auf deine Schwiegermutter schieben, und das wäre nicht einmal gelogen.«

Als sie zu viert am Tisch saßen und sich den Kuchen schmecken ließen, schien es, als hätten sie sich kaum länger als eine Woche nicht gesehen. Viel zu erzählen gab es natürlich trotzdem. Liam Fitzgerald lobte die Qualität der Weiden und die Schönheit des Tals.

»Du hast doch bislang kaum etwas gesehen, vielleicht sollten wir gleich einen kleinen Ausritt unternehmen, und ich zeige dir alles.«

»Gerne, warum nicht? Wenn die Damen uns entbehren können?«, sagte Liam und zwinkerte seiner Frau zu.

»Verschwindet nur, wir können euch hier nicht gebrauchen«, gab Johanna zurück.

»Schade nur, dass wir unser Wettrennen hier nicht machen können.«

»Die Frage, ob dir der Ausritt nach der langen Reise nicht zu anstrengend ist, erübrigt sich wohl.«

»Mein verehrter Herr Sohn, ich habe vielleicht einen grauen Bart, aber ich bin noch lange nicht tot!«

Duncan hob ergeben die Hände.

Adalie freute sich sehr, die beiden Männer so ausgelassen miteinander scherzen zu sehen. Duncan hatte es zwar nur selten erwähnt, doch sie wusste genau, wie sehr er seinen Stiefvater vermisst hatte und wie gespannt er auf dessen Urteil über Kahu River war. Also scheuchte sie die beiden Männer aus dem Haus, sobald der Kuchen gegessen war, und ging gemeinsam mit Johanna in die Küche, um für den Abend einen Pudding vorzubereiten. Sobald dieser fertig und Maryann versorgt war, konnten auch sie zu einer kleinen Erkundungstour aufbrechen. Maryann trug sie wie immer in einem Tuch vor der Brust, wo sie schnell einschlief.

»Ich glaube, du hast viel mehr Ahnung von der Schafzucht, als ich je mit größter Mühe lernen könnte«, sagte Johanna, während sie die Schafherde auf der Weide betrachteten.

Die Lämmer waren gut gediehen und sprangen ausgelassen umher. Dieser Anblick berührte Adalie jedes Mal auf eine sehr einfache Weise, er macht sie glücklich und entschädigte sie für die vielen totgeborenen Jungtiere.

»Weißt du, als ich als junge Frau ins Tal des Windes kam, war meine Freundin Abigail schon bei mir. Sie ist diejenige gewesen, die sich auf Schafe versteht. Ich mochte die Tiere immer, aber sie sind mir bis heute ein Rätsel.«

»Dabei sind sie einfach und ehrlich. Im Gegensatz zu den Menschen haben Tiere nie Hintergedanken. Nun gut, vielleicht sind Schafe dafür auch nur zu dumm.«

Sie lachten. »Kannst du dir vorstellen, wie ungeschickt ich mich angestellt habe? Ich war eine feine junge Dame aus London, die von ihrer Mutter für Kaffeekränzchen, Bälle und Dinners erzogen wurde, und musste mich nun in der Wildnis zurechtfinden. Abigail hatte so viel Mühe mit mir. Aber schließlich habe ich meinen eigenen Gemüsegarten angelegt und mit eigenen Händen Kartoffeln und Kräuter gepflanzt. Die Schafe habe ich schnell wieder Abigails Fürsorge überlassen.«

»Es war sicher schön, die neue Welt gemeinsam mit einer

Freundin zu erkunden. Die hätte ich mir in den vergangenen Monaten auch manchmal gewünscht. Hier ist nicht immer alles glatt gelaufen. Es gab einige Probleme beim Ablammen, und ich weiß bis heute nicht, woran es gelegen hat. Eigentlich müssten hier noch zehn weitere kleine Schafe herumtollen.«

»Aller Anfang ist schwer, Adalie. Ich finde, ihr meistert das großartig. In einigen Jahren hat sich alles eingespielt.«

Adalie wies auf den Wald am anderen Ufer. »Dort werden wir noch roden, denn das Holz bringt gutes Geld und der Boden ist perfekt geeignet für die Schafe. Dazu wird es eine Brücke geben, direkt hier vorne.«

»Sicher haben hier viele Hundert Tiere Platz.«

»Ja, mehr, als es in Amokura Hills insgesamt gab. Das hätte ich mir selbst in meinen kühnsten Träumen nicht ausgemalt, Johanna. Aber komm, ich will dir etwas anderes zeigen.«

Adalie lief zurück zum Haus und dann quer über den Hof zu dem kleinen Anbau, der erst vor wenigen Wochen fertig geworden war. Noch duftete das Lagerhäuschen nach frischem Holz, der Geruch des Neuen, den ihr Wohnhaus schon fast verloren hatte.

»Ich ahne etwas«, meinte Johanna.

»Es ist klein und besitzt nicht mal ein Fenster, und eigentlich wollte ich bis zu deiner Ankunft weit mehr zusammengetragen haben.«

»Nun spann mich nicht länger auf die Folter.«

Adalie schob seufzend den Riegel zurück und zog die Tür auf. Das Licht fiel auf die grob gezimmerte Regale, die größtenteils noch leer waren. In mehreren Flechtkörben waren kleine Schmuckgegenstände untergebracht, die Adalie bei ihrem Besuch im Maoridorf erstanden hatte.

Johanna nahm sofort einige heraus und musterte sie. »Das sind außergewöhnlich schöne Stücke, die viel Geld einbringen, Adalie!«

»Wirklich?«

»Ja! Ich wusste doch, dass du ein Gespür dafür besitzt.«

An der Tür waren plötzlich Schritte zu hören. »Ihr seid euch wirklich erschreckend ähnlich, Johanna.«

Adalie erkannte die Stimme sofort. »Jonah, wo warst du?«

Als sie sich umblickte, sah sie den Gewehrlauf, der auf sie gerichtet war, und erstarrte.

»Nehmen Sie die Waffe herunter, Sir«, sagte Johanna wütend. »Damit kann man schneller jemanden verletzen, als einem lieb ist.«

»Vielleicht will ich dich ja verletzen, du Schlampe. Einmal bist du dem Tod von der Schippe gesprungen, ein zweites Mal wird es dir nicht gelingen …«

Adalie sah, wie Johanna erblasste. Todesangst spiegelte sich in ihrer Miene.

»Das … das kann nicht sein. Du bist tot«, stotterte sie.

»Das hättest du wohl gern! Ich weiß nicht, wen ihr dort zu Grabe getragen habt, aber ich war es nicht, verdammt!«

»Welches Grab? Wovon redest du da? Jonah, was ist nur in dich gefahren?«, rief Adalie.

»Mein altes Leben ist in mich gefahren. Aber um euch kümmere ich mich später. Ihr seid hier gut aufgehoben.«

Sie konnte ihren Hilfsarbeiter im Gegenlicht kaum erkennen. Er war nicht viel mehr als eine Silhouette. Mit dem Fuß stieß er einen Flügel des Tors zu, und als er nach dem anderen griff, stürmte Johanna plötzlich mit einer Schnelligkeit los, die Adalie ihr nicht zugetraut hätte.

Jonah hatte offenbar genau damit gerechnet. Blitzschnell

trat er Johanna in den Unterleib und rammte gleich darauf den Gewehrkolben gegen ihren Kopf. Sie brach zusammen.

»Johanna!«, schrie Adalie verzweifelt.

Von draußen schob Jonah den Riegel vor die Tür. Holz schabte über Holz und klang dabei wie ein grausiges Versprechen: Später, später hole ich euch.

»Jonah, was willst du von uns? Ich gebe dir Geld, alles, was du willst.«

Adalie hörte, wie er stehen blieb und umkehrte. »Geld? Was soll ich denn mit Geld? Das hat mir früher auch kein Glück gebracht. Ich bin ein alter Mann, das Einzige, was mich noch froh macht, ist, meine Feinde sterben zu sehen.«

»Aber wir haben dir doch nichts getan!«

»Du nicht, aber du bist auch die Einzige.«

»Was willst du denn jetzt machen?«

»Jetzt? Jetzt hole ich mir eure Männer«, sagte Jonah triumphierend. Seine Schritte entfernten sich.

Adalie ließ sich neben Johanna auf die Knie fallen und rang verzweifelt nach Luft. Jeder Atemzug tat weh. Ihre Brust schmerzte, als steckte sie in einem eisernen Schraubstock fest. Dieses Gefühl der Hilflosigkeit, das sie eigentlich mit ihrem alten Leben hinter sich gelassen hatte, war zurück. Diesmal jedoch war es noch schlimmer, denn es ging nicht nur um sie.

An ihrer Brust wimmerte Maryann, die von den Schreien wach geworden war. Das Weinen ihrer Tochter riss Adalie aus dem betäubenden Gefühl der Ohnmacht, sodass sie wieder klarer denken konnte.

Das hier war nicht der Hof ihrer Eltern und sie kein kleines Mädchen mehr, das sich hilflos vor seinem Vater zu Tode fürchten musste. Trotzdem fiel es ihr schwer, zu verstehen, was hier gerade geschah. Was war nur in Jonah gefahren? Der Alte war ihr immer schon ein wenig merkwürdig vorgekommen, aber dass er sie plötzlich angriff, war ein Schock. Sie war doch immer gut zu ihm gewesen!

Adalie kämpfte gegen die Panik. Konnte es sein, dass er hinter all den Unglücksfällen steckte? Gingen der Mord an Hauku Mora, das Feuer, die verletzten Tiere, der angesägte Balken und all die anderen Unglücke auf sein Konto? Sie hatte einem Wahnsinnigen Zuflucht gewährt und ihm ihr Vertrauen geschenkt.

Dann erinnerte sie sich an Johannas Gesichtsausdruck. Kurz bevor Jonah sie niedergeschlagen hatte, hatte sich etwas in ihrer Miene verändert. Sie hatte ihn erkannt.

Adalie berührte Johanna an der Schulter. Ihre Schwiegermutter rührte sich nicht, und das wenige Licht, das durch den Türspalt und unter dem Tor hereinfiel, reichte nicht aus, um ihr Gesicht genauer zu erkennen. Während sie mit der linken Hand Maryann beruhigend über den Rücken strich, versuchte sie mit der rechten zu ertasten, was Jonah Johanna angetan hatte.

Ihre Schwiegermutter besaß einen Puls, der kräftig und regelmäßig war. Dann fühlte sie eine Platzwunde an Johannas Stirn. Sie verlor erschreckend viel Blut, sofort waren Adalies Finger feucht. Sie musste die Wunde dringend verbinden.

Hastig riss sie einen Streifen Stoff aus ihrem Unterrock und legte ihrer Schwiegermutter daraus einen Verband an.

»Johanna, Johanna, bitte, du musst aufwachen. Wir müssen hier raus!«

Als ihre Schwiegermutter nicht reagierte, zog Adalie die Nase hoch, wischte sich energisch die Tränen weg und stand auf. Draußen war alles ruhig. Sie spähte durch die Türritze und sah nur ein paar Hühner im Staub picken. Der Hof war wie ausgestorben.

Adalie überlegte, ob sie um Hilfe schreien sollte. Aber wer sollte sie hören? Duncan und Liam besser nicht, denn wie sie Jonah verstanden hatte, wollte er sich auf die Lauer legen, um ihre Männer auch noch in seine Gewalt zu bekommen. Das durfte nicht passieren.

Sie verstand zwar überhaupt nicht, was in dem Alten vorging, aber offenbar plante er einen Rachefeldzug gegen ihre Familie. Er glaubte, irgendeine alte Rechnung begleichen zu müssen. Adalie wurde klar, dass sie ganz auf sich allein gestellt war. Sie durfte jetzt nicht die Nerven verlieren!

Die beiden Maorihelfer waren heimgekehrt, und selbst ihr Hund war fort und begleitete die Männer auf dem Erkundungsritt. Giles und seine Eltern würden frühestens am Abend von den Moras aufbrechen, um nach Kahu River zu kommen, oder sie blieben über Nacht dort.

Jonah war nirgends zu sehen. Verließ er sich wirklich darauf, dass die Frauen in dem Verschlag sicher eingesperrt waren? Wenn ja, dann war das ihre Chance. Es musste ihnen nur irgendwie gelingen, den Riegel aus der Halterung zu befördern.

Adalie drückte gegen die Türflügel, und der Spalt dazwischen weitete sich etwas. Doch leider reichte es nicht, um einen Finger hindurchzuschieben und den Riegel hochzudrücken. Sie musste etwas finden, das durch die Lücke passte, und sah sich um. Vielleicht ein vergessenes Werkzeug oder eines der Maorikunstwerke? Es gab flache Schnitzereien aus Walknochen und Jade.

Johanna stöhnte und wälzte sich auf den Rücken.

»Gott sei Dank!« Adalie war sofort bei ihr. »Wie geht es dir?«

Johanna befühlte ihre Stirn und setzte sich mühsam auf. »Wo ist er?«

»Weg. Er hat uns eingesperrt und will nun Duncan und Liam holen.«

Johanna sah sie an. Sie war blass, und ihre Unterlippe zitterte. So hatte Adalie sie noch nie gesehen. »Holen? Nein, ich glaube, er will sie umbringen.«

Adalie fühlte, wie die Panik ihren Verstand vergiftete. Wieder kroch das Taubheitsgefühl, das sie als Kind immer in ausweglosen Situationen verspürt hatte, aus ihrem Versteck und breitete sich in ihr aus. Ihr wurde übel.

»Ich verstehe nicht, warum Jonah das tut. Wir waren doch immer gut zu ihm!«

»Was weißt du über ihn?« Johanna befühlte ihre Stirn, wischte Blut und Staub fort und ordnete wie in Trance ihre zerzauste Frisur. Als könnte sie auf die Art auch wieder etwas Ordnung in ihre Situation bringen, sortierte sie ihre dunkelblonden Flechten und steckte einzelne Strähnen fest.

»Nichts, eigentlich gar nichts. Er kam mit dem Treiber, der die Schafe hergebracht hat, und suchte eine Stelle. Ich dachte, dass ein Mann in seinem Alter es sicher schwer haben würde, etwas zu finden, daher habe ich ihn eingestellt.«

»Er ist durch Zufall nach Kahu River gekommen?«

Adalie zuckte mit den Schultern und begann, die Regale nach einem passenden Werkzeug abzusuchen. »Ich denke schon, ja.«

»Hat er irgendwann mal etwas von seinem früheren Leben erzählt? Ich konnte ihn vorhin kaum erkennen. Sag mir alles, was dir einfällt.«

Adalie verstand nicht, warum ihre Schwiegermutter so viel über Jonah wissen wollte, aber es schien ihr wichtig zu sein. Vielleicht half es irgendwie, wenn sie sagte, was sie wusste. Um ihrer Panik Herr zu werden, rief sie sich alles in Erinnerung und erzählte mit brüchiger Stimme:

»Er hat blaue Augen, und vielleicht war sein Haar mal blond oder hellbraun. Er trägt eigentlich fast immer einen Hut. Ich glaube, er will die große Narbe auf seinem Kopf darunter verstecken. Warum willst du das alles wissen?«

»Rede weiter, Adalie, weiter!«

Johanna sah gehetzt aus, so als hätte sie einen Geist gesehen. Sie zitterte.

Während Adalie einen großen, flachen Jadeanhänger in den Türspalt schob und versuchte, den Riegel zu erreichen, sprach sie weiter. Es beruhigte sie ein wenig, aber vor allem hoffte sie, dass sich Johannas Blick dann wieder normalisieren und sie nicht mehr wie eine Besessene aussehen würde.

»Jonah redet nicht viel, eigentlich kenne ich nicht mal seinen Nachnamen. Hin und wieder hat er erwähnt, dass er sein altes Leben hinter sich gelassen habe. Scheinbar ist ihm viel Unrecht widerfahren. London, er hat mehrfach London erwähnt. Als ich die Aussteuerkisten ausgepackt habe, hat er ganz seltsam reagiert. Die Silberleuchter, die du mir eingepackt hast, schienen ihn an etwas erinnert zu haben. Er war ganz von Sinnen. Seinen Blick werde ich nie vergessen. Damals hat er mir zum ersten Mal wirklich Angst gemacht. Ich dachte zuerst, er wollte mich bestehlen, aber dann war er plötzlich wieder ganz der Alte.« Mit einem Knacken brach der Jadeanhänger entzwei. »Bei Gott!«

Adalie stieß einen zornigen Schrei aus und stampfte mit dem Fuß auf den Boden, was wiederum Maryann aufweckte.

Adalie ließ den Rest der Jadefigur auf den Boden fallen und bemerkte erst jetzt, dass Johanna weinte. Obwohl sie aufrecht stand, sah ihre Schwiegermutter aus, als würde sie jeden Moment zusammenbrechen.

»Er wird uns alle umbringen. Wir haben keine Chance, nicht dieses Mal.«

»Johanna, was redest du denn da? Du darfst dich und uns nicht einfach so aufgeben. Wir finden einen Weg hier raus.«

»Die Silberleuchter gehörten einst ihm. Ihm und mir. Es war ein Hochzeitsgeschenk. Jonah ist nicht sein richtiger Name, er heißt Thomas. Du kennst Thomas nicht. Er wird nicht eher ruhen, bis er sein Ziel erreicht hat.«

»Was? Wer?«

»Thomas Waters, mein früherer Mann. Ich dachte, er sei tot.«

Adalie glaubte, ihren Ohren nicht zu trauen. »Unser Hilfsarbeiter Jonah ist Duncans leiblicher Vater? Wieso fürchtest du ihn so sehr? Warum will er euch töten?«

»Du verstehst das nicht, Adalie. Thomas kennt Duncans wahre Herkunft, und mein Sohn hätte es auch längst erfahren sollen.« Johanna schlug die Hände vors Gesicht. »All die Jahre, all die vielen Lügen.«

Adalie zitterte, trotzdem nahm sie Johanna in den Arm. Sie erinnerte sich plötzlich wieder an das Gespräch, das sie damals auf dem Anwesen der Fitzgeralds belauscht hatte. Liam und Johanna hatten darüber diskutiert, ob sie Duncan in ein Geheimnis einweihen sollten.

»Was ist damals passiert, Johanna? Warum hasst Thomas euch so, dass er uns allen nach dem Leben trachtet?«

»Wir haben ihn hintergangen. Thomas hatte einen Krieg angezettelt. Im Tal des Windes sind auf seinen Befehl hin

Maori ermordet worden. Schließlich haben sich die Menschen gewehrt. Es sind Krieger von außerhalb gekommen und haben unser Haus und das Sägewerk in Brand gesetzt. Thomas wurde schwer verletzt. Wir haben es nach Urupuia geschafft, und dort war gerade die Kavallerie eingetroffen. Liam war bei den Soldaten, ausgerechnet er. Wir hatten uns bereits in London kennen- und lieben gelernt, aber ich gehorchte meinen Eltern, die mich an Thomas verheiraten wollten, und wir verloren uns aus den Augen, als ich mit meinem Mann nach Neuseeland auswanderte. Doch unsere Liebe war nie verloschen.« Johanna zog die Nase hoch, ihre Tränen versiegten nach und nach.

»Erzähl weiter, was geschah dann?«

»Während Thomas im Lazarett mit dem Tode rang, habe ich ihn mit Liam betrogen. Wir haben gesündigt. Als Thomas schließlich auf dem Wege der Besserung war, ist Liam nach New Plymouth zurückgekehrt. Ich habe versucht, mein Leben weiterzuleben, als wäre nichts geschehen. Dann merkte ich, dass ich schwanger war – von Liam.«

»Dann ist Duncan wirklich Liams Sohn und nicht der von Thomas. Und er wusste es.«

»Ja. Ich habe vorgegeben, auf eine Handelsfahrt zu gehen, und bin geflohen. In den Wirren des Krieges im Whanganui-Distrikt hat Thomas mich eingeholt und versucht zu ermorden. Liam hat gegen ihn gekämpft, und wir dachten, Thomas wäre tot. Ich kam ins Krankenhaus. In den umkämpften Gebieten wurden die Leichen eingesammelt und in Massengräbern beerdigt.«

»Ihr dachtet, Thomas Körper wäre ebenfalls in einem dieser Gräber gelandet.«

Johanna nickte. »Als er verschwunden blieb, habe ich ihm

einen Grabstein setzen lassen, und um den Ruf der Familie nicht zu schädigen, hat Duncan niemals davon erfahren. Offiziell ist er Thomas' Sohn.«

»Thomas hat irgendwie überlebt, eine andere Identität angenommen, und nun will er sich rächen. Deshalb ist er hier.« Adalie war entsetzt.

Die Erkenntnis war bitter. Ein Mensch, der so lange auf seine Rache gewartet hatte, würde so kurz vor seinem Ziel vor nichts mehr zurückschrecken. Wenn sie sich nicht rechtzeitig befreien konnten, waren sie verloren!

Monatelang hatte sich Thomas unter einem falschen Namen ihr Vertrauen erschlichen und war bei ihr ein- und ausgegangen. Bei jedem Unglück in den vergangenen Monaten war er zugegen gewesen, und nie war auch nur der leiseste Verdacht auf ihn gefallen. Adalies Verstand spielte noch einmal alles nacheinander durch: den Mord an Hauku, der Brand, der Unfall beim Bau, ihre Schafe … immer war Jonah da gewesen.

Plötzlich hörten sie einen Knall. Jemand hatte geschossen. Eiskalte Angst schoss durch Adalies Adern.

»Duncan!« Sie trommelte mit den Fäusten gegen das Tor. »Duncan!«

* * *

Seite an Seite ritt Duncan mit Liam über die Schafweide den Hang hinunter. Er hatte seinem Vater Nelson geliehen und sah gut gelaunt zu ihm hinüber.

»Der hat sich wirklich prächtig entwickelt, hervorragend im Training. Du kannst stolz sein«, lobte Liam.

Nelson tänzelte und sah trotz seiner mächtigen Statur leichtfüßig aus. Der Hengst war schon seit einer ganzen Weile nervös, zerrte an den Zügeln und rollte mit den Augen. An der Stute, die Duncan ritt, konnte es nicht liegen, die Tiere kannten einander gut, und sie war nicht rossig.

»Scheinbar freut er sich so sehr über deinen Besuch, dass er gar nicht weiß, wohin mit seiner ganzen Kraft«, sagte Duncan.

»Manchmal versteht man einfach nicht, was in diesen großen Köpfen vorgeht.«

Duncan lachte. »Entweder zu wenig oder zu viel.«

Plötzlich zerriss ein Knall die fröhliche Stimmung. Nelson stieg. Duncans Stute zuckte zusammen. Sie riss den Kopf hoch, gab ein Ächzen von sich, dann brachen ihre Hinterbeine weg. Geistesgegenwärtig riss Duncan die Füße aus den Bügeln und sprang im gleichen Moment aus dem Sattel, als das Tier zusammenbrach.

»Da schießt jemand. Schnell, wir müssen hier weg, in Deckung«, schrie Liam, nun wieder ganz Kavalleriehauptmann.

Duncan rannte geduckt zu ihm, während sein Vater Mühe hatte, Nelson an einer kopflosen Flucht zu hindern.

Liam reichte ihm eine Hand, während weitere Kugeln an ihnen vorbeizischten, und riss ihn hinter sich auf den Pferderücken. Nelson schoss davon, auf den schützenden Wald zu und brach wie eine Naturgewalt durch dichtes Farn und junge Bäume.

Die Schüsse verstummten. Sie waren vorerst in Sicherheit. Liam parierte durch, und sofort sprang Duncan auf den Boden. Keuchend sah er sich um. Erst jetzt wurde ihm wirklich klar, was soeben geschehen war: Jemand hatte versucht, sie umzubringen. Durch das Dickicht konnte er die sterbende Stute erkennen. Sie wälzte sich auf der Wiese, ihr Fohlen stand neben ihr, wieherte leise. Von Adalies Hund, der sie die ganze Zeit begleitet hatte, fehlte jede Spur.

Die Schüsse waren wirklich auf sie gerichtet gewesen. Ein verirrter Schuss mitten auf der Wiese war unmöglich.

»Duncan, hilf mir runter, bitte.« Liams Stimme war dünn, und als Duncan sich umdrehte, sah er auch weshalb.

»Oh Gott, du bist getroffen worden.«

»Halb so wild, hilf mir nur aus dem Sattel.«

Duncan biss die Zähne zusammen. Halb so wild? Der Blutfleck prangte mitten auf seiner Brust und wurde rasch größer.

Liam stützte sich auf Duncans Schulter, versuchte sein Bein über den Sattel zu ziehen und schaffte es nicht. Als Duncan nachhalf, gelang es, doch der Verwundete sank in die Knie, sobald seine Füße den Boden berührten.

»Oh verdammt«, keuchte Liam.

»Komm, setz dich hierher.« Duncan half ihm. »Lehn dich gegen den Baumstamm, ja, genau so.«

»Hier, Junge, nimm meine Pistole. Dir nützt sie mehr als mir.«

Duncan nahm die Waffe und ärgerte sich im gleichen Moment, seit der friedlichen Vereinbarung mit den Maori des Nachbardorfes so nachlässig geworden zu sein. Er ritt fast nie bewaffnet aus. Hastig band er Nelsons Zügel an einen kleinen Baum, steckte sich den Revolver in den Hosenbund und kniete sich ins Laub.

»Lass mich sehen, wo du getroffen wurdest.«

»Duncan, kümmere dich nicht um mich. Ich komme schon klar.«

»Nein, das tust du nicht. Lass mich sehen.« Er hatte sich seinem Stiefvater noch nie widersetzt. Heute brach er mit seinen eigenen Regeln. Sie waren alle außer Kraft gesetzt, denn die Angst, ihn zu verlieren, war übermächtig.

Er knöpfte Liams Weste auf, zerriss dessen Hemd und zerrte den blutgetränkten Stoff auseinander. Blut trat in einem steten Strom aus dem Eintrittsloch, doch immerhin nicht stoßweise.

»Du musst draufdrücken, so.« Er nahm Liams Hand und legte sie auf die Wunde.

»Ich mache, was du sagst, mein Sohn.« Sein Gesicht war blass, grau beinahe. Sicher lag das nicht nur an dem dämmerigen Zwielicht, das auch bei Tage unter dem dichten Blätterdach herrschte.

Duncan lief bis zum Waldrand und sah sich um. Die Stute war mittlerweile verendet. Von dem Schützen war nichts zu sehen. Hatte er aufgegeben, weil es ihm nicht gelungen war, sie auf der Stelle zu erschießen? Der Überraschungsmoment war nun vertan.

»Und?«, fragte Liam, als Duncan sich wieder neben ihn kniete.

»Nichts zu sehen.«

Liam griff nach Duncans Hand. »Junge, ich möchte dir etwas sagen, falls …«

»Du wirst nicht sterben, also spar dir deine Worte.« Er versuchte, seinem Vater die Hand zu entziehen, weil er keinen Abschied hören wollte, doch Liams Griff war überraschend fest.

»Nein, Duncan, hör mich an. Ganz gleich, ob einer von uns stirbt oder keiner. Ich habe schon viel zu lange geschwiegen, nein, sogar gelogen.« Liam hustete.

»Ich bin hier, ich höre dir zu.«

»Versprich mir, dass du nicht schlecht von mir und deiner

Mutter denkst. Achte sie weiterhin so, wie du es immer getan hast.«

»Das schwöre ich.«

»Dann sollst du wissen, dass *ich* dein Vater bin und nicht dieser Thomas Waters. Ich bin dein leiblicher Vater, und wenn ich jetzt sterbe, dann sei es so.«

Das Bekenntnis traf Duncan völlig unvorbereitet, und es riss ihm schier den Boden unter den Füßen weg. Er starrte Liam an, dessen Blick weich und väterlich wurde – vielleicht war er es auch schon immer gewesen. Warum hatte er die Wahrheit nie gespürt? Warum hatte er die scherzhaften Aussagen anderer immer belächelt, wie ähnlich er und Liam einander angeblich waren? Ungläubig suchte er Liams Gesicht nach Merkmalen ab, die sich in seinem eigenen spiegelten. Die Haare, die Augenform … ja, vielleicht.

»Aber … aber wie …?«, stotterte er.

»Deine Mutter und ich haben uns schon in London geliebt, bevor sie an Waters verheiratet wurde, um ihre Familie vor dem Bankrott zu retten. Ich bin ihr gefolgt, bis hierher. Waters wollte mich aus dem Weg schaffen und hat stattdessen meinen Bruder ermordet, nach dem du benannt wurdest. Als er entdeckte, dass Johanna und ich ein Verhältnis hatten, wollte er sie umbringen. Er hat sie angeschossen, ich habe mich mit ihm duelliert und ihn getötet. Ich würde jetzt sofort dort hinausreiten und den Kampf aufnehmen, aber ich bin zu schwach. Du musst gehen. Später erkläre ich dir alles. Du musst viele Fragen haben, und du sollst die ganze Geschichte hören. Aber nun geh, lass nicht zu, dass dir jetzt jemand Johanna und deine Frau nimmt. Geh und rette deine Mutter, denn ich kann es nicht. Ich glaube, die Schüsse kamen aus Richtung des Hofs.«

»Danke, Vater. Danke für deine Worte, danke für alles. Hätte ich es doch nur früher gewusst. Du hast einen Traum wahr werden lassen«, sagte Duncan tief bewegt. Er küsste seinen Vater auf die Stirn und kam dann taumelnd auf die Beine.

»Ich komme dich so schnell wie möglich holen, versprochen.«

»Ja, geh jetzt, Junge, und sei vorsichtig.«

Sobald er ihm den Rücken zukehrte, war es, als würde plötzlich ein Seil reißen, das ihn an seinen Vater und diesen Ort kettete. Von einer Sekunde zur nächsten war er wieder mit Leib und Seele der Soldat, der im Kampf zielstrebig gegen den Feind vorging. Geduckt tauchte er in das Farndickicht ein, das den Boden bedeckte. Am Waldrand bildete es einen dichten Saum.

Er musste zum Hof, zu seiner Familie.

Warum war es so still?

Duncan zwang sich, nicht zu rennen und sich damit zu verraten. Noch immer tappte er völlig im Dunkeln. Wer hatte auf sie geschossen, wer überfiel Kahu River? Waren es marodierende Banditen, die rauben und Vieh stehlen wollten? Oder hatten Te Kootis Leute sie auf ihrem Rachefeldzug aufgespürt? Er musste auf dem schnellsten Weg zum Hof gelangen. Was sollte er nur tun, wenn die Angreifer längst dort waren? Wenn sie Adalie, die kleine Maryann und seine Mutter längst in ihrer Gewalt hatten, wenn sie tot waren, alle drei?

Seine Fantasie spielte verrückt. Er sah seine geliebte Frau in ihrem Blut daliegen, Maryann mit zerschlagenem Körper, und beide so reglos und still, so schrecklich still!

***

Die Schüsse waren verhallt, und dann hörten sie lange Zeit nichts mehr. Waren ihre Männer tot?

Adalie konnte es nicht glauben, und sie wollte es auch nicht. Solange sie Duncans Leiche nicht mit eigenen Augen gesehen hatte, würde sie an sein Leben glauben. Sie würde für ihn und ihr gemeinsames Glück kämpfen wie eine Löwin.

Schon hatte sie eine neue Idee, wie sie ihrem Gefängnis entkommen konnte, und diesmal musste es einfach klappen.

»Du musst Maryann für mich halten, kannst du das?«

Johanna nickte hastig, sah sie aber mit dem glasigen Blick einer Frau an, die aufgegeben hatte. »Ja, ja, natürlich, gib mir die Kleine.«

Adalie band das Tragetuch los, und Maryann protestierte sofort. Doch sie konnte darauf jetzt keine Rücksicht nehmen. Hier ging es um ihre Freiheit, ihr Leben!

Sie kippte ein Regal um und ein zweites darüber, dann schob und zerrte sie daran, bis sie übereinanderlagen ohne zu wackeln, und stieg vorsichtig darauf.

Der erste Teil ihres Plans war geglückt, denn nun konnte sie mit den Händen das Dach erreichen.

»Was hast du vor?«

»Ich mache ein Loch hinein.« Die hölzernen Dachschindeln überlappten einander wie Fischschuppen. Sie musste mit aller Kraft ziehen und zerren, um die erste herauszubekommen, aber von da an ging es mit jeder Schindel leichter.

»Es könnte klappen, es könnte klappen!« Johannas Mut war wieder erwacht. Sie stand auf und feuerte Adalie mit Blicken an, während die ein Holzstück nach dem anderen herauszog.

Adalie hätte am liebsten vor Freude geweint, als sie endlich ein großes Stück blauen Himmels sehen konnten, über den zarte Wolkenfetzen zogen. Vorsichtig steckte sie den Kopf durch das entstandene Loch im Dach.

Nirgends war etwas von Jonah zu sehen, und auch von den Männern fehlte jede Spur.

Doch in dem Moment sah sie, dass auf der südlichen Weide ein Pferd lag. Ein Fohlen stand daneben. Genau aus dieser Richtung hätten Duncan und Liam kommen müssen.

Würde sie aus dieser Entfernung überhaupt ausmachen können, ob dort jemand lag, oder war das Gras zu hoch?

»Was siehst du?«, rief nun auch Johanna.

Adalie ging in die Knie. »Ein Pferd. Ich glaube, eine Stute ist tot. Duncan oder Liam kann ich nicht sehen. Thomas auch nicht.«

»Was jetzt?«

»Ich klettere zuerst raus, sehe mich kurz um, und dann versuche ich, das Tor für dich zu öffnen. Wenn es nicht klappt, musst du auch durch das Dach klettern.«

Johanna biss sich auf die Unterlippe. »Gott sei mit dir, Kind.«

Adalie hielt noch einmal nach Thomas Ausschau, entdeckte ihn nicht und stieß sich dann mit aller Kraft von den Regalen ab. Ein halbes Dutzend Dachschindeln polterten hinunter, als sie sich auf einen Balken stützte und die Beine heraufzog. Der Sprung vom Dach sah wirklich hoch aus, und auch wenn der Boden nach dem Regen der vergangenen Nacht schlammig war, würde der Aufprall sicher wehtun.

Adalie zögerte nicht. Der Schmerz raste wie eine Welle durch ihren Körper, als sie auf den Füßen aufkam und dann nach vorne fiel. Ihre Hände rutschten durch den Schlamm.

Sie konnte gerade noch verhindern, nicht auch mit dem Gesicht darin zu landen.

»Alles in Ordnung?«, rief Johanna von drinnen.

»Ja, es geht.«

Adalie kam zitternd auf die Beine. In ihrem rechten Fuß pochte ein stechender Schmerz. Etwas war nicht in Ordnung, doch solange sie laufen konnte, war es ihr egal.

Noch einmal lauschte sie angestrengt und blickte sich um. Erleichtert stellte sie fest, dass von Thomas nichts zu sehen war, aber das galt nur für diese Seite des Hofs. Vielleicht lag er direkt vor dem Schuppen auf der Lauer und würde auf sie schießen, sobald sie sich zeigte.

Sie musste es darauf ankommen lassen. Die Zähne gegen den Schmerz in ihrem Fuß fest zusammengebissen, lugte sie um die Ecke des Schuppens. Sie konnte das Wohnhaus sehen, Stall und Scheune, und flussabwärts bis zum *Harakeke*-Feld. Nichts deutete auf Thomas oder die vermissten Männer hin.

»Johanna? Ich komme jetzt«, sagte sie gepresst, den Mund ganz dicht an der Holzwand des Schuppens. »Geh mit Maryann ganz nach hinten und duck dich, falls er auf mich schießt.«

»In Ordnung. Sei vorsichtig, Adalie, bitte.«

Das musste sie ihr nicht sagen. Mit angehaltenem Atem schlich Adalie zum Tor. Noch immer war alles still, bis auf die Hühner, die friedlich im Hof pickten.

Der Riegel, an dem sie sich von innen so lange erfolglos abgemüht hatte, war schnell geöffnet. »Jetzt, Johanna.«

Ihre Schwiegermutter huschte hinaus, die quengelige Maryann fest an sich gedrückt, und Adalie verschloss das Tor wieder.

Sollte Thomas doch glauben, seine Gefangenen wären noch immer im Schuppen und erduldeten klaglos ihr Schicksal.

»Was nun?«, fragte Johanna atemlos.

Hastig nahm Adalie ihr die kleine Maryann ab und band sich das Tragetuch um. »Am besten fliehen wir in den Wald. Glaubst du, er ist hier noch irgendwo?«

»Mit Sicherheit. Er gibt erst auf, wenn wir alle tot sind.«

Sie schlichen sich von Haus zu Haus, von einem Gebüsch zu einem Stapel Brennholz und tauchten schließlich tief ins Farndickicht ein, das den Waldsaum wie ein vorgelagertes Bollwerk verstärkte. Erst im schattigen Grün wagten sie wieder durchzuatmen. Adalies Puls jagte, er dröhnte in ihren Ohren und pochte schmerzhaft im Fuß. Sie ließ sich auf die Knie sinken, nahm mit zitternden Händen ihr Baby aus dem Tuch und stillte die Kleine.

»Wenn sie getrunken hat, wird sie einschlafen und ruhig sein. Thomas darf sie auf keinen Fall hören.«

»Wir müssen Liam und Duncan finden«, sagte Johanna voller Verzweiflung.

»Nein, *ich* werde sie finden. Du musst zurück zur Küste laufen und Verstärkung holen.«

»Adalie, du solltest …«

Rasch unterbrach sie ihre Schwiegermutter. »Nein, ich kenne mich hier besser aus. Du musst zu den Moras gehen, und du musst Maryann mitnehmen. Meinst du, du schaffst das?«

Johanna holte tief Luft und straffte die Schultern. »Ja, ich glaube schon. Ich *muss* es einfach schaffen.«

»Geh am besten durch den Wald bis zum *Harakeke*-Feld. Ab dort kannst du den Weg benutzen.«

Adalie half ihr dabei, das Tragetuch so fest umzubinden,

dass Maryann auch dann nichts passieren konnte, wenn Johanna klettern oder rennen musste. Ihr Herz zog sich zusammen, als es Zeit wurde, Abschied zu nehmen. Seit der Geburt war sie noch nie von ihrem Kind getrennt gewesen.

Die Tränen ließen sich nicht zurückhalten, als sie die weichen Wangen der Kleinen küsste. Maryanns Augen waren bereits halb geschlossen.

»Wir sehen uns wieder, ganz bald.«

»Viel Glück, Adalie. Ich passe auf deine Tochter auf wie eine Löwin, versprochen.«

»Ich weiß, Johanna, und nun geh. Schnell!«

Adalie sah ihr eine Weile nach, bis sie zwischen den Stämmen schlanker *Nikau*-Palmen verschwunden war. Die schreckliche Angst, ihre kleine Tochter womöglich nie mehr wiederzusehen, drohte sie zu überwältigen. Am liebsten wäre sie Johanna kurzerhand hinterhergelaufen.

»Jetzt reiß dich zusammen, Adalie!«, beschwor sie sich selbst.

Maryann war in Sicherheit, Duncan hingegen nicht. Wie sollte sie ihrer Tochter irgendwann erklären, dass sie weggelaufen war und den Mann, den sie liebte, ihren Vater, einfach im Stich gelassen hatte? Nein, das wollte sie nie erleben müssen. Der Gedanke zwang sie zur Ruhe, und sie konnte allmählich wieder klarer denken.

Was sollte sie also tun? Zum Hof zurückzugehen war keine gute Idee, also musste sie zur Weide, wo sie die Schüsse gehört hatte und die tote Stute lag. Dort würde sie vielleicht herausfinden können, was mit Duncan und Liam geschehen war.

Sie hoffte sehnlich, sie nicht dort zu finden.

* * *

KAPITEL 21

Thomas war unschlüssig, was er tun sollte. Die Sache war schiefgelaufen. Nur Liam Fitzgerald war von seiner Kugel durchbohrt worden. Sein verdammter Sohn schlich womöglich noch irgendwo hier herum oder hatte seinen Vater fortgebracht, um dessen Leben zu retten. Beides war möglich, und beides war beschissen.

Thomas hatte eine Weile in seinem Versteck zwischen den Findlingen ausgeharrt und war wieder zum Hof zurückgekehrt, als alles ruhig geblieben war. Der Schuppen war noch immer verschlossen, kein Ton drang heraus. Wahrscheinlich waren die Weiber so verängstigt, dass sie abwechselnd ohnmächtig wurden.

Oh, wie sehr hatte er es genossen, Johanna einen kräftigen Tritt zu verpassen. Vielleicht sollte er einfach dort weitermachen und die Frauen zuerst erledigen. Aber nein, sie sollten ihm ja als Köder dienen.

Johanna wollte er sich bis ganz zum Schluss aufbewahren. Sie sollte für jeden einzelnen Betrug, für jedes einzelne Jahr, das sie ihm gestohlen hatte, büßen. Sie hatte sein Leben ruiniert!

Er beruhigte sich wieder und suchte sich ein neues Versteck. Wenn er zwanzig Jahre warten konnte, dann würde er auch die nächsten Stunden ausharren können.

* * *

Duncan hatte einen langen Umweg in Kauf genommen, um den Hof zu erreichen. Die Angreifer sollten nicht noch einmal die Gelegenheit bekommen, auf ihn zu schießen, wenn er ohne Deckung war.

Von Sorge und Wut getrieben, hatte er die Wiese im Süden umrundet, den Kahu River durchquert und sich auf der anderen Waldseite wieder hangabwärts zurückgekämpft.

Nun stand er erneut vor den sprudelnden Fluten des Kahu. Auf der anderen Seite schimmerten Adalies Blumen in der Sonne. Es waren Lupinen in Rosé, Weiß und verschiedenen Violetttönen.

Sorgfältig suchte Duncan die Furt, die sie eine Zeit lang zum Holzrücken genutzt hatten. Dort waren alle Steine und Felsen entfernt, und auch wenn er den Grund nicht erkennen konnte, drohte dort am wenigsten Gefahr, zu fallen und mit einem lauten Platschen auf sich aufmerksam zu machen.

Sofort liefen seine Stiefel voll Wasser.

Der Fluss zerrte an ihm und ging ihm bald bis zur Hüfte, bevor es endlich wieder flacher wurde und er das andere Ufer erreichte. Hohes Farn und Lupinen lieferten sich hier einen Wettstreit um jedes bisschen Sonnenlicht. Duncan duckte sich hinter die blühenden Kräuter, in denen es summte und zirpte, und näherte sich vorsichtig dem Haus.

Seine Stiefel gaben schmatzende Geräusche von sich, und aus dem Leder traten Blasen aus. Seine rechte Hand fühlte sich vom Schweiß beinahe genauso feucht an. Mit ihr hielt er die Pistole seines Vaters. Diese sechs Kugeln waren seine einzige Verteidigung. Den Gedanken, dass sein Vater nun schutzlos und womöglich sterbend im Wald lag, versuchte er so gut wie möglich zu verdrängen.

»Liam Fitzgerald ist mein richtiger Vater«, formte er lautlos mit den Lippen.

Am liebsten hätte er es laut herausgeschrien. All die Jahre,
die er an ihm und sich gezweifelt hatte, all die Jahre, die er
einem Gespenst nachgejagt hatte. Duncan hoffte aus tiefstem Herzen, dass er die Chance bekam, Liam zu zeigen, wie
sehr er ihn liebte und es schon immer getan hatte.

Duncan erreichte die Stelle, wo der Kahu dem Haus am
nächsten kam. Er schob sich auf dem Bauch in das Lupinen-
dickicht und dankte Adalie im Geiste dafür, dass sie darauf
bestanden hatte, dieses Fleckchen aufgrund seiner Schönheit
im Ursprungszustand zu belassen, statt eine weitere Weide
daraus zu machen, wie er vorgeschlagen hatte.

Ganz leise näherte er sich dem Hof. All das Training, das
er jahrelang beim Militär absolviert hatte, zahlte sich nun
aus. In der Nähe des Wohnhauses war alles gespenstisch
friedlich.

Konnte es sein, dass Adalie und Johanna nichts von dem
Angriff mitbekommen hatten und ahnungslos das abendliche
Festessen vorbereiteten?

Er war kurz davor, sich einfach aufzurichten und zum
Haus zu gehen, als er Jonah bemerkte, der hinter einem
Brennholzstapel hockte und angestrengt zur Weide hinauf-
spähte. Den Hilfsarbeiter hatte er völlig vergessen. Er war der
Einzige, der auch an freien Tagen auf dem Hof war, weil er
eine Hütte ganz in der Nähe bewohnte.

Also waren die Frauen doch nicht allein gewesen, dachte
Duncan erleichtert. Da der Mann mit einem Gewehr auf der
Lauer lag und offensichtlich Wache hielt, schöpfte Duncan
neue Hoffnung. Die Wiese, auf der sie angegriffen worden
waren, konnte man vom Hof gut einsehen, und die tote Stute

lag dort wie ein grausiges Mahnmahl. Jonah starrte genau auf die Stelle.

»Hey, Jonah«, rief Duncan gedämpft.

Der Alte zuckte zusammen und drehte sich dann langsam um.

»Wo sind die Angreifer, siehst du sie?«

Er schüttelte den Kopf. Duncan rannte gebeugt näher und hockte sich einige Schritte von ihm entfernt hin. Jonahs Augen hatten einen seltsamen Ausdruck, als hätte der Angriff eine schlafende Kraft in ihm geweckt. Sein Blick besaß eine Schärfe, wie Duncan sie von Männern in der Schlacht kannte – Männer, die Blut vergossen hatten und mehr wollten. Es war unheimlich, aber nicht ungewöhnlich.

»Jonah, ich bin ja so froh, dich hier zu sehen. Wo sind die Angreifer? Sie haben auf uns geschossen, und mein Vater ist schwer verletzt.«

Der Hilfsarbeiter musterte ihn. »Wo ist er? Mussten Sie ihn zurücklassen?«

»Ja, leider. Dort oben im Wald.«

»Wo genau?«

»Sehen Sie die abgebrochene *Nikau*-Palme? Ungefähr dort, relativ nahe am Waldrand. Wie geht es meiner Frau und meiner Mutter? Sie wissen es doch, oder?«

Duncan war klar, wie verzweifelt er klang, aber hatte er nicht jedes Recht, verzweifelt zu sein?

Jonah rieb sich über das Kinn, als überfordere ihn diese Frage. »Es geht ihnen gut, denke ich. Sie sind dort drüben, im Lager für die Schnitzereien.«

»Da drin? Aber der Verschlag hält keiner Kugel stand!«

***

Adalie glaubte, ihren Augen nicht zu trauen. Sie hatte erst eine Bewegung am Kahu River bemerkt und daraufhin ihren Plan geändert und war nicht weiter das Tal hinaufgegangen.

Es war jemand im Hof.

Duncan, ihr Duncan, ging neben Thomas her auf den Verschlag zu. Offenbar hatte er keine Ahnung, dass er dem Angreifer direkt ins Auge blickte.

Was hatte Thomas vor? Es fiel ihr schwer, sich an seinen wahren Namen zu gewöhnen und das Unglück in seiner ganzen Tragweite zu erfassen.

Adalie schlich so schnell wie möglich näher. Ein abgebrochener Ast am Boden wurde zu ihrer Waffe. Jetzt konnte sie Duncan sogar hören.

»Warum ist der Riegel zu?«, fragte er in diesem Moment und schob ihn auf.

Thomas' Körperhaltung veränderte sich, sobald ihm Duncan keine Aufmerksamkeit mehr schenkte. Hatte er eben noch gebeugt, beinahe in sich zusammengesunken dagestanden, spannte er nun seinen Körper an, um anzugreifen.

»Adalie, Mutter? Ist alles in Ordnung?«, rief Duncan in den Verschlag hinein.

»Duncan, Vorsicht!«, schrie Adalie.

Thomas war für einen winzigen Augenblick abgelenkt, doch es reichte, um Duncan in Alarmbereitschaft zu versetzen. Er reagierte gerade noch rechtzeitig, fuhr blitzschnell herum und trat Thomas das Gewehr aus der Hand. Die Waffe schlitterte über den Hof, und die Hühner stoben gackernd auseinander.

Thomas erholte sich fast augenblicklich von dem Schreck und ging mit bloßen Händen zum Angriff über. Duncan wehrte die ersten Schläge ab und verpasste Thomas einen heftigen Schlag ins Gesicht, doch der dachte gar nicht daran aufzugeben. Er war erstaunlich flink für sein Alter.

Gebannt sah Adalie zu, wie es auf beiden Seiten Schläge und Tritte hagelte. Plötzlich zog Thomas eine Pistole, und im nächsten Augenblick krachte auch schon ein Schuss.

Duncan taumelte kurz, dann warf er sich wie ein angreifender Stier auf seinen Gegner und rammte ihn mit gesenktem Kopf. Beide Männer verloren den Halt unter den Füßen und gingen ineinander verkeilt zu Boden.

Duncan versuchte verzweifelt, Thomas die Waffe aus der Hand zu entwinden. Zwei weitere Schüsse lösten sich und durchbohrten die Scheunenwand.

Adalie hielt es nicht länger aus, einfach nur dazustehen und nichts zu tun. Beherzt rannte sie zu den Männern hinüber. Duncan blutete aus mehreren Wunden, und auch Thomas sah nicht besser aus. In seinen Augen loderte blanker Hass. Adalie wurde klar, dass der Alte bis zu seinem eigenen Tod weiterkämpfen würde. Es gab kein Aufgeben für ihn, nicht in diesem Kampf. Er hatte nichts mehr zu verlieren.

»Duncan, was soll ich tun?«, rief sie verzweifelt.

Genau in diesem Moment ergab sich ihre Chance. Duncan drückte Thomas' Hand mit der Pistole auf den Boden, schlug sie wieder und wieder auf den weichen Grund, aber es half nicht.

Adalie reagierte blitzschnell. Als die Hand wieder auf dem Untergrund lag, trat sie zu.

Thomas schrie, als sie ihren Absatz mit aller Kraft auf seine Hand krachen ließ. Sie nahm ihren Fuß nicht wieder herunter, während Duncan dem Alten mehrere Kinnhaken verpasste. Zu sehen, wie Thomas' Kopf von einer Seite zur anderen geschleudert wurde, verursachte ein Maß an Genugtuung, das beinahe beängstigend für sie war.

Schließlich griff Duncan nach seiner eigenen Pistole, die noch immer in seinem Hosenbund steckte, und richtete sie auf Thomas' Stirn.

»Gib auf, du bist erledigt«, keuchte er.

Adalie bückte sich und löste die Waffe aus Thomas' Fingern. Zwei waren gebrochen, vielleicht auch mehr.

Der alte Mann keuchte und spuckte Blut. Er versuchte, Duncan damit zu treffen, verfehlte ihn aber.

Adalie musterte ihren Mann. Er hatte einiges abbekommen. »Wie geht es dir?«

Duncan zuckte mit den Schultern. »Eine Weile werde ich es wohl noch spüren, aber ich habe mich schon schlimmer gefühlt.«

»Und der Schuss?«

»Hat mich nur gestreift.« Er zerrte am Ärmel seines linken Arms und riss den Stoff auseinander. Dort blutete er aus einer länglichen Wunde. »Schau, nicht schlimm.«

Es konnte sie nur ein wenig beruhigen. »Was passiert jetzt mit diesem Kerl?«

»Hol ein Seil aus der Scheune.«

Sie lief los und kehrte kurz darauf mit einem Seil wieder. Während sie Thomas an Händen und Füßen fesselten, wurde Adalie langsam ruhiger. Sie hatten es geschafft. Duncan sagte kein Wort, doch er sah sie an, und in seinem Blick standen Erleichterung und Fassungslosigkeit.

»Bist du wirklich Thomas Waters?«, fragte Adalie schließlich.

Thomas nickte und bemerkte Duncans Verwirrung. »Das wundert dich, Freundchen, was? Stiehlst meinen Namen und mein Land und kommst damit einfach so durch. Kahu River ist *mein* Land, nicht deins, genau wie das Tal des Windes immer mir gehören wird. Deine Schlampe von Mutter hat mich hintergangen. Jetzt bekomme ich alles zurück.«

Der Faustschlag kam unerwartet und traf Waters mitten ins Gesicht. Duncan sank neben ihm auf die Knie und starrte den blutenden Mann an. Endlich sah er sich dem Mann gegenüber, nach dem er sich seit frühester Kindheit gesehnt hatte. Doch nun war alles anders. Thomas Waters, dessen Namen er mit Stolz getragen hatte, war nicht mal sein Vater.

»Du? Du bist Thomas Waters?«, fragte er mit brüchiger Stimme.

»Ja, und es war mir eine Freude, euer kleines Paradies zu sabotieren.«

Adalie, die Duncans Reaktion aufmerksam beobachtete, war erleichtert, als sie merkte, wie wieder Leben in seinen zuvor leeren Blick kam.

»Deine Taten werde ich nie vergessen, aber jetzt ist es vorbei, und es zählt nur noch eines. Du hast verloren. Und ich danke Gott, dass du nicht mein Vater bist.« Duncan erhob sich. »Jetzt kümmere ich mich um meinen richtigen Vater, und du fängst am besten schon mal an zu beten, denn wenn er stirbt …«

Adalie trat mit Duncan zur Seite. »Wo ist Liam?«

»Oben im Wald. Ich muss ihn holen. Er ist verletzt. Was ist mit Maryann, wo ist meine Tochter?«

»Mit deiner Mutter auf dem Weg zu den Moras. In Sicherheit. Sie werden sicher bald herkommen.«

Duncan umarmte Adalie hastig. »Kannst du so lange auf dieses Schwein aufpassen?«

»Natürlich. Beeil dich.«

Duncan rannte los. Sie hatte ihn noch nie so schnell laufen sehen. Er nahm den direkten Weg über die Weiden. Sie sah ihm nach, bis er im Wald verschwand, dann setzte sie sich vor Thomas Waters auf den Boden. In ihrer Hand hielt sie die Waffe, die sie ihm abgenommen hatte.

Nur ganz langsam sickerte die Erleichterung in ihr Bewusstsein. Die Anspannung verließ ihren Körper, und plötzlich zitterten ihre Knie derart heftig, als litte sie unter Krämpfen.

Sie hatten es also geschafft. Duncan und Maryann waren wohlauf.

In der warmen Sonne des späten Nachmittags glänzten der Hof und die Wiese wie mit Gold bestäubt, und da wurde Adalie in aller Konsequenz klar, dass sie ihren Traum verlieren würde.

Kahu River gehörte noch immer diesem widerlichen Dreckskerl, der sich bei ihnen eingeschlichen und versucht hatte, ihre Familie zu ermorden – einem Mörder, den sie selbst in ihrer Mitte aufgenommen hatte, ohne es zu ahnen.

Thomas würgte und röchelte, und einen winzigen Augenblick lang wünschte Adalie, er würde an seinem Blut ersticken, das ihm aus der gebrochenen Nase in den Rachen lief.

Es war ihm also doch gelungen, ihren Traum zu zerstören. Er würde ihnen Kahu River wegnehmen, diesen Ort, der so schön war, dass er eigentlich nur ihrer Fantasie entsprungen sein konnte.

Adalie versuchte sich zu trösten. Ihre kleine Familie hatte es überlebt. Sie waren stark. Sie hatten es einmal geschafft, sich etwas Wunderbares aufzubauen, sie würden es auch ein zweites Mal schaffen.

Als Duncan den Waldrand erreichte, schien um ihn herum plötzlich alles stillzustehen. Kein Vogel sang, kein Windhauch rauschte in den Blättern. Er war allein mit dem rasenden Trommeln seines Herzschlags und der Angst, zu spät zu kommen.

Er hielt kurz inne, lauschte, dann zwang er sich weiterzurennen. Seine Oberschenkel brannten wie Feuer, sein ganzer Körper pochte und schmerzte und führte ihm seine eigene Lebendigkeit überdeutlich vor Augen.

Nelsons Wiehern hallte durch den Wald. Das treue Tier hatte ihn gehört. Schon bald sah er den Hengst, das schwarze Fell glänzend vor Schweiß, der hier und da schaumige Flocken bildete. Der Waldboden um den dünnen Stamm, an dem er ihn angebunden hatte, war von den großen Hufen völlig aufgewühlt.

»Liam, Vater?«

Keine Antwort.

Wo war er? Duncan rannte weiter, bis er ihn entdeckte. Liam saß nicht mehr gegen den Baumstamm gelehnt, sondern lag.

Verzweifelt fiel Duncan neben ihm auf die Knie. »Vater, Vater, hörst du mich?«

Liam war schrecklich blass, doch als Duncan ihn an der Schulter fasste, schlug er die Augen auf.

»Da bist du ja wieder.«

»Ja, hier bin ich, und jetzt bringe ich dich heim.«

»Johanna?«, fragte er angstvoll.

»Mutter geht es gut, und Adalie und der Kleinen auch.«

Liams Mund verzog sich, und Duncan wollte es als Lächeln deuten. »Wie geht es dir?«

»Es tut weh, aber ich lebe.«

Duncan fasste ihn an der Schulter und half ihm auf.

Liam presste eine Hand auf die Eintrittswunde. »Ich habe schon eine Kugel im Leib, wäre doch gelacht, wenn ich nicht noch eine zweite aushalten könnte.«

»Du schaffst es, du *musst*! Jetzt, da ich endlich meinen Vater gefunden habe.«

Liams Lachen erstarb augenblicklich zu einem röchelnden Keuchen. »Hast du die Schweine erwischt?«

»Erst steigst du aufs Pferd, dann erzähle ich dir alles auf dem Weg. Aber ja, ich habe ihn erwischt.«

Duncan schwang sich zuerst auf Nelsons Rücken, dann zog er seinen Vater hinter sich in den Sattel.

»Halt dich gut fest.«

Liam zog seine Pistole aus Duncans Gürtel und nahm sie an sich, dann rutschte er mühevoll näher an ihn und legte die Hände um seine Mitte. »Na los, wir können.«

Vorsichtig lenkte Duncan den Hengst aus dem Wald. Nelson schien zu wissen, dass er vorsichtig sein musste, und trug die Männer langsam und sicher.

»Es war nur ein Angreifer, Vater, und du kennst ihn.«

* * *

Adalie hatte die ganze Zeit über Ausschau gehalten. Ihre Erleichterung war nahezu grenzenlos, als sie die Reiter sah und beide aufrecht saßen. Sie hatte sich schon das Schlimmste ausgemalt: Liam, wie er tot über dem Sattel hing.

Auch wenn sie ihnen am liebsten entgegengerannt wäre, blieb sie doch bei Thomas Waters. Nicht die kleinste Gelegenheit zur Flucht sollte er bekommen.

Obwohl er nicht danach aussah, als würde er es in seinem

Zustand noch weit schaffen. Er lag einfach nur da, blutete und starrte ins Leere, was sich allerdings schlagartig änderte, als er den herannahenden Hufschlag hörte. Sofort brannte der Hass wieder in seinem Blick. Er stützte sich auf, und Adalie bekam plötzlich Angst, er könnte sich befreien und die Männer angreifen.

»Nicht bewegen«, fuhr sie ihn an. Ihre Finger an der Waffe waren schweißfeucht, was sie nicht daran hindern würde, zu schießen.

Duncan lenkte seinen Hengst vorsichtig in den Hof. Der Blutgeruch machte Nelson nervös, und er beäugte den liegenden Mann am Boden angstvoll.

Liam starrte Thomas ebenfalls an, und wenn Adalie geglaubt hatte, noch nie so viel Hass in den Augen eines Menschen gesehen zu haben wie bei Thomas, wurde sie nun eines Besseren belehrt. Duncans Vater war bleich wie der Tod. Er musste große Mengen Blut verloren haben, doch der Zorn auf seinen alten Widersacher hielt ihn aufrecht.

Duncan sprang aus dem Sattel und schien gar nicht zu bemerken, was sich zwischen den beiden älteren Männern abspielte.

Thomas Waters richtete sich weiter auf, bis er kniete. »Ich wünschte, ich hätte dich damals in London umgelegt, du dreckiger Lügner«, fauchte er.

Liam entgegnete nichts und ließ sich von Duncan aus dem Sattel helfen. Adalie war erstaunt, dass er aus eigener Kraft gehen konnte.

»Komm mit ins Haus, Liam, ich werde dich verbinden, und wir schicken jemanden nach Pania Bay. Du brauchst einen Arzt«, sagte Adalie.

Liam schien sie gar nicht zu hören. Mit steifen Schritten

trat er vor seinen alten Widersacher und zog die Pistole. »Vor zwanzig Jahren war ich zu feige oder vielleicht einfach zu weich. Jetzt bin ich es nicht mehr, Waters. Du wirst meiner Familie nie wieder ein Leid zufügen.«

»Nein, Liam«, rief Adalie, als ihr klar wurde, was ihr Schwiegervater vorhatte.

Liam zögerte. Die Hand mit der Waffe zitterte kurz.

»Bitte, ich will kein weiteres Blutvergießen. Thomas Waters ist ein Mörder, wir werden ihn dem Gesetz übergeben. Er wird den Rest seines Lebens hinter Gittern verbringen.«

Waters lachte kurz und trocken. »Hier sind die Gefängnisse sicher angenehmer als der Tower von London, denkst du nicht, Fitzgerald?«

»Bedauerlicherweise.«

Auf Duncans fragenden Blick hin sagte sein Vater: »Waters hat mir etwas angehängt, und ich wurde in den Tower gesperrt. Auf die Weise konnte er mir bei Johanna nicht in die Quere kommen. Das ist jetzt weit über zwanzig Jahre her.«

Er hob die Pistole erneut an. Die Erinnerung an die Gefängnisqualen schienen ihn in dem Willen zu bestärken, seinen alten Widersacher zu erschießen.

Adalie trat ohne nachzudenken zwischen ihren Schwiegervater und Thomas Waters.

Sobald Liam die Waffe wieder sinken ließ, spürte sie eine plötzliche Berührung am Fuß, und im nächsten Augenblick wurde sie auch schon zu Boden gerissen.

Waters hatte längst nicht aufgegeben. Adalie versuchte, sich zu wehren, doch schon rollte er sich auf sie und drückte ihr seinen Ellenbogen in die Kehle.

Ihr wurde schwarz vor Augen.

Duncan schrie etwas, dann fielen Schüsse.

Vier Kugeln schlugen in Thomas' Körper ein. Adalie wollte die Augen schließen und konnte es nicht. Das Gesicht des Sterbenden verzerrte sich.

Langsam kippte Thomas' Körper zur Seite und regte sich nicht mehr.

Duncan war sofort bei Adalie und half ihr auf die Beine. Sie legte ihre Hände an die schmerzende Kehle und rang nach Atem.

Liam ließ die Waffe fallen und spuckte aus. »So, nun hast du doch bekommen, was du verdienst.« Dann stöhnte er plötzlich und taumelte. Duncan fing seinen Sturz auf.

»Komm, ich bring dich rein.«

Adalie stand im Hof, sah auf den Toten hinab und wartete auf ein Gefühl. Aber da war nichts, außer Leere. Leere. Keine Angst mehr und auch kein Zorn, nur Leere.

Sicher hätte Duncan Thomas auch von ihr herunterziehen können, immerhin war der Mann gefesselt gewesen. Andererseits war es vielleicht besser so.

»Ich wollte dein Leben retten, Thomas, und so dankst du es mir?«, fragte sie den Toten leise, während sich langsam eine Blutlache unter ihm ausbreitete.

»Kommst du?«, rief Duncan.

»Sofort.« Sie riss sich von dem Anblick los und folgte den Männern ins Haus. Jetzt war es das Wichtigste, Liam zu versorgen, damit es Thomas Waters nicht doch noch gelang, den Fitzgeralds Glück und Leben zu nehmen.

Alles ging sehr ruhig vor sich. Während Adalie einen Kräutersud zubereitete, mit dem sie Liams Wunde auswaschen würden, richtete Duncan seinem Vater im Wohnzimmer ein Krankenlager. Zwischen den Männern herrschte Schweigen, doch es war keine unangenehme, bedrückende Stille. Ihnen fehlten nur einfach die Worte, um über das zu reden, was sie bewegte.

Als Adalie wieder hinzukam, half Duncan seinem Vater soeben dabei, sein blutverkrustetes Hemd auszuziehen. Er war ein wenig blass, doch nicht völlig kraftlos.

»Willst du auf dem Stuhl sitzen bleiben, Schwiegervater?«

Er schaffte es, sich ein Lächeln abzuringen. »Ja, sobald ich liege, wird mir schwindelig. Wenn ich sterben muss, dann aufrecht.«

»Wag es ja nicht! Solche Worte will ich nicht von dir hören«, erwiderte Duncan und ließ sich von Adalie einen feuchten Lappen reichen. Er wollte seinen Vater selber versorgen. Vorsichtig säuberte er dessen Schulter, während Liam seinen Sohn beobachtete. Es war nicht zu übersehen, wie sehr er an ihm hing.

»Verzeihst du uns?«, erkundigte er sich schließlich.

Duncan hielt inne, die Lippen fest aufeinandergepresst. Er wusch erst den blutigen Lappen aus, bevor er antwortete.

»Ich werde es versuchen. Sag mir nur, warum ihr es verschwiegen habt. Vertraut ihr mir so wenig, dass ihr mir nicht zugetraut habt, dieses Geheimnis zu wahren?«

»Es lag nicht an dir, Duncan. Ganz im Gegenteil, wir haben es für dich getan, damit dein Name nicht in Misskredit gerät. Niemand sollte dich einen Bastard nennen. Und dann war da noch dein Erbe …« Liam hustete und brauchte einen Moment, bis er trotz der Schmerzen weitersprechen konnte. »Als ich Thomas Waters zuletzt sah, hat er versucht, deine hochschwangere Mutter zu erschießen, und es beinahe sogar geschafft. Wir haben gekämpft, und ich dachte, ich hätte ihn getötet. Was hätten wir denn sagen sollen? Die Wahrheit?

Hätte ich ins Gefängnis gehen und Johanna in Schande allein lassen sollen?«

Duncan schüttelte den Kopf, nahm die Hand seines Vaters und drückte sie sacht. »Ich mache euch keinen Vorwurf.«

»Wir haben uns geschworen, niemals ein Wort darüber zu verlieren.«

»Womöglich hätte ich es nicht anders gemacht.«

Liam seufzte. »Du glaubst nicht, wie schwer es mir gefallen ist, zuzusehen, wie du dich verzweifelt nach einem Vater gesehnt hast, der deiner nicht würdig war, der dir sogar nach dem Leben getrachtet hatte. Ich war so oft kurz davor, es dir zu sagen, aber dann habe ich es doch nicht über mich gebracht. Johanna wollte ihr altes Leben hinter sich lassen und ihre Zeit als Waters' Ehefrau einfach vergessen. Und dann warst du da und hast immer versucht, es mir recht zu machen. Dabei musstest du mir nie etwas beweisen, selbst wenn du tatsächlich nur mein angenommener Sohn gewesen wärst. Es tut mir so leid, aber glaube mir, es hat mir genauso wehgetan wie dir.«

Duncan nahm Liams Hände in seine und drückte sie. In seinen Augen glänzten Tränen der Rührung. »Nun ist es vorbei. Keine Lügen mehr, keine Geheimnisse.«

»Ja, endlich ist die Wahrheit ans Licht gekommen. Wie habe ich diesen Tag herbeigesehnt, wenngleich ich mir andere Umstände erhofft hatte.«

Duncan erhob sich. »Ich versuche jetzt, einen Arzt oder einen Heilkundigen zu finden. Ich beeile mich und bin zurück, so schnell ich kann.«

»Ich freue mich auf deine Rückkehr. Und dann reden wir. Wir nehmen uns Zeit, und ich werde dir jede Frage beantworten, die dir auf der Seele brennt. Versprochen.«

Adalie hatte das Gespräch der Männer still mitangehört und erinnerte sich wieder an die Unterhaltung von Duncans Eltern, die sie einst unfreiwillig in der Bibliothek in New Plymouth belauscht hatte. Endlich war die Geheimniskrämerei vorbei.

Sie begleitete Duncan zur Tür. »Reite nur bis zu den Moras. Einer von ihnen kann in Pania Bay den Arzt holen. Komm so schnell es geht zurück und bring Maryann und Johanna mit.«

»Das mache ich.«

Er schloss sie in die Arme und gab ihr einen Kuss. Seine Lippen waren trocken und fest wie immer. Sie hatten sich nicht verändert, und Adalie spürte, wie mit dem Kuss ein wenig Normalität zurückkehrte. Thomas Waters war es nicht gelungen, ihr Leben zu zerstören. Er hatte sie monatelang terrorisiert, Hauku getötet und sein Ziel doch nicht erreicht. Nun würde Friede in Kahu River einkehren, und die Furcht vor mysteriösen Unfällen gehörte der Vergangenheit an.

»Deck ihn zu, bitte«, sagte sie leise.

Duncan nickte nur und ging zum Stall, wo Nelson noch gesattelt stand und sich über die Heuvorräte hermachte. Er nahm die Zügel, zog eine alte Decke von einem Balken und kehrte in den Hof zurück. Schnell verschwand Waters' Leiche unter dem fleckigen Stoff. Duncan stieß ihn mit dem Fuß unter dem Körper fest, dann schwang er sich in den Sattel und ritt davon. Nelsons Hufe donnerten den Weg hinunter, und schon bald war von Pferd und Reiter nichts mehr zu sehen.

Adalie sah über ihre Schulter zurück ins Haus. Liam lag auf dem Sofa und ruhte mit geschlossenen Augen. Seine Brust hob und senkte sich gleichmäßig im Takt seines Atems.

Sie würde ihn schlafen lassen, er brauchte es.

Langsam ließ sie ihren Blick über das Tal schweifen, in das der Frieden zurückgekehrt war. Ein leichter Wind strich durch das Gras der üppigen Weiden. Die Halme glänzten im Licht der untergehenden Sonne. Unzählige Vögel sangen in den Sträuchern, und am Himmel kreiste ein Raubvogel. Beinah war es, als hätte es Jonahs, nein, Thomas Waters' Angriff nie gegeben.

Adalie vermied es, dem Körper im Hof Beachtung zu schenken.

»Du wirst irgendwo weit weg im Wald verscharrt«, flüsterte sie. »Da, wo dich niemand findet und du nicht mehr das Glück unschuldiger Leute verpesten kannst.«

In diesem Moment hörte sie ein wohlvertrautes Bellen. Mapura kam mit eingeklemmtem Schwanz aus dem Wald gelaufen und raste auf das Haus zu.

Adalie war erleichtert. An den Hund hatte sie vor lauter Sorge um Mann und Kind gar nicht mehr gedacht. Sie ging in die Knie und ließ die stürmische Begrüßung über sich ergehen.

»Na, du feiger Kerl, leise, leise«, flüsterte sie und hoffte, dass er nicht weiter bellte und Liam in seinem Schlaf störte. Mapura winselte in den höchsten Tönen.

Beim Anblick des Hundes dachte sie an ein anderes Tier: Bettys Fohlen, das vermutlich noch immer neben der toten Stute stand und dort bleiben würde, bis sich jemand seiner annahm.

Adalie war hin und her gerissen. Schließlich schlich sie sich ins Haus, überprüfte, ob es Liam gut ging, und holte dann das verwaiste Tier von der Weide. Sie brachte es nicht über sich, das Fohlen in der hereinbrechenden Nacht dort draußen sich selbst zu überlassen.

Es war nicht schwer, das Fohlen einzufangen, aber es brauchte hingegen viel Kraft und Überzeugungswillen, um es am Strick zum Stall zu führen.

Immer wieder sah Adalie nach ihrem Schwiegervater und versorgte zwischendurch die Tiere. Sie fand keine Ruhe, erst als sie in der Dunkelheit der hereingebrochenen Nacht das Trappeln von Pferdehufen hörte, fühlte sie sich besser.

Sie trat aus der Haustür. Der Lichtschein von mehreren Laternen warf gespenstische Reflexe in die Dunkelheit. Sieben Reiter hielten im Hof an. Adalie erkannte nur einen Teil der Leute.

Johanna sprang aus dem Sattel und stürmte an ihr vorbei ins Haus zu Liam. Duncan hatte sich die kleine Maryann umgebunden, und wie magisch angezogen, war Adalie sofort bei ihrer Tochter.

»Es geht ihr gut, sie schläft«, sagte Duncan und lächelte seine Frau an. »Wie geht es meinem Vater?«

»Er schläft und verliert kaum noch Blut.«

»Der Arzt wird nicht vor morgen früh hier sein.«

Adalie begrüßte Giles und dessen Eltern. Nun waren doch noch alle Gäste in Kahu River angekommen, wenngleich niemandem der Sinn nach einem Fest stand. Es war ein leises Wiedersehen, aber nicht minder herzlich.

Nachdem Adalie allen einen Schafplatz zugewiesen hatte, half jeder, wo er konnte. Giles und sein Vater Tamati nahmen sich des Toten an. Sie begruben ihn, bevor der Arzt aus Pania Bay eintraf, und beseitigten die Blutspuren im Hof.

Duncan wich seinem Vater nicht von der Seite, ebenso wie Johanna, und gemeinsam brachten sie Licht in das Dunkel der Vergangenheit. Seine Mutter erzählte, und Liam ergänzte hin und wieder etwas.

Schließlich legte sich Adalie mit Maryann schlafen. Duncan und Johanna hielten die Nacht über Wache bei Liam. Erst am frühen Morgen hörte sie seine Schritte auf der Treppe und erwartete einen Moment lang, dass er ihr eine Todesnachricht überbringen würde.

Leise knarrend öffnete sich die Schlafzimmertür. Duncan schlich auf Zehenspitzen hinein und setzte sich neben sie aufs Bett. Seine Nähe löste stilles Begehren in ihr aus. Er saß schweigend da, und sie fühlte seinen Blick wie eine zärtliche Berührung.

Als sie schließlich die Augen öffnete, war seine Miene weich. »Bist du glücklich?«, fragte er mit belegter Stimme.

»Jetzt wieder, ja.«

Er strich ihr das Haar aus der Stirn, und sie verlor sich in seinen warmen braunen Augen. »Und du?«

»Ich habe dich und Maryann und jetzt endlich auch einen Vater. Ich fühle mich nun vollständig.«

»Wie geht es ihm?«

»Unverändert. Er ist hart im Nehmen. Die Wunde blutet fast nicht mehr. Er war lange wach. Erst nachdem Mutter mir ihre gemeinsame Geschichte vollständig erzählt hatte, war er bereit, sich wieder auszuruhen und zu schlafen.«

Adalie musste an ihren eigenen Vater denken, an all das, was sie erreicht hatte, weil sie vor ihm geflohen war.

»Wie unterschiedlich wir doch sind, Duncan. Ich finde meinen Traum, weil ich vor meinem Vater weglaufe, und du hast immer davon geträumt, deinen Vater zu finden. Nun haben wir beide bekommen, was wir wollten.«

Sie setzte sich auf, strich über Duncans stoppelige Wange und gab ihm einen langen Kuss.

EPILOG

Zwei Wochen später fand das Fest statt, und Adalie würde es den Rest ihres Lebens nicht vergessen. Es war rundum gelungen. Es begann am Morgen mit Maryanns Taufe und setzte sich am Mittag mit der Hochzeit von Giles und Lorangi fort.

Selbst das oft so unbeständige Wetter der Westküste spielte mit.

Adalie stand auf der Veranda und sah von dort auf die Festgesellschaft hinab. Lange Tische reihten sich auf der Wiese. Kinder tollten im hohen Gras umher und ließen sich von Adalies Hund wie eine Herde Schafe zusammentreiben. Dort saßen ihre Schwiegereltern. Johanna hielt Maryann auf dem Schoß und spielte mit ihr. Das weiße Kleid der Kleinen leuchtete gleißend hell in der Sonne. Liam unterhielt sich angeregt mit seinem Jugendfreund Tamati. Giles brachte zum wiederholten Mal einen Trinkspruch aus, den seine neue Familie jubelnd beantwortete.

Als Duncan neben sie auf die Veranda trat, fühlte sie inneren Frieden einkehren. Er stellte eine Karaffe ab, die er im Haus aufgefüllt hatte, und legte Adalie den Arm um die Mitte. Schweigend sahen sie auf ihr kleines Tal hinab. Ihr Traum von Kahu River war wahr geworden.

Liz Balfour

Liz Balfour erzählt große Geschichten von Liebe, Trauer und schicksalhaften Begegnungen vor der dramatischen Landschaft Irlands

978-3-453-40861-6

978-3-453-40862-3

HEYNE‹